警世通言

中国古典文学名著丛书

[明] 冯梦龙 著

華夏出版社
HUAXIA PUBLISHING HOUSE

目　录

第一卷　俞伯牙摔琴谢知音

浪说曾分鲍叔金，谁人辨得伯牙琴？

于今交道奸如鬼，湖海空悬一片心。

古来论交情至厚，莫如管鲍。管是管夷吾，鲍是鲍叔牙。他两个同为商贾，得利均分。时管夷吾多取其利，叔牙不以为贪，知其贫也。后来管夷吾被囚，叔牙脱之，荐为齐相。这样朋友，才是个真正相知。这相知有几样名色①：恩德相结者，谓之知己；腹心相照者，谓之知心；声气相求者，谓之知音。总来叫做相知。今日听在下说一桩俞伯牙的故事。列位看官们，要听者，洗耳而听；不要听者，各随尊便。正是：

知音说与知音听，不是知音不与谈。

话说春秋战国时，有一名公，姓俞名瑞，字伯牙，楚国郢②都人氏，即今湖广荆州府之地也。那俞伯牙身虽楚人，官星却落于晋国，仕至上大夫之位。因奉晋主之命，来楚国修聘。伯牙讨这个差使，一来，是个大才，不辱君命；二来，就便省视乡里，一举两得。当时从陆路至于郢都，朝见了楚王，致了晋主之命。楚王设宴款待，十分相敬。那郢都乃是桑梓之地③，少不得去看一看坟墓，会一会亲友。然虽如此，各事其主，君命在身，不敢迟留。公事已毕，拜辞楚王。楚王赠以黄金彩缎，高车驷马。伯牙离楚一十二年，思想故国江山之胜，欲得恣情观览，要打从水路大宽转而回。乃假奏楚王道："臣不幸有犬马之疾，不胜车马驰骤。乞假臣舟楫，以便医药。"楚王准奏，命水师拨大船二只，一正一副。正船单坐晋国来使，副船安顿仆从行李。都是兰桡画桨，锦帐高帆，甚是齐整。群臣直送至江头而别。

只因览胜探奇，不顾山遥水远。

---

① 名色——名义。

② 郢(yǐng)。

③ 桑梓之地——古代常于所居的宅旁栽桑树和梓树。后世即以桑梓作为家乡的代称。

伯牙是个风流才子，那江山之胜，正投其怀。张一片风帆，凌千层碧浪，看不尽遥山叠翠，远水澄清。不一日，行至汉阳江口。时当八月十五日，中秋之夜。偶然风狂浪涌，大雨如注，舟楫不能前进，泊于山崖之下。不多时，风恬浪静，雨止云开，现出一轮明月。那雨后之月，其光倍常。伯牙在船舱中，独坐无聊，命童子焚香炉内："待我抚琴一操，以遣情怀。"童子焚香罢，捧琴囊置于案间。

伯牙开囊取琴，调弦转轸①，弹出一曲。曲犹未终，指下"刮刺"的一声响，琴弦断了一根。伯牙大惊，叫童子去问船头："这住船所在是甚么去处？"船头答道："偶因风雨，停泊于山脚之下。虽然有些草树，并无人家。"伯牙惊讶，想道："是荒山了。若是城郭村庄，或有聪明好学之人，盗听吾琴，所以琴声忽变，有弦断之异。这荒山下，那得有听琴之人？哦，我知道了，想是有仇家差来刺客，不然，或是贼盗伺候更深，登舟劫我财物。"叫左右："与我上崖搜检一番：不在柳阴深处，定在芦苇丛中。"

左右领命，唤齐众人，正欲搭跳上崖。忽听岸上有人答应道："舟中大人，不必见疑。小子并非奸盗之流，乃樵夫也。因打柴归晚，值骤雨狂风，雨具不能遮蔽，潜身岩畔。闻君雅操，少住听琴。"伯牙大笑道："山中打柴之人，也敢称'听琴'二字！此言未知真伪，我也不计较了。左右的，叫他去罢。"那人不去，在崖上高声说道："大人出言谬矣！岂不闻：'十室之邑，必有忠信。''门内有君子，门外君子至。'大人若欺负山野中没有听琴之人，这夜静更深，荒崖下也不该有抚琴之客了。"伯牙见他出言不俗，或者真是个听琴的，亦未可知。止住左右不要罗唣②，走近舱门，回嗔作喜的问道："崖上那位君子，既是听琴，站立多时，可知道我适才所弹何曲？"那人道："小子若不知，却也不来听琴了。方才大人所弹，乃孔仲尼叹颜回，谱入琴声。其词云：'可惜颜回命早亡，教人思想鬓如霜。只因陋巷箪瓢乐……，到这一句，就绝了琴弦，不曾抚出第四句来。小子也还记得：'留得贤名万古扬。'"

伯牙闻言，大喜道："先生果非俗士，隔崖窎远③，难以问答。"命左右：

---

① 轸(zhěn)——弦乐器上的轴转动弦线。

② 罗唣(zào)——吵闹寻事。

③ 窎(diào)远——遥远。

“掌跳①,看扶手。请那位先生登舟细讲。”左右掌跳,此人上船,果然是个樵夫。头戴箬笠,身披蓑衣,手持尖担,腰插板斧,脚踏芒鞋。手下人那知言谈好歹,见是樵夫,下眼相看:“咄,那樵夫!下舱去,见我老爷叩头。问你甚么言语,小心答应。官尊着哩!”樵夫却是个有意思的,道:“列位不须粗鲁,待我解衣相见。”除了斗笠,头上是青布包巾;脱了蓑衣,身上是蓝布衫儿;搭膊拴腰,露出布裩下截。那时不慌不忙,将蓑衣、斗笠、尖担、板斧,俱安放舱门之外。脱下芒鞋,躧②去泥水,重复穿上,步入舱来。官舱内公坐上灯烛辉煌。樵夫长揖而不跪,道:“大人施礼了。”俞伯牙是晋国大臣,眼界中那有两接的布衣③?下来还礼,恐失了官体,既请下船,又不好叱他回去。伯牙没奈何,微微举手道:“贤友免礼罢。”叫童子看坐的。童子取一张杌坐儿④置于下席。伯牙全无客礼,把嘴向樵夫一努道:“你且坐了。”你我之称,怠慢可知。那樵夫亦不谦让,俨然坐下。伯牙见他不告而坐,微有嗔怪之意。因此不问姓名,亦不呼手下人看茶。

默坐多时,怪而问之:“适才崖上听琴的就是你么?”樵夫答言:“不敢。”伯牙道:“我且问你,既来听琴,必知琴之出处。此琴何人所造?抚他有甚好处?”正问之时,船头来禀话,风色顺了,月明如画,可以开船。伯牙分付:“且慢些!”樵夫道:“承大人下问,小子若讲话絮烦,恐耽误顺风行舟。”伯牙笑道:“惟恐你不知琴理。若讲得有理,就不做官,亦非大事,何况行路之迟速乎!”樵夫道:“既如此,小子方敢僭⑤谈。此琴乃伏羲氏所琢,见五星之精,飞坠梧桐,凤皇来仪。凤乃百鸟之王,非竹实不食,非梧桐不栖,非醴泉⑥不饮。伏羲以知梧桐乃树中之良材,夺造化之精气,堪为雅乐,令人伐之。其树高三丈三尺,按三十三天之数,截为三段,分天、地、人三才。取上一段叩之,其声太清,以其过轻而废之;取下一段叩之,其声太浊,以其过重而废之;取中一段叩之,其声清浊相济,轻重相

① 掌跳——搭上跳板。
② 躧(xǐ)——同屣,鞋。
③ 两接的布衣——指平民。两接,即两截,指衫和裤,为老百姓穿的衣服。
④ 杌(wù)坐儿——矮凳子。
⑤ 僭(jiàn)——超越本分。
⑥ 醴(lǐ)泉——甜美的泉水。

兼。送长流水中，浸七十二日，按七十二候之数。取起阴干，选良时吉日，用高手匠人刘子奇斫成乐器。此乃瑶池之乐，故名瑶琴。长三尺六寸一分，按周天三百六十一度。前阔八寸，按八节；后阔四寸，按四时；厚二寸，按两仪。有金童头、玉女腰、仙人背、龙池、凤沼、玉轸、金徽。那徽有十二，按十二月；又有一中徽，按闰月。先是五条弦在上，外按五行金木水火土，内按五音宫商角徵羽。尧、舜时操五弦琴，歌《南风》诗，天下大治。后因周文王被囚于 里，吊子伯邑考，添弦一根，清幽哀怨，谓之文弦。后武王伐纣，前歌后舞，添弦一根，激烈发扬，谓之武弦。先是宫商角徵羽五弦，后加二弦，称为文武七弦琴。此琴有六忌、七不弹、八绝。何为六忌？一忌大寒，二忌大暑，三忌大风，四忌大雨，五忌迅雷，六忌大雪。何为七不弹？闻丧者不弹，奏乐不弹，事冗不弹，不净身不弹，衣冠不整不弹，不焚香不弹，不遇知音者不弹。何为八绝？总之清奇幽雅，悲壮悠长。此琴抚到尽美尽善之处，啸虎闻而不吼，哀猿听而不啼。乃雅乐之好处也。"

伯牙听见他对答如流，犹恐是记问之学，又想道："就是记问之学，也亏他了。我再试他一试。"此时已不似在先你我之称了。又问道："足下既知乐理，当时孔仲尼鼓琴于室中，颜回自外入。闻琴中有幽沉之声，疑有贪杀之意，怪而问之。仲尼曰：'吾适鼓琴，见猫方捕鼠，欲其得之，又恐其失之。此贪杀之意，遂露于丝桐。'始知圣门音乐之理，入于微妙。假如下官抚琴，心中有所思念，足下能闻而知之否？"樵夫道："《毛诗》云：'他人有心，予忖度之。'大人试抚弄一过，小子任心猜度。若猜不着时，大人休得见罪。"

伯牙将断弦重整，沉思半晌。其意在于高山，抚琴一弄。樵夫赞道："美哉，洋洋乎！大人之意，在高山也。"伯牙不答，又凝神一会，将琴再鼓。其意在于流水。樵夫又赞道："美哉，汤汤乎！志在流水。"只两句道着了伯牙的心事。伯牙大惊，推琴而起，与子期施宾主之礼，连呼："失敬失敬！石中有美玉之藏。若以衣貌取人，岂不误了天下贤士！先生高名雅姓？"樵夫欠身而答："小子姓钟名徽，贱字子期。"伯牙拱手道："是钟子期先生。"子期转问："大人高姓，荣任何所？"伯牙道："下官俞瑞，仕于晋朝，因修聘上国而来。"子期道："原来是伯牙大人。"

伯牙推子期坐于客位，自己主席相陪，命童子点茶。茶罢，又命童子取酒共酌。伯牙道："借此攀话，休嫌简亵①。"子期称："不敢。"童子取过瑶琴，二人入席饮酒。伯牙开言又问："先生声口是楚人了，但不知尊居何处？"子期道："离此不远，地名马安山集贤村，便是荒居。"伯牙点头道："好个集贤村！"又问："道艺何为？"子期道："也就是打柴为生。"伯牙微笑道："子期先生，下官也不该僭言，似先生这等抱负，何不求取功名，立身于廊庙，垂名于竹帛，却乃赍志②林泉，混迹樵牧，与草木同朽。窃为先生不取也。"子期道："实不相瞒，舍间上有年迈二亲，下无手足相辅。采樵度日，以尽父母之余年，虽位为三公之尊，不忍易我一日之养也。"伯牙道："如此大孝，一发难得。"二人杯酒酬酢了一会。子期宠辱无惊，伯牙愈加爱重。又问子期："青春多少？"子期道："虚度二十有七。"伯牙道："下官年长一旬。子期若不见弃，结为兄弟相称，不负知音契友。"子期笑道："大人差矣！大人乃上国名公，钟徽乃穷乡贱子，怎敢仰扳，有辱俯就！"伯牙道："相识满天下，知心能几人？下官碌碌风尘，得与高贤结契，实乃生平之万幸。若以富贵贫贱为嫌，觑俞瑞为何等人乎！"遂命童子重添炉火，再爇③名香，就船舱中与子期顶礼八拜。伯牙年长为兄，子期为弟。今后兄弟相称，生死不负。拜罢，复命取暖酒再酌。子期让伯牙上坐，伯牙从其言。换了杯箸，子期下席。兄弟相称，彼此谈心叙话。正是：

合意客来心不厌，知音人听话偏长。

谈论正浓，不觉月淡星稀，东方发白。船上水手都起身收拾篷索，整备开船。子期起身告辞。伯牙捧一杯酒递与子期，把子期之手叹道："贤弟，我与你相见何太迟，相别何太早！"子期闻言，不觉泪珠滴于杯中。子期一饮而尽，斟酒回敬伯牙。二人各有眷恋不舍之意。伯牙道："愚兄余情不尽，意欲曲延④贤弟同行数日，未知可否？"子期道："小弟非不欲相从，怎奈二亲年老，'父母在，不远游'。"伯牙道："既是二位尊人在堂，回去告过二亲，到晋阳来看愚兄一看，这就是'游必有方'了。"子期道："小弟不敢轻诺而寡信。许了贤兄，就当践约。万一禀命于二亲，二亲不允，

① 简亵(xiè)——怠慢失礼。
② 赍(jī)志——怀抱志愿。
③ 爇(ruò)——点燃。
④ 曲延——谦辞，意为邀请你而使你受委屈。

使仁兄悬望于数千里之外,小弟之罪更大矣。"伯牙道:"贤弟真所谓至诚君子。也罢,明年还是我来看贤弟。"子期道:"仁兄明岁何时到此?小弟好伺候尊驾。"伯牙屈指道:"昨夜是中秋节,今日天明,是八月十六日了。贤弟,我来仍在仲秋中五六日奉访。若过了中旬,迟到季秋月分,就是爽信①,不为君子。"叫童子:"分付记室,将钟贤弟所居地名及相会的日期,登写在日记簿上。"子期道:"既如此,小弟来年仲秋中五六日准在江边侍立拱候,不敢有误。天色已明,小弟告辞了。"伯牙道:"贤弟且住。"命童子取黄金二笏不用封帖,双手捧定道:"贤弟,些须薄礼,权为二位尊人甘旨之费②。斯文骨肉,勿得嫌轻。"子期不敢谦让,即时收下。再拜告别,含泪出舱,取尖担挑了蓑衣斗笠,插板斧于腰间,掌跳搭扶手上崖。伯牙直送至船头,各各洒泪而别。

不提子期回家之事。再说俞伯牙点鼓开船,一路江山之胜,无心观览,心心念念,只想着知音之人。又行了几日,舍舟登岸。经过之地,知是晋国上大夫,不敢轻慢,安排车马相送。直至晋阳,回覆了晋主。不在话下。

光阴迅速,过了秋冬,不觉春去夏来。伯牙心怀子期,无日忘之。想着中秋节近,奏过晋主,给假还乡。晋主依允。伯牙收拾行装,仍打大宽转,从水路而行。下船之后,分付水手,但是湾泊所在,就来通报地名。事有偶然,刚刚八月十五夜,水手禀覆:此去马安山不远。伯牙依稀还认得去年泊船相会子期之处。分付水手将船湾泊,水底抛锚,崖边钉橛。其夜晴明,船舱内一线月光,射进朱帘。伯牙命童子将帘卷起,步出舱门,立于船头之上,仰观斗柄。水底天心,万顷茫然,照如白昼。思想去岁与知己相逢,雨止月明,今夜重来,又值良夜。他约定江边相候,如何全无踪影,莫非爽信?又等了一会,想道:"我理会得了:江边来往船只颇多,我今日所驾的,不是去年之船了,吾弟急切如何认得?去岁我原为抚琴惊动知音,今夜仍将瑶琴抚弄一曲。吾弟闻之,必来相见。"命童子取琴桌安放船头,焚香设坐。伯牙开囊,调弦转轸,才泛音律,商弦中有哀怨之声。伯牙停琴不操:"呀!商弦哀声凄切,吾弟必遭忧在家。去岁曾言父母年

---

① 爽信——失信,不守信用。

② 甘旨之费——奉养父母的费用。

高,若非父丧,必是母亡。他为人至孝,事有轻重,宁失信于我,不肯失礼于亲,所以不来也。来日天明,我亲上崖探望。”叫童子收拾琴桌,下舱就寝。

伯牙一夜不睡,真个巴明不明,盼晓不晓。看看月移帘影,日出山头。伯牙起来梳洗整衣,命童子携琴相随。又取黄金十镒①带去,“倘吾弟居丧,可为赙礼②。”踹跳登崖,行于樵径,约莫十数里,出一谷口。伯牙站住。童子禀道:“老爷为何不行?”伯牙道:“山分南北,路列东西。从山谷出来,两头都是大路,都去得,知道那一路往集贤村去?等个识路之人,问明了他,方才可行。”伯牙就石上少憩。童儿退立于后。

不多时,左手官路上有一老叟,髯垂玉线,发挽银丝,箬冠野服,左手举藤杖,右手携竹篮,徐步而来。伯牙起身整衣,向前施礼。那老者不慌不忙,将右手竹篮轻轻放下,双手举藤杖还礼,道:“先生有何见教?”伯牙道:“请问两头路,那一条路往集贤村去的?”老者道:“那两头路,就是两个集贤村。左手是上集贤村,右手是下集贤村。通衢③三十里官道。先生从谷出来,正当其半。东去十五里,西去也是十五里。不知先生要往那一个集贤村?”伯牙默默无言,暗想道:“吾弟是个聪明人,怎么说话这等糊涂!相会之日,你知道此间有两个集贤村,或上或下,就该说个明白了。”伯牙却才沉吟。那老者道:“先生这等吟想,一定那说路的,不曾分上下,总说了个集贤村,教先生没处抓寻了。”伯牙道:“便是。”老者道:“两个集贤村中,有一二十家庄户,大抵都是隐遁避世之辈。老夫在这山里,多住了几年,正是‘土居三十载,无有不亲人’。这些庄户,不是舍亲,就是敝友。先生到集贤村必是访友。只说先生所访之友,姓甚名谁,老夫就知他住处了。”伯牙道:“学生要往钟家庄去。”老者闻钟家庄三字,一双昏花眼内,扑簌簌掉下泪来,道:“先生别家可去,若说钟家庄,不必去了。”伯牙惊问:“却是为何?”老者道:“先生到钟家庄,要访何人?”伯牙道:“要访子期。”老者闻言,放声大哭道:“子期钟徽,乃吾儿也。去年八月十五采樵归晚,遇晋国上大夫俞伯牙先生。讲论之间,意气相投。临行

---

① 镒(yì)——重量单位,古代二十两为一镒。

② 赙(fù)礼——帮助别人办理丧事的礼金。

③ 衢(qú)——大路。

赠黄金二笏。吾儿买书攻读,老拙无才,不曾禁止。旦则采樵负重,暮则诵读辛勤,心力耗废,染成怯疾,数月之间,已亡故了!”伯牙闻言,五内崩裂,泪如涌泉,大叫一声,傍山崖跌倒,昏厥于地。钟公用手搀扶,回顾小童道:“此位先生是谁?”小童低低附耳道:“就是俞伯牙老爷。”钟公道:“原来是吾儿好友。”扶起伯牙苏醒。伯牙坐于地下,口吐痰涎,双手捶胸,恸哭不已,道:“贤弟呵!我昨夜泊舟,还说你爽信,岂知已为泉下之鬼!你有才无寿了!”钟公拭泪相劝。

伯牙哭罢起来,重与钟公施礼。不敢呼老丈,称为老伯,以见通家兄弟之意。伯牙道:“老伯,令郎还是停柩在家,还是出瘗①郊外了?”钟公道:“一言难尽。亡儿临终,老夫与拙荆②坐于卧榻之前。亡儿遗语嘱咐道:‘修短由天,儿生前不能尽人子事亲之道,死后乞葬于马安山江边。与晋大夫俞伯牙有约,欲践前言耳。’老夫不负亡儿临终之言。适才先生来的小路之右,一丘新土,即吾儿钟徽之冢。今日是百日之忌,老夫提一陌纸钱,往坟前烧化。何期与先生相遇!”伯牙道:“既如此,奉陪老伯,就坟前一拜。”命小童代太公提了竹篮。钟公策杖引路,伯牙随后,小童跟定,复进谷口。果见一丘新土,在于路左。伯牙整衣下拜:“贤弟,在世为人聪明,死后为神灵应。愚兄此一拜,诚永别矣!”拜罢,放声又哭。惊动山前山后山左山右黎民百姓,不问行的住的,远的近的,闻得朝中大臣来祭钟子期,回绕坟前,争先观看。伯牙却不曾摆得祭礼,无以为情。命童子把瑶琴取出囊来,放于祭石台上,盘膝坐于坟前,挥泪两行,抚琴一操。那些看者,闻琴韵铿锵,鼓掌大笑而散。伯牙问:“老伯,下官抚琴,吊令郎贤弟,悲不能已,众人为何而笑?”钟公道:“乡野之人,不知音律。闻琴声以为取乐之具,故此长笑。”伯牙道:“原来如此。老伯可知所奏何曲?”钟公道:“老夫幼年也颇习,如今年迈,五官半废,模糊不懂久矣。”伯牙道:“这就是下官随心应手一曲短歌以吊令郎者,口诵于老伯听之。”钟公道:“老夫愿闻。”伯牙诵云:

忆昔去年春,江边曾会君。今日重来访,不见知音人;但见一抔土,惨然伤我心。伤心伤心复伤心,不忍泪珠纷。来欢去何苦,江畔

① 瘗(yì)——掩埋。

② 拙荆——对别人谦称自己的妻子。

起愁云。子期子期兮，你我千金义。历尽天涯无足语，此曲终兮不复弹，三尺瑶琴为君死！

伯牙于衣夹间取出解手刀，割断琴弦；双手举琴，向祭石台上用力一摔，摔得玉轸抛残，金徽零乱。钟公大惊，问道："先生为何摔碎此琴？"伯牙道：

摔碎瑶琴凤尾寒，子期不在对谁弹！
春风满面皆朋友，欲觅知音难上难。

钟公道："原来如此，可怜可怜！"伯牙道："老伯高居，端的①在上集贤村，还是下集贤村？"钟公道："荒居在上集贤村第八家就是。先生如今又问他怎的？"伯牙道："下官伤感在心，不敢随老伯登堂了。随身带得有黄金二镒，一半代令郎甘旨之奉，一半买几亩祭田，为令郎春秋扫墓之费。待下官回本朝时，上表告归林下。那时却到上集贤村，迎接老伯与老伯母同到寒家，以尽天年。吾即子期，子期即吾也。老伯勿以下官为外人相嫌。"说罢，命小童取出黄金，亲手递与钟公，哭拜于地。钟公答拜。盘桓半晌而别。

这回书，题作《俞伯牙摔琴谢知音》。后人有诗赞云：

势利交怀势利心，斯文谁复念知音。
伯牙不作钟期逝，千古令人说破琴。

第二卷　庄子休鼓盆成大道

富贵五更春梦，功名一片浮云。眼前骨肉亦非真，恩爱翻成仇恨。　莫把金枷套颈，休将玉锁缠身。清心寡欲脱凡尘，快乐风光本分。

这首《西江月》词，是个劝世之言，要人割断迷情，逍遥自在。且如父子天性，兄弟手足，这是一本连枝，割不断的。儒、释、道，三教虽殊，总抹

① 端的——到底。

不得孝悌二字。至于生子生孙,就是下一辈事,十分周全不得了。常言道得好:

儿孙自有儿孙福,莫与儿孙作马牛。

若论到夫妇,虽说是红线缠腰,赤绳系足,到底是剜肉粘肤,可离可合。常言又说得好:

夫妻本是同林鸟,巴到天明各自飞。

近世人情恶薄,父子兄弟到也平常,儿孙虽是疼痛,总比不得夫妇之情。他溺的是闺中之爱,听的是枕上之言。多少人被妇人迷惑,做出不孝不悌的事来。这断不是高明之辈。如今说这庄生鼓盆的故事,不是唆人夫妻不睦,只要人辨出贤愚,参破真假。从第一着迷处,把这念头放淡下来。渐渐六根①清净,道念滋生,自有受用。昔人看田夫插秧,咏诗四句,大有见解。诗曰:

手把青秧插野田,低头便见水中天。
六根清净方为稻②,退步原来是向前。

话说周末时,有一高贤,姓庄名周,字子休,宋国蒙邑人也。曾仕周为漆园吏。师事一个大圣人,是道教之祖,姓李名耳,字伯阳。伯阳生而白发,人都呼为老子。庄生尝昼寝,梦为蝴蝶,栩栩然于园林花草之间,其意甚适。醒来时,尚觉臂膊如两翅飞动,心甚异之。以后不时有此梦。庄生一日在老子坐间讲《易》之暇,将此梦诉之于师。师却是个大圣人,晓得三生来历。向庄生指出夙世因由:那庄生原是混沌③初分时一个白蝴蝶。天一生水,二生木,木荣花茂。那白蝴蝶采百花之精,夺日月之秀,得了气候,长生不死,翅如车轮。后游于瑶池,偷采蟠桃花蕊,被王母娘娘位下守花的青鸾啄死。其神不散,托生于世,做了庄周。因他根器不凡,道心坚固,师事老子,学清净无为之教。今日被老子点破了前生,如梦初醒。自觉两腋风生,有栩栩然蝴蝶之意,把世情荣枯得丧,看做行云流水,一丝不

① 六根——佛教名词。亦名“六情”,指眼、耳、鼻、舌、身、意具有能取相应之六境,生长相应之六识的六种功能。
② 稻——谐音“道”,隐“方为道”的意思。
③ 混沌——古代神话:宇宙形成之初,是一个像鸡蛋一样的东西,无光无象、无音无声,这种状态叫做混沌。

挂。老子知他心下大悟，把《道德》五千字的秘诀，倾囊而授。庄生默默诵习修炼，遂能分身隐形，出神变化。从此弃了漆园吏的前程，辞别老子，周游访道。

他虽宗清净之教，原不绝夫妇之伦，一连娶过三遍妻房。第一妻，得疾夭亡；第二妻，有过被出①；如今说的是第三妻，姓田，乃田齐族中之女。庄生游于齐国，田宗重其人品，以女妻之。那田氏比先前二妻，更有姿色：肌肤若冰雪，绰约似神仙。庄生不是好色之徒，却也十分相敬。真个如鱼似水。楚威王闻庄生之贤，遣使持黄金百镒，文锦千端，安车驷马，聘为上相。庄生叹道："牺牛身被文绣，口食刍菽②，见耕牛力作辛苦，自夸其荣。及其迎入太庙，刀俎在前，欲为耕牛而不可得也！"遂却之不受。挈妻归宋，隐于曹州之南华山。

一日，庄生出游山下，见荒冢累累，叹道："'老少俱无辨，贤愚同所归。'人归冢中，冢中岂能复为人乎！"嗟咨了一回。再行几步，忽见一新坟，封土未干。一年少妇人，浑身缟素，坐于此冢之旁，手运齐纨③素扇，向冢连搧不已。庄生怪而问之："娘子，冢中所葬何人？为何举扇搧土？必有其故。"那妇人并不起身，运扇如故。口中莺啼燕语，说出几句不通道理的话来。正是：

听时笑破千人口，说出加添一段羞。

那妇人道："冢中乃妾之拙夫，不幸身亡，埋骨于此。生时与妾相爱，死不能舍。遗言教妾如要改适他人，直待葬事毕后，坟土干了，方才可嫁。妾思新筑之土，如何得就干，因此举扇搧之。"庄生含笑，想道："这妇人好性急！亏他还说生前相爱，若不相爱的，还要怎么？"乃问道："娘子，要这新土干燥极易。因娘子手腕娇软，举扇无力，不才愿替娘子代一臂之劳。"那妇人方才起身，深深道个万福："多谢官人！"双手将素白纨扇，递与庄生。庄生行起道法，举手照冢顶连搧数扇，水气都尽，其土顿干。妇人笑容可掬，谢道："有劳官人用力。"将纤手向鬓旁拔下一股银钗，连那纨扇送庄生，权为相谢。庄生却其银钗，受其纨扇。妇人欣然而去。庄子心下

---

① 出——休。

② 刍菽——喂牲畜的草。

③ 齐纨——齐地生产的细绢。

不平，回到家中，坐于草堂。看了纨扇，口中叹出四句：

不是冤家不聚头，冤家相聚几时休。

早知死后无情义，索把生前恩爱勾。

田氏在背后，闻得庄生嗟叹之语，上前相问。那庄生是个有道之士，夫妻之间亦称为先生。田氏道："先生有何事感叹？此扇从何而得？"庄生将妇人搧冢，要土干改嫁之言述了一遍。"此扇即搧土之物。因我助力，以此相赠。"田氏听罢，忽发忿然之色，向空中把那妇人"千不贤，万不贤"骂了一顿，对庄生道："如此薄情之妇，世间少有！"庄生又道出四句：

生前个个说恩深，死后人人欲扇坟。

画龙画虎难画骨，知人知面不知心。

田氏闻言大怒。自古道"怨废亲，怒废礼"，那田氏怒中之言，不顾体面，向庄生面上一啐，说道："人类虽同，贤愚不等。你何得轻出此语，将天下妇道家看做一例？却不道歉人①带累好人。你却也不怕罪过！"庄生道："莫要弹空说嘴②。假如不幸我庄周死后，你这般如花似玉的年纪，难道捱得过三年五载？"田氏道："'忠臣不事二君，烈女不更二夫。'那见好人家妇女吃两家茶睡两家床！若不幸轮到我身上，这样没廉耻的事，莫说三年五载，就是一世也成不得。梦儿里也还有三分的志气！"庄生道："难说，难说！"田氏口出詈语③道："有志妇人胜如男子。似你这般没仁没义的，死了一个，又讨一个；出了一个，又纳一个。只道别人也是一般见识。我们妇道家一鞍一马，到是站得脚头定的。怎么肯把话与他人说，惹后世耻笑。你如今又不死，直恁④枉杀了人！"就庄生手中，夺过纨扇，扯得粉碎。庄生道："不必发怒，只愿得如此争气甚好！"自此无话。

过了几日，庄生忽然得病，日加沉重。田氏在床头，哭哭啼啼。庄生道："我病势如此，永别只在早晚。可惜前日纨扇扯碎了，留得在此，好把与你搧坟！"田氏道："先生休要多心！妾读书知礼，从一而终，誓无二志。先生若不见信，妾愿死于先生之前，以明心迹。"庄生道："足见娘子高志，

---

① 歉人——歹人。

② 弹空说嘴——说空话，夸口。

③ 詈(lì)语——骂人的话。

④ 直恁——竟然这样。

我庄某死亦瞑目。"说罢,气就绝了。田氏抚尸大哭。少不得央及东邻西舍,制备衣衾棺椁殡殓。田氏穿了一身素缟,真个朝朝忧闷,夜夜悲啼。每想着庄生生前恩爱,如痴如醉,寝食俱废。山前山后庄户,也有晓得庄生是个逃名的隐士,来吊孝的,到底不比城市热闹。

到了第七日,忽有一少年秀士,生得面如傅粉,唇若涂朱,俊俏无双,风流第一。穿扮的紫衣玄冠,绣带朱履,带着一个老苍头。自称楚国王孙,向年曾与庄子休先生有约,欲拜在门下,今日特来相访。见庄生已死,口称:"可惜!"慌忙脱下色衣,叫苍头于行囊中取出素服穿了,向灵前四拜道:"庄先生,弟子无缘,不得面会侍教。愿为先生执百日之丧,以尽私淑①之情。"说罢,又拜了四拜,洒泪而起。便请田氏相见。田氏初次推辞。王孙道:"古礼通家②朋友,妻妾都不相避。何况小子与庄先生有师弟之约?"田氏只得步出孝堂,与楚王孙相见,叙了寒温。田氏一见楚王孙人才标致,就动了怜爱之心,只恨无由厮近。楚王孙道:"先生虽死,弟子难忘思慕。欲借尊居,暂住百日:一来守先师之丧;二者先师留下有什么著述,小子告借一观,以领遗训。"田氏道:"通家之谊,久住何妨。"当下治饭相款。饭罢,田氏将庄子所著《南华真经》及老子《道德》五千言,和盘托出,献与王孙。王孙殷勤感谢。草堂中间占了灵位,楚王孙在左边厢安顿。田氏每日假以哭灵为由,就左边厢与王孙攀话。日渐情熟,眉来眼去,情不能已。楚王孙只有五分,那田氏到有十分。所喜者深山隐僻,就做差了些事,没人传说。所恨者新丧未久,况且女求于男,难以启齿。

又捱了几日,约莫有半月了,那婆娘心猿意马,按捺不住。悄地唤老苍头进房,赏以美酒,将好言抚慰。从容问:"你家主人曾婚配否?"老苍头道:"未曾婚配。"婆娘又问道:"你家主人要拣什么样人物才肯婚配?"老苍头带醉道:"我家王孙曾有言,若得像娘子一般丰韵的,他就心满意足。"婆娘道:"果有此话?莫非你说谎?"老苍头道:"老汉一把年纪,怎么说谎。"婆娘道:"我央你老人家为媒说合。若不弃嫌,奴家情愿伏侍你主人。"老苍头道:"我家主人也曾与老汉说来,道一段好姻缘,只碍师弟二字,恐惹人议论。"婆娘道:"你主人与先夫,原是生前空约,没有北面听教

① 私淑——对自己所敬仰而不得从学的前辈,常自称为"私淑弟子"。

② 通家——世交。

的事,算不得师弟。又且山僻荒居,邻舍罕有,谁人议论?你老人家是必委曲成就,教你吃杯喜酒。"老苍头应允。临去时,婆娘又唤转来嘱咐道:"若是说得允时,不论早晚,便来房中,回覆奴家一声。奴家在此专等。"老苍头去后,婆娘悬悬而望。孝堂边张了数十遍,恨不能一条细绳缚了那俏后生俊脚,扯将入来,搂做一处。将及黄昏,那婆娘等得个不耐烦,黑暗里走入孝堂,听左边厢声息。忽然灵座上作响。婆娘吓了一跳,只道亡灵出现。急急走转内室,取灯火来照,原来是老苍头吃醉了,直挺挺的卧于灵座桌上。婆娘又不敢嗔责他,又不敢声唤他,只得回房。捱更捱点,又过了一夜。

次日,见老苍头行来步去,并不来回覆那话儿。婆娘心下发痒,再唤他进房,问其前事。老苍头道:"不成,不成!"婆娘道:"为何不成?莫非不曾将昨夜这些话剖豁①明白?"老苍头道:"老汉都说了,我家王孙也说得有理。他道:'娘子容貌,自不必言。未拜师徒,亦可不论。但有三件事未妥,不好回覆得娘子。'"婆娘道:"那三件事?"老苍头道:"我家王孙道:'堂中见摆着个凶器,我却与娘子行吉礼,心中何忍,且不雅相。二来庄先生与娘子是恩爱夫妻,况且他是个有道德的名贤,我的才学万分不及,恐被娘子轻薄。三来我家行李尚在后边未到,空手来此,聘礼筵席之费,一无所措。为此三件,所以不成。'"婆娘道:"这三件都不必虑。凶器不是生根的,屋后还有一间破空房,唤几个庄客抬他出去就是,这是一件了。第二件,我先夫那里就是个有道德的名贤!当初不能正家,致有出妻之事,人称其薄德。楚威王慕其虚名,以厚礼聘他为相。他自知才力不胜,逃走在此。前月独行山下,遇一寡妇,将扇搧坟,待坟土干燥,方才嫁人。拙夫就与他调戏,夺他纨扇,替他搧土,将那把纨扇带回,是我扯碎了。临死时几日,还为他淘了一场气,又什么恩爱!你家主人青年好学,进不可量。况他乃是王孙之贵,奴家亦是田宗之女,门第相当。今日到此,姻缘天合。第三件,聘礼筵席之费,奴家作主,谁人要得聘礼?筵席也是小事。奴家更积得私房白金二十两,赠与你主人,做一套新衣服。你再去道达。若成就时,今夜是合婚吉日,便要成亲。"老苍头收了二十两银子,回覆楚王孙。楚王孙只得顺从。老苍头回覆了婆娘。那婆娘当时欢

① 剖豁——分解。

天喜地，把孝服除下，重匀粉面，再点朱唇，穿了一套新鲜色衣。叫苍头顾唤①近山庄客，扛抬庄生尸柩，停于后面破屋之内。打扫草堂，准备做合婚筵席。有诗为证：

俊俏孤孀别样娇，王孙有意更相挑。
一鞍一马谁人语？今夜思将快婿招。

是夜，那婆娘收拾香房，草堂内摆得灯烛辉煌。楚王孙簪缨袍服，田氏锦袄绣裙，双双立于花烛之下。一对男女，如玉琢金装，美不可说。交拜已毕，千恩万爱的，携手入于洞房，吃了合卺杯②，正欲上床解衣就寝。忽然楚王孙眉头双皱，寸步难移，登时倒于地下，双手磨胸，只叫心疼难忍。田氏心爱王孙，顾不得新婚廉耻，近前抱住，替他抚摩，问其所以。王孙痛极不语，口吐涎沫，奄奄欲绝。老苍头慌做一堆。田氏道："王孙平日曾有此症候否？"老苍头代言："此症平日常有，或一二年发一次，无药可治。只有一物，用之立效。"田氏急问："所用何物？"老苍头道："太医传一奇方，必得生人脑髓热酒吞之，其痛立止。平日此病举发，老殿下奏过楚王，拨一名死囚来，缚而杀之，取其脑髓。今山中如何可得？其命合休矣！"田氏道："生人脑髓，必不可致。第③不知死人的可用得么？"老苍头道："太医说，凡死未满四十九日者，其脑尚未干枯，亦可取用。"田氏道："吾夫死方二十余日，何不斫棺而取之？"老苍头道："只怕娘子不肯。"田氏道："我与王孙成其夫妇，妇人以身事夫，自身尚且不惜，何有于将朽之骨乎！"即命老苍头伏侍王孙。自己寻了砍柴板斧，右手提斧，左手携灯，往后边破屋中，将灯檠④放于棺盖之上，觑定棺头，双手举斧，用力劈去。妇人家气力单微，如何劈得棺开？有个缘故，那庄周是达生之人，不肯厚敛。桐棺三寸，一斧就劈去了一块木头；再一斧去，棺盖便裂开了。只见庄生从棺内叹口气，推开棺盖，挺身坐起。田氏虽然心狠，终是女流，吓得腿软筋麻，心头乱跳，斧头不觉坠地。庄生叫："娘子扶起我来。"那婆娘不得已，只得扶庄生出棺。庄生携灯，婆娘随后，同进房来。婆娘心知房

---

① 顾唤——招呼，央请。
② 合卺（jǐn）杯——旧时夫妇成婚的一种仪式，如同喝交杯酒。
③ 第——但。
④ 灯檠（qíng）——灯台，灯架。

中有楚王孙主仆二人,捏两把汗。行一步,反退两步。

比及到房中看时,铺设依然灿烂,那主仆二人,阒然①不见。婆娘心下虽然暗暗惊疑,却也放下了胆,巧言抵饰,向庄生道:"奴家自你死后,日夕思念。方才听得棺中有声响,想古人中多有还魂之事,望你复活,所以用斧开棺。谢天谢地,果然重生,实乃奴家之万幸也!"庄生道:"多谢娘子厚意。只是一件,娘子守孝未久,为何锦袄绣裙?"婆娘又解释道:"开棺见喜,不敢将凶服冲动,权用锦绣,以取吉兆。"庄生道:"罢了!还有一节,棺木何不放在正寝②,却撇在破屋之内?难道也是吉兆!"婆娘无言可答。庄生又见杯盘罗列,也不问其故,教暖酒来饮。庄生放开大量,满饮数觥。那婆娘不达时务,指望煨热老公,重做夫妻。紧挨着酒壶,撒娇撒痴,甜言美语,要哄庄生上床同寝。庄生饮得酒大醉,索纸笔写出四句:

从前了却冤家债,你爱之时我不爱。
若重与你做夫妻,怕你巨斧劈开天灵盖。

那婆娘看了这四句诗,羞惭满面,顿口无言。庄生又写出四句:

夫妻百夜有何恩?见了新人忘旧人。
甫得③盖棺遭斧劈,如何等待扇干坟!

庄生又道:"我则教你看两个人。"庄生用手将外面一指,婆娘回头而看,只见楚王孙和老苍头踱将进来。婆娘吃了一惊,转身不见了庄生;再回头时,连楚王孙主仆都不见了。——那里有什么楚王孙、老苍头,此皆庄生分身隐形之法也。——那婆娘精神恍惚,自觉无颜,解腰间绣带,悬梁自缢,呜呼哀哉!这到是真死了。庄生见田氏已死,解将下来,就将劈破棺木盛放了他;把瓦盆为乐器,鼓之成韵,倚棺而作歌。歌曰:

大块④无心兮,生我与伊。我非伊夫兮,伊非我妻。偶然邂逅兮,一室同居。大限既终兮,有合有离。人之无良兮,生死情移。真情既见兮,不死何为。伊生兮拣择去取,伊死兮还返空虚。伊吊我

---

① 阒(qù)然——形容没有声音。
② 正寝——内堂。
③ 甫得——刚刚。
④ 大块——天地。

兮，赠我以巨斧。我吊伊兮，慰伊以歌词。斧声起兮我复活，歌声发兮伊可知？噫嘻，敲碎瓦盆不再鼓，伊是何人我是谁！

庄生歌罢，又吟诗四句：

你死我必埋，我死你必嫁。
我若真个死，一场大笑话！

庄生大笑一声，将瓦盆打碎。取火从草堂放起，屋宇俱焚，连棺木化为灰烬。只有《道德经》、《南华经》不毁，山中有人捡取，传流至今。庄生遨游四方，终身不娶。或云遇老子于函谷关，相随而去，已得大道成仙矣。诗云：

杀妻吴起①太无知，荀令伤神②亦可嗤③。
请看庄生鼓盆事，逍遥无碍是吾师。

第三卷　王安石三难苏学士

海鳖曾欺井内蛙，大鹏张翅绕天涯。
强中更有强中手，莫向人前满自夸。

这四句诗，奉劝世人虚己下人，勿得自满。古人说得好，道是："满招损，谦受益。"俗谚又有四不可尽的话。那四不可尽？

势不可使尽，福不可享尽，
便宜不可占尽，聪明不可用尽。

你看如今有势力的，不做好事，往往任性使气，损人害人，如毒蛇猛兽，人不敢近。他见别人惧怕，没奈他何，意气扬扬，自以为得计。却不知八月潮头，也有平下来的时节。危滩急浪中，趁着这刻儿顺风，扯了满篷，望前只顾使去，好不畅快。不思去时容易，转时甚难。当时夏

---

① 吴起——战国名将。他在鲁国时，齐攻鲁，鲁国欲任命他领兵抗齐，因他的妻子是齐人，不很放心。吴起便杀妻接受任命。

② 荀令伤神——三国时魏荀粲娶曹洪之女为妻，妻死，他感伤不已，不久也死了。后人习用这事作为"悼亡"的典故。

③ 嗤（chī）——讥笑。

桀、商纣，贵为天子，不免窜身于南巢，悬头于太白①。那桀纣有何罪过？也无非倚贵欺贱，恃强凌弱，总来不过是使势而已。假如桀纣是个平民百姓，还造得许多恶业否？所以说势不可使尽。怎么说福不可享尽？常言道："惜衣有衣，惜食有食。"又道："人无寿夭，禄尽则亡。"晋时石崇太尉，与皇亲王恺斗富：以酒沃釜，以蜡代薪；锦步障大至五十里，坑厕间皆用绫罗供帐，香气袭人；跟随家童，都穿火浣布衫，一衫价值千金；买一妾，费珍珠十斛。后来死于赵王伦之手，身首异处。此乃享福太过之报。怎么说便宜不可占尽？假如做买卖的错了分文入己，满脸堆笑。却不想小经纪若折了分文，一家不得吃饱饭。我贪此些须小便宜，亦有何益？昔人有《占便宜》诗云：

我被盖你被，你毡盖我毡。你若有钱我共使，我若无钱用你钱。上山时你扶我脚，下山时我靠你肩。我有子时做你婿，你有女时伴我眠。你依此誓时，我死在你后；我违此誓时，你死在我前。

若依得这诗时，人人都要如此，谁是呆子，肯束手相让！就是一时得利，暗中损福折寿，自己不知。所以佛家劝化世人，吃一分亏，受无量福。有诗为证：

得便宜处欣欣乐，不遂心时闷闷忧。
不讨便宜不折本，也无欢乐也无愁。

说话的，这三句都是了。则那"聪明"二字，求之不得，如何说聪明不可用尽？见不尽者，天下之事。读不尽者，天下之书。参不尽者，天下之理。宁可懵懂而聪明，不可聪明而懵懂。如今且说一个人，古来第一聪明的。他聪明了一世，懵懂在一时，留下花锦般一段话文，传与后生小子恃才夸己的看样。那第一聪明的是谁？

吟诗作赋般般会，打诨猜谜件件精。
不是仲尼重出世，定知颜子再投生。

话说宋神宗皇帝在位时，有一名儒，姓苏名轼，字子瞻，别号东坡，乃四川眉州眉山人氏。一举成名，官拜翰林学士。此人天资高妙，过目成诵，出口成章。有李太白之风流，胜曹子建之敏捷。在宰相荆公王安石先生门下，荆公甚重其才。东坡自恃聪明，颇多讥诮。荆公因作《字说》，一

---

① 窜身于南巢，悬头于太白——夏桀出奔南巢（今安徽巢县东南）而死；商纣登鹿台自焚。

字解作一义。偶论东坡的“坡”字,从土从皮,谓坡乃土之皮。东坡笑道:“如相公所言,滑字乃水之骨也。”一日,荆公又论及“鲵”字,从鱼从儿,合是鱼子。四马曰驷,天虫为蚕,古人制字,定非无义。东坡拱手进言:“鸠字九鸟,可知有故。”荆公认以为真,欣然请教。东坡笑道:“《毛诗》云:‘鸣鸠在桑,其子七兮。’连娘带爷,共是九个。”荆公默然,恶其轻薄,左迁①为湖州刺史。正是:

是非只为多开口,烦恼皆因巧弄唇。

东坡在湖州做官,三年任满,朝京。作寓于大相国寺内。想当时因得罪于荆公,自取其咎。常言道:“未去朝天子,先来谒相公。”分付左右备脚色手本②,骑马投王丞相府来。离府一箭之地,东坡下马步行而前。见府门首许多听事官吏,纷纷站立。东坡举手问道:“列位,老太师在堂上否?”守门官上前答道:“老爷昼寝未醒,且请门房中少坐。”从人取交床③在门房中,东坡坐下,将门半掩。不多时,相府中有一少年人,年方弱冠,戴缠鬃大帽,穿青绢直摆,攞手④洋洋,出府下阶。众官吏皆躬身揖让。此人从东向西而去。东坡命从人去问,相府中适才出来者何人。从人打听明白回覆:是丞相老爷府中掌书房的,姓徐。东坡记得荆公书房中宠用的有个徐伦,三年前还未冠,今虽冠了,面貌依然。叫人:“既是徐掌家,与我赶上一步,快请他转来。”从人飞奔去了,赶上徐伦。不敢于背后呼唤,从旁边抢上前去,垂手侍立于街旁,道:“小的是湖州府苏爷的长班。苏爷在门房中,请徐老爹相见,有句话说。”徐伦问:“可是长胡子的苏爷?”从人道:“正是。”东坡是个风流才子,见人一团和气,平昔与徐伦相爱,时常写扇送他。徐伦听说是苏学士,微微而笑,转身便回。从人先到门房,回覆徐掌家到了。徐伦进门房来见苏爷,意思要跪下去。东坡用手搀住。

这徐伦立身相府,掌内书房,外府州县首领官员到京参谒丞相,知会徐伦,俱有礼物,单帖通名。今日见苏爷怎么就要下跪?因苏爷久在丞相

① 左迁——降职。

② 脚色手本——脚色:履历;手本:古时下属见上司或门生见老师所用的名帖。

③ 交床——交椅。

④ 攞(lǐ)手——摆手。

门下往来,徐伦自小书房答应,职任烹茶,就如旧主人一般,一时大不起来。苏爷却全他的体面,用手搀住道:“徐掌家,不要行此礼。”徐伦道:“这门房中不是苏爷坐处,且请进府到东书房待茶。”这东书房,便是王丞相的外书房了。凡门生知友往来,都到此处。徐伦引苏爷到东书房,看了坐,命童儿烹好茶伺候。“禀苏爷,小的奉老爷遣差往太医院取药,不得在此伏侍,怎么好?”东坡道:“且请治事。”

徐伦去后,东坡见四壁书橱关闭有锁,文几上只有笔砚,更无余物。东坡开砚匣,看了砚池,是一方绿色端砚,甚有神采。砚上余墨未干。方欲掩盖,忽见砚匣下露出些纸角儿。东坡扶起砚匣,乃是一方素笺,叠做两折。取而观之,原来是两句未完的诗稿,认得荆公笔迹,题是《咏菊》。东坡笑道:“‘士别三日,换眼相待。’昔年我曾在京为官时,此老下笔数千言,不由思索;三年后,也就不同了。正是江淹才尽,两句诗不曾终韵。”念了一遍,“呀!原来连这两句诗都是乱道。”这两句诗怎么样写?

西风昨夜过园林,吹落黄花满地金。

东坡为何说这两句诗是乱道?一年四季,风各有名:春天为和风,夏天为薰风,秋天为金风,冬天为朔风。和、薰、金、朔四样风配着四时。这诗首句说西风,西方属金,金风乃秋令也。那金风一起,梧叶飘黄,群芳零落。第二句说“吹落黄花满地金”。黄花即菊花。此花开于深秋,其性属火,敢与秋霜鏖战,最能耐久,随你老来焦干枯烂,并不落瓣。说个“吹落黄花满地金”,岂不是错误了?兴之所发,不能自已,举笔舐墨,依韵续诗二句:

秋花不比春花落,说与诗人仔细吟。

写便写了,东坡愧心复萌:“倘此老出书房相待,见了此诗,当面抢白,不像晚辈体面。”欲待袖去以灭其迹,又恐荆公寻诗不见,带累徐伦。思算不妥,只得仍将诗稿折叠,压于砚匣之下,盖上砚匣,步出书房。到大门首,取脚色手本,付与守门官吏,嘱咐道:“老太师出堂,通禀一声,说苏某在此伺候多时。因初到京中,文表不曾收拾,明日早朝赍过表章,再来谒见。”说罢,骑马回下处去了。

不多时,荆公出堂。守门官吏,虽蒙苏爷嘱付,没有纸包相送,那个与他禀话,只将脚色手本和门簿缴纳。荆公也只当常规,未及观看。心下记着菊花诗二句未完韵。恰好徐伦从太医院取药回来,荆公唤徐伦送置东书房。荆公也随后入来，坐定，揭起砚匣，取出诗稿一看，问徐伦道："适才何人到此？"徐伦跪下，禀道："湖州府苏爷伺候老爷，曾到。"荆公看其字迹，也认得是苏学士之笔，口中不语，心下踌躇："苏轼这个小畜生，虽遭挫折，轻薄之性不改！不道自己学疏才浅，敢来讥讪老夫！明日早朝，奏过官里，将他削职为民。"又想道："且住。他也不晓得黄州菊花落瓣，也怪他不得！"叫徐伦取湖广缺官册籍来看。单看黄州府，余官俱在，只缺少个团练副使。荆公暗记在心。命徐伦将诗稿贴于书房柱上。

明日早朝，密奏天子，言苏轼才力不及，左迁黄州团练副使。天下官员到京上表章，升降勾除，各自安命。惟有东坡心中不服，心下明知荆公为改诗触犯，公报私仇。没奈何，也只得谢恩。朝房中才卸朝服，长班禀道："丞相爷出朝。"东坡露堂①一恭。荆公肩舆②中举手道："午后老夫有一饭。"东坡领命。回下处修书，打发湖州跟官人役兼本衙管家，往旧任接取家眷黄州相会。

午牌过后，东坡素服角带，写下新任黄州团练副使脚色手本，乘马来见丞相领饭。门吏通报，荆公分付请进到大堂拜见。荆公待以师生之礼。手下点茶。荆公开言道："子瞻左迁黄州，乃圣上主意，老夫爱莫能助。子瞻莫错怪老夫否？"东坡道："晚学生自知才力不及，岂敢怨老太师？"荆公笑道："子瞻大才，岂有不及！只是到黄州为官，闲暇无事，还要读书博学。"东坡目穷万卷，才压千人。今日劝他读书博学，还读什么样书！口中称谢道："承老太师指教。"心下愈加不服。荆公为人至俭，肴不过四器，酒不过三杯，饭不过一箸。东坡告辞。荆公送下滴水檐前，携东坡手道："老夫幼年灯窗十载，染成一症，老年举发。太医院看是痰火之症。虽然服药，难以除根。必得阳羡茶，方可治。有荆溪进贡阳羡茶，圣上就赐与老夫。老夫问太医院官如何烹服。太医院官说须用瞿塘中峡水。瞿塘在蜀，老夫几欲差人往取，未得其便，兼恐所差之人未必用心。子瞻桑梓之邦，倘尊眷往来之便，将瞿塘中峡水，携一瓮寄与老夫，则老夫衰老之年，皆子瞻所延也。"东坡领命，回相国寺。

次日辞朝出京，星夜奔黄州道上。黄州合府官员知东坡天下有名才

---

① 露堂——室外，露天。

② 肩舆——轿子。

子,又是翰林谪官,出郭远迎。选良时吉日公堂上任。过月之后,家眷方到。

东坡在黄州与蜀客陈季常为友。不过登山玩水,饮酒赋诗,军务民情,秋毫无涉。光阴迅速,将及一载。时当重九之后,连日大风。一日风息,东坡兀坐①书斋。忽想:"定惠院长老曾送我黄菊数种,栽于后园,今日何不去赏玩一番?"足犹未动,恰好陈季常相访。东坡大喜,便拉陈慥②同往后园看菊。到得菊花棚下,只见满地铺金,枝上全无一朵。唬得东坡目瞪口呆,半晌无语。陈慥问道:"子瞻见菊花落瓣,缘何如此惊诧?"东坡道:"季常有所不知。平常见此花只是焦干枯烂,并不落瓣。去岁在王荆公府中,见他《咏菊》诗二句,道:'西风昨夜过园林,吹落黄花满地金。'小弟只道此老错误了,续诗二句道:'秋花不比春花落,说与诗人仔细吟。'却不知黄州菊花果然落瓣!此老左迁小弟到黄州,原来使我看菊花也。"陈慥笑道:"古人说得好:'广知世事休开口,纵会人前只点头。假若连头俱不点,一生无恼亦无愁。'"东坡道:"小弟初然被谪,只道荆公恨我摘其短处,公报私仇。谁知他到不错,我到错了。真知灼见者,尚且有误,何况其他!吾辈切记,不可轻易说人笑人,正所谓经一失长一智耳。"东坡命家人取酒,与陈季常就落花之下,席地而坐。正饮酒间,门上报道:"本府马太爷拜访,将到。"东坡分付:"辞了他罢。"是日,两人对酌闲谈,至晚而散。

次日,东坡写了名帖,答拜马太守。马公出堂迎接。彼时没有迎宾馆,就在后堂分宾而坐。茶罢,东坡因叙出去年相府错题了菊花诗,得罪荆公之事。马太守微笑道:"学生初到此间,也不知黄州菊花落瓣。亲见一次,此时方信。可见老太师学问渊博,有包罗天地之抱负。学士大人,一时忽略,陷于不知,何不到京中太师门下赔罪一番,必然回嗔作喜。"东坡道:"学生也要去,恨无其由。"太守道:"将来有一事方便,只是不敢轻劳。"东坡问何事。太守道:"常规:冬至节必有贺表到京,例差地方官一员。学士大人若不嫌琐屑,假进表为由,到京也好。"东坡道:"承堂尊大人用情,学生愿往。"太守道:"这道表章,只得借重学士大笔。"东坡应允。

---

① 兀坐——独坐。

② 慥(zào)。

别了马太守回衙。想起荆公嘱咐要取瞿塘中峡水的话来。初时心中不服,连这取水一节,置之度外;如今却要替他出力做这件事,以赎妄言之罪。但此事不可轻托他人。现今夫人有恙,思想家乡,既承贤守公美意,不若告假亲送家眷还乡,取得瞿塘中峡水,庶为两便。

黄州至眉州,一水之地,路正从瞿塘三峡过。那三峡?

西陵峡,巫峡,归峡。

西陵峡为上峡,巫峡为中峡,归峡为下峡。那西陵峡又唤做瞿塘峡,在夔①州府城之东。两崖对峙,中贯一江。滟滪堆②当其口,乃三峡之门。所以总唤做瞿塘三峡。此三峡共长七百余里,两岸连山无阙,重恋叠嶂,隐天蔽日。风无南北,惟有上下。自黄州到眉州,总有四千余里之程,夔州适当其半。东坡心下计较:"若送家眷直到眉州,往回将及万里,把贺冬表又耽误了。我如今有个道理,叫做公私两尽:从陆路送家眷至夔州,却令家眷自回;我在夔州换船下峡,取了中峡之水,转回黄州,方往东京。可不是公私两尽。"算计已定,对夫人说知,收拾行李。辞别了马太守,衙门上悬一个告假的牌面。择了吉日,准备车马,唤集人夫,合家起程。一路无事,自不必说。

才过夷陵州,早是高唐县。

驿卒报好音,夔州在前面。

东坡到了夔州,与夫人分手,嘱咐得力管家,一路小心伏侍夫人回去。东坡讨个江船,自夔州开发,顺流而下。原来这滟滪堆,是江口一块孤石,亭亭独立,夏即浸没,冬即露出,因水满石没之时,舟人取途不定,故又名犹豫堆。俗谚云:

犹豫大如象,瞿塘不可上;

犹豫大如马,瞿塘不可下。

东坡在重阳后起身,此时尚在秋后冬前,又其年是闰八月,迟了一个月的节气,所以水势还大。上水时舟行甚迟,下水时却甚快。东坡来时正怕迟慢,所以舍舟从陆;回时乘着水势,一泻千里,好不顺溜。东坡看见那

---

① 夔(kuí)。

② 滟滪(yàn yù)堆——俗称"燕窝石",为长江江心中突出的巨石,在四川东瞿塘峡口。

峭壁千寻，沸波一线，想要做一篇《三峡赋》，结构不就。因连日鞍马困倦，凭几构思，不觉睡去，不曾分付得水手打水。及至醒来问时，已是下峡，过了中峡了。东坡分付："我要取中峡之水，快与我拨转船头。"水手禀道："老爷，三峡相连，水如瀑布，船如箭发。若回船便是逆水，日行数里，用力甚难。"东坡沉吟半晌，问："此地可以泊船，有居民否？"水手禀道："上二峡悬崖峭壁，船不能停。到归峡，山水之势渐平，崖上不多路，就有市井街道。"东坡叫泊了船，分付苍头："你上崖去看有年长知事的居民，唤一个上来，不要声张惊动了他。"

苍头①领命。登崖不多时，带一个老人上船，口称居民叩头。东坡以美言抚慰："我是过往客官，与你居民没有统属。要问你一句话：那瞿塘三峡，那一峡的水好？"老者道："三峡相连，并无阻隔。上峡流于中峡，中峡流于下峡，昼夜不断。一般样水，难分好歹。"东坡暗想道："荆公胶柱鼓瑟②。三峡相连，一般样水，何必定要中峡？"叫手下，给官价与百姓买个干净磁瓮。自己立于船头，看水手将下峡水满满的汲了一瓮，用柔皮纸封固，亲手佥押③。即刻开船，直至黄州拜了马太守。夜间草成贺冬表，送去府中。

马太守读了表文，深赞苏君大才，赍表官就佥了苏轼名讳。择了吉日，与东坡饯行。东坡赍了表文，带了一瓮蜀水，星夜来到东京。仍投大相国寺内。天色还早，命手下抬了水瓮，乘马到相府来见荆公。荆公正当闲坐，闻门上通报："黄州团练使苏爷求见。"荆公笑道："已经一载矣！"分付守门官："缓着些出去，引他东书房相见。"守门官领命。荆公先到书房，见柱上所贴诗稿，经年尘埃迷目。亲手于鹊尾瓶中，取拂尘将尘拂去，俨然如旧。荆公端坐于书房。

却说守门官延捱了半晌，方请苏爷。东坡听说东书房相见，想起改诗的去处，面上赧然④，勉强进府，到书房见了荆公下拜。荆公用手相扶道："不在大堂相见，惟思远路风霜，休得过礼。"命童儿看坐。东坡坐下，偷

---

① 苍头——男仆。
② 胶柱鼓瑟——比喻拘泥而不知变通。
③ 佥(qiān)押——签押。
④ 赧(nǎn)然——因羞愧而脸红。

看诗稿,贴于对面。荆公用拂尘往左一指道:"子瞻,可见光阴迅速,去岁作此诗,又经一载矣!"东坡起身拜伏于地。荆公用手扶住道:"子瞻为何?"东坡道:"晚学生甘罪了!"荆公道:"你见了黄州菊花落瓣么?"东坡道:"是。"荆公道:"目中未见此一种,也怪不得子瞻!"东坡道:"晚学生才疏识浅,全仗老太师海涵。"

茶罢,荆公问道:"老夫烦足下带瞿塘中峡水,可有么?"东坡道:"见携府外。"荆公命堂候官两员,将水瓮抬进书房。荆公亲以衣袖拂拭,纸封打开。命童儿茶灶中煨火,用银铫①汲水烹之。先取白定碗一只,投阳羡茶一撮于内。候汤如蟹眼,急取起倾入。其茶色半晌方见。荆公问:"此水何处取来?"东坡道:"巫峡。"荆公道:"是中峡了?"东坡道:"正是。"荆公笑道:"又来欺老夫了!此乃下峡之水,如何假名中峡?"东坡大惊,述土人之言,"'三峡相连,一般样水。'晚学生误听了,实是取下峡之水。老太师何以辨之?"荆公道:"读书人不可轻举妄动,须是细心察理。老夫若非亲到黄州,看过菊花,怎么诗中敢乱道黄花落瓣?这瞿塘水性,出于《水经补注》。上峡水性太急,下峡太缓,惟中峡缓急相半。太医院官乃明医,知老夫乃中脘②变症,故用中峡水引经。此水烹阳羡茶,上峡味浓,下峡味淡,中峡浓淡之间。今见茶色半晌方见,故知是下峡。"东坡离席谢罪。

荆公道:"何罪之有!皆因子瞻过于聪明,以至疏略如此。老夫今日偶然无事,幸子瞻光顾。一向相处,尚不知子瞻学问真正如何。老夫不自揣量,要考子瞻一考。"东坡欣然答道:"晚学生请题。"荆公道:"且住!老夫若遽然③考你,只说老夫恃了一日之长。子瞻到先考老夫一考,然后老夫请教。"东坡鞠躬道:"晚学生怎么敢?"荆公道:"子瞻既不肯考老夫,老夫却不好僭妄。也罢,叫徐伦把书房中书橱尽数与我开了。左右二十四橱,书皆积满,但凭于左右橱内上中下三层取书一册,不拘前后,念上文一句。老夫答下句不来,就算老夫无学。"东坡暗想道:"这老甚迂阔,难道这些书都记在腹内?虽然如此,不好去考他。"答应道:"这个晚学生不

---

① 铫(diào)——一种有柄有流的小烹器。

② 脘(wǎn)——胃脘,中医指胃内部的空腔。

③ 遽(jù)然——突然。

敢!"荆公道:"咳,道不得个'恭敬不如从命'了!"

东坡使乖,只拣尘灰多处,料久不看,也忘记了,任意抽书一本,未见签题,揭开居中,随口念一句道:"如意君安乐否?"荆公接口道:"窃已啖①之矣。'可是?"东坡道:"正是。"荆公取过书来,问道:"这句书怎么讲?"东坡不曾看得书上详细,暗想:"唐人讥则天后,曾称薛敖曹为如意君。或者差人问候,曾有此言。只是下文说'窃已啖之矣',文理却接上面不来。"沉吟了一会,又想道:"不要惹这老头儿,千虚不如一实。"答应道:"晚学生不知。"荆公道:"这也不是什么秘书②,如何就不晓得?这是一桩小故事。汉末灵帝时,长沙郡武冈山后有一狐穴,深入数丈。内有九尾狐狸二头。日久年深,皆能变化,时常化作美妇人,遇着男子往来,诱入穴中行乐。小不如意,分而食之。后有一人姓刘名玺,善于采战之术。入山采药,被二妖所掳。夜晚求欢,刘玺用抽添火候工夫,枕席之间,二狐快乐,称为如意君。大狐出山打食,则小狐看守;小狐出山,则大狐亦如之。日就月将,并无忌惮。酒后,露其本形。刘玺有恐怖之心,精力衰倦。一日,大狐出山打食,小狐在穴,求其云雨,不果其欲。小狐大怒,生啖刘玺于腹内。大狐回穴,心记刘生,问道:'如意君安乐否?'小狐答道:'窃已啖之矣。'二狐相争追逐,满山喊叫。樵人窃听,遂得其详,记于《汉末全书》。子瞻想未涉猎?"东坡道:"老太师学问渊深,非晚辈浅学可及!"

荆公微笑道:"这也算考过老夫了。老夫还席,也要考子瞻一考,子瞻休得吝教!"东坡道:"求老太师命题平易。"荆公道:"考别件事,又道老夫作难,久闻子瞻善于作对。今年闰了个八月,正月立春,十二月又是立春,是个两头春。老夫就将此为题,出句求对,以观子瞻妙才。"命童儿取纸笔过来,荆公写出一对道:

一岁二春双八月,人间两度春秋。

东坡虽是妙才,这对出得跷蹊③,一时寻对不出,羞颜可掬,面皮通红了。荆公问道:"子瞻从湖州至黄州,可从苏州、润州经过么?"东坡道:

---

① 啖——吃或给别人吃。

② 秘书——纤纬图篆之类的书籍。

③ 跷蹊——奇怪,不正常,特别。

"此是便道。"荆公道:"苏州金阊门外,至于虎丘,这一带路,叫做山塘,约有七里之遥,其半路名为半塘。润州古名铁瓮城,临于大江,有金山、银山、玉山,这叫做三山。俱有佛殿僧房,想子瞻都曾游览?"东坡答应道:"是。"荆公道:"老夫再将苏润二州,各出一对,求子瞻对之。"苏州对云:

七里山塘,行到半塘三里半。

润州对云:

铁瓮城西,金、玉、银山三宝地。

东坡思想多时,不能成对,只得谢罪而出。

荆公晓得东坡受了些腌臢①,终惜其才。明日奏过神宗天子,复了他翰林学士之职。后人评这篇话道:以东坡天才,尚然三被荆公所屈,何况才不如东坡者!因作诗戒世云:

项托曾为孔子师,荆公反把子瞻嗤。
为人第一谦虚好,学问茫茫无尽期。

第四卷　拗相公饮恨半山堂

得岁月,延岁月;得欢悦,且欢悦。万事乘除总在天,何必愁肠千万结。放心宽,莫量窄,古今兴废言不彻。金谷繁华眼底尘,淮阴事业锋头血。临潼会上胆气消,丹阳县里箫声绝。时来弱草胜春花,运去精金逊顽铁。逍遥快乐是便宜,到老方知滋味别。粗衣澹饭足家常,养得浮生一世拙。

开话已毕,未入正文,且说唐诗四句:

周公恐惧流言日,王莽谦恭下士时。
假使当年身便死,一生真伪有谁知!

此诗大抵说人品有真有伪,须要恶而知其美,好而知其恶。第一句说周公。那周公,姓姬名旦,是周文王少子。有圣德,辅其兄武王伐商,定了周

---

① 腌臢——现在写成肮脏。这里含有别扭、受气之意。

家八百年天下。武王病,周公为册文告天,愿以身代,藏其册于金匮,无人知之。以后武王崩,太子成王年幼,周公抱成王于膝,以朝诸侯。有庶兄管叔、蔡叔将谋不轨,心忌周公,反布散流言,说周公欺侮幼主,不久篡位。成王疑之。周公辞了相位,避居东国,心怀恐惧。一日天降大风疾雷,击开金匮。成王见了册文,方知周公之忠,迎归相位,诛了管叔、蔡叔。周室危而复安。假如管叔、蔡叔流言方起,说周公有反叛之心,周公一病而亡,金匮之文未开,成王之疑未释,谁人与他分辨?后世却不把好人当做恶人?第二句说王莽。王莽字巨君,乃西汉平帝之舅,为人奸诈。自恃椒房①宠势,相国威权,阴有篡汉之意。恐人心不服,乃折节谦恭,遵礼贤士,假行公道,虚张功业。天下郡县称莽功德者,共四十八万七千五百七十二人。莽知人心归己,乃鸩②平帝,迁太后,自立为君。改国号曰"新",一十八年。直至南阳刘文叔起兵复汉,被诛。假如王莽早死了十八年,却不是完名全节一个贤宰相,垂之史册?不把恶人当做好人么?所以古人说:"日久见人心。"又道:"盖棺论始定。"不可以一时之誉,断其为君子;不可以一时之谤,断其为小人。有诗为证:

毁誉从来不可听,是非终久自分明。
一时轻信人言语,自有明人话不平。

如今说先朝一个宰相,他在下位之时,也着实有名有誉的。后来大权到手,任性胡为,做错了事,惹得万口唾骂,饮恨而终。假若有名誉的时节,一个瞌睡死去了不醒,人还千惜万惜,道国家没福,恁般一个好人,未能大用,不尽其才,却倒也留名于后世。及至万口唾骂时,就死也迟了。这倒是多活了几年不是!那位宰相是谁?在那一个朝代?这朝代不近不远,是北宋神宗皇帝年间,一个首相,姓王名安石,临川人也。此人目下十行,书穷万卷。名臣文彦博、欧阳修、曾巩、韩维等,无不奇其才而称之。方及二旬,一举成名。初任浙江庆元府鄞县知县,兴利除害,大有能声。转任扬州佥判。每读书达旦不寐。日已高,闻太守坐堂,多不及盥漱而往。时扬州太守乃韩魏公名琦者,见安石头面垢污,知未盥漱,疑其夜饮,劝以勤学。安石谢教,绝不分辨。后韩魏公察听他彻夜读书,心甚异之,

① 椒房——汉时后妃所住的宫殿,用椒和泥涂壁,因称"椒房"。
② 鸩(zhèn)——毒酒。

更夸其美。升江宁府知府,贤声愈著,直达帝聪。正是:

只因前段好,误了后来人。

神宗天子励精图治,闻王安石之贤,特召为翰林学士。天子问为治何法,安石以尧舜之道为对,天子大悦。不二年,拜为首相,封荆国公,举朝以为皋、夔①复出,伊、周②再生,同声相庆。惟李承之见安石双眼多白,谓是奸邪之相,他日必乱天下。苏老泉见安石衣服垢敝,经月不洗面,以为不近人情,作《辨奸论》以刺之。此两个人是独得之见,谁不肯信?不在话下。

安石既为首相,与神宗天子相知,言听计从,立起一套新法来。那几件新法?

农田法,水利法,青苗法,均输法,保甲法,免役法,市易法,保马法,方田法,免行法。

专听一个小人,姓吕名惠卿,及伊子王雱,朝夕商议,斥逐忠良,拒绝直谏。民间怨声载道,天变迭兴。荆公自以为是,复倡为三不足之说:

天变不足畏,人言不足恤,祖宗之法不足守。

因他性子执拗,主意一定,佛菩萨也劝他不转,人皆呼为拗相公。文彦博、韩琦许多名臣,先夸佳说好的,到此也自悔失言。一个个上表争论,不听,辞官而去。自此持新法益坚,祖制纷更,万民失业。

一日,爱子王雱病疽而死,荆公痛思之甚。招天下高僧,设七七四十九日斋醮③,荐度亡灵。荆公亲自行香拜表。其日,第四十九日,斋醮已完,漏下四鼓,荆公焚香送佛,忽然昏倒于拜毡之上。左右呼唤不醒。到五更,如梦初觉。口中道:"诧异,诧异!"左右扶进中门。吴国夫人命丫环接入内寝,问其缘故。荆公眼中垂泪道:"适才昏愦之时,恍恍忽忽到一个去处,如大官府之状,府门尚闭。见吾儿王雱荷巨枷约重百斤,力殊不胜,蓬首垢面,流血满体。立于门外,对我哭诉其苦,道:'阴司以儿父久居高位,不思行善,专一任性执拗,行青苗等新法,蠹国害民,怨气腾天。

---

① 皋、夔(kuí)——皋陶:传说中虞舜时的刑官;夔:传说中尧舜时的乐官。

② 伊、周——伊尹:商汤时的辅佐;周公:姬旦,西周初期周文王、周武王和周成王的辅佐。

③ 斋醮(jiào)——道教设坛祭祷的一种仪式,即供斋醮神,借以求福免灾。

儿不幸阳禄先尽，受罪极重，非斋醮可解。父亲宜及早回头，休得贪恋富贵！'说犹未毕，府中开门吆喝，惊醒回来。"夫人道："'宁可信其有，不可信其无。'妾亦闻外面人言籍籍，归怨相公。相公何不急流勇退，早去一日，也省了一日的咒詈①。"荆公从夫人之言，一连十来道表章，告病辞职。

天子风闻外边公论，亦有厌倦之意，遂从其请，以使相判江宁府。故宋时，凡宰相解位，都要带个外任的职衔，到那地方资禄养老，不必管事。荆公想江宁乃金陵古迹之地，六朝帝王之都，江山秀丽，人物繁华，足可安居，甚是得意。夫人临行，尽出房中钗钏衣饰之类，及所藏宝玩，约数千金，布施各庵院寺观打醮焚香，以资亡儿王雱冥福。择日辞朝起身，百官设饯送行，荆公托病都不相见。府中有一亲吏，姓江名居，甚会答应。荆公只带此一人，与童仆随家眷同行。

东京至金陵都有水路，荆公不用官船，微服而行，驾一小艇，由黄河溯流而下。将次开船，荆公唤江居及众童仆分付："我虽宰相，今已挂冠而归。凡一路马头歇船之处，有问我何姓何名何官何职，汝等但言过往游客，切莫对他说实话。恐惊动所在官府，前来迎送；或起夫防护，骚扰居民不便。若或泄漏风声，必是汝等需索地方常例，诈害民财。吾若知之，必皆重责。"众人都道："谨领钧旨。"江居禀道："相公白龙鱼服，隐姓潜名。倘或途中小辈不识高低，有毁谤相公者，何以处之？"荆公道："常言'宰相腹中撑得船过'，从来人言不足恤。言吾善者，不足为喜；道吾恶者，不足为怒，只当耳边风过去便了，切莫揽事！"江居领命，并晓喻水手知悉。自此水路无话。

不觉二十余日，已到钟离地方。荆公原有痰火症，住在小舟多日，情怀抑郁，火症复发，思欲舍舟登陆，观看市井风景，少舒愁绪。分付管家道："此去金陵不远。你可小心伏侍夫人家眷，从水路由瓜步淮扬过江；我从陆路而来，约到金陵江口相会。"安石打发家眷开船，自己只带两个童仆，并亲吏江居，主仆共是四人，登岸。

只因水陆舟车扰，断送南来北往人。

江居禀道："相公陆行，必用脚力。还是拿钧帖到县驿取讨，还是自家用钱雇赁？"荆公道："我分付在前，不许惊动官府，只自家雇赁便了。"

① 詈(lì)——骂。

江居道："若自家雇赁，须要投个主家。"当下童仆携了包裹，江居引荆公到一个经纪人家来。主人迎接上坐，问道："客官要往那里去？"荆公道："要往江宁，欲觅肩舆一乘，或骡或马三匹，即刻便行。"主人道："如今不比当初，忙不得哩！"荆公道："为何？"主人道："一言难尽。自从拗相公当权，创立新法，伤财害民，户口逃散。虽留下几户穷民，只好奔走官差，那有空役等雇？况且民穷财尽，百姓饔①餐不饱，没闲钱去养马骡；就有几头，也不够差使。客官坐稳，我替你抓寻去。寻得下，莫喜；寻不来，莫怪。只是比往常一倍钱要两倍哩！"江居问道："你说那拗相公是谁？"主人道："叫做王安石。闻说一双白眼睛，恶人自有恶相。"荆公垂下眼皮，叫江居莫管别人家闲事。

主人去了多时，来回复道："轿夫只许你两个，要三个也不能够；没有替换，却要把四个人的夫钱雇他。马是没有，止寻得一头骡，一个叫驴。明日五鼓到我店里。客官将就去得时，可付些银子与他。"荆公听了前番许多恶话，不耐烦，巴不得走路。想道："就是两个夫子，缓缓而行也罢。只是少一个头口。没奈何，把一匹与江居坐，那一匹，教他两个轮流坐罢。"分付江居，但凭主人定价，不要与他计较。江居把银子称付主人。

日光尚早，荆公在主人家闷不过，唤童儿跟随，走出街市闲行。果然市井萧条，店房稀少。荆公暗暗伤感。步到一个茶坊，到也洁净。荆公走进茶坊，正欲唤茶，只见壁间题一绝句云：

祖宗制度至详明，百载余黎乐太平。
白眼无端偏固执，纷纷变乱拂人情。

后款云："无名子慨世之作。"荆公默然无语，连茶也没兴吃了，慌忙出门。

又走了数百步，见一所道院。荆公道："且去随喜一回，消遣则个。"走进大门，就是三间庙宇。荆公正欲瞻礼，尚未跨进殿槛，只见朱壁外面粘着一幅黄纸，纸上有诗句：

五叶明良致太平，相君何事苦纷更？
既言尧舜宜为法，当效伊周辅圣明。
排尽旧臣居散地，尽为新法误苍生。

① 饔（yōng）——熟食。

翻思安乐窝中老，先识天津杜宇声。

先前英宗皇帝时，有一高士，姓邵名雍，别号尧夫，精于数学，通天彻地，自名其居为“安乐窝”。常与客游洛阳天津桥上，闻杜宇之声，叹道：“天下从此乱矣！”客问其故。尧夫答道：“天下将治，地气自北而南；天下将乱，地气自南而北。洛阳旧无杜宇，今忽有之，乃地气自南而北之征。不久天子必用南人为相，变乱祖宗法度，终宋世不得太平。”这个兆，正应在王安石身上。荆公默诵此诗一遍，问香火道人：“此诗何人所作，没有落款？”道人道：“数日前，有一道侣到此索纸题诗，粘于壁上，说是骂什么拗相公的。”荆公将诗纸揭下，藏于袖中，默然而出。回到主人家，闷闷的过了一夜。

五鼓鸡鸣，两名夫和一个赶脚的，牵着一头骡、一个叫驴都到了。荆公素性不十分梳洗，上了肩舆；江居乘了驴子，让那骡子与僮仆两个更换骑坐。约行四十余里，日光将午，到一村镇。江居下了驴，走上一步，禀道：“相公，该打中火了。”荆公因痰火病发，随身扶手，带得有清肺干糕，及丸药茶饼等物。分付手下：“只取沸汤一瓯来，你们自去吃饭。”荆公将沸汤调茶，用了点心。众人吃饭，兀自未了。荆公见屋旁有个坑厕，讨一张手纸，走去登东。只见坑厕土墙上，白石灰画诗八句：

初知鄞邑未升时，为负虚名众所推。
苏老《辨奸》先有识，李丞劾奏已前知。
斥除贤正专威柄，引进虚浮起祸基。
最恨邪言“三不足”，千年流毒臭声遗。

荆公登了东，觑个空，就左脚脱下一只方舄①，将舄底向土墙上抹得字迹糊涂，方才罢手。

众人中火已毕，荆公复上肩舆而行。又三十里，遇一驿舍。江居禀道：“这官舍宽敞，可以止宿。”荆公道：“昨日叮咛汝辈是甚言语！今宿于驿亭，岂不惹人盘问？还到前村，择僻静处民家投宿，方为安稳。”又行五里许，天色将晚。到一村家，竹篱茅舍，柴扉半掩。荆公叫江居上前借宿。江居推扉而入，内一老叟扶杖走出，问其来由。江居道：“某等游客，欲暂宿尊居一宵，房钱依例奉纳。”老叟道：“但随官人们尊便。”江居引荆公进

① 舄(xì)——鞋。

门,与主人相见。老叟延荆公上坐,见江居等三人侍立,知有名分,请到侧屋里另坐。老叟安排茶饭去了。荆公看新粉壁上,有大书律诗一首。诗云:

文章谩说自天成,曲学偏邪识者轻。
强辨鹑刑非正道,误餐鱼饵岂真情。
奸谋已遂生前志,执拗空遗死后名。
亲见亡儿阴受梏,始知天理报分明。

荆公阅毕,惨然不乐。须臾,老叟搬出饭来,从人都饱餐,荆公也略用了些。问老叟道:"壁上诗何人写作?"老叟道:"往来游客所书,不知名姓。"公俯首寻思:"我曾辨帛勒为鹑刑,及误餐鱼饵,二事人颇晓得。只亡儿阴府受梏事,我单对夫人说,并没第二人得知,如何此诗言及?好怪好怪!"荆公因此诗末句刺着他痛心之处,狐疑不已,因问老叟:"高寿几何?"老叟道:"年七十八年了。"荆公又问:"有几位贤郎?"老叟扑簌簌泪下,告道:"有四子,都死了!与老妻独居于此。"荆公道:"四子何为俱夭?"老叟道:"十年以来,苦为新法所害。诸子应门,或殁于官,或丧于途。老汉幸年高,得以苟延残喘;倘若少壮,也不在人世了。"

荆公惊问:"新法有何不便,乃至于此?"老叟道:"官人只看壁间诗可知矣。自朝廷用王安石为相,变易祖宗制度,专以聚敛为急,拒谏饰非,驱忠立佞。始设青苗法以虐农民,继立保甲、助役、保马、均输等法,纷纭不一。官府奉上而虐下,日以棰掠为事。吏卒夜呼于门,百姓不得安寝,弃产业,携妻子,逃于深山者,日有数十。此村百有余家,今所存八九家矣。寒家男女共一十六口,今只有四口仅存耳!"说罢,泪如雨下。荆公亦觉悲酸。又问道:"有人说新法便民,老丈今言不便,愿闻其详。"老叟道:"王安石执拗,民间称为拗相公。若言不便,便加怒贬;说便,便加升擢。凡说新法便民者,都是谄佞辈所为,其实害民非浅。且如保甲上番之法,民家每一丁教阅于场,又以一丁朝夕供送。虽说五日一教,那做保正的,日聚于教场中,受贿方释;如没贿赂,只说武艺不熟,拘之不放。以致农时俱废,往往冻馁而死。"言毕,问道:"如今那拗相公何在?"荆公哄他道:"现在朝中辅相天子。"老叟唾地大骂道:"这等奸邪,不行诛戮,还要用他,公道何在!朝廷为何不相了韩琦、富弼、司马光、吕诲、苏轼诸君子,而偏用此小人乎?"

江居等听得客坐中喧嚷之声，走来看时，见老叟说话太狠，咤叱道："老人家不可乱言，倘王丞相闻知此语，获罪非轻了！"老叟矍然怒起道："吾年近八十，何畏一死！若见此奸贼，必手刃其头，刳其心肝而食之。虽赴鼎镬①刀锯，亦无恨矣！"众人皆吐舌缩项。荆公面如死灰，不敢答言，起立庭中，对江居说道："月明如昼，还宜赶路。"江居会意，去还了老叟饭钱，安排轿马。荆公举手与老叟分别。老叟笑道："老拙自骂奸贼王安石，与官人何干，乃怫然而去。莫非官人与王安石有甚亲故么？"荆公连声答道："没有，没有！"荆公登舆，分付快走。从者跟随踏月而行。

又走十余里，到树林之下。只有茅屋三间，并无邻比。荆公道："此颇幽寂，可以息劳。"命江居叩门。内有老妪启扉。江居亦告以游客贪路，错过邸店，特来借宿，来早奉谢。老妪指中一间屋道："此处空在，但宿何妨。只是草房窄狭，放不下轿马。"江居道："不妨，我有道理。"荆公降舆入室。江居分付将轿子置于檐下，骡驴放在树林之中。荆公坐于室内，看那老妪时，衣衫褴褛，鬓发蓬松。草舍泥墙，颇为洁净。老妪取灯火，安置荆公，自去睡了。荆公见窗间有字，携灯看时，亦是律诗八句。诗云：

生已沽名衒气豪，死犹虚伪惑儿曹。
既无好语遗吴国，却有浮辞诳叶涛。
四野逃亡空白屋，千年嗔恨说"青苗"。
想因过此来亲睹，一夜愁添雪鬓毛。

荆公阅之，如万箭攒心，好生不乐，想道："一路来，茶坊道院，以至村镇人家，处处有诗讥诮。这老妪独居，谁人到此，亦有诗句，足见怨词詈语遍于人间矣！那第二联说'吴国'，乃吾之夫人也。叶涛，是吾故友。此二句诗意犹不可解。"欲唤老妪问之，闻隔壁打鼾之声。江居等马上辛苦，俱已睡去。荆公辗转寻思，抚膺顿足，懊悔不迭，想道："吾只信福建子之言，道民间甚便新法，故吾违众而行之，焉知天下怨恨至此！此皆福建子误我也！"——吕惠卿是闽人，故荆公呼为福建子。——是夜，荆公长吁短叹，和衣偃卧，不能成寐；吞声暗泣，两袖皆沾湿了。

将次天明，老妪起身，蓬着头同一赤脚蠢婢，赶二猪出门外。婢携糠秕，老妪取水，用木杓搅于木盆之中，口中呼："啰，啰，啰，拗相公来！"二

① 镬(huò)——古代煮食物的一种大锅。

猪闻呼,就盆吃食。婢又呼鸡:"喌①,喌,喌,喌,王安石来!"群鸡俱至。江居和众人看见,无不惊讶。荆公心愈不乐,因问老妪道:"老人家何为呼鸡豕之名如此?"老妪道:"官人难道不知?王安石即当今之丞相,拗相公是他的浑名。自王安石做了相公,立新法以扰民。老妾二十年孀妇,子媳俱无,止与一婢同处。妇女二口,也要出免役助役等钱;钱既出了,差役如故。老妾以桑麻为业,蚕未成眠,便预借丝钱用了;麻未上机,又借布钱用了。桑麻失利,只得畜猪养鸡,等候吏胥里保来征役钱:或准与他,或烹来款待他,自家不曾尝一块肉。故此民间怨恨新法,入于骨髓,畜养鸡豕,都呼为拗相公、王安石,把王安石当做畜生。今世没奈何他,后世得他变为异类,烹而食之,以快胸中之恨耳!"荆公暗暗垂泪,不敢开言。左右惊讶。荆公容颜改变,索镜自照,只见须发俱白,两目皆肿。心下凄惨,自己忧恚所致,思想"一夜愁添雪鬓毛"之句,岂非数乎!命江居取钱谢了老妪,收拾起身。

江居走到舆前,禀道:"相公施美政于天下,愚民无知,反以为怨。今宵不可再宿村舍。还是驿亭官舍,省些闲气。"荆公口虽不答,点头道是。上路多时,到一邮亭。江居先下驴,扶荆公出轿升亭而坐,安排早饭。荆公看亭子壁间,亦有绝句二首,第一首云:

富、韩、司马总孤忠,恳谏良言过耳风。
只把惠卿心腹待,不知杀羿是逢蒙!

第二首云:

高谈道德口悬河,变法谁知有许多。
他日命衰时败后,人非鬼责奈愁何!

荆公看罢,艴然②大怒,唤驿卒问道:"何物狂夫,敢毁谤朝政如此!"有一老卒应道:"不但此驿有诗,是处皆有留题也。"荆公问道:"此诗为何而作?"老卒道:"因王安石立新法以害民,所以民恨入骨。近闻得安石辞了相位,判江宁府,必从此路经过。早晚常有村农数百在此左近伺候他来。"荆公道:"伺他来,要拜谒他么?"老卒笑道:"仇怨之人,何拜谒之有!众百姓持白梃,候他到时,打杀了他,分而啖之耳。"荆公大骇,不等饭熟,

① 喌(zhōu)——呼鸡声。
② 艴(fú)然——恼怒的样子。

趋出邮亭上轿。江居唤众人随行。一路只买干粮充饥。

荆公更不出轿,分付兼程赶路,直至金陵,与吴国夫人相见。羞入江宁城市,乃卜居于钟山之半,名其堂曰半山。荆公只在半山堂中,看经念佛,冀消罪愆。他原是过目成诵极聪明的人,一路所见之诗,无字不记,私自写出与吴国夫人看之。方信亡儿王雱阴府受罪,非偶然也。以此终日忧愤,痰火大发。兼以气膈,不能饮食。延及岁余,奄奄待尽,骨瘦如柴,支枕而坐。吴国夫人在旁堕泪问道:"相公有甚好言语分付?"荆公道:"夫妇之情,偶合耳。我死,更不须挂念,只是散尽家财,广修善事便了。"

言未已,忽报故人叶涛特来问疾。夫人回避。荆公请叶涛床头相见,执其手,嘱道:"君聪明过人,宜多读佛书,莫作没要紧文字,徒劳无益。王某一生枉费精力,欲以文章胜人。今将死之时,悔之无及。"叶涛安慰道:"相公福寿正远,何出此言?"荆公叹道:"生死无常,老夫只恐大限一至,不能发言,故今日为君叙及此也。"叶涛辞去。荆公忽然想起老妪草舍诗句第二联道:

既无好语遗吴国,却有浮词诳叶涛。

今日正应其语。不觉抚髀长叹道:"事皆前定,岂偶然哉!作此诗者,非鬼即神。不然,如何晓得我未来之事?吾被鬼神诮让如此,安能久于人世乎!"

不几日,疾革,发谵语,将手批颊自骂道:"王某上负天子,下负百姓,罪不容诛!九泉之下,何面目见唐子方诸公乎?"一连骂了三日,呕血数升而死。那唐子方名介,乃是宋朝一个直臣,苦谏新法不便,安石不听,也是呕血而死的。一般样死,比王安石死得有名声。至今山间人家,尚有呼猪为拗相公者。后人论宋朝元气,都为熙宁变法所坏,所以有靖康之祸。有诗为证:

熙宁新法谏书多,执拗行私奈尔何。
不是此番元气耗,虏军岂得渡黄河?

又有诗惜荆公之才:

好个聪明介甫翁,高才历任有清风。
可怜覆餗①因高位,只合终身翰苑中。

---

① 覆餗(sù)——食物;食物从鼎锅里倒出来,比喻因力不胜任而败事。

第五卷　吕大郎还金完骨肉

毛宝放龟悬大印，宋郊渡蚁占高魁。

世人尽说天高远，谁识阴功暗里来。

话说浙江嘉兴府长水塘地方有一富翁，姓金名钟，家财万贯，世代都称员外，性至悭吝。平生常有五恨。那五恨？

一恨天，二恨地，三恨自家，四恨爹娘，五恨皇帝。

恨天者，恨他不常常六月，又多了秋风冬雪，使人怕冷，不免费钱买衣服来穿。恨地者，恨他树木生得不凑趣；若是凑趣，生得齐整如意，树本就好做屋柱，枝条大者，就好做梁，细者就好做椽，却不省了匠人工作？恨自家者，恨肚皮不会作家，一日不吃饭，就饿将起来。恨爹娘者，恨他遗下许多亲眷朋友，来时未免费茶费水。恨皇帝者，我的祖宗分授的田地，却要他来收钱粮！不止五恨，还有四愿，愿得四般物事。那四般物事？

一愿得邓家铜山，二愿得郭家金穴，三愿得石崇的聚宝盆，四愿得吕纯阳祖师点石为金这个手指头。

因有这四愿、五恨，心常不足。积财聚谷，目不暇给。真个是数米而炊，称柴而爨①，因此乡里起他一个异名，叫做金冷水，又叫金剥皮。尤不喜者是僧人。世间只有僧人讨便宜，他单会布施俗家的东西，再没有反布施与俗家之理。所以金冷水见了僧人，就是眼中之钉，舌中之刺。他住居相近处，有个福善庵。金员外生年五十，从不晓得在庵中破费一文的香钱。

所喜浑家单氏，与员外同年同月同日，只不同时。他偏吃斋好善。金员外喜他的是吃斋，恼他的是好善。因四十岁上，尚无子息，单氏瞒过了丈夫，将自己钗梳二十余金，布施与福善庵老僧，教他妆佛诵经祈求子嗣。佛门有应，果然连生二子，且是俊秀。因是福善庵祈求来的，大的小名福儿，小的小名善儿。单氏自得了二子之后，时常瞒了丈夫，偷柴偷米，送与

① 爨(cuàn)——烧火煮饭。

福善庵,供养那老僧。金员外偶然察听了些风声,便去咒天骂地,夫妻反目,直聒得一个不耐烦方休。如此也非止一次。只为浑家也是个硬性,闹过了,依旧不理。

其年夫妻齐寿,皆当五旬。福儿年九岁,善儿年八岁,踏肩生下来的,都已上学读书,十全十美。到生辰之日,金员外恐有亲朋来贺寿,预先躲出。单氏又凑些私房银两,送与庵中打一坛斋醮。一来为老夫妇齐寿,二来为儿子长大,了还愿心。日前也曾与丈夫说过来,丈夫不肯,所以只得私房做事。其夜,和尚们要铺设长生佛灯,叫香火道人至金家,问金阿妈要几斗糙米。单氏偷开了仓门,将米三斗,付与道人去了。随后金员外回来,单氏还在仓门口封锁。被丈夫窥见了,又见地下狼籍些米粒,知是私房做事。欲要争嚷,心下想道:"今日生辰好日,况且东西去了,也讨不转来,干拌去了涎沫。"只推不知,忍住这口气,一夜不睡,左思右想道:"叵耐①这贼秃常时来蒿恼②我家,到是我看家的一个耗鬼。除非那秃驴死了,方绝其患。"恨无计策。

到天明时,老僧携着一个徒弟来回覆醮事。原来那和尚也怕见金冷水。且站在门外张望。金老早已瞧见,眉头一皱,计上心来。取了几文钱,从侧门走出市心,到山药铺里赎些砒霜,转到卖点心的王三郎店里。王三郎正蒸着一笼熟粉,摆一碗糖馅,要做饼子。金冷水袖里摸出八文钱撇在柜上道:"三郎收了钱,大些的饼子与我做四个,馅却不要下少了。你只捏着窝儿,等我自家下馅则个。"王三郎口虽不言,心下想道:"有名的金冷水金剥皮,自从开这几年点心铺子,从不见他家半文之面。今日好利市,也赚他八个钱。他是好便宜的,便等他多下些馅去,扳他下次主顾。"王三郎向笼中取出雪团样的熟粉,真个捏做窝儿,递与金冷水说道:"员外请尊便。"金冷水却将砒霜末悄悄的撒在饼内,然后加馅,做成饼子。如此一连做了四个,热烘烘的放在袖里。离了王三郎店,望自家门首踱将进来。

那两个和尚,正在厅中吃茶。金老欣然相揖,揖罢,入内对浑家道:"两个师父清早到来,恐怕肚里饥饿。适才邻舍家邀我吃点心,我见饼子

① 叵耐——不可容忍。
② 蒿(hāo)恼——打扰,麻烦。

热得好,袖了他四个来。何不就请了两个师父?”单氏深喜丈夫回心向善,取个朱红碟子,把四个饼子装做一碟,叫丫鬟托将出去。那和尚见了员外回家,不敢入坐,已无心吃饼了。见丫鬟送出来,知是阿妈美意,也不好虚得,将四个饼子装做一袖,叫声咶噪,出门回庵而去。金老暗暗欢喜,不在话下。

却说金家两个学生,在社学中读书。放了学时,常到庵中顽耍。这一晚,又到庵中。老和尚想道:“金家两位小官人,时常到此,没有什么请得他。今早金阿妈送我四个饼子还不曾动,放在橱柜里。何不将来熯①热了,请他吃一杯茶?”当下分付徒弟,在橱柜里取出四个饼子,厨房下熯得焦黄。热了两杯浓茶,摆在房里,请两位小官人吃茶。两个学生顽耍了半晌,正在肚饥。见了热腾腾的饼子,一人两个,都吃了。不吃时犹可,吃了呵,分明是:

一块火烧着心肝,万杆枪攒却腹肚!

两个一时齐叫肚疼。跟随的学童慌了,要扶他回去。奈两个疼做一堆,跑走不动。老和尚也着了忙,正不知什么意故,只得叫徒弟一人背了一个,学童随着,送回金员外家。二僧自去了。金家夫妇这一惊非小,慌忙叫学童问其缘故。学童道:“方才到福善庵吃了四个饼子,便叫肚疼起来。那老师父说,这饼子原是我家今早把与他吃的,他不舍得吃,将来恭敬两位小官人。”金员外情知跷蹊了,只得将砒霜实情对阿妈说知。单氏心下越慌了,便把凉水灌他,如何灌得醒!须臾七窍流血,呜呼哀哉,做了一对殇鬼。单氏千难万难,祈求下两个孩儿,却被丈夫不仁,自家毒死了。待要厮骂一场,也是枉然。气又忍不过,苦又熬不过,走进内房,解下束腰罗帕,悬梁自缢。金员外哭了儿子一场,方才收泪,到房中与阿妈商议说话,见梁上这件打秋千的东西,唬得半死。登时就得病上床,不够七日,也死了。金氏族家,平昔恨那金冷水金剥皮悭吝,此时天赐其便,大大小小,都蜂拥而来,将家私抢个罄尽。此乃万贯家财、有名的金员外一个终身结果。不好善而行恶之报也。有诗为证:

饼内砒霜那得知?害人番害自家儿。
举心动念天知道,果报昭彰岂有私!

---

① 熯(hàn)——焙。

方才说金员外只为行恶上,拆散了一家骨肉。如今再说一个人,单为行善,周全了一家骨肉。正是:

善恶相形,祸福自见。戒人作恶,劝人为善。

话说江南常州府无锡县东门外有个小户人家,兄弟三人。大的叫做吕玉,第二的叫做吕宝,第三的叫做吕珍。吕玉娶妻王氏,吕宝娶妻杨氏,俱有姿色。吕珍年幼未娶。王氏生下一个孩子,小名喜儿。方才六岁,跟邻舍家儿童出去看神会,夜晚不回。夫妻两个烦恼,出了一张招子,街坊上,叫了数日,全无影响。吕玉气闷,在家里坐不过,向大户家借了几两本钱,往太仓、嘉定一路,收些棉花布匹,各处贩卖,就便访问儿子消息。每年正二月出门,到八九月回家,又收新货。走了四个年头,虽然趁些利息,眼见得儿子没有寻处了。日久心慢,也不在话下。

到第五个年头,吕玉别了王氏,又去做经纪。何期中途遇了个大本钱的布商,谈论之间,知道吕玉买卖中通透,拉他同往山西脱货,就带绒货转来发卖,于中有些用钱相谢。吕玉贪了蝇头微利,随着去了。及至到了山西,发货之后,遇着连岁荒歉,讨赊账不起,不得脱身。吕玉少年久旷,也不免行户中走了一两遍,走出一身风流疮。服药调治,无面回家。捱到三年,疮才痊好,讨清了账目。那布商因为稽迟了吕玉的归期,加倍酬谢。吕玉得了些利物,等不得布商收货完备,自己贩了些粗细绒褐,相别先回。

一日早晨,行至陈留地方,偶然去坑厕出恭。见坑板上遗下个青布搭膊,捡在手中,觉得沉重。取回下处,打开看时,都是白物,约有二百金之数。吕玉想道:"这不意之财,虽则取之无碍,倘或失主追寻不见,好大一场气闷。古人见金不取,拾带重还。我今年过三旬,尚无子嗣,要这横财何用!"忙到坑厕左近伺候,只等有人来找寻,就将原物还他。等了一日,不见人来。次日只得起身,又行了五百余里,到南宿州地方。其日天晚,下一个客店,遇着一个同下的客人,闲论起江湖生意之事。那客人说起自不小心,五日前侵晨到陈留县解下搭膊登东,偶然官府在街上过,心慌起身,却忘记了那搭膊。里面有二百两银子。直到夜里脱衣要睡,方才省得。想着过了一日,自然有人拾去了。转去寻觅,也是无益,只得自认晦气罢了。吕玉便问:"老客尊姓?高居何处?"客人道:"在下姓陈,祖贯徽州,今在扬州闸上开个粮食铺子。敢问老兄高姓?"吕玉道:"小弟姓吕,是常州无锡县人。扬州也是顺路,相送尊兄到彼奉拜。"客人也不知详细，答应道："若肯下顾最好。"

次早，二人作伴同行。不一日，来到扬州闸口。吕玉也到陈家铺子，登堂作揖。陈朝奉看坐献茶。吕玉先提起陈留县失银子之事，盘问他搭膊模样。"是个深蓝青布的，一头有白线缉一个'陈'字。"吕玉心下晓然，便道："小弟前在陈留拾得一个搭膊，到也相像，把来与尊兄认看。"陈朝奉见了搭膊，道："正是。"搭膊里面银两，原封不动。吕玉双手递还陈朝奉。陈朝奉过意不去，要与吕玉均分。吕玉不肯。陈朝奉道："便不均分，也受我几两谢礼，等在下心安。"吕玉那里肯受。陈朝奉感激不尽，慌忙摆饭相款，思想："难得吕玉这般好人，还金之恩，无门可报。自家有十二岁一个女儿，要与吕君扳一脉亲往来，第不知他有儿子否？"饮酒中间，陈朝奉问道："恩兄，令郎几岁了？"吕玉不觉掉下泪来，答道："小弟只有一儿。七年前为看神会，失去了，至今并无下落。荆妻亦别无生育。如今回去，意欲寻个螟蛉之子①出去帮扶生理，只是难得这般凑巧的。"陈朝奉道："舍下数年之间，将三两银子，买得一个小厮，貌颇清秀，又且乖巧，也是下路人带来的。如今一十三岁了，伴着小儿在学堂中上学。恩兄若看得中意时，就送与恩兄伏侍，也当我一点薄敬。"吕玉道："若肯相借，当奉还身价。"陈朝奉道："说那里话来！只恐恩兄不用时，小弟无以为情。"当下便教掌店的，去学堂中唤喜儿到来。吕玉听得名字与他儿子相同，心中疑惑。

须臾，小厮唤到。穿一领芜湖青布的道袍，生得果然清秀。习惯了学堂中规矩，见了吕玉，朝上深深唱个喏。吕玉心下便觉得欢喜。仔细认出儿子面貌来：四岁时，因跌损左边眉角，结一个小疤儿，有这点可认。吕玉便问道："几时到陈家的？"那小厮想一想道："有六七年了。"又问他："你原是那里人？谁卖你在此？"那小厮道："不十分详细。只记得爹叫做吕大，还有两个叔叔在家，娘姓王，家在无锡城外。小时被人骗出，卖在此间。"吕玉听罢，便抱那小厮在怀，叫声："亲儿！我正是无锡吕大！是你的亲爹了。失了你七年，何期在此相遇！"正是：

水底捞针针已得，掌中失宝宝重逢。
筵前相抱殷勤认，犹恐今朝是梦中。

---

① 螟蛉之子——义子。

小厮眼中流下泪来。吕玉伤感,自不必说。吕玉起身拜谢陈朝奉:"小儿若非府上收留,今日安得父子重会?"陈朝奉道:"恩兄有还金之盛德,天遣尊驾到寒舍,父子团圆。小弟一向不知是令郎,甚愧怠慢。"吕玉又叫喜儿拜谢了陈朝奉。陈朝奉定要还拜。吕玉不肯,再三扶住。受了两礼,便请喜儿坐于吕玉之旁。陈朝奉开言:"承恩兄相爱,学生有一女年方十二岁,欲与令郎结丝萝之好。"吕玉见他情意真恳,谦让不得,只得依允。是夜父子同榻而宿,说了一夜的话。

次日,吕玉辞别要行。陈朝奉留住,另设个大席面,管待新亲家、新女婿,就当送行。酒行数巡,陈朝奉取出白金二十两,向吕玉说道:"贤婿一向在舍有慢,今奉些须薄礼相赎,权表亲情,万勿固辞。"吕玉道:"过承高门俯就,舍下就该行聘定之礼。因在客途,不好苟且。如何反费亲家厚赐?决不敢当!"陈朝奉道:"这是学生自送与贤婿的,不干亲翁之事。亲翁若见却,就是不允这头亲事了。"吕玉没得说,只得受了,叫儿子出席拜谢。陈朝奉扶起道:"些微薄礼,何谢之有。"喜儿又进去谢了丈母。当日开怀畅饮,至晚而散。吕玉想道:"我因这还金之便,父子相逢,诚乃天意。又攀了这头好亲事,似锦上添花。无处报答天地,有陈亲家送这二十两银子,也是不意之财。何不择个洁净僧院,籴米斋僧,以种福田。"主意定了。

次早,陈朝奉又备早饭。吕玉父子吃罢,收拾行囊,作谢而别,唤了一只小船,摇出闸外。约有数里,只听得江边鼎沸。原来坏了一只人载船,落水的号呼求救。崖上人招呼小船打捞。小船索要赏犒,在那里争嚷。吕玉想道:"救人一命,胜造七级浮屠。比如我要去斋僧,何不舍这二十两银子做赏钱,教他捞救,见在功德。"当下对众人说:"我出赏钱,快捞救。若救起一船人性命,把二十两银子与你们。"众人听得有二十两银子赏钱,小船如蚁而来,连崖上人,也有几个会水性的,赴水去救。须臾之间,把一船人都救起。吕玉将银子付与众人分散。水中得命的,都千恩万谢。

只见内中一人,看了吕玉叫道:"哥哥那里来?"吕玉看他,不是别人,正是第三个亲弟吕珍。吕玉合掌道:"惭愧,惭愧!天遣我捞救兄弟一命。"忙扶上船,将干衣服与他换了。吕珍纳头便拜。吕玉答礼,就叫侄儿见了叔叔。把还金遇子之事,述了一遍。吕珍惊讶不已。吕玉问道:

"你却为何到此?"吕珍道:"一言难尽。自从哥哥出门之后,一去三年。有人传说哥哥在山西害了疮毒身故。二哥察访得实,嫂嫂已是成服戴孝,兄弟只是不信。二哥近日又要逼嫂嫂嫁人,嫂嫂不从。因此教兄弟亲到山西访问哥哥消息,不期于此相会。又遭覆溺,得哥哥捞救,天与之幸!哥哥不可怠缓,急急回家,以安嫂嫂之心。迟则,怕有变了。"吕玉闻说惊慌,急叫家长开船,星夜赶路。正是:

　　心忙似箭惟嫌缓,船走如梭尚道迟。

再说王氏闻丈夫凶信,初时也疑惑。被吕宝说得活龙活现,也信了,少不得换了些素服。吕宝心怀不善,想着哥哥已故,嫂嫂又无所出,况且年纪后生,要劝他改嫁,自己得些财礼。教浑家杨氏与阿姆说。王氏坚意不从。又得吕珍朝夕谏阻,所以其计不成。王氏想道:"'千闻不如一见。'虽说丈夫已死,在几千里之外,不知端的。央小叔吕珍是必亲到山西,问个备细。如果然不幸,骨殖也带一块回来。"吕珍去后,吕宝愈无忌惮 。又连日赌钱输了,没处设法。偶有江西客人丧偶,要讨一个娘子,吕宝就将嫂嫂与他说合。那客人也访得吕大的浑家有几分颜色,情愿出三十两银子。吕宝得了银子,向客人道:"家嫂有些妆乔,好好里请她出门,定然不肯。今夜黄昏时分,唤了人轿,悄地到我家来。只看戴孝髻的便是家嫂,更不须言语,扶他上轿,连夜开船去便了。"客人依计而行。

却说吕宝回家,恐怕嫂嫂不从,在她跟前不露一字。却私下对浑家做个手势道:"那两脚货,今夜要出脱与江西客人去了。我生怕她哭哭啼啼,先躲出去。黄昏时候,你劝她上轿,日里且莫对她说。"吕宝自去了,却不曾说明孝髻的事。原来杨氏与王氏妯娌最睦,心中不忍,一时丈夫做主,没奈他何,欲言不言。直挨到酉牌时分,只得与王氏透个消息:"我丈夫已将姆姆嫁与江西客人。少停,客人就来取亲,教我莫说。我与姆姆情厚,不好瞒得。你房中有甚细软家私,须先收拾,打个包裹,省得一时忙乱。"王氏啼哭起来,叫天叫地起来。杨氏道:"不是奴苦劝姆姆,后生家孤孀,终久不了。吊桶已落在井里,也是一缘一会。哭也没用。"王氏道:"婶婶说那里话!我丈夫虽说已死,不曾亲见;且待三叔回来,定有个真信。如今逼得我好苦!"说罢又哭。杨氏左劝右劝。王氏住了哭说道:"婶婶,既要我嫁人,罢了。怎好戴孝髻出门?婶婶寻一顶黑髻与奴换了。"杨氏又要忠丈夫之托,又要姆姆面上讨好,连忙去寻黑髻来换。也是天数当然,旧髻儿也寻不出一顶。王氏道:“婶婶,你是在家的,暂时换你头上的髻儿与我。明早你教叔叔铺里取一顶来换了就是。”杨氏道:“使得。”便除下髻来递与姆姆。王氏将自己孝髻除下,换与杨氏戴了。王氏又换了一身色服。

黄昏过后,江西客人,引着灯笼火把,抬着一顶花轿 ,吹手虽有一副,不敢吹打,如风似雨,飞奔吕家来。吕宝已自与了他暗号。众人推开大门,只认戴孝髻的就抢。杨氏嚷道:“不是!”众人那里管三七二十一。抢上轿时,鼓手吹打,轿夫飞也似抬去了。

一派笙歌上客船,错疑孝髻是姻缘。

新人若向新郎诉,只怨亲夫不怨天。

王氏暗暗叫谢天谢地,关了大门,自来安歇。次日天明,吕宝意气扬扬,敲门进来,看见是嫂嫂开门,吃了一惊。房中不见了浑家,见嫂子头上戴的是黑髻,心中大疑,问道:“嫂嫂,你婶子那里去了?”王氏暗暗好笑,答道:“昨夜被江西蛮子抢去了。”吕宝道:“那有这话?且问嫂嫂如何不戴孝髻?”王氏将换髻的缘故述了一遍。吕宝捶胸只是叫苦,指望卖嫂子,谁知到卖了老婆!江西客人已是开船去了。三十两银子,昨晚一夜,就赌输了一大半,再要娶这房媳妇子,今生休想。复又思量,一不做,二不休,有心是这等,再寻个主顾把嫂子卖了,还有讨老婆的本钱。方欲出门,只见门外四五个人,一拥进来,不是别人,却是哥哥吕玉,兄弟吕珍,侄子喜儿,与两个脚家,驮了行李货物进门。吕宝自觉无颜,后门逃出,不知去向。

王氏接了丈夫,又见儿子长大回家,问其缘故。吕玉从头至尾,叙了一遍。王氏也把江西人抢去婶婶,吕宝无颜,后门走了一段情节叙出。吕玉道:“我若贪了这二百两非义之财,怎够父子相见?若惜了那二十两银子,不去捞救覆舟之人,怎能够兄弟相逢?若不遇兄弟时,怎知家中信息?今日夫妻重会,一家骨肉团圆,皆天使之然也。逆弟卖妻,也是自作自受。皇天报应,的然不爽!”自此益修善行,家道日隆。后来喜儿与陈员外之女做亲,子孙繁衍,多有出仕贵显者。诗云:

本意还金兼得子,立心卖嫂反输妻。

世间惟有天工巧,善恶分明不可欺。

第六卷　俞仲举题诗遇上皇

日月盈亏，星辰失度，为人岂无兴衰？子房年幼，逃难在徐、邳。伊尹曾耕莘野，子牙尝钓燮溪。君不见韩侯未遇，遭胯下受驱驰。蒙正瓦窑借宿，裴度在古庙依栖。时来也，皆为将相，方表是男儿。

汉武帝元狩二年，四川成都府一秀士司马长卿，双名相如，自幼父母双亡，孤身无倚，齑①盐自守。贯串百家，精通经史。虽然游艺江湖，其实志在功名。出门之时，过城北七里许，曰升仙桥，相如大书于桥柱上："大丈夫不乘驷马车，不复过此桥。"所以北抵京、洛，东至齐、楚，遂依梁孝王之门，与邹阳、枚皋辈为友。不期梁王薨，相如谢病归成都市上。临邛县有县令王吉，每每使人相招。一日到彼相会，盘桓旬日。谈间，言及本处卓王孙，巨富，有亭台池馆，华美可玩。县令着人去说，教他接待。卓王孙资财巨万，童仆数百，门阑奢侈。园中有花亭一所，名曰瑞仙。四面芳菲烂漫，真可游息。京洛名园，皆不能过此。这卓员外丧偶不娶，慕道修真。只有一女，小字文君，年方十九，新寡在家。聪慧过人，姿态出众。琴棋书画，无所不通。

员外一日早晨，闻说县令友人司马长卿，乃文章巨儒，要来游玩园池，特来拜访。慌忙迎接，至后花园中瑞仙亭上。动问已毕，卓王孙置酒相待。见长卿丰姿俊雅，且是王县令好友，甚相敬重，道："先生去县中安下不便，何不在敝舍权住几日？"相如感其厚意，遂令人唤琴童携行李来瑞仙亭安下。倏忽半月。

且说卓文君在绣房中闲坐，闻侍女春儿说："有秀士司马长卿相访，员外留他在瑞仙亭安寓。此生丰姿俊雅，且善抚琴。"文君心动，私于东墙琐窗内，窃窥视相如才貌："日后必然大贵。但不知有妻无妻？我若得如此之丈夫，平生愿足。争奈此人箪瓢屡空，若待媒证求亲，俺父亲决然不肯。倘若错过此人，再后难得。"过了两日，女使春儿见小姐双眉愁蹙，

---

① 齑(jī)盐——指腌菜和盐。喻贫苦的生活。

必有所思,乃对小姐道:“今夜三月十五日,月色光明,何不往花园中散闷则个?”小姐口中不说,心下思量:“自见了那秀才,日夜废寝忘餐,放心不下。我今主意已定。虽然有亏妇道,是我一世前程。”收拾了些金珠首饰,分付春儿安排酒果:“今夜与你赏月散闷。”春儿打点完备,随小姐行来。

话中且说相如久闻得文君小姐貌美聪慧,甚知音律,也有心去挑逗她。今夜月明如水,闻花阴下有行动之声,教琴童私觑,知是小姐。乃焚香一炷,将瑶琴抚弄。文君正行数步,只听得琴声清亮,移步将近瑞仙亭,转过花阴下,听得所弹音曰:

凤兮凤兮思故乡,遨游四海兮求其凰。时未遇兮无所将,何如今夕兮升斯堂?有艳淑女在闺房,室迩人遐在我傍。何缘交颈为鸳鸯,期颉颃①兮共翱翔。

凤兮凤兮从我栖,得托孳尾永为妃。交情通体心和谐,中夜相从知者谁。双翼俱起翻高飞,无感我思使余悲。

小姐听罢,对侍女道:“秀才有心,妾亦有心。今夜既到这里,可去与秀才相见。”遂乃行到亭边。相如月下见了文君,连忙起身迎接道:“小生梦想花容,何期光降。不及远接,恕罪,恕罪。”文君敛衽②向前道:“高贤下临,甚缺款待。孤馆寂寞,令人相念无已。”相如道:“不劳小姐挂意。小生有琴一张,自能消遣。”文君笑道:“先生不必迂阔。琴中之意,妾已备知。”相如跪下告道:“小生得见花颜,死也甘心。”文君道:“请起。妾今夜到此,与先生赏月,同饮三杯。”春儿排酒果于瑞仙亭上。文君相如对饮。相如细视文君,果然生得:

眉如翠羽,肌如白雪。振绣衣,披锦裳,浓不短,纤不长 。临溪双洛浦,对月两嫦娥。

酒行数巡,文君令春儿收拾前去:“我便回来。”相如道:“小姐不嫌寒陋,愿就枕席之欢。”文君笑道:“妾欲奉终身箕帚,岂在一时欢爱乎?”相如问道:“小姐计将安出?”文君道:“如今收拾了些金珠在此。不如今夜同离此间,别处居住。倘后父亲想念,搬回一家完聚,岂不美哉!”当下二

---

① 颉颃(xiéháng)——鸟飞上飞下。

② 衽(rèn)——衣襟。

人同下瑞仙亭,出后园而走。却是:

　　鳌鱼脱却金钩去,摆尾摇头更不回。

且说春儿至天明不见小姐在房,亭子上又寻不见,报与老员外得知。寻到瑞仙亭上,和相如都不见。员外道:"相如是文学之士,为此禽兽之行!小贱人!你也自幼读书,岂不闻女子'事无擅为,行无独出'?你不闻父命,私奔苟合,非吾女也!"欲要讼之于官,争奈家丑不可外扬,故尔中止。"且看他有何面目相见亲戚!"从此隐忍无语,亦不追寻。

却说相如与文君到家,相如自思囊箧罄然①,难以度日。"想我浑家乃富贵之女,岂知如此寂寞。所喜者略无愠色,颇为贤达。她料想司马长卿必有发达时分。"正愁闷间,文君至。相如道:"日与浑家商议,欲做些小营运,奈无资本。"文君道:"我首饰钗钏,尽可变卖。但我父亲万贯家财,岂不能周济一女?如今不若开张酒肆,妾自当垆②。若父亲知之,必然懊悔。"相如从其言,修造房屋,开店卖酒。文君亲自当垆记账。忽一日,卓王孙家童有事到成都府,入肆饮酒。事有凑巧,正来到司马长卿肆中。见当垆之妇,乃是主翁小姐,吃了一惊。慌忙走回临邛,报与员外知道。员外满面羞惭,不肯认女,但杜门不见宾客而已。

再说相如夫妇卖酒,约有半年。忽有天使捧着一纸诏书,问司马相如名字。到于肆中,说道:"朝廷观先生所作《子虚赋》,文章浩烂,超越古人。官里叹赏,飘飘然有凌云之志气,恨不得与此人同时。有杨得意奏言:'此赋是臣之同里司马长卿所作,现在成都闲居。'天子大喜,特差小官来征召。走马临朝,不许迟延!"相如收拾行装,即时要行。文君道:"官人此行富贵,则怕忘了瑞仙亭上!"相如道:"小生受小姐大恩,方恨未报,何出此言?"文君道:"秀才们也有两般。有那君子儒,不论贫富,志行不移;有那小人儒,贫时又一般,富时就忘了。"相如道:"小姐放心!"夫妻二人,不忍相别。临时,文君又嘱道:"此时已遂题桥志,莫负当垆涤器人!"

且不说相如同天使登程。却说卓王孙有家童从长安回,听得杨得意举荐司马相如,蒙朝廷征召去了,自言:"我女儿有先见之明,为见此人才

---

① 罄(qìng)然——空尽。

② 垆(lú)——酒店里安放酒瓮的土台子。

貌双全,必然显达,所以成了亲事。老夫想起来,男婚女嫁,人之大伦。我女婿不得官时,我先带侍女春儿同往成都去望,乃是父子之情,无人笑我;若是他得了官时去看他,教人道我趋时奉势。"次日,带同春儿径到成都府,寻见文君。文君见了父亲,拜道:"孩儿有不孝之罪,望爹爹饶恕!"员外道:"我儿,你想杀我! 从前之话,更不须提了。如今且喜朝廷征召,正称孩儿之心。我今日送春儿来伏侍,接你回家居住。我自差家童往长安报与贤婿知道。"文君执意不肯。员外见女儿主意定了,乃将家财之半,分授女儿,于成都起建大宅,市买良田,僮仆三四百人。员外伴着女儿同住,等候女婿佳音。

再说司马相如同天使至京师朝见,献《上林赋》一篇。天子大喜,即拜为著作郎,待诏金马门。近有巴蜀开通南夷诸道,用"军兴"法转漕繁冗,惊扰夷民。官里闻知大怒,召相如议论此事。令作《喻巴蜀之檄》。官里道:"此一事,欲待差官,非卿不可。"乃拜相如为中郎将,持节而往,令剑金牌,先斩后奏。相如谢恩,辞天子出朝。一路驰驿而行,到彼处,劝谕巴蜀已平,蛮夷清静。不过半月,百姓安宁,衣锦还乡。数日之间,已达成都府。本府官员迎接,到于新宅。文君出迎。相如道:"读书不负人,今日果遂题桥之愿!"文君道:"更有一喜,你丈人先到这里迎接。"相如连声:"不敢,不敢!"老员外出见,相如向前施礼。彼此相谢。排筵贺喜。自此遂为成都富室。有诗为证:

夜静瑶台月正圆,清风淅沥满林峦。
朱弦慢促相思调,不是知音不与弹。

司马相如本是成都府一个穷儒,只为一篇文字上投了至尊之意,一朝发迹。如今再说南宋朝一个贫士,也是成都府人,在濯锦江居住。亦因词篇遭际,衣锦还乡。此人姓俞名良,字仲举。年登二十五岁,幼丧父母,娶妻张氏。这秀才日夜勤攻诗史,满腹文章。时当春榜动,选场开,广招天下人才,赴临安应举。俞良便收拾琴剑书箱,择日起程。亲朋饯送。分付浑家道:"我去求官,多则三年,少则一载。但得一官半职,即便回来。"道罢,相别,跨一蹇驴①而去。不则一日,行至中途,偶染一疾,忙寻客店安下,心中烦恼。不想病了半月,身边钱物使尽,只得将驴儿卖了做盘缠。

① 蹇(jiǎn)驴——走不快的驴。

又怕误了科场日期,只得买双草鞋穿了,自背书囊而行。不数日,脚都打破了,鲜血淋漓,于路苦楚。心中想道:“几时得到杭州!”看着那双脚,作一词以述怀抱,名《瑞鹤仙》:

春闱斯近也,望帝京迢递,犹在天际。懊恨这双脚底,不惯行程,如今怎免得拖泥带水。痛难禁,芒鞋五耳倦行时,着意温存,笑语甜言安慰。　　争气扶持我去,选得官来,那时赏你穿对朝靴。安排在轿儿里,抬来抬去,饱餐羊肉滋味。重教细腻,更寻对小小脚儿,夜间伴你。

不则一日,已到杭州。至贡院前桥下,有个客店。姓孙,叫做孙婆店。俞良在店中安歇了。过不多几日,俞良入选场已毕,俱各伺候挂榜。只说举子们,原来却有这般苦处。假如俞良八千有余多路,来到临安,指望一举成名,争奈时运未至,龙门点额,金榜无名。俞良心中好闷,眼中流泪,自寻思道:“千乡万里,来到此间,身边囊篋消然,如何够得回乡?”不免流落杭州。每日出街,有些银两,只买酒吃,消愁解闷。看看穷乏。初时还有几个相识看觑他,后面蒿恼人多了,被人憎嫌。但遇见一般秀才上店吃酒,俞良便入去投谒。每日吃两碗饿酒,烂醉了归店中安歇。孙婆见了,埋怨道:“秀才,你却少了我房钱不还。每日吃得大醉,却有钱买酒吃!”俞良也不分说。每日早间,问店小二讨些汤洗了面,便出门。长篇见宰相,短卷谒公卿,捱得几碗酒吃,吃得烂醉,直到昏黑,便归客店安歇。每日如是。

一日,俞良走到众安桥,见个茶坊,有几个秀才在里面。俞良便挨身入去坐地。只见茶博士向前唱个喏,问道:“解元①吃甚么茶?”俞良口中不道,心下思量:“我早饭也不曾吃,却来问我吃茶。身边铜钱又无,吃了却捉甚么还他?”便道:“我约一个相识在这里等,少间客至来问。”茶博士自退。俞良坐于门首,只要看一个相识过,却又遇不着。正闷坐间,只见一个先生,手里执着一个招儿,上面写道“如神见”。俞良想是个算命先生,且算一命看。则一请,请那先生入到茶坊里坐定。俞良说了年月日时,那先生便算。茶博士见了道:“这是他等的相识来了。”便向前问道:“解元吃甚么茶?”俞良吩咐:“点两个椒茶来。”二人吃罢,先生道:“解元

---

①　解元——明清两代称乡试考取第一名的人。

好个造物！即目三日之内，有分遇大贵人发迹，贵不可言。”俞良听说，自想：“我这等模样，几时能够发迹？眼下茶钱也没得还。”便做个意头，抽身起道：“先生，我若真个发迹时，却得相谢。”便起身走。茶博士道：“解元，茶钱！”俞良道：“我只借坐一坐，你却来问我茶。我那得钱还？先生说我早晚发迹，等我好了，一发还你。”掉了便走。先生道：“解元，命钱未还。”俞良道：“先生得罪。等我发迹，一发相谢。”先生道：“我方才出来，好不顺溜！”茶博士道：“我没兴，折了两个茶钱！”当下自散。

俞良又去赶趁，吃了几碗饿酒。直到天晚，酩酊烂醉，踉踉跄跄，到孙婆店中，昏迷不醒，睡倒了。孙婆见了，大骂道：“这秀才好没道理！少了我若干房钱不肯还，每日吃得大醉。你道别人请你，终不成每日有人请你！”俞良便道：“我醉自醉，干你甚事？别人请不请，也不干你事！”孙婆道：“老娘情愿折了许多时房钱，你明日便请出门去。”俞良带酒胡言乱语，便道：“你要我去，再与我五贯钱，我明日便去。”孙婆听说，笑将起来道：“从不曾见恁般主顾！白住了许多时店房，到还要诈钱撒泼，也不像斯文体面。”俞良听得，骂将起来道：“我有韩信之志，你无漂母之仁。我俞某是个饱学秀才，少不得今科不中来科中。你就供养我到来科，打甚么紧！”乘着酒兴，敲台打凳，弄假成真起来。孙婆见他撒酒风，不敢惹他，关了门，自进去了。俞良弄了半日酒，身体困倦，跌倒在床铺上，也睡去了。五更酒醒，想起前情，自觉惭愧。欲要不别而行，又没个去处。正在两难。

却说孙婆与儿子孙小二商议，没奈何，只得破两贯钱，倒去赔他个不是，央及他动身。若肯轻轻撒开，便是造化。俞良本待不受，其奈身无半文，只得忍着羞，收了这两贯钱，作谢而去。心下想道：“临安到成都，有八千里之遥。这两贯钱，不够吃几顿饭，却如何盘费得回去？”出了孙婆店门，在街坊上东走西走，又没寻个相识处。走到饭店，肚里又饿，心中又闷：“身边只有两贯钱，买些酒食吃饱了，跳下西湖，且做个饱鬼。”

当下一径走出涌金门外西湖边，见座高楼，上面一面大牌，朱红大书“丰乐楼”。只听得笙簧缭绕，鼓乐喧天。俞良立定脚，打一看时，只见门前上下首立着两个人，头戴方顶样头巾，身穿紫衫，脚下丝鞋净袜。叉着手，看着俞良道：“请坐！”俞良见请，欣然而入。直走到楼上，拣一个临湖傍槛的阁儿坐下。只见一个当日的酒保，便向俞良唱个喏：“覆解元，不知要打多少酒?"俞良道:"我约一个相识在此,你可将两双箸放在桌上,铺下两只盏,等一等来问。"酒保见说,便将酒缸、酒提、匙、箸、盏、碟,放在面前,尽是银器。俞良口中不道,心中自言:"好富贵去处!我却这般生受!只有两贯钱在身边,做甚用?"少顷,酒保又来问:"解元要多少酒,打来?"俞良便道:"我那相识,眼见的不来了。你与我打两角酒来。"酒保便应了,又问:"解元,要甚下酒?"俞良道:"随你把来。"当下酒保只当是个好客,折莫甚新鲜果品、可口肴馔、海鲜、案酒之类,铺排面前,般般都有。将一个银酒缸盛了两角酒,安一把杓儿。酒保频将酒荡。俞良独自一个,从晌午前直吃到日晡时后。面前按酒,吃得阑残。

俞良手抚雕栏,下视湖光,心中愁闷,唤将酒保来:"烦借笔砚则个。"酒保道:"解元借笔砚,莫不是要题诗赋?却不可污了粉壁,本店自有诗牌。若是污了粉壁,小人今日当值,便折了这一日日事钱。"俞良道:"恁地时,取诗牌和笔砚来。"须臾之间,酒保取到诗牌笔砚,安在桌上。俞良道:"你自退,我教你便来;不叫时,休来。"当下酒保自去。俞良拽上阁门,用凳子顶住,自言道:"我只要显名在这楼上,教后人知我。你却教我写在诗牌上则甚?"想起:"身边只有两贯钱,吃了许多酒食,捉甚还他?不如题了诗,推开窗,看着湖里,只一跳,做一个饱鬼。"当下磨得墨浓,蘸得笔饱,拂试一堵壁子干净,写下《鹊桥仙》词:

> 来时秋暮,到时春暮,归去又还秋暮。丰乐楼上望西川,动不动八千里路。　　青山无数,白云无数,绿水又还无数。人生七十古来稀,算恁地光阴能来得几度!

题毕,去后面写道:"锦里秀才俞良作。"放下笔,不觉眼中流泪。自思量道:"活他做甚,不如寻个死处,免受穷苦!"当下推开槛窗,望着下面湖水,待要跳下去。争奈去岸又远,倘或跳下去,不死,颠折了腿脚,如何是好?心生一计,解下腰间系的旧绦,一搭搭在阁儿里梁上,做一个活落圈。俞良叹了一口气,却待把头钻入那圈里去。你道好凑巧!那酒保见多时不叫他,走来阁儿前,见关着门,不敢敲。去那窗眼里打一张,只见俞良在内正要钻入圈里去,又不舍得死。酒保吃了一惊,火急向前,推开门,入到里面,一把抱住俞良道:"解元甚做作!你自死了,须连累我店中!"声张起来,楼下掌管、师工、酒保、打杂人等,都上楼来。一时嚷动。众人看那俞良时,却有八分酒,只推醉,口里胡言乱语不住声。酒保看那壁上时,茶盏来大小字写了一壁，叫苦不迭："我今朝却不没兴，这一日事钱休了也！"道："解元，吃了酒，便算了钱回去。"俞良道："做甚么？你要便打杀了我！"酒保道："解元，不要寻闹！你今日吃的酒钱，总算起来，共该五两银子。"俞良道："若要我五两银子，你要我性命便有，那得银子还你！我自从门前走过，你家两个着紫衫的邀住我，请我上楼吃酒。我如今没钱，只是死了罢。"便望窗槛外要跳，唬得酒保连忙抱住。

当下众人商议："不知他在那里住，忍晦气放他去罢。不时，做出人命来，明日怎地分说？"便问俞良道："解元，你在那里住？"俞良道："我住在贡院桥孙婆客店里。我是西川成都府有名的秀才，因科举来此间。若我回去，路上颠在河里水里，明日都放不过你们。"众人道："若真个死了时不好。"只得忍晦气，着两个人送他去，有个下落，省惹官司。当下教两个酒保，搀扶他下楼。出门迤逦上路，却又天色晚了。两个人一路扶着，到得孙婆店前，那客店门却关了。酒保便把俞良放在门前，却去敲门。里面只道有甚客来，连忙开门。酒保见开了门，撒了手便走。俞良东倒西歪，踉踉跄跄，只待要攧。孙婆讨灯来一照，却是俞良，吃了一惊，没奈何，叫儿子孙小二扶他入房里去睡了。孙婆便骂道："昨日在我家蒿恼，白白里送了他两贯钱。说道：'还乡去。'却原来将去买酒吃！"俞良只推醉，由他骂，不敢则声。正是：

人无气势精神减，囊少金钱应对难。

话分两头。却说南宋高宗天子传位孝宗，自为了太上皇，居于德寿宫。孝宗尽事亲之道，承颜顺志，惟恐有违。自朝贺问安，及良辰美景，父子同游之外，上皇在德寿宫闲暇，每同内侍官到西湖游玩。或有时恐惊扰百姓，微服潜行，以此为常。忽一日，上皇来到灵隐寺冷泉亭闲坐。怎见得冷泉亭好处？有张舆诗四句：

朵朵峰峦拥翠华，倚云楼阁是僧家。
凭栏尽日无人语，濯足寒泉数落花。

上皇正坐观泉，寺中住持僧献茶。有一行者，手托茶盘，高擎下跪。上皇龙目观看，只他相貌魁梧，且是执礼恭谨。御音问道："朕看你不像个行者模样，可实说是何等人？"那行者双行流泪，拜告道："臣姓李名直，原任南剑府太守，得罪于监司，被诬赃罪，废为庶人。家贫无以糊口，本寺住持是臣母舅，权充行者，觅些粥食，以延微命。"上皇恻然不忍道："待朕回宫,当与皇帝言之。”是晚回宫,恰好孝宗天子差太监到德寿宫问安,上皇就将南剑太守李直分付去了,要皇帝复其原官。过了数日,上皇再到灵隐寺中,那行者依旧来送茶。上皇问道:“皇帝已复你的原官否?”那行者叩头奏道:“还未。”上皇面有愧容。

次日,孝宗天子恭请太上皇、皇太后幸聚景园。上皇不言不笑,似有怨怒之意。孝宗奏道:“今日风景融和,愿得圣情开悦。”上皇默然不答。太后道:“孩儿好意招老夫妇游玩,没事恼做甚么?”上皇叹口气道:“‘树老招风,人老招贱。’朕今年老,说来的话,都没人作准了!”孝宗愕然,正不知为甚缘故,叩头请罪。上皇道:“朕前日曾替南剑府太守李直说个分上,竟不作准。昨日于寺中复见其人,令我愧杀。”孝宗道:“前奉圣训,次日即谕宰相。宰相说:‘李直赃污狼籍,难以复用。’既承圣眷,此小事,来朝便行。今日且开怀一醉。”上皇方才回嗔作喜,尽醉方休。第二日,孝宗再谕宰相,要起用李直。宰相依旧推辞,孝宗道:“此是太上主意。昨日发怒,朕无地缝可入。便是大逆谋反,也须放他。”遂尽复其原官。此事搁起不提。

再说俞良在孙婆店借宿之夜,上皇忽得一梦,梦游西湖之上,见毫光万道之中,却有两条黑气冲天,竦然惊觉。到次早,宣个圆梦先生来,说其备细。先生奏道:“乃是有一贤人流落此地,游于西湖,口吐怨气冲天,故托梦于上皇。必主朝廷得一贤人。应在今日,不注吉凶。”上皇闻之大喜,赏了圆梦先生。遂入宫中,更换衣装,扮作文人秀才,带几个近侍官,都扮作斯文模样,一同信步出城。

行至丰乐楼前,正见两个着紫衫的,又在门前邀请。当下上皇与近侍官,一同入酒肆中,走上楼去。那一日楼上阁儿恰好都有人坐满,只有俞良夜来寻死的那阁儿关着。上皇便揭开帘儿,却待入去,只见酒保告:“解元,不可入去,这阁儿不顺溜!今日主人家便要打醋炭了。待打过醋炭,却教客人吃酒。”上皇便问:“这阁儿如何不顺溜?”酒保告:“解元,说不可尽。夜来有个秀才,是西川成都府人,因赴试不第,流落在此。独自一个在这阁儿里,吃了五两银子酒食,吃的大醉。直至日晚,身边无银子还酒钱,便放无赖,寻死觅活,自割自吊。没奈何怕惹官司,只得又赔店里两个人送他归去。且是住的远,直到贡院桥孙婆客店里歇。因此不顺溜,主家要打醋炭了,方教客人吃酒。”上皇见说道:“不妨,我们是秀才,不惧此事。"遂乃一齐坐下。上皇抬头只见壁上茶盏来大小字写满,却是一只《鹊桥仙》词。读至后面写道:"锦里秀才俞良作。"龙颜暗喜。想道:"此人正是应梦贤士,这词中有怨望之言。"便问酒保:"此词是谁所作?"酒保告:"解元,此词便是那夜来撒赖秀才写的。"上皇听了,便问:"这秀才,现在那里住?"酒保道:"现在贡院桥孙婆客店里安歇。"上皇买些酒食吃了,算了酒钱,起身回宫,一面分付内侍官,传一道旨意,着地方官于贡院桥孙婆店中,取锦里秀才俞良火速回奏。

内侍传将出去,只说太上圣旨要唤俞良,却不曾叙出缘由明白。地方官心下也只糊涂,当下奉旨飞马到贡院桥孙婆店前,左右的一索抠住孙婆。因走得气急,口中连唤:"俞良!俞良!"孙婆只道被俞良所告,惊得面如土色,双膝跪下,只是磕头。差官道:"那婆子莫忙!官里要西川秀才俞良,在你店中也不在?"孙婆方敢回言道:"告恩官,有却有个俞秀才在此安下,只是今日清早起身回家乡去了。家中儿子送去,兀自未回。临行之时,又写一首词在壁上。官人如不信,下马来看便见。"差官听说,入店中看时,见壁上真个有只词,墨迹尚然新鲜。词名也是《鹊桥仙》,道是:

杏花红雨,梨花白雪,羞对短亭长路。东君也解数归程,遍地落花飞絮。　　胸中万卷,笔头千古,方信儒冠多误。青霄有路不须忙,便着两草鞋归去。

原来那俞良隔夜醉了,由那孙婆骂了一夜,到得五更,孙婆怕他又不去,教儿子小二清早起来,押送他出门。俞良临去,就壁上写了这只词。孙小二送去,兀自未回。差官见了此词,便教左右抄了,飞身上马,另将一匹空马,也教孙婆骑坐,一直望北赶去。路上正迎见孙小二。差官教放了孙婆,将孙小二抠住,问俞良安在。孙小二战战兢兢道:"俞秀才为盘缠缺少,踌躕不进,见在北关门汤团铺里坐。"当下就带孙小二做眼,飞马赶到北关门下。只见俞良立在那灶边,手里拿着一碗汤团正吃哩。被使命叫一声:"俞良听圣旨!"吓得俞良大惊,连忙放下碗,走出门跪下。使命口宣上皇圣旨:"教俞良到德寿宫见驾。"俞良不知分晓,一时被众人簇拥上马,迤逦直到德寿宫。各人下马,且于侍班阁子内,听候传宣。地方官先在宫门外叩头复命:"俞良秀才取到了。"上皇传旨,教俞良借紫入内。

俞良穿了紫衣软带,纱帽皂靴,到得金阶之下,拜舞起居已毕。上皇传旨,问俞良:"丰乐楼上所写《鹊桥仙》词,是卿所作?"俞良奏道:"是臣醉中之笔。不想惊动圣目。”上皇道:“卿有如此才,不远千里而来,应举不中,是主司之过也。卿莫有怨望之心?”俞良奏道:“穷达皆天,臣岂敢怨!”上皇曰:“以卿大才,岂不堪任一方之寄!朕今赐卿衣紫,说与皇帝,封卿大官。卿意若何?”俞良叩头拜谢曰:“臣有何德能,敢膺①圣眷如此!”上皇曰:“卿当于朕前,或诗或词,可做一首,胜如使命所抄店中壁上之作。”俞良奏乞题目。上皇曰:“便只指卿今日遭遇朕躬为题。”俞良领旨,左右便取过文房四宝,放在俞良面前。俞良一挥而就,做了一只词,名《过龙门令》:

冒险过秦关,跋涉长江,崎岖万里到钱塘。举不成名归计拙,趁食街坊。　命蹇②苦难当,空有词章,片言争敢动吾皇。敕赐紫袍归故里,衣锦还乡。

上皇看了,龙颜大喜。对俞良道:“卿要衣锦还乡,朕当遂卿之志。”当下御笔亲书六句:

锦里俞良,妙有词章。高才不遇,落魄堪伤。敕赐高官,衣锦还乡。

分付内侍官,将这道旨意,送与皇帝,就引俞良去见驾。孝宗见了上皇圣旨,因数日前为南剑太守李直一事,险些儿触了太上之怒,今番怎敢迟慢?想俞良是锦里秀才,如今圣旨批赐衣锦还乡,若用他别处地方为官,又恐拂了太上的圣意,即刻批旨:“俞良可授成都府太守,加赐白金千两,以为路费。”次日,俞良紫袍金带,当殿谢恩已毕;又往德寿宫谢了上皇。将御赐银两备办鞍马仆从之类,又将百金酬谢孙婆。前呼后拥,荣归故里。不在话下。

是日孝宗御驾,亲往德寿宫朝见上皇,谢其贤人之赐。上皇又对孝宗说过:“传旨遍行天下:下次秀才应举,须要乡试得中,然后赴京殿试。”今时乡试之例,皆因此起,流传至今,永远为例矣。

昔年司马逢杨意,今日俞良际上皇。
若使文章皆遇主,功名迟早又何妨?

---

① 膺(yīng)——接受。
② 蹇(jiǎn)——不顺利。

第七卷　陈可常端阳仙化

利名门路两无凭，百岁风前短焰灯。

只恐为僧僧不了，为僧得了尽输僧。

话说大宋高宗绍兴年间，温州府乐清县有一秀才，姓陈名义，字可常，年方二十四岁。生得眉目清秀，且是聪明，无书不读，无史不通。绍兴年间，三举不第，就于临安府众安桥命铺，算看本身造物。那先生言："命有华盖，却无官星，只好出家。"陈秀才自小听得母亲说生下他时，梦见一尊金身罗汉投怀。今日功名蹭蹬①之际，又闻星家此言，忿一口气，回店歇了一夜。早起算还了房宿钱，雇人挑了行李，径来灵隐寺投奔印铁牛长老出家，做了行者。这个长老，博通经典，座下有十个侍者，号为"甲、乙、丙、丁、戊、己、庚、辛、壬、癸"，皆读书聪明。陈可常在长老座下做了第二位侍者。

绍兴十一年间，高宗皇帝母舅吴七郡王，时遇五月初四日，府中裹粽子。当下郡王钧旨分付都管："明日要去灵隐寺斋僧，可打点供食齐备。"都管领钧旨，自去关支银两，买办什物，打点完备。至次日早饭后，郡王点看什物，上轿。带了都管、干办、虞候、押番一干人等，出了钱塘门，过了石涵桥大佛头，径到西山灵隐寺。先有报帖报知，长老引众僧鸣钟擂鼓，接郡王上殿烧香，请至方丈座下。长老引众僧参拜献茶，分立两旁。郡王说："每年五月重五，入寺斋僧解粽。今日依例布施。"院子抬供食献佛，大盘托出粽子，各房都要散到。

郡王闲步廊下，见壁上有诗四句：

齐国曾生一孟尝，晋朝镇恶又高强。

五行偏我遭时蹇，欲向星家问短长！

郡王见诗道："此诗有怨望之意，不知何人所作？"回至方丈，长老设宴管待。郡王问："长老，你寺中有何人能作得好诗？"长老："覆恩王：敝寺僧

① 蹭蹬——遭遇挫折。

多,座下有甲、乙、丙、丁、戊、己、庚、辛、壬、癸十个侍者,皆能作诗。"郡王说:"与我唤来!"长老:"覆恩王:止有两个在敝寺,这八个教去各庄上去了。"只见甲乙二侍者,到郡王面前。郡王叫甲侍者,"你可作诗一首。"甲侍者禀乞题目,郡王教就将粽子为题。甲侍者作诗曰:

四角尖尖草缚腰,浪荡锅中走一遭。

若还撞见唐三藏,将来剥得赤条条。

郡王听罢,大笑道:"好诗,却少文采。"再唤乙侍者作诗。乙侍者问讯了,乞题目,也教将粽子为题。作诗曰:

香粽年年祭屈原,斋僧今日结良缘。

满堂供尽知多少,生死工夫那个先?

郡王听罢大喜道:"好诗!"问乙侍者:"廊下壁间诗,是你作的?"乙侍者:"覆恩王:是侍者做的。"郡王道:"既是你做的,你且解与我知道。"乙侍者道:"齐国有个孟尝君,养三千客,他是五月五日午时生。晋国有个大将王镇恶,此人也是五月五日午时生。小侍者也是五月五日午时生,却受此穷苦,以此做下四句自叹。"郡王问:"你是何处人氏?"侍者答道:"小侍者温州府乐清县人氏,姓陈名义,字可常。"郡王见侍者言语清亮,人才出众,意欲抬举他。当日就差押番去临安府僧录司讨一道度牒,将乙侍者剃度为僧。就用他表字可常为佛门中法号,就作郡王府内门僧。郡王至晚回府,不在话下。

光阴似箭,不觉又是一年。至五月五日,郡王又去灵隐寺斋僧。长老引可常并众僧接入方丈,少不得安办斋供,款待郡王。坐间叫可常到面前道:"你做一篇词,要见你本身故事。"可常问讯了,口念一词名《菩萨蛮》:

平生只被今朝误,今朝却把平生补。重午一年期,斋僧只待时。

主人恩义重,两载蒙恩宠。清净得为僧,幽闲度此生。

郡王大喜,尽醉回府,将可常带回,见两国夫人说:"这个和尚是温州人氏,姓陈名义。三举不第,因此弃俗出家,在灵隐寺做侍者。我见他作得好诗,就剃度他为门僧,法号可常。如今一年了,今日带回府来,参拜夫人。"夫人见说,十分欢喜。又见可常聪明朴实,一府中人都欢喜。郡王与夫人解粽,就将一个与可常,教做"粽子词",还要《菩萨蛮》。可常问讯了,乞纸笔写出一词来:

包中香黍分边角，彩丝剪就交绒索。樽俎①泛菖蒲，年年五月初。主人恩义重，对景承欢宠。何日玩山家？葵蒿三四花。

郡王见了大喜，传旨唤出新荷姐，就教他唱可常这词。那新荷姐生得眉长眼细，面白唇红，举止轻盈。手拿象板，立于筵前，唱起绕梁之声，众皆喝采。郡王又教可常做新荷姐词一篇，还要《菩萨蛮》。可常执笔便写，词曰：

天生体态腰肢细，新词唱彻歌声利。一曲泛清奇，扬尘簌簌飞。主人恩义重，宴出红妆宠。便要赏新荷，时光也不多。

郡王越加欢喜。至晚席散，着可常回寺。

至明年五月五日，郡王又要去灵隐寺斋僧。不想大雨如倾，郡王不去，分付院公："你自去分散众僧斋供，就教同可常到府中来看看。"院公领旨去灵隐寺斋僧，说与长老："郡王教同可常回府。"长老说："近日可常得一心病，不出僧房，我与你同去问他。"院公与长老同至可常房中。可常睡在床上，分付院公："拜覆恩王：小僧心病发了，去不得。有一柬帖，与我呈上恩王。"院公听说，带来这封柬帖回府。郡王问："可常如何不来？"院公："告恩王：可常连日心疼病发，来不得，教男女奉上一简，他亲自封好。"郡王拆开看，又是《菩萨蛮》词一首：

去年共饮菖蒲酒，今年却向僧房守。好事更多磨，教人没奈何。主人恩义重，知我心头痛。待要赏新荷，争知疾愈么？

郡王随即唤新荷出来唱此词。有管家婆禀："覆恩王：近日新荷眉低眼慢，乳大腹高，出来不得。"郡王大怒，将新荷送交府中五夫人勘问。新荷供说："我与可常奸宿有孕。"五夫人将情词复恩王。郡王大怒："可知道这秃驴词内都有'赏新荷'之句，他不是害什么心病，是害的相思病。今日他自觉心亏，不敢到我府中！"教人分付临安府，差人去灵隐寺，拿可常和尚。

临安府差人去灵隐寺印长老处要可常。长老少不得安排酒食，送些钱钞与公人。常言道："官法如炉，谁肯容情？"可常推病不得，只得挣闼②起来，随着公人到临安府厅上跪下。府主升堂：

---

① 樽俎（zūnzǔ）——古代盛酒的器具和切肉器。

② 挣闼（chuài）——挣扎。

冬冬牙鼓响，公吏两边排。
阎王生死案，东岳摄魂台。

带过可常问道："你是出家人，郡王怎地恩顾你，缘何做出这等没天理的事出来？你快快招了！"可常说："并无此事。"府尹不听分辨，"左右拿下好生打！"左右将可常拖倒，打得皮开肉绽，鲜血迸流。可常招道："小僧果与新荷有奸。一时念头差了，供招是实。"将新荷勘问，一般供招。临安府将可常、新荷供招呈上郡王。郡王本要打杀可常，因他满腹文章，不忍下手，监在狱中。

却说印长老自思："可常是个有德行和尚，日常山门也不出，只在佛前看经。便是郡王府里唤去半日，未晚就回，又不在府中宿歇，此奸从何而来？内中必有跷蹊！"连忙入城去传法寺，央住持槔①大惠长老同到府中，与可常讨饶。郡王出堂，赐二长老坐，待茶。郡王开口便说："可常无礼！我平日怎么看待他，却做下不仁之事！"二位长老跪下，再三禀说："可常之罪，僧辈不敢替他分辨，但求恩王念平日错爱之情，可以饶恕一二。"郡王请二位长老回寺："明日分付临安府量轻发落。"印长老开言："覆恩王，此事日久自明。"郡王闻言心中不喜，退入后堂，再不出来。二位长老见郡王不出，也走出府来。槔长老说："郡王嗔怪你说'日久自明'。他不肯认错，便不出来。"印长老便说："可常是个有德行的，日常无事，山门也不出，只在佛前看经。便是郡王府里唤去，去了半日便回，又不曾宿歇，此奸从何而来？故此小僧说'日久自明'，必有冤枉。"槔长老说："'贫不与富敌，贱不与贵争。'僧家怎敢与王府争得是非？这也是宿世冤业。且得他量轻发落，却又理会。"说罢，各回寺去了，不在话下。

次日郡王将封简子去临安府，即将可常、新荷量轻打断。有大尹禀郡王："待新荷产子，可断。"郡王分付，便要断出。府官只得将僧可常追了度牒，杖一百，发灵隐寺，转发宁家当差；将新荷杖八十，发钱塘县转发宁家，追原钱一千贯还郡王府。

却说印长老接得可常，满寺僧众教长老休要安着可常在寺中，玷辱宗风。长老对众僧说："此事必有跷蹊，久后自明。"长老令人山后搭一草舍，教可常将息棒疮好了，着他自回乡去。

---

① 槔(gāo)。

且说郡王把新荷发落宁家,追原钱一千贯。新荷父母对女儿说:“我又无钱,你若有私房积蓄,将来凑还府中。”新荷说:“这钱自有人替我出。”张公骂道:“你这贱人,与个穷和尚通奸!他的度牒也被追了,却那得钱来替你还府中?”新荷说:“可惜屈了这个和尚。我自与府中钱原都管有奸,他见我有孕了,恐事发,‘到郡王面前,只供与可常和尚有奸。郡王喜欢可常,必然饶你。我自来供养你家,并使用钱物。’说过的话,今日只去问他讨钱来用,并还官钱。我一个身子被他骗了,先前说过的话,如何赖得?他若欺心不招架时,左右做我不着,你两个老人家将我去府中,等我郡王面前实诉,也出脱了可常和尚。”

父母听得女儿说,便去府前伺候钱都管出来,把上项事一一说了。钱都管到焦躁起来,骂道:“老贱才!老无知!好不识廉耻!自家女儿偷了和尚,官司也问结了,却说恁般鬼话来图赖人!你欠了女儿身价钱,没处措办时,好言好语,告个消乏,或者可怜你的,一两贯钱助了你也不见得。你却说这样没根蒂的话来,旁人听见时,教我怎地做人?”骂了一顿,走开去了。张老只得忍气吞声回来,与女儿说知。新荷见说,两泪交流,乃言:“爹娘放心,明日却与他理会。”

至次日,新荷跟父母到郡王府前,连声叫屈。郡王即时叫人拿来,却是新荷父母。郡王骂道:“你女儿做下弥天大罪,到来我府前叫屈!”张老跪复:“恩王,小的女儿没福,做出事来,其中屈了一人,望恩王做主!”郡王问:“屈了何人?”张老道:“小人不知,只问小贱人便有明白。”郡王问:“贱人在那里?”张老道:“在门首伺候。”郡王唤他入来,问他详细。新荷入到府堂跪下。郡王问:“贱人,做下不仁之事,你今说屈了甚人?”新荷:“告恩王:贱妾犯奸,妄屈了可常和尚。”郡王问:“缘何屈了他?你可实说,我到饶你。”新荷告道:“贱妾犯奸,却不干可常之事。”郡王道:“你先前怎地不说?”新荷告道:“妾实被干办钱原奸骗。有孕之时,钱原怕事露,分付妾:‘如若事露,千万不可说我。只说与可常和尚有奸,因郡王喜欢可常,必然饶你。’”郡王骂道:“你这贱人,怎地依他说,害了这个和尚!”新荷告道:“钱原说:‘你若无事退回,我自养你一家老小;如要原钱还府,也是我出。’今日贱妾宁家,恩王责取原钱,一时无措,只得去问他讨钱还府中。以此父亲去与他说,到把父亲打骂。被害无辜,妾今诉告明白,情愿死在恩王面前。”郡王道:“先前他许供养你一家,有甚表记为证?”新荷:“告恩王:钱原许妾供养,妾亦怕他番悔,已拿了他上直朱红牌一面为信。”郡王见说,十分大怒,跌脚大骂:“泼贱人!屈了可常和尚!”就着人分付临安府,拿钱原到厅审问拷打,供认明白。一百日限满,脊杖八十,送沙门岛牢城营料高。新荷宁家,饶了一千贯原钱。随即差人去灵隐寺取可常和尚来。

却说可常在草舍中将息好了,又是五月五日到。可常取纸墨笔来,写下一首《辞世颂》:

生时重午,为僧重午,得罪重午,死时重午。为前生欠他债负,若不当时承认,又恐他人受苦。今日事已分明,不若抽身回去。

五月五日午时书,赤口白舌尽消除。

五月五日天中节,赤口白舌尽消灭。

可常作了《辞世颂》,走出草舍边,有一泉水。可常脱了衣裳,遍身抹净,穿了衣服,入草舍结跏趺①坐圆寂了。道人报与长老知道。长老将自己龛子,装了可常,抬出山顶。长老正欲下火,只见郡王府院公来取可常。长老道:“院公,你去禀复恩王,可常坐化了,正欲下火。郡王来取,今且暂停,待恩王令旨。”院公说:“今日事已明白,不干可常之事。皆因屈了,教我来取,却又圆寂了。我去禀恩王,必然亲自来看下火。”院公急急回府,将上项事并《辞世颂》呈上。郡王看了大惊。

次日,郡王同两国夫人去灵隐寺烧化可常,众僧接到后山。郡王与两国夫人亲自拈香罢,郡王坐下。印长老带领众僧看经毕。印长老手执火把,口中念道:

留得屈原香粽在,龙舟竞渡尽争先。

从今剪断缘丝索,不用来生复结缘。

恭惟圆寂可常和尚:重午本良辰,谁把兰汤浴!角黍漫包金,菖蒲空切玉,须知《妙法华》,大乘俱念足。手不折新荷,枉受攀花辱。目下事分明,唱彻《阳关曲》。今日是重午,归西何太速。寂灭本来空,管甚时辰毒?山僧今日来,赠与光明烛。凭此火光三昧,要见本来面目。咦!

---

① 趺(fū)——佛教中修禅者的坐法,即双足交迭而坐。

唱彻当时《菩萨蛮》,撒手便归兜率①国。

众人只见火光中现出可常,问讯谢郡王、夫人、长老并众僧:"只因我前生欠宿债,今世转来还。吾今归仙境,再不往人间。吾是五百尊罗汉中名常欢喜尊者!"正是:

从来天道岂痴聋?好丑难逃久照中。

说好劝人归善道,算来修德积阴功。

第八卷 崔待诏生死冤家

宋人小说题作《碾玉观音》

山色晴岚景物佳,暖烘回雁起平沙。东郊渐觉花供眼,南陌依稀草吐芽。 堤上柳,未藏鸦,寻芳趁步到山家。陇头几树红梅落,红杏枝头未着花。

这首《鹧鸪天》说孟春景致,原来又不如《仲春词》做得好:

每日青楼醉梦中,不知城外又春浓。杏花初落疏疏雨,杨柳轻摇淡淡风。 浮画舫,跃青骢,小桥门外绿阴笼。行人不入神仙地,人在珠帘第几重?

这首词说仲春景致,原来又不如黄夫人做着《季春词》又好:

先自春光似酒浓,时听燕语透帘栊。小桥杨柳飘香絮,山寺绯桃散落红。 莺渐老,蝶西东,春归难觅恨无穷。侵阶草色迷朝雨,满地梨花逐晓风。

这三首词都不如王荆公看见花瓣儿片片风吹下地来,原来这春归去,是东风断送的。有诗道:

春日春风有时好,春日春风有时恶。

不得春风花不开,花开又被风吹落!

苏东坡道:"不是东风断送春归去,是春雨断送春归去。"有诗道:

雨前初见花间蕊,雨后全无叶底花。

---

① 兜率——梵文音译,佛教所说欲界六天中的第四天,义译为知足、喜足等,意思是受乐知足而生欢喜之心。

蜂蝶纷纷过墙去，却疑春色在邻家。

秦少游道："也不干风事，也不干雨事，是柳絮飘将春色去。"有诗道：

三月柳花轻复散，飘飏澹荡送春归。

此花本是无情物，一向东飞一向西。

邵尧夫道："也不干柳絮事，是蝴蝶采将春色去。"有诗道：

花正开时当三月，蝴蝶飞来忙劫劫。

采将春色向天涯，行人路上添凄切。

曾两府道："也不干蝴蝶事，是黄莺啼得春归去。"有诗道：

花正开时艳正浓，春宵何事恼芳丛？

黄鹂啼得春归去，无限园林转首空。

朱希真道："也不干黄莺事，是杜鹃啼得春归去。"有诗道：

杜鹃叫得春归去，吻边啼血尚犹存。

庭院日长空悄悄，教人生怕到黄昏。

苏小小道："都不干这几件事，是燕子衔将春色去。"有《蝶恋花》词为证：

妾本钱塘江上住。花开花落，不管流年度。燕子衔将春色去，纱窗几阵黄梅雨。　斜插犀梳云半吐。檀板轻敲，唱彻黄金缕。歌罢彩云无觅处，梦回明月生南浦。

王岩叟道："也不干风事，也不干雨事，也不干柳絮事，也不干蝴蝶事，也不干黄莺事，也不干杜鹃事，也不干燕子事。是九十日春光已过，春归去。"曾有诗道：

怨风怨雨两俱非，风雨不来春亦归。

腮边红褪青梅小，口角黄消乳燕飞。

蜀魄健啼花影去，吴蚕强食柘桑稀；

直恼春归无觅处，江湖辜负一蓑衣。

说话的，因甚说这春归词？绍兴年间，行在有个关西延州延安府人，本身是三镇节度使咸安郡王。当时怕春归去，将带着许多钧眷①游春。

① 钧眷——古代称尊长的家眷。

至晚回家,来到钱塘门里车桥,前面钧眷轿子过了,后面是郡王轿子到来。则听得桥下裱褙铺里一个人叫道:“我儿出来看郡王!”当时郡王在轿里看见,叫帮窗虞候道:“我从前要寻这个人,今日却在这里。只在你身上,明日要这个人入府中来。”当时虞候声诺,来寻这个看郡王的人,是甚色目人?正是:

尘随车马何年尽?情系人心早晚休。

只见车桥下一个人家,门前出着一面招牌,写着:“璩[1]家装裱古今书画”。铺里一个老儿,引着一个女儿。生得如何?

云鬓轻笼蝉翼,峨眉淡拂春山。朱唇缀一颗樱桃,皓齿排两行碎玉。莲步半折小弓弓,莺啭一声娇滴滴。

便是出来看郡王轿子的人。虞候即时来他家对门一个茶坊里坐定。婆婆把茶点来。虞候道:“启请婆婆,过对门裱褙铺里请璩大夫来说话。”婆婆便去请到来。两个相揖了就座。璩待诏问:“府干有何见谕?”虞候道:“无甚事,闲问则个。适来叫出来看郡王轿子的人是令爱么?”待诏[2]道:“正是拙女。止有三口。”虞候又问:“小娘子贵庚?”待诏应道:“一十八岁。”再问:“小娘子如今要嫁人,却是趋奉官员?”待诏道:“老拙家寒,那讨钱来嫁人?将来也只是献与官员府第。”虞候道:“小娘子有甚本事?”待诏说出女孩儿一件本事来,有词寄《眼儿媚》为证。

深闺小院日初长,娇女绮罗裳。不做东君造化,金针刺绣群芳。斜枝嫩叶包开蕊,唯只欠馨香。曾向园林深处,引教蝶乱蜂狂。

原来这女儿会绣作。虞候道:“适来郡王在轿里,看见令爱身上系着一条绣裹肚。府中正要寻一个绣作的人,老丈何不献与郡王?”璩公归去,与婆婆说了。到明日写一纸献状,献来府中。郡王给与身价,因此取名秀秀养娘。

不则一日,朝廷赐下一领团花绣战袍。当时秀秀依样绣出一件来。郡王看了欢喜道:“主上赐与我团花战袍,却寻甚么奇巧的物事献与官家?”去府库里寻出一块透明的羊脂美玉来,即时叫将门下碾玉待诏,问:“这块玉堪做什么?”内中一个道:“好做一副劝杯。”郡王道:“可惜恁般一

① 璩(qú)。

② 待诏——宋代以此尊称手工艺人。

块玉,如何将来只做得一副劝杯?”又一个道:“这块玉上尖下圆,好做一个摩侯罗儿。”郡王道:“摩侯罗儿只是七月七日乞巧使得,寻常间又无用处。”数中一个后生,年纪二十五岁,姓崔名宁,趋事郡王数年,是升州建康府人。当时叉手向前,对着郡王道:“告恩王:这块玉上尖下圆,甚是不好,只好碾一个南海观音。”郡王道:“好!正合我意。”就叫崔宁下手。不过两个月,碾成了这个玉观音。郡王即时写表进上御前,龙颜大喜。崔宁就本府增添请给,遭遇郡王。

不则一日,时遇春天,崔待诏游春回来。入得钱塘门,在一个酒肆,与三四个相知,方才吃得数杯,则听得街上闹吵吵。连忙推开楼窗看时,见乱哄哄道:“井亭桥有遗漏①!”吃不得这酒成,慌忙下楼看时,只见:

初如萤火,次若灯光,千条蜡烛焰难当,万座糁②盆敌不住。六丁神推倒宝天炉,八力士放起焚山火。骊山会上,料应褒姒③逞娇容;赤壁矶头,想是周郎施妙策。五通神牵住火葫芦,宋无忌④赶番赤骡子。又不曾泻烛浇油,直恁的烟飞火猛!

崔待诏望见了,急忙道:“在我本府前不远!”奔到府中看时,已搬挈得罄尽,静悄悄地无一个人。崔待诏既不见人,且循着左手廊下入去。火光照得如同白日。去那左廊下,一个妇女,摇摇摆摆,从府堂里出来,自言自语,与崔宁打个胸厮撞。崔宁认得是秀秀养娘,倒退两步,低身唱个喏。原来郡王当日,尝对崔宁许道:“待秀秀满日,把来嫁与你。”这些众人,都撺掇⑤道:“好对夫妻!”崔宁拜谢了,不则一番。崔宁是个单身,却也痴心;秀秀见恁地个后生,却也指望。当日有这遗漏,秀秀手中提着一帕子金珠富贵,从左廊下出来,撞见崔宁便道:“崔大夫,我出来得迟了。府中养娘各自四散,管顾不得,你如今没奈何,只得将我去躲避则个。”当下崔宁和秀秀出府门,沿着河,走到石灰桥。秀秀道:“崔大夫,我脚疼了,走不得。”崔宁指着前面道:“更行几步,那里便是崔宁住处,小娘子到家中

① 遗漏——火灾,失火。
② 糁(shēn)——谷类碾磨成的小渣。
③ 褒姒——西周周幽王宠妃。
④ 宋无忌——战国时燕国的方士,道家附会说他为火仙。
⑤ 撺掇——怂恿,从旁鼓动人去做某事。

歇脚,却也不妨。”到得家中坐定,秀秀道:“我肚里饥,崔大夫与我买些点心来吃。我受了些惊,得杯酒吃更好。”当时崔宁买将酒来,三杯两盏,正是:

三杯竹叶穿心过,两朵桃花上脸来。

道不得个“春为花博士,酒是色媒人”。秀秀道:“你记得当时在月台上赏月,把我许你,你兀自①拜谢。你记得也不记得?”崔宁叉着手,只应得“喏”。秀秀道:“当日众人都替你喝采:‘好对夫妻!’你怎地倒忘了?”崔宁又则应得“喏”。秀秀道:“比似只管等待,何不今夜我和你先做夫妻,不知你意下何如?”崔宁道:“岂敢。”秀秀道:“你知道不敢,我叫将起来,教坏了你,你却如何将我到家中?我明日府里去说。”崔宁道:“告小娘子,要和崔宁做夫妻不妨,只一件,这里住不得了。要好趁这个遗漏人乱时,今夜就走开去,方才使得。”秀秀道:“我既和你做夫妻,凭你行。”当夜做了夫妻。

四更已后,各带着随身金银物件出门。离不得饥餐渴饮,夜住晓行,迤逦②来到衢州。崔宁道:“这里是五路总头,是打那条路去好?不若取信州路上去。我是碾玉作,信州有几个相识,怕那里安得身。”即时取路到信州。住了几日,崔宁道:“信州常有客人到行在往来,若说道我等在此,郡王必然使人来追捉,不当稳便。不若离了信州,再往别处去。”两个又起身上路,径取潭州。不则一日,到了潭州,却是走得远了。就潭州市里讨间房屋,出面招牌,写着“行在崔待诏碾玉生活’。崔宁便对秀秀道:“这里离行在有二千余里了,料得无事,你我安心,好做长久夫妻。”潭州也有几个寄居官员,见崔宁是行在待诏,日逐也有生活得做。崔宁密使人打探行在本府中事。有曾到都下的,得知府中当夜失火,不见了一个养娘,出赏钱寻了几日不知下落。也不知道崔宁将他走了,现在潭州住。

时光似箭,日月如梭,也有一年之上。忽一日方早开门,见两个着皂衫的,一似虞候府干打扮。入来铺里坐地,问道:“本官听得说有个行在崔待诏,教请过来做生活。”崔宁分付了家中,随这两个人到湘潭县路上来。便将崔宁到宅里相见官人,承揽了玉作生活,回路归家。正行间,只

---

① 兀自——还是。
② 迤逦——曲折连绵。

见一个汉子头上带个竹丝笠儿,穿着一领白段子两上领布衫,青白行缠扎着裤子口,着一双多耳麻鞋,挑着一个高肩担儿。正面来,把崔宁看了一看,崔宁却不见这汉面貌,这个人却见崔宁,从后大踏步尾着崔宁来。正是:

谁家稚子鸣榔板①,惊起鸳鸯两处飞。

这汉子毕竟是何人?且听下回分解。

竹引牵牛花满街,疏篱茅舍月光筛。琉璃盏内茅柴酒,白玉盘中簇豆梅。　休懊恼,且开怀。平生赢得笑颜开。三千里地无知己,十万军中挂印来。

这只《鹧鸪天》词是关西秦州雄武军刘两府所作。从顺昌大战之后,闲在家中,寄居湖南潭州湘潭县。他是个不爱财的名将,家道贫寒,时常到村店中吃酒。店中人不识刘两府,欢呼罗唣。刘两府道:"百万番人,只如等闲,如今却被他们诬罔②!"做了这只《鹧鸪天》,流传直到都下。当时殿前太尉是阳和王,见了这词,好伤感。"原来刘两府直恁③孤寒!"教提辖官差人送一项钱与这刘两府。今日崔宁的东人郡王,听得说刘两府恁地孤寒,也差人送一项钱与他,却经由潭州路过。见崔宁从湘潭路上来,一路尾着崔宁到家,正见秀秀坐在柜身之里,便撞破他们道:"崔大夫多时不见,你却在这里。秀秀养娘她如何也在这里?郡王教我下书来潭州,今日遇着你们。原来秀秀养娘嫁了你,也好。"当时吓杀崔宁夫妻两个,被他看破。

那人是谁?却是郡王府中一个排军,从小伏侍郡王,见他朴实,差他送钱与刘两府。这人姓郭名立,叫做郭排军。当下夫妻请住郭排军,安排酒来请他。分付道:"你到府中千万莫说与郡王知道!"郭排军道:"郡王怎知得你两个在这里。我没事,却说甚么?"当下酬谢了出门。回到府中,参见郡王,纳了回书,看着郡王道:"郭立前日下书回,打潭州过,却见两个人在那里住。"郡王问:"是谁?"郭立道:"见秀秀养娘并崔待诏两个,请郭立吃了酒食,教休来府中说知。"郡王听说,便道:"叵耐这两个做出

---

① 榔板——为惊鱼入网而能踏出声响的木板。

② 诬罔——诬蔑冤枉。

③ 直恁——竟然这样。

这事来。却如何直走到那里?”郭立道:“也不知他仔细,只见他在那里住地,依旧挂招牌做生活。”郡王教干办去分付临安府,即时差一个缉捕使臣,带着做公的,备了盘缠,径来湖南潭州府,下了公文,同来寻崔宁和秀秀,却似:

皂雕追紫燕,猛虎啖①羊羔。

不两月,捉将两个来,解到府中,报与郡王得知,即时升厅。原来郡王杀番人时,左手使一口刀,叫做“小青”;右手使一口刀,叫做“大青”。这两口刀不知剁了多少番人。那两口刀,鞘内藏着,挂在壁上。郡王升厅,众人声喏。即将这两个人押来跪下。郡王好生焦躁,左手去壁牙上取下“小青”,右手一掣,掣刀在手,睁起杀番人的眼儿,咬得牙齿剥剥地响。当时吓杀夫人,在屏风背后道:“郡王!这里是帝辇之下②,不比边庭上面。若有罪过,只消解去临安府施行,如何胡乱凯③得人?”郡王听说道:“叵耐这两个畜生逃走!今日捉将来,我恼了,如何不凯?既然夫人来劝,且捉秀秀入府后花园去,把崔宁解去临安府断治。”当下喝赐钱酒,赏犒捉事人。解这崔宁到临安府,一一从头供说:“自从当夜遗漏,来到府中,都搬尽了。只见秀秀养娘从廊下出来,揪住崔宁道:‘你如何安手在我怀中?若不依我口,教坏了你!’要共崔宁逃走。崔宁不得已,只得与他同走。只此是实。”临安府把文案呈上郡王。郡王是个刚直的人,便道:“既然恁地,宽了崔宁,且与从轻断治。崔宁不合在逃,罪杖,发还建康府居住。”

当下差人押送,方出北关门,到鹅项头,见一顶轿儿,两个人抬着,从后面叫:“崔待诏,且不得去!”崔宁认得像是秀秀的声音,赶将来又不知恁地,心下好生疑惑。伤弓之鸟,不敢揽事,且低着头只顾走。只见后面赶将上来,歇了轿子,一个妇人走出来,不是别人,便是秀秀,道:“崔待诏,你如今去建康府,我却如何?”崔宁道:“却是怎地好?”秀秀道:“自从解你去临安府断罪,把我捉入后花园,打了三十竹篦,遂便赶我出来。我知道你建康府去,赶将来同你去。”崔宁道:“恁地却好。”讨了船,直到建

① 啖(dàn)——吃。
② 帝辇之下——京城一带。帝辇,皇帝乘坐的车子。
③ 凯——杀,砍。

康府。押发人自回。若是押发人是个学舌的,就有一场是非出来。因晓得郡王性如烈火,惹着他不是轻放手的;他又不是王府中人,去管这闲事怎地?况且崔宁一路买酒买食,奉承得他好,回去时就隐恶而扬善了。

再说崔宁两口在建康居住,既是问断了,如今也不怕有人撞见,依旧开个碾玉作铺。浑家道:"我两口却在这里住得好,只是我家爹妈自从我和你逃去潭州,两个老的吃了些苦。当日捉我入府时,两个去寻死觅活,今日也好教人去行在取我爹妈来这里同住。"崔宁道:"最好。"便教人来行在取他丈人丈母,写了他地理脚色与来人。到临安府寻见他住处,问他邻舍,指道:"这一家便是。"来人去门首看时,只见两扇门关着,一把锁锁着,一条竹竿封着。问邻舍:"他老夫妻那里去了?"邻舍道:"莫说!他有个花枝也似女儿,献在一个奢遮①去处。这个女儿不受福德,却跟一个碾玉的待诏逃走了。前日从湖南潭州捉将回来,送在临安府吃官司。那女儿被郡王捉进后花园里去。老夫妻见女儿捉去,就当下寻死觅活,至今不知下落,只恁地关着门在这里。"来人见说,再回建康府来,兀自未到家。

且说崔宁正在家中坐,只见外面有人道:"你寻崔待诏住处?这里便是。"崔宁叫出浑家来看时,不是别人,认得是璩公璩婆。都相见了,喜欢的做一处。那去取老儿的人,隔一日才到,说如此这般,寻不见,却空走了这遭。两个老的且自来到这里了。两个老人道:"却生受你,我不知你们在建康住,教我寻来寻去,直到这里。"其时四口同住,不在话下。

且说朝廷官里,一日到偏殿看玩宝器,拿起这玉观音来看。这个观音身上,当时有一个玉铃儿,失手脱下。即时问近侍官员:"即如何修理得?"官员将玉观音反复看了,道:"好个玉观音!怎地脱落了铃儿?"看到底下,下面碾着三字:"崔宁造。""恁地容易。既是有人造,只消得宣这个人来,教他修整。"敕下郡王府,宣取碾玉匠崔宁。郡王回奏:"崔宁有罪,在建康府居住。"即时使人去建康,取得崔宁到行在歇泊了。当时宣崔宁见驾,将这玉观音教他领去,用心整理。崔宁谢了恩,寻一块一般的玉,碾一个铃儿,接住了,御前交纳。破分请给养了崔宁,令只在行在居住。崔宁道:"我今日遭际御前,争得气。再来清湖河下寻间屋儿开个碾玉铺,须不怕你们撞见!"可煞事有斗巧,方才开得铺三两日,一个汉子从外面

① 奢遮——出众,非一般,了不起。

过来，就是那郭排军，见了崔待诏，便道："崔大夫恭喜了！你却在这里住？"抬起头来，看柜身里却立着崔待诏的浑家。郭排军吃了一惊，拽开脚步就走。浑家说与丈夫道："你与我叫住那排军！我相问则个。"正是：

平生不作皱眉事，世上应无切齿人。

崔待诏即时赶上扯住，只见郭排军把头只管侧来侧去，口里喃喃地道："作怪，作怪！"没奈何，只得与崔宁回来，到家中坐地。浑家与他相见了，便问："郭排军，前者我好意留你吃酒，你却归来说与郡王，坏了我两个的好事。今日遭际御前，却不怕你去说！"郭排军吃他相问得无言可答，只道得一声："得罪！"相别了，便来到府里，对着郡王道："有鬼！"郡王道："这汉则甚？"郭立道："告恩王：有鬼！"郡王问道："有甚鬼？"郭立道："方才打清湖河下过，见崔宁开个碾玉铺，却见柜身里一个妇女，便是秀秀养娘。"郡王焦躁道："又来胡说！秀秀被我打杀了，埋在后花园，你须也看见，如何又在那里？却不是取笑我！"郭立道："告恩王：怎敢取笑？方才叫住郭立，相问了一回。怕恩王不信，勒下军令状了去。"郡王道："真个在时，你勒军令状来！"那汉也是合苦，真个写一纸军令状来。郡王收了，叫两个当值的轿番抬一顶轿子，教："取这妮子来。若真个在，把来凯取一刀；若不在，郭立，你须替他凯取一刀！"郭立同两个轿番来取秀秀。正是：

麦穗两歧，农人难辨。

郭立是关西人，朴直，却不知军令状如何胡乱勒得。三个一径来到崔宁家里。那秀秀兀自在柜身里坐地，见那郭排军来得恁地慌忙，却不知他勒了军令状来取你。郭排军道："小娘子，郡王钧旨，教来取你则个。"秀秀道："既如此，你们少等，待我梳洗了同去。"即时入去梳洗，换了衣服出来，上了轿，分付了丈夫。两个轿番便抬着，径到府前。郭立先入去，郡王正在厅上等待。郭立唱了喏，道："已取到秀秀养娘。"郡王道："着他入来！"郭立出来道："小娘子，郡王教你进来。"掀起帘子看一看，便是一桶水倾在身上，开着口，则合不得，就轿子里不见了秀秀养娘。问那两个轿番，道："我不知，则见他上轿，抬到这里，又不曾转动。"那汉叫将入来道："告恩王：恁地真个有鬼！"郡王道："却不叵耐！"教人："捉这汉，等我取过军令状来，如今凯了一刀。先去取下'小青'来。"那汉从来伏侍郡王，身上也有十数次官了。盖缘是粗人,只教他做排军。这汉慌了道:“现有两个轿番见证,乞叫来问。”即时叫将轿番来,道:“见他上轿,抬到这里,却不见了。”说得一般,想必真个有鬼,只消得叫将崔宁来问。便使人叫崔宁来到府中。崔宁从头至尾说了一遍。郡王道:“恁地,又不干崔宁事,且放他去。”崔宁拜辞去了。郡王焦躁,把郭立打了五十背花棒。

崔宁听得说浑家是鬼,到家中问丈人丈母。两个面面厮觑,走出门,看着清湖河里,扑通地都跳下水去了。当下叫救人,打捞,便不见了尸首。原来当时打杀秀秀时,两个老的听得说,便跳在河里,已自死了。这两个也是鬼。崔宁到家中,没情没绪,走进房中,只见浑家坐在床上。崔宁道:“告姐姐,饶我性命!”秀秀道:“我因为你,吃郡王打死了,埋在后花园里。却恨郭排军多口,今日已报了冤仇,郡王已将他打了五十背花棒。如今都知道我是鬼,容身不得了。”道罢起身,双手揪住崔宁,叫得一声,匹然①倒地。邻舍都来看时,只见:

两部脉尽总皆沉,一命已归黄壤下。

崔宁也被扯去,和父母四个,一块儿做鬼去了。后人评论得好:

咸安王捺不下烈火性,郭排军禁不住闲磕牙。
璩秀娘舍不得生眷属,崔待诏撇不脱鬼冤家。

第九卷 李谪仙醉草吓蛮书

堪羡当年李谪仙,吟诗斗酒有连篇。
蟠胸锦绣欺时彦②,落笔风云迈古贤。
书草和番威远塞,词歌倾国媚新弦。
莫言才子风流尽,明月长悬采石边。

话说唐玄宗皇帝朝,有个才子姓李名白,字太白,乃西梁武昭兴圣皇

① 匹然——突然。
② 时彦——当时的英才。

帝李暠①九世孙，西川锦州人也。其母梦长庚入怀而生。那长庚星又名太白星，所以名字俱用之。那李白生得姿容美秀，骨骼清奇，有飘然出世之表。十岁时，便精通书史，出口成章，人都夸他锦心绣口，又说他是神仙降生，以此又呼为李谪仙。有杜工部赠诗为证：

昔年有狂客，号尔谪仙人。
笔落惊风雨，诗成泣鬼神！
声名从此大，汩没一朝伸。
文采承殊渥②，流传必绝伦。

李白又自称青莲居士。一生好酒，不求仕进，志欲遨游四海，看尽天下名山，尝遍天下美酒。先登峨嵋，次居云梦，复隐于徂徕③山竹溪。与孔巢父等六人，日夕酣饮，号为竹溪六逸。有人说："湖州乌程酒甚佳。"白不远千里而往，到酒肆中，开怀畅饮，旁若无人。时有迦叶④司马经过，闻白狂歌之声，遣从者问其何人。白随口答诗四句：

青莲居士谪仙人，酒肆逃名三十春。
湖州司马何须问，金粟如来是后身。

迦叶司马大惊，问道："莫非蜀中李谪仙么？闻名久矣！"遂请相见。留饮十日，厚有所赠。临别，问道："以青莲高才，取青紫如拾芥，何不游长安应举？"李白道："目今朝政紊乱，公道全无。请托者登高第，纳贿者获科名，非此二者，虽有孔孟之贤，晁董之才，无由自达。白所以流连诗酒，免受盲试官之气耳。"迦叶司马道："虽则如此，足下谁人不知，一到长安，必有人荐拔。"李白从其言，乃游长安。

一日到紫极宫游玩，遇了翰林学士贺知章，通姓道名，彼此相慕。知章遂邀李白于酒肆中，解下金貂，当酒同饮。至夜不舍，遂留李白于家中下榻，结为兄弟。次日，李白将行李搬至贺内翰宅，每日谈诗饮酒，宾主甚是相得。时光荏苒，不觉试期已迫。贺内翰道："今春南省试官，正是杨贵妃兄杨国忠太师。监视官乃太尉高力士。二人都是爱财之人。贤弟却

① 暠（hào）。
② 渥（wò）——浓郁。
③ 徂徕（cú lái）。
④ 迦叶——释迦十大弟子之一。

无金银买嘱他,便有冲天学问,见不得圣天子。此二人与下官皆有相识。下官写一封札子去,预先嘱托,或者看薄面一二。”李白虽则才大气高,遇了这等时势,况且内翰高情,不好违阻。贺内翰写了柬帖,投与杨太师、高力士。二人接开看了,冷笑道:“贺内翰受了李白金银,却写封空书在我这里讨白人情!到那日专记,如有李白名字卷子,不问好歹,即时批落。”

时值三月三日,大开南省,会天下才人,尽呈卷子。李白才思有余,一笔挥就,第一个交卷。杨国忠见卷子上有李白名字,也不看文字,乱笔涂抹道:“这样书生,只好与我磨墨。”高力士道:“磨墨也不中,只好与我着袜脱靴。”喝令将李白推抢出去。正是:

不愿文章中天下,只愿文章中试官!

李白被试官屈批卷子,怨气冲天,回至内翰宅中,立誓:“久后吾若得志,定教杨国忠磨墨,高力士与我脱靴,方才满愿。”贺内翰劝白:“且休烦恼,权在舍下安歇。待三年,再开试场,别换试官,必然登第。”终日共李白饮酒赋诗。日往月来,不觉一载。

忽一日,有番使赍①国书到。朝廷差使命急宣贺内翰陪接番使,在馆驿安下。次日阁门舍人接得番使国书一道,玄宗敕宣翰林学士。拆开番书,全然不识一字,拜伏金阶启奏:“此书皆是鸟兽之迹,臣等学识浅短,不识一字。”天子闻奏,将与南省试官杨国忠开读。杨国忠开看,双目如盲,亦不晓得。天子宣问满朝文武,并无一人晓得,不知书上有何吉凶言语。龙颜大怒,喝骂朝臣:“枉有许多文武,并无一个饱学之士与朕分忧。此书识不得,将何回答发落番使?却被番邦笑耻,欺侮南朝,必动干戈,来侵边界,如之奈何!敕限三日,若无人识此番书,一概停俸;六日无人,一概停职;九日无人,一概问罪。别选贤良,共扶社稷。”圣旨一出,诸官默默无言,再无一人敢奏。天子转添烦恼。

贺内翰朝散回家,将此事述于李白。白微微冷笑:“可惜我李某去年不曾及第为官,不得与天子分忧。”贺内翰大惊道:“想必贤弟博学多能,辨识番书,下官当于驾前保奏。”次日,贺知章入朝,越班奏道:“臣启陛下:臣家有一秀才,姓李名白,博学多能。要辨番书,非此人不可。”天子准奏,即遣使命,赍诏前去内翰宅中,宣取李白。李白告天使道:“臣乃远

① 赍(jī)——送东西给人。

方布衣,无才无识。今朝中有许多官僚,都是饱学之儒,何必问及草莽?臣不敢奉诏,恐得罪于朝贵。"说这句"恐得罪于朝贵",隐隐刺着杨、高二人。使命回奏。天子初问贺知章:"李白不肯奉诏,其意云何?"知章奏道:"臣知李白文章盖世,学问惊人。只为去年试场中,被试官屈批了卷子,羞抢出门,今日教他白衣入朝,有愧于心。乞陛下赐以恩典,遣一位大臣再往,必然奉诏。"玄宗道:"依卿所奏。钦赐李白进士及第,着紫袍金带,纱帽象简见驾。就烦卿自往迎取,卿不可辞!"

贺知章领旨回家,请李白开读,备述天子眩眩求贤之意。李白穿了御赐袍服,望阙拜谢,遂骑马随贺内翰入朝。玄宗于御座专待李白。李白至金阶拜舞,山呼谢恩,躬身而立。天子一见李白,如贫得宝,如暗得灯,如饥得食,如旱得云,开金口,动玉音,道:"今有番国赍书,无人能晓,特宣卿至,为朕分忧。"白躬身奏道:"臣因学浅,被太师批卷不中,高太尉将臣推抢出门。今有番书,何不令试官回答?却乃久滞番官在此!臣是批黜①秀才,不能称试官之意,怎能称皇上之意?"天子道:"朕自知卿,卿其勿辞!"遂命侍臣捧番书赐李白观看。李白看了一遍,微微冷笑,对御座前将唐音译出,宣读如流。番书云:

> 渤海国大可毒书达唐朝官家:自你占了高丽,与俺国逼近,边兵屡屡侵犯吾界,想出自官家之意。俺如今不可耐者,差官来讲,可将高丽一百七十六城,让与俺国。俺有好物事相送:太白山之菟②,南海之昆布,栅城之鼓,扶余之鹿,鄚颉③之豕,率宾之马,沃州之绵,湄沱河之鲫,九都之李,乐游之梨。你官家都有分。若还不肯,俺起兵来厮杀,且看那家胜败?

众官听得读罢番书,不觉失惊,面面相觑,尽称"难得"。天子听了番书,龙情不悦,沉吟良久,方问两班文武:"今被番家要兴兵抢占高丽,有何策可以应敌?"两班文武,如泥塑木雕,无人敢应。贺知章启奏道:"自太宗皇帝三征高丽,不知杀了多少生灵,不能取胜,府库为之虚耗。天幸

---

① 批黜——开除贬斥。

② 菟——同兔。

③ 鄚颉(mào jié)——地名。

盖苏文死了，其子男生兄弟争权，为我乡导。高宗皇帝遣老将李勣①、薛仁贵统百万雄兵，大小百战，方才殄灭②。今承平日久，无将无兵，倘干戈复动，难保必胜。兵连祸结，不知何时而止？愿吾皇圣鉴！”天子道：“似此如何回答他？”知章道：“陛下试问李白，必然善于辞命。”天子乃召白问之。李白奏道：“臣启陛下：此事不劳圣虑。来日宣番使入朝，臣当面回答番书，与他一般字迹。书中言语，羞辱番家，须要番国可毒拱手来降。”天子问：“可毒何人也？”李白奏道：“渤海风俗，称其王曰可毒。犹回纥称可汗，吐番称赞普，六诏称诏，诃陵称悉莫威，各从其俗。”天子见其应对不穷，圣心大悦，即日拜为翰林学士。遂设宴于金銮殿，宫商迭奏，琴瑟喧阗③，嫔妃进酒，彩女传杯。御音传示：“李卿，可开怀畅饮，休拘礼法。”李白尽量而饮，不觉酒浓身软。天子令内官扶于殿侧安寝。

次日五鼓，天子升殿。净鞭三下响，文武两班齐。李白宿酲犹未醒，内官催促进朝。百官朝见已毕，天子召李白上殿，见其面尚带酒容，两眼兀自有朦胧之意。天子分付内侍，教御厨中造三分醒酒酸鱼羹来。须臾，内侍将金盘捧到鱼羹一碗。天子见羹气太热，御手取牙箸调之良久，赐与李学士。李白跪而食之，顿觉爽快。是时百官见天子恩幸李白，且惊且喜：惊者怪其破格，喜者喜其得人。惟杨国忠、高力士愀然有不乐之色。

圣旨宣番使入朝，番使山呼见圣已毕。李白紫衣纱帽，飘飘然有神仙凌云之态，手捧番书立于左侧柱下，朗声而读，一字无差。番使大骇。李白道：“小邦失礼，圣上洪度如天，置而不较；有诏批答，汝宜静听！”番官战战兢兢，跪于阶下。天子命设七宝床于御座之旁，取于阗白玉砚，象管兔毫笔，独草龙香墨，五色金花笺，排列停当。赐李白近御榻前，坐锦墩草诏。李白奏道：“臣靴不净，有污前席，望皇上宽恩，赐臣脱靴结袜而登。”天子准奏，命一小内侍：“与李学士脱靴。”李白又奏道：“臣有一言，乞陛下赦臣狂妄，臣方敢奏。”天子道：“任卿失言，朕亦不罪。”李白奏道：“臣前入试春闱，被杨太师批落，高太尉赶逐。今日见二人押班，臣之神气不旺。乞玉音分付杨国忠与臣捧砚磨墨，高力士与臣脱靴结袜，臣意气始得

---

① 勣(jī)——同绩。

② 殄(tiǎn)灭——灭绝。

③ 喧阗(tián)——声大而热闹。

自豪,举笔草诏,口代天言,方可不辱君命。”天子用人之际,恐拂其意,只得传旨,教:“杨国忠捧砚,高力士脱靴。”二人心里暗暗自揣:“前日科场中轻薄了他:‘这样书生,只好与我磨墨脱靴。’今日恃了天子一时宠幸,就来还话,报复前仇。”出于无奈,不敢违背圣旨,正是敢怒而不敢言。常言道:

冤家不可结,结了无休歇。
侮人还自侮,说人还自说。

李白此时昂昂得意,蹄袜登褥,坐于锦墩。杨国忠磨得墨浓,捧砚侍立。论来爵位不同,怎么李学士坐了,杨太师到侍立?因李白口代天言,天子宠以殊礼。杨太师奉旨磨墨,不曾赐坐,只得侍立。李白左手将须一拂,右手举起中山兔颖,向五花笺上,手不停挥。须臾,草就《吓蛮书》,字画齐整,并无差落,献于龙案之上。天子看了大惊,都是照样番书,一字不识。传与百官看了,各各骇然。天子命李白诵之。李白就御座前朗诵一遍:

大唐开元皇帝诏谕渤海可毒:自昔石卵不敌,蛇龙不斗。本朝应运开天,抚有四海,将勇卒精,甲坚兵锐。颉利背盟而被擒,弄赞铸鹅而纳誓;新罗奏织锦之颂,天竺致能言之鸟,波斯献捕鼠之蛇,拂菻①进曳马之狗;白鹦鹉来自诃陵,夜光珠贡于林邑;骨利干有名马之纳,泥婆罗有良酢之献:无非畏威怀德,买静求安。高丽拒命,天讨再加,传世九百,一朝殄灭:岂非逆天之咎征,衡大之明鉴欤!况尔海外小邦,高丽附国,比之中国,不过一郡,士马刍粮,万分不及。若螳怒是逞,鹅骄不逊,天兵一下,千里流血,君同颉利之俘,国为高丽之续。方今圣度汪洋,恕尔狂悖,急宜悔祸,勤修岁事,毋取诛俗,为四夷笑。尔其三思哉!故谕。

天子闻之大喜,再命李白对番官面宣一通,然后用宝入函。李白仍叫高太尉着靴,方才下殿,唤番官听诏。李白重读一遍,读得声匀铿锵,番使不敢则声,面如土色,不免山呼拜舞辞朝。

贺内翰送出都门,番官私问道:“适才读诏者何人?”内翰道:“姓李名白,官拜翰林学士。”番使道:“多大的官,使太师捧砚,太尉脱靴?”内翰道:“太师大臣,太尉亲臣,不过人间之极贵。那李学士乃天上神仙下降,

---

① 拂菻(lǐn)——古国名。

赞助天朝,更有何人可及!”番使点头而别,归至本国,与国王述之。国王看了国书,大惊,与国人商议:“天朝有神仙赞助,如何敌得!”写了降表,愿年年进贡,岁岁来朝。此是后话。

话分两头,却说天子深敬李白,欲重加官职。李白启奏:“臣不愿受职,愿得逍遥散诞,供奉御前,如汉东方朔故事。”天子道:“卿既不受职,朕所有黄金白璧,奇珍异宝,惟卿所好。”李白奏道:“臣亦不愿受金玉,愿得从陛下游幸,日饮美酒三千觞,足矣!”天子知李白清高,不忍相强。从此时时赐宴,留宿于金銮殿中,访以政事,恩幸日隆。

一日,李白乘马游长安街,忽听得锣鼓齐鸣,见一簇刀斧手,拥着一辆囚车行来。白停骖问之,乃是并州解到失机将官,今押赴东市处斩。那囚车中,囚着个美丈夫,生得甚是英伟。叩其姓名,声如洪钟,答道:“姓郭名子仪。”李白相他容貌非凡,他日必为国家柱石,遂喝住刀斧手:“待我亲往驾前保奏。”众人知是李谪仙学士,御手调羹的,谁敢不依!李白当时回马,直叩宫门,求见天子,讨了一道赦敕,亲往东市开读,打开囚车,放出子仪,许他带罪立功。子仪拜谢李白活命之恩,异日衔环结草,不敢忘报。此事搁过不提。

是时,宫中最重木芍药,是扬州贡来的。如今叫做牡丹花,唐时谓之木芍药。宫中种得四本,开出四样颜色。那四样?

大红　　深紫　　浅红　　通白

玄宗天子移植于沉香亭前,与杨贵妃娘娘赏玩,诏梨园子弟奏乐。天子道:“对妃子,赏名花,新花安用旧曲。”遽命梨园长李龟年召李学士入宫。有内侍说道:“李学士往长安市上酒肆中去了。”龟年不往九街,不走三市,一径寻到长安市去。只听得一个大酒楼上,有人歌云:

三杯通大道,一斗合自然。
但得酒中趣,勿为醒者传。

李龟年道:“这歌的不是李学士是谁?”大踏步上楼梯来,只见李白独占一个小小座头,桌上花瓶内供一枝碧桃花,独自对花而酌,已吃得酩酊大醉,手执巨觥,兀自不放。龟年上前道:“圣上在沉香亭宣召学士,快去!”众酒客闻得有圣旨,一时惊骇,都站起来闲看。李白全然不理,张开醉眼,向龟年念一句陶渊明的诗,道是:

我醉欲眠君且去。

念了这句诗,就瞑然欲睡。李龟年也有三分主意,向楼窗往下一招,七八个从者,一齐上楼,不由分说,手忙脚乱,抬李学士到于门前,上了玉花骢。众人左扶右持,龟年策马在后相随,直跑到五凤楼前。天子又遣内侍来催促了,敕赐“走马入宫”。龟年遂不扶李白下马,同内侍帮扶,直至后宫,过了兴庆池,来到沉香亭。天子见李白在马上双眸紧闭,兀自未醒,命内侍铺紫氍毹①于亭侧,扶白下马,少卧。亲往省视,见白口流涎沫,天子亲以龙袖拭之。贵妃奏道:“妾闻冷水沃面,可以解醒。”乃命内侍汲兴庆池水,使宫女含而喷之。白梦中惊醒,见御驾,大惊,俯伏道:“臣该万死!臣乃酒中之仙,幸陛下恕臣!”天子御手搀起道:“今日同妃子赏名花,不可无新词。所以召卿,可作《清平调》三章。”李龟年取金花笺授白。白带醉一挥,立成三首。

其一曰:

云想衣裳花想容,春风拂槛露华浓。
若非群玉山头见,会向瑶台月下逢。

其二曰:

一枝红艳露凝香,云雨巫山枉断肠。
借问汉宫谁得似?可怜飞燕倚新妆。

其三曰:

名花倾国两相欢,长得君王带笑看。
解释春风无限恨,沉香亭北倚栏杆。

天子览词,称美不已:“似此天才,岂不压倒翰林院许多学士!”即命龟年按调而歌,梨园众子弟丝竹并进,天子自吹玉笛以和之。歌毕,贵妃敛绣巾,再拜称谢。天子道:“莫谢朕,可谢学士也!”贵妃持玻璃七宝杯,亲酌西凉葡萄酒,命宫女赐李学士饮。天子敕赐李白遍游内苑,令内侍以美酒随后,恣其酣饮。自是宫中内宴,李白每每被召,连贵妃亦爱而重之。高力士深恨脱靴之事,无可奈何。

一日,贵妃重吟前所制《清平调》三首,倚栏叹羡。高力士见四下无人,乘间奏道:“奴婢初意娘娘闻李白此词,怨入骨髓,何反拳拳如是?”贵妃道:“有何可怨?”力士奏道:“‘可怜飞燕倚新妆。’那飞燕姓赵,乃西汉

---

① 氍毹(qúshū)——毛织的地毯。

成帝之后。则今画图中，画着一个武士，手托金盘，盘中有一女子，举袖而舞，那个便是赵飞燕。生得腰肢细软，行步轻盈，若人手执花枝颤颤然。成帝宠幸无比。谁知飞燕私与燕赤凤相通，匿于复壁之中。成帝入宫，闻壁衣内有人咳嗽声，搜得赤凤杀之。欲废赵后，赖其妹合德力救而止，遂终身不入正宫。今日李白以飞燕比娘娘，此乃谤毁之语，娘娘何不熟思！"

原来贵妃那时以胡人安禄山为养子，出入宫禁，与之私通，满宫皆知，只瞒得玄宗一人。高力士说飞燕一事，正刺其心。贵妃于是心下怀恨，每于天子前说李白轻狂使酒，无人臣之礼。天子见贵妃不乐李白，遂不召他内宴，亦不留宿殿中。李白情知被高力士中伤，天子存疏远之意，屡次告辞求去。天子不允。乃益纵酒自废，与贺知章、李适之、汝阳王琎①、崔宗之、苏晋、张旭、焦遂为酒友，时人呼为饮中八仙。

却说玄宗天子心下实是爱重李白，只为宫中不甚相得，所以疏了些儿。见李白屡次乞归，无心恋阙，乃向李白道："卿雅志高蹈，许卿暂还，不日再来相召。但卿有大功于朕，岂可白手还山？卿有所需，朕当一一给与。"李白奏道："臣一无所需，但得杖头有钱，日沽一醉足矣。"天子乃赐金牌一面，牌上御书："敕赐李白为天下无忧学士、逍遥落托秀才，逢坊吃酒，遇库支钱，府给千贯，县给五百贯。文武官员军民人等，有失敬者，以违诏论。"又赐黄金千两，锦袍玉带，金鞍龙马，从者二十人。白叩头谢恩。天子又赐金花二朵，御酒三杯，于驾前上马出朝。百官俱给假，携酒送行，自长安街直接到十里长亭，樽罍②不绝。只有杨太师、高太尉二人怀恨不送。内中惟贺内翰等酒友七人，直送至百里之外，流连三日而别。李白集中有《还山别金门知己诗》，略云：

恭承丹凤诏，欻③起烟萝中；一朝去金马，飘落成飞蓬。闲来东武吟，曲尽情未终。书此谢知己，扁舟寻钓翁。

李白锦衣纱帽，上马登程，一路只称锦衣公子。果然逢坊饮酒，遇库支钱。不一日，回至锦州，与许氏夫人相见。官府闻李学士回家，都来拜

① 琎(jīn)。
② 罍(léi)——古代一种盛酒的器具，形状像壶。
③ 欻(xū)——忽然。

贺。无日不醉,日往月来,不觉半载。

一日白对许氏说,要出外游玩山水。打扮做秀才模样,身边藏了御赐金牌,带一个小仆,骑一健驴,任意而行。府县酒资,照牌供给。忽一日,行到华阴界上,听得人言华阴县知县贪财害民,李白生计,要去治他。来到县前,令小仆退去,独自倒骑着驴子,于县门首连打三回。那知县在厅上取问公事,观见了,连声:"可恶,可恶!怎敢调戏父母官!"速令公使人等拿至厅前取问。李白微微诈醉,连问不答。知县令狱卒押入牢中,待他酒醒,着他好生供状,来日决断。狱卒将李白领入牢中。见了狱官,掀髯长笑。狱官道:"想此人是疯颠的?"李白道:"也不疯,也不颠。"狱官道:"既不疯颠,好生供状。你是何人?为何到此骑驴,唐突县主?"李白道:"要我供状,取纸笔来。"狱卒将纸笔置于案上,李白扯狱官在一边说道:"让开一步待我写。"狱官笑道:"且看这疯汉写出甚么来!"李白写道:

供状锦州人,姓李单名白。弱冠广文章,挥毫神鬼泣。长安列八仙,竹溪称六逸。曾草《吓蛮书》,声名播绝域。玉辇每趋陪,金銮为寝室。啜羹御手调,流涎御袍拭。高太尉脱靴,杨太师磨墨。天子殿前尚容乘马行,华阴县里不许我骑驴入!请验金牌,便知来历。

写毕,递与狱官看了。狱官吓得魂惊魄散,低头下拜道:"学士老爷,可怜小人蒙官发遣,身不由己,万望海涵赦罪!"李白道:"不干你事,只要你对知县说:我奉金牌圣旨而来,所得何罪,拘我在此?"狱官拜谢了,即忙将供状呈与知县,并述有金牌圣旨。知县此时如小儿初闻霹雳,无孔可钻,只得同狱官到牢中参见李学士,叩头哀告道:"小官有眼不识泰山,一时冒犯,乞赐怜悯!"在职诸官,闻知此事,都来拜求,请学士到厅上正面坐下,众官庭参已毕。李白取出金牌,与众官看,牌上写道:"学士所到,文武官员军民人等有不敬者以违诏论。""汝等当得何罪?"众官看罢圣旨,一齐低头礼拜:"我等都该万死。"李白见众官苦苦哀求,笑道:"你等受国家爵禄,如何又去贪财害民?如若改过前非,方免汝罪。"众官听说,人人拱手,个个遵依,不敢再犯。就在厅上大排筵宴,管待学士饮酒三日方散。自是知县洗心涤虑,遂为良牧。此信闻于他郡,都猜道朝廷差李学士出外私行观风考政,无不化贪为廉,化残为善。

李白遍历赵、魏、燕、晋、齐、梁、吴、楚,无不流连山水,极诗酒之趣。后因安禄山反叛,明皇车驾幸蜀,诛国忠于军中,缢贵妃于佛寺。白避乱隐于庐山。永王璘时为东南节度使，阴有乘机自立之志，闻白大才，强逼下山，欲授伪职。李白不从，拘留于幕府。未几，肃宗即位于灵武，拜郭子仪为天下兵马大元帅，克复两京。有人告永王璘谋叛，肃宗即遣子仪移兵讨之。永王兵败，李白方得脱身。逃至浔阳江口，被守江把总擒拿，把做叛党，解到郭元帅军前。子仪见是李学士，即喝退军士，亲解其缚，置于上位，纳头便拜道："昔日长安东市，若非恩人相救，焉有今日？"即命治酒压惊，连夜修本，奏上天子，为李白辨冤，且追叙其《吓蛮书》之功，荐其才可以大用。此乃施恩而得报也。正是：

两叶浮萍归大海，人生何处不相逢。

时杨国忠已死，高力士亦远贬他方，玄宗皇帝自蜀迎归，为太上皇，亦对肃宗称李白奇才。肃宗乃征白为左拾遗。白叹宦海沉迷，不得逍遥自在，辞而不受。别了郭子仪，遂泛舟游洞庭岳阳，再过金陵，泊舟于采石江边。是夜，月明如昼。李白在江头畅饮，忽闻天际乐声嘹亮，渐近舟次，舟人都不闻，只有李白听得。忽然江中风浪大作，有鲸鱼数丈，奋鬣①而起；仙童二人，手持旌节，到李白面前，口称："上帝奉迎星主还位。"舟人都惊倒，须臾苏醒，只见李学士坐于鲸背，音乐前导，腾空而去。明日将此事告于当涂县令李阳冰，阳冰具表奏闻。天子敕建李谪仙祠于采石山上，春秋二祭。到宋太平兴国年间，有书生于月夜渡采石江，见锦帆西来，船头上有白牌一面，写"诗伯"二字。书生遂朗吟二句道：

谁人江上称诗伯？锦绣文章借一观。

舟中有人和云：

夜静不堪题绝句，恐惊星斗落江寒。

书生大惊，正欲傍舟相访，那船泊于采石之下。舟中人紫衣纱帽，飘然若仙，径投李谪仙祠中。书生随后求之祠中，并无人迹，方知和诗者即李白也。至今人称"酒仙"，"诗伯"，皆推李白为第一云。

《吓蛮书》草见天才，天子调羹亲赐来。
一自骑鲸天上去，江流采石有余哀。

---

① 鬣（liè）——某些哺乳动物颈上的长毛。

第十卷 钱舍人题诗燕子楼

烟花风景眼前休，此地仍传燕子楼。
鸳梦肯忘三月蕙？翠颦能省一生愁。
柘因零落难重舞，莲为单开不并头。
娇艳岂无黄壤瘗①？至今人过说风流。

话说大唐自政治大圣大孝皇帝谥法太宗开基之后，至十二帝宪宗登位，凡一百九十三年。天下无事日久，兵甲生尘，刑具不用。时有礼部尚书张建封做官年久，恐妨贤路，遂奏乞骸骨归田养老。宪宗曰："卿年齿未衰，岂宜退位？果欲避冗辞繁，敕镇青、徐数郡。"建封奏曰："臣虽菲才，既蒙圣恩，自当竭力。"遂敕建封节制武宁军事。建封大喜。平昔爱才好客，既镇武宁，拣选才能之士，礼置门下。后房歌姬舞妓，非知书识礼者不用。武宁有妓关盼盼，乃徐方之绝色也。但见：

歌喉清亮，舞态婆娑。调弦成合格新声，品竹作出尘雅韵。琴弹古调，棋覆新图。赋诗琢句，追风雅见于篇中；搦管丹青，夺造化生于笔下。

建封虽闻其才色无双，缘到任之初，未暇召于樽俎之间。忽一日，中书舍人白乐天名居易自长安来，宣谕兖、郓，路过徐府，乃建封之故人也。喜乐天远来，遂置酒邀饮于公馆，只见：

幕卷流苏，帘垂朱箔。瑞脑烟喷宝鸭，香醪光溢琼壶。果劈天浆，食烹异味。绮罗珠翠，列两行粉面梅妆；脆管繁音，奏一派新声雅韵。遍地舞裀铺蜀锦，当筵歌拍按红牙。

当时酒至数巡，食供两套，歌喉少歇，舞袖亦停。忽有一妓，抱胡琴立于筵前，转轴调弦，独奏一曲，纤手斜拈，轻敲慢按。满座清香消酒力，一庭雅韵爽烦襟。须臾弹彻韶音，抱胡琴侍立。建封与乐天俱喜调韵清雅，视其精神举止，但见花生丹脸，水剪双眸，意态天然，迥出伦辈，回视其余

① 瘗（yì）——掩埋，埋藏。

诸妓，粉黛如土。遂呼而问曰："孰氏？"其妓斜抱胡琴，缓移莲步，向前对曰："贱妾关盼盼也。"建封喜不自胜，笑谓乐天曰："彭门乐事，不出于此。"乐天曰："似此佳人，名达帝都，信非虚也！"建封曰："诚如舍人之言，何惜一诗赠之？"乐天曰："但恐句拙，反污丽人之美。"盼盼据卸胡琴，掩袂而言："妾姿质丑陋，敢烦珠玉？若果不以猥贱见弃，是微躯随雅文不朽，岂胜身后之荣哉！"乐天喜其黠慧，遂口吟一绝：

凤拨金钿砌，檀槽后带垂。

醉娇无气力，风袅牡丹枝。

盼盼拜谢乐天曰："贱妾之名，喜传于后世，皆舍人所赐也。"于是宾主欢洽，尽醉而散。

翌日乐天车马东去。自此建封专宠盼盼，遂于府第之侧，择佳地创建一楼，名曰"燕子楼"，使盼盼居之。建封治政之暇，轻车潜往，与盼盼宴饮。交飞玉斝①，共理笙簧；璨锦相偎，鸾衾共展。绮窗唱和，指花月为题；绣阁论情，对松筠为誓。歌笑管弦，情爱方浓，不幸彩云易散，皓月难圆。建封染病，盼盼请医调治，服药无效，问卜无灵，转加沉重而死。子孙护持灵柩，归葬北邙，独弃盼盼于燕子楼中。香消衣被，尘满琴筝，沉沉朱户长扃，悄悄翠帘不卷。盼盼焚香指天誓曰："妾妇人，无他计报尚书恩德，请落发为尼，诵佛经资公冥福，尽此一世，誓不再嫁。"遂闭户独居，凡十换星霜，人无见面者。

乡党中有好事君子，慕其才貌，怜其孤苦，暗暗通书，以窥其意。盼盼为诗以代柬答，前后积三百余首，编缀成集，名曰《燕子楼集》，镂板流传于世。忽一日，金风破暑，玉露生凉，雁字横空，蛩声喧草。寂寥院宇无人，静锁一天秋色。盼盼倚栏长叹独言曰："我作之诗，皆诉愁苦，未知他人能晓我意否？"沉吟良久。忽想翰林白公必能察我，不若赋诗寄呈乐天，诉我衷肠，必表我不负张公之德，遂作诗三绝，缄封付老苍头，驰赴西洛，诣白公投下。白乐天得诗，启缄展视，其一曰：

北邙松柏锁愁烟，燕子楼人思悄然。

因埋冠剑歌尘散，红袖香消二十年。

其二曰：

---

① 斝(jiǎ)——古代盛酒的器具，圆口，三足。

适看鸿雁岳阳回，又睹玄禽送社来。
瑶瑟玉萧无意绪，任从蛛网结成灰。

其三曰：

楼上残灯伴晓霜，独眠人起合欢床。
相思一夜知多少？地角天涯不是长！

乐天看毕，叹赏良久。不意一妓女能守节操如此，岂可弃而不答？亦和三章以嘉其意，遣老苍头驰归。盼盼接得，拆开视之，其一曰：

钿晕罗衫色似烟，一回看着一潸然。
自从不舞《霓裳曲》，叠在空箱得几年？

其二曰：

今朝有客洛阳回，曾到尚书冢上来。
见说白杨堪作柱，争教红粉不成灰。

其三日：

满帘明月满庭霜，被冷香销拂卧床。
燕子楼前清夜雨，秋来只为一人长。

盼盼吟玩久之，虽获骊珠和璧，未足比此诗之美，笑谓侍女曰："自此之后，方表我一点真心。"正欲藏之箧中，见纸尾淡墨题小字数行，遂复展看，又有诗一首：

黄金不惜买蛾眉，拣得如花只一枝。
歌舞教成心力尽，一朝身死不相随。

盼盼一见此诗，愁锁双眉，泪盈满脸，悲泣哽咽，告侍女曰："向日尚书身死，我恨不能自缢相随，恐人言张公有随死之妾，使尚书有好色之名，是玷公之清德也。我今苟活以度朝昏，乐天不晓，故作诗相讽。我今不死，谤语未息。"遂和韵一章云：

独宿空楼敛恨眉，身如春后败残枝。
舍人不解人深意，讽道泉台不去随！

书罢掷笔于地，掩面长吁。久之，拭泪告侍女曰："我无计报公厚德，惟坠楼一死，以表我心。"道罢，纤手紧褰绣袂，玉肌斜靠雕栏，有心报德酬恩，无意偷生苟活，下视高楼，踊跃奋身一跳。侍女急拽衣告曰："何事自求横夭？"盼盼曰："一片诚心，人不能表，不死何为？"侍女曰："今损躯报德，此心虽佳，但粉骨碎身，于公何益？且遗老母，使何人侍养？"盼盼沉吟久之曰："死既不能，惟诵佛经，祝公冥福。"

自此之后，盼盼惟食素饭一盂，闭阁焚香，坐诵佛经，虽比屋未尝见面。久之鬓云懒掠，眉黛慵描，倦理宝瑟瑶琴，厌对鸳衾凤枕。不施朱粉，似春归欲谢庾岭梅花；瘦损腰肢，如秋后消疏隋堤杨柳。每遇花辰月夕，感旧悲哀，寝食失常。不幸寝疾，伏枕月余，遽尔不起。老母遂卜吉葬于燕子楼后。

盼盼既死，不二十年间，而建封子孙，亦散荡消索。盼盼所居燕子楼遂为官司所占。其地近郡圃，因其形势改作花园，为郡将游赏之地。

星霜屡改，岁月频迁，唐运告终，五代更伯。当周显德之末，天水真人承运而兴，整顿朝纲，经营礼法。顾视而妖氛寝灭，指挥而宇宙廓清。至皇宋二叶之时，四海无犬吠之警。当时有中书舍人钱易字希白，乃吴越王钱镠之后裔也。文行诗词，独步朝野，久住紫薇，意欲一历外任。遂因奏事之暇，上章奏曰："臣久据词掖①，无毫发之功，乞一小郡，庶竭驽骀。"上曰："青鲁地腴人善，卿可出镇彭门。"遂除希白节制武宁军。希白得旨谢恩。下车之日，宣扬皇化，整肃条章，访民瘼②于井邑，察冤枉于囹圄。屈己待人，亲耕劝农，宽仁惠爱，劝化凶顽，悉皆奉业守约，廉谦公平。听政月余，节届清明，既在暇日，了无一事，因独步东阶。天气乍暄，无可消遣，遂呼苍头前导，闲游圃中。但见：

> 晴光霭霭，淑景融融。小桃绽妆脸红深，嫩柳袅宫腰细软。幽亭雅榭，深藏花圃阴中；画舫兰桡，稳缆回塘岸下。莺贪春光时时语，蝶弄晴光扰扰飞。

希白信步，深入芬芳，纵意游赏，到红紫丛中。忽有危楼飞槛，映远横空；基址孤高，规模壮丽。希白举目仰观，见画栋下有牌额，上书"燕子楼"三字。希白曰："此张建封宠盼盼之处，岁月累更，谁谓遗踪尚在！"遂摄衣登梯，径上楼中，但见：

> 画栋栖云，雕梁耸汉。视四野如窥目下，指万里如睹掌中。遮风翠幙高张，蔽日疏帘低下。移踪但觉烟霄近，举目方知宇宙宽。

希白倚栏长叹言曰："昔日张公清歌对酒，妙舞邀宾，百岁既终，云消

---

① 词掖——中书舍人之职。掖，指门下、中书两省。门下为左掖，中书为右掖。

② 瘼（mò）——人民的疾苦。

雨散。此事自古皆然,不足感叹。但惜盼盼本一娼妓,而能甘心就死,报建封厚遇之恩,虽烈丈夫何以加此!何事乐天诗中,犹讥其不随建封而死!实怜守节十余年,自洁之心,泯没不传。我既知本末,若缄口不为褒扬,盼盼必抱怨于地下。”即呼苍头磨墨,希白染毫,作古调长篇,书于素屏之上,其词曰:

人生百岁能几日,荏苒光阴如过隙。樽中有酒不成欢,身后虚名又何益?清河太守真奇伟,曾向春风种桃李。欲将心事占韶华,无奈红颜随逝水。佳人重义不顾生,感激深恩甘一死。新诗寄语三百篇,贯串风骚洗沐耳。清楼十二横霄汉,低下珠帘锁双燕。娇魂媚魄不可寻,尽把阑干空倚遍!

希白题罢,朗吟数过,忽有清风袭人,异香拂面。希白大惊,此非花气,自何而来?方疑讶间,见素屏后有步履之声。希白即转屏后窥之,见一女子:云浓绀发,月淡修眉,体欺瑞雪之容光,脸夺奇花之艳丽,金莲步稳,束素腰轻。一见希白,娇羞脸黛,急挽金铺,平掩其身。虽江梅之映雪,不足比其风韵。

希白惊讶,问其姓氏。此女舍金铺,掩袂向前,叙礼而言曰:“妾乃守园老吏之女也。偶因令节,闲上层楼,忽值公相到来,妾慌急匿身于此,以蔽丑恶。忽闻诵吊盼盼古调新词,使妾闻之,如获珠玉,遂潜出听于素屏之后,因而得面台颜。妾之行藏,尽于此矣。”希白见女子容颜秀丽,词气清扬,喜悦之心,不可言喻,遂以言挑之曰:“听子议论,想必知音。我适来所作长篇,以为何如?”女曰:“妾门品虽微,酷喜吟咏。闻适来所诵篇章,锦心绣口,使九泉衔恨之心,一旦消释。”希白又闻此语,愈加喜悦曰:“今日相逢,可谓佳人才子,还有意无?”女乃款容正色,掩袂言曰:“幸君无及于乱,以全贞洁之心!惟有诗一首,仰酬厚意。”遂于袖中取彩笺一幅上呈。希白展看其诗曰:

人去楼空事已深,至今惆怅乐天吟。
非君诗法高题起,谁慰黄泉一片心?

希白读罢,谓女子曰:“尔既能诗,决非园吏之女,果何人也?”女曰:“君详诗意,自知贱妾微踪,何必苦问?”希白春心荡漾,不能拴束,向前拽其衣裾。忽闻槛竹敲窗,惊觉,乃一枕游仙梦,伏枕于书窗之下。但见炉烟尚袅,花影微欹,院宇沉沉,方当日午。希白推枕而起,兀坐沉思:“梦中所见者，必关盼盼也。何显然如是？千古所无，诚为佳梦。”反复再三，叹曰：“此事当作一词以记之。”遂成《蝶恋花》词，信笔书于案上，词曰：

一枕闲攲春昼午。梦入华胥，邂逅飞琼侣。娇态翠颦愁不语，彩笺遗我新奇句。　几许芳心犹未诉。风竹敲窗，惊散无寻处。惆怅楚云留不住，断肠凝望高唐路。

墨迹未干，忽闻窗外有人鼓掌作拍，抗声而歌，调清韵美，声入帘栊。希白审听窗外歌声，乃适所作《蝶恋花》词也。希白大惊曰：“我方作此词，何人早已先能歌唱？”遂启窗视之，见一女子翠冠珠珥，玉珮罗裙，向苍苍太湖石畔，隐珊珊翠竹丛中，绣鞋不动芳尘，琼裙风飘袅娜。希白仔细定睛看之，转柳穿花而去。希白叹异，不胜惆怅。后希白官至尚书，惜军爱民，百姓赞仰，一夕无病而终。这是后话。正是：

一首新词吊丽容，贞魂含笑梦相逢。
虽为翰苑名贤事，编入稗官小史中。

第十一卷　苏知县罗衫再合

早潮才罢晚潮来，一月周流六十回。
不独光阴朝复暮，杭州老去被潮催。

这四句诗，是唐朝白乐天，杭州钱塘江看潮所作。话中说杭州府有一才子，姓李名宏，字敬之。此人胸藏锦绣，腹隐珠玑，奈时运未通，三科不第。时值深秋，心怀抑郁，欲渡钱塘，往严州访友。命童子收拾书囊行李，买舟而行。拌①出江口，天已下午。李生推篷一看，果然秋江景致，更自非常。有宋朝苏东坡《江神子》词为证：

凤凰山下雨初晴，水风清，晚霞明。一朵芙蓉开过尚盈盈。何处飞来双白鹭？如有意，慕娉婷。　忽闻江上弄哀筝，苦含情，遣谁听？烟敛云收依约是湘灵。欲待曲终寻问取，人不见，数峰青。

李生正看之间，只见江口有一座小亭，匾曰“秋江亭”。舟人道：“这

① 拌——同划。

亭子上每日有游人登览,今日如何冷静?”李生想道:“似我失意之人,正好乘着冷静时去看一看。”叫:“家长,与我移舟到秋江亭去。”舟人依命,将船放到亭边,停桡稳缆。李生上岸,步进亭子。将那四面窗槅推开,倚栏而望,见山水相衔,江天一色。李生心喜,叫童子将桌椅拂净,焚起一炉好香,取瑶琴横于桌上,操了一回,曲终音止。举眼见墙壁上多有留题,字迹不一。独有一处连真带草,其字甚大。李生起而观之,乃是一首词,名《西江月》,是说酒、色、财、气四件的短处:

酒是烧身硝焰,色为割肉钢刀,财多招忌损人苗,气是无烟火药。四件将来合就,相当不欠分毫。劝君莫恋最为高,才是修身正道!

李生看罢,笑道:“此词未为确论,人生在世,酒、色、财、气四者脱离不得。若无酒,失了祭享宴会之礼;若无色,绝了夫妻子孙人事;若无财,天子庶人皆没用度;若无气,忠臣义士也尽委靡。我如今也作一词与他解释,有何不可!”当下磨得墨浓,蘸得笔饱,就在《西江月》背后,也带草连真,和他一首。

三杯能和万事,一醉善解千愁。阴阳和顺喜相求,孤寡须知绝后。　　财乃润家之宝,气为造命之由。助人情性反为仇,持论何多差谬!

李生写罢,掷笔于桌上。见香烟未烬,方欲就坐,再抚一曲,忽然画檐前一阵风起:

善聚庭前草,能开水上萍。
惟闻千树吼,不见半分形。

李生此时,不觉神思昏迷,伏几而卧。朦胧中,但闻环珮之声,异香满室,有美女四人:一穿黄,一穿红,一穿白,一穿黑,自外而入,向李生深深万福。李生此时似梦非梦,便问:“四女何人?为何至此?”四女乃含笑而言:“妾姊妹四人,乃古来神女,遍游人间。前日有诗人在此游玩,作《西江月》一首,将妾等辱骂,使妾等羞愧无地。今日蒙先生也作《西江月》一首,与妾身解释前冤,特来拜谢。”李生心中开悟,知是酒、色、财、气四者之精,全不畏惧,便道:“四位贤姐,各请通名。”四女各言诗一句,穿黄的道:

杜康造下万家春。

穿红的道：

一面红妆爱杀人。

穿白的道：

生死穷通都属我。

穿黑的道：

氤氲世界满乾坤。

原来那黄衣女是酒，红衣女是色，白衣女是财，黑衣女是气。李生心下了然，用手轻招四女："你四人听我分剖：

香甜美味酒为先，美貌芳年色更鲜。

财积千箱称富贵，善调五气是真仙。"

四女大喜，拜谢道："既承解释，复劳褒奖，乞先生于吾姊妹四人之中，选择一名无过之女，奉陪枕席，少效恩环。"李生摇手，连声道："不可，不可！小生有志攀月中丹桂，无心恋野外闲花。请勿多言，恐亏行止。"四女笑道："先生差矣！妾等乃巫山洛水之俦①，非路柳墙花之比。汉司马相如文章魁首，唐李卫公开国元勋，一纳文君，一收红拂，反作风流话柄，不闻取讥于后世。况佳期良会，错过难逢，望先生三思。"李生到底是少年才子，心猿意马，拿把不定，不免转口道："既贤姐们见爱，但不知那一位是无过之女？小生情愿相留。"言之未已，只见那黄衣酒女急急移步上前道："先生，妾乃无过之女。"李生道："怎见贤姐无过？"酒女道："妾亦有《西江月》一首：

善助英雄壮胆，能添锦绣诗肠。神仙造下解愁方，雪月风花玩赏。……"

又道："还有一句要紧言语，先生听着：

好色能生疾病，贪杯总是清狂。八仙醉倒紫云乡，不羡公侯卿相。"

李生大笑道："好个'八仙醉倒紫云乡'，小生情愿相留。"方留酒女，只见那红衣色女向前，柳眉倒竖，杏眼圆睁，道："先生不要听贱婢之言。贱人！我且问你：你只讲酒的好处就罢了，为何重己轻人，乱讲好色的能生疾病。终不然三四岁孩儿害病，也从好色中来？你只夸己的好处，却不知

① 俦——伴侣。

己的不好处：

平帝丧身因酒毒，江边李白损其躯。

劝君休饮无情水，醉后教人心意迷！”

李生道：“有理，古人亡国丧身，皆酒之过，小生不敢相留。”只见红衣女妖妖娆娆的走近前来，道：“妾身乃是无过之女，也有《西江月》为证：

每羡鸳鸯交颈，又看连理花开。无知花鸟动情怀，岂可人无欢爱。

君子好逑淑女，佳人贪恋多才。红罗帐里两和谐，一刻千金难买。”

李生沉吟道：“真个‘一刻千金难买’！”才欲留色女，那白衣女早已发怒骂道：“贱人，怎么说‘千金难买’？终不然我到不如你？说起你的过处尽多：

尾生桥下水涓涓，吴国西施事可怜。

贪恋花枝终有祸，好姻缘是恶姻缘。”

李生道：“尾生丧身，夫差亡国，皆由于色，其过也不下于酒。请去，请去！”遂问白衣女：“你却如何？”白衣女上前道：

收尽三才权柄，荣华富贵从生。纵教好善圣贤心，空手难施德行。

有我人皆钦敬，无我到处相轻。休因闲气斗和争，问我须知有命。”

李生点头道：“汝言有理，世间所敬者财也；我若有财，取科第如反掌耳。”才动喜留之意，又见黑衣女粉脸生嗔，星眸带怒，骂道：“你为何说‘休争闲气’？为人在世，没了气还好？我想着你：

有财有势是英雄，命若无时枉用功。

昔日石崇因富死，铜山不助邓通穷。”

李生摇首不语，心中暗想：“石崇因财取祸，邓通空有钱山，不救其饿，财有何益？”便问气女：“卿言虽则如此，但不知卿于平昔间处世何如？”黑衣女道：“像妾处世呵！——

一自混元开辟，阴阳二字成功。含为元气败为风，万物得之萌动。但看生身六尺，喉间三寸流通。财和酒色尽包笼，无气谁人享用？”

气女说罢，李生还未及答，只见酒、色、财三女齐声来讲：“先生休听其言,我三人岂被贱婢包笼乎！且听我数他过失：

霸王自刎在乌江,有智周瑜命不长。

多少阵前雄猛将,皆因争气一身亡。

先生也不可相留！”李生踌躇思想:“呀！四女皆为有过之人。四位贤姐,小生褥薄衾寒,不敢相留,都请回去。”四女此时互相埋怨,这个说:“先生留我,为何要你打短?”那个说:“先生爱我,为何要你争先?”话不投机,一时间打骂起来：

酒骂色,盗人骨髓;色骂酒,专惹非灾;财骂气,能伤肺腑;气骂财,能损情怀。直打得酒女乌云乱,色女宝髻歪,财女捶胸叫,气女倒尘埃。一个个蓬松鬓发遮粉脸,不整金莲撇凤鞋。

四女打在一团,搅在一处。李生暗想:“四女相争,不过为我一人耳。”方欲向前劝解,被气女用手一推:“先生闪开,待我打死这三个贱婢！”李生猛然一惊,衣袖拂着琴弦,当的一声响,惊醒回来,擦磨睡眼,定睛看时,那见四女踪迹！李生抚髀长叹:“我因关心太切,遂形于梦寐之间。据适间梦中所言,四者皆为有过,我为何又作这一首词赞扬其美?使后人观吾此词,恣意于酒色,沉迷于财气,我即为祸之魁首。如今欲要说他不好,难以悔笔。也罢,如今再题四句,等人酌量而行。”就在粉墙《西江月》之后,又挥一首：

饮酒不醉最为高,好色不乱乃英豪。

无义之财君莫取,忍气饶人祸自消。

这段评话,虽说酒、色、财、气一般有过,细看起来,酒也有不会饮的,气也有耐得的,无如财、色二字害事。但是贪财、好色的又免不得吃几杯酒,免不得淘几场气,酒、气二者又总括在财、色里面了。今日说一桩异闻,单为财、色二字弄出天大的祸来。后来悲欢离合,做了锦片①一场佳话,正是：

说时惊破奸人胆,话出伤残义士心。

却说国初永乐年间,北直隶涿州有兄弟二人,姓苏,其兄名云,其弟名雨。父亲早丧,单有母亲张氏在堂。那苏云自小攻书,学业淹贯,二十四岁上,一举登科,殿试二甲,除授浙江金华府兰溪县大尹。苏云回家,住了

---

① 锦片——喻作美好。

数月，凭限已到，不免择日起身赴任。苏云对夫人郑氏说道："我早登科甲，初任牧民，立心愿为好官，此去只饮兰溪一杯水。所有家财，尽数收拾，将十分之三留为母亲供膳，其余带去任所使用。"当日拜别了老母，嘱咐兄弟苏雨："好生侍养高堂，为兄的若不得罪于地方，到三年考满，又得相见。"说罢，不觉惨然泪下。苏雨道："哥哥荣任是美事，家中自有兄弟支持，不必挂怀。前程万里，须自保重！"苏雨又送了一程方别。

苏云同夫人郑氏，带了苏胜夫妻二人，伏侍登途，到张家湾地方。苏胜禀道："此去是水路，该用船只，偶有顺便回头的官座，老爷坐去稳便。"苏知县道："甚好。"原来坐船有个规矩，但是顺便回家，不论客货私货，都装载得满满的，却去揽一位官人乘坐，借其名号，免他一路税课。不要那官人的船钱，反出几十两银子送他，为孝顺之礼，谓之坐舱钱。苏知县是个老实的人，何曾晓得恁样规矩？闻说不要他船钱，已自够了，还想甚么坐舱钱。那苏胜私下得了他四五两银子酒钱，喜出望外，从旁撺掇。苏知县同家小下了官舱。一路都是下水，渡了黄河，过了扬州广陵驿，将近仪真。因船是年远的，又带货太重，发起漏来，满船人都慌了。苏知县叫快快拢岸，一时间将家眷和行李都搬上岸来。只因搬这一番，有分教：苏知县全家受祸，正合着二句古语，道是：

漫藏诲盗，冶容①诲淫。

却说仪真县有个惯做私商的人，姓徐名能，在五坝上街居住，久揽山东王尚书府中一只大客船，装载客人，南来北往，每年纳还船租银两。他合着一班水手，叫做赵三、翁鼻涕、杨辣嘴、范剥皮、沈胡子：这一班都不是个良善之辈。又有一房家人，叫做姚大，时常揽了载，约莫有些油水看得入眼时，半夜三更悄地将船移动，到僻静去处，把客人谋害，劫了财帛。如此十余年，徐能也做了些家事。这些伙计，一个个羹香饭熟，饱食暖衣，正所谓"为富不仁，为仁不富"。你道徐能是仪真县人，如何却揽山东王尚书府中的船只，况且私商起家千金，自家难道打不起一只船？是有个缘故：王尚书初任南京为官，曾在扬州娶了一位小奶奶，后来小奶奶父母却移家于仪真居住，王尚书时常周给。后因路遥不便，打这只船与他，教他赁租用度。船上竖的是山东王尚书府的水牌，下水时，就是徐能包揽去

① 冶容——娇艳的容饰。

了。徐能因为做那私商的道路,倒不好用自家的船,要借尚书府的名色,又有势头,人又不疑心他,所以一向不致败露。

今日也是苏知县合当有事,恰好徐能的船空闲在家。徐能正在岸上寻主顾,听说官船发漏,忙走来看,看见搬上许多箱笼囊箧,心中早有七分动火。结末又走个娇娇滴滴少年美貌的奶奶上来。徐能是个贪财好色的都头,不觉心窝发痒,眼睛里迸出火来。又见苏胜搬运行李,料是仆人,在人丛中将苏胜背后衣袂一扯。苏胜回头,徐能赔个笑脸问道:"是那里去的老爷,莫非要换船么?"苏胜道:"家老爷是新科进士,选了兰溪县知县,如今去到任。因船发了漏,权时上岸,若就有个好船换得,省得又落主人家。"徐能指着河里道:"这山东王尚书府中水牌在上的,就是小人的船。新修整得好,又坚固又干净。惯走浙直水路,水手又都是得力的。今晚若下船时,明早祭了神福,等一阵顺风,不几日就吹到了。"苏胜欢喜,便将这话禀知家主。苏知县叫苏胜先去看了舱口,就议定了船钱。因家眷在上,不许搭载一人。徐能俱依允了。当下先秤了一半船钱,那一半直待到县时找足。苏知县家眷行李重复移下了船。

徐能慌忙去寻那一班不做好事的帮手赵三等都齐了,只有翁范二人不到。买了神福①,正要开船,岸上又有一个汉子跳下船来道:"我也相帮你们去!"徐能看见,呆了半晌。原来徐能有一个兄弟,叫做徐用,班中都称为徐大哥、徐二哥。真个是"有性善、有性不善":徐能惯做私商,徐用偏好善。但是徐用在船上,徐能要动手脚,往往被兄弟阻住,十遍倒有八九遍做不成。所以今日徐能瞒了兄弟不去叫他。那徐用却自有心,听得说有个少年知县换船到任,写了哥子的船;又见哥哥去唤这一班如狼似虎的人,不对他说,心下有些疑惑,故意要来船上相帮。徐能却怕兄弟阻挡他这番稳善的生意,心中默默不喜。正是:

泾渭自分清共浊,薰莸②不混臭和香。

却说苏知县临欲开船,又见一个汉子赶将下来,心中倒有些疑虑,只道是乘船的,叫苏胜:"你问那方才来的是甚么人?"苏胜去问了来,回复道:"船头叫做徐能,方才来的叫做徐用,就是徐能的亲弟。"苏知县想道:

---

① 神福——祭神所用的纸人纸马等东西。

② 薰莸——薰,香草;莸,臭草;比喻善恶不可共处。

“这便是一家了。”是日开船,约有数里,徐能就将船泊岸,说道:“风还不顺,众弟兄且吃神福酒。”徐能饮酒中间,只推出恭上岸,招兄弟徐用对他说道:“我看苏知县行李沉重,不下千金,跟随的又只一房家人。这场好买卖不可错过,你却不要阻挡我。”徐用道:“哥哥,此事断然不可!他若任所回来,盈囊满箧,必是贪赃所致,不义之财,取之无碍。如今方才赴任,不过家中带来几两盘费,那有千金?况且少年科甲,也是天上一位星宿,哥哥若害了他,天理也不容,后来必然懊悔。”徐能道:“财产倒不打紧,还有一事,好一个标致奶奶!你哥正死了嫂嫂,房中没有个得意掌家的,这是天付姻缘,兄弟这番须作成做哥的则个!”徐用又道:“从来‘相女配夫’。既是奶奶,必然也是宦家之女,把他好夫好妇拆散了,强逼他成亲,到底也不和顺,此事一发不可。”

这里兄弟二人正在唧唧哝哝,船艄上赵三望见了,正不知他商议甚事,一跳跳上岸来。徐用见赵三上岸,洋洋的到走开了。赵三问徐能:“适才与二哥说甚么?”徐能附耳述了一遍。赵三道:“既然二哥不从,到不要与他说了,只消兄弟一人便与你完成其事。今夜须如此如此,这般这般。”徐能大喜道:“不枉叫做赵一刀。”原来赵三为人粗暴,动不动自夸道:“我是一刀两段的性子,不学那粘皮带骨。”因此起个异名,叫做赵一刀。当下众人饮酒散了,权时歇息。看看天晚,苏知县夫妇都睡了。约至一更时分,闻得船上起身,收拾篷索,叫苏胜问时,说道:“江船全靠顺风,趁这一夜风使去,明早便到南京了。老爷们睡稳莫要开口,等我自行。”那苏知县是北方人,不知水面的勾当,听得这话,就不问他了。

却说徐能撑开船头,见风色不顺,正中其意,拽起满篷,倒使转向黄天荡去。那黄天荡是极野去处,船到荡中,四望无际。姚大便去抛铁锚,杨辣嘴把定头舱门口,沈胡子守舵,赵三当先提着一口泼风刀,徐能手执板斧随后,只不叫徐用一人。却说苏胜打铺睡在舱口,听得有人推门进来,便从被窝里钻出头向外张望。赵三看得真,一刀砍去,正劈着脖子,苏胜只叫得一声:“有贼!”又复一刀砍杀,拖出舱口,向水里撺下去了。苏胜的老婆和衣睡在那里,听得嚷,摸将出来,也被徐能一斧劈倒。姚大点起火把,照得舱中通亮。慌得苏知县双膝跪下,叫道:“大王,行李分毫不要了,只求饶命!”徐能道:“饶你不得!”举斧照顶门砍下,却被一人拦腰抱住道:“使不得!”却便似:

秋深逢赦至，病笃遇仙来！

你道是谁？正是徐能的亲弟徐用。晓得众人动掸，不干好事，走进舱来，却好抱住了哥哥，扯在一边，不容他动手。徐能道："兄弟，今日骑虎之势，罢不得手了。"徐用道："他中了一场进士，不曾做得一日官。今日劫了他财帛，占了他妻小，杀了他家人，又教他刀下身亡，也忒罪过。"徐能道："兄弟，别事听得你，这一件听不得你。留了他便是祸根，我等性命难保。放了手！"徐用越抱得紧了。便道："哥哥，既然放他不得，抛在湖中，也得个全尸而死。"徐能道："便依了兄弟言语。"徐用道："哥哥撇下手中凶器，兄弟方好放手。"徐能果然把板斧撇下，徐用放了手。徐能对苏知县道："免便免你一斧，只是松你不得。"便将棕缆捆做一团，如一只馄饨相似，向水面扑通的撺将下去，眼见得苏知县不活了。夫人郑氏只叫得苦，便欲跳水。徐能那里容他，把舱门关闭，拨回船头，将篷扯满，又使转来。原来江湖中除了顶头大逆风，往来都使得篷。仪真至邵伯湖，不过五十余里，到天明，仍到了五坝口上。

徐能回家，唤了一乘肩舆，教管家的朱婆先扶了奶奶上轿。一路哭哭啼啼，竟到了徐能家里。徐能吩咐朱婆："你好生劝慰奶奶：'到此地位，不由不顺从，不要愁烦；今夜若肯从顺，还你终身富贵，强似跟那穷官。'说得成时，重重有赏。"朱婆领命，引着奶奶归房。徐能叫众人将船中箱笼，尽数搬运上岸，打开看了，作六份均分。杀倒一口猪，烧利市纸，连翁鼻涕、范剥皮都请将来，做庆贺筵席。

徐用心中甚是不忍，想着哥哥不仁，到夜来必然去逼苏奶奶。若不从他，性命难保；若从时，可不坏了他名节。虽在席中，如坐针毡。众人大酒大肉，直吃到夜。徐用心生一计，将大折碗满斟热酒，碗内约有斤许。徐用捧了这碗酒，到徐能面前跪下。徐能慌忙来搀道："兄弟为何如此？"徐用道："夜来船中之事，做兄弟的违拗了兄长，必然见怪；若果然不怪，可饮兄弟这瓯酒。"徐能虽是强盗，弟兄之间倒也和睦，只恐徐用疑心，将酒一饮而尽。众人见徐用劝了酒，都起身把盏道："今日徐大哥娶了新嫂，是个大喜，我等一人庆一杯。"此时徐能七八已醉，欲推不饮。众人道："徐二哥是弟兄，我们异姓，偏不是弟兄？"徐能被缠不过，只得每人陪过，吃得酩酊大醉。

徐用见哥哥坐在椅上打瞌睡，只推出恭，提个灯笼，走出大门，从后门来,门却锁了。徐用从墙上跳进屋里,将后门锁裂开,取灯笼藏了。厨房下两个丫头在那里荡酒。徐用不顾,径到房前。只见房门掩着,里面说话声响,徐用侧耳而听,却是朱婆劝郑夫人成亲,正不知劝过几多言语了,郑夫人不允,只是啼哭。朱婆道:"奶奶既立意不顺从,何不就船中寻个自尽?今日到此,那里有地孔钻去?"郑夫人哭道:"妈妈,不是奴家贪生怕死,只为有九个月身孕在身,若死了不打紧,我丈夫就绝后了。"朱婆道:"奶奶,你就生下儿女来,谁容你存留?老身又是妇道家,做得程婴、杵臼,也是枉然。"徐用听到这句话,一脚把房门踢开,吓得郑夫人魂不附体,连朱婆也都慌了。徐用道:"不要忙,我是来救你的。我哥哥已醉,乘此机会,送你出后门去逃命。异日相会,须记得不干我徐用之事。"郑夫人叩头称谢。朱婆因说了半日,也十分可怜郑夫人,情愿与她作伴逃走。徐用身边取出十两银子,付与朱婆做盘缠,引二人出后门,又送了她出了大街,嘱咐:"小心在意!"说罢,自去了。

好似:

捶碎玉笼飞彩凤,掣开金锁走蛟龙。

单说朱婆与郑夫人寻思黑夜无路投奔,信步而行,只拣僻静处走去,顾不得鞋弓步窄。约行十五六里,苏奶奶心中着忙,倒也不怕脚痛;那朱婆却走不动了。没奈何,彼此相扶,又捱了十余里。天还未明。朱婆原有个气急的症候,走了许多路,发喘起来,道:"奶奶,不是老身有始无终,其实寸步难移,恐怕反拖累奶奶,且喜天色微明,奶奶前去,好寻个安身之处。老身在此处途路还熟,不消挂念。"郑夫人道:"奴家患难之际,只得相撇了。只是妈妈遇着他人,休得漏了奴家消息!"朱婆道:"奶奶尊便,老身不误你的事。"郑夫人转得身,朱婆叹口气想道:"没处安身,索性做个干净好人。"望着路旁有口义井,将一双旧鞋脱下,投井而死。郑夫人眼中流泪,只得前行,又行了十里,共三十余里之程,渐觉腹痛难忍。

此时天色将明,望见路旁有一茅庵,其门尚闭。郑夫人叩门,意欲借庵中暂歇。庵内答应开门。郑夫人抬头看见,惊上加惊,想道:"我来错了,原来是僧人!闻得南边和尚们最不学好,躲了强盗,又撞了和尚,却不晦气!千死万死,左右一死,且进门观其动静。"那僧人看见郑夫人丰姿服色,不像个以下之人,甚相敬重,请入净室问讯。叙话起来,方知是尼僧。郑夫人方才心定,将黄天荡遇盗之事,叙了一遍。那老尼姑道:"奶奶暂住几日不妨，却不敢久留，恐怕强人访知，彼此有损。”说犹未了，郑夫人腹痛，一阵紧一阵。老尼年逾五十，也是半路出家的，晓得些道儿，问道：“奶奶这阵痛，倒像要分娩一般？”郑夫人道：“实不相瞒，奴家怀九个月孕。因昨夜走急了路，肚疼，只怕是要分娩了。”老尼道：“奶奶莫怪我说，这里是佛地，不可污秽。奶奶可往别处去，不敢相留。”郑夫人眼中流泪，哀告道：“师父，慈悲为本，这十方地面不留，教奴家更投何处？想是苏门前世业重，今日遭此冤劫，不如死休！”老尼心慈道：“也罢，庵后有个厕屋，奶奶若没处去，权在那厕屋里住下，等生产过了，进庵未迟。”郑夫人出于无奈，只得捧着腹肚，走到庵后厕屋里去。虽则厕屋，喜得不是个露坑，倒还干净。

郑夫人到了屋内，一连几阵紧痛，产下一个孩儿。老尼听得小儿啼哭之声，忙走来看，说道：“奶奶且喜平安。只是一件，母子不能并留。若留下小的，我与你托人抚养，你就休住在此；你若要住时，把那小官人弃了，不然佛地中啼啼哭哭，被人疑心，查得根由，又是祸事。”郑夫人左思右量，两下难舍，便道：“我有道理。”将自己贴肉穿的一件罗衫脱下，包裹了孩儿，拔下金钗一股，插在孩儿胸前，对天拜告道：“夫主苏云，倘若不该绝后，愿天可怜，遣个好人收养此儿。”祝罢，将孩儿递与老尼，央她放在十字路口。老尼念声“阿弥陀佛”，接了孩儿，走去约莫半里之遥，地名大柳村，撇于柳树之下。

分明路侧重逢弃，疑是空桑再产伊。

老尼转来，回复了郑夫人。郑夫人一恸几死。老尼劝解，自不必说。老尼净了手，向佛前念了血盆经，送汤送水价看觑郑夫人。郑夫人将随身簪珥手钏，尽数解下，送与老尼为陪堂之费。等待满月，进庵做了道姑，拜佛看经。过了数月，老尼恐在本地有是非，又引她到当涂县慈湖老庵中潜住，更不出门，不在话下。

却说徐能醉了，睡在椅上，直到五鼓方醒。众人见主人酒醉，先已各散去讫。徐能醒来，想起苏奶奶之事，走进房看时，却是个空房，连朱婆也不见了。叫丫鬟问时，一个个目睁口呆，对答不出。看后门大开，情知走了，虽然不知去向，也少不得追赶。料他不走南路，必走北路，望僻静处，一直追来。也是天使其然，一径走那苏奶奶的旧路，到义井跟头，看见一双女鞋——原是他先前老婆的旧鞋,认得是朱婆的。疑猜道:“难道他特地奔出去,到于此地,舍得性命?”巴着井栏一望,黑洞洞的,不要管他,再赶一程。又行十余里,已到大柳村前,全无踪迹。正欲回身,只听得小孩子哭响,走上一步看时,那大柳树之下一个小孩儿,且是生得端正,怀间有金钗一股,正不知什么人撇下的,心中暗想,“我徐能年近四十,尚无子息,这不是皇天有眼,赐与我为嗣?”轻轻抱在怀里,那孩儿就不哭了。徐能心下十分之喜,也不想追赶,抱了孩子就回。到得家中,想姚大的老婆,新育一个女儿,未及一月死了,正好接奶。把那一股钗子,就做赏钱,赏了那婆娘,教他好生喂乳:“长大之时,我自看顾你。”不在话下。有诗为证:

插下蔷薇有刺藤,养成乳虎自伤生。
凡人不识天公力,种就殃苗待长成。

话分两头,再说苏知县被强贼撺入黄天荡中,自古道:“死生有命。”若是命不该活,一千个也休了。只为苏知县后来还有造化,在水中半沉半浮,直汆①到向水闸边。恰好有个徽州客船,泊于闸口。客人陶公夜半正起来撒溺,觉得船底下有物,叫水手将篙摘起,却是一个人,浑身捆缚,心中骇异,不知是死的活的。正欲推去水中,有这等异事,那苏知县在水中浸了半夜,还不曾死,开口道:“救命! 救命!”陶公见是活的,慌忙解开绳索,将姜汤灌醒,问其缘故。苏知县备细告诉,被山东王尚书船家所劫,如今待往上司去告理。陶公是本分生理之人,听得说要与山东王尚书家打官司,只恐连累,有懊悔之意。苏知县看见颜色变了,怕不相容,便改口道:“如今盘费一空,文凭又失,此身无所着落,倘有安身之处,再作道理。”陶公道:“先生休怪我说:你若要去告理,在下不好管得闲事。若只要个安身之处,敝村有个市学,倘肯相就,权住几时。”苏知县道:“多谢! 多谢!”陶公取些干衣服,教苏知县换了,带回家中。这村名虽唤做三家村,共有十四五家,每家多有儿女上学。却是陶公做领袖,分派各家轮流供给,在家教学,不放他出门。看官牢记着,那苏知县自在村中教学,正是:

未司社稷民人事,权作之乎者也师。

却说苏老夫人在家思念儿子苏云,对次子苏雨道:“你哥哥为官,一

① 汆(tǔn)——漂浮。

去三年,杳无音信。你可念手足之情,亲往兰溪任所,讨个音耗回来,以慰我悬悬之望。”苏雨领命,收拾包裹,陆路短盘,水路搭船,不则一月,来到兰溪。那苏雨是朴实庄家,不知委曲,一径走到县里。值知县退衙,来私宅门口敲门。守门皂隶急忙拦住,问是甚么人。苏雨道:“我是知县老爷亲属,你快通报。”皂隶道:“大爷好利害。既是亲属,可通个名姓,小人好传云板。”苏雨道:“我是苏爷的嫡亲兄弟,特地从涿州家乡而来。”皂隶兜脸打一啐,骂道:“见鬼,大爷自姓高,是江西人,牛头不对马嘴!”正说间,后堂又有几个闲荡的公人听得了,走来帮兴,骂道:“那里来这光棍,打他出去就是。”苏雨再三分辩,那个听他!正在那里七张八嘴,东扯西拽,惊动了房内的高知县,开私宅出来,问甚缘由。

苏雨听说大爷出衙,睁眼看时,却不是哥哥,已自心慌,只得下跪禀道:“小人是北直隶涿州苏雨,有亲兄苏云,于三年前,选本县知县,到任以后,杳无音信。老母在家悬望,特命小人不远千里,来到此间,何期遇了恩相。恩相既在此荣任,必知家兄前任下落。”高知县慌忙扶起,与他作揖,看坐,说道:“令兄向来不曾到任,吏部只道病故了,又将此缺补与下官。既是府上都没消息,不是覆舟,定是遭寇了;若是中途病亡,岂无一人回籍?”苏雨听得哭将起来道:“老母家中悬念,只望你衣锦还乡,谁知死得不明不白,教我如何回复老母!”高知县旁观,未免同袍之情,甚不过意,宽慰道:“事已如此,足下休得烦恼,且在敝治宽住一两个月,待下官差人四处打听令兄消息,回府未迟。一应路费,都在下官身上。”便分付门子,于库房取书仪十两,送与苏雨为程敬,着一名皂隶送苏二爷于城隍庙居住。苏雨虽承高公美意,心下痛苦,昼夜啼哭。住了半月,忽感一病,服药不愈,呜呼哀哉。

未得兄弟生逢,又见娘儿死别!

高知县买棺亲往殡殓,停柩于庙中,分付道士,小心看视。不在话下。

再说徐能自抱那小孩儿回来,教姚大的老婆做了乳母,养为己子。俗语道:“只愁不养,不愁不长。”那孩子长成六岁,聪明出众,取名徐继祖,上学攻书。十三岁经书精通,游庠补廪。十五岁上登科,起身会试。从涿州经过,走得乏了,下马歇脚。见一老婆婆,面如秋叶,发若银丝,自提一个磁瓶向井头汲水。徐继祖上前与婆婆作揖,求一瓯清水解喝。老婆婆老眼朦胧,看见了这小官人,清秀可喜,便留他家里吃茶。徐继祖道:“只怕老娘府上路远!”婆婆道:“十步之内,就是老身舍下。”徐继祖真个下马,跟到婆婆家里,见门庭虽像旧家,甚是冷落。后边房屋都被火焚了,瓦砾成堆,无人收拾,止剩得厅房三间,将土墙隔断。左一间老婆婆做个卧房,右一间放些破家伙,中间虽则空下,旁边供两个灵位,开写着长儿苏云,次儿苏雨。厅侧边是个耳房,一个老婢在内烧火。老婆婆请小官人于中间坐下,自已陪坐,唤老婢泼出一盏热腾腾的茶,将托盘托将出来道:“小官人吃茶。”

老婆婆看着小官人,目不转睛,不觉两泪交流。徐继祖怪而问之。老婆婆道:“老身七十八岁了,就说错了句言语,料想郎君不怪。”徐继祖道:“有话但说,何怪之有!”老婆婆道:“官人尊性?青春几岁?”徐继祖叙出姓名,年方一十五岁,今科侥幸中举,赴京会试。老婆婆屈指暗数了一回,扑簌簌泪珠滚一个不住。徐继祖也不觉惨然道:“婆婆如此哀楚,必有伤心之事。”老婆婆道:“老身有两个儿子,长子苏云,叨中进士,职受兰溪县尹。十五年前,同着媳妇赴任,一去杳然。老身又遣次男苏雨亲往任所体探,连苏雨也不回来。后来闻人传说,大小儿丧于江盗之手,次儿没于兰溪。老身痛苦无伸,又被邻家失火,延烧卧室。老身和这婢子两口,权住这几间屋内,坐以待死。适才偶见郎君面貌与苏云无二,又刚是十五岁,所以老身感伤不已。今日天色已晚,郎君若不嫌贫贱,在草舍权住一晚,吃老身一餐素饭。”说罢又哭。徐继祖是个慈善的人,也是天性自然感动,心内到可怜这婆婆,也不忍别去,就肯住了。老婆婆宰鸡煮饭,管待徐继祖。叙了二三更的话,就留在中间歇息。

次早,老婆婆起身,又留吃了早饭。临去时依依不舍,在破箱子内取出一件不曾开折的罗衫出来相赠,说道:“这衫是老身亲手做的,男女衫各做一件,却是一般花样。女衫把与儿妇穿去了,男衫因打折时被灯煤落下,烧了领上一个孔。老身嫌不吉利,不曾把与亡儿穿,至今老身收着。今日老身见了郎君,就如见我苏云一般。郎君受了这件衣服,倘念老身衰暮之景,来年春闱得第,衣锦还乡,是必相烦,差人于兰溪县打听苏云、苏雨一个实信见报,老身死亦瞑目。”说罢放声痛哭。徐继祖没来由,不觉也掉下泪来。老婆婆送了徐继祖上马,哭进屋去了。徐继祖不胜伤感,到了京师,连科中了二甲进士,除授中书。朝中大小官员,见他少年老成,诸事历练,甚相敬重。也有打听他未娶,情愿赔了钱,送女儿与他做亲。徐继祖为不曾禀命于父亲,坚意推辞。在京二年,为“急缺风宪事”,选授监察御史,差往南京刷卷,就便回家省亲归娶,刚好一十九岁。徐能此时已做了太爷,在家中耀武扬威,甚是得志。正合着古人两句:

常将冷眼观螃蟹,看你横行得几时?

再说郑氏夫人在慈湖尼庵,一住十九年,不曾出门。一日照镜,觉得庞儿非旧,潸然泪下,想道:“杀夫之仇未报,孩儿又不知生死。就是那时有人收留,也不知落在谁手?住居何乡?我如今容貌憔瘦,又是道姑打扮,料无人认得。况且吃了这几年安逸茶饭,定害庵中,心中过意不去。如今不免出外托钵,一来也帮贴庵中;二来往仪真一路去,顺便打听孩儿消息。常言‘大海浮萍,也有相逢之日’,或者天可怜,有近处人家拾得,抚养在彼,母子相会,对他说出根由,教他做个报仇之人,却不了却心愿!”当下与老尼商议停妥,托了钵盂,出庵而去。

一路抄化,到于当涂县内,只见沿街搭彩,迎接刷卷御史徐爷。郑夫人到一家化斋,其家乃是里正,辞道:“我家为接官一事,甚是匆忙,改日来布施罢。”却有间壁一个人家,有女眷闲立在门前观看搭彩,看这道姑,生得十分精致,年也却不甚长,见化不得斋,便去叫唤他。郑氏闻唤,到彼问讯过了。那女眷便延进中堂,将素斋款待,问其来历。郑氏料非贼党,想道:“我若隐忍不说,到底终无结末。”遂将十九年前苦情,数一数二,告诉出来。谁知屏后那女眷的家长伏着,听了半日,心怀不平,转身出来,叫道姑:“你受恁般冤苦,见今刷卷御史到任,如何不去告状申理?”郑氏道:“小道是女流,幼未识字,写不得状词。”那家长道:“要告状,我替你写。”便去买一张三尺三的绵纸,从头至尾写道:

告状妇郑氏,年四十二岁,系直隶涿州籍贯。夫苏云,由进士选授浙江兰溪县尹。于某年相随赴任。路经仪真,因船漏过载。岂期船户积盗徐能,纠伙多人,中途劫夫财,谋夫命,又欲奸骗氏身。氏幸逃出,庵中潜躲,迄今一十九年,沉冤无雪。徐盗现在五坝街住。恳乞天台捕获正法,生死衔恩,激切上告!

郑氏收了状子,作谢而出。走到接官亭,徐御史正在宁太道周兵备船中答拜,船头上一清如水。郑氏不知利害,径跄上船。管船的急忙拦阻,郑氏便叫起屈来。徐爷在舱中听见,也是一缘一会,偏觉得音声凄惨,叫巡捕官接进状子,同周兵备观看。不看犹可,看毕时,唬得徐御史面如土色,屏去从人,私向周兵备请教:"这妇人所告,正是老父。学生欲待不准他状,又恐在别衙门告理。"周兵备呵呵大笑道:"先生大人正是青年,不知机变,此事亦有何难?可分付巡捕官带那妇人明日察院中审问;到那其间,一顿板子,将那妇人敲死,可不绝了后患!"徐御史起身相谢道:"承教了。"辞别周兵备,分付了巡捕官说话,押那告状的妇人,明早带进衙门面审。当下回察院中安歇,一夜不睡。想道:"我父亲积年为盗,这妇人所告,或是真情。当先劫财杀命,今日又将妇人打死,却不是冤上加冤?若是不打杀他时,又不是小可利害。"蓦然又想起三年前涿州遇见老妪,说儿子苏云被强人所算,想必就是此事了,又想道:"我父亲劫掠了一生,不知造下许多冤业,有何阴德,积下儿子科第?我记得小时上学,学生中常笑我不是亲生之子,正不知我此身从何而来?此事除非奶公姚大知其备细。"心生一计,写就一封家书,书中道:"到任忙促,不及回家,特地迎接父叔诸亲,南京衙门相会。路上乏人伏侍,可先差奶公姚大来当涂采石驿,莫误,莫误!"

次日开门,将家书分付承差,送到仪真五坝街上太爷亲拆。巡捕官带郑氏进衙。徐继祖见了那郑氏不由人心中惨然,略问了几句言语,就问道:"那妇人有儿子没有?如何自家出身告状?"郑氏眼中流泪,将庵中产儿,并罗衫包裹,和金钗一股,留于大柳村中始末,又备细说了一遍。徐继祖委决不下,分付郑氏:"你且在庵中暂住,待我察访强盗着实,再来唤你。"郑氏拜谢去了。

徐继祖骑马到采石驿住下,等得奶公姚大到来。日间无话,直至黄昏深后,唤姚大至于卧榻,将好言抚慰,问道:"我是谁人所生?"姚大道:"是太爷生的。"再三盘问,只是如此。徐爷发怒道:"我是他人之子,备细都已知道。你若说得明白,念你妻子乳哺之恩,免你本身一刀!若不说之时,发你在本县,先把你活活敲死!"姚大道:"实是太爷亲生,小的不敢说谎。"徐爷道:"黄天荡打劫苏知县一事,难道你不知?"姚大又不肯明言。徐爷大怒,便将宪票一幅,写下姚大名字,发去当涂县"打一百讨气绝缴"。姚大见佥了宪票,着了忙,连忙磕头道:"小的愿说,只求老爷莫在太爷面前泄漏。"徐爷道:"凡事有我做主,你不须惧怕!"姚大遂将打劫苏知县,谋苏奶奶为妻,及大柳树下拾得小孩子回家,教老婆接奶,备细说了一遍。徐爷又问道:"当初裹身有罗衫一件,又有金钗一股,如今可在?"

姚大道："罗衫上染了血迹，洗不净，至今和金钗留在。"此时徐爷心中已自了然，分付道："此事只可你我二人知道，明早打发你回家，取了钗子罗衫，星夜到南京衙门来见我。"姚大领命自去。徐爷次早，一面差官，将盘缠银两，"好生接取慈湖庵郑道姑到京中来见我"；一面发牌起程，往南京到任。正是：

少年科第荣如锦，御史威名猛似雷。

且说苏云知县在三家村教学，想起十九年前之事，老母在家，音信隔绝，妻房郑氏怀孕在身，不知生死下落，日夜忧惶。将此情告知陶公，欲到仪真寻访消息。陶公苦劝安命，莫去惹事。苏云乘清明日各家出去扫墓，乃写一谢帖留在学馆之内，寄谢陶公。收拾了笔墨出门，一路卖字为生。行至常州烈帝庙，日晚投宿。梦见烈帝庙中，灯烛辉煌，自己拜祷求签，签语云：

陆地安然水面凶，一林秋叶遇狂风。
要知骨肉团圆日，只在金陵豸①府中。

五更醒来，记得一字不忘。自家暗解道："江中被盗遇救，在山中住这几年，首句'陆地安然水面凶'已自应了。'一林秋叶遇狂风'，应了骨肉分飞之象。难道还有团圆日子？金陵是南京地面，御史衙门号为豸府。我如今不要往仪真，径到南都御史衙门告状，或者有伸冤之日。"天明起来，拜了神道，讨其一筶，"若该往南京，乞赐圣筶②。"掷下果然是个圣筶。苏公欢喜，出了庙门，直至南京，写下一张词状，到操江御史衙门去出告。状云：

告状人苏云，直隶涿州人，忝中某科进士，初选兰溪知县，携家赴任。行至仪真，祸因舟漏，重雇山东王尚书家船只过载。岂期舟子徐能、徐用等，惯于江洋打劫。夜半移船僻处，缚云抛水。幸遇救免，教授糊口，行李一空，妻仆不知存亡。势宦养盗，非天莫剿，上告！

那操江林御史，正是苏爷的同年，看了状词，甚是怜悯，即刻行个文书，支会山东抚按，着落王尚书身上要强盗徐能、徐用等。刚刚发了文书，刷卷御史徐继祖来拜。操院偶然叙及此事。徐继祖有心，别了操院出门，

---

① 豸(zhì)。
② 圣筶(tiáo)——大吉大利的爻象。

即时叫听事官:“将操院差人唤到本院衙门,有话分付。”徐爷回衙门,听事官唤到操院差人进衙磕头,禀道:“老爷有何分付?”徐爷道:“那王尚书船上强盗,本院已知一二。今本院赏你盘缠银二两,你可暂停两三日,待本院唤你们时,你可便来,管你有处缉拿真赃真盗,不须到山东去得。”差人领命去了。少顷,门上通报太爷到了。徐爷出迎,就有踌躇之意。想着养育教训之恩,恩怨也要分明,今晚且尽个礼数。当下差官往河下接取到衙。

原来徐能、徐用起身时,连这一班同伙赵三、翁鼻涕、杨辣嘴、范剥皮、沈胡子,都倚仗通家兄弟面上,备了百金贺礼,一齐来庆贺徐爷。这是天使其然,自来投死。姚大先进衙磕头。徐爷教请太爷二爷到衙,铺毡拜见。徐能端然而受。次要拜徐用,徐用抵死推辞,不肯要徐爷下拜,只是长揖。赵三等一伙,向来在徐能家,把徐继祖当做子侄之辈。今日高官显耀,时势不同,赵三等口称“御史公”,徐继祖口称“高亲”,两下宾主相见,备饭款待。至晚,徐继祖在书房中,密唤姚大,讨他的金钗及带血罗衫看了。那罗衫花样与涿州老婆婆所赠无二。“那老婆婆又说我的面庞与他儿子一般,他分明是我的祖母;那慈湖庵中道姑是我亲娘;更喜我爷不死,见在此间告状。骨肉团圆,在此一举。”

次日大排筵宴在后堂,管待徐能一伙七人,大吹大擂介饮酒。徐爷只推公务,独自出堂,先教聚集民壮快手五六十人,安排停当,听候本院挥扇为号,一齐进后堂擒拿七盗。又唤操院公差,快快请告状的苏爷,到衙门相会。不一时,苏爷到了,一见徐爷便要下跪。徐爷双手扶住,彼此站立,问其情节。苏爷含泪而语。徐爷道:“老先生休得愁烦,后堂有许多贵相知在那里,请去认一认!”苏爷走入后堂。一者此时苏爷青衣小帽,二者年远了,三者出其不意,徐能等已不认得苏爷了。苏爷时刻在念,到也还认得这班人的面貌,看得仔细,吃了一惊,倒身退出,对徐爷道:“这一班人,正是船中的强盗,为何在此?”

徐爷且不回话,举扇一挥,五六十个做公的蜂拥而入,将徐能等七人,一齐捆缚。徐能大叫道:“继祖孩儿,救我则个!”徐爷骂道:“死强盗,谁是你的孩儿?你认得这位十九年前苏知县老爷么?”徐能就骂徐用道:“当初不听吾言,只叫他全尸而死,今日悔之何及!”又叫姚大出来对证,各各无言。徐爷分付巡捕官:“将这八人与我一总发监,明日本院自备文书,送到操院衙门去。”发放已毕,分付关门。请苏爷复入后堂。

苏爷看见这一伙强贼，都在酒席上擒拿，正不知甚么意故，方欲待请问明白，然后叩谢。只见徐爷将一张交椅，置于面南，请苏爷上坐，纳头便拜。苏爷慌忙扶住道："老大人素无一面，何须过谦如此？"徐爷道："愚男一向不知父亲踪迹，有失迎养，望乞恕不孝之罪！"苏爷还说道："老大人不要错了！学生并无儿子。"徐爷道："不孝就是爹爹所生，如不信时，有罗衫为证。"徐爷先取涿州老婆婆所赠罗衫，递与苏爷，苏爷认得领上灯煤烧孔道："此衫乃老母所制，从何而得？"徐爷道："还有一件。"又将血渍的罗衫及金钗取来。苏爷观看，又认得："此钗乃吾妻首饰，原何也在此？"徐爷将涿州遇见老母，及采石驿中道姑告状，并姚大招出情由，备细说了一遍。苏爷方才省悟，抱头而哭。事有凑巧，这里恰才父子相认，门外传鼓报道："慈湖观音庵中郑道姑已唤到。"徐爷忙教请进后堂。苏爷与奶奶别了一十九年，到此重逢。苏爷又引孩儿拜见了母亲。痛定思痛，夫妻母子，哭做一堆，然后打扫后堂，重排个庆贺筵席。正是：

树老抽枝重茂盛，云开见月倍光明。

次早，南京五府六部六科十三道，及府县官员，闻知徐爷骨肉团圆，都来拜贺。操江御史将苏爷所告状词，奉还徐爷，听其自审。徐爷别了列位官员，分付手下，取大毛板伺候。于监中吊出众盗，一个个脚镣手扦，跪于阶下。徐爷在徐家生长，已熟知这班凶徒杀人劫财，非止一事，不消拷问。只有徐用平昔多曾谏训，且苏爷夫妇都受他活命之恩，叮嘱儿子要出脱他。徐爷一笔出豁了他，赶出衙门。徐用拜谢而去。山东王尚书窎①远无干，不须推究。徐能、赵三首恶，打八十。杨辣嘴、沈胡子在船上帮助，打六十。姚大虽也在船上出尖，其妻有乳哺之恩，与翁鼻涕、范剥皮各只打四十板。虽有多寡，都打得皮开肉绽，鲜血迸流。姚大受痛不过，叫道："老爷亲许免小人一刀，如何失信？"徐爷又免他十板，只打三十。打完了，分付收监。徐爷退于后堂，请命于父亲，草下表章，将此段情由，具奏天子。先行出姓，改名苏泰，取否极泰来之义。次要将诸贼不时处决，各贼家财，合行籍没为边储之用。表尾又说："臣父苏云，二甲出身，一官未赴，十九年患难之余，宦情已淡。臣祖母年逾八秩，独居故里，未知存亡。臣年十九未娶，继祀无望。恳乞天恩给假，从臣父暂归涿州，省亲归娶。"

---

① 窎（diào）——深远。

云云。奏章已发。

此时徐继祖已改名苏泰，将新名写帖，遍拜南京各衙门；又写年侄帖子，拜谢了操江林御史；又记着祖母言语，写书差人往兰溪县查问苏雨下落。兰溪县差人先来回报：苏二爷十五年前曾到，因得病身死，高知县殡殓，棺寄在城隍庙中。苏爷父子痛哭了一场，即差的当人，赍了盘费银两，重到兰溪，于水路雇船，装载二爷灵柩回涿州祖坟安葬。不一日，奏章准了下来，一一依准，仍封苏云为御史之职，钦赐父子驰驿还乡。刑部请苏爷父子同临法场监斩诸盗。苏泰预先分付狱中，将姚大缢死，全尸也算免其一刀。徐能叹口气道："我虽不曾与苏奶奶成亲，做了三年太爷，死亦甘心了。"各盗面面相觑，延颈受死。但见：

两声破鼓响，一棒碎锣鸣，监斩官如十殿阎王，刽子手似飞天罗刹。刀斧劫来财帛，万事皆空；江湖使尽英雄，一朝还报。森罗殿前，个个尽惊凶鬼至；阳间地上，人人都庆贼人亡。

在先上本时，便有文书知会扬州府官、仪真县官，将强盗六家，预先赶出人口，封锁门户。纵有金宝如山，都为官物。家家女哭儿啼，人离财散，自不必说。只有姚大的老婆，原是苏御史的乳母，一步一哭，到南京来求见御史老爷。苏御史因有乳哺之恩，况且丈夫已经正法，罪不及孥①。又恐奶奶伤心，不好收留，把五十两银子赏他为终身养生送死之资，打发他随便安身。

京中无事，苏太爷辞了年兄林操江，御史公别了各官，起马。前站打两面金字牌，一面写着"奉旨省亲"，一面写着"钦赐归娶"。旗鏕鼓吹，好不齐整，闹嚷嚷的从扬州一路而回。道经仪真，苏太爷甚是伤感，郑老夫人又对儿子说起朱婆投井之事，又说亏了庵中老尼。御史公差地方访问义井。居民有人说，十九年前，是曾有个死尸，浮于井面。众人捞起三日，无人识认，只得敛钱买棺盛殓，埋于左近一箭之地。地方回复了。御史公备了祭礼，及纸钱冥锭，差官到义井坟头，通名致祭。又将白金百两，送与庵中老尼。另封白银十两，付老尼启建道场，超度苏二爷、朱婆及苏胜夫妇亡灵。这叫做"以直报怨，以德报德"。苏公父子亲往拈香拜佛。

诸事已毕，不一日行到山东临清，头站先到渡口驿，惊动了地方上一

---

① 孥（nú）——妻子和儿女。

位乡宦。那人姓王名贵，官拜一品尚书，告老在家。那徐能揽的山东王尚书船，正是他家。徐能盗情发了，操院拿人，闹动了仪真一县。王尚书的小夫人家属，恐怕连累，都搬到山东，依老尚书居住。后来打听得苏御史审明：船虽尚书府水牌，止是租赁，王府并不知情。老尚书甚是感激。今日见了头行，亲身在渡口驿迎接。见了苏公父子，满口称谢，设席款待。席上问及："御史公钦赐归娶，不知谁家老先生的宅眷？"苏云答道："小儿尚未择聘。"王尚书道："老夫有一末堂幼女，年方二八，才貌颇称，倘蒙御史公不弃老朽，老夫愿结丝萝。"苏太爷谦让不遂，只得依允。就于临清暂住，择吉行聘成亲。有诗为证：

月下赤绳曾绾足，何须射中雀屏目？
当初恨杀尚书船，谁想尚书为眷属。

三朝以后，苏公便欲动身，王尚书苦留。苏太爷道："久别老母，未知存亡，归心已如箭矣！"王尚书不好担搁。过了七日，备下千金妆奁①，别起夫马，送小姐随夫衣锦还乡。一路无话，到了涿州故居，且喜老夫人尚然清健，见儿子媳妇俱已半老，不觉感伤。又见孙儿就是向年汲水所遇的郎君，欢喜无限。当初只恨无子，今日抑且有孙。两代甲科，仆从甚众，旧居火焚之余，安顿不下，暂借察院居住。起建御史第，府县都来助工，真个是"不日成之"。苏云在家，奉养太夫人直至九十余岁方终。苏泰历官至坐堂都御史。夫人王氏，所生二子，将次子承继为苏雨之后。二子俱登第。至今闾里中传说《苏知县报冤》唱本。后人有诗云：

月黑风高浪沸扬，黄天荡里贼猖狂。
平陂往复皆天理，那见凶人寿命长？

第十二卷　范鳅儿双镜重圆

帘卷水西楼，一曲新腔唱打油。宿雨眠云年少梦，休讴，且尽生前酒一瓯。　　明日又登舟，却指今宵是旧游。同是他乡沦落客，休

---

①　奁（lián）——古代妇女梳妆用的镜匣。

愁！月子弯弯照几州？

这首词末句，乃借用吴歌成语。吴歌云：

月子弯弯照几州？几家欢乐几家愁。

几家夫妇同罗帐，几家飘散在他州。

此歌出自南宋建炎年间，述民间离乱之苦。只为宣和失政，奸佞专权，延至靖康，金虏凌城，掳了徽、钦二帝北去。康王泥马渡江，弃了汴京，偏安一隅，改元建炎。其时东京一路百姓，惧怕鞑虏①，都跟随车驾南渡；又被虏骑追赶，兵火之际，东逃西躲，不知拆散了几多骨肉！往往父子夫妻，终身不复相见。其中又有几个散而复合的，民间把作新闻传说。正是：

剑气分还合，荷珠碎复圆。

万般皆是命，半点尽由天！

话说陈州有一人姓徐名信，自小学得一身好武艺，娶妻崔氏，颇有容色。家道丰裕，夫妻二人正好过活。却被金兵入寇，二帝北迁。徐信共崔氏商议，此地安身不牢，收拾细软家财，打做两个包裹，夫妻各背了一个，随着众百姓晓夜奔走。行至虞城，只听得背后喊声振天，只道鞑虏追来，却原来是南朝杀败的溃兵。只因武备久弛，军无纪律。教他杀贼，一个个胆寒心骇，不战自走，及至遇着平民，抢掳财帛子女，一般会扬威耀武。徐信虽然有三分本事，那溃兵如山而至，寡不敌众，舍命奔走。但闻四野号哭之声，回头不见了崔氏。乱军中无处寻觅，只得前行。行了数日，叹了口气，没奈何，只索罢了。

行到睢阳，肚中饥渴，上一个村店，买些酒饭。原来离乱之时，店中也不比往昔，没有酒卖了；就是饭，也不过是粗粝②之物；又怕众人抢夺，交了足钱，方才取出来与你充饥。徐信正在数钱，猛听得有妇女悲泣之声。"事不关心，关心者乱。"徐信且不数钱，急走出店来看，果见一妇人，单衣蓬首，露坐于地上。虽不是自己的老婆，年貌也相仿佛。徐信动了个恻隐之心，以己度人道："这妇人想也是遭难的。"不免上前问其来历。妇人诉道："奴家乃郑州王氏，小字进奴。随夫避兵，不意中途奔散，奴孤身被乱

① 鞑虏——这里指金兵。

② 粗粝——粗糙的米。

军所掠。行了两日一夜,到于此地,两脚俱肿,寸步难移,贼徒剥取衣服,弃奴于此。衣单食缺,举目无亲,欲寻死路,故此悲泣耳。”徐信道:“我也在乱军中不见了妻子,正是‘同病相怜’了。身边幸有盘缠,娘子不若权时①在这店里住几日,将息贵体,等在下探问荆妻②消耗,就便访取尊夫,不知娘子意下如何?”妇人收泪而谢道:“如此甚好!”

徐信解开包裹,将几件衣服与妇人穿了,同他在店中吃了些饭食,借半间房子,做一块儿安顿。徐信殷殷勤勤,每日送茶送饭。妇人感其美意,料道寻夫访妻,也是难事。今日一鳏一寡,亦是天缘,热肉相凑,不容人不成就了。又过数日,妇人脚不痛了。徐信和他做了一对夫妻,上路直到建康。正值高宗天子南渡即位,改元建炎,出榜招军,徐信去充了个军校,就于建康城中居住。

日月如流,不觉是建炎三年。一日徐信同妻城外访亲回来,天色已晚,妇人口渴,徐信引到一个茶肆中吃茶。那肆中先有一个汉子坐下,见妇人入来,便立在一边偷看那妇人,目不转睛。妇人低眉下眼,那个在意。徐信甚以为怪。少顷,吃了茶,还了茶钱出门,那汉又远远相随。比及到家,那汉还站在门首,依依不去。徐信心头火起,问道:“什么人?如何窥觑人家的妇女!”那汉拱手谢罪道:“尊兄休怒,某有一言奉询。”徐信忿气尚未息,答应道:“有什么话就讲罢!”那汉道:“尊兄倘不见责,权借一步,某有实情告诉,若还嗔怪,某不敢言。”徐信果然相随,到一个僻静巷里。那汉临欲开口,又似有难言之状。徐信道:“我徐信也是个慷慨丈夫,有话不妨尽言。”那汉方才敢问道:“适才妇人是谁?”徐信道:“是荆妻。”那汉道:“娶过几年了?”徐信道:“三年矣。”那汉道:“可是郑州人,姓王小字进奴么?”徐信大惊道:“足下何以知之?”那汉道:“此妇乃吾之妻也。因兵火失散,不意落于君手!”徐信闻言,甚踧踖③不安,将自己虞城失散,到睢阳村店,遇见此妇始末,细细述了:“当时实是怜他孤身无倚,初不晓得是尊阃④,如之奈何?”那汉道:“足下休疑,我已别娶浑家。旧日伉俪之盟,不必再提,但仓忙拆开,未及一言分别;倘得暂会一面,叙述悲苦,死亦

① 权时——暂时。
② 荆妻——旧时在别人面前谦称自己的妻子。
③ 踧踖——畏缩不安的样子。
④ 尊阃——妇女居住的地方;这里指尊妻。

无恨。"徐信亦觉心中凄惨,说道:"大丈夫腹心相照,何处不可通情!明日在舍下相候。足下既然别娶,可携新阃同来,做个亲戚,庶于邻里耳目不碍。"那汉欢喜拜谢。临别,徐信问其姓名,那汉道:"吾乃郑州列俊卿是也。"是夜,徐信先对王进奴述其缘由。进奴思想前夫恩义,暗暗偷泪,一夜不曾合眼。

到天明,盥漱方毕,列俊卿夫妇二人到了。徐信出门相迎,见了俊卿之妻,彼此惊骇,各各恸哭。原来俊卿之妻,却是徐信的浑家崔氏。自虞城失散,寻丈夫不着,却随个老妪同至建康,解下随身簪珥①,赁房居住。三个月后,丈夫并无消息。老妪说他终身不了,与他为媒,嫁与列俊卿。谁知今日一双两对,恰恰相逢,真个天缘凑巧。彼此各认旧日夫妻,相抱而哭。当下徐信遂与列俊卿八拜为交,置酒相待。至晚,将妻子兑转,各还其旧。从此通家往来不绝,有诗为证:

夫换妻兮妻换夫,这场交易好糊涂。
相逢总是天公巧,一笑灯前认故吾。

此段话题做"交互姻缘",乃建炎三年建康城中故事。同时又有一事,叫做"双镜重圆"。说来虽没有十分奇巧,论起"夫义妇节",有关风化,到还胜似几倍。正是:

话须通俗方传远,语必关风始动人。

话说南宋建炎四年,关西一位官长,姓吕名忠翊,职授福州监税。此时七闽之地,尚然全盛。忠翊带领家眷赴任:一来福州凭山负海,东南都会,富庶之邦;二来中原多事,可以避难。于本年起程,到次年春间,打从建州经过。《舆地志》说:"建州碧水丹山,为东闽之胜地。"今日合着了古语两句:

洛阳三月花如锦,偏我来时不遇春。

自古"兵荒"二字相连。金虏渡河,两浙都被他残破,闽地不遭兵火,也就见个荒年,此乃天数。话中单说建州饥荒,斗米千钱,民不聊生。却为国家正值用兵之际,粮饷要紧,官府只顾催征上供,顾不得民穷财尽。常言"巧媳妇煮不得没米粥",百姓既没有钱粮交纳,又被官府鞭笞逼勒,禁受不过,三三两两,逃入山间,相聚为盗。"蛇无头而不行",就有个草头天子出来。此人姓范名汝为,仗义执言,救民水火。群盗从之如流,啸

① 珥——用珠子或玉石做的耳环。

聚至十余万。无非是：

风高放火，月黑杀人。无粮同饿，得肉均分。

官兵抵挡不住，连败数阵。范汝为遂据了建州城，自称元帅，分兵四出抄掠。范氏门中子弟，都受伪号，做领兵官将。汝为族中有个侄儿名唤范希周，年二十三岁。自小习得一件本事，能识水性，伏得在水底三四昼夜，因此起个异名唤做范鳅儿。原是读书君子，功名未就，被范汝为所逼。凡族人不肯从他为乱者，先将斩首示众。希周贪了性命，不得已而从之。虽在贼中，专以方便救人为务，不做劫掠勾当。贼党见他凡事畏缩，就他鳅儿的外号，改做"范盲鳅"，是笑他无用的意思。

再说吕忠翊有个女儿，小名顺哥，年方二八，生得容颜清丽，情性温柔，随着父母福州之任。来到这建州相近，正遇着范贼一支游兵，劫夺行李财帛，将人口赶得三零四散。吕忠翊失散了女儿，无处寻觅，嗟叹了一回，只索赴任去了。单说顺哥脚小伶俜①，行走不动，被贼兵掠进建州城来。顺哥啼啼哭哭。范希周中途见而怜之，问其家门。顺哥自叙乃是宦家之女。希周遂叱开军士，亲解其缚，留至家中，将好言抚慰，诉以衷情："我本非反贼，被族人逼迫在此。他日受了朝廷招安，仍做良民。小娘子若不弃卑末，结为眷属，三生有幸。"顺哥本不愿相从，落在其中，出于无奈，只得许允。次日希周禀知贼首范汝为，汝为亦甚喜。希周送顺哥于公馆，择吉纳聘。希周有祖传宝镜，乃是两镜合扇的。清光照彻，可开可合，内铸成"鸳鸯"二字，名为"鸳鸯宝镜"，用为聘礼。遍请范氏宗族，花烛成婚。

一个是衣冠旧裔，一个是阀阅②名姝；一个儒雅丰仪，一个温柔性格。一个纵居贼党，风云之气未衰；一个虽作囚俘，金玉之姿不改。绿林此日称佳客，红粉今宵配吉人。

自此夫妻和顺，相敬如宾。自古道："瓦罐不离井上破。"范汝为造下弥天大罪，不过乘朝廷有事，兵力不及。岂期名将张浚、岳飞、张俊、张荣、吴玠、吴璘等，屡败金人，国家粗定，高宗卜鼎临安，改元绍兴。是年冬，高宗命韩蕲③王讳世忠的，统领大军十万，前来讨捕。范汝为岂是韩公敌手？只得闭城自守。韩公筑长围以困之。

---

① 伶俜——单薄，孤单。
② 阀阅——有功勋的世家，世代居官之家。
③ 蕲（qí）。

原来韩公与吕忠翊先在东京有旧,今番韩公统兵征剿"反贼",知吕公在福州为监税官,必知闽中人情土俗。其时将帅专征的都带有空头敕,遇有地方人才,听凭填敕委用。韩公遂用吕忠翊为军中都提辖,同驻建州城下,指麾攻围之事。城中日夜号哭,范汝为几遍要夺门而出,都被官军杀回,势甚危急。顺哥向丈夫说道:"妾闻'忠臣不事二君,烈女不更二夫'。妾被贼军所掠,自誓必死,蒙君救拔,遂为君家之妇,此身乃君之身矣。大军临城,其势必破;城既破,则君乃贼人之亲党,必不能免。妾愿先君而死,不忍见君之就戮也。"引床头利剑便欲自刎。希周慌忙抱住,夺去其刀,安慰道:"我陷在贼中,原非本意,今无计自明,玉石俱焚,已付之于命了。你是宦家儿女,掳劫在此,与你何干?韩元帅部下将士都是北人,你也是北人,言语相合,岂无乡曲之情。或有亲旧相逢,宛转闻知于令尊,骨肉团圆,尚不绝望。人命至重,岂可无益而就死地乎?"顺哥道:"若果有再生之日,妾誓不再嫁。便恐被军校所掳,妾宁死于刀下,决无失节之理!"希周道:"承娘子志节自许,吾死亦瞑目。万一为漏网之鱼,苟延残喘,亦誓愿终身不娶,以答娘子今日之心!"顺哥道:"'鸳鸯宝镜',乃是君家行聘之物,妾与君共分一面,牢藏在身。他日此镜重圆,夫妻再合。"说罢相对而泣。这是绍兴元年冬十二月内的说话。

到绍兴二年春正月,韩公将建州城攻破,范汝为情急,放火自焚而死。韩公竖黄旗招安余党,只有范氏一门不赦。范氏宗族一半死于乱军之中,一半被大军擒获,献俘临安。顺哥见势头不好,料道希周必死,慌忙奔入一间荒屋中,解下罗帕自缢。正是:

宁为短命全贞鬼,不作偷生失节人。

也是阳寿未终,恰好都提辖吕忠翊领兵过去,见破屋中有人自缢,急唤军校解下。近前观之,正是女儿顺哥。那顺哥死去重苏,半晌方能言语。父子重逢,且悲且喜。顺哥将贼兵掳劫,及范希周救取成亲之事,述了一遍。吕提辖默然无语。

却说韩元帅平了建州,安民已定,同吕提辖回临安面君奏凯。天子论功升赏,自不必说。一日,吕公与夫人商议,女儿青年无偶,终是不了之事,两口双双的来劝女儿改嫁。顺哥述与丈夫交誓之言,坚意不肯。吕公骂道:"好人家儿女,嫁了反贼,一时无奈,天幸死了,出脱了你,你还想他怎么?"顺哥含泪而告道:"范家郎君,本是读书君子,为族人所逼,实非得已。他虽在贼中,每行方便,不做伤天理的事。倘若天公有眼,此人必脱虎口。大海浮萍,或有相逢之日。孩儿如今情愿奉道在家,侍养二亲,便终身守寡,死而不怨！若必欲孩儿改嫁,不如容孩儿自尽,不失为完节之妇!”吕公见他说出一班道理,也不去逼他了。

光阴似箭,不觉已是绍兴十二年。吕公累官至都统制,领兵在封州镇守。一日,广州守将差指使贺承信捧了公牒,到封州将领司投递。吕公延于厅上,问其地方之事,叙话良久方去。顺哥在后堂帘中窃窥,等吕公入衙,问道:“适才赍公牒来的何人?”吕公道:“广州指使贺承信也。”顺哥道:“奇怪！看他言语行步,好似建州范家郎君。”吕公大笑道:“建州城破,凡姓范的都不赦,只有枉死,那有枉活?广州差官自姓贺,又是朝廷命官,并无分毫干惹,这也是你妄想了。侍妾闻知,岂不可笑!”顺哥被父亲抢白了一场,满面羞惭,不敢再说。正是:

只为夫妻情爱重,致令父子语参差。

过了半年,贺承信又有军牒奉差到吕公衙门,顺哥又从帘下窥视,心中怀疑不已,对父亲说道:“孩儿今已离尘奉道,岂复有儿女之情?但再三详审广州姓贺的,酷似范郎。父亲何不召至后堂,赐以酒食,从容叩之?范郎小名鳅儿,昔年在围城中情知必败,有‘鸳鸯镜’各分一面,以为表记。父亲呼其小名,以此镜试之,必得其真情。”吕公应承了。

次日贺承信又进衙领回文,吕公延至后堂,置酒相款。饮酒中间,吕公问其乡贯出身。承信言语支吾,似有羞愧之色。吕公道:“鳅儿非足下别号乎?老夫已尽知矣,但说无妨也!”承信求吕公屏去左右,即忙下跪,口称“死罪”。吕公用手搀扶道:“不须如此。”承信方敢吐胆倾心告诉道:“小将建州人,实姓范。建炎四年,宗人范汝为煽诱饥民,据城为叛,小将陷于贼中,实非得已。后因大军来讨,攻破城池,贼之宗族,尽皆诛戮。小将因平昔好行方便,有人救护,遂改姓名为贺承信,出就招安。绍兴五年拨在岳少保部下,随征洞庭湖贼杨么。岳家军都是西北人,不习水战。小将南人,幼通水性,能伏水三昼夜,所以有‘范鳅儿’之号。岳少保亲选小将为前锋,每战当先,遂平么贼。岳少保荐小将之功,得受军职,累任至广州指使。十年来未曾泄之他人。今既承钧问,不敢隐讳。”

吕公又问道:“令孺人何姓?是结发还是再娶?”承信道:“在贼中时曾获一宦家女,纳之为妻。逾年城破,夫妻各分散逃走。曾相约:苟存性命,夫不再娶,妇不再嫁。小将后来到信州,又寻得老母。至今母子相依,止畜一粗婢炊爨①,未曾娶妻。"吕公又问道:"足下与先孺人相约时,有何为记?"承信道:"有'鸳鸯宝镜',合之为一,分之为二,夫妇各留一面。"吕公道:"此镜尚在否?"承信道:"此镜朝夕随身,不忍少离。"吕公道:"可借一观。"承信揭开衣袂,在锦裹肚系带上解下一个绣囊,囊中藏着宝镜。吕公取观,遂于袖中亦取一镜合之,俨如生成。承信见二镜符合,不觉悲泣失声。吕公感其情义,亦不觉泪下道:"足下所娶,即吾女也。吾女现在衙中。"遂引承信至中堂,与女儿相见,各各大哭。吕公解劝了,且作庆贺筵席。是夜即留承信于衙门歇宿。

过了数日,吕公将回文打发女婿起身,即令女儿相随,到广州任所同居。后一年承信任满,将赴临安,又领妻顺哥同过封州,拜别吕公。吕公备下千金妆奁,差官护送承信到临安。自谅前事年远,无人推剥,不可使范氏无后;乃打通状到礼部,复姓不复名,改名不改姓,叫做范承信。后累官至两淮留守,夫妻偕老。其鸳鸯二镜,子孙世传为至宝云。

后人评论范鳅儿在逆党中涅而不淄②,好行方便,救了许多人性命,今日死里逃生,夫妻再合,乃阴德积善之报也。有诗为证:

十年分散天边鸟,一旦团圆镜里鸳。
莫道浮萍偶然事,总由阴德感皇天。

第十三卷　三现身包龙图断冤

甘罗发早子牙迟,彭祖颜回寿不齐。
范丹贫穷石崇富,算来都是只争时。

话说大宋元祐年间,一个太常大卿,姓陈名亚,因打章子厚不中,除做江东留守安抚使,兼知建康府。一日与众官宴于临江亭上,忽听得亭外有人叫道:"不用五行四柱,能知祸福兴衰。"大卿问:"甚人敢出此语?"众官有曾认的,说道:"此乃金陵术士边瞽③。"大卿吩咐:"与我叫来!"即时叫

---

① 爨(cuàn)——灶。
② 涅而不淄(zī)——淄同缁,黑色。出污泥而不染。
③ 瞽(gǔ)——眼睛瞎了。

至门下，但见：

破帽无檐，褴褛衣裙。

霜髯瞽目，伛偻形躯。

边瞽手携节杖入来，长揖一声，摸着阶沿便坐。大卿怒道："你既瞽目，不能观古圣之书，辄敢轻五行而自高！"边瞽道："某善能听简笏①声知进退，闻鞋履响辨死生。"大卿道："你术果验否？"说言未了，见大江中画船一只，橹声咿呀，自上流而下。大卿便问边瞽，主何灾福。答言："橹声带哀，舟中必载大官之丧。"大卿遣人讯问，果是知临江军李郎中，在任身故，载灵柩归乡。大卿大惊道："使汉东方朔复生，不能过汝。"赠酒十樽，银十两，遣之。

那边瞽能听橹声知灾福。今日且说个卖卦先生，姓李名杰，是东京开封府人。去兖州府奉符县前开个卜肆，用金纸糊着一把太阿宝剑，底下一个招儿，写道："斩天下无学同声。"这个先生，果是阴阳有准：

精通《周易》，善辨六壬，瞻乾象遍识天文，观地理明知风水。五星深晓，决吉凶祸福如神；三命秘谈，断成败兴衰似见。

当日挂了招儿，只见一个人走将进来。怎生打扮？但见：

裹背系带头巾，着上两领皂衫，腰间系条丝绦，下面着一双干鞋净袜，袖里袋着一轴文字。

那人和金剑先生相揖罢，说了年月日时，铺下卦子。只见先生道："这命算不得。"那个买卦的，却是奉符县里第一名押司，姓孙名文。问道："如何不与我算这命？"先生道："上复尊官，这命难算。"押司道："怎地难算？"先生道："尊官有酒休买，护短休问。"押司道："我不曾吃酒，也不护短。"先生道："再请年月日时，恐有差误。"押司再说了八字。先生又把卦子布了道："尊官，且休算。"押司道："我不讳，但说不妨。"先生道："卦象不好。"写下四句来，道是：

白虎临身日，临身必有灾。

不过明旦丑，亲族尽悲哀。

押司看了，问道："此卦主何灾福？"先生道："实不敢瞒，主尊官当死。"又问："却是我几年上当死？"先生道："今年死。"又问："却是今年几

---

① 简笏——古代大臣朝见时手中所执的狭长板子，用竹做成，以为指画和记事之用。

月死?”先生道:“今年今月死。”又问:“却是今年今月几日死?”先生道:“今年今月今日死。”再问:“早晚时辰?”先生道:“今年今月今日三更三点子时当死。”押司道:“若今夜真个死,万事全休;若不死,明日和你县里理会!”先生道:“今夜不死,尊官明日来取下这‘斩无学同声’的剑,斩了小子的头。”押司听说,不觉怒从心上起,恶向胆边生,把那先生捽①出卦铺去。怎地计结?那先生:

只因会尽人间事,惹得闲愁满肚皮。

只见县里走出数个司事人来拦住孙押司,问做甚闹。押司道:“甚么道理!我闲买个卦,却说我今夜三更三点当死。我本身又无疾病,怎地三更三点便死?待捽他去县中,官司究问明白。”众人道:“若信卜,卖了屋,卖卦口,没量斗。”众人和烘孙押司去了,转来埋怨那先生道:“李先生,你触了这个有名的押司,想也在此卖卦不成了。从来贫好断,贱好断,只有寿数难断。你又不是阎王的老子,判官的哥哥,那里便断生断死,刻时刻日,这般有准?说话也该放宽缓些!”先生道:“若要奉承人,卦就不准了;若说实话,又惹人怪。‘此处不留人,自有留人处!’”叹口气,收了卦铺,搬在别处去了。

却说孙押司虽则被众人劝了,只是不好意思。当日县里押了文字归去,心中好闷,归到家中,押司娘见他眉头不展,面带忧容,便问丈夫:“有甚事烦恼?想是县里有甚文字不了?”押司道:“不是,你休问。”再问道:“多是今日被知县责罚来?”又道:“不是。”再问道:“莫是与人争闹来?”押司道:“也不是。我今日去县前买个卦,那先生道我主在今年今月今日三更三点子时当死。”押司娘听得说,柳眉剔竖,星眼圆睁,问道:“怎地平白一个人,今夜便教死!如何不捽他去县里官司?”押司道:“便捽他去,众人劝了。”浑家道:“丈夫,你且只在家里少待。我寻常有事,兀自去知县面前替你出头;如今替你去寻那个先生问他:‘我丈夫又不少官钱私债,又无甚官事临逼,做甚么今夜三更便死!’”押司道:“你且休去。待我今夜不死,明日我自与他理会,却强如你妇人家。”

当日天色已晚。押司道:“且安排几杯酒来吃着。我今夜不睡,消遣这一夜。”三杯两盏,不觉吃得烂醉。只见孙押司在校椅上,朦胧着醉眼,打瞌睡。浑家道:“丈夫,怎地便睡着!”叫迎儿:“你且摇觉爹爹来。”迎儿

---

① 捽(zuó)——揪。

到身边摇着不醒，叫一会不应。押司娘道："迎儿，我和你扶押司入房里去睡。"若还是说话的同年生，并肩长，拦腰抱住，把臂拖回。孙押司只吃着酒消遣一夜，千不合万不合上床去睡，却教孙押司只就当年当月当日当夜，死得不如《五代史》李存孝，《汉书》里彭越。正是：

金风吹树蝉先觉，暗送无常死不知。

浑家见丈夫先去睡，分付迎儿厨下打灭了火烛，说与迎儿道："你曾听你爹爹说，日间卖卦的算你爹爹今夜三更当死？"迎儿道："告妈妈，迎儿也听得说来。那里讨这话！"押司娘道："迎儿，我和你做些针线，且看今夜死也不死？若还今夜不死，明日却与他理会。"教迎儿："你且莫睡！"迎儿道："那里敢睡！"道犹未了，迎儿打瞌睡。押司娘道："迎儿，我教你莫睡，如何便睡着？"迎儿道："我不睡。"才说罢，迎儿又睡着。押司娘叫得应，问他如今甚时候了，迎儿听县衙更鼓，正打三更三点。押司娘道："迎儿，且莫睡则个。这时辰正尴尬那！"迎儿又睡着，叫不应。只听得押司从床上跳将下来，兀底①中门响。押司娘急忙叫醒迎儿，点灯看时，只听得大门响。迎儿和押司娘点灯去赶，只见一个着白的人，一只手掩着面，走出去，扑通地跳入奉符县河里去了。正是：

情到不堪回首处，一齐分付与东风。

那条河直通着黄河水，滴溜也似紧，那里打捞尸首！押司娘和迎儿就河边号天大哭道："押司，你却怎地投河，教我两个靠兀谁！"即时叫起四家邻舍来。上手住的刁嫂，下手住的毛嫂，对门住的高嫂、鲍嫂，一发都来。押司娘把上件事对他们说了一遍。刁嫂道："真有这般作怪的事！"毛嫂道："我日里兀自见押司着了皂衫，袖着文字归来，老媳妇和押司相叫来。"高嫂道："便是，我也和押司厮叫来。"鲍嫂道："我家里的早间去县前有事，见押司挑着卖卦的先生，兀自归来说。怎知道如今真个死了！"刁嫂道："押司，你怎地不分付我们邻舍则个，如何便死！"簌地两行泪下。毛嫂道："思量起押司许多好处来，如何不烦恼！"也眼泪出。鲍嫂道："押司，几时再得见你！"即时地方申呈官司，押司娘少不得做些功果追荐亡灵。

拈指间过了三个月。当日押司娘和迎儿在家坐地，只见两个妇女，吃得面红颊赤。上手的提着一瓶酒，下手的把着两朵通草花，掀开布帘入来

---

① 兀底——陡然。

道:“这里便是。”押司娘打一看时,却是两个媒人,无非是姓张姓李。押司娘道:“婆婆多时不见。”媒婆道:“押司娘烦恼,外日不知,不曾送得香纸来,莫怪则个!押司如今也死得几时?”答道:“前日已做过百日了。”两个道:“好快!早是百日了。押司在日,直恁地好人;有时老媳妇和他厮叫,还喏不迭。时今死了许多时,宅中冷静,也好说头亲事,是得。”押司娘道:“何年月日再生得一个一似我那丈夫孙押司这般人?”媒婆道:“恁地也不难。老媳妇却有一头好亲。”押司娘道:“且住,如何得似我先头丈夫?”两个吃了茶,归去。

过了数日,又来说亲。押司娘道:“婆婆休只管来说亲。你若依得我三件事,便来说;若依不得我,一世不说这亲,宁可守孤孀度日。”当时押司娘启齿张舌,说出这三件事来。有分撞着五百年前夙世的冤家,双双受国家刑法。正是:

鹿迷秦相应难辨,蝶梦庄周未可知。

媒婆道:“却是那三件事?”押司娘道:“第一件,我死的丈夫姓孙,如今也要嫁个姓孙的;第二件,我先丈夫是奉符县里第一名押司,如今也只要恁般职役的人;第三件,不嫁出去,则要他入舍。”两个听得说,道:“好也!你说要嫁个姓孙的,也要一似先押司职役的,教他入舍的。若是说别件事,还费些计较,偏是这三件事,老媳妇都依得。好教押司娘得知,先押司是奉符县里第一名押司,唤做大孙押司;如今来说亲的,原是奉符县第二名押司。如今死了大孙押司,钻上差役,做第一名押司,唤做小孙押司。他也肯来入舍。我教押司娘嫁这小孙押司,是肯也不?”押司娘道:“不信有许多凑巧!”张媒道:“老媳妇今年七十二岁了,若胡说时,变做七十二只雌狗,在押司娘家吃屎!”押司娘道:“果然如此,烦婆婆且去说看,不知缘分如何?”张媒道:“就今日好日,讨一个利市团圆吉帖。”押司娘道:“却不曾买在家里。”李媒道:“老媳妇这里有。”便从抹胸内取出一幅五男二女花笺纸来,正是:

雪隐鹭鸶飞始见,柳藏鹦鹉语方知。

当日押司娘教迎儿取将笔砚来,写了帖子,两个媒婆接去。免不得下财纳礼,往来传话。不上两月,入舍小孙押司在家。夫妻两个,好一对儿,果是说得着。不则一日,两口儿吃得酒醉,教迎儿做些个醒酒汤来吃。迎儿去厨下一头烧火,口里埋怨道:“先的押司在时,恁早晚,我自睡了。如今却教我做醒酒汤!”只见火筒塞住了孔,烧不着。迎儿低着头,把火筒去灶床脚上敲。敲未得几声，则见灶床脚渐渐起来，离地一尺已上。见一个人顶着灶床，脖项上套着井栏，披着一带头发，长伸着舌头，眼里滴出血来，叫道："迎儿，与爹爹做主则个！"唬得迎儿大叫一声，匹然倒地，面皮黄，眼无光，唇口紫，指甲青，未知五脏如何，先见四肢不举。正是：

身如五鼓衔山月，命似三更油尽灯。

夫妻两人急来救得迎儿苏醒，讨些安魂定魄汤与他吃了，问道："你适来见了甚么，便倒了？"迎儿告妈妈："却才在灶前烧火，只见灶床渐渐起来，见先押司爹爹，脖项上套着井栏，眼中滴出血来，披着头发，叫声迎儿，便吃惊倒了。"押司娘见说，倒把迎儿打个漏风掌："你这丫头，教你做醒酒汤，则说道懒做便了，直装出许多死模活样！莫做莫做！打灭了火去睡。"迎儿自去睡了。

且说夫妻两个归房，押司娘低低叫道："二哥，这丫头见这般事，不中用，教他离了我家罢。"小孙押司道："却教他那里去？"押司娘道："我自有个道理。"到天明，做饭吃了，押司自去官府承应。押司娘叫过迎儿来道："迎儿，你在我家里也有七八年，我也看你在眼里。如今比不得先押司在日做事。我看你肚里莫是要嫁个老公？如今我与你说头亲。"迎儿道："那里敢指望？却教迎儿嫁兀谁？"押司娘只因教迎儿嫁这个人，与大孙押司索了命。正是：

风定始知蝉在树，灯残方见月临窗。

当时不由迎儿做主，把来嫁了一个人。那厮姓王名兴，浑名唤做王酒酒，又吃酒，又要赌。迎儿嫁将去，那得三个月，把房卧都费尽了。那厮吃得醉，走来家把迎儿骂道："打脊贱人！见我恁般苦，不去问你使头借三五百钱来做盘缠？"迎儿吃不得这厮骂，把裙儿系了腰，一程走来小孙押司家中。押司娘见了道："迎儿，你自嫁了人，又来说甚么？"迎儿告妈妈："实不敢瞒，迎儿嫁那厮不着，又吃酒，又要赌。如今未得三个月，有些房卧，都使尽了。没计奈何，告妈妈借换得三五百钱，把来做盘缠。"押司娘道："迎儿，你嫁人不着，是你的事。我今与你一两银子，后番却休要来。"迎儿接了银子，谢了妈妈归家。那得四五日，又使尽了。当日天色晚，王兴那厮吃酒醉，走来看着迎儿道："打脊贱人！你见恁般苦，不去再告使头则个？"迎儿道："我前番去，借得一两银子，吃尽千言万语。如今却教我又怎地去？"王兴骂道："打脊贱人！你若不去时，打折你一只脚！"迎儿吃骂不过，只得连夜走来孙押司门首看时，门却关了。迎儿欲待敲门，又恐怕他埋怨,进退两难,只得再走回来。过了两三家人家,只见一个人道:"迎儿,我与你一件物事。"只因这个人身上,我只替押司娘和小孙押司烦恼。正是:

龟游水面分开绿,鹤立松梢点破青。

迎儿回过头来看那叫的人,只见人家屋檐头,一个人,舒角幞头,绯袍角带,抱着一骨碌文字,低声叫道:"迎儿,我是你先的押司,如今见在一个去处,未敢说与你知道。你把手来,我与你一件物事。"迎儿打一接,接了这件物事,随手不见了那个绯袍角带的人。迎儿看那物事时,却是一包碎银子。迎儿归到家中敲门。只听得里面道:"姐姐,你去使头家里,如何恁早晚才回?"迎儿道:"好教你知:我去妈妈家借米,他家关了门。我又不敢敲,怕吃他埋怨,再走回来,只见人家屋檐头立着先的押司,舒角幞头,绯袍角带,与我一包银子在这里。"王兴听说道:"打脊贱人!你却来我面前说鬼话!你这一包银子,来得不明,你且进来。"迎儿入去。王兴道:"姐姐,你寻常说那灶前看见先押司的话,我也都记得。这事一定有些蹊跷。我却怕邻舍听得,故恁地如此说。你把银子收好,待天明去县里首告他。"正是:

着意种花花不活,等闲插柳柳成阴。

王兴到天明时,思量道:"且住,有两件事告首不得。第一件,他是县里头名押司,我怎敢恶了他?第二件,却无实迹。连这些银子也待入官,却打没头脑官司。不如赎几件衣裳,买两个盒子送去孙押司家里,到去谒索他则个。"计较已定,便去买下两个盒子送去。两人打扮身上干净,走来孙押司家。押司娘看见他夫妻二人,身上干净,又送盒子来,便道:"你那得钱钞?"王兴道:"昨日得押司一件文字,撰得有二两银子,送些盒子来。如今也不吃酒,也不赌钱了。"押司娘道:"王兴,你自归去,且教你老婆在此住两日。"王兴去了。押司娘对着迎儿道:"我有一炷东峰岱岳愿香,要还。我明日同你去则个。"当晚无话。

明早起来,梳洗罢,押司自去县里去。押司娘锁了门,和迎儿同行,到东岳庙殿上烧了香,下殿来去那两廊下烧香。行到速报司前,迎儿裙带系得松,脱了裙带。押司娘先行过去。迎儿正在后面系裙带,只见速报司里,有个舒角幞头、绯袍角带的判官,叫:"迎儿,我便是你先的押司。你与我申冤则个!我与你这件物事。"迎儿接得物事在手,看了一看,道:"却不作怪!泥神也会说起话来!如何与我这物事?"正是:

开天辟地罕曾闻，从古至今希得见。

迎儿接得来，慌忙揣在怀里，也不敢说与押司娘知道。当日烧了香，各自归家。把上项事对王兴说了。王兴讨那物事看时，却是一幅纸。上写道：

大女子，小女子，前人耕来后人饵。要知三更事，掇开火下水。来年二三月，“句已”当解此。

王兴看了解说不出，分付迎儿不要说与别人知道，看来年二三月间有甚么事。

拈指间，到来年二月间，换个知县，是庐州金斗城人，姓包名拯，就是今人传说有名的包龙图相公。他后来官至龙图阁学士，所以叫做包龙图。此时做知县还是初任。那包爷自小聪明正直，做知县时，便能剖人间暧昧之情，断天下狐疑之狱。到任三日，未曾理事。夜间得其一梦，梦见自己坐堂，堂上贴一联对子：

要知三更事，掇开火下水。

包爷次日早堂，唤合当吏书，将这两句教他解说，无人能识。包公讨白牌一面，将这一联楷书在上，却就是小孙押司动笔。写毕，包公将朱笔判在后面：“如有能解此语者，赏银十两。”将牌挂于县门，轰动县前县后官身私身，挨肩擦背，只为贪那赏物，都来睹先争看。

却说王兴正在县前买枣糕吃，听见人说知县相公挂一面白牌出来，牌上有二句言语，无人解得。王兴走来看时，正是速报司判官一幅纸上写的话。忽地吃了一惊：“欲要出首，那新知县相公，是个古怪的人，怕去惹他；欲待不说，除了我再无第二个人晓得这二句话的来历。”买了枣糕回去，与浑家说知此事。迎儿道：“先押司三遍出现，教我与他申冤，又白白里得了他一包银子。若不去出首，只怕鬼神见责。”王兴意犹不决。再到县前，正遇了邻人裴孔目。王兴平昔晓得裴孔目是知事的，一手扯到僻静巷里，将此事与他商议：“该出首也不该？”裴孔目道：“那速报司这一幅纸在那里？”王兴道：“现藏在我浑家衣服箱里。”裴孔目道：“我先去与你禀官。你回去取了这幅纸，带到县里。待知县相公唤你时，你却拿将出来，做个证见。”当下王兴去了。

裴孔目候包爷退堂，见小孙押司不在左右，就跪将过去，禀道：“老爷白牌上写这二句，只有邻舍王兴晓得来历。他说是岳庙速报司与他一幅纸，纸上还写许多言语，内中却有这二句。”包爷问道：“王兴如今在那里?”裴孔目道:“已回家取那一幅纸去了。”包爷差人速拿王兴回话。却说王兴回家,开了浑家的衣箱,捡那幅纸出来看时,只叫得苦,原来是一张素纸,字迹全无。不敢到县里去,怀着鬼胎,躲在家里。知县相公的差人到了。新官新府,如火之急,怎好推辞,只得带了这张素纸,随着公差进县,直至后堂。

包爷屏去左右,只留裴孔目在旁。包爷问王兴道:“裴某说你在岳庙中收得一幅纸,可取上来看?”王兴连连叩头禀道:“小人的妻子,去年在岳庙烧香,走到速报司前,那神道出现,与他一幅纸。纸上写着一篇说话,中间其实有老爷白牌上写的两句。小的把来藏在衣箱里。方才去捡看,变了一张素纸。如今这素纸见在,小人不敢说谎。”包爷取纸上来看了,问道:“这一篇言语,你可记得?”王兴道:“小人还记得。”即时念与包爷听了。包爷将纸写出,仔细推详了一会,叫:“王兴,我且问你,那神道把这一幅纸与你的老婆,可再有甚么言语分付?”王兴道:“那神道只叫与他申冤。”包爷大怒,喝道:“胡说!做了神道,有甚冤没处申得!偏你的婆娘会替他申冤?他到来央你!这等无稽之言,却哄谁来!”王兴慌忙叩头道:“老爷,是有个缘故。”包爷道:“你细细讲,讲得有理,有赏;如无理时,今日就是你开棒了!”

王兴禀道:“小人的妻子,原是伏侍本县大孙押司的,叫做迎儿。因算命的算那大孙押司其年其月其日三更三点命里该死,何期果然死了!主母随了如今的小孙押司,却把这迎儿嫁出与小人为妻。小人的妻子,初次在孙家灶下,看见先押司现身,项上套着井栏,披发吐舌,眼中流血,叫道:‘迎儿,可与你爹爹做主!’第二次夜间到孙家门首,又遇见先押司,舒角幞头,绯袍角带,把一包碎银,与小人的妻子。第三遍岳庙里速报司判官出现,将这一幅纸与小人的妻子,又嘱咐与他申冤。那判官爷模样,就是大孙押司,原是小人妻子旧日的家长。”

包爷闻言,呵呵大笑:“原来如此!”喝教左右去拿那小孙押司夫妇二人到来:“你两个做得好事!”小孙押司道:“小人不曾做甚么事。”包爷将速报司一篇言语解说出来:“‘大女子,小女子’,女之子,乃外孙;是说外郎姓孙,分明是大孙押司,小孙押司。‘前人耕来后人饵’,饵者食也,是说你白得他的老婆,享用他的家业。‘要知三更事,掇开火下水’,大孙押司,死于三更时分;要知死的根由,‘掇开火下之水’,那迎儿见家长在灶下,披发吐舌,眼中流血,此乃勒死之状。头上套着井栏,井者水也,灶者火也,水在火下,你家灶必砌在井上;死者之尸,必在井中。‘来年二三月’,正是今日。‘句已当解此’,‘句已’两字,合来乃是个‘包’字。是说我包某今日到此为官,解其语意,与他雪冤。”喝教左右同王兴押着小孙押司,到他家灶下,不拘好歹,要勒死的尸首回话。

众人似疑不信。到孙家发开灶床脚,地下是一块石板。揭起石板,是一口井。唤集土工,将井水吊干,络了竹篮,放人下去打捞,捞起一个尸首来。众人齐来认看,面色不改,还有人认得是大孙押司。项上果有勒帛。小孙押司唬得面如土色,不敢开口。众人俱各骇然。原来这小孙押司当初是大雪里冻倒的人。当时大孙押司见他冻倒,好个后生,救他活了,教他识字,写文书。不想浑家与他有事。当日大孙押司算命回来时,恰好小孙押司正闪在他家。见说三更前后当死,趁这个机会,把酒灌醉了,就当夜勒死了大孙押司,撺在井里。小孙押司却掩着面走去,把一块大石头漾在奉符县河里,扑通地一声响。当时只道大孙押司投河死了。后来却把灶来压在井上。次后说成亲事。当下众人回复了包爷。押司和押司娘不打自招,双双的问成死罪,偿了大孙押司之命。包爷不失信于小民,将十两银子赏与王兴。王兴把三两谢了裴孔目,不在话下。包爷初任,因断了这件公事,名闻天下。至今人说包龙图,日间断人,夜间断鬼。有诗为证:

诗句藏谜谁解明,包公一断鬼神惊。
寄声暗室亏心者,莫道天公鉴不清。

第十四卷　一窟鬼癞道人除怪

宋人小说作《西山一窟鬼》

杏花过雨,渐残红、零落胭脂颜色。流水飘香,人渐远,难托春心脉脉。恨别王孙,墙阴目断,谁把青梅摘?金鞍何处,绿杨依旧南陌。
消散云雨须臾,多情因甚有轻离轻折?燕语千般,争解说些子伊家消息。厚约深盟,除非重见,见了方端的。而今无奈,寸肠千恨堆积。

这只词名唤做《念奴娇》,是一个赴省士人姓沈名文述所作。原来皆是集古人词章之句。如何见得?从头与各位说开:

第一句道:“杏花过雨。”陈子高曾有《寒食词》,寄《谒金门》:

柳丝碧,柳下人家寒食。莺语匆匆花寂寂,玉阶春草湿。闲凭熏笼无力，心事有谁知得？檀炷绕窗背壁，杏花残雨滴。

第二句道："渐残红、零落胭脂颜色。"李易安曾有《暮春词》，寄《品令》：

零落残红，似胭脂颜色。一年春事，柳飞轻絮，笋添新竹。寂寞，幽对小园嫩绿。　　登临未足，怅游子、归期促。他年清梦，千里犹到，城阴溪曲。应有凌波，时为故人凝目。

第三句道："流水飘香。"延安李氏曾有《春雨词》，寄《浣溪沙》：

无力蔷薇带雨低，多情蝴蝶趁花飞。流水飘香乳燕啼。　　南浦魂消春不管，东阳衣减镜先知。小楼今夜月依依。

第四句道："人渐远，难托春心脉脉。"宝月禅师曾有《春词》，寄《柳梢青》：

脉脉春心，情人渐远，难托离愁。雨后寒轻，风前香软，春在梨花。　　行人倚棹天涯，酒醒处、残阳乱鸦。门外秋千，墙头红粉，深院谁家？

第五句、第六句道："恨别王孙，墙阴目断。"欧阳永叔曾有《清明词》，寄《一斛①珠》：

伤春怀抱，清明过后莺花好。劝君莫向愁人道，又被香轮辗破青青草。　　夜来风月连清晓，墙阴目断无人到。恨别王孙愁多少，犹赖春寒未放花枝老。

第七句道："谁把青梅摘。"晁无咎曾有《春词》，寄《清商怨》：

风摇动，雨濛松，翠条柔弱花头重。春衫窄，娇无力，记得当初，共伊把青梅来摘。　　都如梦，何时共？可怜敧损钗头凤。关山隔，暮云碧。燕子来也，全然又无些子消息。

第八句、第九句道："金鞍何处，绿杨依旧南陌。"柳耆卿曾有《春词》，寄《清平乐》：

阴晴未定，薄日烘云影。金鞍何处寻芳径？绿杨依旧南陌静。　　厌厌几许春情，可怜老去难成。看取镊②残霜鬓，不随芳草重生。

第十句道："消散云雨须臾。"晏叔原曾有《春词》，寄《虞美人》：

飞花自有牵情处，不向枝边住。晓风飘薄已堪愁，更伴东流流水

---

① 斛(hú)——旧时量器名。

② 镊——用以拔除毛、刺或夹取细小东西的小工具。

过秦楼。　　消散须臾云雨怨，闲倚栏干见。远弹双泪湿香红，暗恨玉颜光景与花同。

第十一句道："多情因甚有轻离轻拆？"魏夫人曾有《春词》，寄《卷珠帘》：

记得来时春未暮。执手攀花，袖染花梢露。暗卜春心共花语，争寻双朵争先去。　　多情因甚相辜负。有轻拆轻离，向谁分诉？泪湿海棠枝处，东君空把奴分付。

第十二句道："燕语千般。"康伯可曾有《春词》，寄《减字木兰花》：

杨花飘尽，云压绿阴风乍定。帘幕闲垂，弄语千般燕子飞。小楼深静，睡起残妆犹未整。梦不成归，泪浥斑斑金缕衣。

第十三句道："争解说些子伊家消息。"秦少游曾有《春词》，寄《夜游宫》：

何事东君又去？空满院落花飞絮。巧燕呢喃向人语，何曾解说伊家些子？　　况是伤心绪，念个人儿成睽阻①。一觉相思梦回处，连宵雨。更那堪，闻杜宇！

第十四句、第十五句道："厚约深盟，除非重见。"黄鲁直曾有《春词》，寄《捣练子》：

梅凋粉，柳摇金，微雨轻风敛陌尘。厚约深盟何处诉？除非重见那人人。

第十六句道："见了方端的。"周美成曾有《春词》，寄《滴滴金》：

梅花漏泄春消息，柳丝长，草芽碧。不觉星霜鬓边白，念时光堪惜。　　兰堂把酒思佳客，黛眉颦，愁春色。音书千里相疏隔，见了方端的。

第十七句、第十八句道："而今无奈，寸肠千恨堆积。"欧阳永叔曾有词寄《蝶恋花》：

帘幕东风寒料峭，雪里梅花，先报春来早。而今无奈寸肠思，堆积千愁空懊恼。　　旋暖金炉薰兰澡，闷把金刀，剪彩呈纤巧。绣被五更香睡好，罗帏不觉纱窗晓。

话说沈文述是一个士人，自家今日也说一个士人，因来行在临安府取

---

① 睽(kuí)阻——离开，隔开。

选,变做十数回跷蹊作怪的小说。我且问你:这个秀才姓甚名谁?却说绍兴十年间,有个秀才是福州威武军人,姓吴名洪。离了乡里,来行在临安府求取功名,指望:

一举首登龙虎榜,十年身到凤凰池。

争知道时运未至,一举不中。吴秀才闷闷不已,又没甚么盘缠,也自羞归故里,且只得胡乱在今时州桥下开一个小小学堂度日。等待后三年,春榜动,选场开,再去求取功名。逐月却与几个小男女打交。捻指开学堂后,也有一年之上。也罪过①那街上人家,都把孩儿们来与他教训,颇自有些趱足②。

当日正在学堂里教书,只听得青布帘儿上铃声响,走将一个人入来。吴教授看那入来的人,不是别人,却是半年前搬去的邻舍王婆。原来那婆子是个撮合山,专靠做媒为生。吴教授相揖罢,道:"多时不见,而今婆婆在那里住?"婆子道:"只道教授忘了老媳妇。如今老媳妇在钱塘门里沿城住。"教授问:"婆婆高寿?"婆子道:"老媳妇犬马之年七十有五。教授青春多少?"教授道:"小子二十有二。"婆子道:"教授方才二十有二,却像三十以上人。想教授每日价费多少心神。据老媳妇愚见,也少不得一个小娘子相伴。"教授道:"我这里也几次问人来,却没这般头脑。"婆子道:"这个'不是冤家不聚会'。好教官人得知,却有一头好亲在这里:一千贯钱房卧,带一个从嫁;又好人材;却有一床乐器都会;又写得,算得;又是咘嗻③大官府第出身。只要嫁个读书官人。教授却是要也不?"教授听得说罢,喜从天降,笑逐颜开,道:"若还真个有这人时,可知好哩!只是这个小娘子如今在那里?"婆子道:"好教教授得知,这个小娘子,从秦太师府三通判位下出来,有两个月,不知放了多少帖子。也曾有省、部、院里当职事的来说他,也曾有内诸司当差的来说他,也曾有门面铺席人来说他,只是高来不成,低来不就。小娘子道:'我只要嫁个读书官人。'更兼又没有爹娘,只有一个从嫁,名唤锦儿。因他一床乐器都会,一府里人都叫做李乐娘。现今在白雁池一个旧邻舍家里住。"

---

① 罪过——多亏。

② 趱足——积攒,储蓄。

③ 咘嗻(chēzhē)——厉害,很。

两个兀自[①]说犹未了。只见风吹起门前布帘儿来,一个人从门首过去。王婆道:"教授,你见过去的那人么?便是你有分取他做浑家——"王婆出门赶上那人,不是别人,便是李乐娘在他家住的,姓陈,唤做陈干娘。王婆厮赶着入来,与吴教授相揖罢。王婆道:"干娘,宅里小娘子说亲成也未?"干娘道:"说不得。又不是没好亲来说他,只是吃他执拗的苦,口口声声'只要嫁个读书官人',却又没这般巧。"王婆道:"我却有个好亲在这里,未知干娘与小娘子肯也不?"干娘道:"却教孩儿嫁兀谁?"王婆指着吴教授道:"我教小娘子嫁这个官人,却是好也不好?"干娘道:"休取笑。若嫁得这个官人,可知好哩!"

吴教授当日一日教不得学,把那小男女早放了,都唱了喏,先归去。教授却把一把锁锁了门,同着两个婆子上街。免不得买些酒相待她们。三杯之后,王婆起身道:"教授既是要这头亲事,却问干娘觅一个帖子。"干娘道:"老媳妇有在这里。"侧手从抹胸里取出一个帖子来。王婆道:"干娘,'真人面前说不得假话,旱地上打不得拍浮[②]'。你便约了一日,带了小娘子和从嫁锦儿来梅家桥下酒店里,等我便同教授来过眼则个。"干娘应允,和王婆谢了吴教授自去。教授还了酒钱归家。

把闲话提过。到那日,吴教授换了几件新衣裳,放了学生,一程走将来梅家桥下酒店里时,远远地王婆早接见了。两个同入酒店里来。到得楼上,陈干娘接着。教授便问道:"小娘子在那里?"干娘道:"孩儿和锦儿在东阁儿里坐地。"教授把三寸舌尖舐破窗眼儿,张一张,喝声采,不知高低道:"两个都不是人!"如何不是人?原来见他生得好了,只道那妇人是南海观音,见锦儿是玉皇殿下侍香玉女。恁地道他不是人?看那李乐娘时:

> 水剪双眸,花生丹脸。云鬓轻梳蝉翼,蛾眉淡拂春山。朱唇缀一颗夭桃,皓齿排两行碎玉。意态自然,迥出伦辈。有如织女下瑶台,浑似嫦娥离月殿。

看那从嫁锦儿时:

> 眸清可爱,鬓耸堪观。新月笼眉,春桃拂脸。意态幽花未艳,肌肤嫩玉生香。金莲着弓弓扣绣鞋儿,螺髻插短短紫金钗子。如捻青梅窥小俊,似骑红杏出墙头。

---

① 兀自——还是。

② 拍浮——游泳。

自从当日插了钗，离不得下财纳礼，奠雁①传书。不则一日，吴教授娶过那妇女来，夫妻两个好说得着：

云淡淡天边鸾凤，水沉沉交颈鸳鸯。
写成今世不休书，结下来生双绾带。

却说一日是月半，学生子都来得早，要拜孔夫子。吴教授道："姐姐，我先起去。"来那灶前过，看那从嫁锦儿时，脊背后披着一带头发，一双眼插将上去，脖项上血污着，教授看见，大叫一声，匹然倒地。即时浑家来救得苏醒，锦儿也来扶起。浑家道："丈夫，你见甚么来？"吴教授是个养家人，不成说道我见锦儿恁地来。自己也认做眼花了，只得使个脱空，瞒过道："姐姐，我起来时少着了件衣裳，被冷风一吹，忽然头晕倒了。"锦儿慌忙安排些个安魂定魄汤与他吃罢，自没事了。只是吴教授肚里有些疑惑。

话休絮烦，时遇清明节假，学生子却都不来。教授分付了浑家，换了衣服，出去闲走一遭。取路过万松岭，出今时净慈寺里，看了一会，却待出来，只见一个人看着吴教授唱个喏，教授还礼不迭。却不是别人，是净慈寺对门酒店里量酒，说道："店中一个官人，教男女来请官人！"吴教授同量酒入酒店来时，不是别人，是王七府判儿，唤做王七三官人。两个叙礼罢，王七三官人道："适来见教授，又不敢相叫，特地教量酒来相请。"教授道："七三官人如今那里去？"王七三官人口里不说，肚里思量："吴教授新娶一个老婆在家不多时，你看我消遣他则个。"道："我如今要同教授去家里坟头走一遭，早间看坟的人来说道：'桃花发，杜酝②又熟。'我们去那里吃三杯。"教授道："也好。"两个出那酒店，取路来苏公堤上。看那游春的人，真个是：

人烟辐辏③，车马骈阗④。只见和风扇景，丽日增明，流莺啭绿柳阴中，粉蝶戏奇花枝上。管弦动处，是谁家舞榭歌台？语笑喧时，斜侧傍春楼夏阁。香车竞逐，玉勒争驰。白面郎敲金镫响，红妆人揭绣帘看。

南新路口讨一只船，直到毛家步上岸，迤逦过玉泉、龙井。王七三官

---

① 奠雁——古代婚礼，新郎到女家迎亲，用雁作见面礼，表示不再娶他人。
② 杜酝——自家酿制的薄酒。
③ 辐辏（còu）——从四面八方而来，象车辐集中于车毂一样。
④ 骈阗——众多，聚集。

人家里坟,直在西山驼献岭下。好座高岭!下那岭去,行过一里,到了坟头。看坟的张安接见了,王七三官人即时叫张安安排些点心、酒来。侧首一个小小花园内,两个入去坐地。又是自做的杜酝,吃得大醉。看那天色时,早已:

红轮西坠,玉兔东生。佳人秉烛归房,江上渔人罢钓。渔父卖鱼归竹径,牧童骑犊入花村。

天色却晚,吴教授要起身。王七三官人道:"再吃一杯,我和你同去。我们过驼献岭、九里松路上,妓弟人家睡一夜。"吴教授口里不说,肚里思量:"我新娶一个老婆在家里,干颡①我一夜不归去,我老婆须在家等,如何是好?便是这时候去赶钱塘门,走到那里也关了。"只得与王七三官人手厮挽着,上驼献岭来。你道事有凑巧,物有故然,就那岭上云生东北,雾长西南,下一阵大雨。果然是银河倒泻,沧海盆倾,好阵大雨!且是没躲处。冒着雨又行了数十步,见一个小小竹门楼,王七三官人道:"且在这里躲一躲。"不是来门楼下躲雨,却是:

猪羊走入屠宰家,一脚脚来寻死路。

两个奔来躲雨时,看来却是一个野墓园。只那门前一个门楼儿,里面都没甚么屋宇。石坡上两个坐着,等雨住了行。正大雨下,只见一个人貌类狱子院家打扮,从隔壁竹篱笆里跳入墓园,走将去墓堆子上叫道:"朱小四,你这厮有人请唤。今日须当你这厮出头。"墓堆子里谩应道:"阿公,小四来也。"不多时,墓上土开,跳出一个人来,狱子厮赶着了自去。吴教授和王七三官人见了,背膝展展,两股不摇而自颤。看那雨却住了,两个又走。地下又滑,肚里又怕,心头一似小鹿儿跳,一双脚一似斗败公鸡,后面一似千军万马赶来,再也不敢回头。

行到山顶上,侧着耳朵听时,空谷传声,听得林子里面断棒响。不多时,则见狱子驱将墓堆子里跳出那个人来。两个见了又走。岭侧首却有一个败落山神庙,入去庙里,慌忙把两扇庙门关了。两个把身躯抵着庙门,真个气也不敢喘,屁也不敢放。听那外边时,只听得一个人声唤过去,道:"打杀我也!"一个人道:"打脊②魍魉,你这厮许了我人情,又不还我,怎的不打你?"王七三官人低低说与吴教授道:"你听得外面过去的,便是那狱子和墓

① 干颡(sǎng)——纠缠。

② 打脊——宋代刑罚的一种,比打臀更重。此处是骂人为囚徒的意思。

堆里跳出来的人!"两个在里面颤做一团。吴教授却埋怨王七三官人道:"你没事教我在这里受惊受怕,我家中浑家却不知怎地盼望?"

兀自说言未了,只听得外面有人敲门,道:"开门则个!"两个问道:"你是谁?"仔细听时,却是妇女声音,道:"王七三官人好也!你却将我丈夫在这里一夜,直教我寻到这里!锦儿,我和你推开门儿,叫你爹爹。"吴教授听得外面声音,不是别人,是我浑家和锦儿。怎知道我和王七三官人在这里?莫教也是鬼?两个都不敢则声。只听得外面说道:"你不开庙门,我却从庙门缝里钻入来!"两个听得恁地说,日里吃的酒,都变做冷汗出来。只听得外面又道:"告妈妈,不是锦儿多口,不如妈妈且归,明日爹爹自归来。"浑家道:"锦儿,你也说得是,我且归去了,却理会。"却叫道:"王七三官人,我且归去。你明朝却送我丈夫归来则个!"两个那里敢应他。妇女和锦儿说了自去。

王七三官人说:"吴教授,你家里老婆和从嫁锦儿,都是鬼!这里也不是人去处,我们走休!"拨开庙门看时,约莫是五更天气,兀自未有人行。两个下得岭来,尚有一里多路,见一所林子里,走出两个人来。上手的是陈干娘,下手的是王婆。道:"吴教授,我们等你多时。你和王七三官人却从那里来?"吴教授和王七三官人看见道:"这两个婆子也是鬼了,我们走休!"真个便是獐奔鹿跳,猿跃鹘①飞,下那岭来。后面两个婆子,兀自慢慢地赶来。"一夜热乱,不曾吃一些物事,肚里又饥。一夜见这许多不祥,怎地得个生人来冲一冲!"正恁地说,则见岭下一家人家,门前挂着一枝松柯儿。王七三官人道:"这里多则是卖茅柴酒,我们就这里买些酒吃了助威,一道躲那两个婆子。"恰待奔入这店里来,见个男女:

> 头上裹一顶牛胆青头巾,身上裹一条猪肝赤肚带,旧瞒裆袴,脚下草鞋。

王七三官人道:"你这酒怎地卖?"只见那汉道:"未有烫哩。"吴教授道:"且把一碗冷的来!"只见那人也不则声,也不则气。王七三官人道:"这个开酒店的汉子,又尴尬,也是鬼了!我们走休!"兀自说未了,就店里起一阵风:

> 非干虎啸,不是龙吟。明不能谢柳开花,暗藏着山妖水怪。吹开地狱门前土,惹引酆都山下尘。

---

① 鹘(hú)——隼。

风过处，看时，也不见了酒保，也不见有酒店，两个立在墓堆子上。唬得两个魂不附体，急急取路到九里松曲院前讨了一只船，直到钱塘门，上了岸。

王七三官人自取路归家。吴教授一径先来钱塘门城下王婆家里看时，见一把锁锁着门。问那邻舍时，道："王婆自死五个月有零了。"唬得吴教授目睁口呆，罔知所措。一程离了钱塘门，取今时景灵宫贡院前，过梅家桥，到白雁池边来。问到陈干娘门首时，十字儿竹竿封着门，一椀官灯在门前。上面写着八个字道："人心似铁，官法如炉。"问那里时，"陈干娘也死一年有余了。"离了白雁池，取路归到州桥下，见自己屋里，一把锁锁着门。问邻舍："家里拙妻和粗婢那里去了？"邻舍道："教授昨日一出门，小娘子分付了我们，自和锦儿往干娘家里去。直到如今不归。"

吴教授正在那里面面厮觑，做声不得，只见一个癞道人，看看吴教授道："观公妖气太重，我与你早早断除，免致后患。"吴教授即时请那道人入去，安排香烛符水。那个道人作起法来，念念有词，喝声道："疾！"只见一员神将出现：

> 黄罗抹额，锦带缠腰。皂罗袍袖绣团花，金甲束身微窄地。剑横秋水，靴踏狻猊①。上通碧落之间，下彻九幽之地。业龙作祟，向海波水底擒来；邪怪为妖，入山洞穴中捉出。六丁坛畔，权为符吏之名；上帝阶前，次有天丁之号。

神将声喏道："真君遣何方使令？"真人道："在吴洪家里兴妖，并驼献岭上为怪的，都与我捉来！"神将领旨，就吴教授家里起一阵风：

> 无形无影透人怀，二月桃花被绰开。
> 就地撮将黄叶去，入山推出白云来。

风过处，捉将几个为怪的来：吴教授的浑家李乐娘，是秦太师府三通判位乐娘，因与通判怀身，产亡的鬼。从嫁锦儿，因通判夫人妒色，吃打了一顿，因恁地自割杀，他自是割杀的鬼。王婆是害水蛊病死的鬼。保亲陈干娘，因在白雁池边洗衣裳，落在池里死的鬼。在驼献岭上被狱子叫开墓堆，跳出来的朱小四，在日看坟，害痨病死的鬼。那个岭下开酒店的，是害伤寒死的鬼。道人一一审问明白。去腰边取出一个葫芦来。人见时，便道是葫芦；鬼见时，便是酆都狱。作起法来，那些鬼个个抱头鼠窜，捉入葫芦中。分付吴教授"把来埋在驼献岭下"。

---

① 狻猊（suānní）——传说中的一种凶猛的野兽。

癞道人将拐杖望空一撇,变成一只仙鹤,道人乘鹤而去。吴教授直下拜道:"吴洪肉眼不识神仙,情愿相随出家,望真仙救度弟子则个!"只见道人道:"我乃上界甘真人。你原是我旧日采药的弟子,因你凡心不净,中道有退悔之意,因此堕落。今生罚为贫儒,教你备尝鬼趣,消遣色情。你今既已看破,便可离尘办道,直待一纪之年,吾当度汝。"说罢,化阵清风不见了。吴教授从此舍俗出家,云游天下。十二年后,遇甘真人于终南山中,从之而去。诗曰:

一心办道绝凡尘,众魅如何敢触人?
邪正尽从心剖判,西山鬼窟早翻身。

第十五卷　金令史美婢酬秀童

塞翁得马非为吉,宋子双盲岂是凶。
祸福前程如漆暗,但平方寸答天公。

话说苏州府城内有个玄都观,乃是梁朝所建。唐刺史刘禹锡有诗道:"玄都观里桃千树。"就是此地。一名为玄妙观。这观踞郡城之中,为姑苏之胜。基址宽敞,庙貌崇宏,上至三清,下至十殿,无所不备。各房黄冠道士,何止数百。内中有个北极真武殿,俗名祖师殿。这一房道士,世传正一道教,善能书符遣将,剖断人间祸福。于中单表一个道士,俗家姓张,手中惯弄一个皮雀儿,人都唤他做张皮雀。其人有些古怪,荤酒自不必说,偏好吃一件东西。是甚东西?

吠月荒村里,奔风腊雪天。
分明一太字,移点在旁边。

他好吃的是狗肉。屠狗店里把他做个好主顾,若打得一只壮狗,定去报他来吃。吃得快活时,人家送得钱来,都把与他也不算账。或有鬼祟作耗,求他书符镇宅,遇着吃狗肉,就把箸蘸着狗肉汁,写个符去,教人贴于大门。邻人往往夜见贴符之处,如有神将往来,其祟立止。

有个矫大户家,积年开典获利,感谢天地,欲建一坛斋醮①酬答。已

① 斋醮(jiào)——请僧道设斋坛,向神佛祈祷。

请过了清真观里周道士主坛。周道士夸张皮雀之高,矫公亦慕其名,命主管即时相请。那矫家养一只防宅狗,甚是肥壮。张皮雀平昔看在眼里,今番见他相请,说道:"你若要我来时,须打这只狗请我,待狗肉煮得稀烂,酒也烫热了,我才到你家里。"主管回复了矫公。矫公晓得他是跷蹊古怪的人,只得依允。果然荡热了酒,煮烂了狗肉,张皮雀到门。主人迎入堂中,告以相请之意。堂中香火灯烛,摆得齐整,供养着一堂神道,众道士已起过香头了。张皮雀昂然而入,也不礼神,也不与众道士作揖,口中只叫:"快将烂狗肉来吃,酒要热些!"矫公道:"且看他吃了酒肉,如何作用。"当下大盘装狗肉,大壶盛酒,摆列张皮雀面前,恣意饮啖,吃得盘无余骨,酒无余滴,十分醉饱,叫道:"篘嗓!"吃得快活,嘴也不抹一抹,望着拜神的铺毡上倒头而睡,鼻息如雷,自酉牌直睡至下半夜。众道士醮事已完,兀自未醒,又不敢去动掸他。矫公等得不耐烦,倒埋怨周道士起来,周道士自觉无颜,不敢分辨,想道:"张皮雀时常吃醉了一睡两三日不起,今番正不知几时才醒?"只得将表章焚化了,辞神谢将,收拾道场。

弄到五更,众道士吃了酒饭,刚欲告辞,只见张皮雀在拜毡上跳将起来,团团一转,乱叫:"十日十日,五日五日。"矫公和众道士见他疯了,都走来围着看。周道士胆大,向前抱住,将他唤醒了。口里还叫:"五日五日。"周道士问其缘故。张皮雀道:"适才表章,谁人写的?"周道士道:"是小道亲手缮写的。"张皮雀道:"中间落了一字,差了两字。"矫公道:"学生也亲口念过几遍,并无差落,那有此话?"张皮雀在袖中簌簌响,抽出一幅黄纸来道:"这不是表章?"众人看见,各各骇然道:"这表章已焚化了,如何却在他袖中,纸角儿也不动半毫?"仔细再念一遍,到天尊宝号中,果然落了一字,却看不出差处。张皮雀指出其中一联云:

吃亏吃苦,挣来一倍之钱;柰短柰长,仅作千金之子。

"'吃亏吃苦'该写'喫'字,今写'吃'字,是'吃舌'的'吃'字了。'喫'音'赤','吃'音'格'。两音也不同。'柰'字,是'李柰'之'柰'。'奈'字,是'奈何'之'奈'。'耐'字是'耐烦'之'耐'。'柰短柰长'该写'耐烦'的'耐'字,'柰'是果名,借用不得。你欺负上帝不识字么?如今上帝大怒,教我也难处。"矫公和众道士见了表文,不敢不信,一齐都求告道:"如今重修章奏,再建斋坛,不知可否?"张皮雀道:"没用,没用!你表文上差落字面还是小事。上帝因你有这道奏章,在天曹日记簿上查你的善恶。你自开解库,为富不仁。轻兑出,重兑入,水丝出,足纹入;兼将解下的珠宝,但拣好的都换了自用;又凡质物值钱者才足了年数,就假托变卖过了,不准赎取:如此刻剥贫户,以致肥饶。你奏章中全无悔罪之言,多是自夸之语,已命雷部于即日焚烧汝屋,荡毁你的家私。我只为感你一狗之惠,求宽至十日,上帝不允。再三恳告,已准到五日了。你可出个晓字:'凡五日内来赎典者免利,只收本钱。'其向来欺心,换人珠宝,赖人质物,虽然势难吐退;发心喜舍,变卖为修桥补路之费。有此善行,上帝必然回嗔,或者收回雷部,也未可知。"

矫公初时也还有信从之意,听说到"收回雷部,也未可知",到不免有疑:"这疯道士必然假托此因,来布施我的财物。难道雷部如此易收易放?"况且掌财的人,算本算利,怎肯放松?口中答应,心下不以为然。张皮雀和众道士辞别自去了。矫公将此话搁起不行。到第五日解库里火起,前堂后厅,烧做白地;第二日,这些质当的人家都来讨当,又不肯赔偿,结起讼来,连田地都卖了。矫大户一贫如洗。有人知道张皮雀曾预言雷火之期,从此益敬而畏之。

张皮雀在玄都观五十余年。后因渡钱塘江,风逆难行,张皮雀遣天将打缆,其去如飞。皮雀呵呵大笑,触了天将之怒,为其所击而死。后有人于徽商家扶鸾,皮雀降笔,自称:"原是天上苟元帅,尘缘已满,众将请他上天归班,非击死也。"徽商闻真武殿之灵异,舍施千金,于殿前堆一石假山,以为壮观之助。这假山虽则美观,反破了风水,从此本房道侣,更无得道者。诗云:

雷火曾将典库焚,符躯鬼祟果然真。
玄都观里张皮雀,莫道无神也有神。

为何说这张皮雀的话?只为一般有个人家,信了书符召将,险些儿冤害了人的性命。那人姓金名满,也是苏州府昆山县人。小时读书不就,将银援例纳了个令史,就参在本县户房为吏。他原是个乖巧的人,待人接物,十分克己,同役中甚是得合。做不上三四个月令史,衙门上下,没一个不喜欢他。又去结交这些门子,要他在知县相公面前帮衬,不时请他们吃酒,又送些小物事。但遇知县相公比较,审问到夜静更深时,他便留在家中宿歇,日逐打诨。那门子也都感激,在县主面前虽不能用力,每事却也十分周全。

时遇五月中旬，金令史知吏房要开各吏送阄①库房，思量要谋这个美缺。那库房旧例，一吏轮管两季，任凭县主随意点的。众吏因见是个利薮②，人人思想要管，屡屡县主点来，都不肯服；却去上司具呈批准，要六房中择家道殷实老成无过犯的，当堂拈阄，各吏具结申报上司。若新参及役将满者，俱不许阄。然虽如此，其权出在吏房。但平日与吏房相厚的，送些东道，他便混帐开上去，那里管新参，役满，家道殷实不殷实？这叫做官清私暗。却说金满暗想道："我虽是新参，那吏房刘令史与我甚厚，拚送些东西与他，自然送阄的。若阄得着，也不枉费这一片心机；倘阄不着，却不空丢了银子，又被人笑话？怎得一个必着之策便好！"忽然想起门子王文英，他在衙门有年，甚有见识，何不寻他计较！

一径走出县来，恰好县门口就遇着王文英。道："金阿叔，忙忙的那里去？"金满道："好兄弟，正来寻你说话。"王文英道："有什么事作成我？"金满道："我与你坐了方好说。"二人来到侧边一个酒店里坐下。金满一头吃酒，一头把要谋库房的事，说与王文英知道。王文英说："此事只要吏房开得上去，包在我身上，使你阄着。"金满道："吏房是不必说了，但当堂拈阄怎么这等把稳？"王文英附耳低言道："只消如此如此，何难之有！"金满大喜，连声称谢："若得如此，自当厚谢。"二人又吃了一回，起身会钞③而别。金满回到公廨里买东买西，备下夜饭，请吏房令史刘云到家，将上项事与他说知。刘云应允。金满取出五两银子，送与刘云道："些小薄礼，先送阿哥买果吃，待事成了，再找五两。"刘云假意谦让道："自己弟兄，怎么这样客气？"金满道："阿哥从直些罢，不嫌轻，就是阿哥的盛情了。"刘云道："既如此，我权收去再处。"把银袖了。摆出果品肴馔，二人杯来盏去，直饮至更深而散。

明日，有一令史察听了些风声，拉了众吏与刘云说："金某他是个新参，未及半年，怎么就想要做库房？这个定然不成的。你要开只管开，少不得要当堂禀的，恐怕连你也没趣，那时却不要见怪！"刘云道："你们不要乱嚷，凡事也要通个情！就是他在众人面上，一团和气，并无一毫不到之处，便开上去难道就是他阄着了？这是落得做人情的事。若去一禀，朋

① 阄（jiū）。

② 利薮——即肥缺。

③ 会钞——付钱。

友面上又不好看,说起来只是我们薄情!”又一个道:“争名争利,顾得什么朋友不朋友,薄情不薄情?”刘云道:“嗳! 不要与人争,只去与命争。是这样说,明日就是你阄着便好;若不是你,连这几句话也是多的,还要算长。”内中有两个老成的,见刘云说得有理,便道:“老刘,你的话虽是,但他忒性急了些。就是做库房,未知是祸是福,直等结了局,方才见得好歹。什么正经?做也罢,不做也罢,不要闲争,各人自去干正事。”遂各散去。金满闻得众人有言,恐怕不稳,又去揭债①,央本县显要士夫,写书嘱托知县相公,说他“老成明理,家道颇裕,诸事可托”。这分明是叫把库房与他管,但不好明言耳。

话休烦絮,到拈阄这日,刘云将应阄各吏名字,开列一单,呈与知县相公看了。唤里书房一样写下条子,又呈上看罢,命门子乱乱的总做一堆,然后唱名取阄。那卷阄传递的门子,便是王文英,已作下弊。金满一手拈起,扯开,恰好正是。你道当堂拈阄,怎么作得弊?原来刘云开上去的名单,却从吏、户、礼、兵、刑、工挨次写的。吏房也有管过的,也有役满快的,已不在数内。金满是户房司吏,单上便是第一名了。那王文英卷阄的时节,已做下暗号,金满第一个上去,拈时,却不似易如反掌! 众人那知就里,正是:

随你官清似水,难逃吏滑如油。

当时众吏见金满阄着,都跪下禀说:“他是个新参,尚不该阄库。况且钱粮干系,不是小事,俱要具结申报上司的。若是金满管了库,众吏不敢轻易执结的。”县主道:“既是新参,就不该开在单上了。”众吏道:“这是吏房刘云得了他贿赂,混开在上面的。”县主道:“吏房既是混开,你众人何不先来禀明?直等他阄着了方来禀话,明明是个妒忌之意。”众人见本官做了主,谁敢再道个不字,反讨了一场没趣。县主落得在乡官面上做个人情,又且当堂阄着,更无班驳。众吏虽怀妒忌,无可奈何,做好做歉的说发金满备了一席戏酒,方出结状,申报上司,不在话下。

且说金满自六月初一日交盘,上库接管,就把五两银子谢了刘云。那些门子因作弊成全了他,当做恩人相看,比前愈加亲密。他虽则管了库,正在农忙之际,诸事俱停,那里有什么钱粮完纳。到七八月里,却又个把月不下雨,做了个秋旱。虽不至全灾,却也是个半荒。乡间人纷纷的都来

---

① 揭债——即借债。

告荒,知县相公只得各处去踏勘,也没甚大生意。眼见得这半年库房,扯得直就够了。

时光迅速,不觉到了十一月里,钦天监奏准本月十五日月蚀,行文天下救护。本府奏文,帖下属县。是夜,知县相公聚集僚属师生僧道人等在县救护。旧例库房备办公宴,于后堂款待众官。金满因无人相帮,将银教厨夫备下酒席,自己却不敢离库。转央刘云及门子在席上点管酒器,支持诸事。众官不过拜几拜,应了故事,都到后堂饮酒。只留这些僧道在前边打一套铙钹,吹一番细乐,直闹到四更方散。刚刚收拾得完,恰又报新按院到任。县主急忙忙下船,到府迎接。又要支持船上,往还供应,准准的一夜眼也不合。天明了,查点东西时,不见了四锭元宝。金满自想:“昨日并不曾离库,有谁人用障眼法偷去了?只恐怕还失落在那里。”各处搜寻,那里见个分毫,着了急,连声叫苦道:“这般晦气,却失了这二百两银子,如今把甚么来赔补?若不赔时,一定经官出丑,如何是好!”一头叫言,一边又重新寻起,就把这间屋翻转来,何尝有个影儿!慌做一堆,正没理会。那时外边都晓得库里失了银子,尽来探问,到拌得口干舌碎。内中单喜欢得那几个不容他管库的令史,一味说清话,做鬼脸,喜谈乐道。正是:

幸灾乐祸千人有,替力分忧半个无。

过了五六日,知县相公接了按院,回到县里。金满只得将此事禀知县主。县主还未开口,那几个令史在旁边,你一嘴,我一句道:“自己管库没了银子,不去赔补,到对老爷说。难道老爷赔不成?”县主因前番阄库时,有些偏护了金满,今日没了银子,颇有赧容,喝道:“库中是你执掌,又没闲人到来,怎么没了银子?必竟将去嫖赌花费了,在此支吾。今且饶你的打,限十日内将银补库;如无,定然参究。”金满气闷闷地,走出县来,即时寻县中阴捕商议。江南人说阴捕,就是北方叫番子手一般。其在官有名者谓之官捕,帮手谓之白捕。金令史不拘官捕、白捕,都邀过来,到酒店中吃三杯。说道:“金某今日劳动列位,非为己私,四锭元宝寻常人家可有?不比散碎的好用,少不得败露出来。只要列位用心,若缉访得实,拿获赃盗时,小子愿出白金二十两酬劳。”捕人齐答应道:“当得当得。”

一日三,三日九,看看十日限足,捕人也吃了几遍酒水,全无影响。知县相公叫金满问:“银子有了么?”金满禀道:“小的同捕人缉访,尚无踪迹。”知县喝道:“我限你 十日内赔补,那等得你缉访!”叫左右:“揣下去打!"金满叩头求饶,道:"小的愿赔,只求老爷再宽十日,容变卖家私什物。"知县准了转限。金满管库,又不曾趁得几多东西,今日平白地要赔这二百两银子,甚费措置。家中首饰衣服之类,尽数变卖也还不够。身边畜得一婢,小名金杏,年方一十五岁,生得甚有姿色:

鼻端面正,齿白唇红,两道秀眉,一双娇眼。鬓似乌云发委地,手如尖笋肉凝脂。分明豆蔻尚含香,疑似夭桃初发蕊。

金令史平昔爱如己女,欲要把这婢子来出脱,思想再等一二年,遇个贵人公子,或小妻,或通房,嫁他出去,也讨得百来两银子。如今忙不择价,岂不可惜。左思右想,只得把住身的几间房子权解与人,将银子凑足二百两之数,倾成四个元宝,当堂兑准,封贮库上。分付他:"下次小心。"金令史心中好生不乐,把库门锁了,回到公廨里,独坐在门首,越想越恼。着甚来由,用了这主屈财,却不是青白晦气!

正纳闷间,只见家里小厮叫做秀童,吃得半醉,从外走来。见了家长,倒退几步。金令史骂道:"蠢奴才,家长气闷,你到快活吃酒!我手里没钱使用,你到有闲钱买酒吃!"秀童道:"我见阿爹两日气闷,连我也不喜欢。常听见人说酒可忘忧,身边偶然积得几分银子,买杯中物来散闷,阿爹若没钱买酒时,我还余得有一壶酒钱,在店上,取来就是。"金令史喝道:"谁要你的吃!"原来苏州有件风俗,大凡做令史的,不拘内外人都称呼为"相公"。秀童是九岁时卖在金家的,自小抚养,今已二十余岁,只当过继的义男,故称"阿爹"。那秀童要取壶酒与阿爹散闷,是一团孝顺之心。谁知人心不同,到挑动了家长的一个机括,险些儿送了秀童的性命。正是:

老龟烹不烂,移祸于枯桑。

当时秀童自进去了。金令史蓦然想道:"这一夜眼也不曾合,那里有外人进来偷了去;只有秀童拿递东西,进来几次。难道这银子是他偷了?"又想道:"这小厮自幼跟随奔走,甚是得力,从不见他手脚有甚毛病,如何抖然生起盗心?"又想道:"这小厮平昔好酒。凡为盗的,都从好酒赌钱两件上起。他吃溜了口,没处来方,见了大锭银子,又且手边方便,如何不爱?不然,终日买酒吃,那里来这许多钱?"又想道:"不是他。他就要偷时,或者溜几块散碎银子。这大锭元宝没有这个力量,就偷了时,那里出笏①？终不然，放在钱柜上零支钱，少不得也露人眼目。就是拿出去时，只好一锭，还留下三锭在家，我今夜把他床铺搜检一番，便知分晓。”又想道：“这也不是常法。他若果偷了这大银，必然寄顿在家中父母处，怎肯还放在身边？搜不着时，反惹他笑。若不是他偷的，冤了他一场，反冷了他的心肠。哦！有计了，闻得郡城有个莫道人，召将断事，吉凶如睹。现寓在玉峰寺中，何不请他来一问，以决胸中之疑。”过了一夜，次日，金满早起，分付秀童买些香烛纸马果品之类，也要买些酒肉，为谢将之用；自己却到玉峰寺去请莫道人。

却说金令史旧邻有个闲汉，叫做计七官，偶在街上看见秀童买了许多东西，气忿忿的走来，问其缘故。秀童道：“说也好笑，我爹真是交了败运，干这样没正经事！二百两银子已自赔去了，认了晦气罢休，却又听了别人言语，请什么道人来召将。那贼道今日鬼混，哄了些酒肉吃了，明日少不得还要索谢。‘成不成，吃三瓶’。本钱去得不爽利，又添些利钱上去，好没要紧！七官人，你想这些道人，可有真正活神仙在里面么？有这好酒好肉到把与秀童吃了，还替我爹出得些气力。斋了这贼道的嘴，‘篰嗓’也可谢你一声么！”正说之间，恰好金令史从玉峰寺转来。秀童见家长来了，自去了。金满与计七官相见问道：“你与秀童说甚么？”计七官也不信召将之事的，就把秀童适才所言，述了一遍，又道：“这小厮到也有些见识。”金满沉吟无语，那计七官也只当闲话叙过，不想又挑动了家长一个机括：

只因家长心疑，险使童儿命丧。

金令史别了计七官自回县里，腹内踌躇：“这话一发可疑。他若不曾偷银子，由我召将便了，如何要他怪那个道士？”口虽不言，分明是“土中曲蟮，满肚泥心”。少停莫道人到了，排设坛场，却将邻家一个小学生附体。莫道人做张做智，步罡踏斗，念咒书符。小学生就舞将起来，像一个捧剑之势，口称：“邓将军下坛”，其声颇洪，不似小学生口气。金满见真将下降，叩首不迭，志心通陈，求判偷银之贼。天将摇首道：“不可说，不可说！”金满再三叩求，愿乞大将拈示真盗姓名。莫道人又将灵牌施设，喝道：

鬼神无私，明彰报应。有叩即答，急急如令！

---

① 出笏(hū)——脱手，卖出。

金满叩之不已,天将道:"屏退闲人,吾当告汝。"其时这些令史们家人,及衙门内做公的,闻得莫道人在金家召将,做一件希奇之事,都走来看,塞做一屋。金满好言好语都请出去了,只剩得秀童一人在旁答应。天将叫道:"还有闲人。"莫道人对金令史说:"连秀童都遣出屋外去。"天将教金满舒出手来。金满跪而舒其左手。天将伸指头蘸酒在金满手心内,写出"秀童"二字,喝道:"记着!"金满大惊,正合他心中所疑。犹恐未的,叩头默默祝告道:"金满抚养秀童已十余年,从无偷窃之行。若此银果然是他所盗,便当严刑究讯。此非轻易之事。神明在上,乞再加详察,莫随人心,莫随人意!"天将又蘸着酒在桌上写出"秀童"二字;又向空中指画,详其字势,亦此二字。金满以为实然,更无疑矣。当下莫道人书了退符,小学生望后便倒,扶起,良久方醒。问之一无所知。

金满把谢将的三牲与莫道人散了福,只推送他一步,连夜去唤阴捕拿贼。为头的张阴捕,叫做张二哥,当下叩其所以。金令史将秀童口中所言,及天将三遍指名之事,备细说了。连阴捕也有八九分道是。只不是他缉访来的,不去担这干纪,推辞道:"未经到官,难以吊拷。"金满是衙门中出入的,岂不会意,便道:"此事有我做主,与列位无涉。只要严刑究拷,拷得真赃出来,向时所许二十两,不敢短少分毫。"张阴捕应允,同兄弟四哥,去叫了帮手,即时随金令史行走。

此时已有起更时分,秀童收拾了堂中家伙,吃了夜饭,正提碗行灯出县来迎候家主。才出得县门,被三四个阴捕,将麻绳望颈上便套。不由分说,直拖至城外一个冷铺里来。秀童却待开口,被阴捕将铁尺向肩胛上痛打一下,大喝道:"你干得好事!"秀童负痛叫道:"我干何事来?"阴捕道:"你偷库内这四锭元宝,藏于何处?窝在那家?你家主已访实了,把你交付我等。你快快招了,免吃痛苦。"秀童叫天叫地的哭将起来。自古道:

有理言自壮,负屈声必高。

秀童其实不曾做贼,被阴捕如法吊拷。秀童疼痛难忍,咬牙切齿,只是不招。原来大明律一款:捕盗不许私刑吊拷。若审出真盗,解官有功;倘若不肯招认,放了去时,明日被他告官,说诬陷平民,罪当反坐。众捕盗吊打拶夹,都已行过。见秀童不招,心下也着了慌,商议只有阎王闩、铁膝裤两件未试。阎王闩是脑箍上箍,眼睛内乌珠都涨出寸许;铁膝裤是将石屑放于夹棍之内,未曾收紧,痛已异常。这是拷贼的极刑了。秀童上了脑箍,死而复苏者数次,昏愦中承认了,醒来依旧说没有。阴捕又要上铁膝裤。秀童忍痛不起,只得招道:“是我一时见财起意,偷来藏在姐夫李大家床下。还不曾动。”阴捕将板门抬秀童到于家中,用粥汤将息,等候天明,到金令史公廨里来报信。此时秀童奄奄一息,爬走不动了。金令史叫了船只,自同捕役到李大家去起赃。

李大家住乡间,与秀童爹娘家相去不远。阴捕到时,李大又不在家,吓得秀童的姐儿面如土色,正不知甚么缘 故,开了后门,望爹娘家奔去了。阴捕走入卧房,发开床脚,看地下土实不松,已知虚言。金令史定要将锄头垦起,起土尺余,并无一物。众人道:“有心到这里蒿恼一番了。”翻箱倒笼,满屋寻一个遍,那有些影儿。金令史只得又同阴捕转来,亲去叩问秀童。秀童泪如雨下,答道:“我实不曾为盗,你们非刑吊拷,务要我招认。吾吃苦不过,又不忍妄扳他人,只得自认了。说姐夫床下赃物,实是混话,毫不相干。吾自九岁时蒙爹抚养成人,今已二十多岁,在家未曾有半点差错。前日看见我爹费产完官,暗地心痛。又见爹信了野道,召将费钱,愈加不乐。不想道爹疑到我身上。今日我只欠爹一死,更无别话。”说罢闷绝去了。众阴捕叫唤,方才醒来,兀自唉唉的哭个不住。金令史心下亦觉惨然。

须臾,秀童的爹娘,和姐夫李大都到了,见秀童躺在板门上,七损八伤,一丝两气,大哭了一场,奔到县前叫喊。知县相公正值坐堂,问了口词,忙差人唤金满到来,问道:“你自不小心,失了库内银两,如何通同阴捕,妄杀平人,非刑吊拷?”金满禀道:“小的破家完库,自然要缉访此事,讨个明白。有莫道人善于召将,天将降坛,三遍写出秀童名字。小的又见他言语可疑,所以信了。除了此奴,更无影响,小的也是出乎无奈,不是故意。”知县也晓得他赔补得苦了,此情未知真伪,又被秀童的爹娘左禀右禀,无可奈何。此时已是腊月十八了。知县分付道:“岁底事忙,且过了新年,初十后面,我与你亲审个明白。”众人只得都散了。金满回家,到抱着一个鬼胎,只恐秀童死了;到留秀童的爹娘伏侍儿子,又请医人去调治,每日大酒大肉送去将息。那秀童的爹娘,兀自哭哭啼啼絮絮聒聒的不住。正是:

　　青龙共白虎同行,吉凶事全然未保。

却说捕盗知得秀童的家属叫喊准了,十分着忙,商议道:“我等如此绷吊,还不肯吐露真情,明日县堂上可知他不招的。若不招时,我辈私加吊拷,罪不能免。”乃请城隍纸供于库中,香花灯烛,每日参拜祷告,夜间就同金令史在库里歇宿,求一报应。金令史少不得又要破些悭①在他们面上。

到了除夜,知县把库逐一盘过,交付新库吏掌管。金满已脱了干纪,只有失盗事未结,同着张阴捕向新库吏说知:“原教张二哥在库里安歇。”那新库吏也是本县人,与金令史平昔相好的,无不应允。是夜,金满备下三牲香纸,携到库中拜献城隍老爷,就将福物请新库吏和张二哥同酌。三杯以后,新库吏说家中事忙,到央金满替他照管,自己要先别。金满为是大节夜,不敢强留。新库吏将厨柜等都检看封锁,又将库门锁钥付与金满,叫声“相扰”,自去了。金满又吃了几杯,也就起身,对张二哥说:“今夜除夜,来早是新年,多吃几杯,做个灵梦,在下不得相陪了。”说罢,将库门带上落了锁,带了钥匙自回。

张二哥被金满反锁在内,叹口气道:“这节夜,那一家不夫妇团圆;偏我晦气,在这里替他们守库!”闷上心来,只顾自篩自饮,不觉酩酊大醉,和衣而寝。睡至四更,梦见神道伸只靴脚踢他起来道:“银子有了,陈大寿将来放在厨柜顶上葫芦内了。”张阴捕梦中惊觉,慌忙爬起来,向厨柜顶上摸个遍,那里有甚么葫芦!“难道神道也作弄人?还是我自己心神恍惚之故?”须臾之间,又睡去了。梦里又听得神道说:“金子在葫芦里面,如何不取?”张阴捕惊醒,坐在床铺上,听更鼓,恰好发擂。爬起来,推开窗子,微微有光,再向厨柜上下看时,并无些子物事。欲要去报与金令史,库门却又锁着,只得又去睡了。少顷,听得外边人声热闹,鼓乐喧阗,乃是知县出来同众官拜牌贺节,去文庙行香。天已将明,金满已自将库门上钥匙交还新库吏了。新库吏开门进来,取红纸用印。张阴捕已是等得不耐烦,急忙的戴了帽子,走出库来。恰好知县回县,在那里排衙公座。那金满已是整整齐齐,穿着公服,同众令史站立在堂上,伺候作揖。张阴捕走近前把他扯到旁边,说梦中神道如此如此:“一连两次,甚是奇想,特来报你。你可查县中有这陈大寿的名字否?”说罢,张阴捕自回家去不提。

却说金满是日参谒过了知县,又到库中城隍面前磕了四个头,回家吃了饭,也不去拜年,只在县中稽查名姓。凡外郎、书手、皂快、门子及禁子、夜夫,曾在县里走动的,无不查到,并无陈大寿名字。整整的忙了三日,常

① 悭(qiān)——吝啬。这里指破费。

规年节酒都不曾吃得,气得面红腹胀,到去埋怨那张阴捕说谎。张阴捕道:"我是真梦,除是神道哄我。"金满又想起前日召将之事,那天将下临,还没句实话相告,况梦中之言,怎便有准?说罢,丢在一边去了。

又过了两日,是正月初五。苏州风俗,是日家家户户,祭献五路大神,谓之烧利市。吃过了利市饭,方才出门做买卖。金满正在家中吃利市饭,忽见老门子陆有恩来拜年,叫道:"金阿叔恭喜了!有利市酒,请我吃碗!"金令史道:"兄弟,总是节物,不好特地来请得。今日来得极妙,且吃三杯。"即忙教嫂子暖一壶酒,安排些现成鱼肉之类,与陆门子对酌。闲话中间,陆门子道:"金阿叔,偷银子的贼有些门路么?"金满摇首:"那里有!"陆门子道:"要赃露,问阴捕,你若多许阴捕几两银子,随你飞来贼,也替你访着了。"金满道:"我也许过他二十两银子,只恨他没本事赚我的钱!"陆门子道:"假如今日有个人缉访得贼人真信,来报你时,你还舍得这二十两银子么?"金满道:"怎么不肯!"陆门子道:"金阿叔,你若真个把二十两银子与我,我就替你拿出贼来。"金满道:"好兄弟,你果然如此,也教我明白了这桩官司,出脱了秀童。好兄弟,你须是眼见的实,莫又做猜谜的话!"陆门子道:"我不是十分看得的实,怎敢多口!"金令史即忙脱下帽子,向髻上取下两钱重的一根金挖耳来,递与陆有恩道:"这件小意思权为信物。追出赃来,莫说有余,就是止剩得二十两,也都与你。"陆有恩道:"不该要金阿叔的,今日是初五,也得做兄弟的发个利市。"陆有恩是已冠的门子,就将挖耳插于网巾之内,教:"金阿叔且关了门,与你细讲。"金满将大门闭了,两个促膝细谈。正是:

踏破铁鞋无觅处,得来全不费工夫。

原来陆有恩间壁住的,也是个门子,姓胡名美,年十八岁。有个姐夫叫做卢智高。那卢智高因死了老婆,就与小舅同住。这胡美生得齐整,多有人戏调他,到也是个本分的小厮。自从父母双亡,全亏着姐姐拘管。一从姐姐死了,跟着姐夫,便学不出好样,惯熟的是那七字经儿:

赌钱,吃酒,养婆娘。

去年腊月下旬,陆门子一日出去了,浑家闻得间壁有斧凿之声,初次也不以为异。以后,但是陆门子出去了,就听得他家关门,打得一片响;陆门子回家,就住了声。浑家到除夜,与丈夫饮酒,说及此事,正不知凿什么东西?陆门子有心,过了初一,自初二、初三一连在家住两日,侧耳而听,寂然无声。到初四日假做出门往亲戚家拜节,却远远站着,等间壁关门之后,悄地回来,藏在家里。果听得间壁槌凿之声,从壁缝里张看,只见胡美与卢智高俱蹲在地下;胡美拿着一锭大银,卢智高将斧敲那锭边下来。陆门子看在眼里,晚间与二人相遇问道:"你家常常錾凿什么东西?"胡美面红不语。卢智高道:"祖上传下一块好铁条,要敲断打厨刀来用。"陆有恩暗想道:"不是那话儿是什么?他两个那里来有这元宝?"当夜留在肚里,次日料得金令史在家烧利市,所以特地来报。

金满听了这席话,就同陆有恩来寻张二哥不遇,其夜就留陆有恩过宿。明日初六,起个早,又往张二哥家,并拉了四哥,共四个人,同到胡美家来。只见门上落锁,没人在内。陆门子叫浑家出来问其缘故。浑家道:"昨日听见说要叫船往杭州进香,今早双双出门,恰才去得。此时就开了船,也去不远。"四个人飞星赶去,刚刚上驷马桥,只见小游船上的王溜儿,在桥堍下买酒籴米。令史们时常叫他的船,都是相熟的。王溜儿道:"金相公今日起得好早!"金令史问道:"溜儿,你赶早买酒籴米,往那里去?"溜儿道:"托赖揽个杭州的载,要去有个把月生意。"金满拍着肩问:"是谁?"王溜儿附耳低言道:"是胡门官同他姓卢的亲眷合叫的船。"金满道:"如今他二人可在船里?"王溜儿道:"那卢家在船里,胡舍还在岸上接婊子未来。"张阴捕听说,一索先把王溜儿扣住。溜儿道:"我得何罪?"金满道:"不干你事,只要你引我到船上就放你。"溜儿连买的酒籴的米,都寄在店上,引着四个人下桥来,八只手准备拿贼。这正是:

闲时不学好,今日悔应迟。

却说卢智高在船中,靠着栏干,眼盼盼望那胡美接婊子下来同乐。却一眼瞧见金令史,又见王溜儿颈上麻绳带着,心头跳动,料道有些诧异。也不顾铺盖,跳在岸上,舍命奔走。王溜儿指道:"那戴孝头巾的就是姓卢的。"众人放开脚去赶,口中只叫:"盗库的贼休走!"卢智高着了忙,跌上一交,被众人赶上,一把拿住。也把麻绳扣颈。问道:"胡美在那里?"卢智高道:"在婊子刘丑姐家里。"众人教卢智高作眼,齐奔刘丑姐家来。胡美先前听得人说外面拿盗库的贼,打着心头,不对婊子说,预先走了,不知去向。众人只得拿刘丑姐去。都到张二哥家里。搜卢智高身边,并无一物,及搜到毡袜里,搜出一锭秃元宝。锭边儿都敲去了。

张二哥要带他到城外冷铺里去吊拷。卢智高道:"不必用刑,我招便了。去年十一月间,我同胡美都赌极了,没处设法。胡美对我说:'只有库里有许多元宝空在那里。'我教他:'且拿几个来用用。'他趁十五月蚀这夜,偷了四锭出来,每人各分二锭。因不敢出笏,只敲得锭边使用。那一锭藏在米桶中,米上放些破衣服盖着,还在家里。那两锭却在胡美身边。”金满又问:“那一夜我眼也不曾合,他怎么拿得这样即溜?”卢智高道:“胡美几遍进来,见你坐着,不好动手。那一夜闪入来,恰好你们小厮在里面厨中取蜡烛,打翻了麻油,你起身去看,方得其便。”众人得了口词,也就不带去吊拷了。

此时秀童在张二哥家将息,还动掸不得。见拿着了真赃真贼,咬牙切齿的骂道:“这砍头贼!你便盗了银子,却害得我好苦。如今我也没处伸冤,只要咬下他一块肉来,消这口气!”便在草铺上要爬起来,可怜那里挣扎得动。众人尽来安慰,劝住了他。心中转痛,呜呜咽咽的啼哭。金令史十分过意不去,不觉也掉下眼泪,连忙叫人抬回家中调养。自己却同众人到胡美家中,打开锁搜看,将米桶里米倾在地上,滚出一锭没边的元宝来。当日众人就带卢智高到县,禀明了知县相公。知县验了银子,晓得不枉,即将卢智高重责五十板,取了口词收监,等拿获胡美时,一同拟罪。出个广捕文书,缉访胡美,务在必获。船户王溜儿,乐妇刘丑姐,原不知情,且赃物未见破散,暂时讨保在外。先获元宝二个,本当还库,但库银已经金满变产赔补,姑照给主赃例,给还金满。这一断,满昆山人无有不服。正是:

国正天心顺,官清民自安。

却说金令史领了两个秃元宝回家,就在银匠铺里,将银錾开,把二八一十六两白银,送与陆门子,不失前言。却将十两送与张二哥,候获住胡美时,还有奉谢。次日金满候知县出堂,叩谢。知县有怜悯之心,深恨胡美。乃出官赏银十两,立限,仰捕衙缉获。

过了半年之后,张四哥偶有事到湖州双林地方,船从苏州娄门过去,忽见胡美在娄门塘上行走。张四哥急拢船上岸,叫道:“胡阿弟,慢走!”胡美回头认得是阴捕,忙走一步,转弯望一个豆腐店里头就躲。卖豆腐的老儿,才要声张,胡美向兜肚里摸出雪白光亮水磨般的一锭大银,对酒缸草盖上一丢说道:“容我躲过今夜时,这锭银与你平分。”老儿贪了这锭银子,慌忙捡过了,指一个去处,教他藏了。张四哥赶到转弯处,不见了胡美。有个多嘴的闲汉,指点他在豆腐店里去寻。张四哥进店问时,那老儿只推没有。张四哥满屋看了一周遭,果然没有。张四哥身边取出一块银子,约有三四钱重,把与老儿说道:“这小厮是昆山县门子,盗了官库出来的,大老爷出广捕拿他。你若识时务时,引他出来,这几钱银子送你老人家买果子吃;你若藏留,我禀知县主,拿出去时,问你个同盗。"老儿慌了,连银子也不肯接,将手往上一指。你道什么去处?

上不至天,下不至地,躲得安稳,说出晦气。

那老儿和妈妈两口只住得一间屋,又做豆腐,又做白酒,狭窄没处睡,将木头架一个小小阁儿,恰好打个铺儿,临睡时把短梯爬上去,却有一个店橱儿隐着。胡美正躲得稳,却被张四哥一手拖将下来,就把麻绳缚住。骂道:"害人贼!银子藏在那里?"胡美战战兢兢答应道:"一锭用完了,一锭在酒缸盖上。"老者怎敢隐瞒,于缸罐里取出。张四哥问老者:"何姓何名?"老者惧怕,不敢答应。旁边一个人替他答道:"此老姓陈名大寿。"张四哥点头,便把那三四钱银子,撇在老儿柜上,带了胡美,踏在船头里面,连夜回昆山县来。正是:

莫道亏心事可做,恶人自有恶人磨。

此时卢智高已病死于狱中。知县见累死了一人,心中颇惨。又令史中多有与胡美有勾搭的,都来替他金满面前讨饶,又央门子头儿王文英来说。金满想起阄库的事亏他,只得把人情卖在众人面上,禀知县道:"盗银虽是胡美,造谋实出姐夫;况原银所失不多,求老爷从宽发落!"知县将罪名都推在死者身上,只将胡美重责三十,问个徒罪,以儆后来。元宝一锭,仍给还金满领去。金满又将十两银子,谢了张四哥。张四哥因说起豆腐酒店老者始末,众人各各骇然。方知去年张二哥除夜梦城隍分付:"陈大寿已将银子放在橱顶上葫芦内了。""葫"者,胡美;"芦"者,卢智高;"陈大寿"乃老者之姓名;胡美在店橱顶上搜出。神明之语,一字无欺。果然是:

暗室亏心,神目如电。

过了几日,备下猪羊,抬往城隍庙中赛神酬谢。金满因思屈了秀童,受此苦楚,况此童除饮酒之外,并无失德,更兼立心忠厚,死而无怨,更没有甚么好处酬答得他。乃改秀童名金秀,用己之姓,视如亲子。将美婢金杏许他为婚,待身体调治得强旺了,便配为夫妇。金秀的父母俱各欢喜无言。后来金满无子,家业就是金秀承顶。金秀也纳个吏缺,人称为小金令史,三考满了,仕至按察司经历。后人有诗叹金秀之枉,诗云:

疑人无用用无疑,耳畔休听是与非。
凡事要凭真实见,古今冤屈有谁知?

第十六卷　小夫人金钱赠年少

谁言今古事难穷？大抵荣枯总是空。

算得生前随分过，争如云外指溟鸿①。

暗添雪色眉根白，旋落花光脸上红。

惆怅凄凉两回首，暮林萧索起悲风。

这八句诗，乃西川成都府华阳县王处厚，年纪将及六旬，把镜照面，见须发有几根白的，有感而作。世上之物，少则有壮，壮则有老，古之常理，人人都免不得的。原来诸物都是先白后黑，惟有髭须却是先黑后白。又有戴花刘使君，对镜中见这头发斑白，曾作《醉亭楼》词：

平生性格，随分好些春色，沉醉恋花陌。虽然年老心未老，满头花压巾帽侧。鬓如霜，须似雪，自嗟恻。　　几个相知劝我染，几个相知劝我摘，染摘有何益。当初怕作短命鬼，如今已过中年客。且留些，妆晚景，尽教白。

如今说东京汴州开封府界，有个员外年逾六旬，须发皤然②。只因不服老，兀自贪色，荡散了一个家计，几乎做了失乡之鬼。这员外姓甚名谁？却做甚么事来？正是：

尘随车马何年尽，事系人心早晚休。

话说东京汴州开封府界身子里，一个开线铺的员外张士廉，年过六旬。妈妈死后，孑然一身，并无儿女。家有十万资财，用两个主管营运。张员外忽一日拍胸长叹，对二人说："我许大年纪，无儿无女，要十万家财何用？"二人曰："员外何不娶房娘子，生得一男半女，也不绝了香火。"员外甚喜，差人随即唤张媒、李媒前来。这两个媒人端的是：

开言成匹配，举口合姻缘。医世上凤只鸾孤，管宇宙单眠独宿。传言玉女，用机关把臂拖来；侍案金童，下说词拦腰抱住。调唆织女害相思，引得嫦娥离月殿。

---

① 溟鸿——避世隐居的人。

② 皤(pó)然——白色。

员外道:“我因无子,相烦你二人说亲。”张媒口中不道,心下思量道:“大伯子许多年纪,如今说亲,说甚么人是得?教我怎地应他?”则见李媒把张媒推一推,便道:“容易。”临行,又叫住了道:“我有三句话。”只因说出这三句话来,教员外:

青云有路,番为苦楚之人;白骨无坟,化作失乡之鬼。

媒人道:“不知员外意下何如?”张员外道:“有三件事,说与你两人。第一件,要一个人材出众,好模好样的;第二件,要门户相当;第三件,我家下有十万贯家财,须着个有十万贯房奁①的亲来对付我。”两个媒人,肚里暗笑,口中胡乱答应道:“这三件事都容易。”当下相辞员外自去。

张媒在路上与李媒商议道:“若说得这头亲事成,也有百十贯钱赚。只是员外说的话太不着人!有那三件事的他不去嫁个年少郎君,却肯随你这老头子!偏你这几根白胡须是沙糖拌的?”李媒道:“我有一头到也凑巧,人材出众。门户相当。”张媒道:“是谁家?”李媒云:“是王招宣府里出来的小夫人。王招宣初娶时,十分宠幸。后来只为一句话破绽些,失了主人之心,情愿白白里把与人,只要个有门风的便肯。随身房计少也有几万贯,只怕年纪忒小些。”张媒道:“不愁小的忒小,还嫌老的忒老。这头亲张员外怕不中意!只是雌儿心下必然不美。如今对雌儿说,把张家年纪瞒过了一二十年,两边就差不多了。”李媒道:“明日是个和合日,我同你先到张宅讲定财礼,随到王招宣府一说便成。”是晚各归无话。

次日,二媒约会了,双双的到张员外宅里说:“昨日员外分付的三件事,老媳寻得一头亲,难得恁般凑巧。第一件,人材十分足色;第二件,是王招宣府里出来,有名声的;第三件,十万贯房奁。则怕员外嫌他年小。”张员外问道:“却几岁?”张媒应道:“小如员外三四十岁。”张员外满脸堆笑道:“全仗作成则个!”话休絮烦,当下两边俱说允了。少不得行财纳礼,奠雁已毕,花烛成亲。

次早参拜家堂,张员外穿紫罗衫,新头巾,新靴新袜。这小夫人着干红销金大袖团花霞帔,销金盖头,生得:

新月笼眉,春桃拂脸。意态幽花殊丽,肌肤嫩玉生光。说不尽万种妖娆,画不出千般艳冶。何须楚峡云飞过,便是蓬莱殿里人。

张员外从下至上看过,暗暗地喝彩。小夫人揭起盖头,看见员外须眉

① 奁(lián)——古代妇女梳妆用的镜匣,泛指精巧的小匣。

皓白,暗暗地叫苦。花烛夜过了,张员外心下喜欢,小夫人心下不乐。

过了月余,只见一人相揖道:"今日是员外生辰,小道送疏①在此。"原来员外但遇初一月半,本命生辰,须有道疏。那时小夫人开疏看时,扑簌簌两行泪下,见这员外年已六十,埋怨两个媒人将我误了。看那张员外时,这几日又添了四五件在身上:

腰便添疼,眼便添泪,耳便添聋,鼻便添涕。

一日,员外对小夫人道:"出外薄干②,夫人耐静。"小夫人只得应道:"员外早去早归。"说了,员外自出去。小夫人自思量:"我恁地一个人,许多房奁,却嫁一个白须老儿!"心上正烦恼,身边立着从嫁道:"夫人今日何不门首看街消遣?"小夫人听说,便同养娘到外边来看。这张员外门首,是胭脂绒线铺,两壁装着厨柜,当中一片紫绢沿边帘子。养娘放下帘钩,垂下帘子。门前两个主管,一个李庆,五十来岁;一个张胜,年纪三十来岁。二人见放下帘子,问道:"为甚么?"养娘道:"夫人出来看街。"两个主管躬身在帘子前参见。小夫人在帘子底下启一点朱唇,露两行碎玉,说不得数句言语,教张胜惹场烦恼:

远如沙漠,何殊没底沧溟;重若丘山,难比无穷泰华。

小夫人先叫李主管问道:"在员外宅里多少年了?"李主管道:"李庆在此二十余年。"夫人道:"员外寻常照管你也不曾。"李主管道:"一饮一啄,皆出员外。"却问张主管。张主管道:"张胜从先父在员外宅里二十余年,张胜随着先父便趋事员外,如今也有十余年。"小夫人问道:"员外曾管顾你么?"张胜道:"举家衣食,皆出员外所赐。"小夫人道:"主管少待。"小夫人折身进去不多时,递些物与李主管,把袖包手来接,躬身谢了。小夫人却叫张主管道:"终不成与了他不与你。这物件虽不值钱,也有好处。"张主管也依李主管接取,躬身谢了。小夫人又看了一回,自入去。两个主管,各自出门前支持买卖。原来李主管得的是十文银钱,张主管得的却是十文金钱。当时张主管也不知道李主管得的是银钱,李主管也不知张主管得的是金钱。当日天色已晚,但见:

野烟四合,宿鸟归林。佳人秉烛归房,路上行人投店。渔父负鱼归竹径,牧童骑犊返孤村。

---

① 疏——道疏,道教中祭天祈福的文表。

② 薄干——有点小事。

当日晚算了账目,把文簿呈张员外:今日卖几文,买几文,人上欠几文,都佥押了。原来两个主管,各轮一日在铺中当值。其日却好正轮着张主管值宿。门外面一间小房,点着一盏灯。张主管闲坐半晌,安排歇息,则听得有人来敲门。张主管听得,问道:"是谁?"应道:"你则开门,却说与你!"张主管开了房门,那人跄将入来,闪身已在灯光背后。张主管看时,是个妇人。张主管吃了一惊,慌忙道:"小娘子,你这早晚来有甚事?"那妇人应道:"我不是私来,早间与你物事的教我来。"张主管道:"小夫人与我十文金钱,想是教你来讨还?"那妇女道:"你不理会得,李主管得的是银钱。如今小夫人又教把一件物来与你。"只见那妇人背上取下一包衣装,打开来看道:"这几件把与你穿的。又有几件妇女的衣服,把与你娘。"只见妇女留下衣服,作别出门,复回身道:"还有一件要紧的到忘了!"又向衣袖里取出一锭五十两大银,撇了自去。当夜张胜无故得了许多东西,不明不白,一夜不曾睡着。

明日早起来,张主管开了店门,依旧做买卖。等得李主管到了,将铺面交割与他,张胜自归到家中,拿出衣服银子与娘看。娘问:"这物事那里来的?"张主管把夜来的话,一一说与娘知。婆婆听得说道:"孩儿,小夫人他把金钱与你,又把衣服银子与你,却是甚么意思?娘如今六十已上年纪,自从没了你爷,便满眼只看你。若是你做出事来,老身靠谁?明日便不要去。"这张主管是个本分之人,况又是个孝顺的,听见娘说,便不往铺里去。张员外见他不去,使人来叫,问道:"如何主管不来?"婆婆应道:"孩儿感些风寒,这几日身子不快,来不得。传语员外得知,一好便来。"又过了几日,李主管见他不来,自来叫道:"张主管如何不来?铺中没人相帮。"老娘只是推身子不快,这两日反重。李主管自去。张员外三五遍使人来叫,做娘的只是说未得好。张员外见三回五次叫他不来,猜道:"必是别有去处。"张胜自在家中。

时光迅速,日月如梭,拈指之间,在家中早过了一月有余。道不得"坐吃山崩"。虽然得这小夫人许多物事,那一锭大银子,容易不敢出笏,衣裳又不好变卖。不去营运,日来月往,手内使得没了。却来问娘道:"不教儿子去张员外宅里去,闲了经纪。如今在家中,日逐盘费如何措置?"那婆婆听得说,用手一指,指着屋梁上道:"孩儿你见也不见?"张胜看时,原来屋梁上挂着一个包,取将下来,道:"你爷养得你这等大,则是这件物事身上。”打开纸包看时，是个花栲栳儿①。婆婆道：“你如今依先做这道路，刁爷的生意，卖些胭脂绒线。”

当日时遇元宵，张胜道：“今日元宵夜端门下放灯。”便问娘道：“儿子欲去看灯则个。”娘道：“孩儿，你许多时不行这条路。如今去端门看灯，从张员外门前过，又去惹是招非。”张胜道：“是人都去看灯，说道‘今年好灯’。儿子去去便归，不从张员外门前过便了。”娘道：“要去看灯不妨，则是你自去看不得，同一个相识做伴去才好。”张胜道：“我与王二哥同去。”娘道：“你两个去看不妨，第一莫得吃酒，第二同去同回。”分付了，两个来端门下看灯。

正撞着当时赐御酒，撒金钱，好热闹。王二哥道：“这里难看灯，一来我们身小力怯，着甚来由吃挨吃搅？不如去一处看，那里也抓缚着一座鳌山。”张胜问道：“在那里？”王二哥道：“你到不知？王招宣府里抓缚着小鳌山，今夜也放灯。”两个便复身回来，却到王招宣府前。原来人又热闹似端门下。就府门前不见了王二哥，张胜只叫得声苦：“却是怎地归去？临出门时，我娘分付道：‘你两个同去同回。’如何不见了王二哥！只我先到屋里，我娘便不焦躁；若是王二哥先回，我娘定道我那里去。”当夜看不得那灯，独自一个行来行去。猛省道：“前面是我那旧主人张员外宅里，每年到元宵夜，歇浪线铺，添许多烟火，今日想他也未收灯？”迤逦信步行到张员外门前。张胜吃惊，只见张员外家门便开着，十字两条竹竿，缚着皮革底钉住一碗泡灯，照着门上一张手榜贴在。张胜看了，唬得目睁口呆，罔知所措。张胜去这灯光之下，看这手榜上写着道：“开封府左军巡院，勘到百姓张士廉，为不合……”方才读到“不合”两个字，兀自不知道因甚罪，则见灯笼底下一人喝声道：“你好大胆，来这里看甚的！”张主管吃了一惊，拽开脚步便走。那喝的人大踏步赶将来，叫道：“是甚么人？直恁大胆！夜晚间，看这榜做甚么？”唬得张胜便走。

渐次间行到巷口，待要转弯归去，相次二更，见一轮明月，正照着当空。正行之间，一个人从后面赶将来，叫道：“张主管，有人请你！”张胜回头看时，是一个酒博士。张胜道：“想是王二哥在巷口等我，置些酒吃归去，恰也好。”同这酒博士到店内，随上楼梯，到一个阁儿前面。量酒道：“在这里。”掀开帘儿，张主管看见一个妇女，身上衣服不堪齐整，头上蓬

① 花栲栳儿——柳条编制的花篮。

松,正是:

乌云不整,唯思昔日豪华;粉泪频飘,为忆当年富贵。秋夜月蒙云笼罩,牡丹花被土沉埋。

这妇女叫:“张主管,是我请你。”张主管看了一看,虽有些面熟,却想不起。这妇女道:“张主管如何不认得我?我便是小夫人。”张主管道:“小夫人如何在这里?”小夫人道:“一言难尽!”张胜问:“夫人如何恁地?”小夫人道:“不合信媒人口,嫁了张员外。原来张员外因烧煅假银事犯,把张员外缚去左军巡院里去,至今不知下落,家计并许多房产,都封估了。我如今一身无所归着,特地投奔你。你看我平昔之面,留我家中住几时则个。”张胜道:“使不得!第一家中母亲严谨;第二道不得‘瓜田不纳履,李下不整冠’。要来张胜家中,断然使不得!”小夫人听得道:“你将为常言俗语道:‘呼蛇容易遣蛇难。’怕日久岁深,盘费重大。我教你看,……”用手去怀里提出件物来:

闻钟始觉山藏寺,傍岸方知水隔村。

小夫人将一串一百单八颗西珠数珠,颗颗大如鸡豆子,明光灿烂。张胜见了喝彩道:“有眼不曾见这宝物!”小夫人道:“许多房奁,尽被官府籍没了,则藏得这物。你若肯留在家中,慢慢把这件宝物逐颗去卖,尽可过日。”张主管听得说:正是:

归去只愁红日晚,思量犹恐马行迟。

横财红粉歌楼酒,谁为三般事不迷?

当日张胜道:“小夫人要来张胜家中,也得我娘肯时方可。”小夫人道:“和你同去问婆婆,我只在对门人家等回报。”张胜回到家中,将前后事情逐一对娘说了一遍。婆婆是个老人家,心慈,听说如此落难,连声叫道:“苦恼,苦恼!小夫人在那里?”张胜道:“现在对门等。”婆婆道:“请相见!”相见礼毕,小夫人把适来说的话,从头细说一遍:“如今都无亲戚投奔,特来见婆婆,望乞容留!”婆婆听得说道:“夫人暂住数日不妨,只怕家寒怠慢,思量别的亲戚再去投奔。”小夫人便从怀里取出数珠递与婆婆。灯光下婆婆看见,就留小夫人在家住。小夫人道:“来日剪颗来货卖,开起胭脂绒线铺,门前挂着花栲栲儿为记。”张胜道:“有这件宝物,胡乱卖动,便是若干钱。况且五十两一锭大银未动,正好收买货物。”张胜自从开店,接了张员外一路买卖,其时人唤张胜做小张员外。小夫人屡次来缠张胜,张胜心坚似铁,只以主母相待,并不及乱。

当时清明节候，怎见得：

清明何处不生烟，郊外微风挂纸钱。
人笑人歌芳草地，乍晴乍雨杏花天。
海棠枝上绵蛮语，杨柳堤边醉客眠。
红粉佳人争画板，彩丝摇曳学飞仙。

满城人都出去金明池游玩，小张员外也出去游玩。到晚回来，却待入万胜门，则听得后面一人叫："张主管！"当时张胜自思道："如今人都叫我做小张员外，甚人叫我主管？"回头看时，却是旧主人张员外。张胜看张员外面上刺着四字金印，蓬头垢面，衣服不整齐，即时邀入酒店里，一个稳便阁儿坐下。张胜问道："主人缘何如此狼狈？"张员外道："不合成了这头亲事！小夫人原是王招宣府里出来的。今年正月初一日，小夫人自在帘儿里看街，只见一个安童，托着盒儿打从面前过去。小夫人叫住问道：'府中近日有甚事说？'安童道：'府里别无甚事，则是前日王招宣寻一串一百单八颗西珠数珠不见，带累得一府的人，没一个不吃罪责。'小夫人听得说，脸上或青或红。小安童自去。不多时二三十人来家，把他房奁和我的家私，都搬将去；便捉我下左军巡院拷问，要这一百单八颗数珠。我从不曾见，回说'没有'。将我打一顿毒棒，拘禁在监。到亏当日小夫人入去房里自吊身死，官司没决撒，把我断了。则是一事，至今日那一串一百单八颗数珠，不知下落。"张胜闻言，心下自思道："小夫人也在我家里，数珠也在我家里，早剪动几颗了。"甚是惶惑，劝了张员外些酒食，相别了。张胜沿路思量道："好是惑人！"回到家中，见小夫人，张胜一步退一步道："告夫人，饶了张胜性命！"小夫人问道："怎恁地说？"张胜把适来大张员外说的话说了一遍。小夫人听得道："却不作怪，你看我身上衣裳有缝，一声高似一声，你岂不理会得？他道我在你这里，故意说这话教你不留我。"张胜道："你也说得是。"

又过了数日，只听得外面道："有人寻小员外！"张胜出来迎接，便是大张员外。张胜心中道："家里小夫人使出来相见，是人是鬼，便明白了。"教养娘请小夫人出来。养娘入去，只没寻讨处，不见了小夫人。当时小员外既知小夫人真个是鬼，只得将前面事一一告与大张员外。问道："这串数珠却在那里？"张胜去房中取出，大张员外叫张胜同来王招宣府中说，将数珠交纳，其余剪去数颗，将钱取赎讫。王招宣赎免张士廉罪，将家私给还，仍旧开胭脂绒线铺。大张员外仍请天庆观道士做醮，追荐小夫人。只因小夫人生前甚有张胜的心,死后犹然相从。亏杀张胜立心至诚,到底不曾有染,所以不受其祸,超然无累。如今财色迷人者纷纷皆是,如张胜者万中无一。有诗赞云:

谁不贪财不爱淫?始终难染正人心。
少年得似张主管,鬼祸人非两不侵。

第十七卷 钝秀才一朝交泰

蒙正窑中怨气,买臣担上书声。丈夫失意惹人轻,总入荣华称庆。

红日偶然阴翳①,黄河尚有澄清。浮云眼底总难凭,牢把脚跟立定。

这首《西江月》大概说人穷通有时,固不可以一时之得意,而自夸其能;亦不可以一时之失意,而自坠其志。唐朝甘露年间,有个王涯丞相,官居一品,权压百僚,僮仆千数,日食万钱,说不尽荣华富贵。其府第厨房与一僧寺相邻。每日厨房中涤锅净碗之水,倾向沟中,其水从僧寺中流出。一日寺中老僧出行,偶见沟中流水中有白物,大如雪片,小如玉屑。近前观看,乃是上白米饭,王丞相厨下锅里碗里洗刷下来的。长老合掌念声:"阿弥陀佛,罪过罪过!"随口吟诗一首:

春时耕种夏时耘,粒粒颗颗费力勤。
舂去细糠如剖玉,炊成香饭似堆银。
三餐饱食无余事,一口饥时可疗贫。
堪叹沟中狼藉贱,可怜天下有穷人!

长老吟诗已罢,随唤火工道人,将笊篱笊起沟内残饭,向清水河中涤去污泥,摊于筛内,日色晒干,用磁缸收贮。且看几时满得一缸,不够三四个月,其缸已满。两年之内,共积得六大缸有余。那王涯丞相只道千年富贵,万代奢华,谁知乐极生悲,一朝触犯了朝廷,阖门待勘,未知生死。其时宾客散尽,童仆逃亡,仓廪尽为仇家所夺。王丞相至亲二十三口,米尽

① 阴翳(yì)——遮蔽,隐蔽。

粮绝,担饥忍饿,啼哭之声,闻于邻寺。长老听得,心怀不忍。只是一墙之隔,除非穴墙可以相通。长老将缸内所积饭干,浸软蒸而馈之。王涯丞相吃罢,甚以为美。遣婢子问老僧,他出家之人,何以有此精食?老僧道:"此非贫僧家常之饭,乃府上涤釜洗碗之余,流出沟中。贫僧可惜有用之物,弃之无用,将清水洗尽,日色晒干,留为荒年贫丐之食。今日谁知仍济了尊府之急。正是一饮一啄,莫非前定。"王涯丞相听罢,叹道:"我平昔暴殄天物①如此,安得不败!今日之祸,必然不免。"其夜遂服毒而死。当初富贵时节,怎知道有今日!正是:贫贱常思富贵,富贵又履危机。此乃福过灾生,自取其咎,假如今人贫贱之时,那知后日富贵;即如荣华之日,岂信后来苦楚。如今在下再说个先忧后乐的故事。列位看官们,内中倘有胯下忍辱的韩信,妻不下机的苏秦,听在下说这段评话,各人回去硬挺着头颈过日,以待时来,不要先坠了志气。有诗四句:

秋风衰草定逢春,尺蠖②泥中也会伸。
画虎不成君莫笑,安排牙爪始惊人。

话说国朝天顺年间,福建延平府将乐县有个宦家,姓马名万群,官拜吏科给事中。因论太监王振专权误国,削籍为民。夫人早丧,单生一子,名曰马任,表字德称。十二岁游庠,聪明饱学。说起他聪明,就如颜子渊闻一知十;论起他饱学,就如虞世南五车腹笥③。真个文章盖世,名誉过人。马给事爱惜如良金美玉,自不必言。里中那些富家儿郎,一来为他是黉④门的贵公子,二来道他经解之才,早晚飞黄腾达,无不争先奉承。其中更有两个人奉承得要紧,真个是:

冷中送暖,闲里寻忙,出外必称弟兄,使钱那问尔我。偶话店中酒美,请饮三杯;才夸妓馆容娇,代包一月。掇臀捧屁,犹云手有余香;随口蹋痰,惟恐人先着脚。说不尽谄笑胁肩,只少个出妻献子。

一个叫黄胜,绰号黄病鬼;一个叫顾祥,绰号飞天炮仗。他两个祖上也曾出仕,都是富厚之家,目不识丁,也顶个读书的虚名。把马德称做个大菩

① 暴殄(tiǎn)天物——任意糟蹋东西。殄,灭绝。天物,自然界的东西。
② 尺蠖(huò)——一种幼虫,生长在树上,颜色像树皮,行进时身体一屈一伸。害虫。
③ 笥(sì)——古代盛饭或盛衣物的方形竹器。
④ 黉(hóng)——古代的学校。

萨供养,扳他日后富贵往来。那马德称是忠厚君子,彼以礼来,此以礼往,见他殷勤,也遂与之为友。黄胜就把亲妹六英,许与德称为婚。德称闻此女才貌双全,不胜之喜。但从小立个誓愿:

若要洞房花烛夜,必须金榜挂名时。

马给事见他立志高明,也不相强,所以年过二十,尚未完娶。

时值乡试之年,忽一日,黄胜、顾祥邀马德称向书铺中去买书。见书铺隔壁有个算命店,牌上写道:

要知命好丑,只问张铁口。

马德称道:"此人名为'铁口',必肯直言。"买完了书,就过间壁,与那张先生拱手道:"学生贱造求教。"先生问了八字,将五行生克之数,五星虚实之理,推算了一回,说道:"尊官若不见怪,小子方敢直言!"马德称道:"君子问灾不问福,何须隐讳。"黄胜、顾祥两个在旁,只怕那先生不知好歹,说出话来冲撞了公子。黄胜便道:"先生仔细看看,不要轻谈!"顾祥道:"此位是本县大名士,你只看他今科发解①,还是发魁②?"先生道:"小子只据理直讲,不知准否?贵造'偏才归禄',父主峥嵘,论理必生于贵宦之家。"黄、顾二人拍手大笑道:"这就准了!"先生道:"五星中'命缠奎壁③',文章冠世。"二人又大笑道:"好先生,算得准,算得准!"先生道:"只嫌二十二岁交这运不好,官煞重重,为祸不小。不但破家,亦防伤命。若过得三十一岁,后来到有五十年荣华。只怕一丈阔的水缺,双脚跳不过去。"黄胜就骂起来道:"放屁,那有这话!"顾祥伸出拳来道:"打这厮,打歪他的铁嘴!"马德称双手拦住道:"命之理微,只说他算不准就罢了,何须计较!"黄、顾二人,口中还不干净,却得马德称抵死劝回。那先生只求无事,也不想算命钱了。正是:

阿谀人人喜,直言个个嫌。

那时连马德称也只道自家唾手功名,虽不深怪那先生,却也不信。谁知三场得意,榜上无名。自十五岁进场,到今二十一岁,三科不中。若论年纪还不多,只为进场屡次了,反觉不利。又过一年,刚刚二十二岁。马

---

① 发解(jiè)——中举。

② 发魁——中状元。

③ 奎壁——二十八宿中奎宿与壁宿的并称。旧谓二宿主文运,故常用以比喻文苑。

给事一个门生,又参了王振一本。王振疑心座主指使而然,再理前仇,密唆朝中心腹,寻马万群当初做有司时罪过,坐赃万两,着本处抚按追解。马万群本是个清官,闻知此信,一口气得病数日身死。马德称哀戚尽礼,此心无穷。却被有司逢迎上意,逼要万两赃银交纳。此时只得变卖家产,但是有税契可查者,有司径自估价官卖。只是续置一个小小田庄,未曾起税,官府不知。马德称恃顾祥平昔至交,只说顾家产业,央他暂时承认。又有古董书籍等项,约数百金,寄与黄胜家中去讫。却说有司官将马给事家房产田业尽数变卖,未足其数,兀自吹毛求疵不已。马德称扶柩在坟堂屋内暂住。

忽一日,顾祥遣人来言,府上余下田庄,官府已知,瞒不得了。马德称无可奈何,只得入官。后来闻得反是顾祥举首,一则恐后连累,二者博有司的笑脸。德称知人情奸险,付之一笑。过了岁余,马德称往黄胜家索取寄顿物件,连走数次,俱不相接。结末遣人送一封帖来,马德称拆开看时,没有书柬,只封账目一纸。内开:某月某日某事用银若干,某该合认,某该独认。如此非一次,随将古董书籍等项估计扣除,不还一件。德称大怒,当了来人之面,将账目扯碎,大骂一场:"这般狗彘①之辈,再休相见!"从此亲事亦不提起。黄胜巴不得杜绝马家,正中其怀,正合着西汉冯公的四句,道是:

一贵一贱,交情乃见;一死一生,乃见交情。

马德称在坟屋中守孝,弄得衣衫褴褛,口食不周。"当初父亲存日,也曾周济过别人;今日自己遭困,却谁人周济我?"守坟的老王撺掇他把坟上树木倒卖与人,德称不肯。老王指着路上几棵大柏树道:"这树不在家旁,卖之无妨。"德称依允,讲定价钱。先倒一棵下来,中心都是虫蛀空的,不值钱了。再倒一棵,亦复如此。德称叹道:"此乃命也!"就教住手。那两棵树只当烧柴,卖不多钱,不两日用完了。身边只剩得十二岁一个家生小厮,央老王作中,也卖与人,得银五两。这小厮过门之后,夜夜小遗起来,主人不要了,退还老王处,索取原价。德称不得已,情愿减退了二两身价卖了。好奇怪!第二遍去就不小遗了。这几夜小遗,分明是打落德称这二两银子,不在话下。

光阴似箭,看看服满,德称贫困之极,无门可告。想起有个表叔在浙

---

① 彘(zhì)——猪。

江杭州府做二府；湖州德清县知县，也是父亲门生。不如去投奔他，两人之中，也有一遇。当下将几件什物家伙，托老王卖充路费。浆洗了旧衣旧裳，收拾做一个包裹，搭船上路，直至杭州。问那表叔，刚刚十日之前已病故了。随到德清县投那个知县时，又正遇这几日为钱粮事情，与上司争论不合，使性要回去。告病关门，无由通报。正是：

时来风送滕王阁，运去雷轰荐福碑。

德称两处投人不着，想得南京衙门做官的多有年家，又乘船到京口。欲要渡江，怎奈连日大西风，上水船寸步难行，只得往句容一路步行而走，径往留都。且数留都那几个城门：

神策金川仪凤门，怀远清凉到石城，三山聚宝连通济，洪武朝阳定太平。

马德称由通济门入城，到饭店中宿了一夜。次早往部科等各衙门打听，往年多有年家为官的，如今升的升了，转的转了，死的死了，坏的坏了，一无所遇。乘兴而来，却难兴尽而返。流连光景，不觉又是半年有余，盘缠俱已用尽。虽不学伍大夫吴门乞食，也难免吕蒙正僧院投斋。

忽一日，德称投斋到大报恩寺，遇见个相识乡亲，问其乡里之事。方知本省宗师按临岁考。德称在先服满时因无礼物送与学里师长，不曾动得起复文书及游学呈子；也不想如此久客于外。如今音信不通，教官径把他做避考申黜①。千里之遥，无由辨复。真是：

屋漏更遭连夜雨，船迟又遇打头风。

德称闻此消息，长叹数声，无面回乡。意欲觅个馆地，权且教书糊口，再作道理。谁知世人眼浅，不识高低。闻知异乡公子如此形状，必是个浪荡之徒，便有锦心绣肠，谁人信他，谁人请他！又过了几时，和尚们都怪他蒿恼②，语言不逊，不可尽说。幸而天无绝人之路，有个运粮的赵指挥，要请个门馆先生同往北京，一则陪话，二则代笔。偶与承恩寺主持商议。德称闻知，想道："乘此机会，往北京一行，岂不两便？"遂央僧举荐。那俗僧也巴不得遣那穷鬼起身，就在指挥面前称扬德称好处；且是束脩③甚少。赵

---

① 申黜（chù）——申报上级予以开除。

② 蒿（hāo）恼——骚扰，打扰。

③ 束脩——送给老师的礼物或酬金，学费。原指十条干肉。

指挥是武官,不管三七二十一,只要省,便约德称在寺,投刺①相见,择日请了下船同行。德称口如悬河,宾主颇也得合。

不一日到黄河岸口,德称偶然上岸登东。忽听发一声响,犹如天崩地裂之形。慌忙起身看时,吃了一惊,原来河口决了。赵指挥所统粮船三分四散,不知去向。但见水势滔滔,一望无际。德称举目无依,仰天号哭,叹道:“此乃天绝我命也,不如死休!”方欲投入河流,遇一老者相救,问其来历。德称诉罢,老者恻然怜悯,道:“看你青春美质,将来岂无发迹之期?此去短盘至北京,费用亦不多,老夫带得有三两荒银,权为程敬②。”说罢,去摸袖里,却摸个空,连呼:“奇怪!”仔细看时,袖底有一小孔,那老者赶早出门,不知在那里遇着剪绺③的剪去了。老者嗟叹道:“古人云:‘得咱心肯日,是你运通时。’今日看起来,就是心肯,也有个天数。非是老夫吝惜,乃足下命运不通所致耳。欲屈足下过舍下,又恐路远不便。”乃邀德称到市心里,向一个相熟的主人家,借银五钱为赠。德称深感其意,只得受了,再三称谢而别。德称想这五钱银子,如何盘缠得许多路。思量一计,买下纸笔,一路卖字。德称写作俱佳,争奈时运未利,不能讨得文人墨士赏鉴,不过村坊野店胡乱买几张糊壁。此辈晓得什么好歹,那肯出钱。

德称有一顿没一顿,半饥半饱,直捱到北京城里,下了饭店。问店主人借缙绅④看查,有两个相厚的年伯,一个是兵部尤侍郎,一个是左卿曹光禄。当下写了名刺,先去谒曹公。曹公见其衣衫不整,心下不悦,又知是王振的仇家,不敢招架,送下小小程仪,就辞了。再去见尤侍郎,那尤公也是个没意思的,自家一无所赠,写一封柬帖荐在边上陆总兵处。店主人见有这封书,料有际遇,将五两银子借为盘缠。谁知正值北虏也先为寇,大掠人畜,陆总兵失机,扭解来京问罪,连尤侍郎都罢官去了。德称在塞外担搁了三四个月,又无所遇,依旧回到京城旅寓。

店主人折了五两银子,没处取讨,又欠下房钱饭钱若干,索性做个宛转,倒不好推他出门。想起一个主意来,前面胡同有个刘千户,其子八岁,要访个下路先生教书,乃荐德称。刘千户大喜,讲过束脩二十两。店主人

① 投刺——投递名帖求见。

② 程敬——即程仪,赠送给远行者的礼物。

③ 剪绺(liǔ)——偷盗,窃取。

④ 缙绅(jìn shēn)——古代称有官职或做过官的人。

先支一季束脩自己收受,准了所借之数。刘千户颇尽主道,送一套新衣服,迎接德称到彼坐馆。自此饔①餐不缺,且训诵之暇,重温经史,再理文章。刚刚坐够三个月,学生出起痘来,太医下药不效,十二朝身死。刘千户单只此子,正在哀痛,又有刻薄小人对他说道:"马德称是个降祸的太岁,耗气的鹤神,所到之处,必有灾殃。赵指挥请了他就坏了粮船,尤侍郎荐了他就坏了官职。他是个不吉利的秀才,不该与他亲近。"刘千户不想自儿死生有命,到抱怨先生带累了。各处传说,从此京中起他一个异名,叫做"钝秀才"。凡钝秀才街上过去,家家闭户,处处关门。但是早行遇着钝秀才的一日没采:做买卖的折本,寻人的不遇,告官的理输,讨债的不是厮打定是厮骂,就是小学生上学也被先生打几下手心。有此数项,把他做妖物相看。倘然狭路相逢,一个个吐口涎沫,叫句吉利方走。可怜马德称衣冠之胄,饱学之儒,今日时运不利,弄得日无饱餐,夜无安宿。

同时有个浙中吴监生,性甚硬直,闻知钝秀才之名,不信有此事,特地寻他相会,延至寓所,叩其胸中所学,甚有接待之意。坐席犹未暖,忽得家书报家中老父病故,踉跄而别,转荐与同乡吕鸿胪②。吕公请至寓所,待以盛馔。方才举箸,忽然厨房中火起,举家惊慌逃奔。德称因腹馁缓行了几步,被地方拿他做火头,解去官司,不由分说,下了监铺。幸吕鸿胪是个有天理的人,替他使钱,免其枷责。从此钝秀才其名益著,无人招接,仍复卖字为生。

惯与裱家书寿轴,喜逢新岁写春联。

夜间常在祖师庙、关圣庙、五显庙这几处安身。或与道人代写疏头,趁几文钱度日。

话分两头,却说黄病鬼黄胜自从马德称去后,初时还怕他还乡,到宗师行黜,不见回家。又有人传信道:是随赵指挥粮船上京,被黄河水决,已覆没矣。心下坦然无虑,朝夕逼勒妹子六英改聘。六英以死自誓,决不二夫。到天顺晚年乡试,黄胜夤缘贿赂,买中了秋榜,里中奉承者填门塞户。闻知六英年长未嫁,求亲者日不离门。六英坚执不从,黄胜也无可奈何。

到冬底,打叠行囊往北京会试,马德称见了乡试录,已知黄胜得意,必然到京;想起旧恨,羞与相见,预先出京躲避。谁知黄胜不耐功名,若是自

---

① 饔(yōng)——熟食。

② 胪(lú)。

家学问上挣来的前程，倒也理之当然，不放在心里。他原是买来的举人，小人乘君子之器，不觉手之舞之，足之蹈之。又将银五十两买了个勘合①，驰驿到京，寻了个大大的下处。且不去温习经史，终日穿花街过柳巷，在院子里婊子家行乐。常言道"乐极悲生"，嫖出一身广疮。科场渐近，将白金百两送太医，只求速愈。太医用轻粉劫药，数日之内身体光鲜，草草完场而归。不够半年，疮毒大发，医治不痊，呜呼哀哉，死了。既无兄弟，又无子息，族间都来抢夺家私。其妻王氏又没主张，全赖六英一身内支丧事，外应亲族，按谱立嗣，众心俱悦服无言。六英自家也分得一股家私，不下数千金。想起丈夫覆舟消息，未知真假，费了多少盘缠，各处遣人打听下落。有人自北京来，传说马德称未死，落寞在京，京中都呼为"钝秀才"。

六英是个女中丈夫，甚有劈着②，收拾起辎重银两，带了丫鬟童仆，雇下船只，一径来到北京寻取丈夫。访知马德称在真定府龙兴寺大悲阁写《法华经》，乃将白金百两，新衣数套，亲笔作书，缄封停当，差老家人王安赍去，迎接丈夫。分付道："我如今便与马相公援例③入监，请马相公到此读书应举，不可迟滞。"王安到龙兴寺，见了长老，问："福建马相公何在？"长老道："我这里只有个'钝秀才'，并没有什么马相公？"王安道："就是了，烦引相见。"和尚引到大悲阁下，指道："旁边桌上写经的，不是钝秀才？"王安在家时曾见过马德称几次，今日虽然褴褛，如何不认得？一见德称便跪下磕头。马德称却在贫贱患难之中，不料有此，一时想不起来，慌忙扶住，问道："足下何人？"王安道："小的是将乐县黄家，奉小姐之命，特来迎接相公。小姐有书在此。"德称便问："你小姐嫁归何宅？"王安道："小姐守志至今，誓不改适。因家相公近故，小姐亲到京中来访相公，要与相公入粟④北雍⑤，请相公早办行期。"德称方才开缄而看，原来是一首诗，诗曰：

何事萧郎恋远游？应知乌帽未笼头。

---

① 勘合——古时调兵遣将等，作为凭证的信物。
② 劈着——主见，决断，谋划。
③ 援例——古时规定捐一定数量的钱可得到官职或监生资格。
④ 入粟——交纳一定数量的钱捐取功名。
⑤ 北雍——北京的国子监。

图南自有风云便，且整双箫集凤楼。

德称看罢，微微而笑。王安献上衣服银两，且请起程日期。德称道："小姐盛情，我岂不知？只是我有言在先：'若要洞房花烛夜，必须金榜挂名时。'向因贫困，学业久荒。今幸有余资可供灯火之费，且待明年秋试得意之后，方敢与小姐相见。"王安不敢强逼，求赐回书。德称取写经余下的茧丝一幅，答诗四句：

逐逐风尘已厌游，好音刚喜见伻①头。

嫦娥夙有攀花约，莫遣箫声出凤楼。

德称封了诗，付与王安。王安星夜归京，回复了六英小姐。开诗看毕，叹惜不已。

其年天顺爷爷正遇"土木之变"，皇太后权请郕②王摄位，改元景泰。将奸阉王振全家抄没，凡参劾王振吃亏的加官赐荫。黄小姐在寓中得了这个消息，又遣王安到龙兴寺报与马德称知道。德称此时虽然借寓僧房，图书满案，鲜衣美食，已不似在先了。和尚们晓得是马公子马相公，无不钦敬。其年正是三十二岁，交逢好运，正应张铁口先生推算之语。可见：

万般皆是命，半点不由人。

德称正在寺中温习旧业，又得了王安报信，收拾行囊，别了长老赴京，另寻一寓安歇。黄小姐拨家童二人伏侍，一应日用供给，络绎馈送。德称草成表章，叙先臣马万群直言得祸之由，一则为父亲乞恩昭雪，一则为自己辨复前程。圣旨倒下，准复马万群原官，仍加三级。马任复学复廪。所抄没田产，有司追给。德称差家童报与小姐知道。黄小姐又差王安送银两到德称寓中，叫他廪例入粟。明春就考了监元，至秋发魁。就于寓中整备喜筵，与黄小姐成亲。来春又中了第十名会魁，殿试二甲，考选庶吉士。上表给假还乡，焚黄谒墓，圣旨准了。夫妻衣锦还乡。府县官员出郭迎接。往年抄没田宅，俱用官价赎还，造册交割，分毫不少。宾朋一向疏失者，此日奔走其门如市。只有顾祥一人自觉羞惭，迁往他郡去讫。时张铁口先生尚在，闻知马公子得第荣归，特来拜贺。德称厚赠之而去。后来马任直做到礼、兵、刑三部尚书，六英小姐封一品夫人。所生二子，俱中甲

---

① 伻(pénɡ)——来使。

② 郕(chénɡ)。

科，簪缨①不绝。至今延平府人，说读书人不得第者，把"钝秀才"为比。后人有诗叹云：

十年落魄少知音，一日风云得称心。
秋菊春桃时各有，何须海底去捞针？

第十八卷　老门生三世报恩

买只牛儿学种田，结间茅屋向林泉。
也知老去无多日，且向山中过几年。
为利为官终幻客，能诗能酒总神仙。
世间万物俱增价，老去文章不值钱。

这八句诗，乃是达者之言，末句说"老去文章不值钱"，这一句，还有个评论。大抵功名迟速，莫逃乎命，也有早成，也有晚达。早成者未必有成，晚达者未必不达。不可以年少而自恃，不可以年老而自弃。这老少二字，也在年数上论不得的。假如甘罗十二岁为丞相，十三岁上就死了，这十二岁之年，就是他发白齿落、背曲腰弯的时候了，后头日子已短，叫不得少年。又如姜太公八十岁还在渭水钓鱼，遇了周文王以后车载之，拜为师尚父。文王崩，武王立，他又秉钺②为军师，佐武王伐纣，定了周家八百年基业。封于齐国，又教其子丁公治齐，自己留相周朝，直活到一百二十岁方死。你说八十岁一个老渔翁，谁知日后还有许多事业，日子正长哩！这等看将起来，那八十岁上还是他初束发、刚顶冠、做新郎、应童子试的时候，叫不得老年。世人只知眼前贵贱，那知去后的日长日短？见个少年富贵的奉承不暇；多了几年年纪，蹉跎不遇，就怠慢他。这是短见薄识之辈。譬如农家，也有早谷，也有晚稻，正不知那一种收成得好？不见古人云：

东园桃李花，早发还先萎。
迟迟涧畔松，郁郁含晚翠。

闲话休提。却说国朝正统年间，广西桂林府兴安县有一秀才，复姓鲜

---

① 簪缨——达官贵人的冠饰。代指显贵。
② 秉钺（yuè）——持兵器；这里比喻掌握兵权。

于名同,字大通。八岁时曾举神童,十一岁游庠①,超增补廪②。论他的才学,便是董仲舒、司马相如也不看在眼里,真个是胸藏万卷,笔扫千军。论他的志气,便像冯京、商辂连中三元,也只算他便袋里东西,真个是足蹑风云,气冲牛斗。何期才高而数奇,志大而命薄,年年科举,岁岁观场,不能得朱衣点额,黄榜标名。到三十岁上,循资该出贡③了。他是个有才有志的人,贡途的前程是不屑就的。思量穷秀才家,全亏学中年规这几两廪银,做个读书本钱。若出了学门,少了这项来路,又去坐监,反费盘缠。况且本省比监里又好中,算计不通。偶然在朋友前露了此意,那下首该贡的秀才,就来打话要他让贡,情愿将几十金酬谢。鲜于同又得了这个利息,自以为得计。第一遍是个情,第二遍是个例,人人要贡,个个争先。

鲜于同自三十岁上让贡起,一连让了八遍,到四十六岁兀自沉埋于泮水④之中,驰逐于青衿⑤之队。也有人笑他的,也有人怜他的,又有人劝他的。那笑他的他也不睬,怜他的他也不受,只有那劝他的,他就勃然发怒起来道:“你劝我就贡,止无过道俺年长,不能个科第了。却不知龙头属于老成,梁皓八十二岁中了状元,也替天下有骨气肯读书的男子争气。俺若情愿小就时,三十岁上就了,肯用力钻刺,少不得做个府佐县正,昧着心田做去,尽可荣身肥家。只是如今是个科目的世界,假如孔夫子不得科第,谁说他胸中才学?若是三家村一个小孩子,粗粗里记得几篇烂旧时文,遇了个盲试官,乱圈乱点,睡梦里偷得个进士到手,一般有人拜门生,称老师,谈天说地,谁敢出个题目将戴纱帽的再考他一考么?不止于此,做官里头还有多少不平处:进士官就是个铜打铁铸的,撒漫做去,没人敢说他不字;科贡官,兢兢业业,捧了卵子过桥,上司还要寻趁他。比及按院复命,参论的但是进士官,凭你叙得极贪极酷,公道看来,拿问也还透头。说到结末,生怕断绝了贪酷种子,道:‘此一臣者,官箴虽玷,但或念初任,或念年青 ,尚可望其自新,策其末路,姑照浮躁或不及例降调。’不够几年

---

① 游庠(xiánɡ)——科举制时经州县考试录取为生员而入学。

② 补廪——补了廪生。廪生,官府发给膳食津贴的生员。

③ 出贡——屡试不等的贡生,按年资由吏部选任杂职小官,选着的就叫“出贡”。

④ 泮水——秀才。

⑤ 青衿(jīn)——旧时读书人穿的一种衣服。

工夫,依旧做起。倘拼得些银子,央要道挽回,不过对调个地方,全然没事。科贡的官一分不是,就当做十分。晦气遇着别人有势有力,没处下手,随你清廉贤宰,少不得借重他替进士顶缸。有这许多不平处,所以不中进士,再做不得官。俺宁可老儒终身,死去到阎王面前高声叫屈,还博个来世出头。岂可屈身小就,终日受人懊恼,吃顺气丸度日!”遂吟诗一首,诗曰:

从来资格困朝绅,只重科名不重人。
楚士凤歌诚恐殆,叶公龙好岂求真?
若还黄榜终无分,宁可青衿老此身。
铁砚磨穿豪杰事,春秋晚遇说平津。

汉时有个平津侯,复姓公孙名弘,五十岁读《春秋》,六十岁对策第一,到丞相封侯。鲜于同后来六十一岁登第,人以为诗谶,此是后话。

却说鲜于同自吟了这八句诗,其志愈锐。怎奈时运不利,看看五十齐头,“苏秦还是旧苏秦”,不能够改换头面。再过几年,连小考都不利了。每到科举年分,第一个拦场告考的,就是他,讨了多少人的厌贱。到天顺六年,鲜于同五十七岁,鬓发都苍然了,兀自挤在后生家队里,谈文讲艺,娓娓不倦。那些后生见了他,或以为怪物,望而避之;或以为笑具,就而戏之。这都不在话下。

却说兴安县知县,姓蒯名遇时,表字顺之。浙江台州府仙居县人氏。少年科甲,声价甚高。喜的是谈文讲艺,商古论今。只是有件毛病,爱少贱老,不肯一视同仁。见了后生英俊,加意奖借;若是年长老成的,视为朽物,口呼“先辈”,甚有戏侮之意。其年乡试届期,宗师行文,命县里录科。蒯知县将合县生员考试,弥封阅卷,自恃眼力,从公品第,黑暗里拔了一个第一,心中十分得意。向众秀才面前夸奖道:“本县拔得个首卷,其文大有吴、越中气脉,必然连捷。通县秀才,皆莫能及。”众人拱手听命,却似汉皇筑坛拜将,正不知拜那一个有名的豪杰。比及拆号唱名,只见一人应声而出,从人丛中挤将上来,你道这人如何?

矮又矮,胖又胖,须鬓黑白各一半。破儒巾,欠时样,蓝衫补孔重重绽。你也瞧,我也看,若还冠带像胡判。不枉夸,不枉赞,“先辈”今朝说嘴惯。休羡他,莫自叹,少不得大家做老汉。不须营,不须干,序齿轮流做领案。

那案首不是别人,正是那五十七岁的怪物笑具,名叫鲜于同。合堂秀才哄然大笑,都道:"鲜于'先辈',又起用了!"连蒯公也自羞得满面通红,顿口无言。一时间看错文字,今日众人瞩目之地,如何番悔?忍着一肚子气,胡乱将试卷拆完。喜得除了第一名,此下一个个都是少年英俊,还有些嗔中带喜。是日蒯公发放诸生事毕,回衙闷闷不悦,不在话下。

却说鲜于同少年时本是个名士,因淹滞了数年,虽然志不曾灰,却也是:

泽畔屈原吟独苦,洛阳季子面多惭。

今日出其不意,考个案首,也自觉有些兴头。到学道考试,未必爱他文字,亏了县家案首,就搭上一名科举,喜孜孜去赴省试。众朋友都在下处看经书,温后场。只有鲜于同平昔饱学,终日在街坊上游玩。旁人看见,都猜道:"这位老相公,不知是送儿子孙儿进场的?事外之人,好不悠闲自在!"若晓得他是科举的秀才,少不得要笑他几声。

日居月诸,忽然八月初七日,街坊上大吹大擂,迎试官进贡院。鲜于同观看之际,见兴安县蒯公,正征聘做《礼记》房考官。鲜于同自想,我与蒯公同经,他考过我案首,必然爱我的文字,今番遇合,十有八九。谁知蒯公心里不然,他又是一个见识道:"我取个少年门生,他后路悠远,官也多做几年,房师也靠得着他。那些老师宿儒,取之无益。"又道:"我科考时不合昏了眼,错取了鲜于'先辈',在众人前老大没趣。今番再取中了他,却不又是一场笑话!我今阅卷,但是三场做得齐整的,多应是夙学之士,年纪长了,不要取他。只拣嫩嫩的口气,乱乱的文法,歪歪的四六,怯怯的策论,愦愦①的判语,那定是少年初学。虽然学问未充,养他一两科,年还不长,且脱了鲜于同这件干纪。"算计已定,如法阅卷,取了几个不整不齐,略略有些笔资的,大圈大点,呈上主司。主司都批了"中"字。

到八月廿八日,主司同各经房在至公堂上拆号填榜。《礼记》房首卷是桂林府兴安县学生,复姓鲜于名同,习《礼记》。又是那五十七的怪物、笑具侥幸了。蒯公好生惊异。主司见蒯公有不乐之色,问其缘故。蒯公道:"那鲜于同年纪已老,恐置之魁列,无以压服后生,情愿把一卷换他。"主司指堂上匾额道:"此堂既名为'至公堂',岂可以老少而私爱憎乎?自古龙头属于老成,也好把天下读书人的志气鼓舞一番。"遂不肯更换,判定了第五名正魁。蒯公无可奈何。正是:

---

① 愦愦(kuì)——糊涂,昏乱。

饶君用尽千般力，命里安排动不得。
本心拣取少年郎，依旧取将老怪物。

蒯公立心不要中鲜于"先辈"，故此只拣不整齐的文字才中。那鲜于同是宿学之士，文字必然整齐，如何反投其机？原来鲜于同为八月初七日看了蒯公入帘，自谓遇合十有八九。回归寓中多吃了几杯生酒，坏了脾胃，破腹起来。勉强进场，一头想文字，一头泄泻，泻得一丝两气，草草完篇。二场三场，仍复如此，十分才学，不曾用得一分出来，自谓万无中试之理。谁知蒯公倒不要整齐文字，以此竟占了个高魁。也是命里否极泰来，颠之倒之，自然凑巧。那兴安县刚刚只中他一个举人。当日鹿鸣宴罢，众同年序齿，他就居了第一。各房考官见了门生，俱各欢喜，惟蒯公闷闷不悦。鲜于同感蒯公两番知遇之恩，愈加殷勤；蒯公愈加懒散。上京会试，只照常规，全无作兴加厚之意。明年鲜于同五十八岁，会试，又下第了。相见蒯公，蒯公更无别语，只劝他选了官罢。鲜于同做了四十余年秀才，不肯做贡生官，今日才中得一年乡试，怎肯就举人职？回家读书，愈觉有兴。每闻里中秀才会文，他就袖了纸墨笔砚，挨入会中同做。凭众人要他、笑他、嗔他、厌他，总不在意。做完了文字，将众人所作看了一遍，欣然而归，以此为常。

光阴荏苒，不觉转眼三年，又当会试之期。鲜于同时年六十有一，年齿虽增，矍铄如旧。在北京第二遍会试，在寓所得其一梦。梦见中了正魁，会试录上有名，下面却填做《诗经》，不是《礼记》。鲜于同本是个宿学之士，那一经不通？他功名心急，梦中之言，不由不信，就改了《诗经》应试。事有凑巧，物有偶然。蒯知县为官清正，行取到京，钦授礼科给事中之职。其年又进会试经房。蒯公不知鲜于同改经之事，心中想道："我两遍错了主意，取了那鲜于'先辈'做了首卷。今番会试，他年纪一发长了。若《礼记》房里又中了他，这才是终身之玷。我如今不要看《礼记》，改看了《诗经》卷子，那鲜于'先辈'中与不中，都不干我事。"比及入帘阅卷，遂请看《诗》五房卷。蒯公又想道："天下举子像鲜于'先辈'的，谅也非止一人。我不中鲜于同，又中了别的老儿，可不是'躲了雷公，遇了霹雳'！我晓得了，但凡老师宿儒，经旨必然十分透彻，后生家专工四书，经义必然不精。如今到不要取四经整齐，但是有些笔资的，不妨题旨影响，这定是少年之辈了。"阅卷进呈，等到揭晓，《诗》五房头卷，列在第十名正魁。拆号看时，却是桂林府兴安县学生，复姓鲜于名同，习《诗经》，刚刚又是那六十一岁的怪物笑具！气得蒯遇时目睁口呆，如槁木死灰模样！

早知富贵生成定，悔却从前枉用心。

蒯公又想道："论起世上同名姓的尽多，只是桂林府兴安县却没有两个鲜于同。但他向来是《礼记》，不知何故又改了《诗经》，好生奇怪？"候其来谒，叩其改经之故。鲜于同将梦中所见，说了一遍。蒯公叹息连声道："真命进士，真命进士！"自此蒯公与鲜于同师生之谊，比前反觉厚了一分。殿试过了，鲜于同考在二甲头上，得选刑部主事。人道他晚年一第，又居冷局，替他气闷，他欣然自如。

却说蒯遇时在礼科衙门直言敢谏，因奏疏里面触突了大学士刘吉，被吉寻他罪过，下于诏狱。那时刑部官员，一个个奉承刘吉，欲将蒯公置之死地。却好天与其便，鲜于同在本部一力周旋看觑，所以蒯公不致吃亏。又替他纠合同年，在各衙门恳求方便，蒯公遂得从轻降处。蒯公自想道："'着意种花花不活，无心栽柳柳成阴。'若不中得这个老门生，今日性命也难保。"乃往鲜于"先辈"寓所拜谢。鲜于同道："门生受恩师三番知遇，今日小小效劳，止可少答科举而已，天高地厚，未酬万一！"当日师生二人欢饮而别。自此不论蒯公在家在任，每年必遣人问候，或一次或两次，虽俸金微薄，表情而已。

光阴荏苒，鲜于同只在部中迁转，不觉六年，应升知府。京中重他才品，敬他老成，吏部立心要寻个缺推他。鲜于同全不在意。偶然仙居县有信至，蒯公的公子蒯敬共与豪户查家争坟地疆界，嚷骂了一场。查家走失了个小厮，赖蒯公子打死，将人命事告官。蒯敬共无力对理，一径逃往云南父亲任所去了。官府疑蒯公子逃匿，人命真情，差人雪片下来提人，家属也监了几个，阖门惊惧。鲜于同查得台州正缺知府，乃央人讨这地方。吏部知台州原非美缺，既然自己情愿，有何不从，即将鲜于同推升台州府知府。

鲜于同到任三日，豪家已知新太守是蒯公门生，特讨此缺而来，替他解纷，必有偏向之情，先在衙门谣言放刁，鲜于同只推不闻。蒯家家属诉冤，鲜于同亦佯为不理。密差的当捕人访缉查家小厮，务在必获。约过两月有余，那小厮在杭州拿到。鲜于太守当堂审明，的系自逃，与蒯家无干，当将小厮责取查家领状。蒯氏家属，即行释放。期会一日，亲往坟所踏看疆界。查家见小厮已出，自知所讼理虚，恐结讼之日必然吃亏，一面央大分上到太守处说方便；一面又央人到蒯家，情愿把坟界相让讲和。蒯家事

已得白,也不愿结冤家。鲜于太守准了和息,将查家薄加罚治,申详上司,两家莫不心服。正是:

只愁堂上无明镜,不怕民间有鬼奸。

鲜于太守乃写书信一通,差人往云南府回复房师蒯公。蒯公大喜,想道:"'树荆棘得刺,树桃李得荫',若不曾中得这个老门生,今日身家也难保。"遂写恳切谢启一通,遣儿子蒯敬共赍回,到府拜谢。鲜于同道:"下官暮年淹蹇①,为世所弃。受尊公老师三番知遇,得掇科目,常恐身先沟壑,大德不报。今日恩兄被诬,理当暴白。下官因风吹火,小效区区,止可少酬老师乡试提拔之德,尚欠情多多也。"因为蒯公子经纪家事,劝他闭户读书,自此无话。

鲜于同在台州做了三年知府,声名大振,升在徽宁道做兵宪,累升河南廉使,勤于官职。年至八旬,精力比少年兀自有余,推升了浙江巡抚。鲜于同想道:"我六十一岁登第,且喜儒途淹蹇,仕途到顺溜,并不曾有风波。今官至抚台,恩荣极矣。一向清勤自矢,不负朝廷。今日急流勇退,理之当然。但受蒯公三番知遇之恩,报之未尽,此任正在房师地方,或可少效涓埃。"乃择日起程赴任,一路迎送荣耀,自不必说。

不一日,到了浙江省城。此时蒯公也历任做到大参地位,因病目不能理事,致政在家。闻得鲜于"先辈"又做本省开府,乃领了十二岁孙儿,亲到杭州谒见。蒯公虽是房师,到小于鲜于公二十余岁。今日蒯公致政在家,又有了目疾,龙钟可怜。鲜于公年已八旬,健如壮年,位至开府。可见发达不在于迟早。蒯公叹息了许多。正是:

松柏何须羡桃李,请君点检岁寒枝。

且说鲜于同到任以后,正拟遣人问候蒯公,闻说蒯参政到门,喜不自胜,倒屣而迎,直请到私宅,以师生礼相见。蒯公唤十二岁孙儿:"见了老公祖。"鲜于公问:"此位是老师何人?"蒯公道:"老夫受公祖活命之恩,犬子昔日难中,又蒙昭雪,此恩直如覆载。今天幸福星又照吾省。老夫衰病,不久于世。犬子读书无成。只有此孙,名曰蒯悟,资性颇敏,特携来相托,求老公祖青目一二。"鲜于公道:"门生年齿,已非仕途人物,正为师恩酬报未尽,所以强颜而来。今日承老师以令孙相托,此乃门生报德之会也。鄙意欲留令孙在敝衙同小孙辈课业,未审老师放心否?"蒯公道:"若

---

① 淹蹇(jiǎn)——不顺利。

蒙老公祖教训,老夫死亦瞑目。”遂留两个书童服事蒯悟在都抚衙内读书,蒯公自别去了。那蒯悟资性过人,文章日进。就是年之秋,学道按临,鲜于公力荐神童,进学补廪。依旧留在衙门中勤学。

三年之后,学业已成。鲜于公道:“此子可取科第,我亦可以报老师之恩矣!”乃将俸银三百两赠与蒯悟为笔砚之资,亲送到台州仙居县。适值蒯公三日前一病身亡,鲜于公哭奠已毕,问:“老师临终亦有何言?”蒯敬共道:“先父遗言,自己不幸少年登第,因而爱少贱老。偶尔暗中摸索,得了老公祖大人。后来许多年少的门生,贤愚不等,升沉不一,俱不得其气力。全亏了老公祖大人一人,始终看觑。我子孙世世不可怠慢老成之士!”鲜于公呵呵大笑道:“下官今日二报师恩,正要天下人晓得扶持了老成人也有用处,不可爱少而贱老也!”说罢,作别回省,草上表章,告老致仕。得旨预告,驰驿还乡,优悠林下。每日训课儿孙之暇,同里中父老饮酒赋诗。

后八年,长孙鲜于涵乡榜高魁,赴京会试,恰好仙居县蒯悟是年中举,也到京中。两人三世通家,又是少年同窗,并在一寓读书。比及会试揭晓,同年进士,两家互相称贺。鲜于同自五十七岁登科,六十一岁登甲,历仕二十三年,腰金衣紫,锡恩三代。告老回家,又看了孙儿科第,直活到九十七岁,整整的四十年晚运。至今浙江人肯读书,不到六七十岁还不丢手,往往有晚达者。后人有诗叹云:

利名何必苦奔忙,迟早须臾在上苍。
但学蟠桃能结果,三千余岁未为长。

第十九卷　崔衙内白鹞[1]招妖

古本作《定山三怪》　又云《新罗白鹞》

早退春朝宠贵妃,谏章争敢傍丹墀[2]。
蓬莱殿里迎鸾驾,花萼楼前进荔枝。

---

① 鹞(yào)——雀鹰的通称。
② 丹墀(chí)——宫殿前的红色台阶以及台阶上面的空地。

羯鼓未终鼙鼓动，羽衣犹在战衣追。

子孙翻作升平祸，不念先皇创业时。

这首诗，题著唐时第七帝，谥法谓之玄宗。古老相传云：天上一座星，谓之玄星，又谓之金星，又谓之参星，又谓之长庚星，又谓之太白星，又谓之启明星。世人不识，叫做晓星。初上时，东方未明；天色将晓，那座星渐渐的暗将来。先明后暗，这个谓之玄。唐玄宗自姚崇、宋璟为相，米麦不过三四钱，千里不馈行粮。自从姚宋二相死，杨国忠、李林甫为相，教玄宗生出四件病来：

内作色荒，外作禽荒，耽酒嗜音，峻宇雕墙。

玄宗最宠爱者，一个贵妃，叫做杨太真。那贵妃又背地里宠一个胡儿，姓安名禄山，腹重三百六十斤，坐绰飞燕，走及奔马，善舞胡旋，其疾如风。玄宗爱其骁健，因而得宠。禄山遂拜玄宗为父，贵妃为母。杨妃把这安禄山头发都剃了，擦一脸粉，画两道眉，打一个白鼻儿。用锦绣彩罗，做成襁褓，选粗壮宫娥数人扛抬，绕那六宫行走。当时则是取笑，谁知浸润之间，太真与禄山为乱。一日，禄山正在太真宫中行乐。宫娥报道："驾到！"禄山矫捷非常，逾墙逃去。贵妃怆惶出迎，冠发散乱，语言失度，错呼圣上为郎君。玄宗驾即时起，使六宫大使高力士、高珪送太真归第，使其省过。贵妃求见天子不得，涕泣出宫。

却说玄宗自离了贵妃三日，食不甘味，卧不安席。高力士探知圣意，启奏道："贵妃昼寝困倦，言语失次，得罪万岁御前。今省过三日，想已知罪，万岁爷何不召之？"玄宗命高珪往看妃子在家作何事。高珪奉旨到杨太师私第，见过了贵妃，回奏天子，言："娘娘容颜愁惨，梳沐俱废。一见奴婢，便问圣上安否，泪如雨下。乃取妆台对镜，手持并州剪刀，解散青丝，剪下一缕，用五彩绒绳结之，手自封记，托奴婢传语，送到御前。娘娘含泪而言：'妾一身所有，皆出皇上所赐。只有身体发肤，受之父母，以此寄谢圣恩，愿勿忘七夕夜半之约。'"原来玄宗与贵妃七夕夜半，曾在沉香亭有私誓，愿生生世世同衾同枕。此时玄宗闻知高珪所奏，见贵妃封寄青丝，拆而观之，凄然不忍。即时命高力士用香车细辇，迎贵妃入宫。自此愈加宠幸。

其时四方贡献不绝：西夏国进月样琵琶，南越国进玉笛，西凉州进葡萄酒，新罗国进白鹞子。这葡萄酒供进御前，琵琶赐与郑观音，玉笛赐与御弟宁王,新罗白鹞赐与崔丞相。后因李白学士题沉香亭牡丹诗,将赵飞燕比着太真娘娘,暗藏讥刺,被高力士奏告贵妃,泣诉天子,将李白黜贬。崔丞相原来与李白是故交,事相连累,得旨令判河北定州中山府。正是:

老龟烹不烂,遗祸及枯桑。

崔丞相来到定州中山府,远近接入进府,交割牌印了毕。在任果然是如水之清,如秤之平,如绳之直,如镜之明。不一月之间,治得府中路不拾遗。时遇天宝春初:

春,春,柳嫩花新,梅谢粉,草铺茵。莺啼北里,燕语南邻。郊原嘶宝马,紫陌广香轮。　　日暖冰消水绿,风和雨嫩烟轻。东阁广排公子宴,锦城多少看花人。

崔丞相有个衙内,名唤崔亚,年纪二十来岁。生得美丈夫,性好畋猎①,见这春间天色,宅堂里叉手向前道:“告爹爹,请一日严假,欲出野外游猎。不知爹爹尊意如何?”相公道:“吾儿出去,则索早归。”衙内道:“领爹尊旨。则是儿有一事,欲取复慈父。”相公道:“你有甚说?”衙内道:“欲借御赐新罗白鹞同往。”相公道:“好,把出去照管,休教失了。这件物是上方所赐,新罗国进到,世上只有这一只,万勿走失!上方再来索取,却是那里去讨?”衙内道:“儿带出去无妨。但只要光耀州府,教人看玩则个。”相公道:“早归,少饮。”衙内借得新罗白鹞,令一个五放家架着。果然是那里去讨!牵将闹装银鞍马过来,衙内攀鞍上马出门。若是说话的当时同年生,并肩长,劝住崔衙内,只好休去。千不合,万不合,带这只新罗白鹞出来,惹出一场怪事。真个是亘古未闻,于今罕有。有诗为证:

外作禽荒内色荒,滥沾些子又何妨?
早晨架出苍鹰去,日暮归来红粉香。

崔衙内寻常好畋猎。当日借得新罗白鹞,好生喜欢。教这五放家架着。一行人也有把水磨角靶弹弓,雁木乌椿弩子,架眼圆铁爪嘴弯鹰,牵拾耳细腰深口犬。出得城外,穿桃溪,过梅坞,登绿杨林,涉芳草渡,杏花村高悬酒望,茅砌畔低亚青帘。正是:

不暖不寒天气,半村半郭人家。

行了二三十里,觉道各人走得辛苦,寻一个酒店,衙内推鞍下马,入店

---

① 畋(tián)猎——打猎。

问道："有甚好酒买些个？先犒赏众人助脚力。"只见走一个酒保出来唱喏。看那人时，生得：

身长八尺，豹头燕颔，环眼骨髭，有如一个距水断桥张翼德，原水镇上王彦章。

衙内看了酒保，早吃一惊道："怎么有这般生得恶相貌的人？"酒保唱了喏，站在一边。衙内教："有好酒把些个来吃，就犒赏众人。"那酒保从里面掇一桶酒出来。随行自有带着底酒盏，安在桌上。筛下一盏，先敬衙内：

酒，酒，酒，邀朋会友。君莫待，时长久，名呼食前，礼于茶后。临风不可无，对月须教有。　　李白一饮一石，刘伶解酲五斗。公子沾唇脸似桃，佳人入腹腰如柳。

衙内见筛下酒色红，心中早惊："如何恁地红！"踏着酒保脚跟，入去到酒缸前，扬开缸盖，只看了一看，吓得衙内：

顶门上不见三魂，脚底下荡散七魄。

只见血水里面浸着浮米。衙内出来，教一行人且莫吃酒，把三两银子与酒保，还了酒钱。那酒保接钱，唱喏谢了。衙内攀鞍上马，离酒店，又行了一二里地，又见一座山冈。原来门外谓之郭，郭外谓之郊，郊外谓之野，野外谓之迥①。行了半日，相次到北岳恒山。一座小峰在恒山脚下，山势果是雄勇：

山，山，突兀回环。罗翠黛，列青蓝，洞云缥缈，涧水潺豔。峦碧千山外，岚光一望间。　　暗想云峰尚在，宜陪谢屐重攀。季世七贤虽可爱，盛时四皓岂宜闲。

衙内恰待上那山去，抬起头来，见山脚下立着两条木栓，柱上钉着一面版牌，牌上写着几句言语。衙内立马看了道："这条路上恁地利害！"勒住马，叫："回去休！"众人都赶上来，衙内指着版牌，教众人看。有识字的，读道：

"此山通北岳恒山路，名为定山。有路不可行。其中精灵不少，鬼怪极多。行路君子，可从此山下首小路来往，切不可经此山过。特预禀知。

① 迥（jiōng）——同迥，远。

——如今却怎地好?”衙内道:“且只得回去。”待要回来,一个屹膊上架着一枚角鹰,出来道:“复衙内:男女在此居,上面万千景致,生数般跷蹊作怪值钱的飞禽走兽。衙内既是出来畋猎,不入这山去,从小路上去,那里是平地,有甚飞禽走兽?可惜闲了新罗白鹞,也可惜闲了某手中角鹰。这一行架的小鹞、猎狗、弹弓、弩子,都为弃物。”衙内道:“也说得是。你们都听我说,若打得活的归去,到府中一个赏银三两,吃几杯酒了归;若打得死的,一人赏银一两,也吃几杯酒了归;若都打不得飞禽走兽,银子也没有,酒也没得吃。”众人各应了喏。

衙内把马摔一鞭,先上山去。众人也各上山来。可煞作怪,全没讨个飞禽走兽。只见草地里掉掉地响。衙内用五轮八光左右两点神水,则看了一看,喝声采!从草里走出一只干红兔儿来。众人都向前,衙内道:“若捉得这红兔儿的,赏五两银子!”去马后立着个人,手探着新罗白鹞。衙内道:“却如何不去勒?”闲汉道:“告衙内:未得台旨,不敢擅便。”衙内道一声:“快去!”那闲汉领台旨,放那白鹞子勒红兔儿。这白鹞见放了手,一翅箭也似便去。这兔儿见那白鹞赶得紧,去浅草丛中便钻。鹞子见兔儿走的不见,一翅径飞过山嘴去。衙内道:“且与我寻白鹞子!”衙内也勒着马,转山去赶。赶到山腰,见一所松林:

> 松,松,节峻阴浓,能耐岁,解凌冬。高侵碧汉,森耸青峰。偃蹇形如盖,虬蟠势若龙。　茂叶风声瑟瑟,繁枝月影重重。四季常持君子操,五株曾受大夫封。

衙内手把着水磨角靶弹弓,骑那马赶。看见白鹞子飞入林子里面去,衙内也入这林子里来。当初白鹞子脖项上带着一个小铃儿。林子背后一座峭壁悬崖,没路上去,则听得峭壁顶上铃儿响。衙内抬起头来看时,吃了一惊,道:“不曾见这般跷蹊作怪底事!”却那峭壁顶上,一株大树底下,坐着一个一丈来长短骷髅:

> 头上裹着镞金蛾帽儿,身上锦袍灼灼,金甲辉辉。锦袍灼灼,一条抹额荔枝红;金甲辉辉,靴穿一双鹦鹉绿。

看那骷髅,左手架着白鹞,右手一个指头,拨那鹞子的铃儿,口里啧啧地引这白鹞子。衙内道:“却不作怪!我如今去讨,又没路上得去。”只得在下面告道:“尊神,崔某不知尊神是何方神圣,一时走了新罗白鹞,望尊神见还则个!”看那骷髅,一似佯佯不睬。似此告了他五七番,陪了七八个大喏。这人从又不见一个入林子来，骷髅只是不睬。衙内忍不得，拿起手中弹弓，拽得满，觑得较亲，一弹子打去。一声响亮，看时，骷髅也不见，白鹞子也不见了。乘着马，出这林子前，人从都不见。着眼看那林子，四下都是青草。看看天色晚了，衙内慢慢地行，肚中又饥。下马离鞍，吊缰牵着马，待要出这山路口。看那天色：

却早红日西沉，鸦鹊奔林高噪。打鱼人停舟罢棹，望客旅贪程，烟村缭绕。山寺寂寥，玩银灯，佛前点照。月上东郊，孤村酒旆收了。采樵人回，攀古道，过前溪，时听猿啼虎啸。深院佳人，望夫归，倚门斜靠。

衙内独自一个牵着马，行到一处，却不是早起入来的路。星光之下，远远地望见数间草屋。衙内道："惭愧，这里有人家时，却是好了。"径来到跟前一看，见一座庄院：

庄，庄，临堤傍冈，青瓦屋，白泥墙。桑麻映日，榆柳成行。山鸡鸣竹坞，野犬吠村坊。　　淡荡烟笼草舍，轻盈雾罩田桑。家有余粮鸡犬饱，户无徭役子孙康。

衙内把马系在庄前柳树上，便去叩那庄门。衙内道："过往行人，迷失道路，借宿一宵，来日寻路归家。"庄里无人答应。衙内又道："是现任中山府崔丞相儿子，因不见了新罗白鹞，迷失道路，问宅里借宿一宵。"敲了两三次，方才听得有人应道："来也，来也！"鞋履响，脚步鸣，一个人走将出来开门。衙内打一看时，叫声苦！那出来的不是别人，却便是早间村酒店里的酒保。衙内问道："你如何却在这里？"酒保道："告官人：这里是酒保的主人家。我却入去说了便出来。"酒保去不多时，只见几个青衣，簇拥着一个着干红衫的女儿出来：

吴道子善丹青，描不出风流体段；
蒯文通能舌辩，说不尽许多精神。

衙内不敢抬头："告娘娘，崔亚迷失道路，敢就贵庄借宿一宵。来日归家，丞相爹爹却当报效。"只见女娘道："奴等衙内多时，果蒙宠访。请衙内且入敝庄。"衙内道："岂敢辄入！"再三再四，只管相请。衙内唱了喏，随着入去。到一个草堂之上，见灯烛荧煌，青衣点将茶来。衙内告娘娘："敢问此地是何去处？娘娘是何姓氏？"女娘听得问，启一点朱唇，露两行碎玉，说出数句言语来。衙内道："这事又作怪！"茶罢，接过盏托。

衙内自思量道:“先自肚里又饥,却教吃茶!”正恁沉吟间,则见女娘教安排酒来。道不了,青衣掇过果桌。顷刻之间,咄嗟而办:

幕天席地,灯烛荧煌。筵排异皿奇杯,席展金觥玉斝。珠罍①妆成异果,玉盘簇就珍羞。珊瑚筵上,青衣美丽捧霞觞;玳瑁杯中,粉面丫鬟斟玉液。

衙内叉手向前:“多蒙赐酒,不敢癨受。”女娘道:“不妨。屈郎少饮。家间也是勋臣贵戚之家。”衙内道:“不敢拜问娘娘,果是那一宅?”女娘道:“不必问,他日自知。”衙内道:“家间父母望我回去,告娘娘指路,令某早归。”女娘道:“不妨,家间正是五伯诸侯的姻眷,衙内又是宰相之子,门户正相当。奴家见爹爹议亲,东来不就,西来不成,不想姻缘却在此处相会!”衙内听得说,愈加心慌,却不敢抗违,则应得喏。一杯两盏,酒至数巡。衙内告娘娘:“指一条路,教某归去。”女娘道:“不妨,左右明日教爹爹送衙内归。”衙内道:“男女不同席,不共食。自古‘瓜田不纳履,李下不整冠’。深恐得罪于尊前。”女娘道:“不妨,纵然不做夫妇,也待明日送衙内回去。”

衙内似梦如醉之间,则听得外面人语马嘶。青衣报道:“将军来了。”女娘道:“爹爹来了,请衙内少等则个。”女娘轻移莲步,向前去了。衙内道:“这里有甚将军?”捏手捏脚,尾着他到一壁厢,转过一个阁儿里去,听得有人在里面声唤。衙内去黑处把舌尖舐开纸窗一望时,吓得浑身冷汗,动掸不得,道:“我这性命休了!走了一夜,却走在这个人家里。”当时衙内窗眼里,看见阁儿里两行都摆列朱红椅子,主位上坐一个一丈来长短骷髅,却便是日间一弹子打的。且看他如何说?那女孩儿见爹爹叫了万福,问道:“爹爹没甚事?”骷髅道:“孩儿,你不来看我则个!我日间出去,见一只雪白鹞子,我见它奇异,捉将来架在手里。被一个人在山脚下打我一弹子,正打在我眼里,好疼!我便问山神土地时,却是崔丞相儿子崔衙内。我若捉得这厮,将来背剪缚在将军柱上,劈腹取心。左手把起酒来,右手把着他心肝;吃一杯酒,嚼一块心肝,以报冤仇。”

说犹未了,只见一个人,从屏风背转将出来,不是别人,却是早来村酒店里的酒保。将军道:“班犬,你听得说也不曾?”班犬道:“才见说,却不

① 罍(léi)——古代一种盛酒的器具,形状像壶。

叵耐,崔衙内早起来店中向我买酒吃,不知却打了将军的眼!"女孩儿道:"告爹爹,他也想是误打了爹爹,望爹爹饶恕他!"班犬道:"妹妹,莫怪我多口。崔衙内适来共妹妹在草堂饮酒。"女孩儿告爹爹:"崔郎与奴饮酒,他是五百年前姻眷。看孩儿面,且 饶恕他则个!"将军便只管焦躁,女孩儿只管劝。衙内在窗子外听得,道:"这里不走,更待何时!"走出草堂,开了院门,跳上马,摔一鞭,那马四只蹄一似翻盏撒钹,道不得个"慌不择路",连夜胡乱走到天色将晓,离了定山。衙内道:"惭愧!"

正说之间,林子里抢出十余个人来,大喊一声,把衙内簇住。衙内道:"我好苦!出得龙潭,又入虎穴!"仔细看时,却是随从人等。衙内道:"我吃你们一惊!"众人问衙内:"一夜从那里去来?今日若不见衙内,我们都打没头脑恶官司。"衙内对众人把上项事说了一遍。众人都以手加额道:"早是不曾坏了性命!我们昨晚一夜不敢归去,在这林子里等到今日。早是新罗白鹞,原来飞在林子后面树上,方才收得。"那养角鹰的道:"复衙内:男女在此土居,这山里有多少奇禽异兽,只好再入去出猎。可惜担搁了新罗白鹞。"衙内道:"这厮又来!"众人扶策著衙内归到府中。一行人离了犒设①,却入堂里,见了爹妈,唱了喏。相公道:"一夜你不归,那里去来?忧杀了妈妈。"衙内道:"告爹妈,儿子昨夜见一件诧异的事!"把说过许多话,从头说了一遍。相公焦躁:"小后生乱道胡说!且罚在书院里,教院子看着,不得出离!"衙内只得入书院。

时光似箭,日月如梭,拈指间过了三个月。当时是夏间天气:

> 夏,夏,雨余亭厦,纨扇轻,薰风乍。散发披襟,弹棋打马。古鼎焚龙涎,照壁名人画。　当头竹径风生,两行青松暗瓦。最好沉李与浮瓜,对青樽旋开新鲊。

衙内过三个月不出书院门。今日天色却热,且离书院去后花园里乘凉。坐定,衙内道:"三个月不敢出书院门,今日在此乘凉,好快活!"听那更点,早是二更。只见一轮月从东上来:

> 月,月,无休无歇,夜东生,晓西灭。少见团圆,多逢破缺。偏宜午夜时,最称三秋节。　幽光解敌严霜,皓色能欺瑞雪。穿窗深夜忽清风,曾遣离人情惨切。

---

① 犒设——客厅。

衙内乘着月色，闲行观看。则见一片黑云起，云绽处，见一个人驾一轮香车，载着一个妇人。看那驾车的人，便是前日酒保班犬。香车里坐着干红衫女儿，衙内月光下认得是庄内借宿留他吃酒的女娘，下车来道："衙内，外日奴好意相留，如何不别而行?"衙内道："好！不走，左手把着酒，右手把着心肝做下口。告娘娘，饶崔某性命！"女孩儿道："不要怕，我不是人，亦不是鬼，奴是上界神仙，与衙内是五百年姻眷，今时特来效于飞之乐。"教班犬自驾香车去。衙内一时被她这色迷了。

> 色，色，难离易惑，隐深闺，藏柳陌。长小人志，灭君子德。后主谩多才，纣王空有力。　　伤人不痛之刀，对面杀人之贼。方知双眼是横波，无限贤愚被沉溺。

两个同在书院里过了数日。院子道："这几日衙内不许我们入书院里，是何意故?"当夜张见一个妖媚的妇人。院子先来复管家婆，便来复了相公。相公焦躁做一片，仗剑入书院里来。衙内见了相公，只得唱个喏。相公道："我儿，教你在书院中读书，如何引惹邻舍妇女来? 朝廷得知，只说我纵放你如此，也妨我儿将来仕路！"衙内只应得喏："告爹爹，无此事。"却待再问，只见屏风后走出一个女孩儿来，叫声万福。相公见了，越添焦躁，仗手中宝剑，移步向前，喝一声道："着！"剑不下去，万事俱休，一剑下去，教相公倒退三步。看手中利刃，只剩得剑靶，吃了一惊，到去住不得。只见女孩儿道："相公休焦！奴与崔郎五百年姻契，合为夫妇。不日同为神仙。"相公出豁①不得，却来与夫人商量，教请法官。那里捉得住！

正恁地烦恼，则见客将司来复道："告相公，有一司法，姓罗名公适，新到任来公参。客司说：'相公不见客。'问：'如何不见客?'客将司把上件事说了一遍。罗法司道：'此间有一修行在世神仙，可以断得。姓罗名公远，是某家兄。'客司复相公。"相公即时请相见。茶汤罢，便问罗真人在何所。得了备细，便修札子请将罗公远下山，到府中见了。崔丞相看那罗真人，果是生得非常。便引到书院中，与这妇人相见了。罗真人劝谕那妇人："看罗某面，放舍崔衙内。"妇人那里肯依。罗真人既再三劝谕，不从。作起法来，忽起一阵怪风：

---

① 出豁——脱身。

风，风，荡翠飘红，忽南北，忽西东。春开柳叶，秋谢梧桐。凉入朱门内，寒添陋巷中。　　似鼓声摇陆地，如雷响振晴空。乾坤收拾尘埃净，现日移阴却有功。

那阵风过处，叫下两个道童来。一个把着一条缚魔索，一个把着一条黑柱杖。罗真人令道童捉下那妇女。妇女见道童来捉，他叫一声班犬。从虚空中跳下班犬来，忿忿地擎起双拳，竟来抵敌。原来邪不可以干正，被两个道童一条索子，先缚了班犬，后缚了干红衫女儿。喝教现形，班犬变做一只大虫，干红衫女儿变做一个红兔儿，道："骷髅神，原来晋时一个将军，死葬在定山之上。岁久年深，成器了，现形作怪。"罗真人断了这三怪，救了崔衙内性命。从此至今，定山一路太平无事。这段话本，则唤做《新罗白鹞》、《定山三怪》。有诗为证：

虎奴兔女活骷髅，作怪成群山上头。

一自真人明断后，行人坦道永无忧。

第二十卷　计押番[①]金鳗产祸

旧名《金鳗记》

终日昏昏醉梦间，忽闻春尽强登山。

因过竹院逢僧话，又得浮生半日闲。

话说大宋徽宗朝有个官人，姓计名安，在北司官厅下做个押番。只夫妻两口儿。偶一日，下番[②]在家，天色却热，无可消遣，却安排了钓竿，迤逦取路来到金明池上钓鱼。钓了一日，不曾发市。计安肚里焦躁，却待收了钓竿归去，觉道浮子沉下去，钓起一件物事来。计安道声好，不知高低："只有钱那里讨！"安在篮内，收拾了竿子，起身取路归来。一头走，只听得有人叫道："计安！"回头看时，却又没人。又行又叫："计安，吾乃金明池掌。汝若放我，教汝富贵不可言尽；汝若害我，教你合家人口死于非命。"仔细听时，不是别处，却是鱼篮内叫声。计安道："却不作怪！"一路

① 押番——古代专司捕盗的衙役。

② 下番——休假。

无话。

到得家中,放了竿子篮儿。那浑家道:“丈夫,快去厅里去,太尉使人来叫你两遭。不知有甚事,分付便来。”计安道:“今日是下番日期,叫我做甚?”说不了,又使人来叫:“押番,太尉等你。”计安连忙换了衣衫,和那叫的人去干当官的事。了毕,回来家中,脱了衣裳,教安排饭来吃。只见浑家安排一件物事,放在面前。押番见了,吃了一惊,叫声苦,不知高低:“我这性命休了!”浑家也吃一惊道:“没甚事,叫苦连声!”押番却把早间去钓鱼的事说了一遍,道:“是一条金鳗,它说:‘吾乃金明池掌,若放我,大富不可言;若害我,教我合家死于非命。’你却如何把它来害了?我这性命合休!”浑家见说,啐了一口唾,道:“却不是放屁!金鳗又会说起话来!我见没有下饭,安排他来吃,却又没事。你不吃,我一发吃了。”计安终是闷闷不已。

到得晚间,夫妻两个解带脱衣去睡。浑家见他怀闷,离不得把些精神来陪侍他。自当夜之间,那浑家身怀六甲,只见眉低眼慢,腹大乳高。倏忽间又十月满足。临盆之时,叫了收生婆,生下个女孩儿来。正是:

野花不种年年有,烦恼无根日日生。

那押番看了,夫妻二人好不喜欢,取名叫做庆奴。

时光如箭,转眼之间,那女孩儿年登二八,长成一个好身材,伶俐聪明,又教成一身本事。爹娘怜惜,有如性命。时遇靖康丙午年间,士马离乱。因此计安家夫妻女儿三口,收拾随身细软包裹,流落州府。后来打听得车驾杭州驻跸,官员都随驾来临安。计安便迤逦取路奔行在来。不则一日,三口儿入城,权时讨得个安歇,便去寻问旧日官员相见了,依旧收留在厅着役,不在话下。计安便教人寻间房,安顿了妻小居住。不止一日,计安觑着浑家道:“我下番无事,若不做些营生,恐坐吃山空,须得些个道业,来相助方好。”浑家道:“我也这般想,别没甚事好做,算来只好开一个酒店。便是你上番①时,我也和孩儿在家里卖得。”计安道:“你说得是,和我肚里一般。”便去理会这节事。

次日,便去打合个量酒的人。却是外方人,从小在临安讨衣饭吃,没爹娘,独自一人,姓周名得,排行第三。安排都了,选吉日良时,开张店面。

---

① 上番——上班。

周三就在门前卖些果子，自捏合些汤水。到晚间，就在计安家睡。计安不在家，那娘儿两个自在家中卖。那周三直是勤力，却不躲懒。倏忽之间，相及数月。忽朝一日，计安对妻子道："我有句话和你说，不要嗔我。"浑家道："却有甚事，只管说。"计安道："这几日我见那庆奴，全不像那女孩儿相态。"浑家道："孩儿日夜不曾放出去，并没甚事，想必长成了恁么！"计安道："莫托大①！我见他和周三两个打眼色。"当日没话说。

一日，计安不在家，做娘的叫那庆奴来："我儿，娘有件事和你说，不要瞒我。"庆奴道："没甚事。"娘便说道："我这几日，见你身体粗丑，全不像模样。实对我说。"庆奴见问，只不肯说。娘见那女孩儿前言不应后语，失张失志，道三不着两，面上忽青忽红，娘道："必有缘故！"捉住庆奴，搜检她身上时，只叹得口气，叫声苦，连腮赠掌，打那女儿："你却被何人坏了？"庆奴吃打不过，哭着道："我和那周三两个有事。"娘见说，不敢出声，擷②着脚，只叫得苦："却是怎的计结③？爹归来时须说我在家管甚事，妆这般幌子！"周三不知里面许多事，兀自在门前卖酒。

到晚，计安归来歇息了，安排些饭食吃罢。浑家道："我有件事和你说。果应你的言语，那丫头被周三那厮坏了身体。"那计安不听得说，万事全休；听得说时，怒从心上起，恶向胆边生，便要去打那周三。浑家拦住道："且商量。打了他，不争我家却是甚活计！"计安道："我指望教这贱人去个官员府第，却做出这般事来。譬如不养得，把这丫头打杀了罢。"做娘的再三再四劝了一个时辰。爹性稍过，便问这事却怎地出豁④，做娘的不慌不忙，说出一个法儿来。正是：

金风吹树蝉先觉，断送无常死不知。

浑家道："只有一法，免得妆幌子。"计安道："你且说。"浑家道："周三那厮，又在我家得使，何不把他来招赘了？"说话的，当时不把女儿嫁与周三，只好休；也只被人笑得一场，两下赶开去，却没后面许多说话。不想计安听信了妻子之言，便道："这也使得。"当日且分付周三归去。那周三在

---

① 托大——大意，马虎。

② 擷——跌。

③ 计结——结果，解决。

④ 出豁——开脱。

路上思量："我早间见那做娘的打庆奴，晚间押番归，却打发我出门。莫是'东窗事发'？若是这事走漏，须教我吃官司，如何计结？"没做理会处。正是：

乌鸦与喜鹊同行，吉凶事全然未保。

闲话提过，离不得计押番使人去说合周三。下财纳礼，择日成亲，不在话下。

倏忽之间，周三入赘在家，一载有余。夫妻甚是说得着。两个暗地计较了，只要搬出去住。在家起晏睡早，躲懒不动。周三那厮，打出吊入，公然干颡。计安忍不得，不住和那周三厮闹。便和浑家商量，和这厮官司一场，夺了休①，却不妨得。日前时便怕人笑，没出手；今番只说是招那厮不着。便安排圈套，捉那周三些个事，闹将起来，和他打官司，邻舍劝不住，夺了休。周三只得离了计押番家，自去赶趁②。庆奴不敢则声，肚里自烦恼，正自生离死别。

讨休在家相及半载，只见有个人来寻押番娘，却是个说亲的媒人。相见之后，坐定道："闻知宅上小娘子要说亲，老媳妇特来。"计安道："有甚好头脑，万望主盟。"婆子道："不是别人，这个人是虎翼营有请受的官身，占役③在官员去处，姓戚名青。"计安见说，因缘相撞，却便肯。即时便出个帖子，几杯酒相待。押番娘便说道："婆婆用心则个！事成时，却得相谢。"婆婆谢了自去。夫妻两个却说道："也好，一则有请受官身；二则年纪大些，却老成；三则周三那厮不敢来胡生事，已自嫁了个官身。我也认得这戚青，却善熟。"话中见快。媒人一合说成。依旧少不得许多节次，成亲。

却说庆奴与戚青两个说不着，道不得个少女少郎，情色相当。戚青却年纪大，便不中那庆奴意。却整日闹吵，没一日静办。爹娘见不成模样，又与女夺休，告托官员，封过状子，去所属看人情面，给状判离。戚青无力势，被夺了休。遇吃得醉，便来计押番门前骂。忽朝一日，发出句说话来，教"张公吃酒李公醉"，"柳树上着刀，桑树上出血"。正是：

---

① 夺休——讨休，即女方主动要求男方休离。

② 赶趁——奔走，营谋。

③ 占役——在别处领俸禄，在此处应役、伺候。

安乐窝中好使乖,中堂有客寄书来。

多应只是名和利,撇在床头不折开。

那戚青遇吃得酒醉,便来厮骂。却又不敢与他争。初时邻里也来相劝。次后吃得醉便来,把做常事,不睬他。一日,戚青指着计押番道:"看我不杀了你这狗男女不信!"道了自去,邻里都知。

却说庆奴在家,又经半载。只见有个婆婆来闲话。莫是来说亲?相见了。茶罢,婆子道:"有件事要说,怕押番焦躁。"计安夫妻两个道:"但说不妨。"婆子道:"老媳妇见小娘子两遍说亲不着,何不把小娘子去个好官员家?三五年一程,却出来说亲也不迟。"计安听说,肚里道:"也好,一则两遍妆幌子,二则坏了些钱物;却是又嫁什么人是得?"便道:"婆婆有什么好去处教孩儿去则个?"婆子道:"便是有个官人要小娘子,特地叫老媳妇来说。见在家中安歇。他曾来宅上吃酒,认得小娘子。他是高邮军主簿,如今来这里理会差遣,没人相伴。只是要带归宅里去,却不知押番肯也不肯?"夫妻两个计议了一会,便道:"若是婆婆说时,必不肯相误。望婆婆主盟则个。"当日说定,商量拣日,做了文字。那庆奴拜辞了爹娘,便来伏侍那官人。有分教做个失乡之鬼,父子不得相见。正是:

天听寂无声,苍苍何处寻?

非高亦非远,都只在人心。

那官人是高邮军主簿,家小都在家中,来行在理会本身差遣,姓李,名子由。讨得庆奴,便一似夫妻一般。日间寒食节,夜里正月半。那庆奴思衣得衣,思食得食。数月后,官人家中信到,催那官人去,恐在都下费用钱物。不只一日,干当完备,安排行装,买了人事,雇了船只,即日起程,取水路归来。在路贪花恋酒,迁延程途,直是怏怏。

相次到家,当值人等接着。那恭人①出来,与官人相见。官人只应得喏,便道:"恭人在宅干管不易。"便教庆奴入来参拜恭人。庆奴低着头,走入来立地,却待拜。恭人道:"且休拜!"便问:"这是甚么人?"官人道:"实不瞒恭人,在都下早晚无人使唤,胡乱讨来相伴。今日带来伏侍恭人。"恭人看了庆奴道:"你却和官人好快活!来我这里做什么?"庆奴道:"奴一时遭际,恭人看离乡背井之面。"只见恭人教两个养娘来:"与我除

① 恭人——对官员妻子的封号。

了那贱人冠子,脱了身上衣裳,换几件粗布衣裳着了。解开脚,蓬松了头,罚去厨下打水烧火做饭!”庆奴只叫得万万声苦,哭告恭人道:“看奴家中有老爹娘之面。若不要庆奴,情愿转纳身钱,还归宅中。”恭人道:“你要去,可知好哩!且罚你厨下吃些苦。你从前快活也够了。”庆奴看着那官人道:“你带我来,却教我恁地模样!你须与我告恭人则个。”官人道:“你看恭人何等情性!随你了得的包待制,也断不得这事。你且没奈何,我自性命不保;等她性下,却与你告。”即时押庆奴到厨下去。官人道:“恭人若不要他时,只消退在牙家,转变身钱便了,何须发怒!”恭人道:“你好做作!兀自说哩!”自此罚在厨下,相及一月。

忽一日晚,官人去厨下,只听得黑地里有人叫官人。官人听得,认得是庆奴声音。走近前来,两个扯住了哭,不敢高声。便说道:“我不合带你回来,教你吃这般苦!”庆奴道:“你只管教我在这里受苦,却是几时得了?”官人沉吟半晌,道:“我有道理救你处。不若我告他,只做退你去牙家,转变身钱。安排廨舍①,悄悄地教你在那里住。我自教人把钱来,我也不时自来和你相聚。是好也不好?”庆奴道:“若得如此,可知好哩!却是灾星退度。”当夜官人离不得把这事说道:“庆奴受罪也够了。若不要他时,教发付牙家去,转变身钱。”恭人应允,不知里面许多事。且说官人差一个心腹虞候,叫做张彬,专一料理这事。把庆奴安顿廨舍里,隔得那宅中一两条街。只瞒着恭人一个不知。官人不时便走来,安排几杯酒吃了后,免不得干些没正经的事。

却说宅里有个小官人,叫做佛郎,年方七岁,直是得人惜。有时往来庆奴那里耍。爹爹便道:“我儿不要说向妈妈道,这个是你姐姐。”孩儿应喏。忽一日,佛郎来,要走入去。那张彬与庆奴两个相并肩而坐吃酒。佛郎见了,便道:“我只说向爹爹道。”两个男女回避不迭,张彬连忙走开躲了。庆奴一把抱住佛郎,坐在怀中,说:“小官人不要胡说。姐姐自在这里吃酒,等小官人来,便把果子与小官人吃。”那佛郎只是说:“我向爹爹道,你和张虞候两个做甚么?”庆奴听了,口中不道,心下思量:“你说了,我两个却如何?”眉头一纵,计上心来:“宁苦你,莫苦我。没奈何,来年今月今日今时,是你忌辰!”把条手巾,捉住佛郎,扑翻在床上,便去一勒。

---

① 廨舍——官员办公及居住处。

那里消半碗饭时,那小官人命归泉世。正是:

时间风火性,烧却岁寒心。

一时把那小官人来勒杀了,却是怎地出豁?正没理会处,只见张彬走来,庆奴道:"叵耐这厮,只要说与爹爹知道。我一时慌促,把来勒死了。"那张彬听说,叫声苦,不知高低,道:"姐姐,我家有老娘,却如何出豁?"庆奴道:"你教我坏了他,怎恁地说!是你家有老娘,我也有爹娘。事到这里,我和你收拾些包裹,走归行在见我爹娘,这须不妨。"张彬没奈何,只得随顺。两个打叠包儿,漾开了逃走。离不得宅中不见了佛郎,寻到庆奴家里,见他和张彬走了,孩儿勒死在床。一面告了官司,出赏捉捕,不在话下。

张彬和庆奴两个取路到镇江。那张彬肚里思量着老娘,忆着这事,因此得病,就在客店中将息。不止一日,身边细软衣物解尽。张彬道:"要一文看也没有,却是如何计结?"簌簌地两行泪下:"教我做个失乡之鬼!"庆奴道:"不要烦恼,我有钱。"张彬道:"在那里?"庆奴道:"我会一身本事,唱得好曲,到这里怕不得羞。何不买个锣儿,出去诸处酒店内卖唱,趁①百十文,把来使用,是好也不好?"张彬道:"你是好人家儿女,如何做得这等勾当?"庆奴道:"事极无奈,但得你没事,和你归临安见我爹娘。"从此庆奴只在镇江店中赶趁。

话分两头,却说那周三自从夺休了,做不得经纪。归乡去投奔亲戚又不着。一夏衣裳着汗,到秋天都破了。再归行在来,于计押番门首过。其时是秋深天气,濛濛的雨下。计安在门前立地。周三见了便唱个喏。计安见是周三,也不好问他来做甚么。周三道:"打这里过,见丈人,唱个喏。"计安见他身上褴褛,动了个恻隐之心,便道:"入来,请你吃碗酒了去。"当时只好休引那厮,却没甚事。千不合,万不合,教入来吃酒,却教计押番:一种是死,死之太苦,一种是亡,亡之太屈!

却说计安引周三进门。老婆道:"没事引他来做甚?"周三见了丈母,唱了喏,道:"多时不见。自从夺了休,病了一场,做不得经纪,投远亲不着。姐姐安乐?"计安道:"休说!自你去之后,又讨头脑不着。如今且去官员人家三二年,却又理会。"便教浑家暖将酒来,与周三吃,吃罢,没甚

① 趁——赚(钱)。

事,周三谢了自去。天色却晚,有一两点雨下。周三道:“也罪过,他留我吃酒!却不是他家不好,都是我自讨得这场烦恼。”一头走,一头想:“如今却是怎地好?深秋来到,这一冬如何过得?”

自古人极计生,蓦上心来:“不如等到夜深,掇开计押番门。那老夫妻两个又睡得早,不防我。拿些个东西,把来过冬。”那条路却静,不甚热闹。走回来等了一歇,掇开门闪身入去,随手关了。仔细听时,只听得押番娘道:“关得门户好?前面响。”押番道:“撑打得好。”浑家道:“天色雨下,怕有做不是的。起去看一看,放心。”押番真个起来看。周三听得,道:“苦也,起来捉住我,却不利害!”去那灶头边摸着把刀在手,黑地里立着,押番不知头脑,走出房门看时,周三让他过一步,劈脑后便剁。觉得衬手,劈然倒地,命归泉世。周三道:“只有那婆子,索性也把来杀了。”不则声,走上床,揭开帐子,把押番娘杀了。点起灯来,把家中有底细软包裹都收拾了。碌乱了半夜,周三背了包裹,倒拽上门。迤逦出北关门。

且说天色已晓,人家都开门,只见计押番家静悄悄不闻声息。邻舍道:“莫是睡杀了也?”隔门叫唤不应。推那门时,随手而开。只见那中门里计押番死尸在地,便叫押番娘,又不应。走入房看时,只见床上血浸着那死尸,箱笼都开了。众人都道:“不是别人,是戚青这厮,每日醉了来骂,便要杀他。今日真个做出来!”即时经由所属,便去捉了戚青。戚青不知来历,一条索缚将去,和邻舍解上临安府。府主见报杀人公事,即时升厅,押那戚青至面前,便问:“有请官身,辄敢禁城内杀命掠财!”戚青初时辩说,后吃邻舍指证叫骂情由,分说不得。结正申奏朝廷,勘得戚青有请官身,禁城内图财杀人,押赴市曹处斩。但见:

刀过时一点清风,尸倒处满街流血。

戚青枉吃了一刀。且说周三坏了两个人命,只恁地休,却没有天理!天几曾错害了一个?只是时辰未到。

且说周三迤逦取路,直到镇江府,讨个客店歇了。没事,出来闲走一遭,觉道肚中有些饥,就这里买些酒吃。只见一家门前招子上写道:

酝成春夏秋冬酒,醉倒东西南北人。

周三入去时,酒保唱了喏。问了升数,安排蔬菜下口。方才吃得两盏,只见一个人,头顶着厮锣,入来阁儿前,道个万福。周三抬头一看,当时两个都吃一惊。不是别人,却是庆奴。周三道:“姐姐,你如何却在这

里?"便教来坐地。教量酒人添只盏来,便道:"你家中说卖你官员人家,如今却如何恁地?"庆奴见说,泪下数行。但见:

几声娇语如莺啭,一串真珠落线头。

道:"你被休之后,嫁个人不着。如今卖我在高邮军主簿家。到得他家,娘子妒色,罚我厨下打火,挑水做饭,一言难尽……吃了万千辛苦。"周三道:"却如何流落到此?"庆奴道:"实不相瞒,后来与本府虞候两个有事,小官人撞见,要说与他爹爹,因此把来勒杀了。没计奈何,逃走在此。那厮却又害病在店中,解当使尽,因此我便出来攒几钱盘缠。今日天与之幸,撞见你。吃了酒,我和你同归店中。"周三道:"必定是你老公一般,我须不去。"庆奴道:"不妨,我自有道理。"那里是教周三去,又教坏了一个人性命。有诗为证:

日暮迎来香阁中,百年心事一宵同。

寒鸡鼓翼纱窗外,已觉恩情逐晓风。

当时两个同到店中,甚是说得着。当初兀自赎药煮粥,去看那张彬。次后有了周三,便不管他。有一顿,没一顿。张彬又见他两个公然在家干颡,先自十分病做十五分,得口气,死了。两个正是推门入柏。免不得买具棺木盛殓,把去烧了。周三搬来店中,两个依旧做夫妻。周三道:"我有句话和你说:如今却不要你出去卖唱;我自寻些道路,赚得钱来使。"庆奴道:"怎么恁地说?当初是没计奈何,做此道路。"自此两个恩情,便是:

云淡淡天边鸾凤,水沉沉交颈鸳鸯。

欢娱嫌夜短,寂寞恨更长。

忽一日庆奴道:"我自离了家中,不知音信,不若和你同去行在,投奔爹娘。——'大虫恶杀不吃儿'。"周三道:"好却好,只是我和你归去不得。"庆奴道:"怎地?"周三却待说,又忍了。当时只不说便休,千不合,万不合,说出来,分明似飞蛾投火,自送其死。正是:

花枝叶下犹藏刺,人心怎保不怀毒。

庆奴务要问个备细。周三道:"实不相瞒,如此如此,把你爹娘都杀了,却走在这里。如何归去得!"庆奴见说,大哭起来,扯住道:"你如何把我爹娘来杀了?"周三道:"住住!我不合杀了你爹娘,你也不合杀小官人和张彬,大家是死的。"庆奴沉吟半晌,无言抵对。倏忽之间,相及数月。周三忽然害着病,起床不得,身边有些钱物,又都使尽。庆奴看着周三道:"家中没柴米，却是如何？你却不要嗔我，前回意智今番在，依旧去卖唱，几时等你好了，却又理会。”周三无计可施，只得应允。自从出去赶趁，每日赚得几贯钱来，便无话说；有时攒不得来，周三那厮便骂：“你都是又喜欢汉子，贴了他！”不由分说。若赚不来，庆奴只得去到处熟酒店里柜头上，借几贯归家，赚得来便还他。

一日，却是深冬天气，下雪起来。庆奴立在危楼上，倚着栏干立地，只见三四个客人，上楼来吃酒。庆奴道：“好大雪，晚间没钱归去，那厮又骂。且喜那三四客人来饮酒，我且胡乱去卖一卖。”便去揭开帘儿，打个照面。庆奴只叫得“苦也”，不是别人，却是宅中当值的。叫一声：“庆奴，你好做作，却在这里！”吓得庆奴不敢则声。原来宅中下状，得知道走过镇江，便差宅中一个当值厮赶着做公的来捉。便问：“张彬在那里？”庆奴道：“生病死了。我如今却和我先头丈夫周三在店里住。那厮在临安把我爹娘来杀了，却在此撞见，同做一处。”当日酒也吃不成。即时缚了庆奴，到店中床上拖起周三，缚了，解来府中，尽情勘结。两个各自认了本身罪犯，申奏朝廷。内有戚青屈死，别作施行。周三不合图财杀害外父外母，庆奴不合因奸杀害两条性命，押赴市曹处斩。但见：

犯由前引，棍棒后随。前街后巷。这番过后几时回？把眼睁开，今日始知天报近。正是：但存夫子三分礼，不犯萧何六尺条。这两个正是明有刑法相系，暗有鬼神相随。道不得个：

善恶到头终有报，只争来早与来迟。

后人评论此事，道计押番钓了金鳗，那时金鳗在竹篮中，开口原说道：“汝若害我，教你合家人口，死于非命。”只合计押番夫妻偿命，如何又连累周三、张彬、戚青等许多人？想来这一班人也是一缘一会，该是一宗案上的鬼，只借金鳗作个引头。连这金鳗说话，金明池执掌，未知虚实，总是个凶妖之先兆。计安既知其异，便不该带回家中，以致害他性命。大凡物之异常者，便不可加害，有诗为证：

李救朱蛇得美姝，孙医龙子获奇书。
劝君莫害非常物，祸福冥中报不虚。

第二十一卷　赵太祖千里送京娘

兔走乌飞疾若驰，百年世事总依稀。
累朝富贵三更梦，历代君王一局棋。
禹定九州汤受业，秦吞六国汉登基。
百年光景无多日，昼夜追欢还是迟。

话说赵宋末年，河东石室山中有个隐士，不言姓名，自称石老人。有人认得的，说他原是有才的豪杰，因遭胡元之乱，曾诣军门献策不听，自起义兵，恢复了几个州县。后来见时势日蹙①，知大事已去，乃微服潜遁，隐于此山中。指山为姓，农圃自给，耻言仕进。或与谈论古今兴废之事，娓娓不倦。

一日近山有老少二儒，闲步石室，与隐士相遇。偶谈汉、唐、宋三朝创业之事，隐士问："宋朝何者胜于汉、唐？"一士云："修文偃武。"一士云："历朝不诛戮大臣。"隐士大笑道："二公之言，皆非通论。汉好征伐四夷，儒者虽言其'黩武'，然蛮夷畏惧，称为强汉，魏武犹借其余威以服匈奴。唐初府兵最盛，后变为藩镇，虽跋扈不臣，而犬牙相制，终藉其力。宋自澶渊和虏，惮于用兵，其后以岁币为常，以拒敌为讳，金元继起，遂至亡国：此则偃武修文之弊耳。不戮大臣虽是忠厚之典，然奸雄误国，一概姑容，使小人进有非望之福，退无不测之祸，终宋之世，朝政坏于奸相之手。乃至末年时穷势败，函侂胄②于虏庭，刺似道于厕下，不亦晚乎！以是为胜于汉、唐，岂其然哉？"二儒道："据先生之意，以何为胜？"隐士道："他事虽不及汉、唐，惟不贪女色最胜。"二儒道："何以见之？"隐士道："汉高溺爱于戚姬，唐宗乱伦于弟妇。吕氏、武氏几危社稷，飞燕、太真并污宫闱。宋代虽有盘乐之主，绝无渔色之君，所以高、曹、向、孟，闺德独擅其美，此则远过于汉、唐者矣。"二儒叹服而去。正是：

---

① 蹙（cù）——紧迫。

② 侂胄（tuō zhòu）——韩侂胄，南宋大臣。

要知古往今来理，须问高明远见人。

方才说宋朝诸帝不贪女色，全是太祖皇帝贻谋①之善。不但是为君以后，早朝宴罢，宠幸希疏。自他未曾发迹变泰②的时节，也就是个铁铮铮的好汉，直道而行，一邪不染。则看他《千里送京娘》这节故事便知。正是：

说时义气凌千古，话到英风透九霄。

八百军州真帝主，一条杆棒显雄豪。

且说五代乱离有诗四句：

朱李石刘郭，梁唐晋汉周。

都来十五帝，扰乱五十秋。

这五代都是偏霸，未能混一。其时土宇割裂，民无定主。到后周虽是五代之末，兀自有五国三镇。那五国？

周郭威，北汉刘崇，南唐李璟③，蜀孟昶④，南汉刘晟⑤。

那三镇？

吴越钱佐，荆南高保融，湖南周行逢。

虽说五国三镇，那周朝承梁、唐、晋、汉之后，号为正统。赵太祖赵匡胤曾仕周为殿前都点检。后因陈桥兵变，代周为帝，混一宇内，国号大宋。当初未曾发迹变泰的时节，因他父亲赵洪殷，曾仕汉为岳州防御使，人都称匡胤为赵公子，又称为赵大郎。生得面如噀血⑥，目若曙星，力敌万人，气吞四海。专好结交天下豪杰，任侠任气，路见不平，拔刀相助，是个管闲事的祖宗，撞没头祸的太岁。先在汴京城打了御勾栏，闹了御花园，触犯了汉末帝，逃难天涯。到关西护桥杀了董达，得了名马赤麒麟。黄州除了宋虎，朔州三棒打死了李子英，灭了潞州王李汉超一家。来到太原地面，遇了叔父赵景清。时景清在清油观出家，就留赵公子在观中居住。谁知染

① 贻谋——留下的主意。

② 变泰——发迹亨通。

③ 璟(jǐng)。

④ 昶(chǎng)。

⑤ 晟(shèng)。

⑥ 噀(xùn)血——比喻殷红色。

病，一卧三月。比及病愈，景清朝夕相陪，要他将息身体，不放他出外闲游。

一日景清有事出门，分付公子道："侄儿耐心静坐片时，病如小愈，切勿行动！"景清去了，公子那里坐得住，想道："便不到街坊游荡，这本观中闲步一回，又且何妨。"公子将房门拽上，绕殿游观。先登了三清宝殿，行遍东西两廊、七十二司，又看了东岳庙，转到嘉宁殿上游玩，叹息一声。真个是：

金炉不动千年火，玉盏长明万载灯。

行过多景楼玉皇阁，一处处殿宇崔嵬，制度宏敞。公子喝采不迭，果然好个清油观，观之不足，玩之有余。转到酆都地府冷静所在，却见小小一殿，正对那子孙宫相近，上写着"降魔宝殿"，殿门深闭。

公子前后观看了一回，正欲转身，忽闻有哭泣之声，乃是妇女声音。公子侧耳而听，其声出于殿内。公子道："蹊跷作怪！这里是出家人住处，缘何藏匿妇人在此？其中必有不明之事。且去问道童讨取钥匙，开这殿来，看个明白，也好放心。"回身到房中，唤道童讨降魔殿上钥匙。道童道："这钥匙师父自家收管，其中有机密大事，不许闲人开看。"公子想道："'莫信直中直，须防人不仁！'原来俺叔父不是个好人，三回五次只教俺静坐。莫出外闲行，原来干这勾当。出家人成甚规矩？俺今日便去打开殿门，怕怎的！"

方欲移步，只见赵景清回来。公子含怒相迎，口中也不叫叔父，气忿忿地问道："你老人家在此出家，干得好事？"景清出其不意，便道："我不曾做甚事！"公子道："降魔殿内锁的是什么人？"景清方才省得，便摇手道："贤侄莫管闲事！"公子急得暴躁如雷，大声叫道："出家人清净无为，红尘不染，为何殿内锁着个妇女在内哭哭啼啼？必是非礼不法之事！你老人家也要放出良心。是一是二，说得明白，还有个商量；休要欺三瞒四，我赵某不是与你和光同尘的！"景清见他言词峻厉，便道："贤侄，你错怪愚叔了！"公子道："怪不怪是小事，且说殿内可是妇人？"景清道："正是。"公子道："可又来。"景清晓得公子性躁，还未敢明言，用缓词答应道："虽是妇人，却不干本观道众之事。"公子道："你是个一观之主，就是别人做出歹事寄顿在殿内，少不得你知情。"景清道："贤侄息怒，此女乃是两个有名响马①不知那里掳来,一月之前寄于此处,托吾等替他好生看守;若有差迟,寸草不留。因是贤侄病未痊,不曾对你说得。”公子道:“响马在那里?”景清道:“暂往那里去了。”公子不信道:“岂有此理!快与我打开殿门,唤女子出来,俺自审问他详细。”说罢,绰了浑铁齐眉短棒,往前先走。

景清知他性如烈火,不好遮拦。慌忙取了钥匙,随后赶到降魔殿前。景清在外边开锁,那女子在殿中听得锁响,只道是强人来到,愈加啼哭。公子也不谦让,才等门开,一脚跨进。那女子躲在神道背后唬做一团。公子近前放下齐眉短棒,看那女子,果然生得标致:

眉扫春山,眸横秋水。含愁含恨,犹如西子捧心;欲泣欲啼,宛似杨妃剪发。琵琶声不响,是个未出塞的明妃;胡笳调若成,分明强和番的蔡女。天生一种风流态,便是丹青画不真。

公子抚慰道:“小娘子,俺不比奸淫之徒,你休得惊慌。且说家居何处?谁人引诱到此?倘有不平,俺赵某与你解救则个。”那女子方才举袖拭泪,深深道个万福。公子还礼。女子先问:“尊官高姓?”景清代答道:“此乃汴京赵公子。”女子道:“公子听禀!”未曾说得一两句,早已扑簌簌流下泪来。

原来那女子也姓赵,小字京娘,是蒲州解良县小祥村居住,年方一十七岁。因随父亲来阳曲县还北岳香愿,路遇两个响马强人:一个叫做满天飞张广儿,一个叫做着地滚周进。见京娘颜色,饶了他父亲性命,掳掠到山神庙中。张周二强人争要成亲,不肯相让。议论了两三日,二人恐坏了义气,旁这京娘寄顿于清油观降魔殿内。分付道士小心供给看守,再去别处访求个美貌女子,掳掠而来,凑成一对,然后同日成亲,为压寨夫人。那强人去了一月,至今未回。道士惧怕他,只得替他看守。

京娘叙出缘由,赵公子方才向景清道:“适才甚是粗卤,险些冲撞了叔父。既然京娘是良家室女,无端被强人所掳,俺今日不救,更待何人?”又向京娘道:“小娘子休要悲伤,万事有赵某在此,管教你重回故土,再见爹娘。”京娘道:“虽承公子美意,释放奴家出于虎口。奈家乡千里之遥,奴家孤身女流,怎生跋涉?”公子道:“救人须救彻,俺不远千里亲自送你

① 响马——强盗。

回去。”京娘拜谢道:“若蒙如此,便是重生父母。”

景清道:“贤侄,此事断然不可。那强人势大,官司禁捕他不得。你今日救了小娘子,典守①者难辞其责;再来问我要人,教我如何对付?须当连累于我!”公子笑道:“大胆天下去得,小心寸步难行。俺赵某一生见义必为,万夫不惧。那响马虽狠,敢比得潞州王么?他须也有两个耳朵,晓得俺赵某名字。既然你们出家人怕事,俺留个记号在此,你们好回复那响马。”说罢,抡起浑铁齐眉棒,横着身子,向那殿上朱红槅子,狠的打一下,“椨拉”一声,把菱花窗棂都打下来。再复一下,把那四扇槅子打个东倒西歪。唬得京娘战战兢兢,远远的躲在一边。景清面如土色,口中只叫:“罪过!”公子道:“强人若再来时,只说赵某打开殿门抢去了。冤各有头,债各有主。要来寻俺时,教他打蒲州一路来。”

景清道:“此去蒲州千里之遥,路上盗贼生发,独马单身,尚且难走,况有小娘子牵绊?凡事宜三思而行!”公子笑道:“汉末三国时,关云长独行千里,过五关斩六将,护着两位皇嫂,直到古城与刘皇叔相会,这才是大丈夫所为。今日一位小娘子救他不得,赵某还做什么人?此去倘然冤家狭路相逢,教他双双受死。”景清道:“然虽如此,还有一说。古者男女坐不同席,食不共器。贤侄千里相送小娘子,虽则美意,出于义气,旁人怎知就里?见你少男少女一路同行,嫌疑之际,被人谈论,可不为好成歉,反为一世英雄之玷?”公子呵呵大笑道:“叔父莫怪我说,你们出家人惯妆架子,里外不一。俺们做好汉的,只要自己血心②上打得过,人言都不计较。”景清见他主意已决,问道:“贤侄几时起程?”公子道:“明早便行。”景清道:“只怕贤侄身子还不健旺。”公子道:“不妨事。”景清教道童治酒送行。公子于席上对京娘道:“小娘子,方才叔父说一路嫌疑之际,恐生议论。俺借此席面,与小娘子结为兄妹。俺姓赵,小娘子也姓赵,五百年合是一家,从此兄妹相称便了。”京娘道:“公子贵人,奴家怎敢扳高?”景清道:“既要同行,如此最好。”呼道童取过拜毡,京娘请恩人在上:“受小妹子一拜。”公子在旁还礼。京娘又拜了景清,呼为伯伯。景清在席上叙起侄儿许多英雄了得,京娘欢喜不尽。是夜直饮至更余,景清让自己卧房与

① 典守——负责看护。

② 血心——良心。

京娘睡，自己与公子在外厢同宿。

五更鸡唱，景清起身安排早饭，又备些干粮牛脯，为路中之用。公子鞴①了赤麒麟，将行李扎缚停当，嘱咐京娘："妹子，只可村妆打扮，不可冶容炫服，惹是招非。"早饭已毕，公子扮作客人，京娘扮作村姑，一般的戴个雪帽，齐眉遮了。兄妹二人作别景清。景清送出房门，忽然想起一事道："贤侄，今日去不成，还要计较。"不知景清说出甚话来？正是：

鹊得羽毛方远举，虎无牙爪不成行。

景清道："一马不能骑两人，这小娘子弓鞋袜小，怎跟得上？可不耽误了程途？从容觅一辆车儿同去却不好？"公子道："此事算之久矣。有个车辆又费照顾，将此马让与妹子骑坐，俺誓愿千里步行，相随不惮。"京娘道："小妹有累恩人远送，愧非男子，不能执鞭坠镫，岂敢反占尊骑？决难从命！"公子道："你是女流之辈，必要脚力；赵某脚又不小，步行正合其宜。"京娘再四推辞，公子不允，只得上马。公子挎了腰刀，手执浑铁杆棒，随后向景清一揖而别。景清道："贤侄路上小心，恐怕遇了两个响马，须要用心堤防。下手斩绝些，莫带累我观中之人。"公子道："不妨，不妨。"说罢，把马尾一拍，喝声："快走！"那马拍腾腾便跑，公子放下脚步，紧紧相随。

于路免不得饥餐渴饮，夜住晓行。不一日行至汾州介休县地方。这赤麒麟原是千里龙驹马，追风逐电，自清油观至汾州不过三百里之程，不够名马半日驰骤。一则公子步行恐奔赴不及，二则京娘女流不惯驰骋，所以控辔缓缓而行。兼之路上贼寇生发，须要慢起早歇，每日止行一百余里。

公子是日行到一个土冈之下，地名黄茅店。当初原有村落，因世乱人荒，都逃散了，还存得个小小店儿。日色将晡②，前途旷野，公子对京娘道："此处安歇，明日早行罢。"京娘道："但凭尊意。"店小二接了包裹，京娘下马，去了雪帽。小二一眼瞧见，舌头吐出三寸，缩不进去。心下想道："如何有这般好女子！"小二牵马系在屋后，公子请京娘进了店房坐下。小二哥走来踮着呆看。公子问道："小二哥有甚话说？"小二道："这位小

① 鞴(bèi)——把鞍辔等套在马上。

② 晡(bū)——申时(下午三点到五点)。

娘子，是客官甚么人？"公子道："是俺妹子。"小二道："客官，不是小人多口，千山万水，路途间不该带此美貌佳人同走！"公子道："为何？"小二道："离此十五里之地，叫做介山，地旷人稀，都是绿林中好汉出没之处。倘若强人知道，只好白白里送与他做压寨夫人，还要贴他个利市。"公子大怒骂道："贼狗大胆，敢虚言恐唬客人！"照小二面门一拳打去。小二口吐鲜血，手掩着脸，向外急走去了。店家娘就在厨下发话。京娘道："恩兄忒性躁了些。"公子道："这厮言语不知进退，怕不是良善之人！先教他晓得俺些手段。"京娘道："既在此借宿，恶不得他。"公子道："怕他则甚？"京娘便到厨下与店家娘相见，将好言好语稳贴①了他半晌，店家娘方才息怒，打点动火做饭。

京娘归房，房中尚有余光，还未点灯。公子正坐，与京娘讲话，只见外面一个人入来，到房门口探头探脑。公子大喝道："什么人敢来瞧俺脚色②？"那人道："小人自来寻小二哥闲话，与客官无干。"说罢，到厨房下，与店家娘唧唧哝哝的讲了一会方去。公子看在眼里，早有三分疑心。灯火已到，店小二只是不回。店家娘将饭送到房里，兄妹二人吃了晚饭，公子教京娘掩上房门先寝。自家只推水火③，带了刀棒绕屋而行。约莫二更时分，只听得赤麒麟在后边草屋下有嘶喊踢跳之声。此时十月下旬，月光初起，公子悄步上前观看，一个汉子被马踢倒在地。见有人来，务能的挣闼④起来就跑。公子知是盗马之贼。追赶了一程，不觉数里，转过溜水桥边，不见了那汉子。只见对桥一间小屋，里面灯烛辉煌，公子疑那汉子躲匿在内。步进看时，见一个白须老者，端坐于土床之上，在那里诵经。怎生模样？

眼如迷雾，须若凝霜，眉如柳絮之飘，面有桃花之色。若非天上金星，必是山中社长。

那老者见公子进门，慌忙起身施礼。公子答揖，问道："长者所诵何经？"老者道："《天皇救苦经》。"公子道："诵他有甚好处？"老者道："老汉见天

---

① 稳贴——安慰，宽慰。
② 脚色——这里指动静、举止。
③ 水火——大小便。
④ 挣闼（chuài）——挣扎。

下分崩，要保佑太平天子早出，扫荡烟尘，救民于涂炭。”公子听得此言，暗合其机，心中也欢喜。公子又问道：“此地贼寇颇多，长者可知他的行藏么？”老者道：“贵人莫非是同一位骑马女子，下在坡下茅店里的？”公子道：“然也。”老者道：“幸遇老夫，险些儿惊了贵人。”公子问其缘故。老者请公子上坐，自己旁边相陪，从容告诉道：“这介山新生两个强人，聚集喽罗，打家劫舍，扰害汾潞地方。一个叫做满天飞张广儿，一个叫做着地滚周进。半月之间不知那里抢了一个女子，二人争娶未决，寄顿他方，待再寻得一个来，各成婚配。这里一路店家，都是那强人分付过的，但访得有美貌佳人，急忙报他，重重有赏。晚上贵人到时，那小二便去报与周进知道，先差野火儿姚旺来探望虚实，说道：‘不但女子貌美，兼且骑一匹骏马，单身客人，不足为惧。’有个千里脚陈名，第一善走，一日能行三百里。贼人差他先来盗马，众寇在前面赤松林下屯扎。等待贵人五更经过，便要抢劫。贵人须要防备。”公子道：“原来如此，长者何以知之？”老者道：“老汉久居于此，动息都知，见贼人切不可说出老汉来。”公子谢道：“承教了。”绰棒起身，依先走回，店门兀自半开，公子捱身而入。

却说店小二为接应陈名盗马，回到家中，正在房里与老婆说话。老婆暖酒与他吃，见公子进门，闪在灯背后去了。公子心生一计，便叫京娘问店家讨酒吃。店家娘取了一把空壶，在房门口酒缸内舀酒。公子出其不意，将铁棒照脑后一下，打倒在地，酒壶也撇在一边。小二听得老婆叫苦，也取朴刀赶出房来。怎当公子以逸待劳，手起棍落，也打翻了。再复两棍，都结果了性命。京娘大惊，急救不及。问其打死二人之故。公子将老者所言，叙了一遍。京娘吓得面如土色道：“如此途路难行，怎生是好？”公子道：“好歹有赵某在此，贤妹放心。”公子撑了大门，就厨下暖起酒来，饮个半醉，上了马料，将銮铃塞口，使其无声。扎缚包裹停当，将两个尸首拖在厨下柴堆上，放起火来。前后门都放了一把火。看火势盛了，然后引京娘上马而行。

此时东方渐白，经过溜水桥边，欲再寻老者问路，不见了诵经之室。但见土墙砌的三尺高，一个小小庙儿。庙中社公①坐于旁边。方知夜间所见，乃社公引导。公子想道：“他呼我为贵人，又见我不敢正坐，我必非

---

① 社公——土地神。

常人也。他日倘然发迹，当加封号。”公子催马前进，约行了数里，望见一座松林，如火云相似。公子叫声：“贤妹慢行，前面想是赤松林了。”言犹未毕，草荒中钻出一个人来，手执钢叉，望公子便搠。公子会者不忙，将铁棒架住。那汉且斗且走，只要引公子到林中去。激得公子怒起，双手举棒，喝声：“着！”将半个天灵盖劈下。那汉便是野火儿姚旺。公子叫京娘约马暂住：“俺到前面林子里结果了那伙毛贼，和你同行。”京娘道：“恩兄仔细！”公子放步前行。正是：

圣天子百灵助顺，大将军八面威风。

那赤松林下着地滚周进屯住四五十喽罗，听得林子外脚步响，只道是姚旺伏路报信，手提长枪，钻将出来，正迎着公子。公子知是强人，并不打话，举棒便打。周进挺枪来敌。约斗上二十余合，林子内喽罗知周进遇敌，筛起锣一齐上前，团团围住。公子道：“有本事的都来！”公子一条铁棒，如金龙罩体，玉蟒缠身，迎着棒似秋叶翻风，近着身如落花坠地。打得三分四散，七零八落。周进胆寒起来，枪法乱了，被公子一棒打倒。众喽罗发声喊，都落荒乱跑。公子再复一棒，结果了周进。回步已不见了京娘。急往四下抓寻，那京娘已被五六个喽罗，簇拥过赤松林了。公子急忙赶上，大喝一声：“贼徒那里走？”众喽罗见公子追来，弃了京娘，四散去了。公子道：“贤妹受惊了！”京娘道：“适才喽罗内有两个人，曾跟随响马到清油观，原认得我。方才说：‘周大王与客人交手，料这客人斗大王不过，我们先送你到张大王那边去。’”公子道：“周进这厮，已被俺剿除了，只不知张广儿在于何处？”京娘道：“只愿你不相遇更好。”公子催马快行。

约行四十余里，到一个市镇。公子腹中饥饿，带住辔头，欲要扶京娘下马上店。只见几个店家都忙乱乱的安排炊爨①，全不来招架行客。公子心疑，因带有京娘，怕得生事，牵马过了店门，只见家家闭户。到尽头处，一个小小人家，也关着门。公子心下奇怪，去敲门时，没人答应。转身到屋后，将马拴在树上，轻轻的去敲他后门。里面一个老婆婆，开门出来看了一看，意中甚是惶惧。公子慌忙跨进门内，与婆婆作揖道：“婆婆休讶。俺是过路客人，带有女眷，要借婆婆家中火，吃了饭就走的。”婆婆捻

---

① 爨(cuàn)——灶，生火做饭。

神捻鬼①的叫噪声。京娘亦进门相见,婆婆便将门闭了。公子问道:"那边店里安排酒会,迎接什么官府?"婆婆摇手道:"客人休管闲事。"公子道:"有甚闲事,直恁利害?俺这远方客人,烦婆婆说明则个!"婆婆道:"今日满天飞大王在此经过,这乡村敛钱备饭,买静求安。老身有个儿子,也被店中叫去相帮了。"公子听说,思想:"原来如此。一不做二不休,索性与他个干净,绝了清油观的祸根罢。"公子道:"婆婆,这是俺妹子,为还南岳香愿到此,怕逢了强徒,受他惊恐。有烦婆婆家藏匿片时,等这大王过去之后方行,自当厚谢。"婆婆道:"好位小娘子,权躲不妨事,只客官不要出头惹事!"公子道:"俺男子汉自会躲闪,且到路旁打听消息则个。"婆婆道:"仔细!有现成馍馍,烧口热水,等你来吃。饭却不方便。"

公子提棒仍出后门,欲待乘马前去迎他一步,忽然想道:"俺在清油观中说出了'千里步行',今日为惧怕强贼乘马,不算好汉。"遂大踏步奔出路头。心生一计,复身到店家,大盼盼②的叫道:"大王即刻到了,洒家是打前站的,你下马饭完也未?"店家道:"都完了。"公子道:"先摆一席与洒家吃。"众人积威之下,谁敢辨其真假?还要他在大王面前方便,大鱼大肉,热酒热饭,只顾搬将出来。公子放量大嚼,吃到九分九,外面沸传:"大王到了,快摆香案。"公子不慌不忙,取了护身龙,出外看时,只见十余对枪刀棍棒,摆在前导,到了店门,一齐跪下。

那满天飞张广儿骑着高头骏马,千里脚陈名执鞭紧随。背后又有三五十喽罗,十来乘车辆簇拥。你道一般两个大王,为何张广儿恁般齐整?那强人出入聚散,原无定规;况且闻说单身客人,也不在其意了,所以周进未免轻敌。这张广儿分路在外行劫,因千里脚陈名报道:"二大王已拿得有美貌女子,请他到介山相会。"所以整齐队伍而来,行村过镇,壮观威仪。公子隐身北墙之侧,看得真切。等待马头相近,大喊一声道:"强贼看棒!"从人丛中跃出,如一只老鹰半空飞下。说时迟,那时快,那马惊骇,望前一跳。这里棒势去得重,打折了马的一只前蹄。那马负疼就倒,张广儿身松,早跳下马。背后陈名持棍来迎,早被公子一棒打翻。张广儿舞动双刀,来斗公子。公子腾步到空阔处,与强人放对。斗上十余合,张广儿

---

① 捻神捻鬼——形容惊惶和恐怕的状态,就如遇着鬼神一样。

② 大盼盼——大摇大摆、志高气扬的样子。

一刀砍来，公子棍起，中其手指。广儿右手失刀，左手便觉没势，回步便走。公子喝道："你绰号满天飞，今日不怕你飞上天去！"赶进一步，举棒望脑后劈下，打做个肉杷。可怜两个有名的强人，双双死于一日之内。正是：

三魂渺渺"满天飞"，七魄悠悠"着地滚"。

众喽罗却待要走，公子大叫道："俺是汴京赵大郎，自与贼人张广儿、周进有仇。今日都已剿除了，并不干众人之事。"众喽罗弃了枪刀，一齐拜倒在地，道："俺们从不见将军恁般英雄，情愿伏侍将军为寨主。"公子呵呵大笑道："朝中世爵，俺尚不希罕，岂肯做落草之事！"公子看见众喽罗中，陈名亦在其内，叫出问道："昨夜来盗马的就是你么？"陈名叩头服罪。公子道："且跟我来，赏你一餐饭。"众人都跟到店中。公子分付店家："俺今日与你地方除了二害。这些都是良民，方才所备饭食，都着他饱餐，俺自有发放。其管待张广儿一席留着，俺有用处。"店主人不敢不依。

众人吃罢，公子叫陈名道："闻你日行三百里，有用之才，如何失身于贼人？俺今日有用你之处，你肯依否？"陈名道："将军若有所委，不避水火。"公子道："俺在汴京，为打了御花园，又闹了御勾栏，逃难在此。烦你到汴京打听事体如何？半月之内，可在太原府清油观赵知观①处等候我，不可失信！"公子借笔砚写了叔父赵景清家书，把与陈名。将贼人车辆财帛，打开分作三份。一份散与市镇人家，偿其向来骚扰之费。就将打死贼人尸首及枪刀等项，着众人自去解官请赏。其一份众喽罗分去为衣食之资，各自还乡生理。其一份又剖为两份，一半赏与陈名为路费，一半寄与清油观修理降魔殿门窗。公子分派已毕，众心都伏，各各感恩。公子叫店主人将酒席一桌，抬到婆婆家里。婆婆的儿子也都来了，与公子及京娘相见。向婆婆说知除害之事，各各欢喜。公子向京娘道："愚兄一路不曾做得个主人，今日借花献佛，与贤妹压惊把盏。"京娘千恩万谢，自不必说。

是夜，公子自取囊中银十两送与婆婆，就宿于婆婆家里。京娘想起公子之恩："当初红拂一妓女，尚能自择英雄；莫说受恩之下，愧无所报，就是我终身之事，舍了这个豪杰，更托何人？"欲要自荐，又羞开口；欲待不说，"他直性汉子，那知奴家一片真心？"左思右想，一夜不睡。不觉五更鸡唱，公子起身鞴马要走。京娘闷闷不悦。心生一计，于路只推腹痛难

① 知观——观主，泛尊称道士。

忍,几遍要解。要公子扶他上马,又扶他下马。一上一下,将身偎贴公子,挽颈勾肩,万般旖旎。夜宿又嫌寒道热,央公子减被添衾,软香温玉,岂无动情之处。公子生性刚直,尽心伏侍,全然不以为怪。

又行了三四日,过曲沃地方,离蒲州三百余里,其夜宿于荒村。京娘口中不语,心下踌躇:如今将次到家了,只管害羞不说,错此机会,一到家中,此事便索罢休,悔之何及!黄昏以后,四宇无声,微灯明灭,京娘兀自未睡,在灯前长叹流泪。公子道:"贤妹因何不乐?"京娘道:"小妹有句心腹之言,说来又怕唐突,恩人莫怪!"公子道:"兄妹之间,有何嫌疑?尽说无妨!"京娘道:"小妹深闺娇女,从未出门。只因随父进香,误陷于贼人之手,锁禁清油观中,还亏贼人去了,苟延数日之命,得见恩人。倘若贼人相犯,妾宁受刀斧,有死不从。今日蒙恩人拔离苦海,千里步行相送,又为妾报仇,绝其后患。此恩如重生父母,无可报答。倘蒙不嫌貌丑,愿备铺床叠被之数,使妾少尽报效之万一。不知恩人允否?"公子大笑道:"贤妹差矣!俺与你萍水相逢,出身相救,实出恻隐之心,非贪美丽之貌。况彼此同姓,难以为婚,兄妹相称,岂可及乱?俺是个坐怀不乱的柳下惠①,你岂可学纵欲败礼的吴孟子②!休得狂言,惹人笑话。"京娘羞惭满面,半晌无语,重又开言道:"恩人休怪妾多言,妾非淫污苟贱之辈,只为弱体余生,尽出恩人所赐,此身之外,别无报答。不敢望与恩人婚配,得为妾婢,伏侍恩人一日,死亦瞑目。"公子勃然大怒道:"赵某是顶天立地的男子,一生正直,并无邪佞。你把我看做施恩望报的小辈,假公济私的奸人,是何道理?你若邪心不息,俺即今撒开双手,不管闲事,怪不得我有始无终了。"公子此时声色俱厉。京娘深深下拜道:"今日方见恩人心事,赛过柳下惠、鲁男子③。愚妹是女流之辈,坐井观天,望乞恩人恕罪则个!"公子方才息怒,道:"贤妹,非是俺胶柱鼓瑟,本为义气上千里步行相送。今日若就私情,与那两个响马何异?把从前一片真心化为假意,惹天下豪杰们

① 柳下惠——春秋鲁人,传说他一次夜晚接待一个妇人,坐怀不乱,是不贪女色的典型。

② 吴孟子——春秋时鲁昭公的妻子。

③ 鲁男子——古代传说鲁国有一个男子,在风雨之夜,有一寡妇求借宿,他闭门不纳。

笑话。”京娘道：“恩兄高见，妾今生不能补报大德，死当衔环结草。”两人说话，直到天明，正是：

落花有意随流水，流水无情恋落花。

自此京娘愈加严敬公子，公子亦愈加怜悯京娘。一路无话，看看来到蒲州。京娘虽住在小祥村，却不认得。公子问路而行。京娘在马上望见故乡光景，好生伤感。

却说小祥村赵员外，自从失了京娘，将及两月有余，老夫妻每日思想啼哭。忽然庄客来报，京娘骑马回来，后面有一红脸大汉，手执杆棒跟随。赵员外道：“不好了，响马来讨妆奁了！”妈妈道：“难道响马只有一人？且教儿子赵文去看个明白。”赵文道：“虎口里那有回来肉？妹子被响马劫去，岂有送转之理？必是容貌相像的，不是妹子。”道犹未了，京娘已进中堂，爹妈见了女儿，相抱而哭。哭罢，问其得回之故。京娘将贼人锁禁清油观中，幸遇赵公子路见不平，开门救出，认为兄妹，千里步行相送，并途中连诛二寇大略，叙了一遍。“今恩人见在，不可怠慢。”赵员外慌忙出堂，见了赵公子拜谢道：“若非恩人英雄了得，吾女必陷于贼人之手，父子不得重逢矣！”遂令妈妈同京娘拜谢，又唤儿子赵文来见了恩人。庄上宰猪设宴，款待公子。

赵文私下与父亲商议道：“‘好事不出门，恶事传千里。’妹子被强人劫去，家门不幸。今日跟这红脸汉子回来，‘人无利己，谁肯早起’？必然这汉子与妹子有情，千里送来，岂无缘故？妹子经了许多风波，又有谁人聘他？不如招赘那汉子在门，两全其美，省得旁人议论。”赵公是个随风倒舵没主意的老儿，听了儿子说话，便教妈妈唤京娘来问他道：“你与那公子千里相随，一定把身子许过他了。如今你哥哥对爹说，要招赘与你为夫，你意下如何？”京娘道：“公子正直无私，与孩儿结为兄妹，如嫡亲相似，并无调戏之言。今日望爹妈留他在家，管待他十日半月，少尽其心，此事不可提起。”妈妈将女儿言语述与赵公，赵公不以为然。

少间筵席完备，赵公请公子坐于上席，自己老夫妇下席相陪，赵文在左席，京娘右席。酒至数巡，赵公开言道：“老汉一言相告：小女余生，皆出恩人所赐，老汉阖门感德，无以为报。幸小女尚未许人，意欲献与恩人，为箕帚之妾，伏乞勿拒。”公子听得这话，一盆烈火从心头掇起，大骂道：“老匹夫！俺为义气而来，反把此言来污辱我。俺若贪女色时，路上也就成亲了,何必千里相送!你这般不识好歹的,枉费俺一片热心。”说罢,将桌子掀翻,望门外一直便走。赵公夫妇唬得战战兢兢。赵文见公子粗鲁,也不敢上前。只有京娘心下十分不安,急走去扯住公子衣裾,劝道:“恩人息怒!且看愚妹之面。”公子那里肯依,一手挒脱了京娘,奔至柳树下,解了赤麒麟,跃上鞍辔,如飞而去。

京娘哭倒在地,爹妈劝转回房,把儿子赵文埋怨了一场。赵文又羞又恼,也走出门去了。赵文的老婆听得爹妈为小姑上埋怨了丈夫,好生不喜,强作相劝,将冷语来奚落京娘道:“姑姑,虽然离别是苦事,那汉子千里相随,恝然①而去,也是个薄情的。他若是有仁义的人,就了这头亲事了。姑姑青年美貌,怕没有好姻缘相配,休得愁烦则个!”气得京娘泪流不绝,顿口无言。心下自想道:“因奴命蹇时乖,遭逢强暴,幸遇英雄相救,指望托以终身。谁知事既不谐,反涉瓜李之嫌。今日父母哥嫂亦不能相谅,何况他人?不能报恩人之德,反累恩人的清名,为好成歉,皆奴之罪。似此薄命,不如死于清油观中,省了许多是非,到得干净,如今悔之无及。千死万死,左右一死,也表奴贞节的心迹。”捱至夜深,爹妈睡熟,京娘取笔题诗四句于壁上,撮土为香,望空拜了公子四拜,将白罗汗巾,悬梁自缢而死。

可怜闺秀千金女,化作南柯一梦人。

天明老夫妇起身,不见女儿出房,到房中看时,见女儿缢在梁间。吃了一惊,两口儿放声大哭,看壁上有诗云:

天付红颜不遇时,受人凌辱被人欺。
今宵一死酬公子,彼此清名天地知。

赵妈妈解下女儿,儿子媳妇都来了。赵公玩其诗意,方知女儿冰清玉洁,把儿子痛骂一顿。免不得买棺成殓,择地安葬,不在话下。

再说赵公子乘着千里赤麒麟,连夜走至太原,与赵知观相会,千里脚陈名已到了三日。说汉后主已死,郭令公禅位,改国号曰周,招纳天下豪杰。公子大喜,住了数日,别了赵知观,同陈名还归汴京,应募为小校。从此随世宗南征北讨,累功至殿前都点检。后受周禅为宋太祖。陈名相从有功,亦官至节度使之职。太祖即位以后,灭了北汉。追念京娘昔日兄妹

① 恝(jiá)然——无动于衷,不在意。

之情,遣人到蒲州解良县寻访消息。使命寻得四句诗回报,太祖甚是嗟叹,敕封为贞义夫人,立祠于小祥村。那黄茅店溜水桥社公,敕封太原都土地,命有司择地建庙,至今香火不绝。这段话,题做"赵公子大闹清油观,千里送京娘"。后人有诗赞云:

不恋私情不畏强,独行千里送京娘。
汉唐吕武纷多事,谁及英雄赵大郎!

第二十二卷　宋小官团圆破毡笠

不是姻缘莫强求,姻缘前定不须忧。
任从波浪翻天起,自有中流稳渡舟。

话说正德年间,苏州府昆山县大街,有一居民,姓宋名敦,原是宦家之后。浑家卢氏,夫妻二口,不做生理,靠着祖遗田地,现成收些租课为话。年过四十,并不曾生得一男半女。宋敦一日对浑家说:"自古道:'养儿待老,积谷防饥。'你我年过四旬,尚无子嗣。光阴似箭,眨眼头白。百年之事,靠着何人?"说罢,不觉泪下。卢氏道:"宋门积祖善良,未曾作恶造业;况你又是单传,老天决不绝你祖宗之嗣。招子也有早晚,若是不该招时,便是养得长成,半路上也抛撇了,劳而无功,枉添许多悲泣。"宋敦点头道是。

方才拭泪未干,只听得坐启中有人咳嗽,叫唤道:"玉峰在家么?"原来苏州风俗,不论大家小家,都有个外号,彼此相称。玉峰就是宋敦的外号。宋敦侧耳而听,叫唤第二句,便认得声音,是刘顺泉。那刘顺泉双名有才,积祖驾一只大船,揽载客货,往各省交卸。趁得好些水脚①银两,一个十全的家业,团团都做在船上。就是这只船本,也值几百金,浑身是香楠木打造的。江南一水之地,多有这行生理。那刘有才是宋敦最契之友,听得是他声音,连忙趋出坐启。彼此不须作揖,拱手相见,分坐看茶,自不必说。宋敦道:"顺泉今日如何得暇?"刘有才道:"特来与玉峰借件东

① 水脚——水路运输的费用。

西。”宋敦笑道：宝舟缺什么东西，到与寒家相借？”刘有才道：“别的东西不来干渎[①]。只这件，是宅上有余的，故此敢来启口。”宋敦道：“果是寒家所有，决不相吝。”刘有才不慌不忙，说出这件东西来。正是：

背后并非擎诏[②]，当前不是围胸。鹅黄细布密针缝，净手将来供奉。

还愿曾装冥钞，祈神并衬威容。名山古刹几相从，染下炉香浮动。

原来宋敦夫妻二口，因难于得子，各处烧香祈嗣，做成黄布袱、黄布袋装裹佛马楮钱[③]之类。烧过香后，悬挂于家中佛堂之内，甚是志诚。刘有才长于宋敦五年，四十六岁了，阿妈徐氏亦无子息。闻得徽州有盐商求嗣，新建陈州娘娘庙于苏州阊门之外，香火甚盛，祈祷不绝。刘有才恰好有个方便，要驾船往枫桥接客，意欲进一炷香，却不曾做得布袱布袋，特特与宋家告借。其时说出缘故，宋敦沉思不语。刘有才道：“玉峰莫非有吝借之心么？若污坏时，一个就赔两个。”宋敦道：“岂有此理！只是一件，既然娘娘庙灵显，小子亦欲附舟一往。只不知几时去？”刘有才道：“即刻便行。”宋敦道：“布袱布袋，拙荆另有一副，共是两副，尽可分用。”刘有才道：“如此甚好。”宋敦入内，与浑家说知欲往郡城烧香之事。刘氏也欢喜。宋敦于佛堂挂壁上取下两副布袱布袋，留下一副自用，将一副借与刘有才。刘有才道：“小子先往舟中伺候，玉峰可快来。船在北门大坂桥下，不嫌怠慢时，吃些见成素饭，不消带米。”宋敦应允。当下忙忙的办下些香烛纸马阡张[④]定段，打叠包裹，穿了一件新联就的洁白湖绸道袍，赶出北门下船。趁着顺风，不够半日，七十里之程，等闲到了。舟泊枫桥，当晚无话。有诗为证：

月落乌啼霜满天，江枫渔火对愁眠。
姑苏城外寒山寺，夜半钟声到客船。

次日起个黑早，在船中洗盥罢，吃了些素食，净了口手，一对儿黄布袱

---

① 干渎——冒犯。

② 擎诏——皇帝用的诏书。

③ 佛马楮(chǔ)钱——祭祀用的纸马和纸钱。

④ 阡张——用草纸剪制的冥币。

驮了冥财,黄布袋安插纸马文疏,挂于项上,步到陈州娘娘庙前,刚刚天晓。庙门虽开,殿门还关着。二人在两廊游绕,观看了一遍,果然造得齐整。正在赞叹,"呀"的一声,殿门开了,就有庙祝出来迎接进殿。其时香客未到,烛架尚虚,庙祝放下琉璃灯来取火点烛,讨文疏替他通陈祷告。二人焚香礼拜已毕,各将几十文钱,酬谢了庙祝,化纸出门。刘有才再要邀宋敦到船,宋敦不肯。当下刘有才将布袱布袋交还宋敦,各各称谢而别。刘有才自往枫桥接客去了。

宋敦看天色尚早,要往娄门趁船回家。刚欲移步,听得墙下呻吟之声。近前看时,却是矮矮一个芦席棚,搭在庙垣之侧。中间卧着个有病的老和尚,恹恹欲死,呼之不应,问之不答。宋敦心中不忍,停眸而看。旁边一人走来说道:"客人,你只管看他则甚?要便做个好事了去。"宋敦道:"如何做个好事?"那人道:"此僧是陕西来的,七十八岁了,他说一生不曾开荤,每日只诵《金刚经》。三年前在此募化建庵,没有施主。搭这个芦席棚儿住下,诵经不辍。这里有个素饭店,每日只上午一餐,过午就不用了。也有人可怜他,施他些钱米,他就把来还了店上的饭钱,不留一文。近日得了这病,有半个月不用饭食了。两日前还开口说得话,我们问他:'如此受苦,何不早去罢?'他说:'因缘未到,还等两日。'今早连话也说不出了,早晚待死。客人若可怜他时,买一口薄薄棺材,焚化了他,便是做好事。他说'因缘未到',或者这因缘就在客人身上。"宋敦想道:"我今日为求嗣而来,做一件好事回去,也得神天知道。"便问道:"此处有棺材店么?"那人道:"出巷陈三郎家就是。"宋敦道:"烦足下同往一看。"

那人引路到陈家来。陈三郎正在店中支分镢匠锯木。那人道:"三郎,我引个主顾作成你。"三郎道:"客人若要看寿板,小店有真正婺源加料双镑的在里面;若要见成的,就店中但凭拣择。"宋敦道:"要见成的。"陈三郎指着一副道:"这是头号,足价三两。"宋敦未及还价,那人道:"这个客官是买来舍与那芦席棚内老和尚做好事的,你也有一半功德,莫要讨虚价。"陈三郎道:"既是做好事的,我也不敢要多,照本钱一两六钱罢,分毫少不得了。"宋敦道:"这价钱也是公道了。"想起汗巾角上带得一块银子,约有五六钱重,烧香剩下,不上一百铜钱,总凑与他,还不够一半。"我有处了,刘顺泉的船在枫桥不远。"便对陈三郎道:"价钱依了你,只是还要到一个朋友处借办,少顷便来。"陈三郎到罢了,说道:"任从客便。"

那人稽然不乐道:“客人既发了个好心,却又做脱身之计。你身边没有银子,来看则甚?”

说犹未了,只见街上人纷纷而过,多有说这老和尚,可怜半月前还听得他念经之声,今早呜呼了。正是:

三寸气在千般用,一旦无常万事休。

那人道:“客人不听得说么?那老和尚已死了,他在地府睁眼等你断送哩!”宋敦口虽不语,心下复想道:“我既是看定了这具棺木,倘或往枫桥去,刘顺泉不在船上,终不然呆坐等他回来。况且常言得‘价一不择主’,倘别有个主顾,添些价钱,这副棺木买去了,我就失信于此僧了。罢,罢!”便取出银子,刚刚一块,讨等来一称,叫声惭愧。原来是块元宝,看时像少,称时便多,到有七钱多重,先教陈三郎收了。将身上穿的那一件新联就的洁白湖绸道袍脱下,道:“这一件衣服,价在一两之外,倘嫌不值,权时相抵,待小子取赎;若用得时,便乞收算。”陈三郎道:“小店大胆了,莫怪计较。”将银子衣服收过了。宋敦又在髻上拔下一根银簪,约有二钱之重,交与那人道:“这枝簪,相烦换些铜钱,以为殡殓杂用。”当下店中看的人都道:“难得这位做好事的客官,他担当了大事去。其余小事,我们地方上也该凑出些钱钞相助。”众人都凑钱去了。

宋敦又复身到芦席边,看那老僧,果然化去,不觉双眼垂泪,分明如亲戚一般,心下好生酸楚,正不知什么缘故。不忍再看,含泪而行。到娄门时,航船已开,乃自唤一只小船,当日回家。浑家见丈夫黑夜回来,身上不穿道袍,面又带忧惨之色,只道与人争竞,忙忙的来问。宋敦摇首道:“话长哩!”一径走到佛堂中,将两副布袱布袋挂起,在佛前磕了个头,进房坐下,讨茶吃了,方才开谈,将老和尚之事备细说知。浑家道:“正该如此。”也不嗔怪。宋敦见浑家贤慧,到也回愁作喜。

是夜夫妻二口睡到五更,宋敦梦见那老和尚登门拜谢道:“檀越①命合无子,寿数亦止于此矣。因檀越心田慈善,上帝命延寿半纪。老僧与檀越又有一段因缘,愿投宅上为儿,以报盖棺之德。”卢氏也梦见一个金身罗汉走进房里,梦中叫喊起来,连丈夫也惊醒了。各言其梦,似信似疑,嗟叹不已。正是:

---

① 檀越——施主。

种瓜还得瓜，种豆还得豆。

劝人行好心，自作还自受。

从此卢氏怀孕，十月满足，生下一个孩儿。因梦见金身罗汉，小名金郎，官名就叫宋金。夫妻欢喜，自不必说。此时刘有才也生一女，小名宜春。各各长成，有人撺掇两家对亲。刘有才到也心中情愿。宋敦却嫌他船户出身，不是名门旧族。口虽不语，心中有不允之意。那宋金方年六岁，宋敦一病不起，呜呼哀哉了。自古道："家中百事兴，全靠主人命。"十个妇人，敌不得一个男子。自从宋敦故后，卢氏掌家，连遭荒歉，又里中欺他孤寡，科派户役。卢氏撑持不定，只得将田房渐次卖了，赁屋而居。初时，还是诈穷，以后坐吃山崩，不上十年，弄做真穷了，卢氏亦得病而亡。

断送了毕，宋金只剩得一双赤手，被房主赶逐出屋，无处投奔。且喜从幼学得一件本事，会写会算。偶然本处一个范举人选了浙江衢州府江山县知县，正要寻个写算的人。有人将宋金说了，范公就教人引来。见他年纪幼小，又生得齐整，心中甚喜。叩其所长，果然书通真草，算善归除。当日就留于书房之中，取一套新衣与他换过，同桌而食，好生优待。择了吉日，范知县与宋金下了官船，同往任所。正是：

冬冬画鼓催征棹，习习和风荡锦帆。

却说宋金虽然贫贱，终是旧家子弟出身。今日做范公门馆，岂肯卑污苟贱，与童仆辈和光同尘，受其戏侮。那些管家们欺他年幼，见他做作，愈有不然之意。自昆山起程，都是水路，到杭州便起旱了。众人撺掇家主道："宋金小厮家，在此写算服事老爷，还该小心谦逊，他全不知礼。老爷优待他忒过分了，与他同坐同食。舟中还可混帐，到陆路中火歇宿，老爷也要存个体面。小人们商议，不如教他写一纸靠身文书，方才妥帖。到衙门时，他也不敢放肆为非。"范举人是棉花做的耳朵，就依了众人言语，唤宋金到舱，要他写靠身文书。宋金如何肯写？逼勒了多时，范公发怒，喝教剥去衣服，喝出船去。众苍头拖拖拽拽，剥的干干净净，一领单布衫，赶在岸上。气得宋金半晌开口不得。只见轿马纷纷伺候范知县起陆。宋金噙着双泪，只得回避开去。身边并无财物，受饿不过，少不得学那两个古人：

伍相吹箫于吴门，韩王寄食于漂母。

日间街坊乞食，夜间古庙栖身。还有一件，宋金终是旧家子弟出身，任你十分落魄，还存三分骨气，不肯随那叫街丐户一流，奴颜婢膝，没廉没耻。讨得来便吃了，讨不来忍饿，有一顿没一顿。过了几时，渐渐面黄肌瘦，全无昔日丰神。正是：

好花遭雨红俱褪，芳草经霜绿尽凋。

时值暮秋天气，金风催冷，忽降下一场大雨。宋金食缺衣单，在北新关关王庙中担饥受冻，出头不得。这雨自辰牌直下至午牌方止。宋金将腰带收紧。挪步出庙门来。未及数步，劈面遇着一人。宋金睁眼一看，正是父亲宋敦的最契之友，叫做刘有才，号顺泉的。宋金无面目"见江东父老"，不敢相认，只得垂眼低头而走。那刘有才早已看见，从背后一手挽住，叫道："你不是宋小官么？为何如此模样？"宋金两泪交流，叉手告道："小侄衣衫不齐，不敢为礼了，承老叔垂问。"如此如此，这般这般，将范知县无礼之事，告诉了一遍。刘翁道："恻隐之心，人皆有之。你肯在我船上相帮，管教你饱暖过日。"宋金便下跪道："若得老叔收留，便是重生父母。"

当下刘翁引着宋金到于河下。刘翁先上船，对刘妪说知其事。刘妪道："此乃两得其便，有何不美。"刘翁就在船头上招宋小官上船，于自身上脱下旧布道袍，教他穿了。引他到后艄，见了妈妈徐氏。女儿宜春在旁，也相见了。宋金走出船头。刘翁道："把饭与宋小官吃。"刘妪道："饭便有，只是冷的。"宜春道："有热茶在锅内。"宜春便将瓦罐子舀了一罐滚热的茶。刘妪便在厨柜内取了些罨菜，和那冷饭，付与宋金道："宋小官，船上买卖，比不得家里，胡乱用些罢！"宋金接得在手。又见细雨纷纷而下，刘翁叫女儿："后艄有旧毡笠，取下来与宋小官戴。"宜春取旧毡笠看时，一边已自绽开。宜春手快，就盘髻上拔下针线将绽处缝了，丢在船篷之上，叫道："拿毡笠去戴。"宋金戴了破毡笠，吃了茶淘冷饭。刘翁教他收拾船上家伙，扫抹船只，自往岸上接客，至晚方回，一夜无话。

次日，刘翁起身，见宋金在船头上闲坐，心中暗想："初来之人，莫惯了他。"便吆喝道："个儿郎吃我家饭，穿我家衣，闲时搓些绳，打些索，也有用处，如何空坐？"宋金连忙答应道："但凭驱使，不敢有违。"刘翁便取一束麻皮，付与宋金，教他打索子。正是：

在他矮檐下，怎敢不低头。

宋金自此朝夕小心，辛勤做活，并不偷懒，兼之写算精通，凡客货在船,都是他记账,出入分毫不爽。别船上交易,也多有央他去拿算盘,登账薄。客人无不敬而爱之,都夸道好个宋小官,少年伶俐。刘翁刘妪见他小心得用,另眼相待,好衣好食的管顾他。在客人面前,认为表侄。宋金亦自以为得所,心安体适,貌日丰腴。凡船户中无不欣羡。

光阴似箭,不觉二年有余。刘翁一日暗想:"自家年纪渐老,止有一女,要求个贤婿以靠终身,似宋小官一般,到也十全之美。但不知妈妈心下如何?"是夜与妈妈饮酒半醺,女儿宜春在旁,刘翁指着女儿对妈妈道:"宜春年纪长成,未有终身之托,奈何?"刘妪道:"这是你我靠老的一桩大事,你如何不上紧?"刘翁道:"我也日常在念,只是难得个十分如意的。像我船上宋小官恁般本事人才,千中选一,也就不能够了。"刘妪道:"何不就许了宋小官?"刘翁假意道:"妈妈说那里话!他无家无倚,靠着我船上吃饭。手无分文,怎好把女儿许他?"刘妪道:"宋小官是宦家之后,况系故人之子。当初他老子存时,也曾有人议过亲来,你如何忘了?今日虽然落薄,看他一表人材,又会写,又会算,招得这般女婿,须不辱了门面。我两口儿老来也得所靠。"刘翁道:"妈妈,你主意已定否?"刘妪道:"有什么不定!"刘翁道:"如此甚好。"

原来刘有才平昔是个怕婆的,久已看上了宋金,只愁妈妈不肯。今见妈妈慨然,十分欢喜。当下便唤宋金,对着妈妈面许了他这头亲事。宋金初时也谦逊不当,见刘翁夫妇一团美意,不要他费一分钱钞,只索顺从。刘翁往阴阳生家选择周堂吉日,回复了妈妈,将船驾回昆山。先与宋小官上头,做一套绸绢衣服与他穿了,浑身新衣、新帽、新鞋、新袜,妆扮得宋金一发标致。

虽无子建才八斗,胜似潘安貌十分。

刘妪也替女儿备办些衣饰之类。吉日已到,请下两家亲戚,大设喜筵,将宋金赘入船上为婿。次日,诸亲作贺,一连吃了三日喜酒。宋金成亲之后,夫妻恩爱,自不必说。从此船上生理,日兴一日。

光阴似箭,不觉过了一年零两个月。宜春怀孕日满,产下一女。夫妻爱惜如金,轮流怀抱。期岁方过,此女害了痘疮,医药不效,十二朝身死。宋金痛念爱女,哭泣过哀,七情所伤,遂得了个痨瘵①之疾。朝凉暮热,饮

① 瘵(zhài)——病。

食渐减,看看骨露肉消,行迟走慢。刘翁、刘妪初时还指望他病好,替他迎医问卜。延至一年之外,病势有加无减。三分人,七分鬼,写也写不动,算也算不动,到做了眼中之钉,巴不得他死了干净,却又不死。两个老人家懊悔不迭,互相抱怨起来:“当初只指望半子靠老,如今看这货色,不死不活,分明一条烂死蛇缠在身上,摆脱不下,把个花枝般女儿,误了终身,怎生是了?为今之计,如何生个计较,送开了那冤家,等女儿另招个佳婿,方才称心。”两口儿商量了多时,定下个计策,连女儿都瞒过了。只说有客货在于江北,移船往载。行至池州五溪地方,到一个荒僻的所在,但见孤山寂寂,远水滔滔,野岸荒崖,绝无人迹。是日小小逆风,刘公故意把舵使歪,船便向沙岸上搁住,却教宋金下水推舟。宋金手迟脚慢,刘公就骂道:“痨病鬼!没力气使船时,岸上野柴也砍些来烧烧,省得钱买。”宋金自觉惶愧,取了砟刀,挣扎到岸上砍柴去了。刘公乘其未回,把舵用力撑动,拨转船头,挂起满风帆,顺流而下。

不愁骨肉遭颠沛,且喜冤家离眼睛。

且说宋金上岸打柴,行到茂林深处,树木虽多,那有气力去砍伐?只得拾些儿残柴,割些败棘,抽取枯藤,束做两大捆,却又没有气力背负得去。心生一计,再取一条枯藤,将两捆野柴穿做一捆,露出长长的藤头,用手挽之而行,如牧童牵牛之势。行了一时,想起忘了砟刀在地,又复自转去,取了砟刀,也插入柴捆之内,缓缓的拖下岸来。到于泊舟之处,已不见了船,但见江烟沙岛,一望无际。宋金沿江而上,且行且看,并无踪影。看看红日西沉,情知为丈人所弃。上天无路,入地无门,不觉痛切于心,放声大哭。哭得气咽喉干,闷绝于地,半晌方苏。忽见岸上一老僧,正不知从何而来,将拄杖卓地,问道:“檀越伴侣何在?此非驻足之地也!”宋金忙起身作礼,口称姓名:“被丈人刘翁脱赚①,如今孤苦无归,求老师父提挈,救取微命。”老僧道:“贫僧茅庵不远,且同往暂住一宵,来日再做道理。”宋金感谢不已,随着老僧而行。

约莫里许,果见茅庵一所。老僧敲石取火,煮些粥汤,把与宋金吃了,方才问道:“令岳与檀越有何仇隙?愿闻其祥。”宋金将入赘船上及得病之由,备细告诉了一遍。老僧道:“老檀越怀恨令岳乎?”宋金道:“当初求

① 脱赚——脱空、欺骗。

乞之时,蒙彼收养婚配;今日病危见弃,乃小生命薄所致,岂敢怀恨他人!"老僧道:"听子所言,真忠厚之士也。尊恙乃七情所伤,非药饵可治。惟清心调摄可以愈之。平日间曾奉佛法诵经否?"宋金道:"不曾。"老僧于袖中取出一卷相赠,道:"此乃《金刚般若经》,我佛心印。贫僧今教授檀越,若日诵一遍,可以息诸妄念,却病延年,有无穷利益。"宋金原是陈州娘娘庙前老和尚转世来的,前生专诵此经。今日口传心受,一遍便能熟诵,此乃是前因不断。宋金和老僧打坐,闭眼诵经,将次天明,不觉睡去。及至醒来,身坐荒草坡间,并不见老僧及茅庵在那里,《金刚经》却在怀中,开卷能诵。宋金心下好生诧异,遂取池水净口,将经朗诵一遍,觉万虑消释,病体顿然健旺。方知圣僧显化相救,亦是夙因所致也。宋金向空叩头,感谢龙天保佑。然虽如此,此身如大海浮萍,没有着落,信步行去,早觉腹中饥馁。望见前山林木之内,隐隐似有人家,不免再温旧稿,向前乞食。只因这一番,有分教:宋小官凶中化吉,难过福来。正是:

路逢尽处还开径,水到穷时再发源。

宋金走到前山一看,并无人烟,但见枪刀戈戟,遍插林间。宋金心疑不决,放胆前去。见一所败落土地庙,庙中有大箱八只,封锁甚固,上用松茅遮盖。宋金暗想:"此必大盗所藏,布置枪刀,乃惑人之计。来历虽则不明,取之无碍。"心生一计,乃折取松枝插地,记其路径,一步步走出林来,直至江岸。也是宋金时亨运泰,恰好有一只大船,因逆浪冲坏了舵,停泊于岸下修舵。宋金假作慌张之状,向船上人说道:"我陕西钱金也。随吾叔父走湖广为商,道经于此,为强贼所劫。叔父被杀,我只说是跟随的小郎,久病乞哀,暂容残喘。贼乃遣伙内一人,与我同住土地庙中,看守货物。他又往别处行劫去了。天幸同伙之人,昨夜被毒蛇咬死,我得脱身在此。幸方便载我去。"舟人闻言,不甚信。宋金又道:"现有八巨箱在庙内,皆我家财物。庙去此不远,多央几位上岸,抬归舟中。愿以一箱为谢,必须速往,万一贼徒回转,不惟无及于事,且有祸患。"

众人都是千里求财的,闻说有八箱货物,一个个欣然愿往。当时聚起十六筹后生,准备八副绳索杠棒,随宋金往土地庙来。果见巨箱八只,其箱甚重。每二人抬一箱,恰好八杠。宋金将林子内枪刀收起藏于深草之内,八个箱子都下了船,舵已修好了。舟人问宋金道:"老客今欲何往?"宋金道:"我且往南京省亲。"舟人道:"我的船正要往瓜州,却喜又是顺便。"当下开船,约行五十余里,方歇。众人奉承陕西客有钱,到凑出银子,买酒买肉,与他压惊称贺。次日西风大起,挂起帆来,不几日,到了瓜州停泊。那瓜州到南京只隔十来里江面,宋金另唤了一只渡船,将箱笼只拣重的抬下七个,把一个箱子送与舟中众人以践其言。众人自去开箱分用,不在话下。

宋金渡到龙江关口,寻了店主人家住下,唤铁匠对了匙钥,打开箱看时,其中充扨①,都是金玉珍宝之类。原来这伙强盗积之有年,不是取之一家,获之一时的。宋金先把一箱所蓄,鬻②之于市,已得数千金。恐主人生疑,迁寓于城内,买家奴伏侍,身穿罗绮,食用膏粱。余六箱,只拣精华之物留下,其他都变卖,不下数万金。就于南京仪凤门内买下一所大宅,改造厅堂园亭,制办日用家火,极其华整。门前开张典铺,又置买田庄数处,家僮数十房,出色管事者十人,又蓄美童四人,随身答应。满京城都称他为钱员外,出乘舆马,入拥金资。自古道:"居移气,养移体。"宋金今日财发身发,肌肤充悦,容采光泽,绝无向来枯瘠之容,寒酸之气。正是:

人逢运至精神爽,月到秋来光彩新。

话分两头。且说刘有才那日哄了女婿上岸,拨转船头,顺风而下,瞬息之间,已行百里。老夫妇两口暗暗欢喜。宜春女儿犹然不知,只道丈夫还在船上,煎好了汤药,叫他吃时,连呼不应。还道睡着在船头,自要去唤他。却被母亲劈手夺过药瓯,向江中一泼,骂道:"痨病鬼在那里?你还要想他!"宜春道:"真个在那里?"母亲道:"你爹见他病害得不好,恐沾染他人,方才哄他上岸打柴,径自转船来了。"宜春一把扯住母亲,哭天哭地叫道:"还我宋郎来!"刘公听得艄内啼哭,走来劝道:"我儿,听我一言,妇道家嫁人不着,一世之苦。那害痨的死在早晚,左右要拆散的,不是你因缘了,到不如早些开交干净,免致担误你青春。待做爹的另拣个好郎君,完你终身,休想他罢!"宜春道:"爹做的是什么事!都是不仁不义、伤天理的勾当。宋郎这头亲事,原是二亲主张,既做了夫妻,同生同死,岂可翻悔?就是他病势必死,亦当待其善终,何忍弃之于无人之地?宋郎今日为奴而死,奴决不独生!爹若可怜见孩儿,快转船上水,寻取宋郎回来,免

---

① 扨(rèn)——充满。
② 鬻(yù)——卖。

被旁人讥谤。”刘公道：“那害痨的不见了船，定然转往别处村坊乞食去了，寻之何益？况且下水顺风，相去已百里之遥，一动不如一静，劝你息了心罢！”宜春见父亲不允，放声大哭，走出船舷，就要跳水。喜得刘妈手快，一把拖住。宜春以死自誓，哀哭不已。

两个老人家不道女儿执性如此，无可奈何，准准的看守了一夜。次早只得依顺他，开船上水。风水俱逆，弄了一日，不够一半之路。这一夜啼啼哭哭又不得安稳。第三日申牌时分，方到得先前搁船之处。宜春亲自上岸寻取丈夫，只见沙滩上乱柴二捆，砟刀一把，认得是船上的刀，眼见得这捆柴，是宋郎驮来的。物在人亡，愈加疼痛，不肯心死，定要往前寻觅。父亲只索跟随同去。走了多时，但见树黑山深，杳无人迹。刘公劝他回船，又啼哭了一夜。第四日黑早，再教父亲一同上岸寻觅，都是旷野之地，更无影响。只得哭下船来，想道：“如此荒郊，教丈夫何处乞食？况久病之人，行走不动，他把柴刀抛弃沙崖，一定是赴水自尽了。”哭了一场，望着江心又跳，早被刘公拦住。宜春道：“爹妈养得奴的身，养不得奴的心。孩儿左右是要死的，不如放奴早死，以见宋郎之面。”

两个老人家见女儿十分痛苦，甚不过意，叫道：“我儿，是你爹妈不是了，一时失于计较，干出这事，差之在前，懊悔也没用了。你可怜我年老之人，止生得你一人。你若死时，我两口儿性命也都难保。愿我儿恕了爹妈之罪，宽心度日，待做爹的写一招子，于沿江市镇各处粘贴。倘若宋郎不死，见我招帖，定可相逢。若过了三个月无信，凭你做好事，追荐丈夫。做爹的替你用钱，并不吝惜。”宜春方才收泪谢道：“若得如此，孩儿死也瞑目。”刘公即时写个寻婿的招帖，粘于沿江市镇墙壁触眼之处。过了三个月，绝无音耗。宜春道：“我丈夫果然死了。”即忙制备头梳麻衣，穿着一身重孝，设了灵位祭奠，请九个和尚，做了三昼夜功德。自将簪珥布施，为亡夫祈福。刘翁、刘妪爱女之心无所不至，并不敢一些违拗，闹了数日方休。兀自朝哭五更，夜哭黄昏。邻船闻之，无不感叹。有一班相熟的客人，闻知此事，无不可惜宋小官，可怜刘小娘者。宜春整整的哭了半年六个月方才住声。刘翁对阿妈道：“女儿这几日不哭，心下渐渐冷了，好劝他嫁人；终不然我两个老人家守着个孤孀女儿，缓急何靠？”刘妪道：“阿老①见得是。只怕女儿不肯,须是缓缓的偎②他。”

又过了月余,其时十二月二十四日,刘翁回船到昆山过年,在亲戚家吃醉了酒,乘其酒兴来劝女儿道:“新春将近,除了孝罢!”宜春道:“丈夫是终身之孝,怎样除得?”刘翁睁着眼道:“什么终身之孝!做爹的许你带时便带,不许你带时,就不容你带。”刘妪见老儿口重,便来收科③道:“再等女儿带过了残岁,除夜做碗羹饭起了灵,除孝罢!”宜春见爹妈话不投机,便啼哭起来道:“你两口儿合计害了我丈夫,又不容我带孝,无非要我改嫁他人。我岂肯失节以负宋郎?宁可带孝而死,决不除孝而生。”刘翁又待发作,被婆子骂了几句,劈颈的推向船舱睡了。宜春依先又哭了一夜。

到月尽三十日除夜,宜春祭奠了丈夫,哭了一会。婆子劝住了,三口儿同吃夜饭。爹妈见女儿荤酒不闻,心中不乐,便道:“我儿!你孝是不肯除了,略吃点荤腥,何妨得?少年人不要弄弱了元气。”宜春道:“未死之人,苟延残喘,连这碗素饭也是多吃的,还吃甚荤菜?”刘妪道:“既不用荤,吃杯素酒儿,也好解闷。”宜春道:“‘一滴何曾到九泉。’想着死者,我何忍下咽!”说罢,又哀哀的哭将起来,连素饭也不吃就去睡了。刘翁夫妇料道女儿志不可夺,从此再不强他。后人有诗赞宜春之节。诗曰:

闺中节烈古今传,船女何曾阅简编?
誓死不移金石志,《柏舟》④端不愧前贤。

话分两头。再说宋金住在南京一年零八个月,把家业挣得十全了,却教管家看守门墙,自己带了三千两银子,领了四个家人,两个美童,雇了一只航船,径至昆山来访刘翁、刘妪。邻舍人家说道:“三日前往仪真去了。”宋金将银两贩了布匹,转至仪真,下个有名的主家,上货了毕。

次日,去河口寻着了刘家船只,遥见浑家在船艄麻衣素妆,知其守节未嫁,伤感不已。回到下处,向主人王公说道:“河下有一舟妇,带孝而甚

① 阿老——即老头子。
② 偎——体贴之意。
③ 收科——打圆场。
④ 《柏舟》——《诗经》里的一篇,是卫共姜不肯改嫁的誓言,旧时便把“柏舟”作为妇女守节的代词。

美。我已访得是昆山刘顺泉之船,此妇即其女也。吾丧偶已将二年,欲求此女为继室。"遂于袖中取出白金十两,奉与王公道:"此薄意权为酒资,烦老翁执伐①。成事之日,更当厚谢。若问财礼,虽千金吾亦不吝。"王公接银欢喜,径往船上邀刘翁到一酒馆,盛设相款,推刘翁于上坐。刘翁大惊道:"老汉操舟之人,何劳如此厚待?必有缘故。"王公道:"且吃三 杯,方敢启齿。"刘翁心中愈疑道:"若不说明,必不敢坐。"王公道,"小店有个陕西钱员外,万贯家财。丧偶将二载,慕令爱小娘子美貌,欲求为继室,愿出聘礼千金。特央小子作伐,望勿见拒。"刘翁道:"舟女得配富室,岂非至愿。但吾儿守节甚坚,言及再婚,便欲寻死。此事不敢奉命,盛意亦不敢领。"便欲起身。王公一手扯住道:"此设亦出钱员外之意,托小子做个主人。既已费了,不可虚之,事虽不谐,无害也。"刘翁只得坐了。饮酒中间,王公又说起:"员外相求,出于至诚,望老翁回舟,从容商议。"刘翁被女儿几遍投水唬坏了,只是摇头,略不统口②酒散各别。

王公回家,将刘翁之语,述与员外。宋金方知浑家守志之坚。乃对王公说道:"姻事不成也罢了,我要雇他的船载货往上江出脱,难道也不允?"王公道:"天下船载天下客。不消说,自然从命。"王公即时与刘翁说了雇船之事,刘翁果然依允。宋金乃分付家童,先把铺陈行李发下船来,货且留岸上,明日发也未迟。宋金锦衣貂帽,两个美童,各穿绿绒直身,手执熏炉如意跟随。刘翁夫妇认做陕西钱员外,不复相识。到底夫妇之间,与他人不同,宜春在艄尾窥视,虽不敢便信是丈夫,暗暗的惊怪道:"有七八分厮像。"只见那钱员外才上得船,便向船艄说道:"我腹中饥了,要饭吃;若是冷的,把些热茶淘来罢。"宜春已自心疑。那钱员外又吆喝童仆道:"个儿郎吃我家饭,穿我家衣,闲时搓些绳,打些索,也有用处,不可空坐!"这几句分明是宋小官初上船时刘翁分付的话。宜春听得,愈加疑心。

少顷,刘翁亲自捧茶奉钱员外。员外道:"你船艄上有一破毡笠,借我用之。"刘翁愚蠢,全不省事,径与女儿讨那破毡笠。宜春取毡笠付与父亲,口中微吟四句:

---

① 执伐——做媒。

② 统口——改口。

　　毡笠虽然破，经奴手自缝。
　　因思戴笠者，无复旧时容。

钱员外听艄后吟诗，默默会意，接笠在手，亦吟四句：

　　仙凡已换骨，故乡人不识。
　　虽则锦衣还，难忘旧毡笠。

是夜宜春对翁妪道："舱中钱员外，疑即宋郎也。不然何以知吾船有破毡笠，且面庞相肖，语言可疑，可细叩之。"刘翁大笑道："痴女子！那宋家痨病鬼，此时骨肉俱消矣。就使当年未死，亦不过乞食他乡，安能致此富盛乎？"刘妪道："你当初怪爹娘劝你除孝改嫁，动不动跳水求死。今见客人富贵，便要认他是丈夫，倘你认他不认，岂不可羞？"宜春满面羞惭，不敢开口。刘翁便招阿妈到背处道："阿妈你休如此说。姻缘之事，莫非天数。前日王店主请我到酒馆中饮酒，说陕西钱员外愿出千金聘礼，求我女儿为继室。我因女儿执性，不曾统口。今日难得女儿自家心活，何不将机就机，把他许配钱员外，落得你我下半世受用。"刘妪道："阿老见得是。那钱员外来雇我家船只，或者其中有意，阿老明日可往探之。"刘翁道："我自有道理。"

次早，钱员外起身，梳洗已毕，手持破毡笠于船头上反复把玩。刘翁启口而问道："员外，看这破毡笠则甚？"员外道："我爱那缝补处，这行针线，必出自妙手。"刘翁道："此乃小女所缝，有何妙处？前日王店主传员外之命，曾有一言，未知真否？"钱员外故意问道："所传何言？"刘翁道："他说员外丧了孺人，已将二载，未曾继娶，欲得小女为婚。"员外道："老翁愿也不愿？"刘翁道："老汉求之不得。但恨小女守节甚坚，誓不再嫁，所以不敢轻诺。"员外道："令婿为何而死？"刘翁道："小婿不幸得了个痨瘵之疾，其年因上岸打柴未还，老汉不知，错开了船。以后曾出招帖寻访了三个月，并无动静，多是投江而死了。"员外道："令婿不死，他遇了个异人，病都好了，反获大财致富。老翁若要会令婿时，可请令爱出来。"

此时宜春侧耳而听，一闻此言，便哭将起来，骂道："薄倖钱郎！我为你带了三年重孝，受了千辛万苦，今日还不说实话，待怎么？"宋金也堕泪道："我妻，快来相见！"夫妻二人抱头大哭。刘翁道："阿妈，眼见得不是什么钱员外了，我与你须索①去谢罪。”刘翁、刘妪走进舱来，施礼不迭。宋金道：“丈人丈母，不须恭敬。只是小婿他日有病痛时，莫再脱赚！”两个老人家羞惭满面。宜春便除了孝服，将灵位抛向水中。宋金便唤跟随的童仆来与主母磕头。翁妪杀鸡置酒，管待女婿，又当接风，又是庆贺筵席。安席已毕，刘翁叙起女儿自来不吃荤酒之意，宋金惨然下泪，亲自与浑家把盏，劝他开荤。随对翁妪道：“据你们设心脱赚，欲绝吾命，恩断义绝，不该相认了。今日勉强吃你这杯酒，都看你女儿之面。”宜春道：“不因这番脱赚，你何由发迹？况爹妈日前也有好处，今后但记恩，莫记怨。”宋金道：“谨依贤妻尊命。我已立家于南京，田园富足。你老人家可弃了驾舟之业，随我到彼，同享安乐，岂不美哉！”翁妪再三称谢，是夜无话，次日，王店主闻知此事，登船拜贺，又吃了一日酒。

宋金留家童三人于王店主家发布取账，自己开船先往南京大宅子。住了三日，同浑家到昆山故乡扫墓，追祭亡亲。宗族亲党各有厚赠。此时范知县已罢官在家，闻知宋小官发迹还乡，恐怕街坊撞见没趣，躲向乡里，有月余不敢入城。宋金完了故乡之事，重回南京，阖家欢喜，安享富贵，不在话下。

再说宜春见宋金每早必进佛堂中拜佛诵经，问其缘故。宋金将老僧所传《金刚经》却病延年之事，说了一遍。宜春亦起信心，要丈夫教会了，夫妻同诵，到老不衰。后享寿各九十余，无疾而终。子孙为南京世富之家，亦有发科第者。后人评云：

刘老儿为善不终，宋小官因祸得福。
《金刚经》消除灾难，破毡笠团圆骨肉。

第二十三卷　乐小舍拚生觅偶

一名《喜乐和顺记》

怒气雄声出海门，舟人云是子胥魂。
天排雪浪晴雷吼，地拥银山万马奔。

① 须索——必须。

上应天轮分晦朔[1],下临宇宙定朝昏。

吴征越战今何在?一曲渔歌过晚村。

这首诗,单题着杭州钱塘江潮,原来非同小可:刻时定信,并无差错。自古至今,莫能考其出没之由。从来说道天下有四绝,却是:

雷州换鼓,广德埋藏,登州海市,钱塘江潮。

这三绝,一年止则一遍。惟有钱塘江潮,一日两番。自古唤做罗刹江,为因风涛险恶,巨浪滔天,常翻了船,以此名之。南北两山,多生虎豹,名为虎林。后因虎字犯了唐高祖之祖父御讳,改名武林。又因江潮险迅,怒涛汹涌,冲害居民,因取名宁海军。后至唐末五代之间,去那径山过来,临安邑人钱宽生得一子。生时红光满室,里人见者,将谓火发,皆往救之。却是他家产下一男,两足下有青色毛,长寸余,父母以为怪物,欲杀之。有外母不肯,乃留之,因此小名婆留。看看长大成人,身长七尺有余,美容貌,有智勇,讳镠[2]字巨美,幼年专作私商无赖。因官司缉捕甚紧,乃投径山法济禅师躲难。法济夜闻寺中伽蓝[3]云:"今夜钱武肃王在此,毋令惊动!"法济知他是异人,不敢相留,乃作书荐镠往苏州投太守安绶。绶乃用镠为帐下都部署,每夜在府中马院宿歇。

时遇炎天酷热,太守夜起独步后园,至马院边,只见钱镠睡在那里。太守方坐间,只见那正厅背后,有一眼枯井,井中走出两个小鬼来,戏弄钱镠。却见一个金甲神人,把那小鬼一喝都走了,口称道:"此乃武肃王在此,不得无礼!"太守听罢,大惊,急回府中,心大异之,以此好生看待钱镠。后因黄巢作乱,钱镠破贼有功,僖宗拜为节度使。后遇董昌作乱,钱镠收讨平定,昭宗封为吴越国王。因杭州建都,治得国中宁静。只是地方狭窄,更兼长江汹涌,心常不悦。

忽一日,有司进到金色鲤鱼一尾,约长三尺有余,两目炯炯有光,将来作御膳。钱王见此鱼壮健,不忍杀之,令畜之池中。夜梦一老人来见,峨冠博带,口称:"小圣夜来孺子不肖,乘酒醉,变作金色鲤鱼,游于江岸,被人获之,进与大王作御膳,谢大王不杀之恩。今者小圣特来哀告大王,愿

① 晦朔——农历每月的末一天(晦)和第一天(朔)。

② 镠(liú)。

③ 伽蓝——佛教中的护法神。

王怜悯，差人送往江中，必当重报。”钱王应允，龙君乃退。钱王飒然惊觉，得了一梦，次早升殿，唤左右打起那鱼，差人放之江中。当夜，又梦龙君谢曰：“感大王再生之恩，将何以报？小圣龙宫海藏，应有奇珍异宝，夜光珠，盈尺璧，任从大王所欲，即当奉献。”钱王乃言：“珍宝珠璧，非吾愿也。惟我国僻处海隅，地方无千里，况兼长江广阔，波涛汹涌，日夕相冲，使国人常有风波之患。汝能借地一方，以广吾国，是所愿也。”龙王曰：“此事甚易，然借则借，当在何日见还？”钱王曰：“五百劫后，仍复还之。”龙王曰：“大王来日，可铸铁柱十二只，各长一丈二尺。请大王自登舟，小圣使虾鱼聚于水面之上，大王但见处，可即下铁柱一只，其水渐渐自退，沙涨为平地。王可叠石为塘，其地即广也。”龙君退去，钱王惊觉。

次日，令有司铸造铁柱十二只，亲自登舟，于江中看之。果见有鱼虾成聚一十二处，乃令人以铁柱沉下去，江水自退。王乃登岸，但见无移时，沙石涨为平地，自富阳山前直至海门舟山为止。钱王大喜，乃使石匠于山中凿石为板，以黄罗木贯穿其中，排列成塘。因凿石迟慢，乃下令：“如有军民人等，以新旧石板将船装来，一船换米一船。”各处即将船载石板来换米。因此砌了江岸，石板有余。后方始称为钱塘江。至大宋高宗南渡，建都钱塘，改名临安府，称为行在。方始人烟辏集，风俗淳美。似此每遇年年八月十八，乃潮生日，倾城士庶，皆往江塘之上，玩潮快乐。亦有本土善识水性之人，手执十幅旗幡，出没水中，谓之弄潮，果是好看。至有不识水性深浅者，学弄潮，多有被泼了去，坏了性命。临安府尹得知，累次出榜禁谕，不能革其风俗。有东坡学士看潮一绝为证：

吴儿生长押涛渊，冒险轻生不自怜。
东海若知明主意，应教破浪变桑田。

话说南宋临安府有一个旧家，姓乐名美善，原是贤福坊安平巷内出身，祖上七辈衣冠。近因家道消乏，移在钱塘门外居住，开个杂色货铺子。人都重他的家世，称他为乐大爷。妈妈安氏，单生一子，名和。生得眉目清秀，伶俐乖巧。幼年寄在永清巷母舅安三老家抚养，附在间壁喜将仕馆中上学。喜将仕家有个女儿，小名顺娘，小乐和一岁。两个同学读书，学中取笑道：“你两个姓名‘喜乐和顺’，合是天缘一对。”两个小儿女，知觉渐开，听这话也自欢喜，遂私下约为夫妇。这也是一时戏谑，谁知做了后来配合的谶语。正是：

姻缘本是前生定，曾向蟠桃会里来。

乐和到十二岁时，顺娘十一岁。那时乐和回家，顺娘深闺女工，各不相见。乐和虽则童年，心中伶俐，常想顺娘情意，不能割舍。又过了三年，时值清明将近，安三老接外甥同去上坟，就便游西湖。原来临安有这个风俗，但凡湖船，任从客便，或三朋四友，或带子携妻，不择男女，各自去占个座头，饮酒观山，随意取乐。安三老领着外甥上船，占了个座头。方才坐定，只见船头上又一家女眷入来，看时不是别人，正是间壁喜将仕家母女二人和一个丫头，一个奶娘。三老认得，慌忙作揖，又教外甥来相见了。此时顺娘年十四岁，一发长成得好了。乐和有三年不见，今日水面相逢，如见珍宝。虽然分桌而坐，四目不时观看，相爱之意，彼此尽知。只恨众人瞩目，不能叙情。船到湖心亭，安三老和一班男客都到亭子上闲步，乐和推腹痛留在舱中，捱身与喜大娘攀话，稍稍得与顺娘相近。捉空以目送情，彼此意会。少顷众客下船，又分开了。傍晚，各自分散。安三老送外甥回家。乐和一心忆着顺娘，题诗一首：

嫩蕊娇香郁未开，不因蜂蝶自生猜。
他年若作扁舟侣，日日西湖一醉回。

乐和将此诗题于桃花笺上，折为方胜，藏于怀袖。私自进城，到永清巷喜家门首，伺候顺娘，无路可通。如此数次。闻说潮王庙有灵，乃私买香烛果品，在潮王面前祈祷，愿与喜顺娘今生得成鸳侣。拜罢，炉前化纸，偶然方胜从袖中坠地，一阵风卷出纸钱的火来烧了。急去抢时，止剩得一个"侣"字。乐和拾起看了，想道："侣乃双口之意，此亦吉兆。"心下甚喜。忽见碑亭内坐一老者，衣冠古朴，容貌清奇，手中执一团扇，上写"姻缘前定"四个字。乐和上前作揖，动问："老翁尊姓？"答道："老汉姓石。"又问道："老翁能算姻缘之事乎？"老者道："颇能推算。"乐和道："小子乐和烦老翁一推，赤绳系于何处？"老者笑道："小舍人年未弱冠，如何便想这事？"乐和道："昔汉武帝为小儿时，圣母抱于膝上，问'欲得阿娇为妻否？'帝答言：'若得阿娇，当以金屋贮之。'年无长幼，其情一也。"

老者遂问了年月日时，在五指上一轮道："小舍人佳眷，是熟人，不是生人。"乐和见说得合机，便道："不瞒老翁 ，小子心上正有一熟人，未知缘法何如？"老者引至一口八角井边，教乐和看井内有缘无缘便知。乐和手把井栏张望，但见井内水势甚大，巨涛汹涌，如万顷相似，其明如镜。内立一个美女，可十六七岁，紫罗衫，杏黄裙，绰约可爱。仔细认之，正是顺娘，心下又惊又喜。却被老者望背后一推，刚刚的跌在那女子身上，大叫一声，猛然惊觉，乃是一梦，双手兀自抱定亭柱。正是：

黄粱犹未熟，一梦到华胥①。

乐和醒将转来，看亭内石碑，其神姓石名瑰，唐时捐财筑塘捍水，死后封为潮王。乐和暗想："原来梦中所见石老翁，即潮王也。此段姻缘，十有九就。"回家对母亲说，要央媒与喜顺娘议亲。那安妈妈是妇道家，不知高低，便向乐公撺掇其事。乐公道："姻亲一节，须要门当户对。我家虽曾有七辈衣冠，见今衰微，经纪营活。喜将仕名门富室，他的女儿，怕没有人求允，肯与我家对亲？若央媒往说，反取其笑。"乐和见父亲不允，又教母亲央求母舅去说合。安三老所言，与乐公一般。乐和大失所望，背地里叹了一夜的气，明早将纸裱一牌位，上写"亲妻喜顺娘生位"七个字，每日三餐，必对而食之；夜间安放枕边，低唤三声，然后就寝。每遇清明三月三，重阳九月九，端午龙舟，八月玩潮，这几个盛会，无不刷鬓修容，华衣美服，在人丛中挨挤。只恐顺娘出行，侥幸一遇。同般生意人家有女儿的，见乐小舍人年长，都来议亲。爹娘几遍要应承，到是乐和立意不肯，立个誓愿，直待喜家顺娘嫁出之后，方才放心，再图婚配。

事有凑巧，这里乐和立誓不娶，那边顺娘却也红鸾不照，天喜未临，高不成，低不就，也不曾许得人家。光阴似箭，倏忽又过了三年。乐和年一十八岁，顺娘一十七岁了。男未有室，女未有家。

男才女貌正相和，未卜姻缘事若何？
且喜室家俱未定，只须灵鹊肯填河。

话分两头。却说是时，南北通和。其年有金国使臣高景山来中国修聘。那高景山善会文章，朝命宣一个翰林范学士接伴。当八月中秋过了，又到十八潮生日，就城外江边浙江亭子上，搭彩铺毡，大排筵宴，款待使臣观潮。陪宴官非止一员。都统司领着水军，乘战舰，于水面往来，施放五色烟火炮。豪家贵戚，沿江搭缚彩幕，绵亘三十余里，照江如铺锦相似。市井弄水者，共有数百人，蹈浪争雄，出没游戏。有蹈滚木、水傀儡诸般伎艺。但见：

---

① 华胥——寓言中的理想国。

迎潮鼓浪，拍岸移舟。惊湍忽自海门来，怒吼遥连天际出。何异地生银汉，分明天震春雷。遥观似匹练飞空，远听如千军驰噪。吴儿勇健，平分白浪弄洪波；渔父轻便，出没江心夸好手。果然是万顷碧波随地滚，千寻雪浪接云奔。

北朝使臣高景山见了，毛发皆耸，嗟叹不已，果然奇观。范学士道："相公见此，何不赐一佳作？"即令取过文房四宝来。高景山谦让再三，做《念奴娇》词：

云涛千里，泛今古绝致，东南风物。碧海云横初一线，忽尔雷轰苍壁。万马奔天，群鹅扑地，汹涌飞烟雪。吴人勇悍，便竞踏浪雄杰。

想旗帜纷纭，吴音楚管，与胡笳俱发。人物江山如许丽，岂信妖氛难灭。况是行宫，星缠五福，光焰窥毫发。惊看无语，凭栏姑待明月。

高景山题毕，满座皆赞奇才，只有范学士道："相公词做得甚好，只可惜'万马奔天，群鹅扑地'，将潮比得来轻了，这潮可比玉龙之势。"学士遂做《水调歌头》，道是：

登临眺东渚，始觉太虚宽。海天相接，潮生万里一毫端。滔滔怒生雄势，宛胜玉龙戏水，尽出没波间。雪浪番云脚，波卷水晶寒。

扫方涛，卷圆峤，大洋番。天垂银汉，壮观江北与江南。借问子胥何在？博望乘槎①仙去，知是几时还？上界银河窄，流泻到人间！

范学士题罢，高景山见了，大喜道："奇哉佳作！难比万马争驰，真是玉龙戏水。"不提各官尽欢饮酒。

且说临安大小户人家，闻得是日朝廷款待北使，陈设百戏，倾城士女都来观看。乐和打听得喜家一门也去看潮，侵早便妆扮齐整，来到钱塘江口，踅来踅去，找寻喜顺娘不着。结末来到一个去处，唤做"天开图画"，又叫做"团围头"。因那里团团围转，四面都看见潮头，故名"团围头"。后人讹传，谓之"团鱼头"。这个所在，潮势阔大，多有子弟立脚不牢，被潮头涌下水去，又有豁湿了身上衣服的，都在下浦桥边搅挤教干。有人做下《临江仙》一只，单嘲那看潮的：

自古钱塘难比。看潮人成群作队，不待中秋，相随相趁，尽往江

---

① 槎——音chá，木筏。

边游戏。沙滩畔，远望潮头，不觉侵天浪起。　头巾如洗，斗把衣裳去挤。下浦桥边，一似奈何池畔，裸体披头似鬼。入城里，烘好衣裳，犹问几时起水。

乐和到"团围头"寻了一转，不见顺娘，复身又寻转来。那时人山人海，围拥着席棚彩幕。乐和身材即溜，在人丛里捱挤进去，一步一看。行走多时，看见一个妇人，走进一个席棚里面去了。乐和认得这妇人，是喜家的奶娘。紧步随后，果然喜将仕一家男女，都成团聚块的坐下饮酒玩赏。乐和不敢十分逼近，又不舍得十分窎远。紧紧的贴着席棚而立，觑定顺娘目不转睛，恨不得走近前去，双手搂抱，说句话儿。那小娘子抬头观省，远远的也认得是乐小舍人，现他趋前退后，神情不定，心上也觉可怜。只是父母相随，寸步不离，无由相会一面。正是：

两人衷腹事，尽在不言中。

却说乐和与喜顺娘正在相视凄惶之际，忽听得说潮来了。道犹未绝，耳边如山崩地坼之声，潮头有数丈之高，一涌而至。有诗为证：

银山万叠耸嵬嵬，蹴地排空势若飞。

信是子胥灵未泯，至今犹自奋神威。

那潮头比往年更大，直打到岸上高处，掀翻锦幕，冲倒席棚，众人发声喊，都退后走。顺娘出神在小舍人身上，一时着忙不知高低，反向前几步，脚儿打滑不住，溜的滚入波浪之中。

可怜绣阁金闺女，翻做随波逐浪人。

乐和乖觉，约莫潮来，便移身立于高阜去处，心中不舍得顺娘，看定席棚，高叫："避水！"忽见顺娘跌在江里去了。这惊非小，说时迟，那时快，就顺娘跌下去这一刻，乐和的眼光紧随着小娘子下水，脚步自然留不住，扑通的向水一跳，也随波而滚。他那里会水！只是为情所使，不顾性命。这里喜将仕夫妇见女儿坠水，慌急了，乱呼："救人救人！救得吾女，自有重赏。"那顺娘穿着紫罗衫杏黄裙，最好记认。有那一班弄潮的子弟们，踏着潮头，如履平地，贪着利物，应声而往。翻波搅浪，来捞救那紫罗衫杏黄裙的女子。

却说乐和跳下水去，直至水底，全不觉波涛之苦，心下如梦中相似。行到潮王庙中，见灯烛辉煌，香烟缭绕。乐和下拜，求潮王救取顺娘，度脱水厄。潮王开言道："喜顺吾已收留在此，今交付你去。"说罢，小鬼从神帐后,将顺娘送出。乐和拜谢了潮王,领顺娘出了庙门。彼此十分欢喜,一句话也说不出,四只手儿紧紧对面相抱,觉身子或沉或浮,滐出水面。那一班弄潮的看见紫罗衫杏黄裙在浪中现出,慌忙去抢。及至托出水面,不是单却是双。四五个人,扛头扛脚,抬上岸来,对喜将仕道:"且喜连女婿都救起来了。"喜公、喜母、丫鬟、奶娘都来看时,此时八月天气,衣服都单薄,两个脸对脸,胸对胸,交股叠肩,且是偎抱得紧,分拆不开,叫唤不醒,体尚微暖,不生不死的模样。父母慌又慌,苦又苦,正不知什么意故。喜家眷属哭做一堆。众人争先来看,都道从古来无此奇事。

却说乐美善正在家中,有人报他儿子在"团鱼头"看潮,被潮头打在江里去了,慌得一步一跌,直跑到"团围头"来。又听得人说打捞得一男一女,那女的是喜将仕家小姐。乐公分开人众,捱入看时,认得是儿子乐和,叫了几声:"亲儿!"放声大哭道:"儿呵! 你生前不得吹箫侣,谁知你死后方成连理枝!"喜将仕问其缘故,乐公将三年前儿子执意求亲,及誓不先娶之言,叙了一遍。喜公、喜母到抱怨起来道:"你乐门七辈衣冠,也是旧族。况且两个幼年,曾同窗读书,有此说话,何不早说? 如今大家叫唤,若唤得醒时,情愿把小女配与令郎。"两家一边唤女,一边唤儿,约莫叫唤了半个时辰,渐渐眼开气续,四只肐膊,兀自不放。乐公道:"我儿快苏醒,将仕公已许下把顺娘配你为妻了。"说犹未毕,只见乐和睁开双眼道:"岳翁休要言而无信!"跳起身来,便向喜公、喜母作揖称谢。喜小姐随后苏醒。两口儿精神如故,清水也不吐一口。喜杀了喜将仕,乐杀了乐大爷。两家都将干衣服换了,雇个小轿抬回家里。

次日,到是喜将仕央媒来乐家议亲,愿赘乐和为婿,媒人就是安三老。乐家无不应允。择了吉日,喜家送些金帛之类。笙箫鼓乐,迎娶乐和到家成亲。夫妻恩爱,自不必说。满月后,乐和同顺娘备了三牲祭礼,到潮王庙去赛谢。喜将仕见乐和聪明,延名师在家,教他读书,后来连科及第。至今临安说婚姻配合故事,还传"喜乐和顺"四字。有诗为证:

少负情痴长更狂,却将情字感潮王。
钟情若到真深处,生死风波总不妨。

第二十四卷　玉堂春落难逢夫

与旧刻《王公子奋志记》不同

公子初年柳陌游，玉堂一见便绸缪。
黄金数万皆消费，红粉双眸枉泪流。
财货拐，仆驹休，犯法洪同狱内囚。
按临骢马冤愆①脱，百岁姻缘到白头。

话说正德年间，南京金陵城有一人，姓王名琼，别号思竹，中乙丑科进士，累官至礼部尚书。因刘瑾擅权，劾了一本。圣旨发回原籍。不敢稽留，收拾轿马和家眷起身。王爷暗想有几两俸银，都借在他人名下，一时取讨不及。况长子南京中书，次子时当大比，踌躇半晌，乃呼公子三官前来。

那三官双名景隆，字顺卿，年方一十七岁。生得眉目清新，丰姿俊雅。读书一目十行，举笔即便成文，原是个风流才子。王爷爱惜胜如心头之气，掌上之珍。当下王爷唤至分付道："我留你在此读书，叫王定讨账，银子完日，作速回家，免得父母牵挂。我把这里账目都留与你。"叫王定过来："我留你与三叔在此读书讨账，不许你引诱他胡行乱为。吾若知道，罪责非小。"王定叩头说："小人不敢。"次日收拾起程，王定与公子送别，转到北京，另寻寓所安下，公子谨依父命，在寓读书，王定讨账。不觉三月有余，三万银账，都收完了。公子把底账扣算，分厘不欠，分付王定，选日起身。公子说："王定，我们事体俱已完了，我与你到大街上各巷口闲耍片时，来日起身。"王定遂即锁了房门，分付主人家用心看着生口。房主说："放心，小人知道。"二人离了寓所，至大街观看皇都景致。但见：

人烟凑集，车马喧阗。人烟凑集，合四山五岳之音；车马喧阗，尽六部九卿之辈。做买做卖，总四方土产奇珍；闲荡闲游，靠万岁太平洪福。处处胡同铺锦绣，家家杯斝醉笙歌。

公子喜之不尽。忽然又见五七个宦家子弟，各拿琵琶弦子，欢乐饮酒。公

① 愆(qiān)——罪过。

子道:“王定,好热闹去处。”王定说:“三叔,这等热闹,你还没到那热闹去处哩!”二人前至东华门,公子睁眼观看,好锦绣景致。只见门彩金凤,柱盘金龙。王定道:“三叔,好么?”公子说:“真个好所在!”又走前面去,问王定:“这是那里?”王定说:“这是紫金城。”公子往里一视,只见城内瑞气腾腾,红光闪闪。看了一会,果然富贵无过于帝王,叹息不已。

离了东华门往前,又走多时,到一个所在,见门前站着几个女子,衣服整齐。公子便问:“王定,此是何处?”王定道:“此是酒店。”乃与王定进到酒楼上。公子坐下,看那楼上有五七席饮酒的,内中一席有两个女子,坐着同饮。公子看那女子,人物清楚,比门前站的,更胜几分。公子正看中间,酒保将酒来,公子便问:“此女是那里来的?”酒保说:“这是一秤金家丫头翠香、翠红。”三官道:“生得清气。”酒保说:“这等就说标致?他家里还有一个粉头,排行三姐,号玉堂春,有十二分颜色。鸨儿索价太高,还未梳栊①。”公子听说留心,叫王定还了酒钱,下楼去,说:“王定,我与你春院胡同走走。”王定道:“三叔不可去,老爷知道怎了!”公子说:“不妨,看一看就回。”乃走至本司院门首。果然是:

> 花街柳巷,绣阁朱楼。家家品竹弹丝,处处调脂弄粉。黄金买笑,无非公子王孙;红袖邀欢,都是妖姿丽色。正疑香雾弥天霭,忽听歌声别院娇。总然道学也迷魂,任是真僧须破戒。

公子看得眼花撩乱,心内踌躇,不知那是一秤金的门。正思中间,有个卖瓜子的小伙叫做金哥走来,公子便问:“那是一秤金的门?”金哥说:“大叔莫不是要耍?我引你去。”王定便道:“我家相公不嫖,莫错认了。”公子说:“但求一见。”那金哥就报与老鸨知道。老鸨慌忙出来迎接,请进待茶。王定见老鸨留茶,心下慌张,说:“三叔可回去罢!”老鸨听说,问道:“这位何人?”公子说:“是小价。”鸨子道:“大哥,你也进来吃茶去,怎么这等小器?”公子道:“休要听他!”跟着老鸨往里就走。王定道:“三叔不要进去。俺老爷知道,可不干我事。”在后边自言自语。公子那里听他,竟到了里面坐下。

老鸨叫丫头看茶。茶罢,老鸨便问:“客官贵姓?”公子道:“学生姓王,家父是礼部正堂。”老鸨听说拜道:“不知贵公子,失瞻休罪。”公子道:

---

① 梳栊——古称妓女第一次接客。

“不碍,休要计较,久闻令爱玉堂春大名,特来相访。”老鸨道:“昨有一位客官,要梳栊小女,送一百两财礼,不曾许他。”公子道:“一百两财礼,小哉!学生不敢夸大话,除了当今皇上,往下也数家父。就是家祖,也做过侍郎。”老鸨听说,心中暗喜,便叫翠红请三姐出来见尊客。翠红去不多时,回话道:“三姐身子不健,辞了罢!”老鸨起身带笑说:“小女从幼养娇了,直待老婢自去唤他。”王定在旁猴急①,又说:“他不出来就罢了,莫又去唤!”老鸨不听其言,走进房中,叫:“三姐,我的儿,你时运到了!今有王尚书的公子,特慕你而来。”玉堂春低头不语。慌得那鸨儿便叫:“我儿,王公子好个标致人物,年纪不上十六七岁,囊中广有金银。你若打得上这个主儿,不但名声好听,也够你一世受用。”玉姐听说,即时打扮,来见公子。临行,老鸨又说:“我儿,用心奉承,不要怠慢他。”玉姐道:“我知道了。”公子看玉堂春果然生得好:

鬓挽乌云,眉弯新月。肌凝瑞雪,脸衬朝霞。袖中玉笋尖尖,裙下金莲窄窄。雅淡梳妆偏有韵,不施脂粉自多姿。便数尽满院名姝,总输他十分春色。

玉姐偷看公子,眉清目秀,面白唇红,身段风流,衣裳清楚,心中也是暗喜。当下玉姐拜了公子,老鸨就说:“此非贵客坐处,请到书房小叙。”公子相让,进入书房。果然收拾得精致,明窗净几,古画古炉。公子却无心细看,一心只对着玉姐。鸨儿帮衬,教女儿捱着公子肩下坐了,分咐丫鬟摆酒。王定听见摆酒,一发着忙,连声催促三叔回去。老鸨丢个眼色与丫头:“请这大哥到房里吃酒。”翠香、翠红道:“姐夫请进房里,我和你吃盅喜酒。”王定本不肯去,被翠红二人,拖拖拽拽扯进去坐了。甜言美语,劝了几杯酒。初时还是勉强,以后吃得热闹,连王定也忘怀了,索性放落了心,且偷快乐。

正饮酒中间,听得传语公子叫王定。王定忙到书房,只见杯盘罗列,本司自有答应乐人②,奏动乐器。公子开怀乐饮。王定走近身边,公子附耳低言:“你到下处取二百两银子,四匹尺头,再带散碎银二十两,到这里来。”王定道:“三叔要这许多银子何用?”公子道:“不要你闲管!”王定没

① 猴急——着急。

② 答应乐人——专为伺候达官贵人们饮酒助兴的乐工。

奈何,只得来到下处,开了皮箱,取出五十两元宝四个,并尺头碎银,再到本司院说:“三叔有了。”公子看也不看,都教送与鸨儿,说:“银两尺头,权为令爱初会之礼;这二十两碎银,把做赏人杂用。”王定只道公子要讨那三姐回去,用许多银子。听说只当初会之礼,吓得舌头吐出三寸。却说鸨儿一见了许多东西,就叫丫头转过一张空桌。王定将银子尺头,放在桌上。鸨儿假意谦让了一回。叫玉姐:“我儿,拜谢了公子。”又说:“今日是王公子,明日就是王姐夫了。”叫丫头收了礼物进去。“小女房中还备得有小酌,请公子开怀畅饮。”公子与玉姐肉手相搀,同至香房,只见围屏小桌,果品珍羞,俱已摆设完备。公子上坐,鸨儿自弹弦子,玉堂春清唱侑酒。弄得三官骨松筋痒,神荡魂迷。王定见天色晚了,不见三官动身,连催了几次。丫头受鸨儿之命,不与他传。王定又不得进房,等了一个黄昏,翠红要留他宿歇,王定不肯,自回下处去了。公子直饮到二鼓方散。玉堂春殷勤伏侍公子上床,解衣就寝,真个男贪女爱,倒凤颠鸾,彻夜交情,不在话下。

天明,鸨儿叫厨下摆酒煮汤,自进香房,追红讨喜,叫一声:“王姐夫,可喜可喜。”丫头小厮都来磕头。公子分付王定每人赏银一两。翠香、翠红各赏衣服一套,折钗银三两。王定早晨本要来接公子回寓,见他撒漫使钱,有不然之色。公子暗想:“在这奴才手里讨针线,好不爽利。索性将皮箱搬到院里,自家便当。”鸨儿见皮箱来了,愈加奉承。真个朝朝寒食,夜夜元宵,不觉住了一个多月。老鸨要生心科派①,设一大席酒,搬戏演乐,专请三官玉姐二人赴席。鸨子举杯敬公子说:“王姐夫,我女儿与你成了夫妇,地久天长,凡家中事务,望乞扶持。”那三官心里只怕鸨子心里不自在,看那银子犹如粪土,凭老鸨说谎,欠下许多债负,都替他还,又打若干首饰酒器,做若干衣服,又许他改造房子。又造百花楼一座,与玉堂春做卧房。随其科派,件件许了。正是:

酒不醉人人自醉,色不迷人人自迷。

急得家人王定手足无措,三回五次,催他回去。三官初时含糊答应,以后逼急了,反将王定痛骂。王定没奈何,只得到求玉姐劝他。玉姐素知虔婆利害,也来苦劝公子道:“‘人无千日好,花有几日红?’你一日无钱,他翻

---

① 科派——需索,摊派。

了脸来，就不认得你。”三官此时手内还有钱钞，那里信他这话。王定暗想：“心爱的人还不听他，我劝他则甚？”又想：“老爷若知此事，如何了得！不如回家报与老爷知道，凭他怎么裁处，与我无干。”王定乃对三官说：“我在北京无用，先回去罢！”三官正厌王定多管，巴不得他开身，说：“王定，你去时，我与你十两盘费。你到家中禀老爷，只说账未完，三叔先使我来问安。”玉姐也送五两，鸨子也送五两。王定拜别三官而去。正是：

各人自扫门前雪，莫管他家瓦上霜。

且说三官被酒色迷住，不想回家。光阴似箭，不觉一年，亡八①淫妇，终日科派。莫说上头、做生、讨粉头、买丫鬟，连亡八的寿圹②都打得到。三官手内财空。亡八一见无钱，凡事疏淡，不照常答应奉承。又住了半月，一家大小作闹起来。老鸨对玉姐说：“‘有钱便是本司院，无钱便是养济院。’王公子没钱了，还留在此做甚！那曾见本司院举了节妇，你却呆守那穷鬼做甚？”玉姐听说，只当耳边之风。

一日三官下楼往外去了，丫头来报与鸨子。鸨子叫玉堂春下来：“我问你，几时打发王三起身？”玉姐见话不投机，复身向楼上便去。鸨子随即跟上楼来，说：“奴才，不理我么？”玉姐说：“你们这等没天理，王公子三万两银子，俱送在我家。若不是他时，我家东也欠债，西也欠债，焉有今日这等足用？”鸨子怒发，一头撞去，高叫：“三儿打娘哩！”亡八听见，不分是非，便拿了皮鞭，赶上楼来，将玉姐撞跌在楼上，举鞭乱打。打得髻偏发乱，血泪交流。

且说三官在午门外与朋友相叙，忽然面热肉颤，心下怀疑，即辞归，径走上百花楼。看见玉姐如此模样，心如刀割，慌忙抚摩，问其缘故。玉姐睁开双眼，看见三官，强把精神挣着说：“俺的家务事，与你无干！”三官说：“冤家，你为我受打，还说无干？明日辞去，免得累你受苦！”玉姐说：“哥哥，当初劝你回去，你却不依我。如今孤身在此，盘缠又无，三千余里，怎生去得？我如何放得心？你若不能还乡，流落在外，又不如忍气且住几日。”三官听说，闷倒在地。玉姐近前抱住公子，说：“哥哥，你今后休要下楼去，看那亡八淫妇怎么样行来？”三官说：“欲待回家，难见父母兄

---

①　亡八——妓院鸨儿的丈夫。

②　寿圹（kuàng）——生前预修的坟墓。

嫂；待不去，又受不得亡八冷言热语。我又舍不得你。待住，那亡八淫妇只管打你。"玉姐说："哥哥，打不打你休管他，我与你是从小的儿女夫妻，你岂可一旦别了我！"

看看天色又晚，房中往常时丫头秉灯上来，今日火也不与了。玉姐见三官痛伤，用手扯到床上睡了。一递一声长吁短气。三官与玉姐说："不如我去罢！再接有钱的客官，省你受气。"玉姐说："哥哥，那亡八淫妇，任他打我，你好歹休要起身。哥哥在时，奴命在；你真个要去，我只一死。"二人直哭到天明，起来，无人与他碗水。玉姐叫丫头："拿盅茶来与你姐夫吃。"鸨子听见，高声大骂："大胆奴才，少打，叫小三自家来取！"那丫头小厮都不敢来。玉姐无奈，只得自己下楼，到厨下，盛碗饭，泪滴滴自拿上楼去，说："哥哥，你吃饭来。"公子才要吃，又听得下边骂；待不吃，玉姐又劝。公子方才吃得一口，那淫妇在楼下说："小三，大胆奴才，那有'巧媳妇做出无米粥'？"三官分明听得他话，只索隐忍。正是：

囊中有物精神旺，手内无钱面目惭。

却说亡八恼恨玉姐，待要打他，倘或打伤了，难教他挣钱；待不打他，他又恋着王小三。十分逼的小三极了，他是个酒色迷了的人，一时他寻个自尽，倘或尚书老爷差人来接，那时把泥做也不干。左思右算，无计可施。鸨子说："我自有妙法叫他离咱门去。明日是你妹子生日，如此如此，唤做'倒房计'。"亡八说："倒也好。"鸨子叫丫头楼上问："姐夫吃了饭还没有？"鸨子上楼来说："休怪！俺家务事，与姐夫不相干。"又照常摆上了酒。吃酒中间，老鸨忙陪笑道："三姐，明日是你姑娘生日。你可禀王姐夫，封上人情，送去与他。"玉姐当晚封下礼物。第二日清晨，老鸨说："王姐夫早起来，趁凉可送人情到姑娘家去。"大小都离司院，将半里，老鸨故意吃一惊。说："王姐夫，我忘了锁门，你回去把门锁上。"公子不知鸨子用计，回来锁门不提。且说亡八从那小巷转过来，叫："三姐，头上吊了簪子。"哄的玉姐回头，那亡八把头口打了两鞭，顺小巷流水出城去了。

三官回院，锁了房门，忙往外赶看，不见玉姐，遇着一伙人，公子躬身便问："列位曾见一起男女，往那里去了？"那伙人不是好人，却是短路①的，见三官衣服齐整，心生一计，说："才往芦苇西边去了。"三官说："多谢

① 短路——拦路抢劫。

列位。”公子往芦苇里就走。这人哄的三官往芦苇里去了，即忙走在前面等着。三官至近，跳起来喝一声，却去扯住三官，齐下手剥去衣服帽子，拿绳子捆在地上。三官手足难挣，昏昏沉沉，捱到天明，还只想了玉堂春，说：“姐姐，你不知在何处去，那知我在此受苦！”不说公子有难，且说亡八淫妇拐着玉姐，一日走了一百二十里地，野店安下。玉姐明知中了亡八之计，路上牵挂三官，泪不停滴。

再说三官在芦苇里，口口声声叫救命。许多乡老近前看见，把公子解了绳子，就问：“你是那里人？”三官害羞不说是公子，也不说嫖玉堂春，浑身上下又无衣服，眼中掉泪说：“列位大叔，小人是河南人，来此小买卖。不幸遇着歹人，将一身衣服尽剥去了，盘费一文也无。”众人见公子年少，舍了几件衣服与他，又与了他一顶帽子，三官谢了众人，拾起破衣穿了，拿破帽子戴了，又不见玉姐，又没了一个钱，还进北京来，顺着房檐，低着头，从早到黑，水也没得口。三官饿的眼黄，到天晚寻宿，又没人家下他。有人说：“想你这个模样子，谁家下你？你如今可到总铺门口去，有觅人打梆子，早晚勤谨，可以度日。”三官径至总铺门首，只见一个地方来雇人打更。三官向前叫：“大叔，我打头更。”地方便问：“你姓甚么？”公子说：“我是王小三。”地方说：“你打二更罢！失了更，短了筹，不与你钱，还要打哩！”三官是个自在惯了的人，贪睡了，晚间把更失了。地方骂：“小三，你这狗骨头，也没造化吃这自在饭，快着走。”三官自思无路，乃到孤老院里去存身。正是：

一般院子里，苦乐不相同。

却说那亡八鸨子，说：“咱来了一个月，想那王三必回家去了。咱们回去罢。”收拾行李，回到本司院。只有玉姐每日思想公子，寝食俱废。鸨子上楼来，苦苦劝说：“我的儿，那王三已是往家去了，你还想他怎么？北京城内多少王孙公子，你只是想着王三不接客。你可知道我的性子，自讨分晓，我再不说你了。”说罢自去了。玉姐泪如雨滴，想王顺卿手内无半文钱，不知怎生去了？“你要去时，也通个信息，免使我苏三常常挂牵。不知何日再得与你相见？”

不说玉姐想公子。且说公子在北京院讨饭度日。北京大街上有个高手王银匠，曾在王尚书处打过酒器。公子在虔婆家打首饰物件，都用着他。一日往孤老院过，忽然看见公子，唬了一跳，上前扯住，叫：“三叔！

你怎么这等模样?”三官从头说了一遍。王银匠说:“自古狠心亡八!三叔,你今到寒家,清茶淡饭,暂住几日,等你老爷使人来接你。”三官听说大喜,跟随至王匠家中,王匠敬他是尚书公子,尽礼管待,也住了半月有余。他媳妇子见短,不见尚书家来接,只道丈夫说谎,乘着丈夫上街,便发说话:“自家一窝子男女,那有闲饭养他人!好意留吃几日,各人要自达时务,终不然在此养老送终。”三官受气不过,低着头,顺着房檐往外。出来信步而行,走至关王庙,猛省关圣最灵,何不诉他?乃进庙,跪于神前,诉以亡八鸨儿负心之事。拜祷良久,起来闲看两廊画的三国功劳。

却说庙门外街上,有一个小伙儿叫云:“本京瓜子,一分一桶。高邮鸭蛋,半分一个。”此人是谁?是卖瓜了的金哥,金哥说道:“原来是年景消疏,买卖不济。当时本司院有王三叔在时,一时照顾二百钱瓜子,转的来,我父母吃不了。自从三叔回家去了,如今谁买这物?二三日不曾发市,怎么过?我到庙里歇歇再走。”金哥进庙里来,把盘子放在供桌上,跪下磕头。三官却认得是金哥,无颜见他,双手掩面坐于门限侧边。金哥磕了头起来,也来门限上坐下。三官只道金哥出庙去了,放下手来,却被金哥认出,说:“三叔,你怎么在这里?”三官含羞带泪,将前事道了一遍。金哥说:“三叔休哭,我请你吃些饭。”三官说:“我得了饭。”金哥又问:“你这两日,没见你三婶来?”三官说:“久不相见了!金哥,我烦你到本司院密密的与三婶说,我如今这等穷,看他怎么说?回来复我。”金哥应允,端起盘,往外就走。三官又说:“你到那里看风色。他若想我,你便提我在这里如此;若无真心疼我,你便休话,也来回我。他这人家有钱的另一样待,无钱的另一样待。”金哥说:“我知道。”辞了三官,往院里来,在于楼外边立着。

说那玉姐手托香腮,将汗巾拭泪,声声只叫:“王顺卿,我的哥哥!你不知在那里去了?”金哥说:“呀,真个想三叔哩!”咳嗽一声,玉姐听见,问:“外边是谁?”金哥上楼来,说:“是我。我来买瓜子与你老人嗑哩!”玉姐眼中掉泪,说:“金哥,纵有羊羔美酒,吃不下,那有心绪嗑瓜仁!”金哥说:“三婶,你这两日怎么淡了?”玉姐不理。金哥又问:“你想三叔,还想谁?你对我说,我与你接去。”玉姐说:“我自三叔去后,朝朝思想,那里又有谁来?我曾记得一辈古人。”金哥说:“是谁?”玉姐说:“昔有个亚仙女,郑元和为他黄金使尽,去打《莲花落》。后来收心勤读诗书,一举成名。

那亚仙风月场中显大名。我常怀亚仙之心,怎得三叔他像郑元和方好。”

金哥听说,口中不语,心内自思:“王三到也与郑元和相像了,虽不打《莲花落》,也在孤老院讨饭吃。”金哥乃低低把三婶叫了一声,说:“三叔如今在庙中安歇,叫我密密的报与你,济他些盘费,好上南京。”玉姐唬了一惊:“金哥休要哄我。”金哥说:“三婶,你不信,跟我到庙中看看去。”玉姐说:“这里到庙中有多少远?”金哥说:“这里到庙中有三里地。”玉姐说:“怎么敢去?”又问:“三叔还有甚话?”金哥说:“只是少银子钱使用,并没甚话。”玉姐说:“你去对三叔说:‘十五日在庙里等我。’”金哥去庙里回复三官,就送三官到王匠家中:“倘若他家不留你,就到我家里去。”幸得王匠回家,又留住了公子不提。

却说老鸨又问:“三姐,你这两日不吃饭,还是想着王三哩!你想他,他不想你,我儿好痴!我与你寻个比王三强的,你也新鲜些。”玉姐说:“娘,我心里一件事不得停当。”鸨子说:“你有甚么事?”玉姐说:“我当初要王三的银子,黑夜与他说话,指着城隍爷爷说誓。如今等我还了愿,就接别人。”老鸨问:“几时去还愿?”玉姐道:“十五日去罢!”老鸨甚喜。预先备下香烛纸马。

等到十五日,天未明,就叫丫头起来:“你与姐姐烧下水洗脸。”玉姐也怀心,起来梳洗,收拾私房银两,并钗钏首饰之类,叫丫头拿着纸马,径往城隍庙里去。进的庙来,天还未明,不见三官在那里。那晓得三官却躲在东廊下相等。先已看见玉姐,咳嗽一声。玉姐就知,叫丫头烧了纸马:“你先去,我两边看看十帝阎君。”玉姐叫了丫头转身,径来东廊下寻三官。三官见了玉姐,羞面通红。玉姐叫声:“哥哥王顺卿,怎么这等模样?”两下抱头而哭。玉姐将所带有二百两银子东西,付与三官,叫他置办衣帽买骡子,再到院里来:“你只说是从南京才到,休负奴言。”二人含泪各别。

玉姐回至家中,鸨子见了,欣喜不胜,说:“我儿还了愿了?”玉姐说:“我还了旧愿,发下新愿。”鸨子说:“我儿,你发下甚么新愿?”玉姐说:“我要再接王三,把咱一家子死的灭门绝户,天火烧了!”鸨子说:“我儿这愿,忒发得重了些。”从此欢天喜地不提。

且说三官回到王匠家,将二百两东西,递与王匠。王匠大喜,随即到了市上,买了一身衲帛衣服,粉底皂靴,绒袜,瓦楞帽子,青丝绦,真川扇,皮箱骡马,办得齐整。把砖头瓦片,用布包裹,假充银两,放在皮箱里面,收拾打扮停当。雇了两个小厮,跟随就要起身。王匠说:"三叔,略停片时,小子置一杯酒饯行。"公子说:"不劳如此,多蒙厚爱,异日须来报恩。"三官遂上马而去。

妆成圈套入胡同,鸨子焉能不强从。

亏杀玉堂垂念永,固知红粉亦英雄。

却说公子辞了王匠夫妇,径至春院门首。只见几个小乐工,都在门首说话。忽然看见三官气象一新,唬了一跳,飞风报与老鸨。老鸨听说,半晌不言:"这等事怎么处?向日三姐说:他是宦家公子,金银无数,我却不信,逐他出门去了。今日到带有金银,好不惶恐人也!"左思右想,老着脸走出来见了三官,说:"姐夫从何而至?"一手扯住马头。公子下马唱了半个喏,就要行,说:"我伙计都在船中等我。"老鸨陪笑道:"姐夫好狠心也。就是寺破僧丑,也看佛面;纵然要去,你也看看玉堂春。"公子道:"向日那几两银子值甚的?学生岂肯放在心上!我今皮箱内,现有五万银子,还有几船货物,伙计也有数十人。有王定看守在那里。"鸨子一发不肯放手了。公子恐怕掣脱了,将计就计,进到院门坐下。鸨儿分付厨下忙摆酒席接风。三官茶罢,就要走。故意攦①出两锭银子来,都是五两头细丝。三官捡起,袖而藏之。鸨子又说:"我到了姑娘家酒也不曾吃,就问你。说你往东去了,寻不见你,寻了一个多月,俺才回家。"公子乘机便说:"亏你好心,我那时也寻不见你。王定来接我,我就回家去了。我心上也牵挂着玉姐,所以急急而来。"老鸨忙叫丫头去报玉堂春。

丫头一路笑上楼来,玉姐已知公子到了,故意说:"奴才笑甚么?"丫头说:"王姐夫又来了。"玉姐故意唬了一跳,说:"你不要哄我!"不肯下楼。老鸨慌忙自来。玉姐故意回脸往里睡。鸨子说:"我的亲儿!王姐夫来了,你不知道么?"玉姐也不语,连问了四五声,只不答应。这一时待要骂,又用着他,扯一把椅子拿过来,一直坐下,长吁了一声气。玉姐见他这模样,故意回过头起来,双膝跪在楼上,说:"妈妈!今日饶我这顿打。"老鸨忙扯起来说:"我儿!你还不知道王姐夫又来了。拿有五万两花银,船上又有货物并伙计数十人,比前加倍。你可去见他,好心奉承。"玉姐

---

① 攦(lì)——折断,拗。

道:“发下新愿了,我不去接他。”鸨子道:“我儿!发愿只当取笑。”一手挽玉姐下楼来,半路就叫:“王姐夫,三姐来了。”三官见了玉姐,冷冷的作了一揖,全不温存。老鸨便叫丫头摆桌,取酒斟上一盅,深深万福,递与王姐夫:“权当老身不是。可念三姐之情,休走别家,教人笑话。”三官微微冷笑。叫声:“妈妈,还是我的不是。”老鸨殷勤劝酒,公子吃了几杯,叫声“多扰”,抽身就走。翠红一把扯住,叫:“玉姐,与俺姐夫陪个笑脸。”老鸨说:“王姐夫,你忒做绝了。丫头把门顶了,休放你姐夫出去。”叫丫头把那行李抬在百花楼去,就在楼下重设酒席,笙琴细乐,又来奉承。吃了半更,老鸨说:“我先去了,让你夫妻二人叙话。”三官玉姐正中其意,携手登楼:

如同久旱逢甘雨,好似他乡遇故知。

二人一晚叙话,正是“欢娱嫌夜短,寂寞恨更长”。不觉鼓打四更,公子爬将起来,说:“姐姐,我走罢!”玉姐说:“哥哥,我本欲留你多住几日,只是留君千日,终须一别。今番作急回家,再休惹闲花野草。见了二亲,用意攻书。倘或成名,也争得这一口气。”玉姐难舍王公子,公子留恋玉堂春。玉姐说:“哥哥,你到家,只怕娶了家小不念我。”三官说:“我怕你在北京另接一人,我再来也无益了。”玉姐说:“你指着圣贤爷①说了誓愿。”两人双膝跪下。公子说:“我若南京再娶家小,五黄六月②害病死了我。”玉姐说:“苏三再若接别人,铁锁长枷永不出世。”就将镜子拆开,各执一半,日后为记。玉姐说:“你败了三万两银子,空手而回,我将金银首饰器皿,都与你拿去罢。”三官说:“亡八淫妇知道时,你怎打发他?”玉姐说:“你莫管我,我自有主意。”玉姐收拾完备,轻轻的开了楼门,送公子出去了。

天明鸨儿起来,叫丫头烧下洗脸水,承下净口茶:“看你姐夫醒了时,送上楼去,问他要吃甚么?我好做去。若是还睡,休惊醒他。”丫头走上楼去,见摆设的器皿都没了,梳妆匣也出空了,撇在一边。揭开帐子,床上空了半边。跑下楼,叫:“妈妈罢了!”鸨子说:“奴才!慌甚么?惊着你姐夫。”丫头说:“还有甚么姐夫?不知那里去了。俺姐姐回脸往里睡着。”

---

① 圣贤爷——天上的神灵。

② 五黄六月——即五荒六月,指炎夏。

老鸨听说,大惊,看小厮骡脚都去了。连忙走上楼来,喜得皮箱还在。打开看时,都是个砖头瓦片。鸨儿便骂:"奴才!王三那里去了?我就打死你!为何金银器皿他都偷去了?"玉姐说:"我发过新愿了,今番不是我接他来的。"鸨子说:"你两个昨晚说了一夜话,一定晓得他去处。"亡八就去取皮鞭,玉姐拿个手帕,将头扎了。口里说:"待我寻王三还你。"忙下楼来,往外就走。鸨子乐工,恐怕走了,随后赶来。

玉姐行至大街上,高声叫屈:"图财杀命!"只见地方都来了。鸨子说:"奴才,他到把我金银首饰尽情拐去,你还放刁!"亡八说:"由他,咱到家里算账。"玉姐说:"不要说嘴,咱往那里去?那是我家?我同你到刑部堂上讲讲,恁家里是公侯宰相朝郎驸马,你那里的金银器皿!万物要凭个理。一个行院人家,至轻至贱,那有甚么大头面,戴往那里去坐席?王尚书公子在我家,费了三万银子,谁不知道他去了就开手。你昨日见他有了银子,又去哄到家里,图谋了他行李。不知将他下落在何处?列位做个证见。"说得鸨子无言可答。亡八说:"你叫王三拐去我的东西,你反来图赖我。"玉姐舍命,就骂:"亡八淫妇,你图财杀人,还要说嘴?现今皮箱都打开在你家里,银子都拿过了。那王三官不是你谋杀了是那个?"鸨子说:"他那里有甚么银子?都是砖头瓦片哄人。"玉姐说:"你亲口说带有五万银子,如何今日又说没有?"两下厮闹。众人晓得三官败过三万银子是真,谋命的事未必,都将好言劝解。玉姐说:"列位,你既劝我不要到官,也得我骂他几句,出这口气。"众人说:"凭你骂罢!"玉姐骂道:

你这亡八是喂不饱的狗,鸨子是填不满的坑。不肯思量做生理,只是排局骗别人。奉承尽是天罗网,说话皆是陷人坑。只图你家长兴旺,那管他人贫不贫。八百好钱买了我,与你挣了多少银。我父叫做周彦亨,大同城里有名人。买良为贱该甚罪?兴贩人口问充军。哄诱良家子弟犹自可,图财杀命罪非轻!你一家万分无天理,我且说你两三分。

众人说:"玉姐,骂得够了。"鸨子说:"让你骂许多时,如今该回去了。"玉姐说:"要我回去,须立个文书执照与我。"众人说:"文书如何写?"玉姐说:"要写'不合买良为娼,及图财杀命'等话。"亡八那里肯写。玉姐又叫起屈来。众人说:"买良为娼,也是门户常事。那人命事不的实,却难招认。我们只主张写个赎身文书与你罢!"亡八还不肯。众人说:"你莫说别项,只王公子三万银子也够买三百个粉头了。玉姐左右心不向你了。舍了他罢!"众人都到酒店里面,讨了一张绵纸,一人念,一人写,只要亡八鸨子押花①。玉姐道:"若写得不公道,我就扯碎了。"众人道:"还你停当。"写道:

立文书本司乐户苏淮同妻一秤金,向将钱八百文,讨大同府人周彦亨女玉堂春在家,本望接客靠老,奈女不愿为娼。

写到"不愿为娼",玉姐说:"这句就是了。须要写收过王公子财礼银三万两。"亡八道:"三儿!你也拿些公道出来。这一年多费用去了,难道也算?"众人道:"只写二万罢。"又写道:

有南京公子王顺卿,与女相爱,淮得过银二万两,凭众议作赎身财礼。今后听凭玉堂春嫁人,并与本户无干。立此为照。

后写"正德年月日,立文书乐户苏淮同妻一秤金",见人②有十余人。众人先押了花。苏淮只得也押了,一秤金也画个十字。玉姐收讫,又说:"列位老爹!我还有一件事,要先讲个明。"众人曰:"又是甚事?"玉姐曰:"那百花楼,原是王公子盖的,拨与我住。丫头原是公子买的,要叫两个来伏侍我。以后米面柴薪菜蔬等项,须是一一供给,不许掯勒③短少,直待我嫁人方止。"众人说:"这事都依着你。"玉姐辞谢先回。亡八又请众人吃过酒饭方散。正是:

周郎妙计高天下,赔了夫人又折兵。

话说公子在路,夜住晓行,不数日,来到金陵自家门首下马。王定看见,唬了一惊,上前把马扯住,进的里面。三官坐下,王定一家拜见了。三官就问:"我老爷安么"王定说:"安。""大叔、二叔、姑爷、姑娘何如?"王定说:"俱安。"又问:"你听得老爷说我家来,他要怎么处?"王定不言,长吁一口气,只看看天。三官就知其意:"你不言语,想是老爷要打死我?"王定说:"三叔!老爷誓不留你,今番不要见老爷了。私去看看老奶奶和姐姐兄嫂讨些盘费,他方去安身罢!"公子又问:"老爷这二年,与何人相厚?央他来与我说个人情。"王定说:"无人敢说。只除是姑娘姑爹,意思

---

① 押花——签字画押。
② 见人——见证人。
③ 掯(kèn)勒——不爽快,刁难。

间稍提提,也不敢直说。”三官道:“王定,你去请姑爹来,我与他讲这件事。”

王定即时去请刘斋长、何上舍①到来,叙礼毕,何、刘二位说:“三舅,你在此,等俺两个与咱爷讲过,使人来叫你。若不依时,捎信与你,作速逃命。”二人说罢,竟往潭府来见了王尚书。坐下,茶罢,王爷问何上舍:“田庄好么?”上舍答道:“好!”王爷又问刘斋长:“学业何如?”答说:“不敢,连日有事,不得读书。”王爷笑道:“‘读书过万卷,下笔如有神。’秀才将何为本?‘家无读书子,官从何处来?’今后须宜勤学,不可将光阴错过。”刘斋长唯唯谢教。何上舍问:“客位前这墙几时筑的?一向不见。”王爷笑曰:“我年大了,无多田产,日后恐怕大的二的争竞,预先分为两分。”二人笑说:“三分家事,如何只做两分?三官回来,叫他那里住?”王爷闻说,心中大恼:“老夫平生两个小儿,那里又有第三个?”二人齐声叫:“爷,你如何不疼三官王景隆?当初还是爷不是,托他在北京讨账,无有一个去接寻。休说三官十六七岁,北京是花柳之所,就是久惯江湖,也迷了心。”二人双膝跪下掉下泪来。王爷说:“没下梢②的狗畜生,不知死在那里了,再休提起了!”

正说间,二位姑娘也到。众人都知三官到家,只哄着王爷一人。王爷说:“今日不请都来,想必有甚事情?”即叫家奴摆酒。何静庵欠身打一躬曰:“你闺女昨晚作一梦,梦三官王景隆身上褴褛,叫他姐姐救他性命。三更鼓做了这个梦,半夜捶床捣枕哭到天明,埋怨着我不接三官,今日特来问问三舅的信音。”刘心斋亦说:“自三舅在京,我夫妇日夜不安,今我与姨夫凑些盘费,明日起身去接他回来。”王爷含泪道:“贤婿,家中还有两个儿子,无他又待怎生?”何、刘二人往外就走。王爷向前扯住,问:“贤婿何故起身?”二人说:“爷撒手,你家亲生子还是如此,何况我女婿也?”大小儿女放声大哭,两个哥哥一齐下跪,女婿也跪在地上,奶奶在后边掉下泪来。引得王爷心动,亦哭起来。

王定跑出来说:“三叔,如今老爷在那里哭你,你好过去见老爷,不要待等恼了。”王定推着公子进前厅跪下,说:“爹爹!不孝儿王景隆今日回

---

① 斋长、上舍——古时对读书人的尊称,指已上了学的优秀分子。
② 下梢——结局、下场。

了。”那王爷两手擦了泪眼，说：“那无耻畜生，不知死的往那里去了。北京城街上最多游食光棍，偶与畜生面庞厮像，假充畜生来家，哄骗我财物。可叫小厮拿送三法司①问罪！”那公子往外就走。二位姐姐赶至二门首拦住说：“短命的，你待往那里去？”三官说：“二位姐姐，开放条路与我逃命罢！”二位姐姐不肯撒手，推至前来双膝跪下，两个姐姐手指说：“短命的！娘为你痛得肝肠碎，一家大小为你哭得眼花，那个不牵挂！”众人哭在伤情处，王爷一声喝住众人不要哭，说：“我依着二位姐夫，收了这畜生，可叫我怎么处他？”众人说：“消消气再处。”王爷摇头。奶奶说：“凭我打罢。”王爷说：“可打多少？”众人说：“任爷爷打多少！”王爷道：“须依我说，不可阻我，要打一百。”大姐二姐跪下说：“爹爹严命，不敢阻当，容你儿代替罢！大哥二哥每人替上二十，大姐二姐每人亦替二十。”王爷说：“打他二十。”大姐二姐说：“叫他姐夫也替他二十。只看他这等黄瘦，一棍打在那里？等他膘满肉肥，那时打他不迟。”王爷笑道：“我儿，你也说得是。想这畜生，天理已绝，良心已丧，打他何益？我问你：‘家无生活计，不怕斗量金。’我如今又不做官了，无处挣钱，作何生意以为糊口之计？要做买卖，我又无本钱与你。二位姐夫问他那银子还有多少？”何、刘便问三舅：“银子还有多少？”

王定抬过皮箱打开，尽是金银首饰器皿等物。王爷大怒，骂：“狗畜生！你在那里偷的这东西？快写首状②，休要玷辱了门庭！”三官高叫：“爹爹息怒，听不肖儿一言。”遂将初遇玉堂春，后来被鸨儿如何哄骗尽了，如何亏了王银匠收留，又亏了金哥报信，玉堂春私将银两赠我回乡。这些首饰器皿皆玉堂春所赠，备细述了一遍。王爷听说骂道：“无耻狗畜生！自家三万银子都花了，却要娼妇的东西，可不羞杀了人。”三官说：“儿不曾强要他的，是他情愿与我的。”王爷说：“这也罢了。看你姐夫面上，与你一个庄子，你自去耕地布种。”公子不言。王爷怒道：“王景隆，你不言怎么说？”公子说：“这事不是孩儿做的。”王爷说：“这事不是你做的，你还去嫖院罢！”三官说：“儿要读书。”王爷笑曰：“你已放荡了，心猿意马，

① 三法司——明代设职掌司法和狱讼事情的三个机关，即刑部、都察院和大理寺。

② 首状——出首，向官厅报告。

读甚么书?”公子说:“孩儿此回笃志用心读书。”王爷说:“既知读书好,缘何这等胡为?”何静庵立起身来说:“三舅受了艰难苦楚,这下来改过迁善,料想要用心读书。”王爷说:“就依你众人说,送他到书房里去,叫两个小厮去伏侍他。”即时就叫小厮送三官往书院里去。两个姐夫又来说:“三舅久别,望老爷留住他,与小婿共饮则可。”王爷说:“贤婿,你如此乃非教子之方,休要纵他。”二人道:“老爷言之最善。”于是翁婿大家痛饮,尽醉方归。这一出父子相会,分明是:

月被云遮重露彩,花遭霜打又逢春。

却说公子进了书院,清清独坐,只见满架诗书,笔山砚海,叹道:“书呵!相别日久,且是生涩。欲待不看,焉得一举成名,却不辜负了玉姐言语?欲待读书,心猿放荡,意马难收。”公子寻思一会,拿着书来读了一会。心下只是想着玉堂春。忽然鼻闻甚气,耳闻甚声,乃问书童道:“你闻这书里甚么气?听听甚么响?”书童说:“三叔,俱没有。”公子道:“没有?呀,原来鼻闻乃是脂粉气,耳听即是筝板声。”公子一时思想起来:“玉姐当初嘱咐我是甚么话来?叫我用心读书。我如今未曾读书,心意还丢他不下,坐不安,寝不宁,茶不思,饭不想,梳洗无心,神思恍惚。”公子自思:“可怎么处他?”走出门来,只见大门上挂着一联对子:“‘十年受尽窗前苦,一举成名天下闻。’这是我公公作下的对联。他中举会试,官至侍郎。后来咱爹爹在此读书,官到尚书。我今在此读书,亦要攀龙附凤,以继前人之志。”又见二门上有一联对子:“不受苦中苦,难为人上人。”公子急回书房,看见《风月机关》、《洞房春意》,公子自思:“乃是二书乱了我的心。”将一火而焚之。破镜分钗,俱将收了。心中回转,发志勤学。

一日书房无火,书童往外取火。王爷正坐,叫书童。书童近前跪下。王爷便问:“三叔这一会用功不曾?”书童说:“禀老爷得知,我三叔先时通不读书,胡思乱想,体瘦如柴。这半年整日读书,晚上读至三更方才睡,五更就起,直至饭后,方才梳洗。口虽吃饭,眼不离书。”王爷道:“奴才!你好说谎,我亲自去看他。”书童叫:“三叔,老爷来了。”公子从从容容迎接父亲。王爷暗喜。观他行步安详,可以见他学问。王爷正面坐下,公子拜见。王爷曰:“我限的书你看了不曾?我出的题你做了多少?”公子说:“爹爹严命,限儿的书都看了,题目都做完了,但有余力旁观子史。”王爷说:“拿文字来我看。”公子取出文字。王爷看他所作文课,一篇强如一篇,心中甚喜,叫:“景隆,去应个儒士科举罢!”公子说:“儿读了几日书,敢望中举?”王爷说:“一遭中了虽多,两遭中了甚广。出去观观场,下科好中。”王爷就写书与提学察院,许公子科举。竟到八月初九日,进过头场,写出文字与父亲看。王爷喜道:“这七篇,中有何难?”到二场三场俱完,王爷又看他后场,喜道:“不在散举,决是魁解。”

话分两头。却说玉姐自上了百花楼,从不下梯。是日闷倦,叫丫头:“拿棋子过来,我与你下盘棋。”丫头说:“我不会下。”玉姐说:“你会打双陆么?”丫头说:“也不会。”玉姐将棋盘双陆一皆撇在楼板上。丫头见玉姐眼中掉泪,即忙掇过饭来,说:“姐姐,自从昨晚没用饭,你吃个点心。”玉姐拿过分为两半,右手拿一块吃,左手拿一块与公子。丫头欲接又不敢接。玉姐猛然睁眼见不是公子,将那一块点心掉在楼板上。丫头又忙掇过一碗汤来,说:“饭干燥,吃些汤罢!”玉姐刚呷得一口,泪如涌泉,放下了,问:“外边是甚么响?”丫头说:“今日中秋佳节,人人玩月,处处笙歌,俺家翠香、翠红姐都有客哩!”玉姐听说,口虽不言,心中自思:“哥哥今已去了一年了。”叫丫头拿过镜子来照了一照,猛然唬了一跳:“如何瘦的我这模样?”把那镜丢在床上,长吁短叹,走至楼门前,叫丫头:“拿椅子过来,我在这里坐一坐。”坐了多时,只见明月高升,谯楼鼓转,玉姐叫丫头:“你可收拾香烛过来。今日八月十五日,乃是你姐夫进三场日子,我烧一炷香保佑他。”玉姐下楼来,当天井跪下,说:“天地神明,今日八月十五日,我哥王景隆进了三场,愿他早占鳌头,名扬四海。”祝罢,深深拜了四拜。有诗为证:

对月烧香祷告天,何时得泄腹中冤。
王郎有日登金榜,不枉今生结好缘。

却说西楼上有个客人,乃山西平阳府洪同县人,拿有整万银子,来北京贩马。这人姓沈名洪,因闻玉堂春大名,特来相访。老鸨见他有钱,把翠香打扮当作玉姐。相交数日,沈洪方知不是,苦求一见。是夜丫头下楼取火,与玉姐烧香。小翠红忍不住多嘴,就说了:“沈姐夫,你每日间想玉姐,今夜下楼,在天井内烧香,我和你悄悄地张他。”沈洪将三钱银子买嘱了丫头,悄然跟到楼下,月明中,看得仔细。等他拜罢,趋出唱喏。玉姐大惊,问:“是甚么人?”答道:“在下是山西沈洪,有数万本钱,在此贩马。久慕玉姐大名,未得面睹,今日得见,如拨云雾见青天。望玉姐不弃,同到西楼一会。"玉姐怒道:"我与你素不相识,今当夤夜①,何故自夸财势,妄生事端?"沈洪又哀告道:"王三官也只是个人,我也是个人。他有钱,我亦有钱,那些儿强似我?"说罢,就上前要搂抱玉姐。被玉姐照脸啐一口,急急上楼关了门,骂丫头:"好大胆,如何放这野狗进来?"沈洪没意思自去了。玉姐思想起来,分明是小翠香、小翠红这两个奴才报他,又骂:"小淫妇,小贱人,你接着得意孤老②也好了,怎该来罗唣我?"骂了一顿,放声悲哭:"但得我哥哥在时,那个奴才敢调戏我!"又气又苦,越想越毒。正是:

可人去后无日见,俗子来时不待招。

却说三官在南京乡试终场,闲坐无事,每日只想玉姐。南京一般也有本司院③,公子再不去走。到了二十九关榜之日,公子想到三更以后,方才睡着。外边报喜的说:"王景隆中了第四名。"三官梦中闻信,起来梳洗,扬鞭上马,前拥后簇,去赴鹿鸣宴④。父母兄嫂、姐夫姐姐,喜做一团,连日做庆贺筵席。公子谢了主考,辞了提学⑤,坟前祭扫了,起了文书。"禀父母得知,儿要早些赴京,到僻静去处安下,看书数月,好入会试。"父母明知公子本意牵挂玉堂春,中了举,只得依从,叫大哥二哥来:"景隆赴京会试,昨日祭扫,有多少人情?"大哥说:"不过三百余两。"王爷道:"那只够他人情的,分外再与他一二百两拿去。"二哥说:"禀上爹爹,用不得许多银子。"王爷说:"你那知道,我那同年门生,在京颇多,往返交接,非钱不行。等他手中宽裕,读书也有兴。"叫景隆收拾行装,有知心同年,约上两三位。分付家人到张先生家看了良辰。公子恨不的一时就到北京。邀了几个朋友,雇了一只船,即时拜了父母,辞别兄嫂。两个姐夫邀亲朋至十里长亭,酌酒作别。公子上的船来,手舞足蹈,莫知所之。众人不解其意,他心里只想着玉姐玉堂春。不则一日到了济宁府,舍舟起岸,不在

① 夤(yín)——深。
② 孤老——旧时妓女称接的客人为孤老。
③ 本司院——教坊司管辖的乐籍居住地,即妓院。
④ 鹿鸣宴——乡试发榜的第二天,州县长官为新举子举行庆祝宴会。因会上要歌"鹿鸣"诗,作魁星舞,故称。
⑤ 提学——管理所属州县学校和教育行政的官员。

话下。

再说沈洪自从中秋夜见了玉姐，到如今朝思暮想，废寝忘餐，叫声：“二位贤姐，只为这冤家害的我一丝两气，七颠八倒。望二位可怜我孤身在外，举眼无亲，替我劝化玉姐，叫他相会一面，虽死在九泉之下，也不敢忘了二位活命之恩。”说罢，双膝跪下。翠香、翠红说：“沈姐夫，你且起来，我们也不敢和他说这话。你不见中秋夜骂的我们不耐烦。等俺妈妈来，你央浼①他。”沈洪说：“二位贤姐，替我请出妈妈来。”翠香姐说：“你跪着我，再磕一百二十个大响头。”沈洪慌忙跪下磕头。”翠香即时就去，将沈洪说的言语述与老鸨。老鸨到西楼见了沈洪，问：“沈姐夫唤老身何事？”沈洪说：“别无他事，只为不得玉堂春到手。你若帮衬我成就了此事，休说金银，便是杀身难报。”老鸨听说，口内不言，心中自思：“我如今若许了他，倘三儿不肯，教我如何？若不许他，怎哄出他的银子？”沈洪见老鸨踌躇不语，便看翠红。翠红丢了一个眼色，走下楼来。沈洪即跟他下去。翠红说：“常言‘姐爱俏，鸨爱钞’。你多拿些银子出来打动他，不愁他不用心。他是使大钱的人，若少了，他不放在眼里。”沈洪说：“要多少？”翠香说：“不要少了！就把一千两与他，方才成得此事。”也是沈洪命运该败，浑如鬼迷一般，即依着翠香，就拿一千两银子来，叫：“妈妈，财礼在此。”老鸨说：“这银子，老身权收下。你却不要性急，待老身慢慢的偎他。”沈洪拜谢说：“小子悬悬而望。”正是：

　　请下烟花诸葛亮，欲图风月玉堂春。

且说十三省乡试榜都到午门外张挂，王银匠邀金哥说：“王三官不知中了不曾？”两个跑在午门外南直隶榜下，看解元②是《书经》，往下第四个乃王景隆。王匠说：“金哥好了！三叔已中在第四名。”金哥道：“你看看的确，怕你认不得字。”王匠说：“你说话好欺人，我读书读到《孟子》，难道这三个字也认不得？随你叫谁看！”金哥听说大喜。二人买了一本乡试录，走到本司院里去报玉堂春说：“三叔中了！”玉姐叫丫头将试录拿上楼来，展开看了，上刊“第四名王景隆”，注明“应天府儒士，《礼记》”。玉姐步出楼门，叫丫头忙排香案，拜谢天地。起来先把王匠谢了，转身又谢

---

① 央浼（měi）——请托，央求。

② 解元——乡试第一名称解元。

金哥。唬得亡八鸨子魂不在体。商议说:“王三中了举,不久到京,白白地要了玉堂春去,可不人财两失?三儿向他孤老,决没甚好言语,搬斗是非,教他报往日之仇。此事如何了?”鸨子说:“不若先下手为强。”亡八说:“怎么样下手?”老鸨说:“咱已收了沈官人一千两银子,如今再要了他一千,贱些价钱卖与他罢。”亡八道:“三儿不肯如何?”鸨子说:“明日杀猪宰羊,买一桌纸钱。假说东岳庙看会,烧了纸,说了誓,合家从良,再不在烟花巷里。小三若闻知从良一节,必然也要往岳庙烧香。叫沈官人先安轿子,径抬往山西去。公子那时就来,不见他的情人,心下就冷了。”亡八说:“此计大妙。”即时暗暗地与沈洪商议。又要了他一千银子。

次早,丫头报与玉姐:“俺家杀猪宰羊,上岳庙哩。”玉姐问:“为何?”丫头道:“听得妈妈说:‘为王姐夫中了,恐怕他到京来报仇,今日发愿,合家从良。’”玉姐说:“是真是假?”丫头说:“当真哩!昨日沈姐夫都辞去了。如今再不接客了。”玉姐说:“既如此,你对妈妈说,我也要去烧香。”老鸨说:“三姐,你要去,快梳洗,我唤轿儿抬你。”玉姐梳妆打扮,同老鸨出的门来。正见四个人,抬着一顶空轿。老鸨便问:“此轿是雇的?”这人说:“正是。”老鸨说:“这里到岳庙要多少雇价?”那人说:“抬去抬来,要一钱银子。”老鸨说:“只是五分。”那人说:“这个事小,请老人家上轿。”老鸨说:“不是我坐,是我女儿要坐。”玉姐上轿,那二人抬着,不往东岳庙去,径往西门去了。

走有数里,到了上高转折去处,玉姐回头,看见沈洪在后骑着个骡子。玉姐大叫一声:“吆!想是亡八鸨子盗卖我了?”玉姐大骂:“你这些贼狗奴,抬我往那里去?”沈洪说:“往那里去?我为你去了二千两银子,买你往山西家去。”玉姐在轿中号啕大哭,骂声不绝。那轿夫抬了飞也似走。行了一日,天色已晚。沈洪寻了一座店房,排合卺①美酒,指望洞房欢乐。谁知玉姐提着便骂,触着便打。沈洪见店中人多,恐怕出丑,想道:“瓮中之鳖,不怕他走了,权耐几日,到我家中,何愁不从。”于是反将好话奉承,并不去犯他。玉姐终日啼哭,自不必说。

却说公子一到北京,将行李上店,自己带两个家人,就往王银匠家,探问玉堂春消息。王匠请公子坐下:“有现成酒,且吃三杯接风,慢慢告

---

① 卺(jǐn)——古代结婚时用的酒具。

诉。”王匠就拿酒来斟上。三官不好推辞,连饮了三杯,又问:“玉姐敢不知我来?”王匠叫:“三叔开怀,再饮三杯。”三官说:“够了,不吃了。”王匠说:“三叔久别,多饮几杯,不要太谦。”公子又饮了几杯,问:“这几日曾见玉姐不曾?”王匠又叫:“三叔且莫问此事,再吃三杯。”公子心疑,站起说:“有甚或长或短,说个明白,休闷死我也!”王匠只是劝酒。

却说金哥在门首经过,知道公子在内,进来磕头叫喜。三官问金哥:“你三婶近日何如?”金哥年幼多嘴,说:“卖了。”三官急问说:“卖了谁?”王匠瞅了金哥一眼,金哥缩了口。公子坚执盘问,二人瞒不过,说:“三婶卖了。”公子问:“几时卖了?”王匠说:“有一个月了。”公子听说,一头撞在尘埃。二人忙扶起来。公子问金哥:“卖在那里去了?”金哥说:“卖与山西客人沈洪去了。”三官说:“你那三婶就怎么肯去?”金哥叙出:“鸨儿假意从良,杀猪宰羊上岳庙,哄三婶同去烧香。私与沈洪约定,雇下轿子抬去,不知下落。”公子说:“亡八盗卖我玉堂春,我与他算账!”那时叫金哥跟着,带领家人,径到本司院里。进的院门,亡八眼快,跑去躲了。公子问众丫头:“你家玉姐何在?”无人敢应。公子发怒,房中寻见老鸨,一把揪住,叫家人乱打。金哥劝住。公子就走在百花楼上,看见锦帐罗帏,越加怒恼,把箱笼尽行打碎,气得痴呆了,问:“丫头,你姐姐嫁那家去了?可老实说,饶你打。”丫头说:“去烧香,不知道就偷卖了他。”公子满眼落泪,说:“冤家,不知是正妻,是偏妾?”丫头说:“他家里自有老婆。”公子听说,心中大怒,恨骂:“亡八淫妇,不仁不义!”丫头说:“他今日嫁别人去了,还疼他怎的?”公子满眼流泪。

正说间,忽报朋友来访。金哥劝:“三叔休恼,三婶一时不在了,你纵然哭他,他也不知道。今有许多相公在店中相访,闻公子在院中,都要来。”公子听说,恐怕朋友笑话,即便起身回店。公子心中气闷,无心应举,意欲束装回家。朋友闻知,都来劝说:“顺卿兄,功名是大事,表子是末节,那里有为表子而不去求功名之理?”公子说:“列位不知,我奋志勤学,皆为玉堂春的言语激我。冤家为我受了千辛万苦,我怎肯轻舍?”众人叫:“顺卿兄,你倘联捷①,幸在彼地,见之何难?你若回家,忧虑成病,父母悬心,朋友笑耻,你有何益?”三官自思言之最当,倘或侥幸,得到山

① 联捷——科举考试,接连高中。

西,平生愿足矣。数言劝醒公子。

会试日期已到,公子进了三场,果中金榜二甲第八名,刑部观政。三个月,选了真定府理刑官,即遣轿马迎请父母兄嫂。父母不来,回书说:"教他做官勤慎公廉。念你年长未娶,已聘刘都堂之女,不日送至任所成亲。"公子一心只想着玉堂春,全不以聘娶为喜。正是:

已将路柳为连理,翻把家鸡作野鸳。

且说沈洪之妻皮氏,也有几分颜色,虽然三十余岁,比二八少年,也还风骚。平昔间嫌老公粗蠢,不会风流,又出外日多,在家日少。皮氏色性太重,打熬不过,间壁有个监生,姓赵名昂,自幼惯走花柳场中,为人风月,近日丧偶。虽然是纳粟①相公,家道已在消乏一边。一日,皮氏在后园看花,偶然撞见赵昂,彼此有心,都看上了。赵昂访知巷口做歇家的王婆,在沈家走动识熟,且是利口,善于做媒说合,乃将白银二十两,贿赂王婆,央他通脚。皮氏平昔间不良的口气,已有在王婆肚里。况且今日你贪我爱,一说一上,幽期密约,一墙之隔,梯上梯下,做就了一点不明不白的事。赵昂一者贪皮氏之色,二者要骗他钱财。枕席之间,竭力奉承。皮氏心爱赵昂,但是开口,无有不从,恨不得连家当都津贴了他。不上一年,倾囊倒箧,骗得一空。初时只推事故,暂时挪借,借去后,分毫不还。皮氏只愁老公回来盘问时,无言回答。一夜与赵昂商议,欲要跟赵昂逃走他方。赵昂道:"我又不是赤脚汉,如何走得?便走了,也不免吃官司。只除暗地谋杀了沈洪,做个长久夫妻,岂不尽美!"皮氏点头不语。

却说赵昂有心打听沈洪的消息,晓得他讨了院妓玉堂春一路回来,即忙报与皮氏知道,故意将言语触恼皮氏。皮氏怨恨不绝于声,问:"如今怎么样对付他说好?"赵昂道:"一进门时,你便数他不是,与他寻闹,叫他领着娼根另住,那时凭你安排了。我央王婆赎得些砒霜在此,觑便放在食器内,把与他两个吃。等他双死也罢,单死也罢!"皮氏说:"他好吃的是辣面。"赵昂说:"辣面内正好下药。"两人圈套已定,只等沈洪入来。

不一日,沈洪到了故乡,叫仆人和玉姐暂停门外,自己先进门,与皮氏相见,满脸陪笑说:"大姐休怪,我如今做了一件事。"皮氏说:"你莫不是娶了个小老婆?"沈洪说:"是了。"皮氏大怒,说:"为妻的整年月在家守活

---

① 纳粟——即纳贡,用纳粟捐资而取得国子监生的身份。

孤孀，你却花柳快活，又带这泼淫妇回来，全无夫妻之情。你若要留这淫妇时，你自在西厅一带住下，不许来缠我。我也没福受这淫妇的拜，不要他来。”昂然说罢，啼哭起来，拍台拍凳，口里“千亡八，万淫妇”骂不绝声。沈洪劝解不得，想道：“且暂时依他言语在西厅住几日，落得受用。等他气消了时，却领玉堂春与他磕头。”沈洪只道浑家是吃醋，谁知他有了私情，又且房计空虚了，正怕老公进房，借此机会，打发他另居。正是：

你向东时我向西，各人有意自家知。

不在话下。

却说玉堂春曾与王公子设誓，今番怎肯失节于沈洪，腹中一路打稿：“我若到这厌物家中，将情节哭诉他大娘子，求他做主，以全节操。慢慢的寄信与三官，教他将二千两银子来赎我去，却不好。”及到沈洪家里，闻知大娘不许相见，打发老公和他往西厅另住，不遂其计，心中又惊又苦。沈洪安排床帐在厢房，安顿了苏三。自己却去窝伴皮氏，陪吃夜饭。被皮氏三回五次催赶，沈洪说：“我去西厅时，只怕大娘着恼。”皮氏说：“你在此，我反恼；离了我眼睛，我便不恼。”沈洪唱个淡喏，谢声：“得罪。”出了房门，径望西厅而来。原来玉姐乘着沈洪不在，捡出他铺盖撇在厅中，自己关上房门自睡了。任沈洪打门，那里肯开。却好皮氏叫小段名到西厅看老公睡也不曾。沈洪平日原与小段名有情，那时扯在铺上，草草合欢，也当春风一度。事毕，小段名自去了。沈洪身子困倦，一觉睡去直至天明。

却说皮氏这一夜等赵昂不来，小段名回后，老公又睡了。翻来覆去，一夜不曾合眼。天明早起，赶下一轴面，煮熟分作两碗。皮氏悄悄把砒霜撒在面内，却将辣汁浇上，叫小段名送去西厅：“与你爹爹吃。”小段名送至西厅，叫道：“爹爹，大娘欠你，送辣面与你吃。”沈洪见是两碗，就叫：“我儿，送一碗与你二娘吃。”小段名便去敲门。玉姐在床上问：“做甚么？”小段名说：“请二娘起来吃面。”玉姐道：“我不要吃。”沈洪说：“想是你二娘还要睡，莫去闹他。”沈洪把两碗都吃了，须臾而尽。小段名收碗去了。

沈洪一时肚疼，叫道：“不好了，死也死也！”玉姐还只认假意，看着声音渐变，开门出来看时，只见沈洪九窍流血而死。正不知甚么缘故，慌慌的高叫：“救人！”只听得脚步响，皮氏早到，不等玉姐开言，就变过脸，故意问道:“好好的一个人,怎么就死了? 想必你这小淫妇弄死了他,要去嫁人!”玉姐说:“那丫头送面来,叫我吃,我不要吃,并不曾开门。谁知他吃了,便肚疼死了。必是面里有些缘故。”皮氏说:“放屁! 面里若有缘故,必是你这小淫妇做下的。不然,你如何先晓得这面是吃不得的,不肯吃? 你说并不曾开门,如何却在门外? 这谋死情由,不是你,是谁?”说罢,假哭起“养家的天”来。家中僮仆养娘都乱做一堆。皮氏就将三尺白布摆头,扯了玉姐往知县处叫喊。

正值王知县升堂,唤进问其缘故。皮氏说:“小妇人皮氏。丈夫叫沈洪,在北京为商,用千金娶这娼妇,叫做玉堂春为妾。这娼妇嫌丈夫丑陋,因吃辣面,暗将毒药放入,丈夫吃了,登时身死。望爷爷断他偿命。”王知县听罢,问:“玉堂春,你怎么说?”玉姐说:“爷爷,小妇人原籍北直隶大同府人氏。只因年岁荒旱,父亲把我卖在本司院苏家。卖了三年后,沈洪看见,娶我回家。皮氏嫉妒,暗将毒药藏在面中,毒死丈夫性命。反倚刁泼,展赖小妇人。”知县听玉姐说了一会,叫:“皮氏,想你见那男子弃旧迎新,你怀恨在心,药死亲夫,此情理或有之。”皮氏说:“爷爷,我与丈夫从幼的夫妻,怎忍做这绝情的事! 这苏氏原是不良之妇,别有个心上之人,分明是他药死,要图改嫁。望青天爷爷明镜。”知县乃叫苏氏:“你过来。我想你原系娼门,你爱那风流标致的人,想是你见丈夫丑陋,不趁你意,故此把毒药药死是实。”叫皂隶①:“把苏氏与我夹起来!”玉姐说:“爷爷! 小妇人虽在烟花巷里,跟了沈洪又不曾难为半分,怎下这般毒手? 小妇人果有恶意,何不在半路谋害? 既到了他家,他怎容得小妇人做手脚? 这皮氏昨夜就赶出丈夫,不许他进房。今早的面,出于皮氏之手,小妇人并无干涉。”王知县见他二人各说有理,叫皂隶暂把他二人寄监:“我差人访实再审。”二人进了南牢不提。

却说皮氏差人密密传与赵昂,叫他快来打点。赵昂拿着沈家银子,与刑房吏一百两,书手八十两,掌案的先生五十两,门子五十两,两班皂隶六十两,禁子每人二十两,上下打点停当。封了一千两银子,放在坛内,当酒送与王知县。知县受了。

次日清晨升堂,叫皂隶把皮氏一起提出来。不多时到了,当堂跪下。

---

① 皂隶——古代贱役;后专称在衙门里供职的差役。

知县说："我夜来一梦，梦见沈洪说：'我是苏氏药死，与那皮氏无干。'"玉堂春正待分辨，知县大怒，说："人是苦虫，不打不招。"叫皂隶："与我拶①起着实打！问他招也不招？他若不招，就活活敲死！"玉姐熬刑不过，说："愿招。"知县说："放下刑具。"皂隶递笔与玉姐画供。知县说："皮氏召保在外，玉堂春收监。"皂隶将玉姐手肘脚镣，带进南牢。禁子牢头都得了赵上舍银子，将玉姐百般凌辱。只等上司详允之后，就递罪状，结果他性命。正是：

安排缚虎擒龙计，断送愁鸾泣凤人。

且喜有个刑房吏姓刘名志仁，为人正直无私。素知皮氏与赵昂有奸，都是王婆说合。数日前撞见王婆在生药铺内赎砒霜，说："要药老鼠。"刘志仁就有些疑心。今日做出人命来，赵监生使着沈家不疼的银子来衙门打点，把苏氏买成死罪，天理何在？踌躇一会："我下监去看看。"那禁子正在那里逼玉姐要灯油钱。志仁喝退众人，将温言宽慰玉姐，问其冤情。玉姐垂泪拜诉来历。志仁见四旁无人，遂将赵监生与皮氏私情及王婆赎药始末，细说一遍，分付："你且耐心守困，待后有机会，我指点你去叫冤。日逐饭食，我自供你。"玉姐再三拜谢。禁子见刘志仁做主，也不敢则声。此话搁过不提。

却说公子自到真定府为官，举利除害，吏畏民悦，只是想念玉堂春，无刻不然。一日正在烦恼，家人来报，老奶奶家中送新奶奶来了。公子听说，接进家小。见了新人，口中不言，心内自思："容貌到也齐整，怎及得玉堂春风趣？"当时摆了合欢宴，吃下合卺杯。毕姻之际，猛然想起多娇："当初指望白头相守，谁知你嫁了沈洪，这官诰却被别人承受了。"虽然陪伴了刘氏夫人，心里还想着玉姐，因此不快，当夜中了伤寒。又想当初与玉姐别时，发下誓愿，各不嫁娶。心下疑惑，合眼就见玉姐在旁。刘夫人遣人到处祈禳②，府县官都来问安，请名医切脉调治，一月之外，才得痊可。公子在任年余，官声大著，行取到京。吏部考选天下官员。公子在部点名已毕，回到下处，焚香祷告天地，只愿山西为官，好访问玉堂春消息。须臾马上人来报："王爷点了山西巡按。"公子听说，两手加额："趁我平生

---

① 拶（zǎn）——压紧。

② 祈禳（ráng）——向鬼神祈祷消除灾祸。禳，消除灾祸。

之愿矣！"

次日领了敕印辞朝，连夜起马，往山西省城上任讫。即时发牌，先出巡平阳府。公子到平阳府，坐了察院，观看文卷。见苏氏玉堂春问了重刑，心内惊慌："其中必有跷蹊。"随叫书吏过来："选一个能干事的，跟着我私行采访。你众人在内，不可走漏消息。"

公子时下换了素巾青衣，随跟书吏，暗暗出了察院。雇了两个骡子，往洪同县路上来。这赶脚的小伙，在路上闲问："二位客官往洪同县有甚贵干？"公子说："我来洪同县要娶个妾，不知谁会说媒？"小伙说："你又说娶小。俺县里一个财主，因娶了个小，害了性命。"公子问："怎的害了性命？"小伙说："这财主叫沈洪，妇人叫做玉堂春。他是京里娶来的。他那大老婆皮氏与那邻家赵昂私通，怕那汉子回来知道，一服毒药把沈洪药死了。这皮氏与赵昂反把玉堂春送到本县，将银买嘱官府衙门，将玉堂春屈打成招，问了死罪，送在监里。若不是亏了一个外郎，几时便死了。"公子又问："那玉堂春如今在监死了？"小伙说："不曾。"公子说："我要娶个小，你说可投着谁做媒？"小伙说："我送你往王婆家去罢，他极会说媒。"公子说："你怎知道他会说媒？"小伙说："赵昂与皮氏都是他做牵头。"公子说："如今下他家里罢。"小伙竟引到王婆家里，叫声："干娘，我送个客官在你家来。这客官要娶个小，你可与他说媒。"王婆说："累你，我赚了钱来谢你。"小伙自去了。

公子夜间与王婆攀话，见他能言快语，是个积年的马泊六①了。到天明，又到赵监生前后门看了一遍，与沈洪家紧壁相通，可知做事方便。回来吃了早饭，还了王婆店钱，说："我不曾带得财礼，到省下回来，再作商议。"公子出的门来，雇了骡子，星夜回到省城，到晚进了察院，不提。

次早，星火发牌，按临洪同县。各官参见过，分付就要审录。王知县回县，叫刑房吏书即将文卷审册，连夜开写停当，明日送审不提。却说刘志仁与玉姐写了一张冤状，暗藏在身。

到次日清晨，王知县坐在监门首，把应解犯人点将出来。玉姐披枷带锁，眼泪纷纷，随解子到了察院门首，伺候开门。巡捕官回风已毕，解审牌出。公子先唤苏氏一起。玉姐口称冤枉，探怀中诉状呈上。公子抬头见

① 马泊六——诱引男女搞不正当关系的人。

玉姐这般模样,心中凄惨,叫听事官接上状来。公子看了一遍,问说:“你从小嫁沈洪,可还接了几年客?”玉姐说:“爷爷!我从小接着一个公子,他是南京礼部尚书三舍人。”公子怕他说出丑处,喝声:“住了!我今只问你谋杀人命事,不消多讲。”玉姐说:“爷爷!若杀人的事,只问皮氏便知。”公子叫皮氏问了一遍。玉姐又说了一遍。公子分付刘推官道:“闻知你公正廉能,不肯玩法徇私。我来到任,尚未出巡,先到洪同县访得这皮氏药死亲夫,累苏氏受屈。你与我把这事情用心问断。”说罢,公子退堂。

刘推官回衙,升堂,就叫:“苏氏,你谋杀亲夫,是何意故?”玉姐说:“冤屈!分明是皮氏串通王婆,和赵监生合计毒死男子。县官要钱,逼勒成招。今日小妇人拚死诉冤,望青天爷爷做主。”刘爷叫皂隶把皮氏采上来,问:“你与赵昂奸情可真么?”皮氏抵赖没有。刘爷即时拿赵昂和王婆到来面对。用了一番刑法,都不肯招。刘爷又叫小段名:“你送面与家主吃,必然知情!”喝教夹起。小段名说:“爷爷,我说罢!那日的面,是俺娘亲手盛起,叫小妇人送与爹爹吃。小妇人送到西厅,爹叫新娘同吃。新娘关着门,不肯起身,回道:‘不要吃。’俺爹自家吃了,即时口鼻流血死了。”刘爷又问赵昂奸情,小段名也说了。赵昂说:“这是苏氏买来的硬证。”刘爷沉吟了一会,把皮氏这一起分头送监,叫一书吏过来:“这起泼皮奴才,苦不肯招。我如今要用一计,用一个大柜,放在丹墀内,凿几个孔儿。你执纸笔暗藏在内,不要走漏消息。我再提来问他,不招,即把他们锁在柜左柜右,看他有甚么说话,你与我用心写来。”刘爷分付已毕,书吏即办一大柜,放在丹墀,藏身于内。

刘爷又叫皂隶把皮氏一起提来再审,又问:“招也不招?”赵昂、皮氏、王婆三人齐声哀告,说:“就打死小的那里招?”刘爷大怒,分付:“你众人各自去吃饭来,把这起奴才着实拷问。把他放在丹墀里,连小段名四人锁于四处,不许他交头接耳。”皂隶把这四人锁在柜的四角。众人尽散。

却说皮氏抬起头来,四顾无人,便骂:“小段名!小奴才!你如何乱讲?今日再乱讲时,到家中活敲杀你。”小段名说:“不是夹得疼,我也不说。”王婆便叫:“皮大姐,我也受这刑杖不过,等刘爷出来,说了罢。”赵昂说:“好娘,我那些亏着你!倘捱出官司去,我百般孝顺你,即把你做亲母。”王婆说:“我再不听你哄我。叫我圆成了,认我做亲娘;许我两石麦,还欠八升；许我一石米，都下了糠秕；段衣两套，止与我一条蓝布裙；许我好房子，不曾得住。你干的事，没天理，教我只管与你熬刑受苦！”皮氏说：“老娘，这遭出去，不敢忘你恩。捱过今日不招，便没事了。”柜里书吏把他说的话尽记了，写在纸上。

刘爷升堂，先叫打开柜子。书吏跑将出来，众人都唬软了。刘爷看了书吏所录口词，再要拷问，三人都不打自招。赵昂从头依直写得明白。各各画供已完，递至公案。刘爷看了一遍，问苏氏：“你可从幼为娼，还是良家出身？”苏氏将苏淮买良为贱，先遇王尚书公子，挥金三万；后被老鸨一秤金赶逐，将奴赚卖与沈洪为妾，一路未曾同睡，备细说了。刘推官情知王公子就是本院。提笔定罪：

皮氏凌迟处死，赵昂斩罪非轻。王婆赎药是通情，杖责段名示警。王县贪酷罢职，追赃不恕衙门。苏淮买良为贱合充军，一秤金三月立枷罪定。

刘爷做完申文，把皮氏一起俱已收监。次日亲捧招详，送解察院。公子依拟，留刘推官后堂待茶，问：“苏氏如何发放？”刘推官答言：“发还原籍，择夫另嫁。”公子摒去从人，与刘推官吐胆倾心，备述少年设誓之意：“今日烦贤府密地差人送至北京王银匠处暂居，足感足感！”刘推官领命奉行，自不必说。

却说公子行下关文，到北京本司院提到苏淮、一秤金依律问罪。苏淮已先故了。一秤金认得是公子，还叫：“王姐夫。”被公子喝教重打六十，取一百斤大枷枷号。不够半月，呜呼哀哉！正是：

万两黄金难买命，一朝红粉已成灰。

再说公子一年任满，复命还京。见朝已过，便到王匠处问信。王匠说有金哥伏侍，在顶银胡同居住。公子即往顶银胡同，见了玉姐，二人放声大哭。公子已知玉姐守节之美，玉姐已知王御史就是公子，彼此称谢。公子说：“我父母娶了个刘氏夫人，甚是贤德，他也知道你的事情，决不妒忌。”当夜同饮同宿，浓如胶漆。次日，王匠、金哥都来磕头贺喜。公子谢二人昔日之恩，分付：本司院苏淮家当原是玉堂春置办的，今苏淮夫妇已绝，将遗下家财，拨与王匠、金哥二人管业，以报其德。上了个省亲本，辞朝和玉堂春起马共回南京。

到了自家门首，把门人急报老爷说：“小老爷到了。”老爷听说甚喜。

公子进到厅上，排了香案，拜谢天地，拜了父母兄嫂。两位姐夫姐姐都相见了。又引玉堂春见礼已毕。玉姐进房，见了刘氏说："奶奶坐上，受我一拜。"刘氏说："姐姐怎说这话？你在先，奴在后。"玉姐说："姐姐是名门宦家之子，奴是烟花，出身微贱。"公子喜不自胜。当日正了妻妾之分，姊妹相称，一家和气。公子又叫王定："你当先在北京三番四复规谏我，乃是正理。我今与老老爷说将你做老管家。"以百金赏之。后来王景隆官至都御史，妻妾俱有子，至今子孙繁盛。有诗叹云：

郑氏元和已著名，三官闹院是新闻。
风流子弟知多少，夫贵妻荣有几人？

第二十五卷　桂员外途穷忏悔

交游谁似古人情？春梦秋云未可凭。
沟壑不援徒泛爱，寒暄有问但虚名。
陈雷①义重逾胶漆，管鲍②贫交托死生。
此道今人弃如土，岁寒惟有竹松盟。

话说元朝天顺年间，江南苏州府吴趋坊有一长者，姓施名济，字近仁。其父施鉴，字公明，为人谨厚志诚，治家勤俭，不肯妄费一钱。生施济时年已五十余矣。鉴晚岁得子，爱惜如金。年八岁，送与里中支学究先生馆中读书。先生见他聪秀，与己子支德年龄相仿，遂令同桌而坐。那时馆中学生虽多，长幼不一，偏他两个聪明好学，文艺日进。后支学究得病而亡，施济禀知父亲，邀支德馆谷③于家，彼此切磋，甚相契爱。未几同游庠序④，齐赴科场。支家得第为官，施家屡试不捷，乃散财结客，周贫恤寡，欲以豪侠成名于世。父亲施鉴是个本分财主，惜粪如金的，见儿子挥金不吝，未

① 陈雷——东汉雷义、陈重二人，友谊很深。后人称朋友的情分，举这二人为代表。

② 管鲍——春秋时管仲与鲍叔牙为莫逆之交，后人传为美谈。

③ 馆谷——供给客人食宿。

④ 庠(xiáng)序——古代地方学校，亦泛指学校。

免心疼。惟恐他将家财散尽,去后萧索,乃密将黄白之物,埋藏于地窖中,如此数处,不使人知。待等天年,才授与儿子。从来财主家往往有此。正是:

常将有日思无日,莫待无时思有时。

那施公平昔若是常患头疼腹痛,三好两歉的,到老来也是判个死日;就是平昔间没病,临老来伏床半月或十日,儿子朝夕在面前奉侍汤药,那地窖中的话儿却也说了。只为他年已九十有余,兀自精神健旺,饮啖兼人,步履如飞。不匡①一夕五更睡去,就不醒了,虽唤做吉祥而逝,却不曾有片言遗嘱。常言说得好:

三寸气在千般用,一日无常万事休。

那施济是有志学好的人,少不得殡殓祭葬,务从其厚。

其时施济年逾四十,尚未生子。三年孝满,妻严氏劝令置妾。施济不从,发心持诵《白衣观音经》,并刊本布施,许愿:"生子之日,舍三百金修盖殿宇。"期年之后,严氏得孕,果生一男。三朝剃头,夫妻说起还愿之事,遂取名施还,到弥月②做了汤饼会。施济对浑家说,收拾了三百两银子,来到虎丘山水月观音殿上烧香礼拜。正欲唤主僧嘱托修殿之事,忽闻下面有人哭泣之声,仔细听之,其声甚惨。

施济下殿走到千人石上观看,只见一人坐在剑池边,望着池水,呜咽不止。上前看时,认得其人姓桂名富五,幼年间一条街上居住,曾同在支先生馆中读书。不一年,桂家父母移居胥口,以便耕种,桂生就出学去了。后来也曾相会几次,有十余年不相闻了,何期今日得遇。施公吃了一惊,唤起相见,问其缘故。桂生只是堕泪,口不能言。施公心怀不忍,一手挽住,拉到观音殿上来问道:"桂兄有何伤痛?倘然见教,小弟或可分忧。"桂富五初时不肯说,被再三盘诘,只得吐实道:"某祖遗有屋一所,田百亩,自耕自食,尽可糊口。不幸惑于人言,谓农夫利薄,商贩利厚。将薄产抵借李平章府中本银三百两,贩纱段往燕京。岂料运蹇时乖,连走几遍,本利俱耗。宦家索债,如狼似虎,利上盘利,将田房家私尽数估计。一妻二子,亦为其所有。尚然未足,要逼某扳害亲戚赔补。某情极,夜间逃出,

① 不匡——不料。

② 弥月——婴儿出生满一月。

思量无路，欲投涧水中自尽，是以悲泣耳。”

施公恻然道：“吾兄勿忧。吾适带修殿银三百两在此，且移以相赠，使君夫妻父子团圆何如？”桂生惊道：“足下莫非戏言乎？”施公大笑道：“君非有求于我，何戏之有？我与君交虽不深，然幼年曾有同窗之雅。每见吴下风俗恶薄，见朋友患难，虚言抚慰，曾无一毫实惠之加。甚则面是背非，幸灾乐祸，此吾平时所深恨者。况君今日之祸，波及妻子。吾向苦无子，今生子仅弥月，祈佛保佑，愿其长成。君有子而弃之他人，玷辱门风，吾何忍见之！吾之此言，实出肺腑。”遂开箧取银三百两，双手递与桂生。桂生还不敢便接，说道：“足下既念旧情，肯相周济，愿留借券。倘有好日，定当报补。”施公道：“吾怜君而相赠，岂望报乎？君可速归，恐尊嫂悬悬而望也。”桂生喜出望外，做梦也想不到此，接银在手，不觉屈膝下拜。施济慌忙扶起。桂生垂泪道：“某一家骨肉皆足下所再造，虽重生父母不及此恩。三日后，定当踵门叩谢。”又向观音大士前磕头说誓道：“某受施君活命之恩，今生倘不得补答，来生亦作犬马相报。”欢欢喜喜的下山去了。后人有诗赞施君之德：

谊高矜厄且怜贫，三百朱提①贱似尘。
试问当今有力者，同窗谁念幼时人？

施公对主僧说道：“带来修殿的银子，别有急用挪去，来日奉补。”主僧道：“迟一日不妨事。”施济回家，将此事述与严氏知道。严氏亦不以为怪。次日另凑银三百两，差人送去水月观音殿完了愿心。

到第三日，桂生领了十二岁的长儿桂高，亲自到门拜谢。施济见了他父子一处，愈加欢喜，殷勤接待，酒食留款。从容问其偿债之事。桂生答道：“自蒙恩人所赐，已足本钱。奈渠将利盘算，田产尽数取去，止落得一家骨肉完聚耳。”说罢，泪如雨下。施济道：“君家至亲数口，今后如何活计？”桂生道：“身居口食，一无所赖。家世衣冠，羞在故乡出丑，只得往他方外郡，佣工趁食。”施公道：“‘为人须为彻。’胥门外吾有桑枣园一所，茅屋数间，园边有田十亩。勤于树艺，尽可度日。倘足下不嫌淡泊，就此暂过几时何如？”桂生道：“若得如此，免作他乡饿鬼。只是前施未报，又叨

① 朱提(shú shí)——古县名，境内有朱提山，产银多而美，后世因以“朱提”为高质银的代称。

恩赐,深有未安。某有二子,长年十二,次年十一,但凭所爱,留一个服侍恩人,少尽犬马之意,譬如服役于豪宦也。”施公道:“吾既与君为友,君之子即吾之子,岂有此理!”当唤小厮取皇历看个吉日,教他入宅,一面差人分付看园的老仆,教他打扫房屋洁净,至期交割与桂家管业。桂生命儿子拜谢了恩人。桂高朝上磕头。施公要还礼,却被桂生扶住,只得受了。桂生连唱了七八个喏,千恩万谢,同儿子相别而去。到移居之日,施家又送些糕米钱帛之类。分明是:

从空伸出拿云手,提起天罗地网人。

过了数日,桂生备了四个盒子,无非是时新果品,肥鸡巨鲫,教浑家孙大嫂乘轿亲到施家称谢。严氏备饭留款。那孙大嫂能言快语,谗谄面谀。严氏初相会便说得着,与他如姊妹一般。更有一件奇事,连施家未周岁的小官人,一见了孙大嫂也自欢喜,就赖在身上要他抱。大嫂道:“不瞒姆姆说,奴家现有身孕,抱不得小官人。”原来有这个俗忌:大凡怀胎的抱了孩子家,那孩子就坏了脾胃,要出青粪,谓之“受记”,直到产后方痊。严氏道:“不知婶婶且喜几个月了?”大嫂道:“五个足月了。”严氏把十指一轮道:“去年十二月内受胎的,今年九月间该产。婶婶有过了两位令郎了,若今番生下女儿,奴与姆姆结个儿女亲家。”大嫂道:“多承姆姆不弃,只怕扳高不来。”当日说话,直到晚方别。大嫂回家,将严氏所言,述了一遍。丈夫听了,各各欢喜,只愿生下女儿,结得此姻,一生有靠。光阴似箭,不觉九月初旬,孙大嫂果然产下一女。施家又遣人送柴米,严氏又差女使去问安。其时只当亲眷往来,情好甚密,这话搁过不提。

却说桑枣园中有银杏一棵,大数十围,相传有“福德五圣之神”栖止其上。园丁每年腊月初一日,于树下烧纸钱奠酒。桂生晓得有这旧规,也是他命运合当发迹。其年正当烧纸,忽见有白老鼠一个,绕树走了一遍,径钻在树底下去,不见了。桂生看时,只见树根浮起处有个盏大的窍穴,那白老鼠兀自在穴边张望。桂生说与浑家,莫非这老鼠是神道现灵?孙大嫂道:“鸟瘦毛长,人贫就智短了。常听人说金蛇是金,白鼠是银,却没有神道变鼠的话。或者树下窖得有钱财,皇天可怜,见我夫妻贫苦,故教白鼠出现,也不见得。你明日可往胥门童瞎子家起一当家宅课,看财爻发动也不?”桂生平日惯听老婆舌的,明日起早,真个到童瞎子铺中起课,断得有十分财采。夫妻商议停当,买猪头祭献藏神。

二更人静，两口儿两把锄头，照树根下窍穴开将下去。约有三尺深，发起小方砖一块，砖下磁坛三个，坛口铺着米，都烂了。拨开米下边，都是白物。原来银子埋在土中，得了米便不走。夫妻二人叫声“惭愧”，四只手将银子搬尽，不动那磁坛，依旧盖砖掩土。二人回到房中，看那东西，约一千五百金。桂生算计要将三百两还施氏所赠之数，余下的将来营运。孙大嫂道：“却使不得！”桂生问道：“为何？”孙大嫂道：“施氏知我赤贫来此，倘问这三百金从何而得？反生疑心。若知是银杏树下掘得的，原是他园中之物，祖上所遗，凭他说三千四千，你那里分辨？和盘托出，还只嫌少，不惟不见我们好心，反成不美。”桂生道：“若依贤妻所见如何？”孙大嫂道：“这十亩田，几株桑枣，了不得你我终身之事。幸天赐藏金，何不于他乡私与置些产业，慢慢地脱身去，自做个财主。那时报他之德，彼此见好。”桂生道：“‘有智妇人，胜如男子。’你说的是。我有远房亲族在会稽地方，向因家贫久不来往。今携千金而去，料不慢我。我在彼处置办良田美产，每岁往收花利，盘放几年，怕不做个大大财主？”商量已定。到来春，推说浙中访亲，私自置下田产，托人收放，每年去算账一次。回时旧衣旧裳，不露出有钱的本相。如此五年，桂生在绍兴府会稽县已做个大家事，住房都买下了，只瞒得施家不知。

忽一日两家儿女同时出痘，施济请医看了自家儿子，就教去看桂家女儿，此时只当亲媳妇一般。大幸痘都好了。里中有个李老儿号梅轩者，素在施家来往。遂邀亲邻醵钱①与施公把盏贺喜，桂生亦与席。施济又提起亲事，李梅轩自请为媒，众人都玉成其美。桂生心下也情愿，回家与浑家孙大嫂商量。大嫂道：“自古说‘慈不掌兵，义不掌财’。施生虽是好人，却是为仁不富，家事也渐渐消乏不如前了。我的人家都做在会稽地面，到彼攀个高门，这些田产也有个依靠。”桂生道：“贤妻说的是，只是他一团美意，将何推托？”大嫂道：“你只推门衰祚薄②，攀陪不起就是。倘若他定要作亲，只说儿女年幼，等他长大行聘未迟。”古人说得好：“人心不足蛇吞象。”当初贫困之日，低门扳高，求之不得；如今掘藏发迹了，反嫌好道歉起来。

---

① 醵（jù）钱——凑钱喝酒。

② 祚（zuò）薄——福分轻薄。

只因上岸身安稳,忘却从前落水时。

施济是个正直之人,只道他真个谦逊,并不疑有他故。

荏苒光阴,又过了三年。施济忽遘①一疾,医治不痊,呜呼哀哉了,殡殓之事不必细说。桂富五的浑家撺掇丈夫,乘此机会早为脱身之计,乃具只鸡斗酒,夫妇齐往施家吊奠。桂生拜奠过了先回,孙大嫂留身向严氏道:"拙夫向蒙恩人救拔,朝夕感念,犬马之报尚未少申。今恩人身故,愚夫妇何敢久占府上之田庐?宁可转徙他方,别图生计。今日就来告别。"严氏道:"婶婶何出此言!先夫虽则去世,奴家亦可做主。孤苦中正要婶婶时常伴话,何忍舍我而去?"大嫂道:"奴家也舍不得姆姆。但非亲非故,白占寡妇田房,被人议论。日后郎君长大,少不得要吐还的。不如早达时务,善始善终,全了恩人生前一段美意。"严氏苦留不住,各各流泪而别。桂生挈家搬往会稽居住,恍似开笼放鸟,一去不回。

再说施家,自从施济存日,好施乐善,囊中已空虚了。又经这番丧中之费,不免欠下些债负。那严氏又是贤德有余才干不足的,守着数岁的孤儿撑持不定,把田产逐渐弃了。不够五六年,资财罄尽,不能度日,童仆俱已逃散。常言"吉人天相,绝处逢生"。恰好遇一个人从任所回来,那人姓支名德,从小与施济同窗读书,一举成名,剔历外任,官至四川路参政。此时元顺帝至正年间,小人用事,朝政日紊。支德不愿为官,致政而归,闻施济故后,家日贫落,心甚不忍,特地登门吊唁。孤子施还出迎,年甫垂髫②,进退有礼。支翁问:"曾聘妇否?"施还答言:"先人薄业已罄,老母甘旨尚缺,何暇及此!"支翁潸然泪下道:"令先公忧人之忧,乐人之乐,此天地间有数好人。天理若不泯,子孙必然昌盛。某忝③在窗谊,因久宦远方,不能分忧共患,乃令先公之罪人也。某有爱女一十三岁,与贤侄年颇相宜,欲遣媒妁与令堂夫人议姻,万望先为道达,是必勿拒!"施还拜谢,口称"不敢"。

次日支翁差家人持金钱币帛之礼,同媒人往聘施氏子为养婿。严氏感其美意,只得依允。施还择日过门,拜岳父岳母,就留在馆中读书,延明

---

① 遘(gòu)——相遇。

② 垂髫(tiáo)——古代孩童下垂的头发。

③ 忝(tiǎn)——谦辞,表示自己有愧。

师以教之。又念亲母严氏在家薪水不给，提柴送米，每十日令其子归省一次。严氏母子感恩非浅。后人评论世俗倚富欺贫，已定下婚姻犹有图赖者，况以宦家之爱女下赘贫友之孤儿，支翁真盛德之人也！这才是：

钱财如粪土，仁义值千金。

说那支翁虽然屡任，立意做清官的，所以宦囊甚薄，又添了女婿一家供给，力量甚是勉强。偶有人来说及桂富五在桑枣园搬去会稽县，造化发财，良田美宅，何止万贯，如今改名桂迁，外人都称为桂员外。支翁是晓得前因的，听得此言，遂向女婿说知："当初桂富五受你家恩惠不一而足，别的不算，只替他偿债一主，就是三百两。如今他发迹之日不来看顾你，一定不知你家落薄如此。贤婿若往会稽投奔他，必然厚赠，此乃分内之财，谅他家也巴不得你去的，可与亲母计议。"施还回家，对母亲说了。严氏道："若桂家果然发迹，必不负我。但当初你尚年幼，不知中间许多情节，他的浑家孙大娘与我姊妹情分。我与你同去，倘男子汉出外去了，我就好到他内里说话。"施还回复了，支翁以盘费相赠，又作书与桂迁，自叙同窗之谊，嘱他看顾施氏母子二人。

当下买舟，径往绍兴会稽县来，问："桂迁员外家居何处？"有人指引道："在西门城内大街上，第一带高楼房就是。"施还就西门外下个饭店。次日严氏留止店中，施还写个通家晚辈的名刺①，带了支公的书信，进城到桂迁家来。门景甚是整齐，但见：

门楼高耸，屋宇轩昂。花木点缀庭中，桌椅摆列堂上。一条甬道花砖砌，三尺高阶琢石成。苍头出入，无非是管屋管田；小户登门，不过是还租还债。桑枣园中掘藏客，会稽县里起家人。

施小官人见桂家门庭赫奕，心中私喜，这番投人投得着了。守门的问了来历，收了书帖，引到仪门之外一座照厅内坐下。厅内匾额题"知稼堂"三字，乃名人杨铁崖之笔。名帖传进许久，不见动静。伺候约有两个时辰，只听得仪门开响，履声阁阁，从中堂而出。施还料道必是主人，乃重整衣冠，鹄立于槛外，良久不见出来。施还引领于仪门内窥觑，只见桂迁峨冠华服，立于中庭，从者十余人环侍左右。桂迁东指西画，处分家事，童仆去了一辈又来一辈，也有领差的，也有回话的，说一个不了。约莫又有一个

① 名刺——名帖，名片。

时辰,童仆方散。管门的禀复有客候见,员外问道:“在那里?”答言:“在照厅。”桂迁不说请进,一步步踱出仪门,径到照厅来。施还鞠躬出迎。作揖过了,桂迁把眼一瞅,故意问道:“足下何人?”施还道:“小子长洲施还,号近仁的就是先父。因与老叔昔年有通家之好,久疏问候,特来奉谒。请老叔上坐,小侄有一拜。”桂迁也不叙寒温,连声道:“不消不消。”看坐唤茶已毕,就分付小童留饭。施还却又暗暗欢喜。施还开口道:“家母候老婶母万福,现在旅舍,先遣小子通知。”论起昔日受知深处,就该说“既然老夫人在此,请到舍中与拙荆①相会。”桂迁口中唯唯,全不招架。

少停,童子报午饭已备。桂生就教摆在照厅内。只一张桌子,却是上下两桌嗄饭②。施还谦让不肯上坐,把椅拖在旁边,桂迁也不来安正。桂迁问道:“舍人青年几何?”施还答道:“昔老叔去苏之时,不肖年方八岁。承垂吊赐奠,家母至今感激,今奉别又已六年。不肖门户贫落,老叔福祉日臻,盛衰悬绝,使人欣羡不已。”桂迁但首肯,不答一词。酒至三巡,施还道:“不肖量窄,况家母现在旅舍悬望,不敢多饮。”桂迁又不招架,道:“既然少饮,快取饭来!”吃饭已毕,并不提起昔日交情,亦不问及家常之事。施还忍不住了,只得微露其意,道:“不肖幼时侍坐于先君之侧,常听得先君说:生平窗友只有老叔亲密,彼时就说老叔后来决然大发的。家母亦常称老婶母贤德,有仁有义。幸而先年老叔在敝园暂居之时,寒家并不曾怠慢,不然今日亦无颜至此。”桂迁低眉摇手,默然不答。施还又道:“昔日虎丘水月观音殿与先君相会之事,想老叔也还记得?”桂迁恐怕又说,慌忙道:“足下来意,我已悉知。不必多言,恐他人闻之,为吾之羞也。”说罢,先立起身来,施还只得告辞道:“暂别台颜③,来日再来奉候。”桂迁送至门外,举手而退。正是:

别人求我三春雨,我去求人六月霜。

话分两头。却说严氏在旅店中悬悬而待,道:“桂家必然遣人迎我。”怪其来迟,倚闾而望。只见小舍人怏怏回来,备述相见时的态度言语。严氏不觉双泪交流,骂道:“桂富五!你不记得跳剑池的时节么?”正要数一

① 拙荆——对别人谦称自己的妻子。

② 嗄(xiā)饭——下饭的菜肴。

③ 台颜——尊颜。

数二的叫骂出来，小舍人急忙劝住道："今日求人之际，且莫说尽情话。他既知我母子的来意，必然有个处法。当初曾在观音面前设誓'犬马相报'，料不食言。待孩儿明日再往，看他如何？"严氏叹口气，只得含忍，过了一夜。

次日，施还起早便往桂家门首候见。谁知桂迁自见了施小官人之后，却也腹中打藁①，要厚赠他母子回去。其奈孙大嫂立意阻挡道："'接人要一世，怪人只一次。'揽了这野火上门，他吃了甜头，只管思想，惜草留根，到是个月月红了。就是他当初有些好处到我，他是一概行善，若干人沾了他的恩惠，不独我们一家。千人吃药，靠着一人还钱，我们当恁般晦气？若是有天理时，似恁地做好人的千年发迹，万年财主，不到这个地位了！如今的世界还是硬心肠的得便宜，贴人不富，连自家都穷了。"桂迁道："贤妻说得是。只是他母子来一场，又有同窗支老先生的书，如何打发他动身？"孙大嫂道："支家的书不知是真是假。当初在姑苏时不见有甚么支乡宦扶持了我，如今却来通书！他既然怜贫恤寡，何不损己财？这样书一万封也休作准。你去分付门上，如今这穷鬼来时不要招接他。等得兴尽心灰，多少赍发些盘费着他回去。'头醋不酸，二醋不辣。'没什么想头，下次再不来缠了。"只一套话说得桂迁：

恶心孔再透一个窟窿，黑肚肠重打三重跑跶。

施还在门上候了多时，守门的推三阻四不肯与他传达。再催促他时，佯佯的走开去了。那小官人且羞且怒，揎衣露臂，面赤高声，发作道："我施某也不是无因至此的。'行得春风，指望夏雨！'当初我们做财主时节，也有人求我来，却不曾恁般怠慢人！"骂犹未绝，只见一位郎君衣冠齐整，自外而入，问骂者何人。施还不认得那位郎君，整衣向前道："姑苏施某。"言未毕，那郎君慌忙作揖道："原来是故人。别来已久，各不相识矣。昨家君备述足下来意，正在措置，足下遽发大怒，何性急如此？今亦不难，当即与家君说知，来日便有设处。"施还方知那郎君就是桂家长子桂高。见他说话入耳，自悔失言，方欲再诉衷曲，那郎君不别，竟自进门去了。施还见其无礼，忿气愈加，又指望他来日设处，只得含泪而归，详细述于母亲严氏。严氏复劝道："我母子数百里投人，分宜谦下，常将和气为先，勿骋

---

① 打藁(gǎo)——打稿，思虑。

锐气致触其怒。”

到次早，严氏又叮嘱道：“此去须要谦和，也不可过有所求，只还得原借三百金回家，也好过日。”施还领了母亲教训，再到桂家，鞠躬屏气，立于门首。只见童仆出入自如，昨日守门的已不见了。小舍人站了半日，只得扯着一个年长的仆者问道：“小生姑苏施还，求见员外两日了，烦通报一声！”那仆者道：“员外宿酒未醒，此时正睡梦哩。”施还道：“不敢求见员外，只求大官人一见足矣。小生今日不是自来的，是大官人昨日面约来的。”仆者道：“大官人今早五鼓驾船往东庄催租去了。”施还道：“二官人也罢。”仆者道：“二官人在学堂攻书，不管闲事的。”那仆者一头说，一头就有人唤他说话，忙忙的奔去了。施还此时怒气填胸，一点无名火按纳不住；又想小人之言不可计较，家主未必如此，只得又忍气而待。

须臾之间，只见仪门大开，桂迁在庭前乘马而出。施还迎住马头鞠躬致敬，迁慢不为礼，以鞭指道：“你远来相投，我又不曾担搁你半月十日，如何便使性气恶言辱骂？本欲从厚，今不能矣。”回顾仆者：“将拜匣内大银二锭，打发施生去罢。”又道：“这二锭银子也念你先人之面，似你少年狂妄，休想分文赍发。如今有了盘缠，可速回去！”施还再要开口，桂迁马上扬鞭如飞去了。正是：

蝮蛇口中草，蝎子尾后针。
两般犹未毒，最毒负心人。

那两锭银子只有二十两重，论起少年性子不稀罕，就撇在地下去了。一来主人已去，二来只有来的使费，没有去的盘缠。没奈何，含着两眼珠泪，回店对娘说了。母子二人，看了这两锭银子，放声大哭。店家王婆见哭得悲切，问其缘故，严氏从头至尾泣诉了一遍。王婆道：“老安人且省愁烦，老身与孙大娘相熟，时常进去的。那大娘最和气会接待人，他们男子汉辜恩负义，妇道家怎晓得？既然老安人与大娘如此情厚，待老身去与老安人传信，说老安人在小店中，他必然相请。”严氏收泪而谢。

又次日，王婆当一节好事，进桂家去报与孙大嫂知。孙大嫂道：“王婆休听他话。当先我员外生意不济时，果然曾借过他些小东西，本利都清还了。他自不会作家，把个大家事费尽了，却来这里打秋风。我员外好意款待他一席饭，送他二十两银子，是念他日前相处之情，别个也不能够如此。他倒说我欠下他债负未还。王婆，如今我也莫说有欠无欠，只问他把借契出来看，有一百还一百，有一千还一千。”王婆道：“大娘说得是。”王婆即忙转身，孙大嫂又唤转来，叫养娘封一两银子，又取帕子一方，道：“这些微之物，你与我送施家姆姆，表我的私敬，教他下次切不可再来，恐怕怠慢了，伤了情分。”王婆听了这话，到疑心严老安人不是，回家去说：“孙大嫂千好万好，教老身寄礼物与老安人。”又道：“若有旧欠未清，教老安人将借契送去，照契本利不缺分毫。”严氏说当初原没有契书。那王婆看这三百两银子，山高海阔，怎么肯信。母子二人凄惶了一夜，天明算了店钱，起身回姑苏而来。正是：

人无喜事精神减，运到穷时落寞多。

严氏为桂家呕气，又路上往来受了劳碌，归家一病三月。施还寻医问卜，诸般不效，亡之命矣夫！衣衾棺椁，一事不办，只得将祖房绝卖与本县牛公子管业。那牛公子的父亲牛万户久在李平章门下用事，说事过钱，起家百万。公子倚势欺人，无所不至。他门下又有个用事的叫做郭刁儿，专一替他察访孤儿寡妇便宜田产，半价收买。施还年幼，岳丈支公虽则乡绅，是个厚德长者，自己家事不屑照管，怎管得女婿之事。施小舍人急于求售，落其圈套，房产值数千金，郭刁儿于中议估，只值四百金。以百金压契，余俟出房后方交。施还想营葬迁居，其费甚多，百金不能济事，再三请益，只许加四十金。还勉支葬事，丘垅已成，所余无几。寻房子不来，牛公子雪片差人催促出屋。支翁看不过意，亲往谒牛公子，要与女婿说个方便。连去数次，并不接见。支翁道：“等他回拜时讲。”牛公子却蹈袭个典故，是孔子拜阳货之法，瞷①亡而往。支翁回家，连忙又去，仍回不在家了。支翁大怒，与女婿说道：“那些市井之辈，不通情理，莫去求他！贤婿且就甥馆权住几时，待寻得房子时，从容议迁便了。”

施还从岳父之言，要将家私什物权移到支家。先拆卸祖父卧房装摺，往支处修理。于乃祖房内天花板上得一小匣，重重封固。还开看之，别无他物，只有账簿一本，内开：某处埋银若干，某处若干，如此数处。末写“九十翁公明亲笔”。还喜甚，纳诸袖中，分付众人且莫拆动。即诣支翁家商议。支翁看了账簿道：“既如此，不必迁居了。”乃随婿到彼，先发卧

① 瞷(jiàn)——探视。

房槛下左柱磉①边,簿上载内藏银二千两。果然不谬。遂将银一百四十两与牛公子赎房。公子执定前言,勒措不许。支翁遍求公子亲戚往说方便,公子索要加倍,度施家没有银子。谁知藏镪②充然,一天平兑足二百八十两。公子没理得讲,只得收了银子,推说文契偶寻不出,再过一日送还。哄得施还转背,即将悔产事讼于本府。幸本府陈太守正直无私,素知牛公子之为人,又得支乡宦替女婿分诉明白。断令回赎原价一百四十两,外加契面银一十四两,其余一百二十六两追出助修学宫,文契追还施小官人,郭刁儿坐教唆问杖。牛公子羞变成怒,写家书一封,差家人往京师,捏造施家三世恶单,教父亲讨李平章关节,托嘱地方上司官,访拿施还出气。谁知人谋虽巧,天理难容,正是:

下水拖人他未溺,逆风点火自先烧。

那时元顺帝失政,红巾贼起,大肆劫掠。朝廷命枢密使咬咬征讨。李平章私受红巾贼贿赂,主张招安。事发,坐同逆系狱。穷治党与,牛万户系首名,该全家抄斩,顷刻有诏书下来。家人得了这个凶信,连夜奔回说了。牛公子惊慌,收拾细软家私,带妻携女,往海上避难。遇叛寇方国珍游兵,夺其妻妾金帛,公子刀下亡身,此乃作恶之报也。

却说施还自发了藏镪,赎产安居,照账簿以次发掘,不爽分毫,得财巨万。只有内开桑枣园银杏树下埋藏一千五百两,只剩得三个空坛。只道神物化去,付之度外,亦不疑桂生之事。自此遍赎田产,又得支翁代为经理,重为富室,直待服阕③成亲,不在话下。

再说桂员外在会稽为财主,因田多役重,官府生事侵渔,甚以为苦。近邻有尤生号尤滑稽,惯走京师,包揽事干,出入贵人门下。员外一日与他商及此事。尤生道:"何不入粟买官,一则冠盖荣身,二则官户免役,两得其便。"员外道:"不知所费几何?仗老兄斡旋则个!"尤生道:"此事吾所熟为,吴中许万户、卫千兵都是我替他干的,现今腰金衣紫,食禄千石。兄若要做时,敢不效劳,多不过三千,少则二千足矣。"桂生惑于其言,随将白金五十两付与尤生安家。又收拾三千余金,择日同尤生赴京。一路

---

① 磉——(sǎng)——柱下的石礅。

② 藏镪(qiǎng)——存银。镪,成串的钱。

③ 服阕(què)——旧时父母死后要守丧三年,期满除服,称"服阕"。

上尤生将甜言美语哄诱桂生，桂生深信，与之结为兄弟。一到京师，将三千金唾手付之，恣其所用。

只要乌纱上顶，那顾白镪空囊。

约过了半年，尤生来称贺道："恭喜吾兄，旦夕为贵人矣！但时宰贪甚，凡百费十倍昔年。三千不够，必得五千金方可成事。"桂迁已费了三千金，只恐前功尽弃，遂托尤生在势要家借银二千两，留下一半，以一千付尤生使用。又过了两三个月，忽有隶卒四人传命：新任亲军指使老爷请员外讲话。桂迁疑是堂官之流，问："指使老爷何姓？"隶卒道："到彼便知，今不可说。"桂迁急整衣冠，从四人到一大衙门。那老爷乌纱袍带，端坐公堂之上。二人跟定桂迁，二人先入报。少顷闻堂上传呼唤进。桂迁生平未入公门，心头突突地跳。军校指引到于堂檐之下，喝教跪拜。那官员全不答礼，从容说道："前日所付之物，我已便宜借用，侥幸得官。相还有日，决不相负。但新任缺钱使用，知汝囊中尚有一千，可速借我，一并送还。"说罢，即命先前四卒："押到下处取银回话。如或不从，仍押来受罪，决不轻贷。"桂迁被隶卒逼勒，只得将银交付去讫，敢怒而不敢言。明日，债主因桂生功名不就，执了文契取索原银。桂迁没奈何，特地差人回家变产，得二千余，加利偿还。

桂迁受了这场屈气，没告诉处，羞回故里。又见尤滑稽乘马张盖，前呼后拥，眼红心热，忍耐不过，狠一声："不是他，就是我！"往铁匠店里打下一把三尖利刀，藏于怀中，等尤生明日五鼓入朝，刺杀他了，便偿命也出了这口闷气。事不关心，关心者乱，打点做这节非常的事，夜里就睡不着了。看见月光射窗，只道天明，慌忙起身，听得禁中鼓才三下，复身回来，坐以待旦。又捱了一个更次，心中按纳不住，持刀飞奔尤滑稽家来。其门尚闭，旁有一窦，自己立脚不住，不觉两手据地，钻入窦中。堂上灯烛辉煌，一老翁据案而坐，认得是施济模样，自觉羞惭。又被施公看见，不及躲避，欲与拱揖，手又伏地不能起。只得爬向膝前，摇尾而言："向承看顾，感激不忘。前日令郎远来，因一时手头不便，不能从厚，非负心也，将来必当补报。"只见施君大喝道："畜生讨死吃，只管吠做甚么！"桂见施君不听其语，心中甚闷。忽见施还自内出来，乃衔衣献笑，谢昔怠慢之罪。施还骂道："畜生作怪了！"一脚踢开。

桂不敢分辨，俯首而行，不觉到厨房下，见施母严老安人坐于椅上，分派肉羹。桂闻肉香,乃左右跳跃良久,蹲足叩首,诉道:"向郎君性急,不能久待,以致老安人慢去,幸勿记怀!有余肉幸见赐一块。"只见严老母唤侍婢:"打这畜生开去!"养娘取灶内火叉在手,桂大惊,奔至后园。看见其妻孙大嫂与二子桂高、桂乔,及少女琼枝,都聚一处。细认之,都是犬形,回顾自己,亦化为犬。乃大骇,不觉垂泪,问其妻:"何至于此?"妻答道:"你不记得水月观音殿上所言乎?'今生若不能补答,来生誓作犬马相报。'冥中最重誓语,今负了施君之恩,受此果报,复何说也!"桂抱怨道:"当初桑枣园中掘得藏镪,我原要还施家债负,都听了你那不贤之妇,瞒昧入己。及至他母子远来相投,我又欲厚赠其行,你又一力阻挡。今日之苦,都是你作成我的!"其妻也骂道:"男子不听妇人言。我是妇人之见,谁教你句句依我?"二子上前劝解道:"既往不咎,徒伤和气耳。腹中馁甚,觅食要紧。"

于是夫妻父子相牵,同至后园,绕鱼池而走。见有人粪,明知龌龊,因饿极姑嗅之,气息亦不恶。见妻与二儿攒聚先啖,不觉垂涎,试将舌舐,味觉甘美,但恨其少。忽有童儿来池边出恭,遂守其旁。儿去,所遗是干粪,以口咬之,误堕于池中,意甚可惜,忽闻庖人传主人之命,于诸犬中选肥壮者烹食。缚其长儿去,长儿哀叫甚惨。猛然惊醒,汗流浃背,乃是一梦,身子却在寓所,天已大明了。桂迁想起梦中之事,痴呆了半晌:"昔日我负施家,今日尤生负我,一般之理。只知责人,不知自责,天以此梦儆醒我也。"叹了一口气,弃刀于河内,急急束装而归,要与妻子商议,寻施氏母子报恩。

只因一梦多奇异,唤醒忘恩负义人。

桂员外自得了这个异梦,心绪如狂,从京师赶回家来,只见门庭冷落,寂无一人。步入中堂,见左边停有二柩,前设供桌上有两个牌位,明写长男桂高,次男桂乔。心中大惊,莫非眼花么?双手拭眼,定睛观看,叫声:"苦也苦也!"早惊动了宅里,奔出三四个丫鬟养娘出来,见了家主便道:"来得好,大娘病重,正望着哩!"急得桂迁魂不附体,一步一跌进房,直到浑家床前。两个媳妇和女儿都守在床边,啼啼哭哭,见了员外不暇施礼,叫公的叫爹的乱做一堆,都道:"快来看视!"桂迁才叫得一声:"大娘!"只见浑家在枕上忽然倒插双眼,直视其夫道:"父亲如何今日方回?"桂迁知谵语,急叫:"大娘苏醒,我在此。"女儿媳妇都来叫唤,那病者睁目垂泪说："父亲，我是你大儿子桂高，被万俟总管家打死，好苦呵！"桂迁惊问其故，又呜呜咽咽的哭道："往事休提了。冥王以我家负施氏之恩，父亲曾有犬马之誓，我兄弟两个同母亲于明日往施家投于犬胎。一产三犬，二雄者我兄弟二人，其雌犬背有肉瘤者，即母亲也。父亲因阳寿未终，当在明年八月中亦托生施家做犬，以践前誓。惟妹子与施还缘分合为夫妇，独免此难耳。"

桂见言与梦合，毛骨悚然，方欲再问，气已绝了。举家哀恸，一面差人治办后事。桂员外细叩女儿，二儿致死及母病缘由。女儿答道："自爹赴京后，二哥出外嫖赌，日费不赀，私下将田庄陆续写与万俟总管府中，止收半价。一月前，病痨瘵身死。大哥不知卖田之情，往东庄取租。遇万俟府中家人，与他争竞，被他毒打一顿，登时呕血，抬回数日亦死。母亲向闻爹在京中为人诓骗，终日忧郁，又见两位哥哥相继而亡，痛伤难尽，望爹不归，郁成寒热之症。三日前疽发于背，遂昏迷不省人事。遍请医人看治，俱说难救。天幸爹回，送了母亲之终。"桂迁闻言，痛如刀割。延请僧众作九昼夜功德拔罪救苦。家人连日疲倦，遗失火烛，厅房楼房烧做一片白地，三口棺材尽为灰烬，不曾剩一块板头。桂迁与二媳一女仅以身免，叫天号地，唤祖呼宗，哭得眼红喉哑，昏厥数次。正是：

　　从前作过事，没兴一齐来。

常言道："瘦骆驼强似象。"桂员外今日虽然颠沛，还有些余房剩产，变卖得金银若干，念二媳少年难守，送回母家，听其改嫁；童婢或送或卖，止带一房男女自随，两个养娘伏侍女儿。唤了船只直至姑苏，欲与施子续其姻好，兼有所赠。想施子如此赤贫，决然未娶，但不知漂流何所？且到彼旧居，一问便知。船到吴趋坊河下，桂迁先上岸，到施家门首一看，只见焕然一新，比往日更自齐整。心中有疑，这房子不知卖与何宅，收拾得恁般华美！问邻舍家："旧时施小舍人今在何处？"邻居道："大宅里不是？"又问道："他这几年家事如何？"邻舍将施母已故，及卖房发藏始末述了一遍。"如今且喜娶得支参政家小姐，才德兼全，甚会治家。夫妻好不和顺，家道日隆，比老官儿在日更不同了。"桂迁听说，又喜又惊，又羞又悔，欲待把女儿与他，他已有妻了；欲待不与，又难以赎罪；欲待进吊，又恐怕他不理；若不进吊，又求见无辞。踌躇再四，乃作寓于阊门①，寻相识李梅轩托其通信，愿将女送施为侧室。梅轩道："此事未可造次，当引足下相见了小舍人，然后徐议之。"

明日，李翁同桂迁造于施门。李先入，述桂生家难，并达悔过求见之情。施还不允。李翁再三相劝。施还念李翁是父辈之交，被央不过，勉强接见。桂生羞惭满面，流汗沾衣，俯首请罪。施还问："到此何事？"李翁代答道："一来拜奠令先堂，二来求释罪于门下。"施还冷笑道："谢固不必，奠亦不劳！"李翁道："古人云'礼至不争'，桂老儿好意拜奠，休得固辞。"施还不得已，命苍头开了祠堂，桂迁陈设祭礼。下拜方毕，忽然有三只黑犬，从宅内出来，环绕桂迁，衔衣号叫，若有所言。其一犬背上果有肉瘤隐起，乃孙大嫂转生，余二犬乃其子也。桂迁思忆前梦，及浑家病中之言，轮回果报，确然不爽，哭倒在地。施还不知变犬之事，但见其哀切，以为懊悔前非，不觉感动，乃撤奠留款，词气稍和。桂迁见施子旧憾释然，遂以往日曾与小女约婚为言。施还即变色入内，不复出来。桂迁返寓所与女儿谈三犬之异，父女悲恸。

早知今日都成犬，却悔当初不做人！

次日，桂迁拉李翁再往，施还托病不出。一连去候四次，终不相见。桂迁计穷，只得请李翁到寓，将京中所梦，及浑家病中之言，始末备述，就唤女儿出来相见了，指道："此女自出痘时便与施氏有约，如今悔之无及。然冥数已定，吾岂敢违？况我妻男并丧，无家可奔。倘得收吾女为婢妾，吾身杂童仆，终身力作，以免犬报，吾愿毕矣！"说罢，涕泪交下。

李翁怜悯其情，述于施还，劝之甚力。施还道："我昔贫困时仗岳父周旋，毕姻后又赖吾妻综理家政，吾安能负之更娶他人乎？且吾母怀恨身亡，此吾之仇家也。若与为姻眷，九泉之下何以慰吾母？此事断不可提起！"李翁道："令岳翁诗礼世家，令阃②必闲内则，以情告之，想无难色。况此女贤孝，昨闻祠堂三犬之异，彻夜悲啼，思以身赎母罪。娶过门来，又是令阃一帮手，令先堂泉下闻之，必然欢喜。古人不念旧恶，绝人不欲已甚，郎君试与令岳翁商之！"施还方欲再却，忽支参政自内而出，道："贤婿

---

① 阊（chāng）门——苏州城西门。

② 令阃（kǔn）——称对方妻子的敬辞。

不必固辞，吾已备细闻之矣。此美事，吾女亦已乐从，即烦李翁作伐可也。”言未毕，支氏已收拾金珠币帛之类，教丫鬟养娘送出以为聘资。李翁传命说合，择日过门。当初桂生欺负施家，不肯应承亲事，谁知如今不为妻反为妾，虽是女孩儿命薄，也是桂生欺心的现报。分明是：

周郎妙计高天下，赔了夫人又折兵。

那桂女性格温柔，能得支氏的欢喜，一妻一妾甚说得着。桂迁罄囊所有，造佛堂三间，朝夕侫佛持斋，养三犬于佛堂之内。桂女又每夜烧香为母兄忏悔。如此年余，忽梦母兄来辞：“幸仗佛力，已脱离罪业矣。”早起桂老来报，夜来三犬，一时俱死。桂女脱簪珥买地葬之，至今阊门城外有三犬冢。桂老逾年竟无恙，乃持斋悔罪之力。

却说施还亏妻妾主持家事，专意读书，乡榜高中。桂老相伴至京，适值尤滑稽为亲军指挥使受赇①枉法，被言官所劾，拿送法司究问。途遇桂迁，悲惭伏地，自陈昔年欺诳之罪。其妻子跟随于后，向桂老叩头求助，桂迁慈心忽动，身边带有数金，悉以相赠。尤生叩谢道：“今生无及，待来生为犬马相报。”桂老叹息而去。后闻尤生受刑不过，竟死于狱中。桂迁益信善恶果报，分毫不爽，坚心办道。是年，施还及第为官，妻妾随任，各生二子。桂迁养老于施家。至今施支二姓，子孙蕃衍，为东吴名族。有诗为证：

桂迁悔过身无恙，施济行仁嗣果昌。
奉劝世人行好事，皇天不佑负心郎！

第二十六卷　唐解元②一笑姻缘

三通鼓角四更鸡，日色高升月色低。
时序秋冬又春夏，舟车南北复东西。

---

① 赇（qiú）——贿赂。
② 解元——乡试第一名为解元。

镜中次第人颜老，世上参差事不齐。

若向其间寻稳便，一壶浊酒一餐齑①。

这八句诗乃吴中一个才子所作。那才子姓唐名寅，字伯虎，聪明盖地，学问包天。书画音乐，无有不通；词赋诗文，一挥便就。为人放浪不羁，有轻世傲物之志。生于苏郡，家住吴趋。做秀才时，曾效连珠体②，做《花月吟》十余首，句句中有花有月。如"长空影动花迎月，深院人归月伴花"；"云破月窥花好处，夜深花睡月明中"等句，为人称颂。本府太守曹凤见之，深爱其才。值宗师科考，曹公以才名特荐。那宗师姓方名志，鄞县人，最不喜古文辞。闻唐寅恃才豪放，不修小节，正要坐名黜治。却得曹公一力保救，虽然免祸，却不放他科举。直至临场，曹公再三苦求，附一名于遗才③之末。是科遂中了解元。

伯虎会试至京，文名益著，公卿皆折节下交，以识面为荣。有程詹事典试，颇开私径卖题，恐人议论，欲访一才名素著者为榜首，压服众心，得唐寅甚喜，许以会元④。伯虎性素坦率，酒中便向人夸说："今年我定做会元了。"众人已闻程詹事有私，又忌伯虎之才，哄传主司不公。言官风闻动本。圣旨不许程詹事阅卷，与唐寅俱下诏狱，问革。

伯虎还乡，绝意功名，益放浪诗酒，人都称为唐解元。得唐解元诗文字画，片纸尺幅，如获重宝。其中惟画，尤其得意。平日心中喜怒哀乐，都寓之于丹青。每一画出，争以重价购之。有《言志诗》一绝为证：

不炼金丹不坐禅，不为商贾不耕田。

闲来写幅丹青卖，不使人间作业钱。

却说苏州六门：葑、盘、胥、阊、娄、齐。那六门中只有阊门最盛，乃舟车辐辏之所。真个是：

翠袖三千楼上下，黄金百万水东西。

五更市贩何曾绝，四远方言总不齐。

---

① 齑(jī)——小菜。

② 连珠——汉代的一种文体。这里指诗的格式。

③ 遗才——秀才应乡试之前，要经过学道的科考录取，临时添补核准的叫做录遗，即遗才。

④ 会元——会试考中的第一名。

唐解元一日坐在阊门游船之上,就有许多斯文中人,慕名来拜,出扇求其字画。解元画了几笔水墨,写了几首绝句。那闻风而至者,其来愈多。解元不耐烦,命童子且把大杯斟酒来。解元倚窗独酌,忽见有画舫从旁摇过,舫中珠翠夺目。内有一青衣小鬟,眉目秀艳,体态绰约,舒头船外,注视解元,掩口而笑。须臾船过,解元神荡魂摇,问舟子:“可认得去的那只船么?”舟人答言:“此船乃无锡华学士府眷也。”解元欲尾其后,急呼小艇不至,心中如有所失。

正要教童子去觅船,只见城中一只船儿摇将出来。他也不管那船有载没载,把手相招,乱呼乱喊。那船渐渐至近,舱中一人走出船头,叫声:“伯虎,你要到何处去?这般要紧!”解元打一看时,不是别人,却是好友王雅宜,便道:“急要答拜一个远来朋友,故此要紧。兄的船往那里去?”雅宜道:“弟同两个舍亲到茅山去进香,数日方回。”解元道:“我也要到茅山进香,正没有人同去,如今只得要趁便了。”雅宜道:“兄若要去,快些回家收拾,弟泊船在此相候。”解元道:“就去罢了,又回家做什么!”雅宜道:“香烛之类,也要备的。”解元道:“到那里去买罢!”遂打发童子回去。也不别这些求诗画的朋友,径跳过船来,与舱中朋友叙了礼,连呼:“快些开船。”

舟子知是唐解元,不敢怠慢,即忙撑篙摇橹。行不多时,望见这只画舫就在前面。解元分付船上,随着大船而行。众人不知其故,只得依他。次日到了无锡,见画舫摇进城里。解元道:“到了这里,若不取惠山泉,也就俗了。”叫船家移舟去惠山取了水,原到此处停泊,明日早行。“我们到城里略走一走,就来下船。”舟子答应自去。

解元同雅宜三四人登岸,进了城,到那热闹的所在,撇了众人,独自一个去寻那画舫,却又不认得路径,东行西走,并不见些踪影。走了一回,穿出一条大街上来,忽听得呼喝之声。解元立住脚看时,只见十来个仆人前引一乘暖轿①,自东而来,女从如云。自古道:“有缘千里能相会。”那女从之中,阊门所见青衣小鬟,正在其内。解元心中欢喜,远远相随,直到一座大门楼下,女使出迎,一拥而入。询之旁人,说是华学士府,适才轿中乃夫人也。解元得了实信,问路出城。恰好船上取了水才到。少顷,王雅宜等

---

① 暖轿——周围有帷帘遮掩的轿子。

也来了,问:"解元那里去了?教我们寻得不耐烦!"解元道:"不知怎的,一挤就挤散了。又不认得路径,问了半日,方能到此。"并不提起此事。至夜半,忽于梦中狂呼,如魇魅之状。众人皆惊,唤醒问之。解元道:"适梦中见一金甲神人,持金杵击我,责我进香不虔。我叩头哀乞,愿斋戒一月,只身至山谢罪。天明,汝等开船自去,吾且暂回,不得相陪矣。"雅宜等信以为真。

至天明,恰好有一只小船来到,说是苏州去的。解元别了众人,跳上小船。行不多时,推说遗忘了东西,还要转去。袖中摸几文钱,赏了舟子,奋然登岸。到一饭店。办下旧衣破帽,将衣巾换讫,如穷汉之状,走至华府典铺内,以典钱为由,与主管相见。卑词下气,问主管道:"小子姓康,名宣,吴县人氏,颇善书,处一个小馆①为生。近因拙妻亡故,又失了馆,孤身无活,欲投一大家充书办之役,未知府上用得否?倘收用时,不敢忘恩!"因于袖中取出细楷数行,与主管观看。主管看那字,写得甚是端楷可爱,答道:"待我晚间进府禀过老爷,明日你来讨回话。"是晚,主管果然将字样禀知学士。学士看了,夸道:"写得好,不似俗人之笔,明日可唤来见我。"

次早,解元便到典中,主管引进解元拜见了学士。学士见其仪表不俗,问过了姓名住居,又问:"曾读书么?"解元道:"曾考过几遍童生,不得进学,经书还都记得。"学士问是何经。解元虽习《尚书》,其实五经俱通的,晓得学士习《周易》,就答应道:"《易经》。"学士大喜道:"我书房中写帖的不缺,可送公子处作伴读。"问他要多少身价,解元道:"身价不敢领,只要求些衣服穿。待后老爷中意时,赏一房好媳妇足矣。"学士更喜。就叫主管于典中寻几件随身衣服与他换了,改名华安。送至书馆,见了公子。

公子教华安抄写文字。文字中有字句不妥的,华安私加改窜。公子见他改得好,大惊道:"你原来通文理,几时放下书本的?"华安道:"从来不曾旷学,但为贫所迫耳。"公子大喜,将自己日课教他改削。华安笔不停挥,真有点铁成金手段。有时题义疑难,华安就与公子讲解。若公子做不出时,华安就通篇代笔。先生见公子学问骤进,向主人夸奖。学士讨近

① 处一小馆——设塾教授学生。

作看了。摇头道:“此非孺子所及,若非抄写,必是请人①。”呼公子诘问其由。公子不敢隐瞒,说道:“曾经华安改窜。”学士大惊。唤华安到来出题面试。华安不假思索,援笔立就,手捧所作呈上。学士见其手腕如玉,但左手有枝指。阅其文,词意兼美,字复精工,愈加欢喜,道:“你时艺如此,想古作亦可观也!”乃留内书房掌书记。一应往来书札,授之以意,辄令代笔,烦简曲当,学士从未曾增减一字。宠信日深,赏赐比众人加厚。

华安时买酒食与书房诸童子共享,无不欢喜。因而潜访前所见青衣小鬟,其名秋香,乃夫人贴身伏侍,顷刻不离者。计无所出,乃因春暮,赋《黄莺儿》以自叹:

风雨送春归,杜鹃愁,花乱飞,青苔满院朱门闭。孤灯半垂,孤衾半攲②,萧萧孤影汪汪泪。忆归期,相思未了,春梦绕天涯。

学士一日偶到华安房中,见壁间之词,知安所题,甚加称奖。但以为壮年鳏处,不无感伤,初不意其有所属意也。适典中主管病故,学士令华安暂摄其事。月余,出纳谨慎,毫忽无私。学士欲遂用为主管,嫌其孤身无室,难以重托。乃与夫人商议,呼媒婆欲为娶妇。华安将银三两,送与媒婆,央他禀知夫人说:“华安蒙老爷夫人提拔,复为置室,恩同天地。但恐外面小家之女,不习里面规矩。倘得于侍儿中择一人见配,此华安之愿也!”媒婆依言禀知夫人。夫人对学士说了,学士道:“如此诚为两便。但华安初来时,不领身价,原指望一房好媳妇。今日又做了府中得力之人,倘然所配未中其意,难保其无他志也。不若唤他到中堂,将许多丫鬟听其自择。”夫人点头道是。

当晚夫人坐于中堂,灯烛辉煌,将丫鬟二十余人各盛饰装扮,排列两边,恰似一班仙女,簇拥着王母娘娘在瑶池之上。夫人传命唤华安。华安进了中堂,拜见了夫人。夫人道:“老爷说你小心得用,欲赏你一房妻小。这几个粗婢中,任你自择。”叫老姆姆携烛下去照他一照。华安就烛光之下,看了一回,虽然尽有标致的,那青衣小鬟不在其内。华安立于旁边,默然无语。夫人叫:“老姆姆,你去问华安:‘那一个中你的意?就配与你。’”华安只不开言。夫人心中不乐,叫:“华安,你好大眼孔,难道我这

① 请人——别人代笔。

② 攲——同“倚”。

些丫头就没个中你意的?"华安道:"复夫人,华安蒙夫人赐配,又许华安自择,这是旷古隆恩,粉身难报。只是夫人随身侍婢还来不齐,既蒙恩典,愿得尽观。"夫人笑道:"你敢是疑我有吝啬之意?也罢!房中那四个一发唤出来与他看看,满他的心愿。"原来那四个是有执事的,叫做:

春媚,夏清,秋香,冬瑞。

春媚,掌首饰脂粉。夏清,掌香炉茶灶。秋香,掌四时衣服。冬瑞,掌酒果食品。管家老姆姆传夫人之命,将四个唤出来。那四个不及更衣,随身妆束,秋香依旧青衣。老姆姆引出中堂,站立夫人背后。室中蜡炬,光明如昼。华安早已看见了,昔日丰姿,宛然在目。还不曾开口,那老姆姆知趣,先来问道:"可看中了谁?"华安心中明晓得是秋香,不敢说破,只将手指道:"若得穿青这一位小娘子,足遂生平。"夫人回顾秋香,微微而笑。叫华安且出去。华安回典铺中,一喜一惧,喜者机会甚好,惧者未曾上手,惟恐不成。偶见月明如昼,独步徘徊,吟诗一首:

徙倚无聊夜卧迟,绿扬风静鸟栖枝。
难将心事和人说,说与青天明月知。

次日,夫人向学士说了。另收拾一所洁净房室,其床帐家伙,无物不备。又合家童仆奉承他是新主管,担东送西,摆得一室之中,锦片相似。择了吉日,学士和夫人主婚。华安与秋香中堂双拜,鼓乐引至新房,合卺成婚,男欢女悦,自不必说。

夜半,秋香向华安道:"与君颇面善,何处曾相会来?"华安道:"小娘子自去思想。"又过了几日,秋香忽问华安道:"向日阊门游船中看见的可就是你?"华安笑道:"是也。"秋香道:"若然,君非下贱之辈,何故屈身于此?"华安道:"吾为小娘子傍舟一笑,不能忘情,所以从权相就。"秋香道:"妾昔见诸少年拥君,出素扇纷求书画,君一概不理,倚窗酌酒,旁若无人。妾知君非凡品,故一笑耳。"华安道:"女子家能于流俗中识名士,诚红拂、绿绮①之流也!"秋香道:"此后于南门街上,似又会一次。"华安笑道:"好利害眼睛!果然果然。"秋香道:"你既非下流,实是甚么样人?可将真姓名告我。"华安道:"我乃苏州唐解元也,与你三生有缘,得谐所愿,

---

① 红拂、绿绮——红拂,隋末贵族杨素的家妓,侍杨素时手执红拂,自称"红拂妓"。绿绮,司马相如的琴名,这里当指卓文君。

今夜既然说破,不可久留。欲与你图谐老之策,你肯随我去否?”秋香道:“解元为贱妾之故,不惜辱千金之躯,妾岂敢不惟命是从!”华安次日将典中账目细细开了一本簿子,又将房中衣服首饰及床帐器皿另开一账,又将各人所赠之物亦开一账,纤毫不取。共是三宗账目,锁在一个护书箧内,其钥匙即挂在锁上。又于壁间题诗一首:

拟向华阳洞①里游,行踪端为可人留。
愿随红拂同高蹈,敢向朱家②惜下流。
好事已成谁索笑?屈身今去尚含羞。
主人若问真名姓,只在康宣两字头。

是夜雇了一只小船,泊于河下。黄昏人静,将房门封锁,同秋香下船,连夜往苏州去了。

天晓,家人见华安房门封锁,奔告学士。学士教打开看时,床帐什物一毫不动,护书内账目开载明白。学士沉思,莫测其故,抬头一看,忽见壁上有诗八句,读了一遍,想:“此人原名不是康宣。”又不知甚么意故,来府中住许多时。若是不良之人,财上又分毫不苟。又不知那秋香如何就肯随他逃走,如今两口儿又不知逃在那里?“我弃此一婢,亦有何难,只要明白了这桩事迹。”便叫家童唤捕人来,出信赏钱,各处缉获康宣、秋香,杳无影响。过了年余,学士也放过一边了。

忽一日学士到苏州拜客。从阊门经过,家童看见书坊中有一秀才坐而观书,其貌酷似华安,左手亦有枝指,报与学士知道。学士不信,分付此童再去看个详细,并访其人名姓。家童复身到书坊中,那秀才又和着一个同辈说话,刚下阶头。家童乖巧,悄悄随之,那两个转弯向潼子门下船去了,仆从相随共有四五人。背后察其形相,分明与华安无二,只是不敢唐突。家童回转书坊,问店主适来在此看书的是什么人,店主道:“是唐伯虎解元相公,今日是文衡山③相公舟中请酒去了。”家童道:“方才同去的

① 华阳洞——道教十大洞天之一,在江苏金坛附近茅山上。

② 朱家——汉代的任侠之士。项羽的将官季布为逃避刘邦的追捕,曾卖身在他家作奴隶。这里以季布为奴自比。

③ 文衡山——明代著名画家文徵明。

那一位可就是文相公么?”店主道:“那是祝枝山①,也都是一般名士。”家童一一记了,回复了华学士。学士大惊,想道:“久闻唐伯虎放达不羁,难道华安就是他?明日专往拜谒,便知是否。”

次日写了名帖,特到吴趋坊拜唐解元。解元慌忙出迎,分宾而坐。学士再三审视,果肖华安。及捧茶,又见手白如玉,左有枝指。意欲问之,难于开口。茶罢,解元请学士书房中小坐。学士有疑未决,亦不肯轻别,遂同至书房。见其摆设齐整,啧啧叹羡。少停酒至,宾主对酌多时。学士开言道:“贵县有个康宣,其人读书不遇,甚通文理。先生识其人否?”解元唯唯。学士又道:“此人去岁曾佣书于舍下,改名华安。先在小儿馆中伴读,后在学生书房管书柬,后又在小典中为主管。因他无室,教他于贱婢中自择。他择得秋香成亲,数日后夫妇俱逃,房中日用之物一无所取,竟不知其何故?学生曾差人到贵处察访,并无其人。先生可略知风声么?”解元又唯唯。学士见他不明不白,只是胡答应,忍耐不住,只得又说道:“此人形容颇肖先生模样,左手亦有枝指,不知何故?”解元又唯唯。

少顷,解元暂起身入内。学士翻看桌上书籍,见书内有纸一幅,题诗八句,读之,即壁上之诗也。解元出来,学士执诗问道:“这八句诗乃华安所作,此字亦华安之笔。如何有在尊处?必有缘故。愿先生一言,以决学生之疑。”解元道:“容少停奉告。”学士心中愈闷道:“先生见教过了,学生还坐,不然即告辞矣。”解元道:“禀复不难,求老先生再用几杯薄酒。”学士又吃了数杯,解元巨觥奉劝。学士已半酣,道:“酒已过分,不能领矣。学生惓惓请教,止欲剖胸中之疑,并无他念。”解元道:“请用一箸粗饭。”饭后献茶,看看天晚,童子点烛到来。学士愈疑,只得起身告辞。解元道:“请老先生暂挪贵步,当决所疑。”命童子秉烛前引,解元陪学士随后共入后堂。堂中灯烛辉煌。里面传呼:“新娘来!”只见两个丫鬟,伏侍一位小娘子,轻移莲步而出,珠珞重遮,不露娇面。学士惶悚退避,解元一把扯住衣袖道:“此小妾也。通家长者,合当拜见,不必避嫌。”丫鬟铺毡,小娘子向上便拜。学士还礼不迭。解元将学士抱住,不要他还礼。拜了四拜,学士只还得两个揖,甚不过意。

拜罢,解元携小娘子近学士之旁,带笑问道:“老先生请认一认,方才

---

① 祝枝山——明代文士祝希哲。

说学生颇似华安,不识此女亦似秋香否?”学士熟视大笑,慌忙作揖,连称得罪。解元道:“还该是学生告罪。”二人再至书房。解元命重整杯盘,洗盏更酌。酒中学士复叩其详。解元将阊门舟中相遇始末细说一遍,各各抚掌大笑。学士道:“今日即不敢以记室相待,少不得行子婿之礼。”解元道:“若要甥舅相行,恐又费丈人妆奁耳。”二人复大笑。是夜,尽欢而别。

学士回到舟中,将袖中诗句置于桌上,反复玩味。“首联道‘拟向华阳洞里游’,是说有茅山进香之行了。‘行踪端为可人留’,分明为中途遇了秋香,担搁住了。第二联:‘愿随红拂同高蹈,敢向朱家惜下流。’他屈身投靠,便有相挈而逃之意。第三联:‘好事已成谁索笑?屈身今去尚含羞。’这两句,明白。末联:‘主人若问真名姓,只在康宣两字头。’‘康’字与‘唐’字头一般。‘宣’字与‘寅’字头无二,是影着‘唐寅’二字,我自不能推详耳。他此举虽似情痴,然封还衣饰,一无所取,乃礼义之人,不枉名士风流也。”学士回家,将这段新闻向夫人说了。夫人亦骇然。于是厚具装奁,约值千金,差当家老姆姆押送唐解元家。从此两家遂为亲戚,往来不绝。至今吴中把此事传作风流话柄。有唐解元《焚香默坐歌》,自述一生心事,最做得好。歌曰:

> 焚香默坐自省己,口里喃喃想心里。心中有甚害人谋?口中有甚欺心语?为人能把口应心,孝弟忠信从此始。其余小德或出入,焉能磨涅①吾行止。头插花枝手把杯,听罢歌童看舞女。食色性也古人言,今人乃以为之耻。及至心中与口中,多少欺人没天理。阴为不善阳掩之,则何益矣徒劳耳。请坐且听吾语汝,凡人有生必有死。死见阎君面不惭,才是堂堂好男子。

第二十七卷　假神仙大闹华光庙

> 欲学为仙说与贤,长生不老是虚传。
> 少贪色欲身康健,心不瞒人便是仙。

① 磨涅——即“磨而不磷,涅而不淄”的简称,经得起考验之意。

话说故宋时杭州普济桥有个宝山院，乃嘉泰中所建，又名华光庙，以奉五显之神。那五显？

一显，聪昭圣孚仁福善王。

二显，明昭圣孚义福顺王。

三显，正昭圣孚智福应王。

四显，直昭圣孚爱福惠王。

五显，德昭圣孚信福庆王。

此五显，乃是五行之佐，最有灵应。或言五显即五通，此谬言也。绍定初年，丞相郑清之重修，添造楼房精舍，极其华整。遭元时兵火，道侣流散，房垣倒塌，左右居民，亦皆凋落。至正初年，道士募缘修理，香火重兴，不在话下。

单说本郡秀才魏宇，所居与庙相近，同表兄服道勤读书于庙旁之小楼。魏生年方一十七岁，丰姿俊雅，性复温柔，言语恂恂，宛如处子。每赴文会，同辈辄调戏之，呼为魏娘子。魏生羞脸发赤。自此不会宾客，只在楼上温习学业。惟服生朝夕相见。

一日，服生因母病回家侍疾，魏生独居楼中读书。约至二鼓，忽闻有人叩门。生疑表兄之来也，开而视之，见一先生，黄袍蓝袖，丝拂纶巾，丰仪美髯，香风袭袭，有出世凌云之表。背后跟着个小道童，也生得清秀，捧着个朱红盒子。先生自说："吾乃纯阳吕洞宾，遨游四海，偶尔经过此地。空中闻子书声清亮，殷勤嗜学，必取科甲，且有神仙之分。吾与汝宿世有缘，合当度汝。知汝独居，特特奉访。"魏生听说，又惊又喜，连忙下拜，请纯阳南面坐定，自己侧坐相陪。洞宾呼道童拿过盒子，摆在桌上，都是鲜异果品和那山珍海味，馨香扑鼻。所用紫金杯、白玉壶，其壶不满三寸，出酒不竭，其酒色如琥珀，味若醍醐①。洞宾道："此仙肴仙酒，惟吾仙家受用。以子有缘，故得同享。"魏生此时恍恍惚惚，如已在十洲三岛之中矣。饮酒中间，洞宾道："今夜与子奇遇，不可无诗。"魏生欲观仙笔，即将文房四宝列于几上。洞宾不假思索，信笔赋诗四首：

黄鹤楼前灵气生，蟠桃会上啜玄英。

剑横紫海秋光劲，每夕乘云上玉京。（其一）

---

① 醍醐（tíhú）——从牛奶中提炼出来的精华。

嵯峨栋宇接云烟，身在蓬壶境里眠。
一觉不知天地老，醒来又见几桑田。（其二）
一粒金丹羽化奇，就中玄妙少人知。
夜来忽听钧天乐，知是仙人跨鹤时。（其三）
剑气横空海月浮，遨游顷刻遍神洲。
蟠桃历尽三千度，不计人间九百秋。（其四）

字势飞舞，魏生赞不绝口。洞宾问道："子聪明过人，可随意作一诗，以观子仙缘之迟速也。"魏生亦赋二绝：

十二峰前琼树齐，此生何似蹑天梯。
消磨寰宇尘氛净，漫着霞裳礼玉枢。（其一）
天空月色两悠悠，绝胜飞吟亭上游。
夜静玉箫天宇碧，直随鹤驭到瀛洲。（其二）

洞宾览毕，目视魏生微笑道："子有瀛洲之志，真仙种也。昔西汉大将军霍去病，祷于神君之庙，神君现形，愿为夫妇。去病大怒而去。后病笃，复遣人哀恳神君求救。神君曰：'霍将军体弱，吾欲以太阴精气补之。霍将军不悟，认为淫欲，遂尔见绝。今日之病，不可救矣。'去病遂死。仙家度人之法，不拘一定，岂是凡人所知，惟有缘者信之不疑耳。吾更赠子一诗。"诗云：

相逢此夕在琼楼，酬酢灯前且自留。
玉液斟来晶影动，珠玑赋就峡云收。
漫将夙世人间了，且借仙缘天上修。
从此岳阳①消息近，白云天际自悠悠。

魏生读诗会意，亦答一绝句：

仙境清虚绝欲尘，凡心那杂道心真。
后庭无树栽琼玉，空羡隋炀堤上人。

二人唱和之后，意益绸缪。洞宾命童子且去："今夜吾当宿此。"又向魏生道："子能与吾相聚十昼夜，当令子神完气足，日记万言。"魏生信以为然。酒酣，洞宾先寝。魏生和衣睡于洞宾之侧。洞宾道："凡人肌肉相

① 岳阳——吕洞宾自指，因吕曾有"三醉岳阳人不识，朗吟飞过洞庭湖"之诗句。

凑,则神气自能往来。若和衣各睡,吾不能有益于子也。”乃抱魏生于怀,为之解衣,并枕而卧。洞宾软款抚摩,渐至狎浪。魏生欲窃其仙气,隐忍不辞。至鸡鸣时,洞宾与魏生说:“仙机不可漏泄。乘此未明,与子暂别,夜当再会。”推窗一跃,已不知所在。魏生大惊,决为真仙。取夜来金玉之器看之,皆真物也,制度精巧可爱。枕席之间,余香不散。魏生凝思不已。至夜,洞宾又来与生同寝。一连宿了十余夜,情好愈密,彼此俱不忍舍。

一夕,洞宾与魏生饮酒,说道:“我们的私事,昨日何仙姑赴会回来知道了,大发恼怒,要奏上玉帝,你我都受罪责。我再三求告,方才息怒。他见我说你十分标致,要来看你。夜间相会时,你陪个小心,求服他,我自也在里面撺掇。倘得欢喜起来,从了也不见得。若得打做一家,这事永不露出来,得他太阴真气,亦能少助。”魏生听说,心中大喜。到日间,疾忙置办些美酒精馔果品。等候到晚。且喜这几日服道勤不来,只魏生一个在楼上。

魏生见更深人静了,焚起一炉好香,摆下酒果,又穿些华丽衣服,妆扮整齐,等待二仙。只见洞宾领着何仙姑径来楼上。看这仙姑,颜色柔媚,光艳射人,神采夺目。魏生一见,神魂飘荡,心意飞扬。那时身不由己,双膝跪下在仙姑面前。何仙姑看见魏生果然标致,心里真实欢喜,到假意做个恼怒的模样,说道:“你两个做得好事！扰乱清规,不守仙范,那里是出家读书人的道理!”虽然如此,嗔中有喜。魏生叩头讨饶,洞宾也陪着小心,求服仙姑。仙姑说道:“你二人既然知罪,且饶这一次。”说了,便要起身。魏生再三苦留,说道:“尘俗粗肴,聊表寸意。”洞宾又恳恳撺掇,说:“略饮数杯见意,不必固辞;若去了,便伤了仙家和气。”仙姑被留不过,只得勉意坐了。轮番把盏。洞宾又与仙姑说:“魏生高才能诗,今夕之乐,不可无咏。”仙姑说:“既然如此,请师兄起句。”洞宾也不推辞:

每日蓬壶恋玉卮,暂同仙伴乐须斯。(洞宾)
一宵清兴因知己,几朵金莲映碧池。(仙姑)
物外幸逢环珮暖,人间亦许凤凰仪。(魏生)
殷勤莫为桃源①误,此夕须调琴瑟丝。(洞宾)

仙姑览诗,大怒道:“你二人如何戏弄我?”魏生慌忙磕头谢罪。洞宾

---

① 桃源——传说晋代刘晨、阮肇二人,在天台山采药,于桃源洞遇见了两个仙女,配为夫妇。

劝道："天上人间,其情则一。洛妃解珮,神女行云,此皆吾仙家故事也。世上佳人才子,犹为难遇。况魏生原有仙缘,神仙聚会,彼此一家,何必分体别形,效尘俗硁硁①之态乎?"说罢,仙姑低头不语,弄其裙带。洞宾道:"和议已成,魏宇可拜谢仙姑俯就之恩也。"魏生连忙下拜。仙姑笑扶而起,入席再酌,尽欢而罢。是夜,三人共寝。魏生先近仙姑,次后洞宾举事。阳变阴阖,欢娱一夜。仙姑道:"我三人此会,真是奇缘,可于枕上联诗一律。"仙姑首唱:

满目辉光满目烟,无情却被有情牵。(仙姑)
春来杨柳风前舞,雨后桃花浪里颠。(魏生)
须信仙缘应不爽,漫将好事了当年。(仙姑)
香销梦绕三千界,黄鹤②栖迟一夜眠。(洞宾)

鸡鸣时,二仙起身欲别。魏生不舍,再三留恋,恳求今夜重会。仙姑含着羞说道:"你若谨慎,不向人言,我当源源而至。"自此以后,无夕不来。或时二仙同来,或时一仙自来。虽表兄服生同寓书楼,一壁之隔,窗中来去,全不露迹。

如此半载有余。魏生渐渐黄瘦,肌肤销铄,饮食日减。夜间偏觉健旺,无奈日里倦怠,只想就枕。服生见其如此模样,叩其染病之故,魏生坚不肯吐。服生只得对他父亲说知。魏公到楼上看了儿子,大惊,乃取镜子教儿自家照看。魏生自睹尪羸③之状,亦觉骇然。魏公劝儿回家调理,儿子那里肯回。乃请医切脉,用药调理。是夜,二仙又来。魏生述容颜黄瘦,父亲要搬回之语。洞宾道:"凡人成仙,脱胎换骨,定然先将俗肌消尽,然后重换仙体。此非肉眼所知也。"魏生由此不疑,连药也不肯吃。

再过数日,看看一丝两气。魏公着了忙,自携铺盖,往楼上守着儿子同宿。到夜半,儿子向着床里说鬼话。魏公叫唤不醒,连隔房服道勤都起身来看。只见魏生口里说:"二位师父怕怎的?不要去!"伸出手来,一把扯住,却扯了父亲。魏公双眼流泪,叫:"我儿!你病势十死一生,兀自不肯实说!那二位师父是何人?想是邪魅。"魏生道:"是两个仙人来度我

① 硁硁(kēng)——形容浅薄而固执。
② 黄鹤——即武昌之黄鹤楼,传说有仙人在楼上住过。
③ 尪羸(wāng léi)——瘦弱,瘠病。

的,不是邪魅。”魏公见儿沉重,不管他肯不肯,雇了一乘小轿抬回家去将息。儿子道:“仙人与我紫金杯、白玉壶,在书柜里,与我检好。”开柜看时,那是紫金白玉?都是黄泥白泥捻就的。魏公道:“我儿,眼见得不是仙人是邪魅了!”魏生恰才心慌,只得将庙中初遇纯阳,后遇仙姑,始末叙了一遍。魏公大惊。一面教妈妈收拾净房,伏侍儿子养病,一面出门访问个祛妖的法师。

走不多步,恰好一个法师,手中拿着法环①摇将过来,朝着打个问讯。魏公连忙答礼,问道:“师父何来?”这法师说道:“弟子是湖广武当山张三丰②老爷的徒弟,姓裴,法名守正,传得五雷法,普救人世。因见府上有妖气,故特动问。”魏公听得说话有些来历,慌忙请法师到里面客位里坐。茶毕,就把儿子的事备细说与裴法师知道。裴道说:“令郎今在何处?”魏公就邀裴法师进到房里看魏生。裴道一见魏生,就与魏公说:“令郎却被两个雌雄妖精迷了。若再过旬日不治,这命休了。”魏公听说,慌忙下拜,说道:“万望师父慈悲,垂救犬子则个。永不敢忘!”裴法师说:“我今晚就与你拿这精怪。”魏公说:“如此甚好。或是要甚东西,吾师说来,小人好去治办。”裴守正说:“要一付熟三牲和酒果、五雷纸马、香烛、朱砂黄纸之类。”分付毕,又道:“暂且别去,晚上过来。”魏公送裴道出门,嘱道:“晚上准望光降。”裴法师道:“不必说。”照旧又来街上,摇着法环而去。魏公慌忙买办合用物件,都齐备了,只等裴法师来捉鬼。

到晚,裴法师来了。魏公接着法师,说:“东西俱已完备,不知要摆在那里?”裴道说:“就摆在令郎房里。”抬两张桌子进去,摆下三牲福物,烧起香来。裴道戴上法冠,穿领法衣,仗着剑,步起罡③来,念动咒诀,把朱砂书起符来。正要烧这符去,只见这符都是水湿的,烧不着。裴法师骂道:“畜生,不得无礼!”把剑望空中斫将去。这口剑被妖精接着,拿去悬空钉在屋中间,动也动不得。裴道心里慌张,把平生的法术都使出来,一些也不灵。魏公看着裴道说:“师父头上戴的道冠那里去了?”裴道说:“我不曾除下,如何便没了?又是作怪!”连忙使人去寻,只见门外有个尿

---

① 法环——降妖魔道士用的串铃,摇响了使人家知道他来降妖魔了。

② 张三丰——明代有名的道士。

③ 步罡——道士作法按北斗星位置形状来回走着,称为踏罡步斗。

桶,这道冠儿浮在尿桶面上。捞得起来时,烂臭,如何戴得在头上。裴道说:“这精怪妖气太盛,我的法术敌他不过。你自别作计较。”

魏公见说,心里虽是烦恼,免不得把福物收了,请裴道来堂前散福,吃了酒饭。夜又深了,就留裴道在家安歇。彼此俱不欢喜。裴道也闷闷的,自去侧房里脱了衣服睡。才要合眼,只见三四个黄衣力士,扛四五十斤一块石板,压在裴道身上,口里说:“谢贼道的好法!”裴道压得动身不得,气也透不转,慌了,只得叫道:“有鬼,救人,救人!”原来魏公家里人正收拾未了,还不曾睡,听得裴道叫响,魏公与家人拿着灯火,走进房来看裴道时,见裴道被块青石板压在身上,动不得。两三个人慌忙扛去这块石板,救起裴道来,将姜汤灌了一回,东方已明,裴道也醒了。裴道梳洗已毕,又吃些早粥,辞了魏公自去,不在话下。魏公见这模样,夫妻两个泪不曾干,也没奈何。

次日,表兄服道勤来看魏生。魏公与服生备说夜来裴道着鬼之事:“怎生是好?”服生说道:“本庙华光菩萨最灵感,原在庙里被精了。我们备些福物,做道疏文烧了,神道正必胜邪,或可救得。”服生与同会李林等说了。这些会友,个个爱惜魏生,争出分子,备办福物、香烛纸马、酒果,摆列在神道面前,与魏公拜献,就把疏文宣读:

> 惟神正气摄乎山川,善恶不爽;威灵布于寰宇,祸福无私。今魏宇者,读书本庙,祸被物精。男女不分,夤夜欢娱于一席;阴阳无间,晨昏耽乐于两情。苟且相交,不顾逾墙之戒;无媒而合,自同钻穴之污。先假纯阳,比顽不已;后托何氏,淫乐无休。致使魏生形神摇乱,全无清爽之期;心志飞扬,已失永长之道。或月怪,或花妖,殛之以灭其迹;或山精,或木魅,祛之使屏其形。阳伸阴屈,物泰民安,万众皆钦,惟神是祷!李林等拜疏。

疏文念毕,烧化了纸,就在庙里散福。众人因论吕洞宾、何仙姑之事,李林道:“忠清巷新建一座纯阳庵,我们明早同去拈香,能陈此事。倘然吕仙有灵,必然震怒。”众人齐声道好。次日,同会十人不约而齐,都到纯阳祖师面前拈香拜祷。转来回复了魏公。从此夜为始,魏生渐觉清爽,但元神不能骤复。魏公心下已有三分欢喜。

过了数日,自备三牲祭礼往华光庙,一则赛愿①,二则保福。众友闻知,都来陪他拜神。拜毕化纸,只见魏公双眸紧闭,大踏步向供桌上坐了,端然不动,叫道:“魏则优,你儿子的性命亏我救了,我乃五显灵官是也!”众人知华光菩萨附体,都来参拜,叩问:“魏宇所患何等妖精?神力如何救拔?病体几时方能全妥?”魏公口里又说道:“这二妖乃是多年的龟精,一雌一雄,惯迷惑少年男女。吾神访得真了,先差部下去拿他。二妖神通广大,反为所败。吾神亲往收捕,他兀自假冒吕洞宾、何仙姑名色,抗拒不服。大战百合,不分胜败。恰好洞宾、仙姑亦知此情,奏闻玉帝,命神将天兵下界。真仙既到,伪者自不能敌。二妖逃走,去乌江孟子河里去躲。吾神将火轮去烧得出来,又与交战。被洞宾先生飞剑斩了雄的龟精,雌的直驱在北海冰阴中受苦,永不赦出。吾神与洞宾、仙姑奏复上帝,上帝要并治汝子迷惑之罪。吾神奏道:‘他是年幼书生,一时被惑,父母朋友,俱悔过求忏。况此生后有功名,可以恕之。’上帝方准免罚。你看我的袍袖,都战裂了。那雄龟精的腹壳,被吾神劈来,埋于后园碧桃树下。你若要儿子速愈,可取此壳煎膏,用酒服之,便愈也。”说罢,魏公跌倒在地下。

众人扶起唤醒,问他时,魏公并不晓得菩萨附体一事。众人向魏公说这备细。魏公惊异,就神帐中看神道袍袖,果然裂开。往后园碧桃树下,掘起浮土,见一龟板,约有三尺之长,犹带血肉。魏公取归,煎膏入酒,与魏生吃。一日三服。比及膏完,病已全愈。于是父子往华光庙祭赛,与神道换袍。又往纯阳庵烧香。后魏宇果中科甲。有诗为证:

真妄由来本自心,神仙岂肯蹈邪淫。
人心不被邪淫惑,眼底蓬莱便可寻。

第二十八卷　白娘子永镇雷峰塔

山外青山楼外楼,西湖歌舞几时休?
暖风薰得游人醉,直把杭州作汴州。

---

① 赛愿——在神前还愿,谢神的祭。

话说西湖景致,山水鲜明。晋朝咸和年间,山水大发,汹涌流入西门。忽然水内有牛一头见,全身金色。后水退,其牛随行至北山,不知去向。哄动杭州市上之人,皆以为显化。所以建立一寺,名曰金牛寺。西门,即今之涌金门,立一座庙,号金华将军。当时有一番僧,法名浑寿罗,到此武林郡云游,玩其山景,道:"灵鹫山前小峰一座,忽然不见,原来飞到此处。"当时人皆不信。僧言:"我记得灵鹫山前峰岭,唤做灵鹫岭。这山洞里有个白猿,看我呼出为验。"果然呼出白猿来。山前有一亭,今唤做冷泉亭。又有一座孤山,生在西湖中。先曾有林和靖①先生在此山隐居,使人搬挑泥石,砌成一条走路,东接断桥,西接栖霞岭,因此唤作孤山路。又唐时有刺史白乐天,筑一条路,南至翠屏山,北至栖霞岭,唤做白公堤,不时被山水冲倒,不只一番,用官钱修理。后宋时,苏东坡来做太守,因见有这两条路被水冲坏,就买木石,起人夫,筑得坚固。六桥上朱红栏杆,堤上栽种桃柳,到春景融和,端的十分好景,堪描入画。后人因此只唤做苏公堤。又孤山路畔,起造两条石桥,分开水势,东边唤做断桥,西边唤做西宁桥。真乃:

隐隐山藏三百寺,依稀云锁二高峰。

说话的,只说西湖美景,仙人古迹。俺今日且说一个俊俏后生,只因游玩西湖,遇着两个妇人,直惹得几处州城,闹动了花街柳巷。有分教才人把笔,编成一本风流话本。单说那子弟,姓甚名谁?遇着甚般样的妇人?惹出甚般样事?有诗为证:

清明时节雨纷纷,路上行人欲断魂。
借问酒家何处有,牧童遥指杏花村。

话说宋高宗南渡,绍兴年间,杭州临安府过军桥黑珠巷内,有一个宦家,姓李名仁。现做南廊阁子库募事官,又与邵太尉管钱粮。家中妻子有一个兄弟许宣,排行小乙。他爹曾开生药店。自幼父母双亡,却在表叔李将仕家生药铺做主管,年方二十二岁。那生药店开在官巷口。忽一日,许宣在铺内做买卖,只见一个和尚来到门首,打个问讯道:"贫僧是保叔塔寺内僧,前日已送馒头并卷子在宅上。今清明节近,追修祖宗,望小乙官到寺烧香,勿误!"许宣道:"小子准来。"和尚相别去了。许宣至晚归姐夫

① 林和靖——即南宋诗人林逋。

家去。原来许宣无有老小,只在姐姐家住。当晚与姐姐说:“今日保叔塔和尚来请烧箬子①,明日要荐祖宗,走一遭了来。”次日早起买了纸马、蜡烛、经幡、钱垛一应等项,吃了饭,换了新鞋袜衣服,把箬子钱马,使条袱子包了,径到官巷口李将仕家来。李将仕见了,问许宣何处去。许宣道:“我今日要去保叔塔烧箬子,追荐祖宗,乞叔叔容暇一日。”李将仕道:“你去便回。”

许宣离了铺中,入寿安坊、花市街,过井亭桥,往清河街后钱塘门,行石函桥,过放生碑,径到保叔塔寺。寻见送馒头的和尚,忏悔过疏头,烧了箬子,到佛殿上看众僧念经。吃斋罢,别了和尚,离寺迤逦闲走,过西宁桥、孤山路、四圣观,来看林和靖坟,到六一泉闲走。不期云生西北,雾锁东南,落下微微细雨,渐大起来。正是清明时节,少不得天公应时,催花雨下,那阵雨下得绵绵不绝。许宣见脚下湿,脱下了新鞋袜,走出四圣观来寻船,不见一只。正没摆布处,只见一个老儿,摇着一只船过来。许宣暗喜,认时正是张阿公。叫道:“张阿公,搭我则个!”老儿听得叫,认时,原来是许小乙,将船摇近岸来,道:“小乙官,着了雨,不知要何处上岸?”许宣道:“涌金门上岸。”这老儿扶许宣下船,离了岸,摇近丰乐楼来。

摇不上十数丈水面,只见岸上有人叫道:“公公,搭船则个!”许宣看时,是一个妇人,头戴孝头髻,乌云畔插着些素钗梳,穿一领白绢衫儿,下穿一条细麻布裙。这妇人肩下一个丫鬟,身上穿着青衣服,头上一双角髻,戴两条大红头须,插着两件首饰,手中捧着一个包儿要搭船。那老张对小乙官道:“‘因风吹火,用力不多’,一发搭了他去。”许宣道:“你便叫他下来。”老儿见说,将船傍了岸边。那妇人同丫鬟下船,见了许宣,起一点朱唇,露两行碎玉,深深道一个万福。许宣慌忙起身答礼。那娘子和丫鬟舱中坐定了。娘子把秋波频转,瞧着许宣。许宣平生是个老实之人,见了此等如花似玉的美妇人,旁边又是个俊俏美女样的丫鬟,也不免动念。那妇人道:“不敢动问官人,高姓尊讳?”许宣答道:“在下姓许名宣,排行第一。”妇人道:“宅上何处?”许宣道:“寒舍住在过军桥黑珠儿巷,生药铺内做买卖。”那娘子问了一回,许宣寻思道:“我也问他一问。”起身道:“不敢拜问娘子高姓,潭府何处?”那妇人答道:“奴家是白三班白殿直之妹,

① 箬子——用草编制的盛放迷信品的工具。

嫁了张官人,不幸亡过了,现葬在这雷岭。为因清明节近,今日带了丫鬟,往坟上祭扫了方回,不想值雨。若不是搭得官人便船,实是狼狈。”又闲讲了一回,迤逦船摇近岸。只见那妇人道:“奴家一时心忙,不曾带得盘缠在身边,万望官人处借些船钱还了,并不有负。”许宣道:“娘子自便,不妨,些须船钱不必计较。”还罢船钱,那雨越不住。许宣挽了上岸。那妇人道:“奴家只在箭桥双茶坊巷口。若不弃时,可到寒舍拜茶,纳还船钱。”许宣道:“小事何消挂怀。天色晚了,改日拜望。”说罢,妇人共丫鬟自去。

许宣入涌金门,从人家屋檐下到三桥街,见一个生药铺,正是李将仕兄弟的店,许宣走到铺前,正见小将仕在门前。小将仕道:“小乙哥晚了,那里去?”许宣道:“便是去保叔塔烧箸子,着了雨,望借一把伞则个!”将仕见说叫道:“老陈把伞来,与小乙官去。”不多时,老陈将一把雨伞撑开道:“小乙官,这伞是清湖八字桥老实舒家做的。八十四骨,紫竹柄的好伞,不曾有一些儿破,将去休坏了!仔细,仔细!”许宣道:“不必分付。”接了伞,谢了将仕,出羊坝头来。到后市街巷口,只听得有人叫道:“小乙官人。”许宣回头看时,只见沈公井巷口小茶坊檐下,立着一个妇人,认得正是搭船的白娘子。许宣道:“娘子如何在此?”白娘子道:“便是雨不得住,鞋儿都踏湿了,教青青回家,取伞和脚下。又见晚下来。望官人搭几步则个!”许宣和白娘子合伞到坝头道:“娘子到那里去?”白娘子道:“过桥投箭桥去。”许宣道:“小娘子,小人自往过军桥去,路又近了。不若娘子把伞将去,明日小人自来取。”白娘子道:“却是不当,感谢官人厚意!”许宣沿人家屋檐下冒雨回来,只见姐夫家当值王安,拿着钉靴雨伞来接不着,却好归来。到家内吃了饭。当夜思量那妇人,翻来覆去睡不着。梦中共日间见的一般,情意相浓,不想金鸡叫一声,却是南柯一梦。正是:

心猿意马驰千里,浪蝶狂蜂闹五更。

到得天明,起来梳洗罢,吃了饭,到铺中心忙意乱,做些买卖也没心想。到午时后,思量道:“不说一谎,如何得这伞来还人?”当时许宣见老将仕坐在柜上,向将仕说道:“姐夫叫许宣归早些,要送人情,请假半日。”将仕道:“去了,明日早些来!”许宣唱个喏,径来箭桥双茶坊巷口,寻问白娘子家里,问了半日,没一个认得。正踌躇间,只见白娘子家丫鬟青青,从东边走来。许宣道:“姐姐,你家何处住?讨伞则个。”青青道:“官人随我来。”许宣跟定青青,走不多路,道:“只这里便是。”

许宣看时,见一所楼房,门前两扇大门,中间四扇看街槅子眼,当中挂顶细密朱红帘子,四下排着十二把黑漆交椅,挂四幅名人山水古画。对门乃是秀王府墙。那丫头转入帘子内道:“官人请入里面坐。”许宣随步入到里面,那青青低低悄悄叫道:“娘子,许小乙官人在此。”白娘子里面应道:“请官人进里面拜茶。”许宣心下迟疑。青青三回五次,催许宣进去。许宣转到里面,只见四扇暗槅子窗,揭起青布幕,一个坐起。桌上放一盆虎须菖蒲,两边也挂四幅美人,中间挂一幅神像,桌上放一个古铜香炉花瓶。那小娘子向前深深的道一个万福,道:“夜来多蒙小乙官人应付周全,识荆①之初,甚是感激不浅!”许宣道:“些微何足挂齿!”白娘子道:“少坐拜茶。”茶罢,又道:“片时薄酒三杯,表意而已。”许宣方欲推辞,青青已自把菜蔬果品流水排将出来。许宣道:“感谢娘子置酒,不当厚扰。”饮至数杯,许宣起身道:“今日天色将晚,路远,小子告回。”娘子道:“官人的伞,舍亲昨夜转借去了,再饮几杯,着人取来。”许宣道:“日晚,小子要回。”娘子道:“再饮一杯。”许宣道:“饮馔好了,多感,多感!”白娘子道:“既是官人要回,这伞相烦明日来取则个。”许宣只得相辞了回家。

至次日,又来店中做些买卖,又推个事故,却来白娘子家取伞。娘子见来,又备三杯相款。许宣道:“娘子还了小子的伞罢,不必多扰。”那娘子道:“既安排了,略饮一杯。”许宣只得坐下。那白娘子筛一杯酒,递与许宣,启樱桃口,露榴子牙,娇滴滴声音,带着满面春风,告道:“小官人在上,真人面前说不得假话。奴家亡了丈夫,想必和官人有宿世姻缘,一见便蒙错爱,正是你有心,我有意。烦小乙官人寻一个媒证,与你共成百年姻眷,不枉天生一对,却不是好!”许宣听那妇人说罢,自己寻思:“真个好一段姻缘。若取得这个浑家,也不枉了。我自十分肯了,只是一件不谐:思量我日间在李将仕家做主管,夜间在姐夫家安歇,虽有些少东西,只好办身上衣服。如何得钱来娶老小?”自沉吟不答。只见白娘子道:“官人何故不回言语?”许宣道:“多感过爱,实不相瞒,只为身边窘迫,不敢从命!””娘子道:“这个容易!我囊中自有余财,不必挂念。”。便叫青青道:

① 识荆——久闻其名、初次见面的敬辞。

"你去取一锭白银下来。"只见青青手扶栏杆，脚踏胡梯①，取下一个包儿来，递与白娘子。娘子道："小乙官人，这东西将去使用，少欠时再来取。"亲手递与许宣。许宣接得包儿，打开看时，却是五十两雪花银子。藏于袖中，起身告回。青青把伞来还了许宣。许宣接得相别，一径回家，把银子藏了。当夜无话。

明日起来，离家到官巷口，把伞还了李将仕。许宣将些碎银子买了一只肥好烧鹅、鲜鱼精肉、嫩鸡果品之类提回家来，又买了一樽酒，分付养娘丫鬟安排整下。那日却好姐夫李募事在家。饮馔俱已完备，来请姐夫和姐姐吃酒。李募事却见许宣请他，到吃了一惊，道："今日做甚么子坏钞？日常不曾见酒盏儿面，今朝作怪！"三人依次坐定饮酒。酒至数杯，李募事道："尊舅，没事教你坏钞做甚么？"许宣道："多谢姐夫，切莫笑话，轻微何足挂齿。感谢姐夫姐姐管雇多时。一客不烦二主人，许宣如今年纪长成，恐虑后无人养育，不是了处。今有一头亲事在此说起，望姐夫姐姐与许宣主张，结果了一生终身，也好。"姐夫姐姐听得说罢，肚内暗自寻思道："许宣日常一毛不拔，今日坏得些钱钞，便要我替他讨老小？"夫妻二人，你我相看，只不回话。吃酒了，许宣自做买卖。

过了三两日，许宣寻思道："姐姐如何不说起？"忽一日，见姐姐问道："曾向姐夫商量也不曾？"姐姐道："不曾。"许宣道："如何不曾商量？"姐姐道："这个事不比别样的事，仓卒不得。又见姐夫这几日面色心焦，我怕他烦恼，不敢问他。"许宣道："姐姐你如何不上紧？这个有甚难处，你只怕我教姐夫出钱，故此不理。"许宣便起身到卧房中开箱，取出白娘子的银来，把与姐姐道："不必推故，只要姐夫做主。"姐姐道："吾弟多时在叔叔家中做主管，积趱得这些私房，可知道要娶老婆。你且去，我安在此。"

却说李募事归来，姐姐道："丈夫，可知小舅要娶老婆，原来自趱得些私房，如今教我倒换些零碎使用。我们只得与他完就这亲事则个。"李募事听得，说道："原来如此，得他积得些私房也好。拿来我看。"做妻的连忙将出银子递与丈夫。李募事接在手中，翻来复去，看了上面凿的字号，大叫一声："苦！不好了，全家是死！"那妻吃了一惊，问道："丈夫有甚么

① 胡梯——即扶梯。

利害之事?”李募事道:“数日前邵太尉库内封记锁押俱不动,又无地穴得入,平空不见了五十锭大银。现今着落临安府提捉贼人,十分紧急,没有头路得获,累害了多少人。出榜缉捕,写着字号锭数,‘有人捉获贼人银子者,赏银五十两;知而不首,及窝藏贼人者,除正犯外,全家发边远充军。’这银子与榜上字号不差,正是邵太尉库内银子。即今捉捕十分紧急,正是‘火到身边,顾不得亲眷,自可去拨’。明日事露,实难分说。不管他偷的借的,宁可苦他,不要累我。只得将银子出首,免了一家之害。”老婆见说了,合口不得,目睁口呆。当时拿了这锭银子,径到临安府出首。

那大尹闻知这话,一夜不睡。次日,火速差缉捕使臣何立。何立带了伙伴,并一班眼明手快的公人,径到官巷口李家生药店,提捉正贼许宣。到得柜边,发声喊,把许宣一条绳子绑缚了,一声锣,一声鼓,解上临安府来。正值韩大尹升厅,押过许宣当厅跪下,喝声:“打!”许宣道:“告相公不必用刑,不知许宣有何罪?”大尹焦躁道:“真赃正贼,有何理说,还说无罪?邵太尉府中不动封锁,不见了一号大银五十锭。现有李募事出首,一定这四十九锭也在你处。想不动封皮,不见了银子,你也是个妖人!不要打?”喝教:“拿些秽血来!”许宣方知是这事,大叫道:“不是妖人,待我分说!”大尹道:“且住,你且说这银子从何而来?”许宣将借伞讨伞的上项事,一一细说一遍。大尹道:“白娘子是甚么样人?见住何处?”许宣道:“凭他说是白三班白殿直的亲妹子,如今现住箭桥边,双茶坊巷口,秀王墙对黑楼子高坡儿内住。”那大尹随即便叫缉捕使臣何立,押领许宣,去双茶坊巷口捉拿本妇前来。

何立等领了钧旨,一阵做公的径到双茶坊巷口秀王府墙对黑楼子前看时:门前四扇看阶,中间两扇大门,门外避藉陛①,坡前却是垃圾,一条竹子横夹着。何立等见了这个模样,到都呆了。当时就叫捉了邻人,上首是做花的丘大,下首是做皮匠的孙公。那孙公摆忙②的吃他一惊,小肠气发,跌倒在地。众邻舍都走来道:“这里不曾有甚么白娘子。这屋在五六年前有一个毛巡检,合家时病死了。青天白日,常有鬼出来买东西,无人敢在里头住。几日前,有个疯子立在门前唱喏。”何立教众人解下横门竹

① 避藉陛——高的台阶。

② 摆忙——突然。

竿,里面冷清清地,起一阵风,卷出一道腥气来。众人都吃了一惊,倒退几步。许宣看了,则声不得,一似呆的。做公的数中,有一个能胆大,排行第二,姓王,专好酒吃,都叫他做好酒王二。王二道:“都跟我来!”发声喊一齐哄将入去,看时板壁、坐起、桌凳都有。来到胡梯边,教王二前行,众人跟着,一齐上楼。楼上灰尘三寸厚。众人到房门前,推开房门一望,床上挂着一张帐子,箱笼都有。只见一个如花似玉穿着白的美貌娘子,坐在床上。众人看了,不敢向前。众人道:“不知娘子是神是鬼?我等奉临安大尹钧旨,唤你去与许宣执证公事。”那娘子端然不动。好酒王二道:“众人都不敢向前,怎的是了?你可将一坛酒来,与我吃了,做我不着,捉他去见大尹。”众人连忙叫两三个下去提一坛酒来与王二吃。王二开了坛口,将一坛酒吃尽了,道:“做我不着!”将那空坛望着帐子内打将去。不打万事皆休,才然打去,只听得一声响,却是青天里打一个霹雳,众人都惊倒了!起来看时,床上不见了那娘子,只见明晃晃一堆银子。众人向前看了道:“好了。”计数四十九锭。众人道:“我们将银子去见大尹也罢。”扛了银子,都到临安府。

何立将前事禀复了大尹。大尹道:“定是妖怪了。也罢,邻人无罪回家。”差人送五十锭银子与邵太尉处,开个缘由,一一禀复过了。许宣照“不应得为而为之事”,理重者决杖免刺,配牢城营做工,满日疏放①。牢城营乃苏州府管下。李募事因出首许宣,心上不安,将邵太尉给赏的五十两银子尽数付与小舅作为盘费。李将仕与书二封,一封与押司范院长②,一封与吉利桥下开客店的王主人。许宣痛哭一场,拜别姐夫姐姐,带上行枷,两个防送人押着,离了杭州到东新桥,下了航船。

不一日,来到苏州。先把书去见了范院长并王主人。王主人与他官府上下使了钱,打发两个公人去苏州府,下了公文,交割了犯人,讨了回文,防送人自回。范院长、王主人保领许宣不入牢中,就在王主人门前楼上歇了。许宣心中愁闷,壁上题诗一首:

独上高楼望故乡,愁看斜日照纱窗。
平生自是真诚士,谁料相逢妖媚娘。

---

① 疏放——释放。

② 院长——即对管理刑狱的吏役的尊称。

白白不知归甚处？青青那识在何方？

抛离骨肉来苏地，思想家中寸断肠！

有话即长，无话即短，不觉光阴似箭，日月如梭，又在王主人家住了半年之上。忽遇九月下旬，那王主人正在门首闲立，看街上人来人往。只见远远一乘轿子，旁边一个丫鬟跟着，道："借问一声，此间不是王主人家么？"王主人连忙起身道："此间便是。你寻谁人？"丫鬟道："我寻临安府来的许小乙官人。"主人道："你等一等，我便叫他出来。"这乘轿子便歇在门前。王主人便入去，叫道："小乙哥，有人寻你。"许宣听得，急走出来，同主人到门前看时，正是青青跟着，轿子里坐着白娘子。许宣见了，连声叫道："死冤家！自被你盗了官库银子，带累我吃了多少苦，有屈无伸。如今到此地位，又赶来做甚么？可羞死人！"那白娘子道："小乙官人不要怪我，今番特来与你分辩这件事。我且到主人家里面与你说。"白娘子叫青青取了包裹下轿。许宣道："你是鬼怪，不许入来！"挡住了门不放他。那白娘子与主人深深道了个万福，道："奴家不相瞒，主人在上，我怎的是鬼怪？衣裳有缝，对日有影。不幸先夫去世，教我如此被人欺负。做下的事，是先夫日前所为，非干我事。如今怕你怨畅①我，特地来分说明白了，我去也甘心。"主人道："且教娘子入来坐了说。"那娘子道："我和你到里面对主人家的妈妈说。"门前看的人，自都散了。

许宣入到里面，对主人家并妈妈道："我为他偷了官银子事。如此如此，因此教我吃场官司。如今又赶到此，有何理说？"白娘子道："先夫留下银子，我好意把你，我也不知怎的来的。"许宣道："如何做公的捉你之时，门前都是垃圾，就帐子里一响不见了你？"白娘子道："我听得人说你为这银子捉了去，我怕你说出我来，捉我到官，妆幌子羞人不好看。我无奈何，只得走去华藏寺前姨娘家躲了；使人担垃圾堆在门前，把银子安在床上，央邻舍与我说谎。"许宣道："你却走了去，教我吃官司！"白娘子道："我将银子安在床上，只指望要好，那里晓得有许多事情？我见你配在这里，我便带了些盘缠，搭船到这里寻你。如今分说都明白了，我去也。敢是我和你前生没有夫妻之分！"那王主人道："娘子许多路来到这里，难道就去？且在此间住几日，却理会。"青青道："既是主人家再三劝解，娘子

① 怨畅——怨恨。

且住两日,当初也曾许嫁小乙官人。"白娘子随口便道:"羞杀人,终不成奴家没人要?只为分别是非而来。"王主人道:"既然当初许嫁小乙哥,却又回去?且留娘子在此。"打发了轿子,不在话下。

过了数日,白娘子先自奉承好了主人的妈妈。那妈妈劝主人与许宣说合,还定十一月十一日成亲,共百年偕老。光阴一瞬,早到吉日良时。白娘子取出银两,央王主人办备喜筵,二人拜堂结亲。酒席散后,共入纱厨。白娘子放出迷人声态,颠鸾倒凤,百媚千娇,喜得许宣如遇神仙,只恨相见之晚。正好欢娱,不觉金鸡三唱,东方渐白。正是:

欢娱嫌夜短,寂寞恨更长。

自此日为始,夫妻二人如鱼似水,终日在王主人家快乐昏迷缠定。日往月来,又早半年光景,时临春气融和,花开如锦,车马往来,街坊热闹。许宣问主人家道:"今日如何人人出去闲游,如此喧嚷?"主人道:"今日是二月半,男子妇人,都去看卧佛,你也好去承天寺里闲走一遭。"许宣见说,道:"我和妻子说一声,也去看一看。"许宣上楼来,和白娘子说:"今日二月半,男子妇人都去看卧佛,我也看一看就来。有人寻说话,回说不在家,不可出来见人。"白娘子道:"有甚好看,只在家中却不好?看他做甚么?"许宣道:"我去闲耍一遭就回。不妨。"

许宣离了店内,有几个相识,同走到寺里看卧佛。绕廊下各处殿上观看了一遭,方出寺来,见一个先生①,穿着道袍,头戴逍遥巾,腰系黄丝绦,脚着熟麻鞋,坐在寺前卖药,散施符水。许宣立定了看。那先生道:"贫道是终南山道士,到处云游,散施符水,救人病患灾厄,有事的向前来。"那先生在人丛中看见许宣头上一道黑气,必有妖怪缠他,叫道:"你近来有一妖怪缠你,其害非轻!我与你二道灵符,救你性命。一道符三更烧,一道符放在自头发内。"许宣接了符,纳头便拜,肚内道:"我也八九分疑惑那妇人是妖怪,真个是实。"谢了先生,径回店中。

至晚,白娘子与青青睡着了,许宣起来道:"料有三更了!"将一道符放在自头发内,正欲将一道符烧化,只见白娘子叹一口气道:"小乙哥和我许多时夫妻,尚兀自不把我亲热,却信别人言语,半夜三更,烧符来压镇我!你且把符来烧看!"就夺过符来,一时烧化,全无动静。白娘子道:

---

① 先生——即道士。

“却如何？说我是妖怪！”许宣道：“不干我事。卧佛寺前一云游先生，知你是妖怪。”白娘子道：“明日同你去看他一看，如何模样的先生。”

次日，白娘子清早起来，梳妆罢，戴了钗环，穿上素净衣服，分付青青看管楼上。夫妻二人，来到卧佛寺前。只见一簇人，团团围着那先生，在那里散符水。只见白娘子睁一双妖眼，到先生面前，喝一声：“你好无礼！出家人枉在我丈夫面前说我是一个妖怪，书符来捉我！”那先生回言：“我行的是五雷天心正法，凡有妖怪，吃了我的符，他即变出真形来。”那白娘子道：“众人在此，你且书符来我吃看！”那先生书一道符，递与白娘子。白娘子接过符来，便吞下去。众人都看，没些动静。众人道：“这等一个妇人，如何说是妖怪？”众人把那先生齐骂。那先生骂得口睁眼呆，半晌无言，惶恐满面。白娘子道：“众位官人在此，他捉我不得。我自小学得个戏术，且把先生试来与众人看。”只见白娘子口内喃喃的，不知念些甚么，把那先生却似有人擒的一般，缩做一堆，悬空而起。众人看了齐吃一惊。许宣呆了。娘子道：“若不是众位面上，把这先生吊他一年。”白娘子喷口气，只见那先生依然放下，只恨爹娘少生两翼，飞也似走了。众人都散了。夫妻依旧回来，不在话下。日逐盘缠，都是白娘子将出来用度。正是夫唱妇随，朝欢暮乐。

不觉光阴似箭，又是四月初八日，释迦佛生辰。只见街市上人抬着柏亭浴佛，家家布施。许宣对王主人道：“此间与杭州一般。”只见邻舍边一个小的，叫做铁头，道：“小乙官人，今日承天寺里做佛会，你去看一看。”许宣转身到里面，对白娘子说了。白娘子道：“甚么好看，休去！”许宣道：“去走一遭，散闷则个。”娘子道：“你要去，身上衣服旧了不好看，我打扮你去。”叫青青取新鲜时样衣服来。许宣着得不长不短，一似像体裁的。戴一顶黑漆头巾，脑后一双白玉环，穿一领青罗道袍，脚着一双皂靴，手中拿一把细巧百摺描金美人珊瑚坠上样春罗扇，打扮得上下齐整。那娘子分付一声，如莺声巧啭道：“丈夫早早回来，切勿教奴记挂！”

许宣叫了铁头相伴，径到承天寺来看佛会。人人喝采，好个官人。只听得有人说道：“昨夜周将仕典当库内，不见了四五千贯金珠细软物件。现今开单告官，挨查，没捉人处。”许宣听得，不解其意，自同铁头在寺。其日烧香官人子弟男女人等往往来来，十分热闹。许宣道：“娘子教我早回，去罢。”转身人丛中，不见了铁头，独自个走出寺门来。只见五六个人似公人打扮,腰里挂着牌儿。数中一个看了许宣,对众人道:"此人身上穿的,手中拿的,好似那话儿。"数中一个认得许宣的道:"小乙官,扇子借我一看。"许宣不知是计,将扇递与公人。那公人道:"你们看这扇子坠,与单上开的一般!"众人喝声:"拿了!"就把许宣一索子绑了,好似:

数只皂雕追紫燕,一群饿虎啖羊羔。

许宣道:"众人休要错了,我是无罪之人。"众公人道:"是不是,且去府前周将仕家分解!他店中失去五千贯金珠细软、白玉绦环、细巧百摺扇、珊瑚坠子,你还说无罪?真赃正贼,有何分说!实是大胆汉子,把我们公人作等闲看成。现今头上、身上、脚上,都是他家物件,公然出外,全无忌惮!"许宣方才呆了,半晌不则声。许宣道:"原来如此。不妨,不妨,自有人偷得。"众人道:"你自去苏州府厅上分说。"

次日大尹升厅,押过许宣见了。大尹审问:"盗了周将仕库内金珠宝物在于何处?从实供来,免受刑法拷打。"许宣道:"禀上相公做主,小人穿的衣服物件皆是妻子白娘子的,不知从何而来,望相公明镜详辨则个!"大尹喝道:"你妻子今在何处?"许宣道:"现在吉利桥下王主人楼上。"大尹即差缉捕使臣袁子明押了许宣火速捉来。

差人袁子明来到王主人店中,主人吃了一惊,连忙问道:"做甚么?"许宣道:"白娘子在楼上么?"主人道:"你同铁头早去承天寺里,去不多时,白娘子对我说道:'丈夫去寺中闲耍,教我同青青照管楼上。此时不见回来,我与青青去寺前寻他去也,望乞主人替我照管。'出门去了,到晚不见回来。我只道与你去望亲戚,到今日不见回来。"众公人要王主人寻白娘子,前前后后遍寻不见。袁子明将主人捉了,见大尹回话。大尹道:"白娘子在何处?"王主人细细禀复了,道:"白娘子是妖怪。"大尹一一问了,道:"且把许宣监了!"王主人使用了些钱,保出在外,伺候归结。

且说周将仕正在对门茶坊内闲坐,只见家人报道:"金珠等物都有了,在库阁头空箱子内。"周将仕听了,慌忙回家看时,果然有了,只不见了头巾、绦环、扇子并扇坠。周将仕道:"明是屈了许宣,平白地害了一个人,不好。"暗地里到与该房说了,把许宣只问个小罪名。

却说邵太尉使李募事到苏州干事,来王主人家歇。主人家把许宣来到这里,又吃官司,一一从头说了一遍。李募事寻思道:"看自家面上亲眷,如何看做落①?"只得与他央人情,上下使钱。一日,大尹把许宣一一供招明白,都做在白娘子身上,只做"不合不出首妖怪等事",杖一百,配三百六十里,押发镇江府牢城营做工。李募事道:"镇江去便不妨,我有一个结拜的叔叔,姓李名克用,在针子 桥下开生药店。我写一封书,你可去投托他。"许宣只得问姐夫借了些盘缠,拜谢了王主人并姐夫,就买酒饭与两个公人吃,收拾行李起程。王主人并姐夫送了一程,各自回去了。

且说许宣在路,饥食渴饮,夜住晓行,不则一日,来到镇江。先寻李克用家,来到针子桥生药铺内。只见主管正在门前卖生药,老将仕从里面走出来。两个公人同许宣慌忙唱个喏道:"小人是杭州李募事家中人,有书在此。"主管接了,递与老将仕。老将仕拆开看了道:"你便是许宣?"许宣道:"小人便是。"李克用教三人吃了饭,分付当值的同到府中,下了公文,使用了钱,保领回家。防送人讨了回文,自归苏州去了。

许宣与当值一同到家中,拜谢了克用,参见了老安人。克用见李募事书,说道:"许宣原是生药店中主管。"因此留他在店中做买卖,夜间教他去五条巷卖豆腐的王公楼上歇。克用见许宣药店中十分精细,心中欢喜。原来药铺中有两个主管,一个张主管,一个赵主管。赵主管一生老实本分。张主管一生克剥奸诈,倚着自老了,欺侮后辈。见又添了许宣,心中不悦,恐怕退了他;反生奸计,要嫉妒他。

忽一日,李克用来店中闲看,问:"新来的做买卖如何?"张主管听了心中道:"中我机谋了!"应道:"好便好了,只有一件,……"克用道:"有甚么一件?"老张道:"他大主买卖肯做,小主儿就打发去了,因此人说他不好。我几次劝他,不肯依我。"老员外说:"这个容易,我自分付他便了,不怕他不依。"赵主管在旁听得此言,私对张主管说道:"我们都要和气。许宣新来,我和你照管他才是。有不是宁可当面讲,如何背后去说他?他得知了,只道我们嫉妒。"老张道:"你们后生家,晓得甚么!"天已晚了,各回下处。赵主管来许宣下处道:"张主管在员外面前嫉妒你,你如今要愈加用心,大主小主儿买卖,一般样做。"许宣道:"多承指教。我和你去闲酌一杯。"二人同到店中,左右坐下。酒保将要饭果碟摆下,二人吃了几杯。赵主管说:"老员外最性直,受不得触。你便依随他生性,耐心做买卖。"

---

① 看做落——袖手旁观之意。

许宣道："多谢老兄厚爱，谢之不尽。"又饮了两杯，天色晚了。赵主管道："晚了路黑难行，改日再会。"许宣还了酒钱，各自散了。

许宣觉道有杯酒醉了，恐怕冲撞了人，从屋檐下回去。正走之间，只见一家楼上推开窗，将熨斗播灰下来，都倾在许宣头上。立住脚，便骂道："谁家泼男女，不生眼睛，好没道理！"只见一个妇人，慌忙走下来道："官人休要骂，是奴家不是，一时失误了，休怪！"许宣半醉，抬头一看，两眼相观，正是白娘子。许宣怒从心上起，恶向胆边生，无明火焰腾腾高起三千丈，掩纳不住，便骂道："你这贼贱妖精，连累得我好苦！吃了两场官司！"恨小非君子，无毒不丈夫。正是：

踏破铁鞋无觅处，得来全不费工夫。

许宣道："你如今又到这里，却不是妖怪？"赶将入去，把白娘子一把拿住道："你要官休私休！"白娘子陪着笑面道："丈夫，'一夜夫妻百日恩'，和你说来事长。你听我说：当初这衣服，都是我先夫留下的。我与你恩爱深重，教你穿在身上，恩将仇报，反成吴、越①？"许宣道："那日我回来寻你，如何不见了？主人都说你同青青来寺前看我，因何又在此间？"白娘子道："我到寺前，听得说你被捉了去，教青青打听不着，只道你脱身走了。怕来捉我，教青青连忙讨了一只船，到建康府娘舅家去，昨日才到这里。我也道连累你两场官司，还有何面目见你！你怪我也无用了。情意相投，做了夫妻，如今好端端难道走开了？我与你情似太山，恩同东海，誓同生死，可看日常夫妻之面，取我到下处，和你百年偕老，却不是好！"许宣被白娘子一骗，回嗔作喜，沉吟了半晌，被色迷了心胆，留连之意，不回下处，就在白娘子楼上歇了。

次日，来上河五条巷王公楼家，对王公说："我的妻子同丫鬟从苏州来到这里。"一一说了，道："我如今搬回来一处过活。"王公道："此乃好事，如何用说。"当日把白娘子同青青搬来王公楼上。次日，点茶请邻舍。第三日，邻舍又与许宣接风。酒筵散了，邻舍各自回去，不在话下。第四日，许宣早起梳洗已罢，对白娘子说："我去拜谢东西邻舍，去做买卖去也；你同青青只在楼上照管，切勿出门！"分付已了，自到店中做买卖，早

---

① 吴越——春秋时代，吴、越两国有仇恨，互相攻伐。后来人们用吴越来形容积怨不合的人们。

去晚回。不觉光阴迅速，日月如梭，又过一月。

忽一日，许宣与白娘子商量，去见主人李员外妈妈家眷。白娘子道："你在他家做主管，去参见了他，也好日常走动。"到次日，雇了轿子，径进里面请白娘子上了轿，叫王公挑了盒儿，丫鬟青青跟随，一齐来到李员外家。下了轿子。进到里面，请员外出来。李克用连忙来见，白娘子深深道个万福，拜了两拜，妈妈也拜了两拜，内眷都参见了。原来李克用年纪虽然高大，却专一好色，见了白娘子有倾国之姿，正是：

三魂不附体，七魄在他身。

那员外目不转睛，看白娘子。当时安排酒饭管待。妈妈对员外道："好个伶俐的娘子！十分容貌，温柔和气，本分老成。"员外道："便是杭州娘子生得俊俏。"饮酒罢了，白娘子相谢自回。李克用心中思想："如何得这妇人共宿一宵？"眉头一簇，计上心来，道："六月十三是我寿诞之日，不要慌，教这妇人着我一个道儿。"

不觉乌飞兔走，才过端午，又是六月初间。那员外道："妈妈，十三日是我寿诞，可做一个筵席，请亲眷朋友闲耍一日，也是一生的快乐。"当日亲眷邻友主管人等，都下了请帖。次日，家家户户都送烛面手帕物件来。十三日都来赴筵，吃了一日。次日是女眷们来贺寿，也有廿来个。且说白娘子也来，十分打扮，上着青织金衫儿，下穿大红纱裙，戴一头百巧珠翠金银首饰。带了青青，都到里面拜了生日，参见了老安人。东阁下排着筵席。原来李克用是吃虱子留后腿①的人，因见白娘子容貌，设此一计，大排筵席。各各传杯弄盏。酒至半酣，却起身脱衣净手。李员外原来预先分付腹心养娘道："若是白娘子登东②，他要进去，你可另引他到后面僻净房内去。"李员外设计已定，先自躲在后面。正是：

不劳钻穴逾墙事，稳做偷香窃玉人。

只见白娘子真个要去净手，养娘便引他到后面一间僻净房内去，养娘自回。那员外心中淫乱，捉身不住，不敢便走进去，却在门缝里张。不张万事皆休，则一张那员外大吃一惊，回身便走，来到后边，往后倒了：

不知一命如何，先觉四肢不举！

---

① 吃虱子留后腿——形容小气。

② 登东——上厕所。

那员外眼中不见如花似玉体态，只见房中蟠着一条吊桶来粗大白蛇，两眼一似灯盏，放出金光来。惊得半死，回身便走，一绊一交。众养娘扶起看时，面青口白。主管慌忙用安魂定魄丹服了，方才醒来。老安人与众人都来看了，道："你为何大惊小怪做甚么？"李员外不说其事，说道："我今日起得早了，连日又辛苦了些，头风病发，晕倒了。"扶去房里睡了。众亲眷再入席饮了几杯，酒筵散罢，众人作谢回家。

白娘子回到家中思想，恐怕明日李员外在铺中对许宣说出本相来，便生一条计，一头脱衣服，一头叹气。许宣道："今日出去吃酒，因何回来叹气？"白娘子道："丈夫，说不得！李员外原来假做生日，其心不善。因见我起身登东，他躲在里面，欲要奸骗我，扯裙扯裤，来调戏我。欲待叫起来，众人都在那里，怕妆幌子。被我一推倒地，他怕羞没意思，假说晕倒了。这惶恐那里出气！"许宣道："既不曾奸骗你，他是我主人家，出于无奈，只得忍了。这遭休去便了。"白娘子道："你不与我做主，还要做人？"许宣道："先前多承姐夫写书，教我投奔他家。亏他不阻，收留在家做主管，如今教我怎的好？"白娘子道："男子汉！我被他这般欺负，你还去他家做主管？"许宣道："你教我何处去安身？做何生理？"白娘子道："做人家主管，也是下贱之事，不如自开一个生药铺。"许宣道："亏你说，只是那讨本钱？"白娘子道："你放心，这个容易。我明日把些银子，你先去赁了间房子却又说话。"

且说"今是古，古是今"，各处有这等出热的。间壁有一个人，姓蒋名和，一生出热①好事。次日，许宣问白娘子讨了些银子，教蒋和去镇江渡口码头上，赁了一间房子，买下一付生药厨柜，陆续收买生药。十月前后，俱已完备，选日开张药店，不去做主管。那李员外也自知惶恐，不去叫他。

许宣自开店来，不匡②买卖一日兴一日，普得厚利。正在门前卖生药，只见一个和尚将着一个募缘簿子道："小僧是金山寺和尚，如今七月初七日是英烈龙王生日，伏望官人到寺烧香，布施些香钱。"许宣道："不必写名。我有一块好降香，舍与你拿去烧罢。"即便开柜取出递与和尚。和尚接了道："是日望官人来烧香！"打一个问讯去了。白娘子看见道：

---

① 出热——热心。

② 不匡——不料。

“你这杀才,把这一块好香与那贼秃去换酒肉吃!”许宣道:“我一片诚心舍与他, 花费了也是他的罪过。”

不觉又是七月初七日,许宣正开得店,只见街上闹热,人来人往。帮闲的蒋和道:“小乙官前日布施了香,今日何不去寺内闲走一遭?”许宣道:“我收拾了,略待略待。和你同去。”蒋和道:“小人当得相伴。”许宣连忙收拾了,进去对白娘子道:“我去金山寺烧香,你可照管家里则个。”白娘子道:“‘无事不登三宝殿’,去做甚么?”许宣道:“一者不曾认得金山寺,要去看一看;二者前日布施了,要去烧香。”白娘子道:“你既要去,我也挡你不得,只要依我三件事。”许宣道:“那三件?”白娘子道:“一件,不要去方丈内去;二件,不要与和尚说话;三件,去了就回,来得迟,我便来寻你也。”许宣道:“这个何妨,都依得。”当时换了新鲜衣服鞋袜,袖了香盒,同蒋和径到江边,搭了船,投金山寺来。先到龙王堂烧了香,绕寺闲走了一遍,同众人信步来到方丈门前。许宣猛省道:“妻子分付我休要进方丈内去。”立住了脚,不进去。蒋和道:“不妨事,他自在家中,回去只说不曾去便了。”说罢,走入去,看了一回,便出来。

且说方丈当中座上,坐着一个有德行的和尚,眉清目秀,圆顶方袍,看了模样,确是真僧。一见许宣走过,便叫侍者:“快叫那后生进来。”侍者看了一回,人千人万,乱滚滚的,又不认得他,回说:“不知他走那边去了?”和尚见说,持了禅杖,自出方丈来,前后寻不见,复身出寺来看,只见众人都在那里等风浪静了落船。那风浪越大了,道:“去不得。”正看之间,只见江心里一只船飞也似来得快。许宣对蒋和道:“这船大风浪过不得渡,那只船如何到来得快!”正说之间,船已将近。看时,一个穿白的妇人,一个穿青的女子来到岸边。仔细一认,正是白娘子和青青两个。许宣这一惊非小。白娘子来到岸边,叫道:“你如何不归? 快来上船!”许宣却欲上船,只听得有人在背后喝道:“业畜在此做甚么?”许宣回头看时,人说道:“法海禅师来了!”禅师道:“业畜,敢再来无礼,残害生灵! 老僧为你特来。”白娘子见了和尚,摇开船,和青青把船一翻,两个都翻下水底去了。许宣回身看着和尚便拜:“告尊师,救弟子一条草命!”禅师道:“你如何遇着这妇人?”许宣把前项事情从头说了一遍。禅师听罢,道:“这妇人正是妖怪,汝可速回杭州去,如再来缠汝,可到湖南净慈寺里来寻我。有诗四句:

本是妖精变妇人，西湖岸上卖娇声。
汝因不识遭他计，有难湖南见老僧。

许宣拜谢了法海禅师，同蒋和下了渡船，过了江，上岸归家。白娘子同青青都不见了，方才信是妖精。到晚来，教蒋和相伴过夜，心中昏闷，一夜不睡。次日早起，叫蒋和看着家里，却来到针子桥李克用家，把前项事情告诉了一遍。李克用道："我生日之时，他登东，我撞将去，不期见了这妖怪，惊得我死去；我又不敢与你说这话。既然如此，你且搬来我这里住着，别作道理。"许宣作谢了李员外，依旧搬到他家。不觉住过两月有余。

忽一日立在门前，只见地方总甲①分付排门人等②，俱要香花灯烛迎接朝廷恩赦。原来是宋高宗策立孝宗，降赦通行天下，只除人命大事，其余小事，尽行赦放回家。许宣遇赦，欢喜不胜，吟诗一首，诗云：

感谢吾皇降赦文，网开三面许更新。
死时不作他邦鬼，生日还为旧土人。
不幸逢妖愁更甚，何期遇宥罪除根。
归家满把香焚起，拜谢乾坤再造恩。

许宣吟诗已毕，央李员外衙门上下打点使用了钱，见了大尹，给引③还乡。拜谢东邻西舍，李员外妈妈合家大小、二位主管，俱拜别了。央帮闲的蒋和买了些土物带回杭州。来到家中，见了姐夫姐姐，拜了四拜。李募事见了许宣，焦躁道："你好生欺负人！我两遭写书教你投托人，你在李员外家娶了老小，不直得寄封书来教我知道，直恁的无仁无义！"许宣说："我不曾娶妻小。"姐夫道："见今两日前，有一个妇人带着一个丫鬟，道是你的妻子。说你七月初七日去金山寺烧香，不见回来。那里不寻到？直到如今，打听得你回杭州，同丫鬟先到这里等你两日了。"教人叫出那妇人和丫鬟见了许宣。许宣看见，果是白娘子、青青。许宣见了，目睁口呆，吃了一惊，不在姐夫姐姐面前说这话本，只得任他埋怨了一场。

李募事教许宣共白娘子去一间房内去安身。许宣见晚了，怕这白娘子，心中慌了，不敢向前，朝着白娘子跪在地下道："不知你是何神何鬼，

---

① 总甲——宋制，居民每二三十户为一甲，推举一个甲头负责有关事务。
② 排门人等——挨家挨户的人们。
③ 引——凭证，护照。

可饶我的性命!”白娘子道:“小乙哥,是何道理?我和你许多时夫妻,又不曾亏负你,如何说这等没力气的话。”许宣道:“自从和你相识之后,带累我吃了两场官司。我到镇江府,你又来寻我。前日金山寺烧香,归得迟了,你和青青又直赶来。见了禅师,便跳下江里去了。我只道你死了,不想你又先到此。望乞可怜见,饶我则个!”白娘子圆睁怪眼道:“小乙官,我也只是为好,谁想到成怨本!我与你平生夫妇,共枕同衾许多恩爱,如今却信别人闲言语,教我夫妻不睦。我如今实对你说,若听我言语喜喜欢欢,万事皆休;若生外心,教你满城皆为血水,人人手攀洪浪,脚踏浑波,皆死于非命。”惊得许宣战战兢兢,半晌无言可答,不敢走近前去。青青劝道:“官人,娘子爱你杭州人生得好,又喜你恩情深重。听我说,与娘子和睦了,休要疑虑。”许宣吃两个缠不过,叫道:“却是苦耶!”只见姐姐在天井里乘凉,听得叫苦,连忙来到房前,只道他两个儿厮闹,拖了许宣出来。白娘子关上房门自睡。

许宣把前因后事,一一对姐姐告诉了一遍。却好姐夫乘凉归房,姐姐道:“他两口儿厮闹了,如今不知睡了也未,你且去张一张了来。”李募事走到房前看时,里头黑了,半亮不亮,将舌头舔破纸窗,不张万事皆休,一张时,见一条吊桶来大的蟒蛇,睡在床上,伸头在天窗内乘凉,鳞甲内放出白光来,照得房内如同白日。吃了一惊,回身便走。来到房中,不说其事,道:“睡了,不见则声。”许宣躲在姐姐房中,不敢出头,姐夫也不问他。过了一夜。

次日,李募事叫许宣出去,到僻静处问道:“你妻子从何娶来?实实的对我说,不要瞒我!自昨夜亲眼看见他是一条大白蛇,我怕你姐姐害怕,不说出来。”许宣把从头事,一一对姐夫说了一遍。李募事道:“既是这等,白马庙前一个呼蛇戴先生,如法捉得蛇,我同你去接他。”二人取路来到白马庙前,只见戴先生正立在门口。二人道:“先生拜揖。”先生道:“有何见谕?”许宣道:“家中有一条大蟒蛇,相烦一捉则个!”先生道:“宅上何处?”许宣道:“过军将桥黑珠儿巷内李募事家便是。”取出一两银子道:“先生收了银子,待捉得蛇另又相谢。”先生收了道:“二位先回,小子便来。”李募事与许宣自回。

那先生装了一瓶雄黄药水,一直来到黑珠儿巷内,问李募事家。人指道:“前面那楼子内便是。”先生来到门前,揭起帘子,咳嗽一声,并无一个人出来。敲了半晌门,只见一个小娘子出来问道:“寻谁家?”先生道:“此是李募事家么?”小娘子道:“便是。”先生道:“说宅上有一条大蛇,却才二位官人来请小子捉蛇。”小娘子道:“我家那有大蛇?你差了。”先生道:“官人先与我一两银子,说捉了蛇后,有重谢。”白娘子道:“没有,休信他们哄你。”先生道:“如何作耍?”白娘子三回五次发落不去,焦躁起来,道:“你真个会捉蛇?只怕你捉他不得!”戴先生道:“我祖宗七八代呼蛇捉蛇,量道一条蛇有何难捉!”娘子道:“你说捉得,只怕你见了要走!”先生道:“不走,不走!如走,罚一锭白银。”娘子道:“随我来。”到天井内,那娘子转个弯,走进去了。那先生手中提着瓶儿,立在空地上,不多时,只见刮起一阵冷风,风过处,只见一条吊桶来大的蟒蛇,连射将来,正是:

　　人无害虎心,虎有伤人意。

且说那戴先生吃了一惊,望后便倒,雄黄罐儿也打破了,那条大蛇张开血红大口,露出雪白齿,来咬先生。先生慌忙爬起来,只恨爹娘少生两脚,一口气跑过桥来,正撞着李募事与许宣。许宣道:“如何?”那先生道:“好教二位得知,……”把前项事,从头说了一遍,取出那一两银子付还李募事道:“若不生这双脚,连性命都没了。二位自去照顾别人。”急急的去了。许宣道:“姐夫,如今怎么处?”李募事道:“眼见实是妖怪了。如今赤山埠前张成家欠我一千贯钱,你去那里静处,讨一间房儿住下。那怪物不见了你,自然去了。”许宣无计可奈,只得应承。同姐夫到家时,静悄悄的没些动静。李募事写了书帖,和票子做一封,教许宣往赤山埠去。只见白娘子叫许宣到房中道:“你好大胆,又叫甚么捉蛇的来!你若和我好意,佛眼相看;若不好时,带累一城百姓受苦,都死于非命!”许宣听得,心寒胆战,不敢则声。将了票子,闷闷不已。来到赤山埠前,寻着了张成。随即袖中取票时,不见了,只叫得苦。慌忙转步,一路寻回来时,那里见!

正闷之间,来到净慈寺前,忽地里想起那金山寺长老法海禅师曾分付来:“倘若那妖怪再来杭州缠你,可来净慈寺内来寻我。如今不寻,更待何时?”急入寺中,问监寺道:“动问和尚,法海禅师曾来上刹也未?”那和尚道:“不曾到来。”许宣听得说不在,越闷,折身便回来长桥堍下,自言自语道:“‘时衰鬼弄人’,我要性命何用?”看着一湖清水,却待要跳!正是:

　　阎王判你三更到,定不容人到四更。

许宣正欲跳水,只听得背后有人叫道:“男子汉何故轻生?死了一万口,只当五千双,有事何不问我!"许宣回头看时,正是法海禅师,背驮衣钵,手提禅杖,原来真个才到。也是不该命尽,再迟一碗饭时,性命也休了。许宣见了禅师,纳头便拜,道:"救弟子一命则个!"禅师道:"这业畜在何处?"许宣把上项事一一诉了,道:"如今又直到这里,求尊师救度一命。"禅师于袖中取出一个钵盂,递与许宣道:"你若到家,不可教妇人得知,悄悄的将此物劈头一罩,切勿手轻,紧紧的按住,不可心慌,你便回去。"

且说许宣拜谢了禅师,回家。只见白娘子正坐在那里,口内喃喃的骂道:"不知甚人挑拨我丈夫和我做冤家,打听出来,和他理会!"正是有心等了没心的,许宣张得他眼慢,背后悄悄的,望白娘子头上一罩,用尽平生气力纳住。不见了女子之形,随着钵盂慢慢的按下,不敢手松,紧紧的按住。只听得钵盂内道:"和你数载夫妻,好没一些儿人情!略放一放!"许宣正没了结处,报道:"有一个和尚,说道:'要收妖怪。'"许宣听得,连忙教李募事请禅师进来。来到里面,许宣道:"救弟子则个!"不知禅师口里念的甚么。念毕,轻轻的揭起钵盂,只见白娘子缩做七八寸长,如傀儡人像,双眸紧闭,做一堆儿,伏在地下。禅师喝道:"是何业畜妖怪,怎敢缠人?可说备细!"白娘子答道:"禅师,我是一条大蟒蛇。因为风雨大作,来到西湖上安身,同青青一处。不想遇着许宣,春心荡漾,按纳不住。一时冒犯天条,却不曾杀生害命。望禅师慈悲则个!"禅师又问:"青青是何怪?"白娘子道:"青青是西湖内第三桥下潭内千年成气的青鱼。一时遇着,拖他为伴。他不曾得一日欢娱,并望禅师怜悯!"禅师道:"念你千年修炼,免你一死,可现本相!"白娘子不肯。禅师勃然大怒,口中念念有词,大喝道:"揭谛①何在?快与我擒青鱼怪来,和白蛇现形,听吾发落!"须臾庭前起一阵狂风。风过处,只闻得豁剌一声响,半空中坠下一个青鱼,有一丈多长,向地拨剌的连跳几跳,缩做尺余长一个小青鱼。看那白娘子时,也复了原形,变了三尺长一条白蛇,兀自昂头看着许宣。禅师将二物置于钵盂之内,扯下褊衫一幅,封了钵盂口。拿到雷峰寺前,将钵盂放在地下,令人搬砖运石,砌成一塔。后来许宣化缘,砌成了七层宝塔,千年万载,白蛇和青鱼不能出世。

---

① 揭谛——神将之名。

且说禅师押镇了，留偈四句：

西湖水干，江潮不起，雷峰塔倒，白蛇出世。

法海禅师言偈毕。又题诗八句以劝后人：

奉劝世人休爱色，爱色之人被色迷。

心正自然邪不扰，身端怎有恶来欺？

但看许宣因爱色，带累官司惹是非。

不是老僧来救护，白蛇吞了不留些。

法海禅师吟罢，各人自散。惟有许宣情愿出家，礼拜禅师为师，就雷峰塔披剃为僧。修行数年，一夕坐化去了。众僧买龛烧化，造一座骨塔，千年不朽，临去世时，亦有诗四句，留以警世，诗曰：

祖师度我出红尘，铁树开花始见春。

化化轮回重化化，生生转变再生生。

欲知有色还无色，须识无形却有形。

色即是空空即色，空空色色要分明。

第二十九卷　宿香亭张浩遇莺莺

闲向书斋阅古今，生非草木岂无情。

佳人才子多奇遇，难比张生遇李莺。

话说西洛有一才子，姓张名浩字巨源，自儿曹时清秀异众。既长，才摛①蜀锦，貌莹寒冰，容止可观，言词简当。承祖父之遗业，家藏镪②数万，以财豪称于乡里。贵族中有慕其门第者，欲结婚姻，虽媒妁日至，浩正色拒之。人谓浩曰："君今冠矣。男子二十而冠，何不求名家令德女子配君？其理安在？"浩曰："大凡百岁姻缘，必要十分美满。某虽非才子，实慕佳人。不遇出世娇姿，宁可终身鳏处。且俟功名到手之日，此愿或可遂耳。"缘此至弱冠之年，犹未纳室。浩性喜厚自奉养，所居连檐重阁，洞户

---

① 摛(chī)——传播。

② 镪——古代指成串的钱，也指银子或银锭。

相通，华丽雄壮，与王侯之家相等。浩犹以为隘窄，又于所居之北，创置一园。中有：

风亭月榭，杏坞桃溪，云楼上倚晴空，水阁下临清泚①。横塘曲岸，露偃月虹桥；朱槛雕栏，叠生云怪石。烂漫奇花艳蕊，深沉竹洞花房。飞异域佳禽，植上林珍果，绿荷密锁寻芳路，翠柳低笼斗草场。

浩暇日多与亲朋宴息其间。西都②风俗，每至春时，园圃无大小，皆修莳花木，洒扫亭轩，纵游人玩赏，以此递相夸逞，士庶为常。

浩闻巷有名儒廖山甫者，学行俱高，可为师范，与浩情爱至密。浩喜园馆新成，花木茂盛。一日，邀山甫闲步其中。行至宿香亭共坐。时当仲春，桃李正芳，牡丹花放，嫩白妖红，环绕亭砌。浩谓山甫曰："淑景明媚，非诗酒莫称韶光。今日幸无俗事，先饮数杯，然后各赋一诗，咏目前景物。虽园圃消疏，不足以当君之盛作，若得一诗，可以永为壮观。"山甫曰："愿听指挥。"浩喜，即呼小童，具饮器笔砚于前。酒三行，方欲索题，忽遥见亭下花间，有流莺惊飞而起。山甫曰："莺语堪听，何故惊飞？"浩曰："此无他，料必有游人偷折花耳。邀先生一往观之。"遂下宿香亭，径入花阴，蹑足潜身，寻踪而去。过太湖石畔，芍药栏边，见一垂鬟女子，年方十五，携一小青衣，倚栏而立。但见：

新月笼眉，春桃拂脸，意态幽花未艳，肌肤嫩玉生光。莲步一折，着弓弓扣绣鞋儿；螺髻双垂，插短短紫金钗子。似向东君夸艳态，倚栏笑对牡丹丛。

浩一见之，神魂飘荡，不能自持，又恐女子惊避，引山甫退立花阴下，端详久之，真出世色也。告山甫曰："尘世无此佳人，想必上方花月之妖！"山甫曰："花月之妖，岂敢昼见？天下不乏美妇人，但无缘者自不遇耳。"浩曰："浩阅人多矣，未常见此殊丽。使浩得配之，足快平生。兄有何计，使我早遂佳期，则成我之恩，与生我等矣！"山甫曰："以君之门第才学，欲结婚姻，易如反掌，何须如此劳神？"浩曰："君言未当。若不遇其人，宁可终身不娶；今既

① 泚(cǐ)——清彻。

② 西都——宋代称洛阳为西京，又称西都。

遇之，即顷刻亦难捱也。媒妁通问，必须岁月，将无已在枯鱼之肆①乎！”山甫曰：“但患不谐，苟得谐，何患晚也？请询其踪迹，然后图之。”

浩此时情不自禁，遂整巾正衣，向前而揖。女子敛袂答礼。浩启女子曰：“贵族谁家？何因至此？”女子笑曰：“妾乃君家东邻也。今日长幼赴亲族家会，惟妾不行，闻君家牡丹盛开，故与青衣潜启隙户至此。”浩闻此语，乃知李氏之女莺莺也，与浩童稚时曾共扶栏之戏。再告女子曰：“敝园荒芜，不足寓目。幸有小馆，欲备肴酒，尽主人接邻里之欢，如何？”女曰：“妾之此来，本欲见君。若欲开樽，决不敢领。愿无及乱，略诉此情。”浩拱手鞠躬而言曰：“愿闻所谕！”女曰：“妾自幼年慕君清德，缘家有严亲，礼法所拘，无因与君聚会。今君犹未娶，妾亦垂髫，若不以丑陋见疏，为通媒妁，使妾异日奉箕帚之末，立祭祀之列，奉侍翁姑，和睦亲族，成两姓之好，无七出之玷，此妾之素心也。不知君心还肯从否？”浩闻此言，喜出望外，告女曰：“若得与丽人偕老，平生之乐事足矣！但未知缘分何如耳？”女曰：“两心既坚，缘分自定。君果见许，愿求一物为定，使妾藏之异时，表今日相见之情。”浩仓卒中无物表意，遂取系腰紫罗绣带，谓女曰：“取此以待定议。”女亦取拥项香罗，谓浩曰：“请君作诗一篇，亲笔题于罗上，庶几他时可以取信。”浩心转喜，呼童取笔砚，指栏中未开牡丹为题，赋诗一绝于香罗之上。诗曰：

沉香亭畔露凝枝，敛艳含娇未放时。
自是名花待名手，风流学士独题诗。

女见诗大喜，取香罗在手，谓浩曰：“君诗句清妙，中有深意，真才子也。此事切宜缄口，勿使人知。无忘今日之言，必遂他时之乐。父母恐回，妾且归去。”道罢，莲步却转，与青衣缓缓而去。

浩时酒兴方浓，春心淫荡，不能自遏，自言：“下坡不赶，次后难逢，争忍弃人归去？杂花影下，细草如茵，略效鸳鸯，死亦无恨！”遂奋步赶上，双手抱持。女子顾恋恩情，不忍移步绝裾而去。正欲启口致辞，含羞告免，忽自后有人言曰：“相见已非正礼，此事决然不可！若能用我一言，可以永谐百岁。”浩舍女回视，乃山甫也。女子已去。山甫曰：“但凡读书，

① 枯鱼之肆——《庄子》故事：车辙里有一条鲫鱼，要求庄子用水相救，庄子答应到江河里引一条水来。鲫鱼说：那等不及了，只好到卖干鱼的店里去找我了。

盖欲知礼别嫌。今君诵孔圣之书,何故习小人之态?若使女子去迟,父母先回,必询究其所往,则女祸延及于君。岂可恋一时之乐,损终身之德?请君三思,恐成后悔!”浩不得已,怏怏复回宿香亭上,与山甫尽醉散去。

自此之后,浩但当歌不语,对酒无欢,月下长吁,花前偷泪。俄而绿暗红稀,春光将暮。浩一日独步闲斋,反复思念。一段离愁,方恨无人可诉,忽有老尼惠寂自外而来,乃浩家香火院①之尼也。浩礼毕,问曰:“吾师何来?”寂曰:“专来传达一信。”浩问:“何人致意于我?”寂移坐促席谓浩曰:“君东邻李家女子莺莺,再三申意。”浩大惊,告寂曰:“宁有是事?吾师勿言!”寂曰:“此事何必自隐?听寂拜闻:李氏为寂门徒二十余年,其家长幼相信。今日因往李氏诵经,知其女莺莺染病,寂遂劝令勤服汤药。莺摒去侍妾,私告寂曰:‘此病岂药所能愈耶?’寂再三询其仔细,莺遂说及园中与君相见之事。又出罗巾上诗,向寂言:‘此即君所作也。’令我致意于君,幸勿相忘,以图后会。盖莺与寂所言也,君何用隐讳耶?”浩曰:“事实有之,非敢自隐,但虑传扬遐迩,取笑里闾。今日吾师既知,使浩如何而可?”寂曰:“早来既知此事,遂与莺父母说及莺亲事。答云:‘女儿尚幼,未能干家。’观其意在二三年后,方始议亲,更看君缘分如何?”言罢,起身谓浩曰:“小庵事冗,不及款话,如日后欲寄音信,但请垂谕。”遂相别去。自此香闺密意,书幌②幽怀,皆托寂私传。

光阴迅速,倏忽之间,已经一载。节过清明,桃李飘零,牡丹半折。浩倚栏凝视,睹物思人,情绪转添。久之,自思去岁此时,相逢花畔,今岁花又重开,玉人难见。沉吟半晌,不若折花数枝,托惠寂寄莺莺同赏。遂召寂至,告曰:“今折得花数枝,烦吾师持往李氏,但云吾师所献。若见莺莺,作浩起居③:去岁花开时,相见于西栏畔;今花又开,人犹间阻。相忆之心,言不可尽!愿似叶如花,年年长得相见。”寂曰:“此事易为,君可少待。”遂持花去。逾时复来,浩迎问:“如何?”寂于袖中取彩笺小柬,告浩曰:“莺莺寄君,切勿外启!”寂乃辞去。浩启封视之,曰:

妾莺莺拜启:相别经年,无日不怀思忆。前令乳母以亲事白于父

① 香火院——即家庙,自家建造庙宇,供奉香火,求神保佑自家人。

② 书幌——书房。

③ 起居——请安,问好。

母，坚意不可。事须后图，不可仓卒。愿君无忘妾，妾必不负君！姻若不成，誓不他适。其他心事，询寂可知。昨夜宴花前，众皆欢笑，独妾悲伤。偶成小词，略诉心事，君读之，可以见妾之意。读毕毁之，切勿外泄！词曰：

红疏绿密时暄，还是困人天。相思极处，凝睛月下，洒泪花前。誓约已知俱有愿，奈目前两处悬悬。鸾凤未偶，清宵最苦，月甚先圆？

浩览毕，敛眉长叹，曰："好事多磨，信非虚也！"展放案上，反复把玩，不忍释手，感刻寸心，泪下如雨。又恐家人见疑，询其所因，遂伏案掩面，偷声潜泣。良久，举首起视，见日影下窗，暝色已至。浩思适来书中言"心事询寂可知"，今抱愁独坐，不若询访惠寂，究其仔细，庶几少解情怀。遂徐步出门，路过李氏之家，时夜色已阑，门户皆闭。浩至此，想象莺莺，心怀爱慕，步不能移，指李氏之门曰："非插翅步云，安能入此？"方徘徊未进，忽见旁有隙户半开，左右寂无一人。浩大喜曰："天赐此便，成我佳期！远托惠寂，不如潜入其中，探问莺莺消息。"浩为情爱所重，不顾礼法，蹑足而入。既到中堂，匿身回廊之下，左右顾盼，见：

闲庭悄悄，深院沉沉。静中闻风响玎珰，暗里见流萤聚散。更筹渐急，窗中风弄残灯；夜色已阑，阶下月移花影。香闺想在屏山后，远似巫阳①千万重。

浩至此，茫然不知所往。独立久之，心中顿省。自思设若败露，为之奈何？不惟身受苦楚，抑且玷辱祖宗，此事当款曲图之。不期隙户已闭，返转回廊，方欲寻路复归，忽闻室中有低低而唱者。浩思深院净夜，何人独歌？遂隐住侧身，静听所唱之词，乃《行香子》词：

雨后风微，绿暗红稀。燕巢成、蝶绕残枝。杨花点点，永日迟迟。动离怀，牵别恨，鹧鸪啼。　　辜负佳期，虚度芳时，为甚褪尽罗衣？宿香亭下，红芍栏西。当时情，今日恨，有谁知！

但觉如雏莺啭翠柳阴中，彩凤鸣碧梧枝上。想是清夜无人，调韵转美。浩审词察意，若非莺莺，谁知宿香亭之约？但得一见其面，死亦无悔。方欲以指击窗，询问仔细，忽有人叱浩曰："良士非媒不聘，女子无故不婚。今女按板于窗中，小子逾墙到厅下，皆非善行，玷辱人伦。执诣有司，永作淫

① 巫阳——即巫山，传说楚襄王与神女恋爱的地方。

奔之戒。”浩大惊退步,失脚堕于砌下。久之方醒,开目视之,乃伏案昼寝于书窗之下,时日将晡矣。

浩曰:“异哉梦也!何显然如是?莫非有相见之期,故先垂吉兆告我?”方心绪扰扰未定,惠寂复来。浩讯其意。寂曰:“适来只奉小柬而去,有一事偶忘告君。莺莺传语,他家所居房后,乃君家之东墙也,高无数尺。其家初夏二十日,亲族中有婚姻事,是夕举家皆往,莺托病不行。令君至期,于墙下相待,欲逾墙与君相见,君切记之。”惠寂且去,浩欣喜之心,言不能尽。

屈指数日,已至所约之期。浩遂张帷幄,具饮馔、器用玩好之物,皆列于宿香亭中。日既晚,悉逐僮仆出外,惟留一小鬟。反闭园门,倚梯近墙,屏立以待。未久,夕阳消柳外,瞑色暗花间,斗柄指南,夜传初鼓。浩曰:“惠寂之言岂非谑我乎?”语犹未绝,粉面新妆,半出短墙之上。浩举目仰视,乃莺莺也。急升梯扶臂而下,携手偕行,至宿香亭上。明烛并坐,细视莺莺,欣喜转盛,告莺曰:“不谓丽人果肯来此!”莺曰:“妾之此身,异时欲作闺门之事,今日宁肯诳语!”浩曰:“肯饮少酒,共庆今宵佳会可乎?”莺曰:“难禁酒力,恐来朝获罪于父母。”浩曰:“酒既不饮,略歇如何?”莺笑倚浩怀,娇羞不语。浩遂与解带脱衣,入鸳帏共寝。但见:

宝炬摇红,麝裀吐翠。金缕绣屏深掩,绀纱斗帐低垂。并连鸳枕,如双双比目同波;共展香衾,似对对春蚕作茧。向人尤殢①春情事,一搦纤腰怯未禁。

须臾,香汗流酥,相偎微喘,虽楚王梦神女,刘、阮入桃源,相得之欢,皆不能比。少顷,莺告浩曰:“夜色已阑,妾且归去。”浩亦不敢相留,遂各整衣而起。浩告莺曰“后会未期,切宜保爱!”莺曰:“去岁偶然相遇,犹作新诗相赠。今夕得侍枕席,何故无一言见惠?岂非猥贱之躯,不足当君佳句?”浩笑谢莺曰:“岂有此理!”谨赋一绝:

华胥②佳梦徒闻说,解佩江皋浪得声。③

① 殢(tì)——困扰。
② 华胥——寓言中的理想国。
③ 解佩江皋浪得声——传说江妃之二女,在江边遇见郑交甫,解玉佩赠之,结下恋情。

一夕东轩多少事，韩生虚负窃香名。①。

莺得诗，谓浩曰："妾之此身，今已为君所有，幸终始成之。"遂携手下亭，转柳穿花，至墙下，浩扶策莺升梯而去。

自此之后，虽音耗时通，而会遇无便。经数日，忽惠寂来告曰："莺莺致意：其父守官河朔，来日挈家登程，愿君莫忘旧好。候回日，当议秦、晋之礼②。"惠寂辞去，浩神悲意惨，度日如年，抱恨怀愁。

俄经二载，一日，浩季父召浩语曰："吾闻不孝以无嗣为大，今汝将及当立之年，犹未纳室，虽未至绝嗣，而内政亦不可缺。此中有孙氏者，累世仕宦，家业富盛，其女年已及笄，幼奉家训，习知妇道。我欲与汝主婚，结亲孙氏。今若失之，后无令族。"浩素畏季父赋性刚暴，不敢抗拒，又不敢明言李氏之事，遂通媒妁，与孙氏议姻。择日将成，而莺莺之父任满方归。浩不能忘旧情，乃遣惠寂密告莺曰："浩非负心，实被季父所逼，复与孙氏结亲。负心违愿，痛彻心髓！"莺谓寂曰："我知其叔父所为，我必能自成其事。"寂曰："善为之！"遂去。

莺启父母曰："儿有过恶，玷辱家门，愿先启一言，然后请死。"父母惊骇，询问："我儿何自苦如此？"莺曰："妾自幼岁慕西邻张浩才名，曾以此身私许偕老。曾令乳母白父母欲与浩议姻，当日尊严不蒙允许。今闻浩与孙氏结婚，弃妾此身，将归何地？然女行已失，不可复嫁他人，此愿若违，含笑自绝。"父母惊谓莺曰："我止有一女，所恨未能选择佳婿。若早知，可以商议。今浩既已结婚，为之奈何？"莺曰："父母许以儿归浩，则妾自能措置。"父曰："但愿亲成，一切不问。"莺曰："果如是，容妾诉于官府。"遂取纸作状，更服旧妆，径至河南府讼庭之下。

龙图阁待制陈公方据案治事，见一女子执状向前。公停笔问曰："何事？"莺莺敛身跪告曰："妾诚诳妄，上渎高明，有状上呈。"公令左右取状展视云：

告状妾李氏：切闻语云："女非媒不嫁。"此虽至论，亦有未然。何也？昔文君心喜司马，贾午志慕韩寿，此二女皆有私奔之名，而不

---

① 韩生虚负窃香名——西晋贾充之女贾午与父亲的下属韩寿恋爱，偷了皇帝赐给父亲的异香送他。

② 秦晋之礼——战国时，秦晋每世为婚姻，后来人们以缔姻为"结秦晋之好"。

受无媒之谤。盖所归得人,青史标其令德,注在篇章。使后人继其所为,免委身于庸俗。妾于前岁慕西邻张浩才名,已私许之偕老。言约已定,誓不变更。今张浩忽背前约,使妾呼天叩地,无所告投。切闻律设大法,礼顺人情。若非判府龙图明断,孤寡终身何恃!为此冒耻渎尊,幸望台慈,特赐予决!谨状。

陈公读毕,谓莺莺曰:"汝言私约已定,有何为据?"莺取怀中香罗并花笺上二诗,皆浩笔也。陈公命追浩至公庭,责浩与李氏既已约婚,安可再婚孙氏?浩仓卒但以叔父所逼为辞,实非本心。再讯莺曰:"尔意如何?"莺曰:"张浩才名,实为佳婿。使妾得之,当克勤妇道。实龙图主盟之大德。"陈公曰:"天生才子佳人,不当使之孤零。我今曲与汝等成之。"遂于状尾判云:

花下相逢,已有终身之约;中道而止,竟乖偕老之心。在人情既出至诚,论律文亦有所禁。宜从先约,可断后婚。

判毕,谓浩曰:"吾今判合与李氏为婚。"二人大喜,拜谢相公恩德,遂成夫妇,偕老百年。后生二子,俱擢高科。话名《宿香亭张浩遇莺莺》。

当年崔氏赖张生,今日张生仗李莺。
同是风流千古话,西厢不及宿香亭。

第三十卷　金明池吴清逢爱爱

朱文灯下逢刘倩①,师厚燕山遇故人②。
隔断死生终不泯,人间最切是深情。

话说大唐中和年间,博陵有个才子,姓崔名护,生得风流俊雅,才貌无双。偶遇春榜动,选场开,收拾琴剑书箱,前往长安应举。时当暮春,崔生暂离旅舍,往城南郊外游赏,但觉口燥咽干,唇焦鼻热。一来走得急,那时

① 朱文灯下逢刘倩——宋元戏曲故事:朱文遇女鬼刘倩发生恋爱。

② 师厚燕山遇故人——宋元话本故事:南宋韩师厚之妻郑意娘,被女真人掳去,尽节而死;韩师厚为议和来燕京,遇见妻子的鬼魂,随带她的骨殖回南方。后来韩师厚又娶了别的妇女,负了意娘,受到意娘鬼魂的报复。

候也有些热了。这崔生只为口渴，又无溪涧取水。只见一个去处：

灼灼桃红似火，依依绿柳如烟。竹篱茅舍，黄土壁，白板扉，哰哰犬吠桃源中，两两黄鹂鸣翠柳。

崔生去叩门，觅一口水。立了半日，不见一人出来。正无计结，忽听得门内笑声，崔生鹰觑鹘望①，去门缝里一瞧，原来那笑的，却是一个女孩儿，约有十六岁。那女儿出来开门，崔生见了，口一发燥，咽一发干，唇一发焦，鼻一发热。连忙叉手向前道："小娘子拜揖。"那女儿回个娇娇滴滴的万福道："官人宠顾茅舍，有何见谕？"崔生道："卑人博陵崔护，别无甚事，只因走远气喘，敢求勺水解渴则个。"女子听罢，并无言语。疾忙进去，用纤纤玉手捧着磁瓯，盛半瓯茶，递与崔生。崔生接过，呷入口，透心也似凉，好爽利！只得谢了自回。想着功名，自去赴选。谁想时运未到，金榜无名，离了长安，匆匆回乡去了。

倏忽一年，又遇开科，崔生又起身赴试。追忆故人，且把试事权时落后，急往城南。一路上东观西望，只怕错认了女儿住处。顷刻到门前，依旧桃红柳绿，犬吠莺啼。崔生至门，见寂寞无人，心中疑惑。还去门缝里瞧时，不闻人声。徘徊半晌，去白板扉上题四句诗：

去年今日此门中，人面桃花相映红。
人面不知何处去？桃花依旧笑春风。

题罢自回。明日放心不下，又去探看，忽见门儿呀地开了，走出一个人来。生得：

须眉皓白，鬓发稀疏。身披白布道袍，手执斑竹拄杖。堪为四皓商山②客，做得磻溪执钓③人。

那老儿对崔生道："君非崔护么？"崔生道："丈人拜揖，卑人是也，不知丈人何以见识？"那老儿道："君杀我女儿，怎生不识？"惊得崔护面色如土，道："卑人未尝到老丈宅中，何出此言？"老儿道："我女儿去岁独自在家，遇你来觅水。去后昏昏如醉，不离床席。昨日忽说道：'去年今日曾遇崔郎，今日想必来也。'走到门前，望了一日，不见。转身抬头，忽见白板扉

---

① 鹰觑鹘(hú)望——比喻眼睛像鹰鹘一样灵活。

② 四皓——商山四皓。秦末，东园公、甪(lù)里、绮里季、夏黄公四人避乱世隐居商山。年过八十不做官。皓：指须眉皆白。

③ 磻溪执钓——传说姜子牙曾在磻溪垂钓。

上诗,长哭一声,瞥然倒地。老汉扶入房中,一夜不醒。早间忽然开眼道:'崔郎来了,爹爹好去迎接。'今君果至,岂非前定?且请进去一看。"谁想崔生入得门来,里面哭了一声。仔细看时,女儿死了。老儿道:"郎君今番真个偿命!"崔生此时,又惊又痛,便走到床前,坐在女儿头边,轻轻放起女儿的头,伸直了自家腿,将女儿的头放在腿上,亲着女儿的脸道:"小娘子,崔护在此!"顷刻间那女儿三魂再至,七魄重生,须臾就走起来。老儿十分欢喜,就赔妆奁,招赘崔生为婿。后来崔生发迹为官,夫妻一世团圆,正是:

月缺再圆,镜离再合。花落再开,人死再活。

为甚今日说这段话?这个便是死中得活。有一个多情的女儿,没兴遇着个子弟不能成就,干折了性命,反作成别人洞房花烛。正是:

有缘千里能相会,无缘对面不相逢。

说这女儿遇着的子弟,却是宋朝东京开封府一员外,姓吴名子虚。平生是个真实的人,止生得一个儿子,名唤吴清。正是爱子娇痴,独儿得惜。那吴员外爱惜儿子,一日也不肯放出门。那儿子却是风流博浪的人,专要结识朋友,觅柳寻花。忽一日,有两个朋友来望,却是金枝玉叶,凤子龙孙,是宗室赵八节使之子。兄弟二人,大的讳应之,小的讳茂之,都是使钱的勤儿①。两个叫院子通报。吴小员外出来迎接,分宾而坐。献茶毕,问道:"幸蒙恩降,不知有何使令?"二人道:"即今清明时候,金明池上士女喧阗,游人如蚁。欲同足下一游,尊意如何?"小员外大喜道:"蒙二兄不弃寒贱,当得奉陪。"小员外便教童儿挑了酒樽食罍,备三匹马,与两个同去。迤逦早到金明池。陶谷②学士有首诗道:

万座笙歌醉后醒,绕池罗幕翠烟生。
云藏宫殿九重碧,日照乾坤五色明。
波面画桥天上落,岸边游客鉴中行。
驾来将幸龙舟宴,花外风传万岁声。

三人绕池游玩,但见:

桃红似锦,柳绿如烟。花间粉蝶双双,枝上黄鹂两两。踏青士女

---

① 勤儿——能手。
② 陶谷——宋代尚书。

纷纷至，赏玩游人队队来。

三人就空处饮了一回酒。吴小员外道："今日天气甚佳，只可惜少个侑酒①的人儿。"二赵道："酒已足矣，不如闲步消遣，观看士女游人，强似呆坐。"三人挽手同行，刚动脚不多步，忽闻得一阵香风，绝似麝兰香，又带些脂粉气。吴小员外迎这阵香风上去，忽见一簇妇女，如百花斗彩，万卉争妍。内中一位小娘子，刚则十五六岁模样，身穿杏黄衫子。生得如何？

眼横秋水，眉拂春山，发似云堆，足如莲蕊。两颗樱桃分素口，一枝杨柳斗纤腰。未领略遍体温香，早已睹十分丰韵。

吴小员外看见，不觉遍体苏麻，急欲捱身上前。却被赵家两兄弟拖回，道："良家女子，不可调戏。恐耳目甚多，惹祸招非。"小员外虽然依允，却似勾去了魂灵一般。那小娘子随着众女娘自去了。小员外与二赵相别自回，一夜不睡，道："好个十相具足②的小娘子，恨不曾访问他居止姓名。若访问得明白，央媒说合，或有三分侥幸。"次日，放心不下，换了一身整齐衣服，又约了二赵，在金明池上寻昨日小娘子踪迹：

分明昔日阳台路，不见当时行雨人。

吴小员外在游人中往来寻趁，不见昨日这位小娘子，心中闷闷不悦。赵大哥道："足下情怀少乐，想寻春之兴未遂。此间酒肆中，多有当垆③少妇。愚弟兄陪足下一行，倘有看得上眼的，沽饮三杯，也当春风一度，如何？"小员外道："这些老妓夙娼，残花败柳，学生平日都不在意。"赵二哥道："街北第五家，小小一个酒肆，到也精雅。内中有个量酒的女儿，大有姿色，年纪也只好二八，只是不常出来。"小员外欣然道："烦相引一看。"三人移步街北，果见一个小酒店，外边花竹扶疏，里面杯盘罗列。赵二哥指道："此家就是。"

三人入得门来，悄无人声。不免唤一声："有人么？有人么？"须臾之间，似有如无，觉得娇娇媚媚，妖妖娆娆，走一个十五六岁花朵般多情女儿出来。那三个子弟见了女儿，齐齐的三头对地，六臂向身，唱个喏道："小娘子拜揖。"那多情的女儿见了三个子弟。一点春心动了，按捺不下，一

---

① 侑(yòu)酒——劝人渴酒，即陪酒。

② 十相具足——十分姿色，十全十美。

③ 垆(lú)——酒店里安放酒瓮的土台子。

双脚儿出来了,则是麻麻地进去不得。紧挨着三个子弟坐地,便教迎儿取酒来。那四个可知道喜!四口儿并来,没一百岁。方才举得一杯,忽听得驴儿蹄响,车儿轮响,却是女儿的父母上坟回来。三人败兴而返。

迤逦春色凋残,胜游难再,只是思忆之心,形于梦寐。转眼又是一年。三个子弟不约而同,再寻旧约。顷刻已到,但见门户萧然,当垆的人不知何在。三人少歇一歇问信,则见那旧日老儿和婆子走将出来。三人道:"丈人拜揖。有酒打一角来。"便问:"丈人,去年到此见个小娘子量酒,今日如何不见?"那老儿听了,簌地两行泪下:"复官人,老汉姓卢名荣。官人见那量酒的就是老拙女儿,小名爱爱。去年今日合家去上坟,不知何处来三个轻薄厮儿①,和他吃酒,见我回来散了,中间别事不知。老拙两个薄薄罪过他两句言语,不想女儿性重,顿然悒怏,不吃饮食,数日而死。这屋后小丘,便是女儿的坟。"说罢,又簌簌地泪下。三人噤口不敢再问,连忙还了酒钱,三个马儿连着,一路伤感不已,回头顾盼,泪下沾襟,怎生放心得下!正是:

夜深喧暂息,池台惟月明。
无因驻清景,日出事还生。

那三个正行之际,恍惚见一妇人,素罗罩首,红帕当胸,颤颤摇摇,半前半却,觑着三个,低声万福。那三个如醉如痴,罔知所措。道他是鬼,又衣裳有缝,地下有影;道是梦里,自家掐着又疼。只见那妇人道:"官人认得奴家?即去岁金明池上人也。官人今日到奴家相望,爹妈诈言我死,虚堆土坟,待瞒过官人们。奴家思想前生有缘,幸得相遇。如今搬在城里一个曲巷小楼,且是潇洒。倘不弃嫌,屈尊一顾。"三人下马齐行。瞬息之间,便到一个去处。入得门来,但见:

小楼连苑,斗帐藏春。低檐浅映红帘,曲阁遥开锦帐。半明半暗,人居掩映之中;万绿万红,春满风光之内。

上得楼儿,那女儿便叫,"迎儿,安排酒来,与三个姐夫贺喜。"无移时,酒到痛饮。那女儿所事熟滑,唱一个娇滴滴的曲儿,舞一个妖媚媚的破②

① 厮儿——家伙,小子。
② 破——舞曲中的一段。

儿,挡一个紧飕飕的筝儿,道一个甜甜嫩嫩的千岁①儿。那弟兄两个饮散,相别去了。吴小员外回身转手,搭定女儿香肩,搂定女儿细腰,捏定女儿纤手,醉眼乜斜,只道楼儿便是床上,火急做了一班半点儿事。端的是:

春衫脱下,绣被铺开。酥胸露一朵雪梅,纤足启两弯新月。未开桃蕊,怎禁他浪蝶深偷;半折花心,忍不住狂蜂恣采。涔然粉汗,微喘相偎。

睡到天明,起来梳洗,吃些早饭,两口儿絮絮叨叨,不肯放手。吴小员外焚香设誓,啮臂为盟,那女儿方才掩着脸,笑了进去。

吴小员外自一路闷闷回家,见了爹妈。道:"我儿,昨夜宿于何处?教我一夜不睡,乱梦颠倒。"小员外道:"告爹妈,儿为两个朋友是皇亲国戚,要我陪宿,不免依他。"爹妈见说是皇亲,又曾来望,便不疑他。谁想情之所钟,解释不得。有诗为证:

铲平荆棘盖楼台,楼上笙歌鼎沸开。
欢笑未终离别起,从前荆棘又生来。

那小员外与女儿两情厮投,好说得着。可知哩,笋芽儿般后生,遇着花朵儿女娘,又是芳春时候,正是:

佳人窈窕当春色,才子风流正少年。

小员外只为情牵意惹,不隔两日,少不得去伴女儿一宵。只一件,但见女儿时,自家觉得精神百倍,容貌胜常;才到家便颜色憔悴,形容枯槁,渐渐有如鬼质,看看不似人形。饮食不思,药饵不进。父母见儿如此,父子情深,顾不得朋友之道,也顾不得皇亲国戚,便去请赵公子兄弟二人来,告道:"不知二兄日前带我豚儿何处非为?今已害得病深。若是医得好,一句也不敢言,万一有些不测,不免击鼓诉冤,那时也怪老汉不得。"那兄弟二人听罢,切切偶语:"我们虽是金枝玉叶,争奈法度极严:若子弟贤的,一般如凡人叙用;若有些争差的,罪责却也不小。万一被这老子告发时,毕竟于我不利。"疾忙回言:"丈人,贤嗣之疾,本不由我弟兄。"遂将金明池酒店上遇见花枝般多情女儿始末叙了一遍。老儿大惊,道:"如此说,我儿着鬼了!二位有何良计可以相救?"二人道:"有个皇甫真人,他有斩妖符剑,除非请他来施设,退了这邪鬼,方保无恙。"老儿拜谢道:"全

① 千岁——指赵氏兄弟,他们是皇族。

在二位身上。"二人回身就去。却是：

青龙共白虎同行，吉凶事全然未保。

两个上了路，远远到一山中，白云深处，见一茅庵：

黄茅盖屋，白石垒墙。阴阴松暝鹤飞回，小小池晴龟出曝。翠柳碧梧夹路，玄猿白鹤迎门。

顷刻间庵里走出个道童来，道："二位莫不是寻师父救人么？"二人道："便是，相烦通报则个。"道童道："若是别患，俺师父不去，只割情欲之妖。却为甚的？情能生人，亦能死人。生是道家之心，死是道家之忌。"二人道："正要割情欲之妖，救人之死。"小童急去，请出皇甫真人。真人见道童已说过了，"吾可一去。"迤逦同到吴员外家。才到门首，便道："这家被妖气罩定，却有生气相临。"却好小员外出见，真人吃了一惊，道："鬼气深了！九死一生，只有一路可救。"惊得老夫妻都来跪告真人："俯垂法术，救俺一家性命！"真人道："你依吾说，急往西方三百里外避之。若到所在，这鬼必然先到。倘若满了一百二十日，这鬼不去，员外拼着一命，不可救治矣！"员外应允。备素斋，请皇甫真人斋罢，相别自去。老员外速教收拾担仗①，往西京河南府去避死。正是：

曾观前定录，生死不由人。

小员外请两个赵公子相伴同行。沿路去时，由你登山涉岭，过涧渡桥，闲中闹处，有伴无人，但小员外吃食，女儿在旁供菜；员外临睡，女儿在旁解衣；若员外登厕，女儿拿着衣服。处处莫避，在在难离。不觉在洛阳几日。

忽然一日屈指算时，却好一百二十日，如何是好？那两个赵公子和从人守着小员外，请到酒楼散闷，又愁又怕，都搁不住泪汪汪地，又怕小员外看见，急急拭了。小员外目睁口呆，罔知所措。正低了头倚着栏干，恰好皇甫真人骑个驴儿过来。赵公子看见了，慌忙下楼，当街拜下，扯住真人，求其救度。吴清从人都一齐跪下拜求。真人便就酒楼上结起法坛，焚香步罡，口中念念有词。行持了毕，把一口宝剑递与小员外道："员外本当今日死。且将这剑去，到晚紧闭了门。黄昏之际，定来敲门。休问是谁，速把剑斩之。若是有幸，斩得那鬼，员外便活；若不幸误伤了人，员外只得

① 担仗——行李。

纳死。总然一死,还有可脱之理。”分付罢,真人自骑驴去了。

小员外得了剑,巴到晚间,闭了门。渐次黄昏,只听得剥啄之声。员外不露声息,悄然开门,便把剑斫下,觉得随手倒地。员外又惊又喜,心窝里突突地跳,连叫:“快点灯来!”众人点灯来照,连店主人都来看。不看犹可,看时众人都吃了一大惊:

分开八片顶阳骨,倾下半桶冰雪水。

店主人认得砍倒的尸首,却是店里奔走的小厮阿寿,十五岁了。因往街上登东,关在门外,故此敲门,恰好被剑砍坏了。当时店中嚷动,地方来见了人命事,便将小员外缚了。两个赵公子也被缚了。等待来朝,将一行人解到河南府。

大尹听得是杀人公事,看了辞状,即送狱司勘问。吴清将皇甫真人斩妖事,备细说了。狱司道:“这是荒唐之言。现在杀死小厮,真正人命,如何抵释!”喝教手下用刑。却得跟随小员外的在衙门中使透了银子。狱卒禀首:“吴清久病未痊,受刑不起。那两个宗室,止是干连小犯。”狱官借水推船,权把吴清收监,候病痊再审,二赵取保在外。一面着地方将棺木安放尸首,听候堂上吊验,斩妖剑作凶器驻库。

却说吴小员外是夜在狱中垂泪叹道:“爹娘止生得我一人,从小寸步不离,何期今日死于他乡!早知左右是死,背井离乡,着甚么来!”又叹道:“小娘子呵,只道生前相爱,谁知死后缠绵。恩变成仇,害得我骨肉分离,死无葬身之地。我好苦也!我好恨也!”嗟怨了半夜,不觉睡去。梦见那花枝般多情的女儿,妖妖娆娆走近前来,深深道个万福道:“小员外休得怅恨奴家。奴自身亡之后,感太元夫人空中经过,怜奴无罪早夭,授以太阴炼形之术,以此元形不损,且得游行世上。感员外隔年垂念,因而冒耻相从;亦是前缘宿分,合有一百二十日夫妻。今已完满,奴自当去。前夜特来奉别,不意员外起其恶意,将剑砍奴。今日受一夜牢狱之苦,以此相报。阿寿小厮,自在东门外古墓之中,只教官府复验尸首,便得脱罪。奴又与上元夫人求得玉雪丹二粒,员外试服一粒,管取百病消除,元神复旧。又一粒员外谨藏之,他日成就员外一段佳姻,以报一百二十日夫妻之恩。”说罢,出药二粒,如鸡豆般,其色正红,分明是两粒火珠。那女儿将一粒纳于小员外袖内,一粒纳于口中,叫声:“奴去也!还乡之日,千万到奴家荒坟一顾,也表员外不忘故旧之情。”

小员外再欲叩问详细,忽闻钟声聒耳,惊醒将来。口中觉有异香,腹里一似火团展转,汗流如雨。巴到天明,汗止,身子顿觉健旺,摸摸袖内,一粒金丹尚在,宛如梦中所见。小员外隐下余情,只将女鬼托梦说阿寿小厮见在,请复验尸首,便知真假。狱司禀过大尹。开棺检视,原来是旧笤帚一把,并无他物。寻到东门外古墓,那阿寿小厮如醉梦相似,睡于破石椁之内。众人把姜汤灌醒,问他如何到此,那小厮一毫不知。狱司带那小厮并笤帚到大尹面前,教店主人来认,实是阿寿未死,方知女鬼的做作。大尹即将众人赶出。皇甫真人已知斩妖剑不灵,自去入山修道去了。二赵接得吴小员外,连称恭喜。酒店主人也来谢罪。三人别了主人家,领着仆从,欢欢喜喜回开封府来。

离城还有五十余里,是个大镇,权歇马上店,打中火。只见间壁一个大户人家门首,贴一张招医榜文:

> 本宅有爱女患病垂危,人不能识。倘有四方明医,善能治疗者,奉谢青蚨十万,花红羊酒奉迎,决不虚示。

吴小员外看了榜文,问店小二道:"间壁何宅?患的是甚病,没人识得?"小二道:"此地名褚家庄。间壁住的,就是褚老员外,生得如花似玉一位小娘子,年方一十六岁。若干人来求他,老员外不肯轻许。一月之间,忽染一病,发狂谵语,不思饮食,许多太医下药,病只有增无减。好一主大财乡,没人有福承受得。可惜好个小娘子,世间难遇。如今看看欲死,老夫妻两口儿昼夜啼哭,只祈神拜佛。做好事保福,也不知费了若干钱钞了。"小员外听说心中暗喜,道:"小二哥,烦你做个媒,我要娶这小娘子为妻。"小二道:"小娘子一生九死,官人便要讲亲,也待病痊。"小员外道:"我会医的是狂病。不愿受谢,只要许下成婚,手到病除。"小二道:"官人请坐,小人即时传语。"

须臾之间,只见小二同着褚公到店中来,与三人相见了。问道:"那一位先生善医?"二赵举手道:"这位吴小员外。"褚公道:"先生若医得小女病痊,帖上所言,毫厘不敢有负。"吴小员外道:"学生姓吴名清,本府城内大街居住。父母在堂,薄有家私,岂希罕万钱之赠。但学生年方二十,尚未婚配。久慕宅上小娘子容德俱全,倘蒙许谐秦晋,自当勉举卢扁①。"

---

① 卢扁——春秋有名的医生扁鹊是卢这地方上的人,所以人们又称之为卢扁。

二赵在旁,又帮衬许多好言,夸吴氏名门富室,又夸小员外做人忠厚。褚公爱女之心,无所不至,不由他不应承下。便道:"若果然医得小女好时,老汉赔薄薄妆奁,送至府上成婚。"吴清向二赵道:"就烦二兄为媒,不可退悔!"褚公道:"岂敢!"

当下褚公连三位都请到家中,设宴款待。吴清性急,就教老员外:"引进令爱房中,看病下药。"褚公先行,吴清随后。也是缘分当然,吴小员外进门时,那女儿就不狂了。吴小员外假要看脉,养娘将罗帏半揭,帏中但闻金训索琅的一声,舒出削玉团冰的一只纤手来。正是:

　　未识半面花容,先见一双玉腕。

小员外将两手脉俱已看过,见神见鬼的道:"此病乃邪魅所侵,非学生不能治也。"遂取所存玉雪丹一粒,以新汲井花水①,令其送下。那女子顿觉神清气爽,病体脱然,褚公感谢不尽。是日三人在褚家庄欢饮。至夜,褚公留宿于书斋之中。次日,又安排早酒相请。二赵道:"扰过就告辞了。只是吴小员外姻事,不可失信。"褚公道:"小女蒙活命之恩,岂敢背恩忘义,所谕敢不如命!"小员外就拜谢了岳丈。褚公备礼相送,为程仪之敬。三人一无所受,作别还家。

吴老员外见儿子病好回来,欢喜自不必说。二赵又将婚姻一事说了,老员外十分之美,少不得择日行聘。六礼既毕,褚公备千金嫁装,亲送女儿过门成亲。吴小员外在花烛之下,看了新妇,吃了一惊:好似初次在金明池上相逢那个穿杏黄衫的美女。过了三朝半月,夫妇厮熟了。吴小员外叩问妻子,去年清明前二日,果系探亲入城,身穿杏黄衫,曾到金明池上游玩。正是人有所愿,天必从之。那褚家女子小名,也唤做爱爱。

吴小员外一日对赵氏兄弟说知此事,二赵各各称奇:"此段姻缘乃卢女成就,不可忘其功也。"吴小员外即日到金明池北卢家店中,述其女儿之事,献上金帛,拜认卢荣老夫妇为岳父母,求得开坟一见,愿买棺改葬。卢公是市井小人,得员外认亲,无有不从。小员外央阴阳生择了吉日,先用三牲祭礼浇奠,然后启土开棺。那爱爱小娘子面色如生,香泽不散,乃知太阴炼形之术所致。吴小员外叹羡了一回。改葬已毕,请高僧广做法事七昼夜。其夜又梦爱爱来谢,自此踪影遂绝。后吴小员外与褚爱爱百

① 井花水——即井水。

年偕老。卢公夫妇亦赖小员外送终,此小员外之厚德也。有诗为证:

金明池畔逢双美,了却人间生死缘。
世上有情皆似此,分明火宅现金莲。①

第三十一卷 赵春儿重旺曹家庄

东邻昨夜报吴姬,一曲琵琶荡客思。
不是妇人偏可近,从来世上少男儿。

这四句诗是夸奖妇人的。自古道:"有志妇人,胜如男子。"且如妇人中,只有娼流最贱,其中出色的尽多。有一个梁夫人,能于尘埃中识拔韩世忠。世忠自卒伍起为大将,与金兀术四太子相持于江上,梁夫人脱簪珥②犒军,亲自执桴擂鼓助阵,大败金人。后世忠封蕲③王,退居西湖,与梁夫人偕老百年。又有一个李亚仙,他是长安名妓,有郑元和公子嫖他,吊了稍④,在悲田院⑤做乞儿,大雪中唱《莲花落》。亚仙闻唱,知是郑郎之声,收留在家,绣繻裹体,剔目劝读,一举成名,中了状元,亚仙直封至一品夫人。这两个是红粉班头,青楼出色:

若与寻常男子比,好将巾帼换衣冠。

如今说一个妓家故事,虽比不得李亚仙、梁夫人恁般大才,却也在千辛百苦中熬炼过来,助夫成家,有个小小结果,这也是千中选一。

话说扬州府城外有个地方,名叫曹家庄。庄上曹太公是个大户之家。院君⑥已故,止生一位小官人,名曹可成。那小官人人材出众,百事伶俐。只有两件事非其所长,一者不会读书,二者不会作家。常言道:"独子得

① 分明火宅现金莲——火宅,佛家用语,指人生痛苦犹如烈火焚烧。金莲,佛家用语,象征庄严美妙。本句为得到解脱之意。
② 珥——用珠子或玉石做的耳环。
③ 蕲(qí)——地名。
④ 吊了稍——比喻银子没有了,俗语。
⑤ 悲田院——乞丐存身的处所。
⑥ 院君——妻子。

惜。”因是个富家爱子,养骄了他;又且自小纳粟入监,出外都称相公,一发纵荡了。专一穿花街,串柳巷,吃风月酒,用脂粉钱,真个满面春风,挥金如土,人都唤他做“曹呆子”。太公知他浪费,禁约不住,只不把钱与他用。他就瞒了父亲,背地将田产各处抵借银子。那败子借债,有几般不便宜处:第一,折色①短少,不能足数,遇狠心的,还要搭些货物。第二,利钱最重。第三,利上起利,过了一年十个月,只倒换一张文书,并不催取,谁知本重利多,便有铜斗家计,不够他盘算。第四,居中的人还要扣些谢礼。他把中人就自看做一半债主,狐假虎威,需索不休。第五,写借票时,只拣上好美产,要他写做抵头。既写之后,这产业就不许你卖与他人。及至准算与他,又要减你的价钱。若算过,便有几两赢余,要他找绝,他又东扭西捏,朝三暮四,没有得爽利与你。有此五件不便宜处,所以往往破家。为尊长的只管拿住两头不放,却不知中间都替别人家发财去了。十分家当,实在没用得五分。这也是只顾生前,不顾死后。左右把与他败的,到不如自眼里看他结末了,也得明白。

明识儿孙是下流,故将锁钥用心收。

儿孙自有儿孙算,枉与儿孙作马牛。

闲话休叙。却说本地有个名妓,叫做赵春儿,是赵大妈的女儿。真个花娇月艳,玉润珠明,专接富商巨室,赚大主钱财。曹可成一见,就看上了,一住整月,在他家撒漫使钱。两个如胶似漆,一个愿讨,一个愿嫁,神前罚愿,灯下设盟。争奈父亲在堂,不敢娶他入门。那妓者见可成是慷慨之士,要他赎身。原来妓家有这个规矩:初次破瓜的,叫做梳栊孤老;若替他把身价还了鸨儿,由他自在接客,无拘无管,这叫做赎身孤老。但是赎身孤老要歇时,别的客只索让他,十夜五夜,不论宿钱。后来若要娶他进门,别不费财礼。又有这许多脾胃处。曹可成要与春儿赎身,大妈索要五百两,分文不肯少。可成各处设法,尚未到手。

忽一日,闻得父亲唤银匠在家倾成许多元宝,未见出笏②。用心体访,晓得藏在卧房床背后复壁之内,用帐子掩着。可成觑个空,踅③进房

---

① 折色——银子成色。

② 出笏——脱手,卖出。

③ 踅(xué)——来回走。

去,偷了几个出来。又怕父亲查检,照样做成贯铅的假元宝,一个换一个。大模大样的与春儿赎了身,又置办衣饰之类。以后但是要用,就将假银换出真银,多多少少都放在春儿处,凭他使费,并不检查。真个来得易,去得易,日渐日深,换个行云流水,也不曾计个数目是几锭几两。春儿见他撒漫,只道家中有余,亦不知此银来历。

忽一日,太公病笃,唤可成夫妇到床头叮嘱道:"我儿,你今三十余岁,也不为年少了。'败子回头便作家'!你如今莫去花柳游荡,收心守分。我家当之外,还有些本钱,又没第二个兄弟分受,尽够你夫妻受用。"遂指床背后说道:"你揭开帐子,有一层复壁,里面藏着元宝一百个,共五千两。这是我一生的精神。向因你务外,不对你说。如今交付你夫妻之手,置些产业,传与子孙,莫要又浪费了!"又对媳妇道:"娘子,你夫妻是一世之事,莫要冷眼相看,须将好言谏劝丈夫,同心合胆,共做人家。我九泉之下,也得瞑目。"说罢,须臾死了。

可成哭了一场,少不得安排殡葬之事。暗想复壁内,正不知还存得多少真银?当下搬将出来,铺满一地,看时,都是贯铅的假货,整整的数了九十九个,刚剩得一个真的。五千两花银,费过了四千九百五十两。可成良心顿萌。早知这东西始终还是我的。何须性急!如今大事在身,空手无措,反欠下许多债负,懊悔无及,对着假锭放声大哭。浑家劝道:"你平日务外,既往不咎。如今现放着许多银子,不理正事,只管哭做甚么?"可成将假锭偷换之事,对浑家叙了一遍。浑家平昔间为老公务外,谏劝不从,气得有病在身。今日哀苦之中,又闻了这个消息,如何不恼!登时手足俱冷。扶回房中,上了床,不够数日,也死了。这真是:

从前做过事,没兴一齐来。

可成连遭二丧,痛苦无极,勉力支持。过了七七四十九日,各债主都来算账,把曹家庄祖业田房,尽行盘算去了。因出房与人,上紧出殡。此时孤身无靠,权退在坟堂屋内安身。不在话下。

且说赵春儿久不见可成来家,心中思念。闻得家中有父丧,又浑家为假锭事气死了,恐怕七嘴八张,不敢去吊问,后来晓得他房产都费了,搬在坟堂屋里安身,甚是凄惨,寄信去请他来,可成无颜相见,回了几次。连连来请,只得含羞而往。春儿一见,抱头大哭,道:"妾之此身,乃君身也。幸妾尚有余资可以相济,有急何不告我!"乃治酒相款,是夜留宿。明早,取白金百两赠与可成,嘱咐他拿回家省吃省用:"缺少时,再来对我说。"可成得了银子,顿忘苦楚,迷恋春儿,不肯起身,就将银子买酒买肉,请旧日一班闲汉同吃。春儿初次不好阻他,到第二次,就将好言苦劝,说:"这班闲汉,有损无益。当初你一家人家,都是这班人坏了。如今再不可近他了,我劝你回去是好话。且待三年服满之后,还有事与你商议。"一连劝了几次。可成还是败落财主的性子,疑心春儿厌薄他,忿然而去。春儿放心不下,悄地教人打听他,虽然不去跳槽①,依旧大吃大用。春儿暗想,他受苦不透,还不知稼穑艰难,且由他磨炼去。过了数日,可成盘缠竭了,有一顿,没一顿,却不伏气去告求春儿。春儿心上虽念他,也不去惹他上门了。约莫十分艰难,又教人送些柴米之类,小小周济他,只是不敷。

却说可成一般也有亲友,自己不能周济,看见赵春儿家担东送西,心上反不乐,到去撺掇可成道:"你当初费过几千银子在赵家,连这春儿的身子都是你赎的。你今如此落莫,他却风花雪月受用。何不去告他一状,追还些身价也好。"可成道:"当初之事,也是我自家情愿,相好在前;今日重新翻脸,却被子弟们笑话。"又有嘴快的,将此话学与春儿听了,暗暗点头:"可见曹生的心肠还好。"又想道:"'人无千日好,花无百日红。'若再有人撺掇,怕不变卦?"踌躇了几遍,又教人去请可成到家,说道:"我当初原许嫁你,难道是哄你不成?一来你服制未满,怕人议论;二来知你艰难,趁我在外寻些衣食之本。你切莫听人闲话,坏了夫妻之情!"可成道:"外人虽不说好话,我却有主意,你莫疑我。"住了一二晚,又赠些东西去了。

光阴似箭,不觉三年服满。春儿备了三牲祭礼、香烛纸钱,到曹氏坟堂拜奠,又将钱三串,把与可成做起灵功德。可成欢喜。功德完满,可成到春儿处作谢。春儿留款。饮酒中间,可成问从良之事。春儿道:"此事我非不愿,只怕你还想娶大娘!"可成道:"我如今是什么日子,还说这话?"春儿道:"你目下虽如此说,怕日后挣得好时,又要寻良家正配,可不枉了我一片心机?"可成就对天说起誓来。春儿道:"你既如此坚心,我也更无别话。只是坟堂屋里,不好成亲。"可成道:"在坟边左近,有一所空房要卖,只要五十两银子。若买得他的,到也方便。"春儿就凑五十两银子,把与可成买房。又与些零碎银钱,教他收拾房室,置办些家火。择了

① 跳槽——嫖客从一个妓女转到另一个妓女。

吉日。至期,打叠细软,做几个箱笼装了,带着随身伏侍的丫鬟,叫做翠叶,唤个船只,蓦地到曹家。神不知,鬼不觉,完其亲事。

收将野雨闲云事,做就牵丝结发人。

毕姻之后,春儿与可成商议过活之事。春儿道:"你生长富室,不会经营生理,还是赎几亩田地耕种,这是务实的事。"可成自夸其能,说道:"我经了许多折挫,学得乖了,不到得被人哄了!"春儿凑出三百两银子,交与可成。可成是散漫惯了的人,银子到手,思量经营那一桩好,往城中东占西卜。有先前一班闲汉遇见了,晓得他纳了春姐,手中有物,都来哄他:某事有利无利,某事利重利轻,某人五分钱,某人合子钱①。不一时,都哄尽了,空手而回,却又去问春儿要银子用。气得春儿两泪交流,道:"'常将有日思无日,莫待无时思有时。'你当初浪费,以有今日,如今是有限之物,费一分没一分了。"初时硬了心肠,不管闲事。以后夫妻之情,看不过,只得又是一五一十担将出来,无过是买柴籴米之类。拿出来多遍了,觉得渐渐空虚,一遍少似一遍。可成先还有感激之意,一年半载,理之当然,只道他还有多少私房,不肯和盘托出,终日闹吵,逼他拿出来。春儿被逼不过,瞥口气,将箱笼上钥匙一一交付丈夫,说道:"这些东西,左右是你的,如今都交与你,省得牵挂!我今后自和翠叶纺织度日,我也不要你养活,你也莫缠我。"

春儿自此日为始,就吃了长斋,朝暮纺织自食。可成一时虽不过意,却喜又有许多东西,暗想道:"且把来变买银两,今番赎取些恒业,为恢复家缘之计,也在浑家面上争口气。"虽然腹内踌躕,却也说而不作。常言"食在口头,钱在手头",费一分,没一分,坐吃山空。不上一年,又空言了。更无出没,瞒了老婆,私下把翠叶这丫头卖与人去。春儿又失了个纺织的伴儿,又气又苦,从前至后,把可成诉说一场。可成自知理亏,懊悔不迭,禁不住眼中流泪。

又过几时,没饭吃了,对春儿道:"我看你朝暮纺织,到是一节好生意。你如今又没伴,我又没事做,何不将纺织教会了,也是一只饭碗。"春儿又好笑又好恼,忍不住骂道:"你堂堂一躯男子汉,不指望你养老婆,难道一身一口,再没个道路寻饭吃?"可成道:"贤妻说得是。'鸟瘦毛长,人

---

① 合子钱——即一本一利之意。

贫智短。'你教我那一条道路寻得饭吃的,我去做。"春儿道:"你也曾读书识字,这里村前村后,少个训蒙先生,坟堂屋里又空着,何不聚集几个村童教学,得些学俸,好盘用。"可成道:"'有智妇人,胜如男子。'贤妻说得是。"当下便与乡老商议,聚了十来个村童,教书写仿,甚不耐烦,出于无奈。过了些时,渐渐惯了,枯茶淡饭,绝不想分外受用。春儿又不时牵前扯后的诉说他,可成并不敢回答一字。追思往事,要便流泪。想当初偌大家私,没来由付之流水,不须提起;就是春儿带来这些东西,若会算计时,尽可过活,如今悔之无及。

如此十五年。忽一日,可成入城,撞见一人,豸补银带,乌纱皂靴,乘舆张盖而来,仆从甚盛。其人认得是曹可成,出轿施礼,可成躲避不迭。路次相见,各问寒暄。此人姓殷名盛,同府通州人。当初与可成同坐监,同拨历①的,近选得浙江按察使经历,在家起身赴任,好不热闹。可成别了殷盛,闷闷回家,对浑家说道:"我的家当已败尽了,还有一件败不尽的,是监生。今日看见通州殷盛选了三司首领官,往浙江赴任,好不兴头!我与他是同拨历的,我的选期已透了②,怎得银子上京使用!"春儿道:"莫做这梦罢,现今饭也没得吃,还想做官!"

过了几日,可成欣羡殷监生荣华,三不知③又说起。春儿道:"选这官要多少使用?"可成道:"本多利多。如今的世界,中科甲的也只是财来财往,莫说监生官。使用多些,就有个好地方,多趁得些银子;再肯营干时,还有一两任官做。使用得少,把个不好的缺打发你,一年二载,就升你做王官④,有官无职,监生的本钱还弄不出哩。"春儿道:"好缺要多少?"可成道:"好缺也费得千金。"春儿道:"百两尚且难措,何况千金?还是训蒙安稳。"可成含着双泪,只得又去坟堂屋里教书。正是:

渐无面目辞家祖,剩把凄凉对学生。

忽一日,春儿睡至半夜醒来,见可成披衣坐于床上,哭声不止。问其

---

① 拨历——明制,即分拨一些监生到各机关去实习,合格的任用,不合格的回监读书。

② 透——即将到来。

③ 三不知——想不到。

④ 王官——王府里的小官。

缘故,可成道:“适才梦见得了官职,在广东潮州府。我身坐府堂之上,众书吏参谒。我方吃茶,有一吏,瘦而长,黄须数茎,捧文书至公座。偶不小心触吾茶瓯,翻污衣袖,不觉惊醒。醒来乃是一梦。自思一贫如洗,此生无复冠带之望,上辱宗祖,下玷子孙,是以悲泣耳!”春儿道:“你生于富家,长在名门,难道没几个好亲眷?何不去借贷,为求官之资;倘得一命①,偿之有日。”可成道:“我因自小务外,亲戚中都以我为不肖,摈弃不纳。今穷困如此,枉自开口,人谁托我?便肯借时,将何抵头?”春儿道:“你今日为求官借贷,比先前浪费不同,或者肯借也不见得。”可成道:“贤妻说得是。”次日真个到三亲四眷家去了一巡:也有闭门不纳的,也有回说不在的;就是相见时,说及借贷求官之事,也有冷笑不答的,也有推辞没有的,又有念他开口一场,少将钱米相助的。可成大失所望,回复了春儿。

早知借贷难如此,悔却当初不作家。

可成思想无计,只是啼哭。春儿道:“哭恁么?没了银子便哭,有了银子又会撒漫起来。”可成道:“到此地位,做妻子的还信我不过,莫说他人!”哭了一场:“不如死休!只可惜负了赵氏妻十五年相随之意。如今也顾不得了。”可成正在寻死,春儿上前解劝道:“‘物有一变,人有千变,若要不变,除非三尺盖面。’天无绝人之路,你如何把性命看得恁轻?”可成道:“蝼蚁尚且贪生,岂有人不惜死?只是我今日生而无用,到不如死了干净,省得连累你终身。”春儿道:“且不要忙,你真个收心务实,我还有个计较。”可成连忙下跪道:“我的娘,你有甚计较?早些救我性命!”春儿道:“我当初未从良时,结拜过二九一十八个姊妹,一向不曾去拜望。如今为你这冤家,只得忍着羞去走一遍。一个姊妹出十两,十八个姊妹,也有一百八十两银子。”可成道:“求贤妻就去。”春儿道:“初次上门,须用礼物,就要备十八副礼。”可成道:“莫说一十八副礼,就是一副礼也无措。”春儿道:“若留得我一两件首饰在,今日也还好活动。”可成又啼哭起来。春儿道:“当初谁叫你快活透了,今日有许多眼泪!你且去理会起送文书,待文书有了,那京中使用,我自去与人讨面皮;若弄不来文书时,可不枉了?”可成道:“我若起不得文书,誓不回家!”一时间说了大话,出门去了,暗想道:“要备起送文书,府县公门也得些使用。”不好又与浑家缠账,

① 一命——一个任命。

只得自去向那几个村童学生的家里告借。一钱五分的凑来,好不费力。若不是十五年折挫到于如今,这些须之物把与他做一封赏钱,也还不够,那个看在眼里。正是彼一时此一时。

可成凑了两许银子,到江都县干办文书。县里有个朱外郎,为人忠厚,与可成旧有相识,晓得他穷了,在众人面前,替他周旋其事,写个欠票,等待有了地方,加利寄还。可成欢欢喜喜,怀着文书回来,一路上叫天地,叫祖宗,只愿浑家出去告债,告得来便好。走进门时,只见浑家依旧坐在房里绩麻,光景甚是凄凉。口虽不语,心下慌张,想告债又告不来了,不觉眼泪汪汪,又不敢大惊小怪,怀着文书立于房门之外,低低的叫一声:“贤妻。”春儿听见了,手中擘麻,口里问道:“文书之事如何?”可成便脚揣进房门,在怀中取出文书,放于桌上道:“托赖贤妻福荫,文书已有了。”春儿起身,将文书看了,肚里想道:“这呆子也不呆了。”相着可成问道:“你真个要做官?只怕为妻的叫奶奶不起。”可成道:“说那里话!今日可成前程,全赖贤妻扶持挈带,但不识借贷之事如何?”春儿道:“都已告过,只等你有个起身日子,大家送来。”可成也不敢问借多借少,慌忙走去肆中择了个吉日,回复了春儿。春儿道:“你去邻家借把锄头来用。”

须臾锄头借到。春儿拿开了绩麻的篮儿,指这搭地说道:“我嫁你时,就替你办一顶纱帽埋于此下。”可成想道:“纱帽埋在地下,却不朽了?莫要拗他,且锄着看怎地。”运起锄头,狠力几下,只听得当的一声响,翻起一件东西。可成到惊了一跳,检起看,是个小小瓷坛,坛里面装着散碎银两和几件银酒器。春儿叫丈夫拿去城中倾兑,看是多少。可成倾了锞儿,兑准一百六十七两,拿回家来,双手捧与浑家,笑容可掬。春儿本知数目,有心试他,见分毫不曾苟且,心下甚喜。叫再取锄头来,将十五年常坐下绩麻去处,一个小矮凳儿搬开了,教可成再锄下去。锄出一大瓷坛,内中都是黄白之物,不下千金。原来春儿看见可成浪费,预先下着,悄地埋藏这许多东西,终日在上面坐着绩麻,一十五年并不露半字,真女中丈夫也!可成见了许多东西,掉下泪来。春儿道:“官人为甚悲伤?”可成道:“想着贤妻一十五年勤劳辛苦,布衣蔬食,谁知留下这一片心机。都因我曹可成不肖,以至连累受苦。今日贤妻当受我一拜!”说罢,就拜下去。春儿慌忙扶起道:“今日苦尽甘来,博得好日,共享荣华。”可成道:“盘缠尽有,我上京听选,留贤妻在家,形孤影只。不若同到京中,百事也有商量。”春儿道:“我也放心不下,如此甚好。”当时打一行李,讨了两房童仆,雇下船只，夫妻两口同上北京。正是：

运去黄金失色，时来铁也生光。

可成到京，寻个店房，安顿了家小，吏部投了文书。有银子使用，就选了出来。初任是福建同安县二尹①，就升了本省泉州府经历，都是老婆帮他做官，宦声大振。又且京中用钱谋为公私两利，升了广东潮州府通判。适值朝觐之年，太守进京，同知推官俱缺，上司道他有才，批府印与他执掌，择日升堂管事。吏书参谒已毕，门子献茶。方才举手，有一外郎捧文书到公座前，触翻茶瓯，淋漓满袖。可成正欲发怒，看那外郎瘦而长，有黄须数茎，猛然想起数年之前，曾有一梦，今日光景，宛然梦中所见。始知前程出处，皆由天定，非偶然也。那外郎惊慌，磕头谢罪。可成好言抚慰，全无怒意。合堂称其大量。

是日退堂，与奶奶述其应梦之事。春儿亦骇然，说道："据此梦，量官人功名止于此任。当初坟堂中教授村童，衣不蔽体，食不充口；今日三任为牧民官，位至六品大夫，太学生至此足矣。常言'知足不辱'，官人宜急流勇退，为山林娱老之计。"可成点头道是。坐了三日堂，就托病辞官。上司因本府掌印无人，不允所辞。勉强视事，分明又做了半年知府。新官上任，交印已毕，次日又出致仕文书。上司见其恳切求去，只得准了。百姓攀辕卧辙者数千人，可成一一抚慰。夫妻衣锦还乡。三任宦资约有数千金，赎取旧日田产房屋，重在曹家庄兴旺，为宦门巨室。这虽是曹可成改过之善，却都亏赵春儿赞助之力也。后人有诗赞云：

破家只为貌如花，又仗红颜再起家。
如此红颜千古少，劝君还是莫贪花！

第三十二卷　杜十娘怒沉百宝箱

扫荡残胡立帝畿，龙翔凤舞势崔嵬。
左环沧海天一带，右拥太行山万围。
戈戟九边雄绝塞，衣冠万国仰垂衣。

---

① 二尹——知县的副职。

太平人乐华胥世，永永金瓯共日辉。

这首诗单夸我朝燕京建都之盛。说起燕都的形势，北倚雄关，南压区夏，真乃金城天府，万年不拔之基。当先洪武爷扫荡胡尘，定鼎金陵，是为南京。到永乐爷从北平起兵靖难，迁于燕都，是为北京。只因这一迁，把个苦寒地面变作花锦世界。自永乐爷九传至于万历爷，此乃我朝第十一代的天子。这位天子，聪明神武，德福兼全，十岁登基，在位四十八年，削平了三处寇乱。那三处？

日本关白①平秀吉，西夏哱承恩，播州杨应龙。

平秀吉侵犯朝鲜，哱承恩、杨应龙是土官谋叛，先后削平。远夷莫不畏服，争来朝贡。真个是：

一人有庆民安乐，四海无虞国太平。

话中单表万历二十年间，日本国关白作乱，侵犯朝鲜。朝鲜国王上表告急，天朝发兵泛海往救。有户部官奏准：目今兵兴之际，粮饷未充，暂开纳粟入监之例。原来纳粟入监的，有几般便宜：好读书，好科举，好中，结末来又有个小小前程结果。以此宦家公子、富室子弟，到不愿做秀才，都去援例做太学生。自开了这例，两京太学生各添至千人之外。内中有一人，姓李名甲，字子先，浙江绍兴府人氏。父亲李布政所生三儿，惟甲居长，自幼读书在庠，未得登科，援例入于北雍。因在京坐监，与同乡柳遇春监生同游教坊司院内，与一个名姬相遇。那名姬姓杜名媺②，排行第十，院中都称为杜十娘，生得：

浑身雅艳，遍体娇香，两弯眉画远山青，一对眼明秋水润。脸如莲萼，分明卓氏文君；唇似樱桃，何减白家樊素。可怜一片无瑕玉，误落风尘花柳中。

那杜十娘自十三岁破瓜，今一十九岁，七年之内，不知历过了多少公子王孙。一个个情迷意荡，破家荡产而不惜。院中传出四句口号来，道是：

坐中若有杜十娘，斗筲之量饮千觞。

院中若识杜老媺，千家粉面都如鬼。

却说李公子风流年少，未逢美色，自遇了杜十娘，喜出望外，把花柳情

---

① 关白——日本国最高级的大臣。

② 媺（měi）。

怀,一担儿挑在他身上。那公子俊俏庞儿,温存性儿,又是撒漫的手儿,帮衬的勤儿,与十娘一双两好,情投意合。十娘因见鸨儿贪财无义,久有从良之志,又见李公子忠厚志诚,甚有心向他。奈李公子惧怕老爷,不敢应承。虽则如此,两下情好愈密,朝欢暮乐,终日相守,如夫妇一般。海誓山盟,各无他志。真个:

恩深似海恩无底,义重如山义更高。

再说杜妈妈,女儿被李公子占住,别的富家巨室,闻名上门,求一见而不可得。初时李公子撒漫用钱,大差大使,妈妈胁肩谄笑,奉承不暇。日往月来,不觉一年有余,李公子囊箧渐渐空虚,手不应心,妈妈也就怠慢了。老布政在家闻知儿子嫖院,几遍写字来唤他回去。他迷恋十娘颜色,终日延捱。后来闻知老爷在家发怒,越不敢回。古人云:"以利相交者,利尽而疏。"那杜十娘与李公子真情相好,见他手头愈短,心头愈热。妈妈也几遍教女儿打发李甲出院,见女儿不统口,又几遍将言语触突李公子,要激怒他起身。公子性本温克,词气愈和。妈妈没奈何,日逐只将十娘叱骂道:"我们行户人家,吃客穿客,前门送旧,后门迎新,门庭闹如火,钱帛堆成垛。自从那李甲在此,混帐一年有余,莫说新客,连旧主顾都断了。分明接了个锺馗老,连小鬼也没得上门,弄得老娘一家人家,有气无烟,成什么模样!"

杜十娘被骂,耐性不住,便回答道:"那李公子不是空手上门的,也曾费过大钱来。"妈妈道:"彼一时,此一时,你只教他今日费些小钱儿,把与老娘办些柴米,养你两口也好。别人家养的女儿便是摇钱树,千生万活,偏我家晦气,养了个退财白虎!开了大门七件事,般般都在老身心上。到替你这个小贱人白白养着穷汉,教我衣食从何处来?你对那穷汉说:有本事出几两银子与我,到得你跟了他去,我别讨个丫头过活却不好?"十娘道:"妈妈,这话是真是假?"妈妈晓得李甲囊无一钱,衣衫都典尽了,料他没处设法,便应道:"老娘从不说谎,当真哩。"十娘道:"娘,你要他许多银子?"妈妈道:"若是别人,千把银子也讨了。可怜穷汉出不起,只要他三百两,我自去讨一个粉头代替。只一件,须是三日内交付与我,左手交银,右手交人。若三日没有银时,老身也不管三七二十一,公子不公子,一顿孤拐,打那光棍出去。那时莫怪老身!"十娘道:"公子虽在客边乏钞,谅三百金还措办得来。只是三日忒近,限他十日便好。"妈妈想道:"这穷汉一双赤手，便限他一百日，他那里来银子？没有银子，便铁皮包脸，料也无颜上门。那时重整家风，孋儿也没得话讲。”答应道：“看你面，便宽到十日。第十日没有银子，不干老娘之事。”十娘道：“若十日内无银，料他也无颜再见了。只怕有了三百两银子，妈妈又翻悔起来。”妈妈道：“老身年五十一岁了，又奉十斋，怎敢说谎？不信时与你拍掌为定。若翻悔时，做猪做狗！”

从来海水斗难量，可笑虔婆意不良。

料定穷儒囊底竭，故将财礼难娇娘。

是夜，十娘与公子在枕边，议及终身之事。公子道：“我非无此心。但教坊落籍，其费甚多，非千金不可。我囊空如洗，如之奈何！”十娘道：“妾已与妈妈议定只要三百金，但须十日内措办。郎君游资虽罄①，然都中岂无亲友可以借贷？倘得如数，妾身遂为君之所有，省受虔婆之气。”公子道：“亲友中为我留恋行院，都不相顾。明日只做束装起身，各家告辞，就开口假贷路费，凑聚将来，或可满得此数。”起身梳洗，别了十娘出门。十娘道：“用心作速，专听佳音。”公子道：“不须分付。”

公子出了院门，来到三亲四友处，假说起身告别，众人到也欢喜。后来叙到路费欠缺，意欲借贷。常言道：“说着钱，便无缘。”亲友们就不招架。他们也见得是，道李公子是风流浪子，迷恋烟花，年许不归，父亲都为他气坏在家。他今日陡然要回，未知真假，倘或说骗盘缠到手，又去还脂粉钱，父亲知道，将好意翻成恶意，始终只是一怪，不如辞了干净。便回道：“目今正值空乏，不能相济，惭愧，惭愧！”人人如此，个个皆然，并没有个慷慨丈夫，肯统口许他一十二两。李公子一连奔走了三日，分毫无获，又不敢回决十娘，权且含糊答应。到第四日又没想头，就羞回院中。平日间有了杜家，连下处也没有了，今日就无处投宿。只得往同乡柳监生寓所借歇。

柳遇春见公子愁容可掬，问其来历。公子将杜十娘愿嫁之情，备细说了。遇春摇首道：“未必，未必。那杜孋曲中第一名姬，要从良时，怕没有十斛明珠，千金聘礼。那鸨儿如何只要三百两？想鸨儿怪你无钱使用，白白占住他的女儿，设计打发你出门。那妇人与你相处已久，又碍却面皮，

① 罄(qìng)——尽，空。

不好明言。明知你手内空虚,故意将三百两卖个人情,限你十日;若十日没有,你也不好上门。便上门时,他会说你笑你,落得一场亵渎,自然安身不牢,此乃烟花逐客之计。足下三思,休被其惑。据弟愚意,不如早早开交为上。”公子听说,半晌无言,心中疑惑不定。遇春又道:“足下莫要错了主意。你若真个还乡,不多几两盘费,还有人搭救;若是要三百两时,莫说十日,就是十个月也难。如今的世情,那肯顾缓急二字的!那烟花也算定你没处告债,故意设法难你。”公子道:“仁兄所见良是。”口里虽如此说,心中割舍不下。依旧又往外边东央西告,只是夜里不进院门了。

公子在柳监生寓中,一连住了三日,共是六日了。杜十娘连日不见公子进院,十分着紧,就教小厮四儿街上去寻。四儿寻到大街,恰好遇见公子。四儿叫道:“李姐夫,娘在家里望你。”公子自觉无颜,回复道:“今日不得功夫,明日来罢。”四儿奉了十娘之命,一把扯住,死也不放,道:“娘叫咱寻你,是必同去走一遭。”李公子心上也牵挂着婊子,没奈何,只得随四儿进院,见了十娘,默默无言。十娘问道:“所谋之事如何?”公子眼中流下泪来。十娘道:“莫非人情淡薄,不能足三百之数么?”公子含泪而言,道出二句:

“不信上山擒虎易,果然开口告人难。

一连奔走六日,并无铢两,一双空手,羞见芳卿,故此这几日不敢进院。今日承命呼唤,忍耻而来。非某不用心,实是世情如此。”十娘道:“此言休使虔婆知道。郎君今夜且住,妾别有商议。”十娘自备酒肴,与公子欢饮。睡至半夜,十娘对公子道:“郎君果不能办一钱耶?妾终身之事,当如何也?”公子只是流涕,不能答一语。渐渐五更天晓。十娘道:“妾所卧絮褥内藏有碎银一百五十两,此妾私蓄,郎君可持去。三百金,妾任其半,郎君亦谋其半,庶易为力。限只四日,万勿迟误!”十娘起身将褥付公子,公子惊喜过望。唤童儿持褥而去。径到柳遇春寓中,又把夜来之情与遇春说了。将褥拆开看时,絮中都裹着零碎银子,取出兑时果是一百五十两。遇春大惊道:“此妇真有心人也。既系真情,不可相负,吾当代为足下谋之。”公子道:“倘得玉成,决不有负。”当下柳遇春留李公子在寓,自出头各处去借贷。两日之内,凑足一百五十两交付公子道:“吾代为足下告债,非为足下,实怜杜十娘之情也。”

李甲拿了三百两银子,喜从天降,笑逐颜开,欣欣然来见十娘,刚是第九日，还不足十日。十娘问道："前日分毫难借，今日如何就有一百五十两？"公子将柳监生事情，又述了一遍。十娘以手加额道："使吾二人得遂其愿者，柳君之力也！"两个欢天喜地，又在院中过了一晚。

次日十娘早起，对李甲道："此银一交，便当随郎君去矣。舟车之类，合当预备。妾昨日于姊妹中借得白银二十两，郎君可收下为行资也。"公子正愁路费无出，但不敢开口，得银甚喜。说犹未了，鸨儿恰来敲门叫道："媺儿，今日是第十日了。"公子闻叫，启户相延道："承妈妈厚意，正欲相请。"便将银三百两放在桌上。鸨儿不料公子有银，默然变色，似有悔意。十娘道："儿在妈妈家中八年，所致金帛，不下数千金矣。今日从良美事，又妈妈亲口所订，三百金不欠分毫，又不曾过期，倘若妈妈失信不许，郎君持银去，儿即刻自尽。恐那时人财两失，悔之无及也。"鸨儿无词以对。腹内筹画了半晌，只得取天平兑准了银子，说道："事已如此，料留你不住了。只是你要去时，即今就去。平时穿戴衣饰之类，毫厘休想！"说罢，将公子和十娘推出房门，讨锁来就落了锁。此时九月天气。十娘才下床，尚未梳洗，随身旧衣，就拜了妈妈两拜。李公子也作了一揖。一夫一妇，离了虔婆大门：

鲤鱼脱却金钩去，摆尾摇头再不来。

公子教十娘且住片时："我去唤个小轿抬你，权往柳荣卿寓所去，再作道理。"十娘道："院中诸姊妹平昔相厚，理宜话别。况前日又承他借贷路费，不可不一谢也。"乃同公子到各姊妹处谢别。姊妹中惟谢月朗、徐素素与杜家相近，尤与十娘亲厚。十娘先到谢月朗家。月朗见十娘秃髻旧衫，惊问其故。十娘备述来因，又引李甲相见。十娘指月朗道："前日路资，是此位姐姐所贷，郎君可致谢。"李甲连连作揖。月朗便教十娘梳洗，一面去请徐素素来家相会。十娘梳洗已毕，谢、徐二美人各出所有，翠钿金钏，瑶簪宝珥，锦袖花裙，鸾带绣履，把杜十娘装扮得焕然一新，备酒作庆贺筵席。月朗让卧房与李甲、杜媺二人过宿。次日，又大排筵席，遍请院中姊妹。凡十娘相厚者，无不毕集，都与他夫妇把盏称喜。吹弹歌舞，各逞其长，务要尽欢，直饮至夜分。十娘向众姊妹一一称谢。众姊妹道："十姊为风流领袖，今从郎君去，我等相见无日。何日长行，姊妹们尚当奉送。"月朗道："候有定期，小妹当来相报。但阿姊千里间关，同郎君远去，囊箧萧条，曾无约束，此乃吾等之事。当相与共谋之，勿令姊有穷途之虑也。”众姊妹各唯唯而散。

是晚,公子和十娘仍宿谢家。至五鼓,十娘对公子道:“吾等此去,何处安身?郎君亦曾计议有定着否?”公子道:“老父盛怒之下,若知娶妓而归,必然加以不堪,反致相累。辗转寻思,尚未有万全之策。”十娘道:“父子天性,岂能终绝?既然仓卒难犯,不若与郎君于苏、杭胜地,权作浮居。郎君先回,求亲友于尊大人面前劝解和顺,然后携妾于归,彼此安妥。”公子道:“此言甚当。”次日,二人起身辞了谢月朗,暂往柳监生寓中,整顿行装。杜十娘见了柳遇春,倒身下拜,谢其周全之德:“异日我夫妇必当重报。”遇春慌忙答礼道:“十娘钟情所欢,不以贫窭①易心,此乃女中豪杰。仆因风吹火,谅区区何足挂齿!”三人又饮了一日酒。次早,择了出行吉日,雇倩②轿马停当。十娘又遣童儿寄信,别谢月朗。临行之际,只见肩舆纷纷而至,乃谢月朗与徐素素拉众姊妹来送行。月朗道:“十姊从郎君千里间关,囊中消索,吾等甚不能忘情。今合具薄赆③,十姊可检收,或长途空乏,亦可少助。”说罢,命从人挈一描金文具至前,封锁甚固,正不知什么东西在里面。十娘也不开看,也不推辞,但殷勤作谢而已。须臾,舆马齐集,仆夫催促起身。柳监生三杯别酒,和众美人送出崇文门外,各各垂泪而别。正是:

他日重逢难预必,此时分手最堪怜。

再说李公子同杜十娘行至潞河,舍陆从舟。却好有瓜州差使船转回之便,讲定船钱,包了舱口。比及下船时,李公子囊中并无分文余剩。你道杜十娘把二十两银子与公子,如何就没了?公子在院中嫖得衣衫褴褛,银子到手,未免在解库中取赎几件穿着,又制办了铺盖,剩来只够轿马之费。公子正当愁闷,十娘道:“郎君勿忧,众姊妹合赠,必有所济。”乃取钥开箱。公子在旁自觉惭愧,也不敢窥觑箱中虚实。只见十娘在箱里取出一个红绢袋来,掷于桌上道:“郎君可开看之。”公子提在手中,觉得沉重,启而观之,皆是白银,计数整五十两。十娘仍将箱子下锁,亦不言箱中更有何物。但对公子道:“承众姊妹高情,不惟途路不乏,即他日浮寓吴、越

① 窭(jù)——贫穷。

② 倩——同请。

③ 赆(jìn)——赠送给远行人的财物。

间,亦可稍佐吾夫妻山水之费矣。”公子且惊且喜道:“若不遇恩卿,我李甲流落他乡,死无葬身之地矣。此情此德,白头不敢忘也!”自此每谈及往事,公子必感激流涕,十娘亦曲意抚慰。一路无话。

不一日,行至瓜州,大船停泊岸口,公子别雇了民船,安放行李。约明日清晨,剪江而渡。其时仲冬中旬,月明如水,公子和十娘坐于舟首。公子道:“自出都门,困守一舱之中,四顾有人,未得畅语。今日独居一舟,更无避忌。且已离塞北,初近江南,宜开怀畅饮,以舒向来抑郁之气。恩卿以为何如?”十娘道:“妾久疏谈笑,亦有此心,郎君言及,足见同志耳。”公子乃携酒具于船首,与十娘铺毡并坐,传杯交盏。饮至半酣,公子执卮①对十娘道:“恩卿妙音,六院②推首。某相遇之初,每闻绝调,辄不禁神魂之飞动。心事多违,彼此郁郁,鸾鸣凤奏,久矣不闻。今清江明月,深夜无人,肯为我一歌否?”十娘兴亦勃发,遂开喉顿嗓,取扇按拍,呜呜咽咽,歌出元人施君美《拜月亭》杂剧上“状元执盏与婵娟”一曲,名《小桃红》。真个:

声飞霄汉云皆驻,响入深泉鱼出游。

却说他舟有一个少年,姓孙名富,字善赍,徽州新安人氏。家资巨万,积祖扬州种盐③。年方二十,也是南雍中朋友。生性风流,惯向青楼买笑,红粉追欢,若嘲风弄月,到是个轻薄的头儿。事有偶然,其夜亦泊舟瓜州渡口,独酌无聊,忽听得歌声嘹亮,凤吟鸾吹,不足喻其美。起立船头,伫听半晌,方知声出邻舟。正欲相访,音响倏已寂然,乃遣仆者潜窥踪迹,访于舟人。但晓得是李相公雇的船,并不知歌者来历。孙富想道:“此歌者必非良家,怎生得他一见?”展转寻思,通宵不寐。捱至五更,忽闻江风大作。及晓,彤云密布,狂雪飞舞。怎见得,有诗为证:

千山云树灭,万径人踪绝。

扁舟蓑笠翁,独钓寒江雪。

因这风雪阻渡,舟不得开。孙富命艄公移船,泊于李家舟之旁。孙富貂帽狐裘,推窗假作看雪。值十娘梳洗方毕,纤纤玉手揭起舟旁短帘,自泼盂

---

① 卮(zhī)——古代的一种盛酒器。

② 六院——妓院的代称。

③ 种盐——做盐商。

中残水。粉容微露,却被孙富窥见了,果是国色天香。魂摇心荡,迎眸注目,等候再见一面,杳不可得。沉思之久,乃倚窗高吟高学士《梅花诗》二句,道:

雪满山中高士卧,月明林下美人来。

李甲听得邻舟吟诗,舒头出舱,看是何人。只因这一看,正中了孙富之计。孙富吟诗,正要引李公子出头,他好乘机攀话。当下慌忙举手,就问:"老兄尊姓何讳?"李公子叙了姓名乡贯,少不得也问那孙富。孙富也叙过了。又叙了些太学中的闲话,渐渐亲熟。孙富便道:"风雪阻舟,乃天遣与尊兄相会,实小弟之幸也。舟次无聊,欲同尊兄上岸,就酒肆中一酌,少领清诲,万望不拒。"公子道:"萍水相逢,何当厚扰?"孙富道:"说那里话!'四海之内,皆兄弟也'。喝教艄公打跳,童儿张伞,迎接公子过船,就于船头作揖。然后让公子先行,自己随后,各各登跳上涯。

行不数步,就有个酒楼。二人上楼,拣一副洁净座头,靠窗而坐。酒保列上酒肴。孙富举杯相劝,二人赏雪饮酒。先说些斯文中套话,渐渐引入花柳之事,二人都是过来之人,志同道合,说得入港,一发成相知了。孙富屏去左右,低低问道:"昨夜尊舟清歌者,何人也?"李甲正要卖弄在行,遂实说道:"此乃北京名姬杜十娘也。"孙富道:"既系曲中姊妹,何以归兄?"公子遂将初遇杜十娘,如何相好,后来如何要嫁,如何借银讨他,始末根由,备细述了一遍。孙富道:"兄携丽人而归,固是快事,但不知尊府中能相容否?"公子道:"贱室不足虑,所虑者老父性严,尚费踌躇耳!"孙富将计就计,便问道:"既是尊大人未必相容,兄所携丽人,何处安顿?亦曾通知丽人,共作计较否?"公子攒眉而答道:"此事曾与小妾议之。"孙富欣然问道:"尊宠必有妙策。"公子道:"他意欲侨居苏杭,流连山水。使小弟先回,求亲友宛转于家君之前,俟家君回嗔作喜,然后图归。高明以为何如?"孙富沉吟半晌,故作愀然之色,道:"小弟乍会之间,交浅言深,诚恐见怪。"公子道:"正赖高明指教,何必谦逊?"孙富道:"尊大人位居方面,必严帷薄①之嫌,平时既怪兄游非礼之地,今日岂容兄娶不节之人?况且贤亲贵友,谁不迎合尊大人之意者?兄枉去求他,必然相拒。就有个不识时务的进言于尊大人之前,见尊大人意思不允,他就转口了。兄进不

① 帷薄——帷即幕,薄即帘子,指有关家室内部的事情。

能和睦家庭,退无词以回复尊宠。即使留连山水,亦非长久之计。万一资斧困竭,岂不进退两难!"

公子自知手中只有五十金,此时费去大半,说到资斧困竭,进退两难,不觉点头道是。孙富又道:"小弟还有句心腹之谈,兄肯俯听否?"公子道:"承兄过爱,更求尽言。"孙富道:"疏不间亲,还是莫说罢。"公子道:"但说何妨!"孙富道:"自古道:'妇人水性无常。'况烟花之辈,少真多假。他既系六院名姝,相识定满天下;或者南边原有旧约,借兄之力,挈带而来,以为他适之地。"公子道:"这个恐未必然。"孙富道:"既不然,江南子弟,最工轻薄。兄留丽人独居,难保无逾墙钻穴之事。若挈之同归,愈增尊大人之怒。为兄之计,未有善策。况父子天伦,必不可绝。若为妾而触父,因妓而弃家,海内必以兄为浮浪不经之人。异日妻不以为夫,弟不以为兄,同袍不以为友,兄何以立于天地之间?兄今日不可不熟思也!"

公子闻言,茫然自失,移席问计:"据高明之见,何以教我?"孙富道:"仆有一计,于兄甚便。只恐兄溺枕席之爱,未必能行,使仆空费词说耳!"公子道:"兄诚有良策,使弟再睹家园之乐,乃弟之恩人也。又何惮而不言耶?"孙富道:"兄飘零岁余,严亲怀怒,闺阁离心。设身以处兄之地,诚寝食不安之时也。然尊大人所以怒兄者,不过为迷花恋柳,挥金如土,异日必为弃家荡产之人,不堪承继家业耳!兄今日空手而归,正触其怒。兄倘能割衽席之爱,见机而作,仆愿以千金相赠。兄得千金以报尊大人,只说在京授馆①,并不曾浪费分毫,尊大人必然相信。从此家庭和睦,当无间言。须臾之间,转祸为福。兄请三思,仆非贪丽人之色,实为兄效忠于万一也!"李甲原是没主意的人,本心惧怕老子,被孙富一席话,说透胸中之疑,起身作揖道:"闻兄大教,顿开茅塞。但小妾千里相从,义难顿绝,容归与商之。得其心肯,当奉复耳。"孙富道:"说话之间,宜放婉曲。彼既忠心为兄,必不忍使兄父子分离,定然玉成兄还乡之事矣。"二人饮了一回酒,风停雪止,天色已晚。孙富教家僮算还了酒钱,与公子携手下船。正是:

逢人且说三分话,未可全抛一片心。

却说杜十娘在舟中,摆设酒果,欲与公子小酌,竟日未回,挑灯以待。

---

① 授馆——做塾师。

公子下船，十娘起迎。见公子颜色匆匆，似有不乐之意，乃满斟热酒劝之。公子摇首不饮，一言不发，竟自床上睡了。十娘心中不悦，乃收拾杯盘为公子解衣就枕，问道："今日有何见闻，而怀抱郁郁如此？"公子叹息而已，终不启口。问了三四次，公子已睡去了。十娘委决不下，坐于床头而不能寐。到夜半，公子醒来，又叹一口气。十娘道："郎君有何难言之事，频频叹息？"公子拥被而起，欲言不语者几次，扑簌簌掉下泪来。十娘抱持公子于怀间，软言抚慰道："妾与郎君情好，已及二载，千辛万苦，历尽艰难，得有今日。然相从数千里，未曾哀戚。今将渡江，方图百年欢笑，如何反起悲伤？必有其故。夫妇之间，死生相共，有事尽可商量，万勿讳也。"

公子再四被逼不过，只得含泪而言道："仆天涯穷困，蒙恩卿不弃，委曲相从，诚乃莫大之德也。但反复思之，老父位居方面，拘于礼法，况素性方严，恐添嗔怒，必加黜逐。你我流荡，将何底止？夫妇之欢难保，父子之伦又绝。日间蒙新安孙友邀饮，为我筹及此事，寸心如割！"十娘大惊道："郎君意将如何？"公子道："仆事内之人，当局而迷。孙友为我画一计颇善，但恐恩卿不从耳！"十娘道："孙友者何人？计如果善，何不可从？"公子道："孙友名富，新安盐商，少年风流之士也。夜间闻子清歌，因而问及。仆告以来历，并谈及难归之故，渠①意欲以千金聘汝。我得千金，可借口以见吾父母，而恩卿亦得所耳。但情不能舍，是以悲泣。"说罢，泪如雨下。

十娘放开两手，冷笑一声道："为郎君画此计者，此人乃大英雄也！郎君千金之资既得恢复，而妾归他姓，又不致为行李之累，发乎情，止乎礼，诚两便之策也。那千金在那里？"公子收泪道："未得恩卿之诺，金尚留彼处，未曾过手。"十娘道："明早快快应承了他，不可错过机会。但千金重事，须得兑足交付郎君之手，妾始过舟，勿为贾竖子所欺。"时已四鼓，十娘即起身挑灯梳洗道："今日之妆，乃迎新送旧，非比寻常。"于是脂粉香泽，用意修饰，花钿绣袄，极其华艳，香风拂拂，光采照人。装束方完，天色已晓。

孙富差家童到船头候信。十娘微窥公子，欣欣似有喜色，乃催公子快去回话，及早兑足银子。公子亲到孙富船中，回复依允。孙富道："兑银

---

① 渠——他。

易事,须得丽人妆台为信。”公子又回复了十娘,十娘即指描金文具道:“可便抬去。”孙富喜甚。即将白银一千两,送到公子船中。十娘亲自检看,足色足数,分毫无爽,乃手把船舷,以手招孙富。孙富一见,魂不附体。十娘启朱唇,开皓齿道:“方才箱子可暂发来,内有李郎路引①一纸,可检还之也。”孙富视十娘已为瓮中之鳖,即命家童送那描金文具,安放船头之上。十娘取钥开锁,内皆抽替小箱。十娘叫公子抽第一层来看,只见翠羽明珰,瑶簪宝珥,充牣②于中,约值数百金。十娘遽投之江中。李甲与孙富及两船之人,无不惊诧。又命公子再抽一箱,乃玉箫金管;又抽一箱,尽古玉紫金玩器,约值数千金。十娘尽投之于大江中。岸上之人,观者如堵。齐声道:“可惜,可惜!”正不知什么缘故。最后又抽一箱,箱中复有一匣。开匣视之,夜明之珠约有盈把。其他祖母绿、猫儿眼,诸般异宝,目所未睹,莫能定其价之多少。众人齐声喝采,喧声如雷。十娘又欲投之于江。李甲不觉大悔,抱持十娘恸哭,那孙富也来劝解。

十娘推开公子在一边,向孙富骂道:“我与李郎备尝艰苦,不是容易到此。汝以奸淫之意,巧为谗说,一旦破人姻缘,断人恩爱,乃我之仇人。我死而有知,必当诉之神明,尚妄想枕席之欢乎!”又对李甲道:“妾风尘数年,私有所积,本为终身之计。自遇郎君,山盟海誓,白首不渝。前出都之际,假托众姊妹相赠,箱中韫藏百宝,不下万金。将润色郎君之装,归见父母,或怜妾有心,收佐中馈,得终委托,生死无憾。谁知郎君相信不深,惑于浮议,中道见弃,负妾一片真心。今日当众目之前,开箱出视,使郎君知区区千金,未为难事。妾椟中有玉,恨郎眼内无珠。命之不辰,风尘困瘁,甫得脱离,又遭弃捐。今众人各有耳目,共作证明,妾不负郎君,郎君自负妾耳!”于是众人聚观者,无不流涕,都唾骂李公子负心薄幸。公子又羞又苦,且悔且泣,方欲向十娘谢罪。十娘抱持宝匣,向江心一跳。众人急呼捞救,但见云暗江心,波涛滚滚,杳无踪影。可惜一个如花似玉的名姬,一旦葬于江鱼之腹!

三魂渺渺归水府,七魄悠悠入冥途。

当时旁观之人,皆咬牙切齿,争欲拳殴李甲和那孙富。慌得李、孙二

---

① 路引——路条,一种简便的通行凭证。

② 牣(rèn)——充满。

人手足无措，急叫开船，分途遁去。李甲在舟中，看了千金，转忆十娘，终日愧悔，郁成狂疾，终身不痊。孙富自那日受惊，得病卧床月余，终日见杜十娘在旁诟骂，奄奄而逝。人以为江中之报也。

却说柳遇春在京坐监完满，束装回乡，停舟瓜步。偶临江净脸，失坠铜盆于水，觅渔人打捞。及至捞起，乃是个小匣儿。遇春启匣观看，内皆明珠异宝，无价之珍。遇春厚赏渔人，留于床头把玩。是夜梦见江中一女子，凌波而来，视之，乃杜十娘也。近前万福，诉以李郎薄幸之事，又道："向承君家慷慨，以一百五十金相助。本意息肩之后，徐图报答，不意事无终始。然每怀盛情，悒悒未忘。早间曾以小匣托渔人奉致，聊表寸心，从此不复相见矣。"言讫，猛然惊醒，方知十娘已死，叹息累日。

后人评论此事，以为孙富谋夺美色，轻掷千金，固非良士；李甲不识杜十娘一片苦心，碌碌蠢才，无足道者。独谓十娘千古女侠，岂不能觅一佳侣，共跨秦楼之凤，乃错认李公子。明珠美玉，投于盲人，以致恩变为仇，万种恩情，化为流水，深可惜也！有诗叹云：

不会风流莫妄谈，单单情字费人参。
若将情字能参透，唤作风流也不惭。

第三十三卷　乔彦杰一妾破家

世事纷纷难诉陈，知机端不误终身。
若论破国亡家者，尽是贪花恋色人。

话说大宋仁宗皇帝明道元年，这浙江路宁海军，即今杭州是也。在城众安桥北首观音庵相近，有一个商人姓乔名俊，字彦杰，祖贯钱塘人。自幼年丧父母，长而魁伟雄壮，好色贪淫。娶妻高氏，各年四十岁，夫妻不生得男子，止生一女，年一十八岁，小字玉秀。至亲三口儿，止有一仆人，唤作赛儿。这乔俊看来有三五万贯资本，专一在长安崇德收丝，往东京卖了，贩枣子胡桃杂货回家来卖，一年有半年不在家。门首①交赛儿开张酒

① 门首——门口。

店，雇一个酒大工①叫做洪三，在家造酒。其妻高氏，掌管日逐出进钱钞一应事务，不在话下。

明道二年春间，乔俊在东京卖丝已了，买了胡桃枣子等货，船到南京上新河泊，正要行船，因风阻了。一住三日，风大，开船不得。忽见邻船上有一美妇，生得肌肤似雪，髻挽乌云。乔俊一见，心甚爱之。乃访问艄工道："你船中是甚么客人？缘何有宅眷在内？"艄工答道："是建康府周巡检病故，今家小扶灵柩回山东去。这年小的妇人，乃是巡检的小娘子。官人问他做甚？"乔俊道："艄工，你与我问巡检夫人，若肯将此妾与人，我情愿多与他些财礼，讨此妇为妾。说得这事成了，我把五两银子谢你。"艄工遂乃下船舱里去说这亲事。言无数句，话不一席，有分教这乔俊娶这个妇人为妾，直使得：

一家人口因他丧，万贯家资指日休。

当下艄工下船舱问老夫人道："小人告夫人：跟前这个小娘子，肯嫁与人么？"老夫人道："你有甚好头脑说他？若有人要娶他，就应承罢，只要一千贯文财礼。"艄工便说："邻船上有一贩枣子客人，要娶一个二娘子，特命小人来与夫人说知。"夫人便应承了。艄工回覆乔俊说："夫人肯与你了，要一千贯文财礼哩！"乔俊听说大喜，即便开箱，取出一千贯文，便教艄工送过夫人船上去。夫人接了，说与艄工，教请乔俊过船来相见。乔俊换了衣服，径过船来拜见夫人。夫人问明白了乡贯姓氏，就叫侍妾近前分付道："相公已死，家中儿子利害。我今做主，将你嫁与这个官人为妾，即今便过乔官人船上去，宁海郡大码头去处，快活过了生世，你可小心伏侍，不可托大②！"这妇人与乔俊拜辞了老夫人，夫人与他一个衣箱物件之类，却送过船去。乔俊取五两银子谢了艄工，心中十分欢喜，乃问妇人："你的名字叫做甚么？"妇人乃言："我叫作春香，年二十五岁。"当晚就舟中与春香同铺而睡。

次日天晴，风息浪平，大小船只一齐都开。乔俊也行了五六日，早到北新关，歇船上岸，叫一乘轿子抬了春香，自随着径入武林门里。来到自家门首下了轿，打发轿子去了。乔俊引春香入家中来。自先走入里面去

① 大工——师傅。

② 托大——大意，马虎。

与高氏相见，说知此事，出来引春香入去参见。高氏见了春香，焦躁起来，说："丈夫，你既娶来了，我难以推故。你只依我两件事，我便容你。"乔俊道："你且说那两件事？"高氏启口说出，直教乔俊有家难奔，有国难投。正是：

妇人之语不宜听，割户分门坏五伦。

勿信妻言行大道，世间男子几多人？

当下高氏说与丈夫："你今已娶来家，我说也自枉然了。只是要你与他别住，不许放在家里！"乔俊听得说："这个容易，我自赁房屋一间与他另住。"高氏又说："自从今日为始，我再不与你做一处。家中钱本什物、首饰衣服，我自与女儿两个受用，不许你来讨。一应官司门户等事，你自教贱婢支持，莫再来缠我。你依得么？"乔俊沉吟了半晌，心里道："欲待不依，又难过日子。罢罢！"乃言："都依你。"高氏不语。次日早起去搬货物行李回家，就央人赁房一间，在铜钱局前——今对贡院是也。拣个吉日，乔俊带了周氏，点家火一应什物完备，搬将过去。住了三朝两日，归家走一次。

光阴似箭，日月如梭，不觉半年有余。乔俊刮取人头①账目及私房银两，还够做本钱。收丝已完，打点家中柴火之类，分付周氏："你可耐静，我出去多只两月便回。如有急事，可回去大娘家里说知。"道罢，径到家里说与高氏："我明日起身去后，多只两月便回。倘有事故，你可照管周氏，看夫妻之面！"女儿道："爹爹早回！"别了妻女，又来新住处打点明早起程。此时是九月间，出门搭船，登途去了。

一去两个月，周氏在家终日倚门而望，不见丈夫回来。看看又是冬景至了。其年大冷。忽一日晚彤云密布，纷纷扬扬，下一天大雪。高氏在家思忖，丈夫一去，因何至冬时节，只管不回？这周氏寒冷，赛儿又病重，起身不得；乃叫洪三将些柴米炭火钱物，送与周氏。周氏见雪下得大，闭门在家哭泣。听得敲门，只道是丈夫回来，慌忙开门，见了洪大工挑了东西进门。周氏乃问大工："大娘大姐一向好么？"大工答道："大娘见大官人不回，记挂你无盘缠，教我送柴米钱钞与你用。"周氏见说，回言："大工，你回家去，多多拜上大娘大姐！"大工别了，自回家去。

① 人头——人面上的。

次日午牌时分,周氏门首又有人敲门。周氏道:“这等大雪,又是何人敲门?”只因这人来,有分教周氏再不能与乔俊团圆。正是:

闭门屋里坐,祸从天上来。

当日雪下得越大,周氏在房中向火。忽听得有人敲门,起身开门看时,见一人头戴破头巾,身穿旧衣服。便问周氏道:“嫂子,乔俊在家么?”周氏答道:“自从九月出门,还未回哩。”那人说:“我是他里长。今来差乔俊去海宁砌江塘,做夫十日,歇二十日,又做十日。他既不在家,我替你们寻个人,你出钱雇他去做工。”周氏答道:“既如此,只凭你教人替了,我自还你工钱。”里长相别出门。次日饭后,领一个后生,年约二十岁,与周氏相见。里长说与周氏:“此人是上海县人,姓董名小二,自幼他父母俱丧。如今专靠与人家做工过日,每年只要你三五百贯钱,冬夏做些衣服与他穿。我看你家里又无人,可雇他在家走动也好。”周氏见说,心中欢喜道:“委实我家无人走动。看这人,想也是个良善本分的,工钱便依你罢了。”当下遂谢了里长,留在家里。至次日,里长来叫去海宁做夫,周氏取些钱钞与小二,跟着里长去了十日,回来。这小二在家里小心谨慎,烧香扫地,件件当心。

且说乔俊在东京卖丝,与一个上厅行首①沈瑞莲来往,倒身在他家使钱,因此留恋在彼。全不管家中妻妾,只恋花门柳户,逍遥快乐。那知家里赛儿病了两个余月,死了。高氏叫洪三买具棺木,扛出城外化人场②烧了。高氏立性贞洁,自在门前卖酒,无有半点狂心。不想周氏自从安了董小二在家,倒有心看上他。有时做夫回来,热羹热饭搬与他吃。小二见他家无人,勤谨做活。周氏时常眉来眼去的勾引他。这小二也有心,只是不敢上前。

一日正是十二月三十日夜,周氏叫小二去买些酒果鱼肉之类过年。到晚,周氏叫小二关了大门,去灶上荡一注子酒,切些肉做一盘,安排火盆,点上了灯,就摆在房内床面前桌儿上。小二在灶前烧火,周氏轻轻的叫道:“小二,你来房里来,将些东西去吃!”小二千不合万不合走入房内,有分教小二死无葬身之地。正是:

---

① 行首——妓女的领班。

② 化人场——火葬场。

僮仆人家不可无，岂知撞了不良徒。

分明一段跷蹊事，瞒着堂堂大丈夫。

此时周氏叫小二到床前，便道："小二，你来你来，我和你吃两杯酒，今夜你就在我房里睡罢。"小二道："不敢！"周氏骂了两三声"蛮子"，双手把小二抱到床边，挨肩而坐。便将小二扯过怀中，解开主腰儿，教他摸胸前麻团也似白奶。小二淫心荡漾，便将周氏脸搂过来，将舌尖儿度在周氏口内，任意快乐。周氏将酒筛下，两个吃一个交杯酒，两人合吃五六杯。周氏道："你在外头歇，我在房内也是自歇，寒冷难熬。你今无福，不依我的口。"小二跪下道："感承娘子有心，小人亦有意多时了，只是不敢说。今日娘子抬举小人，此恩杀身难报。"二人说罢，解衣脱带，就做了夫妻。一夜快乐，不必说了。天明，小二先起来烧汤洗碗做饭，周氏方起，梳妆洗面罢，吃饭。正是：

少女少郎，情色相当。

却如夫妻一般在家过活，左右邻舍皆知此事，无人闲管。

却说高氏因无人照管门前酒店，忽一日，听得闲人说："周氏与小二通奸。"且信且疑，放心不下。因此教洪大工去与周氏说："且搬回家，省得两边家火。"周氏见洪大工来说，沉吟了半晌，勉强回言道："既是大娘好意，今晚就将家火搬回家去。"洪大工得了言语自回家了。周氏便叫小二商量，"今大娘要我搬回家去，料想违他不得，只是你却如何？"小二答道："娘子，大娘家里也无人，小人情愿与大娘家送酒走动。只是一件，不比此地，不得与娘子快乐了；不然，就今日拆散了罢。"说罢，两个搂抱着，哭了一回。周氏道："你且安心，我今收拾衣箱什物，你与我挑回大娘家去。我自与大娘说，留你在家，暗地里与我快乐。且等丈夫回来，再做计较。"小二见说，才放心欢喜。回言道："万望娘子用心！"当日下午收拾已了，小二先挑了箱笼来。捱到黄昏，洪大工提个灯笼去接周氏。周氏取具锁锁了大门，同小二回家。正是：

飞蛾扑火身须丧，蝙蝠投竿命必倾。

当时小二与周氏到家，见了高氏。高氏道："你如今回到家一处住了，如何带小二回来？何不打发他去了？"周氏道："大娘门前无人照管，不如留他在家使唤，待等丈夫回时，打发他未迟。"高氏是个清洁的人，心中想道:“在我家中,我自照管着他,有甚皂丝麻线[1]?”遂留下教他看店,讨酒坛,一应都会得。不觉又过了数月。周氏虽和小二有情,终久不比自住之时两个任意取乐。一日,周氏见高氏说起小二诸事勤谨,又本分,便道:“大娘何不将大姐招小二为婿,却不便当?”高氏听得大怒,骂道:“你这个贱人,好没志气!我女儿招雇工人为婿?”周氏不敢言语,吃高氏骂了三四日。高氏只倚着自身正大,全不想周氏与他通奸,故此要将女儿招他。若还思量此事,只消得打发了小二出门,后来不见得自身同女打死在狱,灭门之事。

且说小二自三月来家,古人云:“一年长工,二年家公,三年太公。”不想乔俊一去不回,小二在大娘家一年有余,出入房室,诸事托他,便做乔家公[2],欺负洪三。或早或晚,见了玉秀,便将言语调戏他,不则一日。不想玉秀被这小二奸骗了。其事周氏也知,只瞒着高氏。

似此又过了一月。其时是六月半,天道大热,玉秀在房内洗浴。高氏走入房中,看见女儿奶大,吃了一惊。待女儿穿了衣裳,叫女儿到面前问道:“你吃何人弄了身体,这奶大了?你好好实说,我便饶你!”玉秀推托不过,只得实说:“我被小二哄了。”高氏跌脚叫苦:“这事都是这小婆娘做一路,坏了我女孩儿!此事怎生是好?”欲待声张起来,又怕嚷动人知,苦了女儿一世之事。当时沉吟了半晌,眉头一蹙,计上心来,只除害了这蛮子,方才免得人知。

不觉又过了两月。忽值八月中秋节到,高氏叫小二买些鱼肉果子之物,安排家宴。当晚高氏、周氏、玉秀在后园赏月,叫洪三和小二别在一边吃。高氏至夜三更,叫小二赏了两大碗酒。小二不敢推辞,一饮而尽,不觉大醉,倒了。洪三也有酒,自去酒房里睡了。这小二只因酒醉,中了高氏计策,当夜便是:

　　东岳新添枉死鬼,阳间不见少年人。

当时高氏使女儿自去睡了,便与周氏说:“我只管家事买卖,那知你与这蛮子通奸。你两个做了一路,故意教他奸了我的女儿。丈夫回来,教我怎的见他分说?我是个清清白白的人,如今讨了你来,被你玷辱我的门

---

① 皂丝麻线——比喻不清不白的意思。

② 乔家公——假主人。

风,如何是好!我今与你只得没奈何害了这蛮子性命,神不知,鬼不觉。倘丈夫回来,你与我女儿俱各免得出丑,各无事了。你可去将条索来!"周氏初时不肯,被高氏骂道:"都是你这贱人与他通奸,因此坏了我女儿!你还恋着他?"周氏吃骂得没奈何,只得去房里取了麻索,递与高氏。高氏接了,将去小二脖项下一绞。原来妇人家手软,缚了一个更次,绞不死。小二喊起来。高氏急了,无家火在手边,教周氏去灶前捉把劈柴斧头,把小二脑门上一斧,脑浆流出,死了。高氏与周氏商量:"好却好了,这死尸须是今夜发落便好。"周氏道:"可叫洪三起来,将块大石缚在尸上,驮去丢在新桥河里水底去了,待他尸首自烂,神不知,鬼不觉。"高氏大喜,便到酒作坊里叫起洪大工来。

大工走入后园,看见了小二尸首道:"祛除了这害最好,倘留他在家,大官人回来,也有老大的口面①。"周氏道:"你可趁天未明,把尸首驮去新河里,把块大石缚住,坠下水里去。若到天明,倘有人问时,只说道小二偷了我家首饰物件,夜间逃走了。他家一向又无人往来的,料然没事。"洪大工驮了尸首,高氏将灯照出门去。此时有五更时分,洪大工驮到河边,掇块大石,绑缚在尸首上,丢在河内,直推开在中心里。这河有丈余深水,当时沉下水底去了,料道永无踪迹。洪大工回家,轻轻的关了大门,高氏与周氏各回房里睡了。高氏虽自清洁,也欠些聪明之处,错干了此事。既知其情,只可好好打发了小二出门便了。千不合,万不合,将他绞死。后来却被人首告,打死在狱,灭门绝户,悔之何及!

且说洪大工睡至天明,起来开了酒店,高氏依旧在门前卖酒。玉秀眼中不见了小二,也不敢问。周氏自言自语,假意道:"小二这厮无礼,偷了我首饰物件,夜间逃走了。"玉秀自在房里,也不问他。那邻舍也不管他家小二在与不在。高氏一时害了小二性命,疑决不下,早晚心中只恐事发,终日忧闷过日。正是:

　　要人知重勤学,怕人知事莫做。

却说武林门外清湖闸边,有个做靴的皮匠,姓陈名文,浑家程氏五娘。夫妻两口儿,止靠做靴鞋度日。此时是十月初旬,这陈文与妻子争论,一口气,走入门里满桥边皮市里买皮,当日不回,次日午后也不回。程五娘

---

① 口面——口舌,责骂。

心内慌起来。又过了一夜,亦不见回。独自一个在家烦恼。将及一月,并无消息。这程五娘不免走入城里问讯。径到皮市里来,问卖皮店家,皆言:"一月前何曾见你丈夫来买皮?莫非死在那里了?"有多口的道:"你丈夫穿甚衣服出来?"程五娘道:"我丈夫头戴万字头巾,身穿着青绢一口中。一月前说来皮市里买皮,至今不见信息,不知何处去了。"众人道:"你可城内各处去寻,便知音信。"程五娘谢了众人,绕城中逢人便问。一日,并无踪迹。

过了两日,吃了早饭,又入城来寻问。不端不正,走到新桥上过。正是事有凑巧,物有偶然。只见河岸上有人喧哄说道:"有个人死在河里,身上穿领青衣服,泛起在桥下水面上。"程五娘听得说,连忙走到河岸边,分开人众一看时,只见水面上漂浮一个死尸,穿着青衣服。远远看时,有些相像。程氏便大哭道:"丈夫缘何死在水里?"看的人都呆了。程氏又哀告众人:"那个伯伯肯与奴家拽过我的丈夫尸首到岸边,奴家认一认看。奴家自奉酒钱五十贯。"当时有一个破落户,叫做王酒酒,专一在街市上帮闲打哄,赌骗人财。这厮是个泼皮,没人家理他。当时也在那里看,听见程五娘许说五十贯酒钱,便说道:"小娘子,我与你拽过尸首来岸边你认看。"五娘哭罢,道:"若得伯伯如此,深恩难报!"这王酒酒见只过往船,便跳上船去,叫道:"艄工,你可住一住,等我替这个小娘子拽这尸首到岸边。"当时王酒酒拽那尸首来。王酒酒认得是乔家董小二的尸首,口里不说出来,只教程氏认看。只因此起,有分教高氏一家死于非命。正是:

闹里钻头热处歪,遇人猛惜爱钱财。
谁知错认尸和首,引出冤家祸患来。

此时王酒酒在船上,将竹篙推那尸首到岸边来。程氏看时,见头面皮肉却被水浸坏了,全不认得。看身上衣服却认得,是丈夫的模样,号号大哭,哀告王酒酒道:"烦伯伯同奴去买口棺木来盛了,却又作计较。"王酒酒便随程五娘到褚堂仵作①李团头家,买了棺木,叫两个火家来河下捞起尸首,盛于棺内,就在河岸边存着。那时新桥下无甚人家住,每日止有船只来往。程氏取五十贯钱,谢了王酒酒。

---

① 仵(wǔ)作——旧时官府中验尸的人员。

王酒酒得了钱，一径走到高氏酒店门前，以买酒为名，便对高氏说：“你家缘何打死了董小二，丢在新桥河内？如今泛将起来。你道一场好笑！那里走一个来错认做丈夫尸首，买具棺木盛了，改日却来埋葬。”高氏道：“王酒酒，你莫胡言乱语。我家小二，偷了首饰衣服在逃，追获不着，那得这话！”王酒酒道：“大娘子，你不要赖！瞒了别人，不要瞒我。你今送我些钱钞买求我，我便任那妇人错认了去。你若白赖不与我，我就去本府首告，叫你吃一场人命官司。”高氏听得，便骂起来：“你这破落户，千刀万剐的贼，不长俊的乞丐！见我丈夫不在家，今来诈我！”王酒酒被骂，大怒而去。能杀的妇人，到底无志气，胡乱与他些钱钞，也不见得弄出事来。当时高氏千不合万不合，骂了王酒酒这一顿，被那厮走到宁海郡安抚司前，叫起屈来。

安抚相公正坐厅上押文书，叫左右唤至厅下，问道：“有何屈事？”王酒酒跪在厅下，告道：“小人姓王名青，钱塘县人，今来首告：邻居有一乔俊，出外为商未回，其妻高氏，与妾周氏，一女玉秀，与家中一雇工人董小二有奸情。不知怎的缘故，把董小二谋死，丢在新桥河里，如今泛起。小人去与高氏言说，反被本妇百般辱骂。他家有个酒大工，叫做洪三，敢是同心谋害的。小人不甘，因此叫屈。望相公明镜昭察！”安抚听罢，着外郎录了王青口词，押了公文，差两个牌军押着王青去捉拿三人并洪三，火急到厅。

当时公人径到高氏家，捉了高氏、周氏、玉秀、洪三四人，关了大门，取锁锁了，径到安抚司厅上。一行人跪下。相公是蔡州人，姓黄名正大，为人奸狡，贪滥酷刑。问高氏：“你家董小二何在？”高氏道：“小二拐物在逃，不知去向。”王青道：“要知明白，只问洪三，便知分晓。”安抚遂将洪三拖翻拷打，两腿五十黄荆，血流满地。打熬不过，只得招道：“董小二先与周氏有奸，后搬回家，奸了玉秀。高氏知觉，恐丈夫回家，辱灭了门风。于今年八月十五日中秋夜赏月，教小的同小二两个在一边吃酒，我两个都醉了。小的怕失了事，自去酒房内睡了。到五更时分，只见高氏、周氏来酒房门边，叫小的去后园内，只见小二尸首在地，教我速驮去丢在河内去。小的问高氏因由，高氏备将前事说道：‘二人通同奸骗女儿，倘或丈夫回日，怎的是好？我今出于无奈，因是赶他不出去，又怕说出此情，只得用麻索绞死了。’小的是个老实的人，说道：‘看这厮忒无理，也袪除了一害。’

小的便将小二尸首，驮在新桥河边，用块大石，缚在他身上，沉在水底下。只此便是实话。”安抚见洪三招状明白，点指画字。二妇人见洪三已招，惊得魂不附体，玉秀抖做一块。

安抚叫左右将三个妇人过来供招，玉秀只得供道：“先是周氏与小二有奸。母高氏收拾回家，将奴调戏，奴不从。后来又调戏，奴又不从。将奴强抱到后园奸骗了。到八月十五日，备果吃酒赏月，母高氏先叫奴去房内睡了，并不知小二死亡之事。”安抚又问周氏：“你既与小二有奸，缘何将女孩儿坏了？你好好招承，免至受苦！”周氏两泪交流，只得从头一一招了。安抚又问高氏：“你缘何谋杀小二？”高氏抵赖不过，从头招认了。都押下牢监了。安抚俱将各人供状立案，次日差县尉一人，带领仵作行人，押了高氏等去新河桥下检尸。当日闹动城里城外人都得知，男子妇人，挨肩擦背，不计其数，一齐来看。正是：

好事不出门，恶事传千里。

却说县尉押着一行人到新桥下，打开棺木，取出尸首，检看明白。将尸放在棺内，县尉带了一干人回话。董小二尸虽是斧头打碎顶门，麻索绞痕见在。安抚叫左右将高氏等四人各打二十下，都打得昏晕复醒。取一面长枷，将高氏枷了。周氏、玉秀、洪三俱用铁索锁了，押下大牢内监了。王青随衙听候。且说那皮匠妇人，也知得错认了，再也不来哭了。思量起来，一场惶恐，几时不敢见人。这话且不说。

再说玉秀在牢中汤水不吃。次日死了。又过了两日，周氏也死了。洪三看看病重，狱卒告知安抚，安抚令官医医治，不痊而死。止有高氏浑身发肿，棒疮疼痛熬不得，饭食不吃，服药无用，也死了。可怜不够半个月日，四个都死在牢中。狱卒通报，知府与吏商量，乔俊久不回家，妻妾在家谋死人命，本该偿命。凶身人等俱死，具表申奏朝廷，方可决断。不则一日，圣旨到下，开读道：“凶身俱已身死，将家私抄扎入官。小二尸首，又无苦主亲人来领，烧化了罢。”当时安抚即差吏去，打开乔俊家大门，将细软钱物，尽数入官。烧了董小二尸首，不在话下。

却说乔俊合当穷苦，在东京沈瑞莲家，全然不知家中之事。住了两年，财本使得一空，被虔婆常常发语道：“我女儿恋住了你，又不能接客，怎的是了？你有钱钞，将些出来使用；无钱，你自离了我家，等我女儿接别个客人。终不成饿死了我一家罢！”乔俊是个有钱过的人，今日无了钱，被虔婆赶了数次,眼中泪下。寻思要回乡,又无盘缠。那沈瑞莲见乔俊泪下,也哭起来,道:"乔郎,是我苦了你!我有些日前趱下的零碎钱,与你些,做盘缠回去了罢。你若有心,到家取得些钱,再来走一遭。"乔俊大喜,当晚收拾了旧衣服,打了一个衣包。沈行首取出三百贯文,把与乔俊打在包内。别了虔婆,驮了衣包,手提了一条棍棒,又辞了瑞莲,两个流泪而别。

且说乔俊于路搭船,不则一日,来到北新关。天色晚了,便投一个相识船主人家宿歇,明早入城。那船主人见了乔俊,吃了一惊,道:"乔官人,你一向在那里去了,只管不回?你家中小娘子周氏,与一个雇工人有奸。大娘子取回一家住了,却又与你女儿有奸。我听得人说,不知争奸也是怎的,大娘子谋杀了雇工人,酒大工洪三将尸丢在新桥河内。有了两个月,尸首泛将起来,被人首告在安抚司。捉了大娘子、小娘子、你女儿并酒大工洪三到官。拷打不过,只得招认。监在牢里,受苦不过,如今四人都死了。朝廷文书下来,抄扎你家财产入官。你如今投那里去好?"乔俊听罢,却似:

分开八片顶阳骨,倾下半桶冰雪来!

这乔俊惊得呆了半晌,语言不得。那船主人排些酒饭与乔俊吃,那里吃得下!两行泪珠,如雨收不住,哽咽悲啼。心下思量:"今日不想我闪①得有家难奔,有国难投,如何是好?"翻来覆去,过了一夜。

次日黑早起来,辞了船主人,背了衣包,急急奔武林门来。到着自家对门一个古董店王将仕门首立了。看自家房屋,俱拆没了,止有一片荒地。却好王将仕开门,乔俊放下衣包,向前拜道:"老伯伯,不想小人不回,家中如此模样!"王将仕道:"乔官人,你一向在那里不回?"乔俊道:"只为消折了本钱,归乡不得,并不知家中的消息。"王将仕邀乔俊到家中坐定道:"贤侄听老身说,你去后家中如此如此。"把从头之事,一一说了。"只好笑一个皮匠妇人,因丈夫死在外边,到来错认了尸。却被王酒酒那厮首告,害了你大妻、小妾、女儿并洪三到官,被打得好苦恼,受疼不过,都死在牢里。家产都抄扎入官了。你如今那里去好?"乔俊听罢,两泪如倾,辞别了王将仕。上南不是,落北又难,叹了一口气,道:"罢罢罢!我

① 闪——使扑空,落空。

今年四十余岁，儿女又无，财产妻妾俱丧了，去投谁的是好？”一径走到西湖上第二桥，望着一湖清水便跳，投入水下而死。这乔俊一家人口，深可惜哉！

却说王青这一日午后，同一般破落户在西湖上闲荡，刚到第二桥坐下，大家商量凑钱出来买碗酒吃。众人道：“还劳王大哥去买，有些便宜。”只见王酒酒接钱在手，向西湖里一撒，两眼睁得圆溜溜，口中大骂道：“王青！那董小二奸人妻女，自取其死，与你何干？你只为诈钱不遂，害得我乔俊好苦！一门亲丁四口，死无葬身之地。今日须偿还我命来！”众人知道是乔俊附体，替他磕头告饶。只见王青打自己巴掌约有百余，骂不绝口，跳入湖中而死。众人传说此事，都道乔俊虽然好色贪淫，却不曾害人，今受此惨祸，九泉之下，怎放得王青过！这番索命，亦天理之必然也。后人有诗云：

乔俊贪淫害一门，王青毒害亦亡身。
从来好色亡家国，岂见诗书误了人。

第三十四卷　王娇鸾百年长恨

天上乌飞兔走，人间古往今来。昔年歌管变荒台，转眼是非兴败。须识闹中取静，莫因乖过成呆。不贪花酒不贪财，一世无灾无害。

话说江西饶州府余干县长乐村，有一小民叫做张乙，因贩些杂货到于县中，夜深投宿城外一邸店。店房已满，不能相容。间壁锁下一空房，却无人住。张乙道：“店主人何不开此房与我？”主人道：“此房中有鬼，不敢留客。”张乙道：“便有鬼，我何惧哉！”主人只得开锁，将灯一盏，扫帚一把，交与张乙。张乙进房，把灯放稳，挑得亮亮的。房中有破床一张，尘埃堆积，用扫帚扫净，展上铺盖，讨些酒饭吃了，推转房门，脱衣而睡。梦见一美色妇人，衣服华丽，自来荐枕，梦中纳之。及至醒来，此妇宛在身边。张乙问是何人，此妇道：“妾乃邻家之妇，因夫君远出，不能独宿，是以相就。勿多言，久当自知。”张亦不再问。天明，此妇辞去，至夜又来，欢好如初。如此三夜。店主人见张客无事，偶话及此房内曾有妇人缢死，往往作怪，今番却太平了。张乙听在肚里。

至夜，此妇仍来。张乙问道："今日店主人说这房中有缢死女鬼，莫非是你？"此妇并无惭讳之意，答道："妾身是也！然不祸于君，君幸勿惧。"张乙道："试说其详。"此妇道："妾乃娼女，姓穆，行廿二，人称我为廿二娘。与余干客人杨川相厚。杨许娶妾归去，妾将私财百金为助。一去三年不来，妾为鸨儿拘管，无计脱身，挹郁不堪，遂自缢而死。鸨儿以所居售人，今为旅店。此房，昔日妾之房也，一灵不泯，犹依栖于此。杨川与你同乡，可认得么？"张乙道："认得。"此妇道："今其人安在？"张乙道："去岁已移居饶州南门，娶妻开店，生意甚足。"妇人嗟叹良久，更无别话。又过了二日，张乙要回家。妇人道："妾愿始终随君，未识许否？"张乙道："倘能相随，有何不可？"妇人道："君可制一小木牌，题曰'廿二娘神位'。置于箧中，但出牌呼妾，妾便出来。"张乙许之。妇人道："妾尚有白金五十两埋于此床之下，没人知觉，君可取用。"张掘地果得白金一瓶，心中甚喜。过了一夜。次日张乙写了牌位，收藏好了，别店主而归。

到于家中，将此事告与浑家。浑家初时不喜，见了五十两银子，遂不嗔怪。张乙于东壁立了廿二娘神主，其妻戏往呼之，白日里竟走出来，与妻施礼。妻初时也惊讶，后遂惯了，不以为事。夜来张乙夫妇同床，此妇亦来，也不觉床之狭窄。过了十余日，此妇道："妾尚有夙债①在于郡城，君能随我去索取否？"张利其所有，一口应承。即时雇船而行。船中供下牌位。此妇同行同宿，全不避人。

不则一日，到了饶州南门，此妇道："妾往杨川家讨债去。"张乙方欲问之，此妇倏已上岸。张随后跟去，见此妇竟入一店中去了。问其店，正杨川家也。张久候不出，忽见杨举家惊惶，少顷哭声振地。问其故，店中人云："主人杨川向来无病，忽然中恶，九窍流血而死。"张乙心知廿二娘所为，默然下船，向牌位苦叫，亦不见出来了。方知有夙债在郡城，乃杨川负义之债也。有诗叹云：

王魁负义曾遭谴，李益亏心亦改常。
请看杨川下梢事，皇天不佑薄情郎。

方才说穆廿二娘事，虽则死后报冤，却是鬼自出头，还是渺茫之事。

---

① 夙(sù)债——旧债。

如今再说一件故事,叫做《王娇鸾百年长恨》。这个冤更报得好。此事非唐非宋,出在国朝天顺初年。广西苗蛮作乱,各处调兵征剿,有临安卫指挥王忠所领一枝浙兵,违了限期,被参降调河南南阳卫中所千户①。即日引家小到任。王忠年六十余,止一子王彪,颇称骁勇,督抚留在军前效用。到有两个女儿,长曰娇鸾,次曰娇凤。鸾年十八,凤年十六。凤从幼育于外家,就与表兄对姻,只有娇鸾未曾许配。夫人周氏,原系继妻。周氏有嫡姐,嫁曹家,寡居而贫。夫人接他相伴甥女娇鸾,举家呼为曹姨。娇鸾幼通书史,举笔成文。因爱女慎于择配,所以及笄②未嫁,每每临风感叹,对月凄凉。惟曹姨与鸾相厚,知其心事,他虽父母亦不知也。

一日清明节届,和曹姨及侍儿明霞后园打秋千耍子。正在闹热之际,忽见墙缺处有一美少年,紫衣唐巾,舒头观看,连声喝采。慌得娇鸾满脸通红,推着曹姨的背,急回香房,侍女也进去了。生见园中无人,逾墙而入,秋千架子尚在,余香仿佛。正在凝思,忽见草中一物,拾起看时,乃三尺线绣香罗帕也。生得此如获珍宝,闻有人声自内而来,复逾墙而出,仍立于墙缺边。看时,乃是侍儿来寻香罗帕的。生见其三回五转,意兴已倦,微笑而言:“小娘子,罗帕已入人手,何处寻觅?”侍儿抬头见是秀才,便上前万福道:“相公想已捡得,乞即见还,感德不尽!”那生道:“此罗帕是何人之物?”侍儿道:“是小姐的。”那生道:“既是小姐的东西,还得小姐来讨,方才还他。”侍儿道:“相公府居何处?”那生道:“小生姓周名廷章,苏州府吴江县人。父亲为本学司教,随任在此,与尊府只一墙之隔。”

原来卫署与学宫基址相连,卫叫做东衙,学叫做西衙。花园之外,就是学中的隙地。侍儿道:“贵公子又是近邻,失瞻了。妾当禀知小姐,奉命相求。”廷章道:“敢闻小姐及小娘子大名?”侍儿道:“小姐名娇鸾,主人之爱女。妾乃贴身侍婢明霞也。”廷章道:“小生有小诗一章,相烦至于小姐,即以罗帕奉还。”明霞本不肯替他寄诗,因要罗帕入手,只得应允。廷章道:“烦小娘子少待。”廷章去不多时,携诗而至。桃花笺叠成方胜。明霞接诗在手,问:“罗帕何在?”廷章笑道:“罗帕乃至宝,得之非易,岂可轻

① 中所千户——明制,每一军卫设立前、后、中、左、右五个千户,中所千户就是其中之一。

② 笄(jī)——古代称十五岁的女子为及笄之年。

还？小娘子且将此诗送与小姐看了，待小姐回音，小生方可奉璧。”明霞没奈何，只得转身。

只因一幅香罗帕，惹起千秋《长恨歌》。

话说鸾小姐自见了那美少年，虽则一时惭愧，却也挑动个“情”字。口中不语，心下踌躇道：“好个俊俏郎君！若嫁得此人，也不枉聪明一世。”忽见明霞气忿忿的入来，娇鸾问：“香罗帕有了么？”明霞口称：“怪事！香罗帕却被西衙周公子收着，就是墙缺内喝采的那紫衣郎君。”娇鸾道：“与他讨了就是。”明霞道：“怎么不讨？也得他肯还！”娇鸾道：“他为何不还？”明霞道：“他说‘小生姓周名廷章，苏州府吴江人氏。父为司教，随任在此。’与吾家只一墙之隔。既是小姐的香罗帕，必须小姐自讨。”娇鸾道：“你怎么说？”明霞道：“我说待妾禀知小姐，奉命相求。他道，有小诗一章，烦吾传递，待有回音，才把罗帕还我。”明霞将桃花笺递与小姐。娇鸾见了这方胜，已有三分之喜，拆开看时，乃七言绝句一首：

帕出佳人分外香，天公教付有情郎。

殷勤寄取相思句，拟作红丝入洞房。

娇鸾若是个有主意的，拼得弃了这罗帕，把诗烧却，分付侍儿，下次再不许轻易传递，天大的事都完了。奈娇鸾一来是及瓜不嫁、知情慕色的女子，二来满肚才情不肯埋没，亦取薛涛笺①答诗八句：

妾身一点玉无瑕，生自侯门将相家。

静里有亲同对月，闲中无事独看花。

碧梧只许来奇凤，翠竹那容入老鸦。

寄语异乡孤另客，莫将心事乱如麻。

明霞捧诗方到后园，廷章早在缺墙相候。明霞道：“小姐已有回诗了，可将罗帕还我。”廷章将诗读了一遍，益慕娇鸾之才，必欲得之，道：“小娘子耐心，小生又有所答。”再回书房，写成一绝：

居傍侯门亦有缘，异乡孤另果堪怜。

若容鸾凤双栖树，一夜箫声入九天。

明霞道：“罗帕又不还，只管寄什么诗？我不寄了！”廷章袖中出金簪一根道：“这微物奉小娘子，权表寸敬，多多致意小姐。”明霞贪了这金簪，又将

① 薛涛笺——唐代蜀中名妓薛涛创制的一种写诗的笺纸。

诗回复娇鸾。娇鸾看罢,闷闷不悦。明霞道:“诗中有甚言语触犯小姐?”娇鸾道:“书生轻薄,都是调戏之言。”明霞道:“小姐大才,何不作一诗骂之,以绝其意?”娇鸾道:“后生家性重,不必骂,且好言劝之可也。”再取薛笺题诗八句:

独立庭际傍翠阴,侍儿传语意何深。
满身窃玉偷香胆,一片撩云拨雨心。
丹桂岂容稚子折,珠帘那许晓风侵?
劝君莫想阳台梦,努力攻书入翰林。

自此一唱一和,渐渐情熟,往来不绝。明霞的足迹不断后园,廷章的眼光不离墙缺。诗篇甚多,不暇细述。时届端阳,王千户治酒于园亭家宴。廷章于墙缺往来,明知小姐在于园中,无由一面,侍女明霞亦不能通一语。正在气闷,忽撞见卫卒孙九。那孙九善作木匠,长在卫里服役,亦多在学中做工。廷章遂题诗一绝封固了,将青蚨①二百赏孙九买酒吃,托他寄与衙中明霞姐。孙九受人之托,忠人之事,伺候到次早,才觑个方便,寄得此诗于明霞。明霞递于小姐,拆开看之,前有叙云:“端阳日园中望娇娘子不见,口占一绝奉寄”:

配成彩线思同结,倾就蒲觞拟共斟。
雾隔湘江欢不见,锦葵空有向阳心。

后写“松陵周廷章拜稿”。娇娘见了,置于书几之上。适当梳头,未及酬和,忽曹姨走进香房,看见了诗稿,大惊道:“娇娘既有西厢之约,可无东道之主?此事如何瞒我?”娇鸾含羞答道:“虽有吟咏往来,实无他事,非敢瞒姨娘也。”曹姨道:“周生江南秀士,门户相当,何不教他遣媒说合,成就百年姻缘,岂不美乎?”娇鸾点头道:“是。”梳妆已毕,遂答诗八句:

深锁香闺十八年,不容风月透帘前。
绣衾香暖谁知苦?锦帐春寒只爱眠。
生怕杜鹃声到耳,死愁蝴蝶梦来缠。
多情果有相怜意,好倩冰人片语传。

廷章得诗,遂假托父亲周司教之意,央赵学究往王千户处求这头亲事。王

① 青蚨(fú)——古代传说中的虫名,母子不可分离,先以母血或先以子血涂钱,买物后,均能飞回。后因称钱为青蚨。

千户亦重周生才貌。但娇鸾是爱女,况且精通文墨,自己年老,一应卫中文书笔札,都靠着女儿相帮,少他不得,不忍弃之于他乡,以此迟疑未许。廷章知姻事未谐,心中如刺,乃作书寄于小姐,前写"松陵友弟廷章拜稿":

自睹芳容,未宁狂魄。夫妇已是前生定,至死靡他;媒妁传来今日言,为期未决。遥望香闺深锁,如唐玄宗离月宫而空想嫦娥;要从花圃戏游,似牵牛郎隔天河而苦思织女。倘复迁延于月日,必当夭折于沟渠。生若无缘,死亦不瞑。勉成拙律,深冀哀怜。诗曰:

未有佳期慰我情,可怜春价值千金。
闷来窗下三杯酒,愁向花前一曲琴。
人在琐窗深处好,闷回罗帐静中吟。
孤恓①一样昏黄月,肯许相携诉寸心?

娇鸾看罢,即时复书,前写"虎衙爱女娇鸾拜稿":

轻荷点水,弱絮飞帘。拜月亭前,懒对东风听杜宇;画眉窗下,强消长昼刺鸳鸯。人正困于妆台,诗忽坠于香案。启观来意,无限幽怀。自怜薄命佳人,恼杀多情才子。一番信到,一番使妾倍支吾;几度诗来,几度令人添寂寞。休得跳东墙学攀花之手,可以仰北斗驾折桂之心。眼底无媒,书中有女。自此衷情封去札,莫将消息问来人。谨和佳篇,仰祈深谅!诗曰:

秋月春花亦有情,也知身价重千金。
虽窥青琐韩郎貌,羞听东墙崔氏琴。
痴念已从空里散,好诗惟向梦中吟。
此生但作干兄妹,直待来生了寸心。

廷章阅书赞叹不已,读诗至末联"此生但作干兄妹",忽然想起一计道:"当初张珙、申纯皆因兄妹得就私情,王夫人与我同姓,何不拜之为姑?便可通家往来,于中取事矣!"遂托言西衙窄狭,且是喧闹,欲借卫署后园观书。周司教自与王千户开口。王翁道:"彼此通家,就在家下吃些见成茶饭,不烦馈送。"周翁感激不尽,回向儿子说了。廷章道:"虽承王翁盛意,非亲非故,难以打搅。孩儿欲备一礼,拜认王夫人为姑。姑侄一

① 恓(xī)——不安、烦恼。

家,庶乎有名。”周司教是糊涂之人,只要讨些小便宜,道:“任从我儿行事。”廷章又央人通了王翁夫妇,择个吉日,备下彩缎书仪,写个表侄的名刺,上门认亲,极其卑逊,极其亲热。王翁是个武人,只好奉承,遂请入中堂,教奶奶都相见了。连曹姨也认做姨娘,娇鸾是表妹,一时都请见礼。王翁设宴后堂,权当会亲。一家同席,廷章与娇鸾暗暗欢喜。席上眉来眼去,自不必说。当日尽欢而散。

姻缘好恶犹难问,踪迹亲疏已自分。

次日王翁收拾书室,接内侄周廷章来读书。却也晓得隔绝内外,将内宅后门下锁,不许妇女入于花园。廷章供给,自有外厢照管。虽然搬做一家,音书来往反不便了。娇鸾松筠之志虽存,风月之情已动,况既在席间眉来眼去,怎当得园上凤隔鸾分。愁绪无聊,郁成一病,朝凉暮热,茶饭不沾。王翁迎医问卜,全然不济。廷章几遍到中堂问病,王翁只教致意,不令进房。廷章心生一计,因假说:“长在江南,曾通医理。表妹不知所患何症,待侄儿诊脉便知。”王翁向夫人说了,又教明霞道达了小姐,方才迎入。廷章坐于床边,假以看脉为由,抚摩了半晌。其时王翁夫妇俱在,不好交言。只说得一声保重,出了房门,对王翁道:“表妹之疾,是抑郁所致。常须于宽敞之地散步陶情,更使女伴劝慰,开其郁抱,自当勿药。”王翁敬信周生,更不疑惑,便道:“衙中只有园亭,并无别处宽敞。”廷章故意道:“若表妹不时要园亭散步,恐小侄在彼不便,暂请告归。”王翁道:“既为兄妹,复何嫌阻?”那日教开了后门,将锁钥付曹姨收管,就教曹姨陪侍女儿任情闲耍。明霞伏侍,寸步不离,自以为万全之策矣。

却说娇鸾原为思想周郎致病,得他抚摩一番,已自欢喜。又许散步园亭,陪伴伏侍者都是心腹之人,病便好了一半。每到园亭,廷章便得相见,同行同坐。有时亦到廷章书房中吃茶,渐渐不避嫌疑,挨肩擦背。廷章捉个空,向小姐恳求,要到香闺一望。娇鸾目视曹姨,低低向生道:“锁钥在彼,兄自求之。”廷章已悟。次日廷章取吴绫二端,金钏一副,央明霞献与曹姨。姨问鸾道:“周公子厚礼见惠,不知何事?”娇鸾道:“年少狂生,不无过失,渠要姨包容耳。”曹姨道:“你二人心事,我已悉知。但有往来,决不泄漏!”因把钥匙付与明霞。鸾心大喜,遂题一绝。寄廷章云:

暗将私语寄英才,倘向人前莫乱开。

今夜香闺春不锁,月移花影玉人来。

廷章得诗,喜不自禁。是夜黄昏已罢,谯鼓方声,廷章悄步及于内宅,后门半启,捱身而进。自那日房中看脉出园上来,依稀记得路径,缓缓而行。但见灯光外射,明霞候于门侧。廷章步进香房,与鸾施礼,便欲搂抱。鸾将生挡开,唤明霞快请曹姨来同坐。廷章大失所望,自陈苦情,责其变卦,一时急泪欲流。鸾道:"妾本贞姬,君非荡子。只因有才有貌,所以相爱相怜。妾既私君,终当守君之节;君若弃妾,岂不负妾之诚?必矢明神,誓同白首,若还苟合,有死不从。"说罢,曹姨适至,向廷章谢日间之惠。

廷章遂央曹姨为媒,誓谐伉俪,口中咒愿如流而出。曹姨道:"二位贤甥,既要我为媒,可写合同婚书四纸。将一纸焚于天地,以告鬼神;一纸留于吾手,以为媒证;你二人各执一纸,为他日合卺①之验。女若负男,疾雷震死;男若负女,乱箭亡身。再受阴府之愆,永堕酆都之狱。"生与鸾听曹姨说得痛切,各各欢喜。遂依曹姨所说,写成婚书誓约。先拜天地,后谢曹姨。姨乃出清果醇醪,与二人把盏称贺。三人同坐饮酒,直至三鼓,曹姨别去。生与鸾携手上床,云雨之乐可知也。五鼓,鸾促生起身,嘱咐道:"妾已委身于君,君休负恩于妾。神明在上,鉴察难逃。今后妾若有暇,自遣明霞奉迎,切莫轻行,以招物议。"廷章字字应承,留恋不舍。鸾急教明霞送出园门。是日鸾寄生二律云:

昨夜同君喜事从,芙蓉帐暖语从容。
贴胸交股情偏好,拨雨撩云兴转浓。
一枕凤鸾声细细,半窗花月影重重。
晓来窥视鸳鸯枕,无数飞红扑绣绒。其一
衾翻红浪效绸缪,乍抱郎腰分外羞。
月正圆时花正好,云初散处雨初收。
一团恩爱从天降,万种情怀得自由。
寄语今宵中夕夜,不须欹枕看牵牛。其二

廷章亦有酬答之句。自此鸾疾尽愈,门锁竟弛。或三日或五日,鸾必遣明霞召生。来往既频,恩情愈笃。

如此半年有余。周司教任满,升四川峨眉县尹。廷章恋鸾之情,不肯同行,只推身子有病,怕蜀道艰难;况学业未成,师友相得,尚欲留此读书。

---

① 卺(jǐn)——瓢。古代结婚时用作酒器。

周司教平昔纵子,言无不从。起身之日,廷章送父出城而返。鸾感廷章之留,是日邀之相会,愈加亲爱。如此又半年有余。其中往来诗篇甚多,不能尽载。

廷章一日阅邸报,见父亲在峨眉不服水土,告病回乡。久别亲闱,欲谋归觐①;又牵鸾情爱,不忍分离。事在两难,忧形于色。鸾探知其故,因置酒劝生道:"夫妇之爱,瀚海同深;父子之情,高天难比。若恋私情而忘公义,不惟君失子道,累妾亦失妇道矣。"曹姨亦劝道:"今日暮夜之期,原非百年之算。公子不如暂回乡故,且觐双亲。倘于定省之间,即议婚姻之事,早完誓愿,免致情牵。"廷章心犹不决。娇鸾教曹姨竟将公子欲归之情,对王翁说了。此日正是端阳,王翁治酒与廷章送行,且致厚赆②。廷章义不容已,只得收拾行李。是夜鸾另置酒香闺,邀廷章重伸前誓,再订婚期。曹姨亦在坐,千言万语,一夜不睡。临别,又问廷章住居之处。廷章道:"问做甚么?"鸾道:"恐君不即来,妾便于通信耳。"廷章索笔写出四句:

思亲千里返姑苏,家住吴江十七都。
须问南麻双漾口,延陵桥下督粮吴。

廷章又解说:"家本吴姓,祖当里长督粮,有名督粮吴家,周是外姓也。此字虽然写下,欲见之切,度日如岁。多则一年,少则半载,定当持家君柬帖,亲到求婚,决不忍闺阁佳人悬悬而望。"言罢,相抱而泣。将次天明,鸾亲送生出园。有联句一律:

绸缪鱼水正投机,无奈思亲使别离;　廷章
花圃从今谁待月?兰房自此懒围棋。　娇鸾
惟忧身远心俱远,非虑文齐福不齐;　廷章
低首不言中自省,强将别泪整蛾眉。　娇鸾

须臾天晓,鞍马齐备。王翁又于中堂设酒,妻女毕集,为上马之饯。廷章再拜而别。鸾自觉悲伤欲泣,潜归内室,取乌丝笺题诗一律,使明霞送廷章上马,伺便投之。章于马上展看云:

同携素手并香肩,送别那堪双泪悬。

---

① 觐(jìn)——朝见。
② 赆(jìn)——赠送给远行人的财物。

郎马未离青柳下，妾心先在白云边。
妾持节操如姜女，君重纲常类闵骞①。
得意匆匆便回首，香闺人瘦不禁眠。

廷章读之泪下，一路上触景兴怀，未尝顷刻忘鸾也。

闲话休叙。不一日，到了吴江家中，参见了二亲，一门欢喜。原来父亲已与同里魏同知家议亲，正要接儿子回来行聘完婚。生初时有不愿之意，后访得魏女美色无双，且魏同知十万之富，妆奁甚丰。慕财贪色，遂忘前盟。过了半年，魏氏过门，夫妻恩爱，如鱼似水，竟不知王娇鸾为何人矣：

但知今日新妆好，不顾情人望眼穿。

却说娇鸾一时劝廷章归省，是他贤慧达理之处。然已去之后，未免怀思。白日凄凉，黄昏寂寞，灯前有影相亲，帐底无人共语。每遇春花秋月，不觉梦断魂劳。捱过一年，杳无音信。忽一日明霞来报道："姐姐可要寄书与周姐夫么？"娇鸾道："那得有这方便？"明霞道："适才孙九说临安卫有人来此下公文。临安是杭州地方，路从吴江经过，是个便道。"娇鸾道："既有便，可教孙九嘱咐那差人不要去了。"即时修书一封，曲叙别离之意，嘱他早至南阳，同归故里，践婚姻之约，成终始之交。书多不载。书后有诗十首。录其一云：

端阳一别杳无音，两地相看对月明。
暂为椿萱②辞虎卫，莫因花酒恋吴城。
游仙阁内占离合，拜月亭前问死生。
此去愿君心自省，同来与妾共调羹。

封皮上又题八句：

此书烦递至吴衙，门面春风足可夸。
父列当今宣化职，祖居自古督粮家。
已知东宅邻西宅，犹恐南麻混北麻。
去路逢人须借问，延陵桥在那村些？

又取银钗二股，为寄书之赠。书去了七个月，并无回耗。时值新春，又访

---

① 闵骞——孔子的门徒，传说他是孝子。
② 椿萱——父母。古时称父为"椿庭"，称母为"萱堂"。

得前卫有个张客人要往苏州收货。娇鸾又取金花一对,央孙九送与张客,求他寄书。书意同前。亦有诗十首。录其一云:

春到人间万物鲜,香闺无奈别魂牵。
东风浪荡君尤荡,皓月团圆妾未圆。
情洽有心劳白发,天高无计托青鸾。
衷肠万事凭谁诉?寄与才郎仔细看。

封皮上题一绝:

苏州咫尺是吴江,吴姓南麻世督粮。
嘱咐行人须着意,好将消息问才郎。

张客人是志诚之士,往苏州收货已毕,赍①书亲到吴江。正在长桥上问路,恰好周廷章过去。听得是河南声音,问的又是南麻督粮吴家,知娇鸾书信,怕他到彼,知其再娶之事,遂上前作揖通名,邀往酒馆三杯,拆开书看了。就于酒家借纸笔,匆匆写下回书,推说父病未痊,方侍医药,所以有误佳期;不久即图会面,无劳注想。书后又写:"路次借笔不备,希谅!"张客收了回书,不一日,回到南阳,付孙九回复鸾小姐。鸾拆书看了,虽然不曾定个来期,也当画饼充饥,望梅止渴。

过了三四个月,依旧杳然无闻。娇鸾对曹姨道:"周郎之言欺我耳!"曹姨道:"誓书在此,皇天鉴知。周郎独不怕死乎?"忽一日,闻有临安人到,乃是娇鸾妹子娇凤生了孩儿,遣人来报喜。娇鸾彼此相形,愈加感叹,且喜又是寄书的一个顺便,再修书一封托他。这是第三封书,亦有诗十首。末一章云:

叮咛才子莫蹉跎,百岁夫妻能几何?
王氏女为周氏室,文官子配武官娥。
三封心事烦青鸟,万斛闲愁锁翠蛾。
远路尺书情未尽,想思两处恨偏多!

封皮上亦写四句:

此书烦递至吴江,粮督南麻姓字香。
去路不须驰步问,延陵桥下暂停航。

鸾自此寝废餐忘,香消玉减,暗地泪流,恹恹成病。父母欲为择配,娇

① 赍(jī)——送。

鸾不肯,情愿长斋奉佛,曹姨劝道:"周郎未必来矣,毋拘小信,自误青春。"娇鸾道:"人而无信,是禽兽也。宁周郎负我,我岂敢负神明哉?"光阴荏苒,不觉已及三年。娇鸾对曹姨说道:"闻说周郎已婚他族,此信未知真假。然三年不来,其心肠亦改变矣,但不得一实信,吾心终不死。"曹姨道:"何不央孙九亲往吴江一遭,多与他些盘费。若周郎无他更变,使他等候同来,岂不美乎?"娇鸾道:"正合吾意。亦求姨娘一字,促他早早登程可也。"当下娇鸾写就古风一首。其略云:

忆昔清明佳节时,与君邂逅成相知。嘲风弄月通来往,拨动风情无限思。

侯门曳断千金索,携手挨肩游画阁。好把青丝结死生,盟山誓海情不薄。白云渺渺草青青,才子思亲欲别情。顿觉桃脸无春色,愁听传书雁几声。君行虽不排鸾驭,胜似征蛮父兄去。悲悲切切断肠声,执手牵衣理前誓。与君成就鸾凤友,切莫苏城恋花柳。自君之去妾攒眉,脂粉慵调发如帚。姻缘两地相思重,雪月风花谁与共?可怜夫妇正当年,空使梅花蝴蝶梦。临风对月无欢好,凄凉枕上魂颠倒。一宵忽梦汝娶亲,来朝不觉愁颜老。盟言愿作神雷电,九天玄女相传遍。只归故里未归泉,何故音容难得见?才郎意假妾意真,再驰驿使陈丹心。可怜三七羞花貌,寂寞香闺思不禁。

曹姨书中亦备说女甥相思之苦,相望之切。二书共作一封。封皮亦题四句:

荡荡名门宰相衙,更兼粮督镇南麻。
逢人不用停舟问,桥跨延陵第一家。

孙九领书,夜宿晓行,直至吴江延陵桥下。犹恐传递不的,直候周廷章面送。廷章一见孙九,满脸通红,不问寒温,取书纳于袖中,竟进去了。少顷教家童出来回复道:"相公娶魏同知家小姐,今已二年。南阳路远,不能复来矣。回书难写,仗你代言。这幅香罗帕乃初会鸾姐之物,并合同婚书一纸,央你送还,以绝其念。本欲留你一饭,诚恐老爹盘问嗔怪。白银五钱权充路费,下次更不劳往返。"孙九闻言大怒,掷银于地不受,走出大门,骂道:"似你短行薄情之人,禽兽不如!可怜负了鸾小姐一片真心,皇天断然不佑你!"说罢,大哭而去。路人争问其故,孙老儿数一数二的逢人告诉。自此周廷章无行之名,播于吴江,为衣冠所不齿。正是:

平生不作亏心事，世上应无切齿人。

再说孙九回至南阳，见了明霞，便悲泣不已。明霞道："莫非你路上吃了苦？莫非周家郎君死了？"孙九只是摇头，停了半晌，方说备细，如此如此："他不发回书，只将罗帕、婚书送还，以绝小姐之念。我也不去见小姐了。"说罢，拭泪叹息而去。明霞不敢隐瞒，备述孙九之语。娇鸾见了这罗帕，已知孙九不是个谎话，不觉怨气填胸，怒色盈面，就请曹姨至香房中，告诉了一遍。曹姨将言劝解，娇鸾如何肯听？整整的哭了三日三夜，将三尺香罗帕，反复观看，欲寻自尽，又想道："我娇鸾名门爱女，美貌多才。若默默而死，却便宜了薄情之人。"乃制绝命诗三十二首及《长恨歌》一篇。诗云：

倚门默默思重重，自叹双双一笑中。
情惹游丝牵嫩绿，恨随流水缩残红。
当时只道春回准，今日方知色是空。
回首凭栏情切处，闲愁万里怨东风。

余诗不载。其《长恨歌》略云：

《长恨歌》，为谁作？题起头来心便恶。朝思暮想无了期，再把鸾笺诉情薄。妾家原在临安路，麟阁功勋受恩露。后因亲老失军机，降调南阳卫千户。深闺养育娇鸾身，不曾举步离中庭。岂知二九灾星到，忽随女伴妆台行。秋千戏蹴方才罢，忽惊墙角生人话。含羞归去香房中，仓忙寻觅香罗帕。罗帕谁知入君手，空令梅香往来走。得蒙君赠香罗诗，恼妾相思淹病久。感君拜母结妹兄，来词去简饶恩情。只恐恩情成苟合，两曾结发同山盟。山盟海誓还不信，又托曹姨作媒证。婚书写定烧苍穹，始结于飞在天命。情交二载甜如蜜，才子思亲忽成疾。妾心不忍君心愁，反劝才郎归故籍。叮咛此去姑苏城，花街莫听阳春声。一睹慈颜便回首，香闺可念人孤另。嘱咐殷勤别才子，弃旧怜新任从尔。那知一去意忘还，终日思君不如死。有人来说君重婚，几番欲信仍难凭。后因孙九去复返，方知伉俪谐文君。此情恨杀薄情者，千里姻缘难割舍。到手恩情都负之，得意风流在何也？莫论妾愁长与短，无处箱囊诗不满。题残锦札五千张，写秃毛锥三百管。玉闺人瘦娇无力，佳期反作长相忆。枉将八字推子平，空把三生卜《周易》。从头一一思量起，往日交情不亏汝。既然恩爱如浮云，何不当初莫相与？莺莺燕燕皆成对，何独天生我无配。娇凤妹子少二年，适添孩儿已三岁。自惭轻弃千金躯，伊欢我独心孤悲。先年誓愿今何在？举头三尺有神祇。君往江南妾江北，千里关山远相隔。若能两翅忽然生，飞向吴江近君侧。初交你我天地知，今来无数人扬非。虎门深锁千金色，天教一笑遭君机。恨君短行归阴府，譬似皇天不生我。从今书递故人收，不望回音到中所。可怜铁甲将军家，玉闺养女娇如花。只因颇识琴书味，风流不久归黄沙。白罗丈二悬高梁，飘然眼底魂茫茫。报道一声娇鸾缢，满城笑杀临安王。妾身自愧非良女，擅把闺情贱轻许。相思债满还九泉，九泉之下不饶汝。当初宠妾非如今，我今怨汝如海深。自知妾意皆仁意，谁想君心似兽心！再将一幅罗鲛绡，殷勤远寄郎家遥。自叹兴亡皆此物，杀人可恕情难饶。反复叮咛只如此，往日闲愁今日止。君今肯念旧风流，饱看娇鸾书一纸。

书已写就，欲再遣孙九。孙九咬牙怒目，决不肯去。正无其便，偶值父亲痰火病发，唤娇鸾替他检阅文书。娇鸾看文书里面有一宗乃勾本卫逃军者，其军乃吴江县人。鸾心生一计，乃取从前唱和之词，并今日《绝命诗》及《长恨歌》汇成一帙，合同婚书二纸，置于帙内，总作一封，入于官文书内，封简上填写"南阳卫掌印千户王投下直隶苏州府吴江县当堂开拆"，打发公差去了。王翁全然不知。

是晚，娇鸾沐浴更衣，哄明霞出去烹茶，关了房门，用杌子①填足，先将白练挂于梁上，取原日香罗帕，向咽喉扣住，接连白练，打个死结，蹬开杌子，两脚悬空，煞时间三魂漂渺，七魄幽沉。刚年二十一岁。

始终一幅香罗帕，成也萧何败也何。

明霞取茶来时，见房门闭紧，敲打不开，慌忙报与曹姨。曹姨同周老夫人打开房门看了，这惊非小。王翁也来了。合家大哭，竟不知什么意故。少不得买棺殓葬。此事搁过休提。

再说吴江阙大尹接得南阳卫文书，拆开看时，深以为奇。此事旷古未闻。适然本府赵推官随察院樊公祉按临本县，阙大尹与赵推官是金榜同年，因将此事与赵推官言及。赵推官取而观之，遂以奇闻报知樊公。樊公将诗歌及婚书反复详味，深惜娇鸾之才，而恨周廷章之薄幸。乃命赵推官

① 杌(wù)——凳子。

密访其人。次日,擒拿解院。樊公亲自诘问。廷章初时抵赖,后见婚书有据,不敢开口。樊公喝教重责五十收监。行文到南阳卫查娇鸾曾否自缢。不一日文书转来,说娇鸾已死。樊公乃于监中吊取周廷章到察院堂上,樊公骂道:"调戏职官家子女,一罪也;停妻再娶,二罪也;因奸致死,三罪也。婚书上说:'男若负女,万箭亡身。'我今没有箭射你,用乱棒打杀你,以为薄幸男子之戒。"喝教合堂皂快齐举竹批乱打。下手时宫商齐响,着体处血肉交飞。顷刻之间,化为肉酱。满城人无不称快。周司教闻知,登时气死。魏女后来改嫁。向贪新娶之财色,而没恩背盟,果何益哉!有诗叹云:

一夜恩情百夜多,负心端的欲如何?
若云薄幸无冤报,请读当年《长恨歌》。

第三十五卷　况太守断死孩儿

春花秋月足风流,不分红颜易白头。
试把人心比松柏,几人能为岁寒留?

这四句诗泛论春花秋月,恼乱人心,所以才子有悲秋之辞,佳人有伤春之咏。往往诗谜写恨,目语传情,月下幽期,花间密约,但图一刻风流,不顾终身名节。这是两下相思,各还其债,不在话下。又有一等男贪而女不爱,女爱而男不贪,虽非两相情愿,却有一片精诚。如冷庙泥神,朝夕焚香拜祷,也少不得灵动起来。其缘短的,合而终暌①;倘缘长的,疏而转密。这也是风月场中所有之事,亦不在话下。又有一种男不慕色,女不怀春,志比精金,心如坚石。没来由被旁人拨弄,设圈设套,一时失了把柄,堕其术中,事后悔之无及。如宋时玉通禅师,修行了五十年,因触了知府柳宣教,被他设计,教妓女红莲假扮寡妇借宿,百般诱引,坏了他的戒行。这般会合,那些个男欢女爱,是偶然一念之差。如今再说个诱引寡妇失节的,却好与玉通禅师的故事做一对儿。正是:

未离恩山休问道,尚沉欲海莫参禅。

---

① 暌(kuí)——别离。

话说宣德年间,南直隶扬州府仪真县有一民家,姓丘名元吉,家颇饶裕。娶妻邵氏,姿容出众,兼有志节。夫妇甚相爱重,相处六年,未曾生育,不料元吉得病身亡。邵氏年方二十三岁,哀痛之极,立志守寡,终身永无他适。不觉三年服满。父母家因其年少,去后日长,劝他改嫁。叔公丘大胜,也叫阿妈来委曲譬喻他几番。那邵氏心如铁石,全不转移,设誓道:“我亡夫在九泉之下,邵氏若事二姓,更二夫,不是刀下亡,便是绳上死!”众人见他主意坚执,谁敢再去强他。自古云:“呷得三斗醋,做得孤孀妇。”孤孀不是好守的。替邵氏从长计较,到不如明明改个丈夫,虽做不得上等之人,还不失为中等,不到得后来出丑,正是:

作事必须踏实地,为人切莫务虚名。

邵氏一口说了满话,众人中贤愚不等,也有啧啧夸奖他的,也有似疑不信睁着眼看他的。谁知邵氏立心贞洁,闺门愈加严谨。止有一侍婢,叫做秀姑,房中作伴,针指营生;一小厮,叫做得贵,年方十岁,看守中门。一应薪水买办,都是得贵传递。童仆已冠者,皆遣出不用。庭无闲杂,内外肃然。如此数年,人人信服。那个不说邵大娘少年老成,治家有法。

光阴如箭,不觉十周年到来。邵氏思念丈夫,要做些法事追荐,叫得贵去请叔公丘大胜来商议,延七众僧人,做三昼夜功德。邵氏道:“奴家是寡妇,全仗叔公过来主持道场。”大胜应允。

语分两头,却说邻近新搬来一个汉子,姓支名助,原是破落户,平昔不守本分,不做生理,专一在街坊上赶热闹管闲事过活。闻得人说邵大娘守寡贞洁,且是青年标致,天下难得。支助不信,不论早暮,常在丘家门首闲站。果然门无杂人,只有得贵小厮买办出入。支助就与得贵相识,渐渐熟了。闲话中,问得贵:“闻得你家大娘生得标致,是真也不?”得贵生于礼法之家,一味老实,遂答道:“标致是真。”又问道:“大娘也有时到门前看街么?”得贵摇手道:“从来不曾出中门,莫说看街,罪过罪过!”

一日得贵正买办素斋的东西,支助撞见,又问道:“你家买许多素品为甚么?”得贵道:“家主十周年,做法事要用。”支助道:“几时?”得贵道:“明日起,三昼夜,正好辛苦哩!”支助听在肚里,想道:“既追荐丈夫,他必然出来拈香。我且去偷看一看,什么样嘴脸?真像个孤孀也不?”

却说次日,丘大胜请到七众僧人,都是有戒行的,在堂中排设佛像,鸣铙击鼓，诵经礼忏，甚是志诚。丘大胜勤勤拜佛。邵氏出来拈香，昼夜各只一次，拈过香，就进去了。支助趁这道场热闹，几遍混进去看，再不见邵氏出来。又问得贵，方知日间只昼食拈香一遍。支助到第三日，约莫昼食时分，又踅①进去，闪在槅子旁边隐着。见那些和尚都穿着袈裟，站在佛前吹打乐器，宣和佛号。香火道人在道场上手忙脚乱的添香换烛。本家止有得贵，只好往来答应，那有工夫照管外边。就是丘大胜同着几个亲戚，也都呆看和尚吹打，那个来稽查他。少顷邵氏出来拈香，被支助看得仔细，常言："若要俏，添重孝。"缟素妆束，加倍清雅。分明是：

广寒仙子月中出，姑射神人雪里来。

支助一见，遍体酥麻了，回家想念不已。是夜，道场完满，众僧直至天明方散。邵氏依旧不出中堂了。支助无计可施，想着："得贵小厮老实，我且用心下钓子。"其时五月端五日，支助拉得贵回家吃雄黄酒。得贵道："我不会吃酒，红了脸时，怕主母嗔骂。"支助道："不吃酒，且吃只粽子。"得贵跟支助家去。支助教浑家剥了一盘粽子，一碟糖，一碗肉，一碗鲜鱼，两双箸，两个酒杯，放在桌上。支助把酒壶便筛。得贵道："我说过不吃酒，莫筛罢！"支助道："吃杯雄黄酒应应时令。我这酒淡，不妨事。"得贵被央不过，只得吃了。支助道："后生家莫吃单杯，须吃个成双。"得贵推辞不得，又吃了一杯。支助自吃了一回，夹七夹八说了些街坊上的闲话。又斟一杯劝得贵，得贵道："醉得脸都红了，如今真个不吃了。"支助道："脸左右红了，多坐一时回去，打甚么紧？只吃这一杯罢，我再不劝你了。"

得贵前后共吃了三杯酒。他自幼在丘家被邵氏大娘拘管得严，何曾尝酒的滋味？今日三杯落肚，便觉昏醉。支助乘其酒兴，低低说道："得贵哥！我有句闲话问你。"得贵道："有甚话尽说。"支助道："你主母孀居已久，想必风情亦动。倘得个汉子同眠同睡，可不喜欢？从来寡妇都牵挂着男子，只是难得相会。你引我去试他一试何如？若得成事，重重谢你。"得贵道："说甚么话！亏你不怕罪过！我主母极是正气，闺门整肃，日间男子不许入中门，夜间同使婢持灯照顾四下，各门锁讫，然后去睡。便要引你进去，何处藏身地上？使婢不离身畔，闲话也说不得一句，你却恁地

① 踅（xué）——来回走。

乱讲!”支助道:“既如此,你的门房可来照么?”得贵道:“怎么不来照?”支助道:“得贵哥,你今年几岁了?”得贵道:“十七岁了。”支助道:“男子十六岁精通,你如今十七岁,难道不想妇人?”得贵道:“便想也没用处。”支助道:“放着家里这般标致的,早暮在眼前,好不动兴!”得贵道:“说也不该,他是主母,动不动非打则骂,见了他,好不怕哩!亏你还敢说取笑的话。”支助道:“你既不肯引我去,我教导你一个法儿,作成你自去上手何如?”得贵摇手道:“做不得,做不得,我也没有这样胆!”支助道:“你莫管做得做不得,教你个法儿,且去试他一试。若得上手,莫忘我今日之恩。”

得贵一来乘着酒兴,二来年纪也是当时了,被支助说得心痒,便问道:“你且说如何去试他?”支助道:“你夜睡之时,莫关了房门,由他开着。如今五月,天气正热,你却赤身仰卧,待他来照门时,你只推做睡着了。他若看见,必然动情。一次两次,定然打熬不过,上门就你。”得贵道:“倘不来如何?”支助道:“拼得这事不成,也不好嗔责你,有益无损。”得贵道:“依了老哥的言语,果然成事,不敢忘报。”须臾酒醒,得贵别了,是夜依计而行。正是:

商成灯下瞒天计,拨转闺中匪石①心。

论来邵氏家法甚严,那得贵长成十七岁,嫌疑之际,也该就打发出去,另换个年幼的小厮答应,岂不尽善?只为得贵从小走使服的,且又粗蠢又老实。邵氏自己立心清正,不想到别的情节上去,所以因循下来。却说是夜邵氏同婢秀姑点灯出来照门,见得贵赤身仰卧,骂:“这狗奴才,门也不关,赤条条睡着,是甚么模样?”叫秀姑与他扯上房门。若是邵氏有主意,天明后叫得贵来,说他夜里懒惰放肆,骂一顿,打一顿,得贵也就不敢了。他久旷之人,却似眼见希奇物,寿增一纪,绝不做声。得贵胆大了,到夜来,依前如此。邵氏同婢又去照门,看见又骂道:“这狗才一发不成人了,被也不盖。”叫秀姑替他把卧单扯上,莫惊醒他。此时便有些动情,奈有秀姑在旁碍眼。

到第三日,得贵出外撞见了支助。支助就问他曾用计否?得贵老实,就将两夜光景都叙了。支助道:“他叫丫头替你盖被,又教莫惊醒你,便有爱你之意,今夜决有好处。”其夜得贵依原开门,假睡而待。邵氏有意,

---

① 匪石——意志坚定。不像石头虽然坚硬却可转移。

遂不叫秀姑跟随。自己持灯来照,径到得贵床前,看见得贵赤身仰卧,禁不住春心荡漾,欲火如焚。自解去小衣,爬上床去。还只怕惊醒了得贵,悄悄地跨在身上。得贵忽然抱住,翻身转来,与之云雨:

一个久疏乐事,一个初试欢情。一个认着故物,肯轻抛?一个尝了甜头,难遽放。一个饥不择食,岂嫌小厮粗丑;一个狎恩恃爱,那怕主母威严。分明恶草藤罗,也共名花登架去;可惜清心冰雪,化为春水向东流。十年清白已成虚,一夕垢污难再说。

事毕,邵氏向得贵道:"我苦守十年,一旦失身于你,此亦前生冤债。你须谨口,莫泄于人,我自有看你之处。"得贵道:"主母分付,怎敢不依!"自此夜为始,每夜邵氏以看门为由,必与得贵取乐而后入。又恐秀姑知觉,到放个空,教得贵连秀姑奸骗了。邵氏故意欲责秀姑,却教秀姑引进得贵以塞其口。彼此河同水密,各不相瞒。得贵感支助教导之恩,时常与邵氏讨东讨西,将来奉与支助。支助指望得贵引进,得贵怕主母嗔怪,不敢开口。支助几遍讨信,得贵只得延捱下去。过了三五个月,邵氏与得贵如夫妇无异。

也是数该败露。邵氏当初做了六年亲,不曾生育,如今才得三五月,不觉便胸高腹大,有了身孕。恐人知觉不便,将银与得贵教他悄地赎贴坠胎的药来,打下私胎,免得日后出丑。得贵一来是个老实人,不晓得坠胎是甚么药;二来自得支助指教,以为恩人,凡事直言无隐。今日这件私房关目,也去与他商议。那支助是个棍徒,见得贵不肯引进自家,心中正在忿恨,却好有这个机会,便是生意上门。心生一计,哄得贵道:"这药只有我一个相识人家最效,我替你赎去。"乃往药铺中赎了固胎散四服,与得贵带回,邵氏将此药做四次吃了,腹中未见动静,叫得贵再往别处赎取好药。得贵又来问支助:"前药如何不效?"支助道:"打胎只是一次,若一次打不下,再不能打了。况这药只此一家最高,今打不下,必是胎受坚固。若再用狼虎药去打,恐伤大人之命。"得贵将此言对邵氏说了。邵氏信以为然。

到十月将满,支助料是分娩之期,去寻得贵说道:"我要合补药,必用一血孩子。你主母今当临月,生下孩子,必然不养,或男或女,可将来送我。你亏我处多,把这一件谢我,亦是不费之惠,只瞒过主母便是。"得贵应允。

过了数日，果生一男，邵氏将男溺死，用蒲包裹来，教得贵密地把去埋了。得贵答应晓得，却不去埋，背地悄悄送与支助。支助将死孩收讫，一把扯住得贵，喝道："你主母是丘元吉之妻。家主已死多年，当家寡妇，这孩子从何而得？今番我去出首。"得贵慌忙掩住他口，说道："我把你做恩人，每事与你商议，今日何反面无情？"支助变着脸道："干得好事！你强奸主母，罪该凌迟，难道叫句恩人就罢了？既知恩当报恩，你作成得我什么事？你今若要我不开口，可问主母讨一百两银子与我，我便隐恶而扬善；若然没有，决不干休。现有血孩作证，你自到官司去辩，连你主母做不得人。我在家等你回话，你快去快来。"

急得得贵眼泪汪汪，回家料瞒不过，只得把这话对邵氏说了。邵氏埋怨道："此是何等东西，却把做礼物送人！坑死了我也！"说罢，流泪起来。得贵道："若是别人，我也不把与他，因他是我的恩人，所以不好推托。"邵氏道："他是你什么恩人？"得贵道："当初我赤身仰卧，都是他教我的方法来调引你。没有他时，怎得你我今日恩爱？他说要血孩合补药，我好不奉他？谁知他不怀好意！"邵氏道："你做的事，忒不即溜，当初是我一念之差，堕在这光棍术中，今已悔之无及。若不将银买转孩子，他必然出首，那时难以挽回。"只得取出四十两银子，教得贵拿去与那光棍赎取血孩，背地埋藏，以绝祸根。

得贵老实，将四十两银子双手递与支助，说道："只有这些，你可将血孩还我罢！"支助得了银子，贪心不足，思想："此妇美貌，又且囊中有物。借此机会，倘得捱身入马，他的家事在我掌握之中，岂不美哉！"乃向得贵道："我说要银子，是取笑话。你当真送来，我只得收受了。那血孩我已埋讫。你可在主母前引荐我与他相处，倘若见允，我替他持家，无人敢欺负他，可不两全其美？不然，我仍在地下掘起孩子出首，限你五日内回话。"得贵出于无奈，只得回家，述与邵氏。邵氏大怒道："听那光棍放屁，不要理他！"得贵遂不敢再说。

却说支助将血孩用石灰腌了，仍放蒲包之内，藏于隐处。等了五日，不见得贵回话。又捱了五日，共是十日。料得产妇也健旺了，乃往丘家门首，伺候得贵出来，问道："所言之事济否？"得贵摇头道："不济，不济！"支助更不问第二句，望门内直闯进去。得贵不敢拦阻，到走往街口远远的打听消息，邵氏见有人走进中堂。骂道："人家内外各别，你是何人，突入吾室?"支助道:"小人姓支名助,是得贵哥的恩人。"邵氏心中已知,便道:"你要寻得贵,在外边去,此非你歇脚之处!"支助道:"小人久慕大娘,有如饥渴。小人纵不才,料不在得贵哥之下,大娘何必峻拒①?"邵氏听见话不投机,转身便走。支助赶上,双手抱住,说道:"你的私孩,现在我处。若不从我,我就首官。"邵氏忿怒无极,只恨摆脱不开,乃以好言哄之。道:"日里怕人知觉,到夜时,我叫得贵来接你。"支助道:"亲口许下,切莫失信。"放开了手,走几步,又回头,说道:"我也不怕你失信!"一直出外去了。

气得邵氏半晌无言,珠泪纷纷而坠。推转房门,独坐凳子上,左思右想,只是自家不是。当初不肯改嫁,要做上流之人,如今出乖露丑,有何颜见诸亲之面?又想道:"日前曾对众发誓:'我若事二姓,更二夫,不是刀下亡,便是绳上死。'我今拼这性命,谢我亡夫于九泉之下,却不干净!"秀姑见主母啼哭,不敢上前解劝,守住中门,专等得贵回来。

得贵在街上望见支助去了,方才回家,见秀姑问:"大娘呢?"秀姑指道:"在里面。"得贵推开房门看主母。却说邵氏取床头解手刀一把,欲要自刎,担手不起。哭了一回,把刀放在桌上。在腰间解下八尺长的汗巾,打成结儿,悬于梁上,要把颈子套进结去。心下辗转凄惨,禁不住呜呜咽咽的啼哭。忽见得贵推门而进,陡然触起他一点念头:"当初都是那狗才做圈做套,来作弄我,害了我一生名节!"说时迟,那时快,只就这点念头起处,仇人相见,分外眼红,提起解手刀,望得贵当头就劈。那刀如风之快,恼怒中气力倍加,把得贵头脑劈做两界,血流满地,登时呜呼了。邵氏着了忙,便引颈受套,两脚蹬开凳子,做一个秋千把戏:

地下新添冤恨鬼,人间少了俏孤孀。

常言:"赌近盗,淫近杀。"今日只为一个"淫"字,害了两条性命。且说秀姑平昔惯了,但是得贵进房,怕有别事,就远远闪开。今番半晌不见则声,心中疑惑。去张望时,只见上吊一个,下横一个,吓得秀姑软做一团。按定了胆,把房门款上。急跑到叔公丘大胜家中报信。丘大胜大惊,转报邵氏父母,同到丘家,关上大门,将秀姑盘问致死缘由。原来秀姑不认得支助,连血孩诈去银子四十两的事,都是瞒着秀姑的。以此秀姑只将

① 峻拒——断然拒绝。

邵氏得贵平昔奸情叙了一遍。“今日不知何故两个都死了？”三番四复问他，只如此说。邵公邵母听说奸情的话，满面羞惭，自回去了，不管其事。丘大胜只得带秀姑到县里出首。知县验了二尸，一名得贵，刀劈死的；一名邵氏，缢死的。审问了秀姑口辞，知县道：“邵氏与得贵奸情是的；主仆之分已废，必是得贵言语触犯，邵氏不忿，一时失手，误伤人命，情慌自缢，更无别情。”责令丘大胜殡殓。秀姑知情，问杖官卖。

再说支助自那日调戏不遂回家，还想赴夜来之约。听说弄死了两条人命，吓了一大跳，好几时不敢出门。一日早起，偶然捡着了石灰腌的血孩，连蒲包拿去抛在江里。遇着一个相识叫做包九，在仪真闸上当夫头，问道：“支大哥，你抛的是什么东西？”支助道：“腌几块牛肉，包好了，要带出去吃的，不期臭了。九哥，你两日没甚事？到我家吃三杯。”包九道：“今日忙些个，苏州府况钟老爷驰驿复任，即刻船到，在此趱夫哩！”支助道：“既如此，改日再会。”支助自去了。

却说况钟原是吏员出身，礼部尚书胡濙荐为苏州府太守，在任一年，百姓呼为“况青天”。因丁忧回籍，圣旨夺情起用，特赐驰驿赴任。船至仪真闸口，况爷在舱中看书，忽闻小儿啼声出自江中，想必溺死之儿。差人看来，回报：“没有。”如此两度。况爷又闻啼声，问众人皆云不闻。况爷口称怪事，推窗亲看，只见一个小小蒲包，浮于水面。况爷叫水手捞起，打开看了，回复：“是一个小孩子。”况爷问：“活的死的？”水手道：“石灰腌过的，像死得久了。”况爷想道：“死的如何会啼？况且死孩子，抛掉就罢了，何必灰腌，必有缘故！”叫水手，把这死孩连蒲包放在船头上：“如有人晓得来历，密密报我，我有重赏。”水手奉钧旨，拿出船头。恰好夫头包九看见小蒲包，认得是支助抛下的。“他说是臭牛肉，如何却是个死孩？”遂进舱禀况爷：“小人不晓得这小孩子的来历，却认得抛那小孩子在江里这个人，叫做支助。”况爷道：“有了人，就有来历了。”一面差人密拿支助，一面请仪真知县到察院中同问这节公事。

况爷带了这死孩，坐了察院。等得知县来时，支助也拿到了。况爷上坐，知县坐于左手之旁。况爷因这仪真不是自己属县，不敢自专，让本县推问。那知县见况公是奉过敕书的，又且为人古怪，怎敢僭越。推逊了多时，况爷只得开言，叫：“支助，你这石灰腌的小孩子，是那里来的？”支助正要抵赖，却被包九在旁指实了，只得转口道：“小的见这脏东西在路旁不便,将来抛向江里,其实不知来历。"况爷问包九:"你看见他在路旁捡的么?"包九道:"他抛下江里,小的方才看见。问他什么东西,他说是臭牛肉。"况爷大怒道:"既假说臭牛肉,必有瞒人之意!"喝教手下选大毛板,先打二十再问。况爷的板子利害,二十板抵四十板还有余,打得皮开肉绽,鲜血迸流。支助只是不招。况爷喝教夹起来。

况爷的夹棍也利害,第一遍,支助还熬过;第二遍,就熬不得了,招道:"这死孩是邵寡妇的。寡妇与家童得贵有奸,养下这私胎来。得贵央小的替他埋藏,被狗子扒了出来。故此小的将来抛在江里。"况爷见他言词不一。又问:"你肯替他埋藏,必然与他家通情。"支助道:"小的并不通情,只是平日与得贵相熟。"况爷道:"他埋藏只要朽烂,如何把石灰腌着?"支助支吾不来,只得磕头道:"青天爷爷,这石灰其实是小的腌的。小的知邵寡妇家殷实,欲留这死孩去需索他几两银子。不期邵氏与得贵都死了,小的不遂其愿,故此抛在江里。"况爷道:"那妇人与小厮果然死了么?"知县在旁边起身打一躬,答应道:"死了,是知县亲验过的。"况爷道:"如何便会死?"知县道:"那小厮是刀劈死的,妇人是自缢的。知县也曾细详,他两个奸情已久,主仆之分久废。必是小厮言语触犯,那妇人一时不忿,提刀劈去,误伤其命,情慌自缢,别无他说。"况爷肚里踌躇:"他两个既然奸密,就是语言小伤,怎下此毒手!早间死孩儿啼哭,必有缘故!"遂问道:"那邵氏家还有别人么?"知县道:"还有个使女,叫做秀姑,官卖去了。"况爷道:"官卖,一定就在本地。烦贵县差人提来一审,便知端的。"知县忙差快手去了。

不多时,秀姑拿到,所言与知县相同。况爷踌躇了半晌,走下公座,指着支助,问秀姑道:"你可认得这个人?"秀姑仔细看了一看,说道:"小妇人不识他姓名,曾认得他嘴脸。"况爷道:"是了,他和得贵相熟,必然曾同得贵到你家去。你可实说;若半句含糊,便上拶。"秀姑道:"平日间实不曾见他上门,只是结末来,他突入中堂,调戏主母,被主母赶去。随后得贵方来,主母正在房中啼哭。得贵进房,不多时两个就都死了。"况爷喝骂支助:"光棍!你不曾与得贵通情,如何敢突入中堂?这两条人命,都因你起!"叫手下:"再与我夹起来!"支助被夹昏了,不由自家做主,从前至尾,如何教导得贵哄诱主母;如何哄他血孩到手,诈他银子;如何挟制得贵要他引入同奸;如何闯入内室,抱住求奸,被他如何哄脱了,备细说了一遍:"后来死的情由,其实不知。"况爷道:"这是真情了。"放了夹,叫书吏取了口词明白。知县在旁,自知才力不及,惶恐无地。况爷提笔,竟判审单:

审得支助,奸棍也。始窥寡妇之色,辄起邪心;既秉弱仆之愚,巧行诱语。开门裸卧,尽出其谋;固胎取孩,悉堕其术。求奸未能,转而求利;求利未厌,仍欲求奸。在邵氏一念之差,盗铃尚思掩耳;及支助几番之诈,探箧加以逾墙。以恨助之心恨贵,恩变为仇;于杀贵之后自杀,死有余愧。主仆既死勿论,秀婢已杖何言。惟是恶魁,尚逃法网。包九无心而遇,腌孩有故而啼,天若使之,罪难容矣!宜坐致死之律,兼追所诈之赃。

况爷念了审单,连支助亦甘心服罪。况爷将此事申文上司,无不夸奖大才;万民传颂,以为包龙图复出,不是过也。这一家小说,又题做《况太守断死孩儿》。有诗为证:

俏邵娘见欲心乱,蠢得贵福过灾生。
支赤棍奸谋似鬼,况青天折狱如神。

第三十六卷　皂角林大王假形

富贵还将智力求,仲尼年少合封侯。
时人不解苍天意,空使身心半夜愁。

话说汉帝时,西川成都府有个官人,姓栾名巴,少好道术,官至郎中,授得豫章太守,择日上任。不则一日,到得半路,远近接见;到了豫章,交割牌印已毕。原来豫章城内有座庙,唤做庐山庙。好座庙!但见:

苍松偃盖,古桧蟠龙。侵云碧瓦鳞鳞,映日朱门赫赫。巍峨形势,控万里之澄江;生杀威灵,总一方之祸福。新建庙牌镌古篆,两行庭树种宫槐。

这座庙甚灵,有神能于帐中共人说话,空中饮酒掷杯。豫章一郡人,尽来祈求福德,能使江湖分风举帆,如此灵应。这栾太守到郡,往诸庙拈香。次至庐山庙,庙祝参见。太守道:"我闻此庙有神最灵,能对人言,我欲见之集福。"太守拈香下拜道:"栾巴初到此郡,特来拈香,望乞圣慈,明彰感应。”问之数次,不听得帐内则声。太守焦躁道:“我能行天心正法,此必是鬼,见我害怕,故不敢则声。”向前招起帐幔,打一看时,可煞作怪,那神道塑像都不见了。这神道是个作怪的物事,被栾太守来看,故不敢出来。太守道:“庙鬼诈为天官,损害百姓。”即时教手下人把庙来拆毁了。太守又恐怕此鬼游行天下,所在血食,诳惑良民,不当稳便,乃推问山川社稷,求鬼踪迹。

却说此鬼走至齐郡,化为书生,风姿绝世,才辨无双。齐郡太守却以女妻之。栾太守知其所在,即上章解去印绶,直至齐郡,相见太守,往捕其鬼。太守召其女婿出来,只是不出。栾太守曰:“贤婿非人也,是阴鬼诈为天官,在豫章城内被我追捕甚急,故走来此处。今欲出之甚易。”乃请笔砚书成一道符,向空中一吹,一似有人接去的。那一道符,径入太守女儿房中。且说书生在房里觑着浑家道:“我去必死!”那书生口衔着符,走至栾太守面前。栾太守打一喝:“老鬼何不现形!”那书生即变为一老狸,叩头乞命。栾太守道:“你不合损害良民,依天条律令处斩。”喝一声,但见刀下,狸头坠地,遂乃平静。

说话的说这栾太守断妖则甚?今日一个官人,只因上任,平白地惹出一件跷蹊作怪底事来,险些坏了性命。却说大宋宣和年间,有个官人姓赵名再理,东京人氏,授得广州新会县知县。这广州怎见得好?有诗道:

苏木沉香劈作柴,荔枝圆眼绕篱栽。
船通异国人交易,水接他邦客往来。
地暖三冬无积雪,天和四季有花开。
广南一境真堪羡,琥珀珠琛玳瑁阶。

当下辞别了母亲妻子,带着几个仆从迤逦登程。非止一日,到得本县,众官相贺。第一日谒庙行香,第二日交割牌印,第三日打断公事。只见:

冬冬牙鼓响,公吏两边排。
阎王生死案,东岳摄魂台。

知县恰才坐衙,忽然打一喷嚏,厅上阶下众人也打喷嚏。客将复判县郎中:“非敢学郎中打喷嚏。离县九里有座庙,唤做皂角林大王庙。庙前有两株皂角树,多年结成皂角,无人敢动,蛀成末子。往时官府到任,未理公事,先去拈香。今日判县郎中不曾拈香。大王灵圣,一阵风吹皂角末到此。众人闻了皂角末,都打喷嚏。”知县道:“作怪!”即往大王庙烧香。到

得庙前,离鞍下马。庙祝接到殿上,拈香拜毕。知县揭起帐幔,看神道怎生结束:

戴顶簇金蛾帽子,着百花战袍,系蓝田碧玉带,抹绿绣花靴。脸子是一个骷髅,去骷髅眼里生出两只手来,左手提着方天戟,右手结印。

知县大惊,问庙官:"春秋祭赛何物?"庙官复知县:"春间赛七岁花男,秋间赛个女儿。都是地方敛钱,预先买贫户人家儿女。临祭时将来背剪在柱上剖腹取心,劝大王一杯。"知县大怒,教左右执下庙官送狱勘罪:"下官初授一任,为民父母,岂可枉害人性命!"即时教从人打那泥神,点火把庙烧做白地。一行人簇拥知县上马。只听得喝道:"大王来!大王来!"问左右是甚大王,客将复告:"是皂角林大王。"知县看时,红纱引道,闹装银鞍马,上坐着一个鬼王,眼如漆丸,嘴尖数寸,妆束如庙中所见。知县叫取弓箭来,一箭射去。昏天闭日,霹雳交加,射百道金光,大风起飞砂走石,不见了皂角林大王。人从扶策知县归到县衙。明日依旧判断公事。众父老下状要与皂角林大王重修庙宇。知县焦躁,把众父老赶出来。说这广州有数般瘴气:

欲说岭南景,闻知便大忧。
巨象成群走,巴蛇捉对游,
鸩鸟藏枯木,含沙隐渡头,
野猿啼叫处,惹起故乡愁。

赵知县自从烧了皂角林大王庙,更无些个事。在任治得路不拾遗,犬不夜吠,丰稔年熟。

时光似箭,不觉三年。新官上任,赵知县带了人从归东京。在路行了几日,离那广州新会县有二千余里。来到座馆驿,唤做峰头驿。知县入那馆驿安歇。仆从唱了下宿喏。到明朝,天色已晓,赵知县开眼看时,衣服箱笼都不见。叫人从时,没有人应。叫管驿子,也不应。知县披了被起来,开放阁门看时,不见一人一骑。馆驿前后并没一人。慌忙出那馆驿门外看时:

经年无客过,尽日有云收。

思量:"从人都到那里去了?莫是被强寇劫掠?"披着被,飞也似下那峰头驿。行了数里,没一个人家,赵知县长叹一声,自思量道:"休,休!生作湘江岸上人，死作路途中之鬼。”远远地见一座草舍，知县道：“惭愧！”行到草舍，见一个老丈，便道：“老丈拜揖，救赵再理性命则个！”那老儿见知县披着被，便道：“官人如何恁的打扮？”知县道：“老丈，再理是广州新会县知县，来到这峰头驿安歇。到晓，人从行李都不见。”老儿道：“却不作怪！”也亏那老儿便教知县入来，取些旧衣服换了，安排酒饭请他。住了五六日，又措置盘费撺掇知县回东京去。知县谢了出门。

夜住晓行，不则一日，来到东京。归去那对门茶坊里，叫点茶婆婆：“认得我？”婆婆道：“官人失望。”赵再理道：“我便是对门赵知县，归到峰头驿安歇，到晓起来，人从担仗都不见一个。罪过村间一老儿与我衣服盘费。不止一日，来到这里。”婆婆道：“官人错了！对门赵知县归来两个月了。”赵再理道：“先归的是假，我是真的。”婆婆道：“那得有两个知县？”再理道：“相烦婆婆叫我妈妈过来。”婆婆仔细看时，果然和先前归来的不差分毫。只得走过去，只见赵知县在家坐地。婆婆道了万福，却和外面一般的。入到里面，见了妈妈道：“外面又有一个知县归来。”妈妈道：“休要胡说！我只有一个儿子，那得有两个知县来！”婆婆道：“且去看一看。”走到对门，赵再理道：“妈妈认得儿？”妈妈道：“汉子休胡说！我只有一个儿子，那得两个？”赵再理道：“儿是真的！儿归到峰头驿，睡了一夜，到晓，人从行李都不见了。如此这般，来到这里。”看的人挤肩叠背，拥约不开。赵再理䏂着娘不肯放。点茶的婆婆道：“生知县时须有个瘢痕隐记。”妈妈道：“生那儿时，脊背下有一搭红记。”脱下衣裳，果然有一搭红记。看的人发一声喊：“先归的是假的！”

却说对门赵知县问门前为甚乱嚷，院子道：“门前又一个知县归来。”赵知县道：“甚人敢恁的无状！我已归来了，如何又一个赵知县？”出门，看的人都四散走开。知县道：“妈妈，这汉是甚人？如何扯住我的娘无状！”娘道：“我儿身上有红记，是真的。”赵知县也脱下衣裳。众人大喊一声，看那脊背上，也有一搭红记。众人道：“作怪！”赵知县送赵再理去开封府。正值大尹升堂。那先回的赵知县，公然冠带入府，与大尹分宾而坐，谈是说非。大尹先自信了，反将赵再理喝骂，几番便要用刑拷打。赵再理理直气壮，不免将峰头驿安歇事情，高声抗辩。

大尹再三不决，猛省思量：“有告札文凭是真的。”便问赵再理：“你是真的，告札文凭在那里？”赵再理道：“在峰头驿都不见了。”大尹台旨，教客将请假的赵知县来。太守问:“判县郎中,可有告札文字在何处?”知县道:“有。”令人去妈妈处取来呈上。大尹叫:“赵再理,你既是真的,如何官告文凭,却在他处?”再理道:“告大尹,只因在峰头驿失去了。却问他几年及第?试官是兀谁?当年做甚题目?因何授得新会县知县?”大尹思量道:“也是。”问那假的赵知县,一一对答,如赵再理所言,并无差误。大尹一发决断不下。那假的赵知县归家,把金珠送与推款司。自古“官不容针,私通车马。”推司接了假的知县金珠,开封府断配真的出境,直到兖州奉符县。两个防送公人,带着衣包雨伞,押送上路。

不则一日,行了三四百里路,地名青岩山脚下,前后都没有人家。公人对赵再理道:“官人,商量句话。你到牢城营里,也是担土挑水,作塌杀你,不如就这里寻个自尽。非甘我二人之罪,正是上命差遣,盖不由己。我两个去本地官司讨得回文。你便早死,我们也得早早回京。”赵再理听说,叫苦连天:“罢,罢!死去阴司告状理会!”当时颤做一团,闭着眼等候棍子落下。

公人手里把着棍子,口里念道:“善去阴司,好归地府。”恰才举棍要打,只听得背后有人大叫道:“防送公人不得下手!”吓得公人放下棍子,看时,见一个六七岁孩儿,裹着光纱帽,绿襕衫,玉束带,甜鞋净袜,来到目前。公人问:“是谁?”说道:“我非是人。”吓得两个公人,喏喏连声。便道:“他是真的赵知县,却如何打杀他?我与你一笏银,好看承他到奉符县。若坏了他性命,教你两个都回去不得。”一阵风,不见了小儿。二人便对赵知县道:“莫怪,不知道是真的!若得回东京,切莫题名。”迤逦来到奉符县牢城营,端公交割了。公人说上项事,端公便安排书院,请那赵知县教两个孩儿读书,不教他重难差役。然虽如此,坐过公堂的人,却教他做这勾当,好生愁闷,难过日子。不觉捱了一年。

时遇春初,往后花园闲步散闷。见花柳生芽,百禽鸣舞。思想为官一场,功名已付之度外,奈何骨肉分离,母子夫妻俱不相认。不知前生作何罪业,受此恶报,糊口于此,终无出头之日,凄然堕下泪来。猛见一所池子,思量:“不如就池里投水而死,早去阴司地府告理他。”叹了口气,觑着池里一跳。只听得有人叫道:“不得投水!”回头看时,又见个光纱帽,绿襕衫,玉束带孩儿道:“知县,婆婆教你三月三日上东峰东岳左廊下,见九子母娘娘,与你一件物事,上东京报仇。”赵知县拜谢道:“尊神,如今在东京假赵某的是甚人?”孩儿道:“是广州皂角林大王。”说罢,一阵风不见了。

巴不得到三月三日,辞了端公,往东峰东岱岳烧香。上得岳庙,望那左廊下,见九子母娘娘,拜祝再三。转出庙后,有人叫:“赵知县!”回头看时,见一个孩儿,挽着三个角儿,棋子布背心,道:“婆婆叫你。”随那小儿,行半里田地看时,金钉朱户,碧瓦雕梁。望见殿上坐着一个婆婆,眉分两道雪,髻挽一窝丝,有三四个孩儿,叫:“恩人来了。”如何叫赵知县是恩人?他在广州做知县时,一年便救了两个小厮,三年便救几人性命,因此叫做恩人。知县在阶下拜求。婆婆便请知县上殿来:“且坐,安排酒来。”数杯酒后,婆婆道:“现今在东京夺你家室的,是皂角林大王。官司如何断决得!我念你有救童男童女之功,却用救你。”便叫第三个孩儿:“你取将那件物事。”孩儿手里托着黄帕,包着一个盒儿。婆婆去头上拔一只金钗,分付知县道:“你去那山脚下一所大池边头一株大树,把金钗去那树上敲三敲,那水面上定有夜叉出来。你说是九子母娘娘差来,便带你到龙宫海藏取一件物事在盒子内,便可往东京坏那皂角林大王。”知县拜谢婆婆,便下东峰东岱岳来。

到山脚下,寻见池子边大树,用金钗去敲三敲。一阵风起,只见水面上一个夜叉出来,问:“是甚人?”便道:“奉九子母娘娘命,来见龙君。”夜叉便入去,不多时,复出来,叫知县闭目。只听得风雨之声。夜叉叫开眼,看时:

霭霭祥云笼殿宇,依依薄雾罩回廊。

夜叉教知县把那盒子来。知县便解开黄袱,把那盒子与夜叉。夜叉揭开盒盖,去那殿角头叫恶物过来。只见一件东西,似龙无角,似虎有鳞,入于盒内。把盒盖定,把黄袱包了,付与知县牢收,直到东京去坏皂角林大王。夜叉依旧教他闭目,引出水中。

知县离了东峰东岱岳,到奉符县,一路上自思量:“要去问牢城营端公还是不去好?我是配来的罪人,定不肯放我去。留住便坏了我的事,不如一径取路。”过了奉符县 ,趁金水银堤汴河船,直到东京开封府前,大声叫屈:“我是真的赵知县,却配我到兖州奉符县。如今占住我浑家的不是人,是广州新会县皂角林大王!”众人都拥将来看,便有做公的捉入府来,驱到厅前阶下。大尹问道:“配去的罪人,辄敢道我打断不明!”赵知县告大尹:“再理授得广州新会县知县,第一日打断公事,忽然打一个喷嚏,厅上厅下人都打喷嚏。客将禀覆:‘离县九里有座皂角林大王庙,庙前有两株皂角树,多年蛀成末,无人敢动。判县郎中不曾拈香,所以大王显灵,吹皂角末来打喷嚏。’再理即时备马往庙拈香,见神道形容怪异,眼里伸出两只手来。问庙祝春秋祭赛何物,复道:‘春赛祭七岁花男,秋赛祭一童女,背绑那将军柱上,剖腹取心供养。’再理即时将庙官送狱究罪,焚烧了庙宇神像。回来路上,又见喝:‘大王来!’红纱照道。再理又射了一箭,次后无事。捻指三年任满,到半路馆驿安歇。到天明起来,三十余人从者不见一人。上至头巾,下至衣服,并不见。只得披着被走乡中,亏一个老儿赠我衣服盘费,得到东京。不想大尹将再理断配去奉符县。因上东峰东岱岳,遇九子母娘娘,得其一物,在盒子中,能坏得皂角林大王。若请那假知县来,坏他不得,甘罪无辞。”大尹道:“你且开盒子先看一看,是甚物件。”再理告大尹:“看不得。揭开后,坏人性命。”

大尹教押过一边,即时请将假知县来,到厅坐下。大尹道:“有人在此告判县郎中非人,乃是广州新会县皂角林大王。”假知县听说,面皮通红,问道:“是谁说的?”大尹道:“那真赵知县上东峰东岱岳,遇九子母娘娘所说。”假知县大惊,仓皇欲走。那真的赵知县在阶下,也不等大尹台旨,解开黄袱,揭开盒子。只见风雨便下,伸手不见掌。须臾,云散风定,就厅上不见了假的知县。大尹吓得战做一团,只得将此事奏知道君皇帝。降了三个圣旨:第一开封府问官追官勒停;第二赵知县认了母子,仍旧补官;第三广州一境不许供养神道。

赵知县到家,母亲妻子号啕大哭。“怎知我儿却是真的!”叫那三十余人从问时,复道:“驿中五更前后,教备马起行,怎知是假的!”众人都来贺喜,问盒中是何物,便坏得皂角林大王。赵知县道:“下官亦不认得是何物。若不是九子母娘娘,满门被这皂角林大王所坏。须往东峰东岱岳烧香拜谢则个。”即便拣日,带了妈妈浑家仆从,上汴河船,直到兖州奉符县,谢了端公。那端公晓得是真赵知县,奉承不迭。

住了三两日,上东峰东岱岳来。入得庙门,径来左廊下谢那九子母娘娘。烧罢香,拜谢出门。妈妈和浑家先下山去。赵知县带两个仆人往山后闲行,见怪石上坐一个婆婆,颜如莹玉,叫一声:“赵再理,你好喜也!”赵知县上前认时,便是九子母娘娘。赵知县即时拜谢。娘娘道:“早来祈祷之事,吾已都知。盒子中物,乃是东峰东岱岳一个狐狸精。皂角林大王,乃是阴鼠精。非狸不能捕鼠。知县不妨到御前奏上,宣扬道力。”道罢,一阵风不见了。赵知县骇然大惊。下山来,对妈妈浑家说知,感谢不尽。直到东京,奏知道君皇帝。此时道教方当盛行,降一道圣旨,逢州遇县,都盖九子母娘娘神庙。至今庙宇犹有存者。诗云:

世情宜假不宜真,信假疑真害正人。
若是世人能辨假,真人不用诉明神。

第三十七卷　万秀娘仇报山亭儿①

春浓花艳佳人胆,月黑风高壮士心。
讲论只凭三寸舌,秤评天下浅和深。

话说山东襄阳府,唐时唤做山南东道。这襄阳府城中,一个员外姓万,人叫做万员外。这个员外,排行第三,人叫做万三官人。在襄阳府市里住,一壁开着干茶铺,一壁开着茶坊。家里一个茶博士②,姓陶,小名叫做铁僧。自从小时绾着角儿,便在万员外家中掉盏子③,养得长成二十余岁,是个家生孩儿。当日茶市罢,万员外在布帘底下,张见陶铁僧这厮栾④四十五现钱⑤在手里。万员外道:“且看如何?”原来茶博士市语⑥,唤做“走州府”。且如道市语说“今日走到余杭县”,这钱,一日只稍⑦得四十五钱,余杭是四十五里;若说一声“走到平江府”,早一日稍三百六十足。若还信脚走到“西川成都府”,一日却是多少里田地!万员外望见

① 山亭儿——用泥土制作的风景建筑物等。
② 博士——古代对茶坊伙计,手工艺者的尊称。
③ 掉盏子——指卖茶的杂活。
④ 栾——即挛,手心握着。
⑤ 见钱——现钱。
⑥ 市语——行话,隐语。
⑦ 稍——藏,偷。

了,且道:“看这厮如何?”只见陶铁僧栾了四五十钱,鹰觑鹘望,看布帘里面,约莫没人见,把那现钱怀中便搋①。

万员外慢腾腾地掀开布帘出来,柜身里凳子上坐地,见陶铁僧舒手去怀里摸一摸,唤做“自搜”,腰间解下衣带,取下布袱,两只手提住布袱角,向空一抖,拍着肚皮和腰,意思间分说:教万员外看道,我不曾偷你钱。万员外叫过陶铁僧来问道:“方才我见你栾四五十钱在手里,望这布帘里一望了,便搋了。你实对我说,钱却不计利害②。见你解了布袋,空中抖一抖,真个瞒得我好!你这钱藏在那里?说与我,我到饶你;若不说,送你去官司。”陶铁僧叉大姆指不离方寸地道:“告员外,实不敢相瞒,是有四五十钱,安在一个去处。”那厮指道:“安在挂着底浪荡灯③铁片儿上。”万员外把凳子站起脚上去,果然是一垛儿,安着四五十钱。万员外复身再来凳上坐地,叫这陶铁僧来问道:“你在我家里几年?”陶铁僧道:“从小里,随先老底④便在员外宅里掉茶盏抹托子。自从老底死后,罪过员外收留,养得大,却也有十四五年。”万员外道:“你一日只做偷我五十钱,十日五百,一个月一贯五百,一年十八贯,十五来年,你偷了我二百七十贯钱。如今不欲送你去官司,你且闲休⑤!”当下发遣了陶铁僧。这陶铁僧辞了万员外,收拾了被包,离了万员外茶坊里。

这陶铁僧小后生家,寻常和罗棰⑥不曾收拾得一个,包裹里有得些个钱物,没十日都使尽了。又被万员外分付尽一襄阳府开茶坊底行院,这陶铁僧没经纪,无讨饭吃处。当时正是秋间天色,古人有一首诗道:

柄柄芰荷枯,叶叶梧桐坠。
细雨洒霏微,催促寒天气。
蛩吟败草根,雁落平沙地。
不是路途人,怎知这滋味。

---

① 搋(chuāi)——藏纳。
② 钱却不计利害——不计较钱,不必交还。
③ 浪荡灯——悬空挂着的灯。
④ 老底——父亲。
⑤ 闲休——歇息,即辞退他的工。
⑥ 和罗棰——乞丐唱歌时应节的板。意思是连起码的谋生技艺都没有。

一阵价起底是秋风,一阵价下的是秋雨。陶铁僧当初只道是除了万员外不要得我,别处也有经纪处;却不知这万员外都分付了行院,没讨饭吃处。那厮身上两件衣裳,生绢底衣服,渐渐底都曹①破了;黄草②衣裳,渐渐底卷将来。曾记得建康府申二官人有一词儿,名唤做《鹧鸪天》:

黄草秋深最不宜,肩穿袖破使人悲。领单色旧褑先卷,怎奈金风早晚吹。　　才挂体,皱双眉。出门羞赧见相知。邻家女子低声问,觅与奴糊隔帛儿③。

陶铁僧看着身上黄草布衫卷将来,风飕飕地起,便再来周行老家中来。心下自道:"万员外忒恁地毒害!便做我拿了你三五十钱,你只不使我便了。'那个猫儿不偷食'?直分付尽一襄阳府开茶坊底教不使我,致令我而今没讨饭吃处。这一秋一冬,却是怎地计结?做甚么是得?"正恁地思量,则见一个男人来行老家中道:"行老,我问你借一条匾担。"那周行老便问道:"你借匾担做甚么?"那个哥哥道:"万三员外女儿万秀娘,死了夫婿,今日归来。我问你借匾担去挑笼仗④则个。"陶铁僧自道:"我若还不被赶了,今日我定是同去搬担,也有百十钱赚。"当时越思量越烦恼,转恨这万员外。陶铁僧道:"我如今且出城去,看这万员外女儿归,怕路上见他,告这小娘子则个。怕劝得他爹爹,再去求得这经纪也好。"陶铁僧拽开脚出这门去,相次⑤到五里头,独自行。身上又不齐不整,一步懒了一步。正恁地行,只听得后面一个人叫道:"铁僧,我叫你。"回头看那叫底人时,却是:

人材凛凛,掀翻地轴鬼魔王;容貌堂堂,撼动天关夜叉将。

陶铁僧唱喏道:"大官人叫铁僧做什么?"大官人道:"我几遍在你茶坊里吃茶,都不见你。"铁僧道:"上复大官人,这万员外不近道理,赶了铁僧多日。则恁地赶了铁僧,兀自来利害,如今直分付一襄阳府开茶坊行院,教不得与铁僧经纪。大官人看,铁僧身上衣裳都破了,一阵秋风起,饭

---

① 曹——同糟。
② 黄草——粗麻布。
③ 隔帛儿——用几层破布糊成的准备做鞋垫或鞋帮用的东西。
④ 笼仗——行李。
⑤ 相次——差不多。

也不知在何处吃？不是今秋饿死，定是今冬冻死。”那大官人问道：“你如今却那里去？”铁僧道：“今日听得说万员外底女儿万秀娘死了夫婿，带着一个房卧，也有数万贯钱物，到晚归来。欲待拦住万小娘子，告他则个。”大官人听得，道是：

入山擒虎易，开口告人难。

大官人说：“大丈夫，告他做什么？”把似①告他，何似自告！”自便把指头指一个去处，叫铁僧道：“这里不是说话处，随我来。”两个离了五里头大路，入这小路上来。见一个小小地庄舍寂静去处，这座庄：

前临剪径②道，背靠杀人冈。远看黑气冷森森，近视令人心胆丧。料应不是孟尝家，只会杀人并放火。

大官人见庄门闭着，不去敲那门，就地上捉一块砖，撒放屋上。顷刻之间，听得里面掣玷抽闩③，开放门，一个大汉出来。看这个人兜腮卷口，面上刺着六个大字。这汉不知怎地，人都叫他做大字焦吉。出来与大官人厮叫了，指着陶铁僧问道：“这个是甚人？”大官人道：“他今日看得外婆家，报与我是好一拳买卖。”三个都入来大字焦吉家中。大官人腰里把些碎银子，教焦吉买些酒和肉来共吃。陶铁僧吃了，便去打听消息，回来报说道：“好教大官人得知，如今笼仗什物，有二十来担，都搬入城去了。只有万员外的女儿万秀娘与他万小员外，一个当直唤做周吉，一担细软头面金银钱物笼子，共三个人，两匹马。到黄昏前后到这五里头，要赶门入去。”大官人听得说，三人把三条朴刀，叫：“铁僧随我来。”去五里头林子前等候。

果是黄昏左右，万小员外和那万秀娘，当直周吉，两个使马的，共五个人，待要入城去。行到五里头，见一所林子，但见：

远观似突兀云头，近看似倒悬雨脚。

影摇千尺龙蛇动，声撼半天风雨寒。

那五个人方才到林子前，只听得林子内大喊一声，叫道：“紫金山三百个

---

① 把似——与其。

② 剪径——拦路抢劫。

③ 掣玷(diàn)抽闩(shuān)——玷，用来顶撑门户的木头；闩，门闩。意为拿开撑木，拔去门闩。

好汉且未消出来，恐怕唬了小员外共小娘子!”三条好汉，三条朴刀，唬得五个人顶门上荡了三魂，脚板下走了七魄。两个使马的都走了，只留下万秀娘、万小员外、当直周吉三人。大汉道:“不坏你性命，只多留下买路钱!”万小员外教周吉把与他。周吉取一锭二十五两银子把与这大汉。那焦吉见了道:“这厮，却不叵耐你！我们却只值你一锭银子!”拿起手中朴刀，看着周吉，要下手了。那万小员外和万秀娘道:“如壮士要时，都把去不妨。”大字焦吉担着笼子，却待入这林子去，只听得万小员外叫一声道:“铁僧，却是你来劫我!”唬得焦吉放了担子道:“却不利害！若放他们去，明日襄阳府下状，捉铁僧一个去，我两个怎地计结?”都赶来看着小员外，手起刀举，道声:“着!”看小员外时:

身如柳絮飘飏，命似藕丝将断。

大字焦吉一下朴刀杀了万小员外和那当直周吉，拖这两个死尸入林子里面去，担了笼杖。陶铁僧牵了小员外底马，大官人牵了万秀娘底马。万秀娘道:“告壮士，饶我性命则个!”当夜都来焦吉庄上来。连夜敲开酒店门，买些个酒，买些个食，吃了。打开笼仗里金银细软头面物事，做三分:陶铁僧分了一分，焦吉分了一分，大官人也分了一分。这大官人道:“物事都分了，万秀娘却是我要，待把来做个压寨夫人。”当下只留这万秀娘在焦吉庄上。万秀娘离不得是把个甜言美语，啜持①过来。

在焦吉庄上不则一日，这大官人无过是出路时抢金劫银，在家时饮酒食肉。一日大醉。正是:

三杯竹叶穿心过，两朵桃花脸上来。

万秀娘问道:“你今日也说大官人，明日也说大官人，你如今必竟是我底丈夫。犬马尚分毛色，为人岂无姓名?敢问大官人姓甚名谁?”大官人乘着酒兴，就身上指出一件物事来道:“是。我是襄阳府上一个好汉，不认得时，我说与你道，教你:顶门上走了三魂，脚板下荡散七魄!”掀起两只腿上间朱刺着的文字，道:“这个便是我姓名，我便唤做十条龙苗忠。我却说与你。”原来是:

壁间犹有耳，窗外岂无人?

大字焦吉在窗子外面听得，说道:“你看我哥哥苗大官人，却没事说

---

① 啜持——哄骗。

与他姓名做甚么?”走入来道:“哥哥,你只好推了这牛子休!”原来强人市语唤杀人做“推牛子”。焦吉便要教这十条龙苗忠杀了万秀娘,唤做:

斩草除根,萌芽不发;斩草若不除根,春至萌芽再发。

苗忠那里肯听焦吉说,便向焦吉道:“钱物平分,我只有这一件偏倍①得你们些子,你却恁地吃不得,要来害他。我也不过只要他做个压寨夫人,又且何妨!”焦吉道:“异日却为这妇女变做个利害,却又不坏了我!”

忽一日,等得苗忠转脚出门去,焦吉道:“我几回说与我这哥哥,教他推了这牛子,左右不肯。把似你今日不肯,明日又不肯,不如我与你下手推了这牛子,免致后患。”那焦吉怀里和鞘搋着一把尖长靶短背厚刃薄八字尖刀,走入那房里来。万秀娘正在房里坐地,只见焦吉掣那尖刀执在手中,左手朓住万秀娘,右手提起那刀,方欲下手。只见一个人从后面把他腕子一捉,捉住焦吉道:“你却真个要来坏他,也不看我面!”焦吉回头看时,便是十条龙苗忠。那苗忠道:“只消叫他离了你这庄里便了,何须只管要坏他?”当时焦吉见他恁地说,放下了。当日天色晚了:

红轮西坠,玉兔东生。佳人秉烛归房,江上渔翁罢钓。萤火点开青草面,蟾光穿破碧云头。

到一更前后,苗忠道:“小娘子,这里不是安顿你去处。你须见他们行坐时只要坏你。”万秀娘道:“大官人,你如今怎地好!”苗忠道:“容易事。”便背了万秀娘,夜里走了一夜,天色渐渐晓,到一所庄院。苗忠放那万秀娘在地上,敲那庄门,里面应道:“便来。”不移时,一个庄客来。苗忠道:“报与庄主,说道苗大官人在门前。”庄客入去报了庄主。那庄中一个官人出来。怎地打扮?且看那官人:

背系带砖项头巾,着斗花青罗褙子,腰系袜头袖裤,脚穿时样丝鞋。

两个相揖罢,将这万秀娘同来草堂上,三人分宾主坐定。苗忠道:“相烦哥哥,甚不合寄这个人在庄上则个。”官人道:“留在此间不妨。”苗忠向那人同吃了几碗酒,吃些个早饭,苗忠掉了自去。那官人请那万秀娘来书院里,说与万秀娘道:“你更知得一事么?十条龙苗大官人把你卖在我家中了。”万秀娘听得道,簌簌地两行泪下。有一首《鹧鸪天》,道是:

---

① 偏倍——占便宜,偏心。

碎似真珠颗颗停，清如秋露脸边倾。洒时点尽湘江竹，感处曾摧数里城。　　思薄倖，忆多情，玉纤弹处暗销魂。有时看了鲛綃上，无限新痕压旧痕。

万秀娘哭了，口中不说，心下寻思道："苗忠底贼！你劫了我钱物，杀了我哥哥，又杀了当直周吉，奸骗了我身已①，划地②把我来卖了！教我如何活得？"则好过了数日。当夜天昏地惨，月色无光。各自都去睡了。

万秀娘移步出那脚子门③，来后花园里，仰面观天祷祝道："我这爹爹万员外，想是你寻常不近道理，而今教我受这折罚，有今日之事。苗忠底贼！你劫了我钱物，杀了我哥哥，杀了我当直周吉，骗了我身已，又将我卖在这里！"就身上解下抹胸，看着一株大桑树上，掉将过去道："哥哥员外阴灵不远，当直周吉，你们在鬼门关下相等我。生为襄阳府人，死为襄阳府鬼。"

欲待把那颈项伸在抹胸里自吊，忽然黑地里隐隐见假山子背后一个大汉，手里把着一条朴刀，走出来指着万秀娘道："不得做声！我都听得你说底话。你如今休寻死处，我救你出去，不知如何？"万秀娘道："恁地时可知道好。敢问壮士姓氏？"那大汉道："我姓尹名宗。我家中有八十岁的老母，我寻常孝顺，人都叫做孝义尹宗。当初来这里，指望偷些个物事，卖来养这八十岁底老娘。今日却限撞着你，也是'路见不平，拔刀相助'，救你出去。却无他事，不得慌。"把这万秀娘一肩肩到园墙根底，用力打一耸，万秀娘骑着墙头。尹宗把朴刀一点，跳过墙去，接这万秀娘下去。一背背了，方才待行，则见黑地里把一条笔头枪看得清，喝声道："着！"向尹宗前心便擢将来，蹔折地一声响。这汉是园墙外面巡逻的，见一个大汉把条朴刀，跳过墙来，背着一个妇女，一笔头枪擢将来。黑地里尹宗侧身躲过，一枪擢在墙上，正摇索那枪头不出。尹宗背了万秀娘，提着朴刀，拽开脚步便走。

相次走到尹宗家中，尹宗在路上说与万秀娘道："我娘却是怕人，不容物。你到我家中，实把这件事说与我娘道。"万秀娘听得道："好。"巴得

① 身已——身体。
② 划地——不明不白地。
③ 脚子门——边门。

到家中，尹宗的娘听得道："儿子归来。"那婆婆开放门，便着手来接这儿子，将为道儿子背上偷得甚底物事了喜欢，则见儿子背着一个妇女。婆婆不问事由，拿起一条柱杖，看着尹宗落夹背便打。也打了三四柱杖，道："我教你去偷些个物事来养我老，你却没事背这妇女归来则甚？"那尹宗吃了三四柱杖，未敢说与娘道。万秀娘见那婆婆打了儿子，肚里便怕。尹宗却放下万秀娘，教他参拜了婆婆。把那前面话对着婆婆说了一遍，道谢尹宗"救妾性命"。婆婆道："何不早说？"尹宗便问娘道："我如今送他归去，不知如何？"婆婆问道："你而今怎地送他归去？"尹宗道："路上一似姊妹，解房①时便说是哥哥妹妹。"婆婆道："且待我来教你。"即时走入房里，去取出一件物事。婆婆提出一领千补百衲旧红衲背心，披在万秀娘身上。指了尹宗道："你见我这件衲背心，便似见娘一般，路上且不得胡乱生事，淫污这妇女。"万秀娘辞了婆婆。尹宗脊背上背着万秀娘，迤逦取路，待要奔这襄阳府路上来。

当日天色晚，见一所客店，兄妹两人解了房，讨些饭吃了。万秀娘在客店内床上睡，尹宗在床面前打铺。夜至三更前后，万秀娘在那床上睡不着，肚里思量道："荷得尹宗救我，便是我重生父母，再长爷娘一般。只好嫁与他，共做个夫妻谢他。"万秀娘移步下床，款款地摇觉尹宗道："哥哥，有三二句话与哥哥说。妾荷得哥哥相救，别无答谢，有少事拜复，未知尊意如何？"尹宗见说，拿起朴刀在手，道："你不可胡乱。"万秀娘心里道："我若到家中，正嫁与他。尹宗定不肯胡乱做些个。"得这尹宗却是大孝之人，依娘言语，不肯胡行。万秀娘见他焦躁，便转了话道："哥哥，若到襄阳府，怕你不须②见我爹爹妈妈。"尹宗道："只是恁地时不妨。来日到襄阳府城中，我自回，你自归去。"到得来日，尹宗背着万秀娘走，相将到襄阳府，则有得五七里田地。正是：

　　遥望楼头城不远，顺风听得管弦声。

看看望见襄阳府，平白地下一阵雨：

　　云生东北，雾涌西南。须臾倒瓮倾盆，顷刻悬河注海。

这阵雨下了不住，却又没处躲避。尹宗背着万秀娘落路来，见一个庄舍，

---

① 解房——住店找房。

② 不须——不方便。

要去这庄里躲雨。只因来这庄里,教两人变做:

青云有路,翻为苦楚之人;白骨无坟,变作失乡之鬼。

这尹宗分明是推着一车子没兴①骨头,入那千万丈琉璃井里。这庄却是大字焦吉家里。万秀娘见了焦吉那庄,目睁口痴,罔知所措。焦吉见了万秀娘,又不敢问,正恁地踌躕。则见一个人吃得八分来醉,提着一条朴刀,从外来。万秀娘道:"哥哥,兀底便是劫了我底十条龙苗忠!"尹宗听得道,提手中朴刀,奔那苗忠。当时苗忠一条朴刀来迎这尹宗。原来有三件事奈何尹宗不得:第一,是苗忠醉了;第二,是苗忠没心,尹宗有心;第三,是苗忠是贼人心虚。苗忠自知奈何尹宗不得,提着朴刀便走。尹宗把一条朴刀赶将来,走了一里田地,苗忠却遇着一堵墙,跳将过去。尹宗只顾赶将来,不知大字焦吉也把一条朴刀,却在后面,把那尹宗坏了性命。果谓是:

螳螂正是遭黄雀,岂解堤防挟弹人!

那尹宗一人,怎抵当得两人!不多时,前面焦吉,后面苗忠,两个回来。苗忠放下手里朴刀,右手换一把尖长靶短背厚刃薄八字尖刀,左手胍住万秀娘胸前衣裳,骂道:"你这个贱人!却不是叵耐你,几乎教我吃这大汉坏了性命。你且吃取我几刀!"正是:

故将挫玉摧花手,来折江梅第一枝。

那万秀娘见苗忠刀举,生一个急计,一只手托住苗忠腕子道:"且住!你好没见识?你情知道我又不识这个大汉姓甚名谁,又不知道他是何等样人,不问事由,背着我去,恰好走到这里。我便认得这里是焦吉庄上,故意叫他行这路,特地来寻你。如今你倒坏了我,却不是错了!"苗忠道:"你也说得是。"把那刀来入了鞘,却来啜醋万秀娘道:"我争些个错坏了你!"正恁地说,则见万秀娘左手胍住苗忠,右手打一个漏风掌,打得苗忠耳门上似起一个霹雳。那苗忠:

睁开眉下眼,咬碎口中牙!

那苗忠怒起来,却见万秀娘说道:"苗忠底贼,我家中有八十岁底老娘,你共焦吉坏了我性命,你也好休!"道罢,僻然倒地。苗忠方省得是这尹宗附体在秀娘身上。即时扶起来,救得苏醒,当下却没甚话说。

---

① 没兴——倒霉。

却说这万员外,打听得儿子万小员外和那当直周吉,被人杀了,两个死尸在城外五里头林子,更劫了一万余贯家财,万秀娘不知下落。去襄阳府城里下状,出一千贯赏钱,捉杀人劫贼,那里便捉得。万员外自备一千贯,过了几个月,没捉人处。州府赏钱,和万员外赏钱,共添做三千贯,明示榜文,要捉这贼,则是没捉处。当日万员外邻舍一个公公,七十余岁,养得一个儿子,小名叫做合哥。大伯道:"合哥,你只管躲懒,没个长进。今日也好去上行①些个"山亭儿"来卖。"合哥挑着两个土袋,搋着二三百钱,来焦吉庄里,问焦吉上行些个"山亭儿",拣几个物事。唤做:

山亭儿,庵儿,宝塔儿,石桥儿,屏风儿,人物儿。

买了几件了。合哥道:"更把几件好样式底'山亭儿'卖与我。"大字焦吉道:"你自去屋角头窗子外面自拣几个。"当时合哥移步来窗子外面,正在那里拣"山亭儿",则听得窗子里面一个人,低低地叫道:"合哥。"那合哥听得道:"这人好似万员外底女儿声音。"合哥道:"谁叫我?"应声道:"是万秀娘叫。"那合哥道:"小娘子,你如何在这里?"万秀娘说:"一言难尽,我被陶铁僧领他们劫我在这里。相烦你归去,说与我爹爹妈妈,教去下状,差人来捉这大字焦吉、十条龙苗忠,和那陶铁僧。如今与你一个执照归去。"就身上解下一个刺绣香囊,从那窗窟笼子掉出,自入去。合哥接得,贴腰搋着,还了焦吉"山亭儿"钱,挑着担子便行。焦吉道:"你这厮在窗子边和甚么人说话?"唬得合哥一似:

分开八面顶阳骨,倾下半桶冰雪水。

合哥放下"山亭儿"担子,看着焦吉道:"你见甚么,便说我和兀谁说话?"焦吉探那窗子里面,真个没谁。担起担子便走,一向不歇脚,直入城来。把一担"山亭儿"和担一时尽都把来倾在河里,掉臂挥拳归来。爷见他空手归来,问道:"'山亭儿'在那里?"合哥应道:"倾在河里了。"问道:"担子呢?"应道:"撺在河里。""匾担呢?"应道:"撺在河里。"大伯焦躁起来道:"打杀这厮!你是甚意思?"合哥道:"三千贯赏钱劈面地来。"大伯道:"是如何?"合哥道:"我见万员外女儿万秀娘在一个去处。"大伯道:"你不得胡说,他在那里?"合哥就怀里取出那刺绣香囊,教把看了,同去万员外家里。万员外见说,看了香囊,叫出他这妈妈来,看见了刺绣香囊,

① 上行——进货。

认得真个是秀娘手迹，举家都哭起来。万员外道："且未消得哭。"即时同合哥来州里下状。官司见说，即特差士兵二十余人，各人尽带着器械，前去缉捉这场公事。当时叫这合哥引着一行人，取苗忠庄上去，即时就公厅上责了限状，唱罢喏，迤逦登程而去。真个是：

个个威雄似虎，人人猛烈如龙。雨具麻鞋，行缠搭膊，手中杖牛头铛，拨互叉，鼠尾刀，画皮弓，柳叶箭。在路上饥食渴饮，夜住宵行。才过杏花村，又经芳草渡。好似皂雕追紫燕，浑如饿虎赶黄羊。

其时合哥儿一行到得苗忠庄上，分付教众缉捕人："且休来，待我先去探问。"多时不见合哥儿回来，那众人商议道："想必是那苗忠知得这事，将身躲了。"合哥回来，与众人低低道："作一计引他，他便出来。"离不得到那苗忠庄前庄后，打一观看，不见踪由。众做公底人道："是那苗忠每常间见这合哥儿来家中，如父母看待，这番却是如何？"别商量一计，先教差一人去，用火烧了那苗忠庄，便知苗忠躲在那里。苗忠一见士兵烧起那庄子，便提着一条朴刀，向西便走。做公底一发赶将来，正是：

有似皂雕追困雁，浑如雪鹘打寒鸠。

那十条龙苗忠慌忙走去，到一个林子前，苗忠入这林子内去。方才走得十余步，则见一个大汉，浑身血污，手里搦着一条朴刀，在林子里等他，便是那吃他坏了性命底孝义尹宗在这里相遇。所谓是：

劝君莫要作冤仇，狭路相逢难躲避。

苗忠认得尹宗了，欲待行，被他拦住路。正恁地进退不得，后面做公底赶上，将一条绳子，缚了苗忠并大字焦吉、茶博士陶铁僧，解在襄阳府来，押下司理院。绷爬吊拷，一一勘正，三人各自招伏了。同日将大字焦吉、十条龙苗忠、茶博士陶铁僧，押赴市曹，照条处斩。合哥便请了那三千贯赏钱。万员外要报答孝义尹宗，差人迎他母亲到家奉养。又去官中下状用钱，就襄阳府城外五里头，为这尹宗起立一座庙宇。直到如今，襄阳府城外五头孝义庙，便是这尹宗底，至今古迹尚存，香烟不断。话名只唤做《山亭儿》，亦名《十条龙陶铁僧孝义尹宗事迹》。后人评得好：

万员外刻深招祸，陶铁僧穷极行凶。
生报仇秀娘坚忍，死为神孝义尹宗。

第三十八卷　蒋淑真刎颈鸳鸯会

眼意心期卒未休，暗中终拟约登楼。
光阴负我难相偶，情绪牵人不自由。
遥夜定怜香蔽膝，闷时应弄玉搔头。
樱桃花谢梨花发，肠断青春两处愁。

此诗单说着“情色”二字。此二字，乃一体一用也。故色绚于目，情感于心，情色相生，心目相视。虽亘古迄今，仁人君子，弗能忘之。晋人有云：“情之所钟，正在我辈。”慧远①曰：“情色觉如磁石，遇针不觉合为一处。无情之物尚尔，何况我终日在情里做活计耶？”

如今只管说这“情色”二字则甚？且说个临淮武公业，于咸通中任河南府功曹参军。爱妾曰非烟，姓步氏，容止纤丽，弱不胜绮罗。善秦声，好诗弄笔。公业甚嬖②之。比邻乃天水赵氏第也，亦衣缨之族。其子赵象，端秀有文学。忽一日于南垣隙中窥见非烟，而神气俱丧，废食思之。遂厚赂公业之阍③人，以情相告。阍有难色。后为赂所动，令妻伺非烟闲处，具言象意。非烟闻之，但含笑而不答。阍媪尽以语象。象发狂心荡，不知所如。乃取薛涛笺，题一绝于上。诗曰：

绿暗红稀起暝烟，独将幽恨小庭前。
沉沉良夜与谁语？星隔银河月半天。

写讫，密缄之。祈阍媪达于非烟。非烟读毕，吁嗟良久，向媪而言曰：“我亦曾窥见赵郎，大好才貌。今生薄福，不得当之。尝嫌武生粗悍，非青云器也。”乃复酬篇，写于金凤笺。诗曰：

画檐春燕须知宿，兰浦双鸳肯独飞？
长恨桃源诸女伴，等闲花里送郎归。

封付阍媪，令遗象。象启缄，喜曰：“吾事谐矣！”但静坐焚香，时时虔祷以

① 慧远——晋代名僧，佛教净土宗的创始人。
② 嬖（bì）——宠爱。
③ 阍（hūn）——看门的人。

候。越数日,将夕,阍媪促步而至,笑且拜曰:"赵郎愿见神仙否?"象惊,连问之。传非烟语曰:"功曹今夜府值,可谓良时。妾家后庭,即君之前垣也。若不渝约好,专望来仪,方可候晤。"语罢,既曛黑,象乘梯而登,非烟已置重榻于下,既下,见非烟艳妆盛服,迎入室中,相携就寝,尽缱绻之意焉。乃晓,象执非烟手曰:"接倾城之貌,挹希世之人,已担幽明,永奉欢狎。"言讫,潜归。兹后不盈旬日,常得一期于后庭矣。展幽彻之思,罄宿昔之情,以为鬼鸟不知,人神相助。如是者周岁。

无何,非烟数以细故挞其女奴。奴衔之,乘间尽以告公业。公业曰:"汝慎勿扬声,我当自察之!"后至堂值日,乃密陈状请假。迨夜,如常入值,遂潜伏里门。俟暮鼓既作,蹑足而回,循墙至后庭。见非烟方倚户微吟,象则据垣斜睇。公业不胜其忿,挺前欲擒象。象觉跳出。公业持之,得其半襦。乃入室,呼非烟诘之。非烟色动,不以实告。公业愈怒,缚之大柱,鞭挞血流。非烟但云:"生则相亲,死亦无恨!"遂饮杯水而绝。象乃变服易名,远窜于江湖间,稍避其锋焉。可怜雨散云消,花残月缺。

且如赵象知机识务,离脱虎口,免遭毒手,可谓善悔过者也。于今又有个不识窍的小二哥,也与个妇人私通,日日贪欢,朝朝迷恋,后惹出一场祸来,尸横刀下,命赴阴间。致母不得侍,妻不得顾,子号寒于严冬,女啼饥于永昼。静而思之,着何来由!况这妇人不害了你一条性命了?真个:

蛾眉本是婵娟刃,杀尽风流世上人。

说话的,你道这妇人住居何处?姓甚名谁?原来是浙江杭州府武林门外落乡村中,一个姓蒋的生的女儿,小字淑真。生得甚是标致,脸衬桃花,比桃花不红不白;眉分柳叶,如柳叶犹细犹弯。自小聪明,从来机巧,善描龙而刺凤,能剪雪以裁云。心中只是好些风月,又饮得几杯酒。年已及笄,父母议亲,东也不成,西也不就。每兴凿穴之私,常感伤春之病。自恨芳年不偶,郁郁不乐。垂帘不卷,羞杀紫燕双飞;高阁慵凭,厌听黄莺并语。未知此女儿时得偶素愿?因成商调《醋葫芦》小令十篇,系于事后,少述斯女始末之情。奉劳歌伴[①],先听格律,后听芜词:

湛秋波,两剪明,露金莲,三寸小。弄春风杨柳细身腰,比红儿[②]

① 歌伴——后场伴奏音乐的人。

② 红儿——唐代名妓杜红儿。

态度应更娇。他生得诸般齐妙，纵司空见惯也魂消。

况这蒋家女儿如此容貌，如此伶俐，缘何豪门巨族，王孙公子，文士富商，不行求聘？却这女儿心性有些跷蹊，描眉画眼，傅粉施朱，梳个纵鬓头儿，着件叩身①衫子，做张做势，乔模乔样。或倚槛凝神，或临街献笑，因此闾里皆鄙之。所以迁延岁月，顿失光阴，不觉二十余岁。隔邻有一儿子，名叫阿巧，未曾出幼②，常来女家嬉戏。不料此女已动不正之心有日矣。况阿巧不甚长成，父母不以为怪，遂得通家往来无间。一日，女父母他适，阿巧偶来，其女相诱入室，强合焉。忽闻扣户声急，阿巧惊遁而去。女父母至家亦不知也。且此女欲心如炽，久渴此事，自从情窦一开，不能自已。阿巧回家，惊气冲心而殒。女闻其死，哀痛弥极，但不敢形诸颜颊。奉劳歌伴，再和前声：

锁修眉，恨尚存，痛知心，人已亡。霎时间云雨散巫阳，自别来几日行坐想。空撇下一天情况，则除是梦里见才郎。

这女儿自因阿巧死后，心中好生不快活，自思量道："皆由我之过，送了他青春一命。"日逐蹀躞③不下。倏尔又是一个月来。女儿晨起梳妆，父母偶然视听，其女颜色精神，语言恍惚。老儿因谓妈妈曰："莫非淑真做出来了？"殊不知其女春色飘零，蝶粉蜂黄都退了；韶华狼籍，花心柳眼已开残。妈妈老儿互相埋怨了一会，只怕亲戚耻笑。"常言道：'女大不中留。'留在家中，却如私盐包儿④，脱手方可。不然，直待事发，弄出丑来，不好看。"那妈妈和老儿说罢，央王嫂嫂作媒："将高就低，添长补短，发落了罢。"

一日，王嫂嫂来说，嫁与近村李二郎为妻。且李二郎是个农庄之人，又四十多岁，只图美貌，不计其他。过门之后，两个颇说得着。瞬息间十有余年，李二郎被他彻夜盘弄，衰惫了。年将五十之上，此心已灰。奈何此妇正在妙龄，酷好不厌，仍与夫家西宾有事。李二郎一见，病发身故。

---

① 叩身——合身。

② 出幼——长大成人。

③ 蹀躞(dié xiè)——往来徘徊。

④ 私盐包儿——未交过税而销售的盐，称私盐，属犯法经商。谁家里存有私盐，会引起麻烦。这里用私盐来比喻未出嫁的女子。

这妇人眼见断送两人性命了。奉劳歌伴，再和前声：

结姻缘，十数年，动春情，三四番。萧墙祸起片时间，到如今反为难上难。把一对凤鸾惊散，倚阑干无语泪偷弹。

那李大郎斥退西宾，择日葬弟之柩。这妇人不免守孝三年。其家已知其非。着人防闲。本妇自揣于心，亦不敢妄为矣。朝夕之间，受了多少的熬煎，或饱一顿，或缺一餐，家人都不理他了。将及一年之上，李大郎自思留此无益，不若逐回，庶免辱门败户。遂唤原媒眼同，将妇罄身赶回。本妇如鸟出笼，似鱼漏网，其余物饰，亦不计较。本妇抵家，父母只得收留。那有好气待他，如同使婢。妇亦甘心忍受。

一日有个张二官过门，因见本妇，心甚悦之。挽人说合，求为继室。女父母允诺，恨不推将出去。且张二官是个行商，多在外，少在内，不曾打听得备细。设下盒盘羊酒，涓吉①成亲。这妇人不去则罢，这一去，好似：

猪羊奔屠宰之家，一步步来寻死路。

是夜，画烛摇光，粉香喷雾。绮罗筵上，依旧两个新人；锦绣衾中，各出一般旧物。奉劳歌伴，再和前声：

喜今宵，月再圆，赏名园，花正芳。笑吟吟携手上牙床，恣交欢恍然入醉乡。不觉的浑身通畅，把断弦重续两情偿。

他两个自花烛之后，日则并肩而坐，夜则叠股而眠，如鱼借水，似漆投胶。一个全不念前夫之恩爱，一个那曾提亡室之音容。妇羡夫之殷富，夫怜妇之丰仪。两个快活了一月。

一日，张二官人早起，分付虞候②收拾行李，要往德清取账。这妇人怎生割舍得他去。张二官人不免起身，这妇人簌簌垂下泪来。张二官道：“我你既为夫妇，不须如此。”各道保重而别。别去又过了半月光景，这妇人是久旷之人，既成佳配，未尽畅怀，又值孤守岑寂，好生难遣。觉身子困倦，步至门首闲望。对门店中一后生，约三十已上年纪，资质丰粹，举止闲雅。遂问随侍阿瞒，阿瞒道：“此店乃朱秉中开的。此人和气，人称他为朱小二哥。”妇人问罢，夜饭也不吃，上楼睡了。楼外乃是官河，舟船歇泊之处。将及二更，忽闻梢人嘲歌声隐约，侧耳而听，其歌云：

---

① 涓吉——选择吉利的日子。

② 虞候——泛指仆役。

二十去了廿一来，不做私情也是呆。

有朝一日花容退，双手招郎郎不来。

妇人自此复萌觊觎之心，往往倚门独立。朱秉中时来调戏。彼此相慕，目成眉语，但不能一叙款曲为恨也。奉劳歌伴，再和前声：

美温温，颜面肥，光油油，鬓发长。他半生花酒肆颠狂，对人前扯拽都是谎。全无有风云气象，一味里窃玉与偷香。

这妇人羡慕朱秉中不已，只是不得凑巧。一日，张二官讨账回家，夫妇相见了，叙些间阔的话。本妇似有不悦之意，只是勉强奉承，一心倒在朱秉中身上了。张二官在家又住了一个月之上。正值仲冬天气，收买了杂货赶节，赁船装载到彼，发卖之间不甚称意，把货都赊与人上了，旧账又讨不上手。俄然逼岁，不得归家过年，预先寄些物事回家支用，不提。

且说朱秉中因见其夫不在，乘机去这妇人家贺节。留饮了三五杯，意欲做些暗昧之事。奈何往来之人，应接不暇，取便约在灯宵相会。秉中领教而去。捻指间又届十三日试灯之夕，于是：

户户鸣锣击鼓，家家品竹弹丝。游人队队踏歌声，仕女翩翩垂舞袖。鳌山彩结，嵬峨百尺矗晴空；凤篆香浓，缥渺千层笼绮陌。闲庭内外，溶溶宝烛光辉；杰阁高低，烁烁华灯照耀。

奉劳歌伴，再和前声：

奏箫韶，一派鸣，绽池莲，万朵开。看六街三市闹挨挨，笑声高满城春似海。期人在灯前相待，几回价又恐燕莺猜。

其夜秉中侵早的更衣着靴，只在街上往来。本妇也在门首抛声炫俏。两个相见暗喜，准定目下成事。不期伊母因往观灯，就便探女。女扃户①邀入参见，不免留宿。秉中等至夜分，闷闷归卧。次夜如前。正遇本妇，怪问如何爽约。挨身相就，止做得个“吕”字儿而散。少间，具酒奉母。母见其无情无绪，向女言曰：“汝如今迁于乔木②，只宜守分，也与父母争一口气。”岂知本妇已约秉中等了二夜了，可不是鬼门上占卦？平旦，买两盒饼馓，雇顶轿儿，送母回了。薄晚，秉中张个眼慢，钻进妇家，就便上楼。本妇灯也不看，解衣相抱，曲尽于飞。然本妇平生相接数人，或老或

① 扃（jiōng）户——关门。

② 迁于乔木——语出《诗经》，日子越过越好。

少,那能造其奥处。自经此合,身酥骨软,飘飘然其滋味不可胜言也。且朱秉中日常在花柳丛中打交,深谙十要之术,那十要?

一要滥于撒漫,二要不算工夫,三要甜言美语,四要软款温柔,五要乜斜①缠帐,六要施逞枪法,七要装聋做哑,八要择友同行,九要穿着新鲜,十要一团和气。

若狐媚之人,缺一不可行也。再说秉中已回,张二官又到。本妇便害些木边之目,田下之心②,要好只除相见。奉劳歌伴,再和前声:

报黄昏,角数声,助凄凉,泪几行。论深情海角未为长,难捉摸这般心内痒。不能够相偎相傍,恶思量萦损九回肠。

这妇人自庆前夕欢娱,直至佳境,又约秉中晚些相会,要连歇几十夜。谁知张二官家来,心中纳闷,就害起病来。头疼腹痛,骨热身寒。张二官颙望回家,将息取乐,因见本妇身子不快,倒戴了一个愁帽。遂请医调治,倩巫烧献,药必亲尝,衣不解带,反受辛苦,不似在外了。

且说秉中思想,行坐不安。托故去望张二官,称道:"小弟久疏趋侍,昨闻荣回,今特拜谒。奉请明午于蓬舍,少具鸡酒,聊与兄长洗尘,幸勿他却!"翌日,张二官赴席,秉中出妻女奉劝,大醉扶归。已后还了席,往往来来。本妇但闻秉中在座,说也有,笑也有,病也无;倘或不来,就呻吟叫唤,邻里厌闻。

张二官指望便好,谁知日渐沉重。本妇病中,但瞑目就见向日之阿巧和李二郎偕来索命,势渐狞恶。本妇惧怕,难以实告,惟向张二官道:"你可替我求问:'几时脱体?'"如言径往洞虚先生卦肆,卜下卦来,判道:"此病大分不好,有横死老幼阳人死命为祸,非今生,乃宿世之冤。今夜就可办备福物酒果冥衣各一分,用鬼宿度河③之次,向西铺设,苦苦哀求,庶有少救;不然,决不好也。"奉劳歌伴,再和前声:

揶揄④来,苦怨咱,朦胧着,便见他。病恹恹害的眼儿花,瘦身躯

---

① 乜(miē)斜——略眯着眼斜视。

② 木边之目,田下之心——即相思两字拆开。

③ 鬼宿度河——鬼宿,二十八宿之一;河,井宿中的南北河星。指半夜,即鬼宿星和井宿星并列的晚上。

④ 揶揄——嘲弄。

怎禁没乱杀。则说不和我干休罢,几时节离了两冤家。

张二官正依法祭祀之间,本妇在床,又见阿巧和李二郎击手言曰:“我辈已诉于天,着来取命。你央后夫张二官再四恳求,意甚虔恪。我辈且容你至五五之间,待同你一会之人,却假弓长之手,与你相见。”言讫,欻然不见了。本妇当夜似觉精爽些个,后看看复旧。张二官喜甚,不提。

却见秉中旦夕亲近,馈送迭至,意颇疑之,尤未为信。一日,张二官入城催讨货物。回家进门,正见本妇与秉中执手联坐。张二官倒退扬声,秉中迎出相揖。他两个亦不知其见也。张二官当时见他殷勤,已自生疑七八分了;今日撞个满怀,凑成十分。张二官自思量道:“他两个若犯在我手里,教他死无葬身之地!”遂往德清去做买卖。到了德清,已是五月初一日。安顿了行李在店中,上街买一口刀,悬挂腰间。至初四日连夜奔回,匿于他处,不在话下。

再提本妇渴欲一见,终日去接秉中。秉中也有些病在家里。延至初五日,阿瞒又来请赴鸳鸯会。秉中勉强赴之。楼上已筵张水陆矣:盛两盂煎石首①,贮二器炒山鸡,酒泛菖蒲,糖烧角黍。其余肴馔蔬果,未暇尽录。两个遂相轰饮,亦不顾其他也。奉劳歌伴,再和前声:

绿溶溶,酒满斟,红焰焰,烛半烧。正中庭花月影儿交,直吃得玉山时自倒。他两个贪欢贪笑,不堤防门外有人瞧。

两个正饮间,秉中自觉耳热眼跳,心惊肉战,欠身求退。本妇怒曰:“怪见终日请你不来,你何轻贱我之甚!你道你有老婆,我便是无老公的?你殊不知我做鸳鸯会的主意。夫此二鸟,飞鸣宿食,镇常相守;尔我生不成双,死作一对。”昔有韩凭妻美,郡王欲夺之,夫妻皆自杀。王恨,两冢瘗②之,后冢上生连理树,上有鸳鸯,悲鸣飞去。此两个要效鸳鸯比翼交颈,不料便成语谶。况本妇甫能𨳊𨷿③得病好,就便荒淫无度,正是:

偷鸡猫儿性不改,养汉婆娘死不休。

再说张二官提刀在手,潜步至门,梯树窃听。见他两个戏谑歌呼,历历在耳,气得按捺不下,打一砖去。本妇就吹灭了灯,声也不则了。连打

① 石首——黄花鱼。

② 瘗(yì)——埋葬。

③ 𨳊𨷿(zhèng chuài)——挣扎。

了三块,本妇教秉中先睡:“我去看看便来。”阿瞒持烛先行,开了大门,并无人迹。本妇叫道:“今日是个端阳佳节,那家不吃几杯雄黄酒?”正要骂间,张二官跳将下来,喝道:“泼贱!你和甚人夤夜吃酒?”本妇吓得战做一团,只说:“不不不!”张二官乃曰:“你同我上楼一看,如无便罢,慌做甚么!”本妇又见阿巧、李二郎一齐都来,自分必死,延颈待尽。秉中赤条条惊下床来,匍匐口称:“死罪,死罪!情愿将家私并女奉报,哀怜小弟母老妻娇,子幼女弱!”张二官那里准他。则见刀过处,一对人头落地,两腔鲜血冲天。正是:

当时不解恩成怨,今日方知色是空。

当初本妇卧病,已闻阿巧、李二郎言道:“五五之间,待同你一会之人,假弓长之手,再与相见。”果至五月五日,被张二官杀死。“一会之人”,乃秉中也。祸福未至,鬼神必先知之,可不惧欤!故知士矜才则德薄,女炫色则情放。若能如执盈,如临深,则为端士淑女矣,岂不美哉!惟愿率土之民,夫妇和柔,琴瑟谐协,有过则改之,未萌则戒之,敦崇风教,未为晚也。在座看官,漫听这一本《刎颈鸳鸯会》。奉劳歌伴,再和前声:

见抛砖,意暗猜,入门来,魂已惊。举青锋过处丧多情,到今朝你心还未省。送了他三条性命,冤冤相报有神明。

又调《南乡子》一阕,词曰:

春老怨啼鹃,玉损香消事可怜。一对风流伤白刃,冤冤。惆怅劳魂赴九泉。　抵死苦留连,相是前生有业缘。景色依然人已散,天天。千古多情月自圆。

第三十九卷　福禄寿三星度世

欲学为仙说与贤,长生不死是虚传。
少贪色欲身康健,心不瞒人便是仙。

说这四句诗,单说一个官人,二十年灯窗用心,苦志勤学,谁知时也,运也,命也,连举不第,没分做官,有分做仙去。这大宋第三帝主,乃是真宗皇帝。景德四年秋八月中,这个官人水乡为活,捕鱼为生。捕鱼有四般:

攀缯①者仰，鸣榔者闹，垂钓者静，撒网者舞。

这个官人，在一座州，谓之江州，军号定江军。去这江州东门，谓之九江门外，一条江，随地呼为浔阳江：

万里长江水似倾，东连大海若雷鸣。

一江护国清冷水，不请衣粮百万兵。

这官人于八月十四夜，解放渔船，用棹竿掉开，至江中。水光月色，上下相照。这官人用手拿起网来，就江心一撒，连撒三网，一鳞不获。只听得有人叫道："刘本道，刘本道，大丈夫不进取光显，何故捕鱼而堕志？"那官人吃一惊，连名道姓，叫得好亲。收了网四下看时，不见一人。再将网起来撒，又有人叫。四顾又不见人。似此三番，当夜不曾捕鱼，使船傍岸。到明日十五夜，再使船到江心，又有人连名道姓，叫"刘本道"。本道焦躁，放下网听时，是后面有人叫。使船到后看时，其声从芦苇中出。及至寻入芦苇之中，并无一人。却不作怪！使出江心举网再撒，约莫网重，收网起来看时，本道又惊又喜，打得一尾赤梢金色鲤鱼，约长五尺。本道道谢天地，来日将入城去卖，有三五日粮食。将船傍岸，缆住鲤鱼，放在船板底下，活水养着。待欲将身入舱内解衣睡，觉肚中又饥又渴。看船中时，别无止饥止渴的物。怎的好？翻来复去，思量去那江岸上，有个开村酒店张大公家，买些酒吃才好。就船中取一个盛酒的葫芦上岸来。左胁下挟着棹竿，右手提着葫芦，乘着月色，沿江而走。肚里思量："知他张大公睡也未睡？未睡时，叫开门，沽些酒吃；睡了时，只得忍饥渴睡一夜。"

迤逦行来，约离船边半里多路，见一簇人家。这里便是张大公家。到他门前，打一望里面有灯也无，但见张大公家有灯。怎见得？有只词名《西江月》，单咏着这灯花：

零落不因春雨，吹残岂藉东风。结成一朵自然红，费尽工夫怎种？

有焰难藏粉蝶，生花不惹游蜂。更阑人静画堂中，曾伴玉人春梦。

本道见张大公家有灯，叫道："我来问公公沽些酒吃。公公睡了便休，未睡时，可沽些与我。"张大公道："老汉未睡。"开了门，问刘官人讨了

① 缯（zēng）——一种用丝绳系住以便于射猎飞鸟的短箭。

葫芦，问了升数，入去盛将出来，道："酒便有，却是冷酒。"本道说与公公："今夜无钱，来日卖了鱼，却把钱来还。"张大公道："妨甚事。"张大公关了门。

本道挟着棹竿，提着葫芦，一面行，肚中又饥，顾不得冷酒，一面吃，就路上也吃了二停。到得船边，月明下见一个人球头光纱帽，宽袖绿罗袍，身材不满三尺，觑着本道掩面大哭道："吾之子孙，被汝获尽！"本道见了，大惊："江边无这般人，莫非是鬼！"放下葫芦，将手中棹竿去打，叫声："着！"打一看时，火光迸散，豁剌剌地一声响。本道凝睛看时，不是有分为仙，险些做个江边失路鬼，波内横亡人。有诗为证：

高人多慕神仙好，几时身在蓬莱岛？
由来仙境在人心，清歌试听《渔家傲》。
此理渔人知得少，不经指示谁能晓。
君欲求鱼何处非，鹊桥有路通仙道。

当下本道看时，不见了球头光纱帽、宽袖绿罗袍、身不满三尺的人。却不作怪！到这缆船岸边，却待下船去，本道叫声苦，不知高低，去江岸边不见了船。"不知甚人偷了我的船去？"看那江对岸，万籁无声；下江一带，又无甚船只。今夜却是那里去歇息？思量："这船无人偷我的。多时捕鱼不曾失了船，今日却不见了这船！不是下江人偷去，还是上江人偷我的。"本道不来下江寻船，将葫芦中酒吃尽了，葫芦撇在江岸，沿那岸走。从二更走至三更，那里见有船！思量："今夜何处去好？"走来走去，不知路径。

走到一座庄院前，放下棹竿，打一望，只见庄里停着灯。本道进退无门，欲待叫，这庄上素不相识；欲待不叫，又无栖止处，只得叫道："有人么？念本道是打鱼的，因失了船，寻来到此。夜深无止宿处，万望庄主暂借庄上告宿一宵。"只听得庄内有人应道："来也。官人少待。"却是女人声息。那女娘开放庄门，本道低头作揖。女娘答礼相邀道："官人请进，且过一宵了去。"本道谢了，挟着棹竿，随那女娘入去。女娘把庄门掩上，引至草堂坐地，问过了姓名，殷勤启齿道："敢怕官人肚饥，安排些酒食与官人充饥，未知何如？"本道道："谢娘子，胡乱安顿一个去处，教过得一夜，深谢相留！"女娘道："不妨，有歇卧处。"

说犹未了，只听得外面有人声唤："阿耶！阿耶！我不撩拨你，却打了我！这人不到别处去，定走来我庄上借宿。”这人要开门，本道吃一惊：“告娘子，外面声唤的是何人？”女娘道：“是我哥哥。”本道走入一壁厢黑地里立着看时，女娘移身去开门，与哥哥叫声万福。那人叫唤：“阿耶！阿耶！妹妹关上门，随我入来。”女娘将庄门掩了，请哥哥到草堂坐地。本道看那草堂上的人，叫声苦：“我这性命须休！”正是猪羊入屠宰之家，一脚脚来寻死路。有诗为证：

撇了先妻娶晚妻，晚妻终不恋前儿。
先妻却在晚妻丧，盖为冤家没尽期。

本道看草堂上那个人，便是球头光纱帽、宽袖绿罗袍、身子不满三尺的人。“我曾打他一棹竿，去那江里死了。我却如何到他庄上借宿！”本道顾不得那女子，挟着棹竿，偷出庄门，奔下江而走。

却说庄上那个人声唤，看着女子道：“妹妹，安排乳香一块，暖一碗热酒来与我吃，且定我脊背上疼。”即时女子安排与哥哥吃。问道：“哥哥做甚么唤？”哥哥道：“好教你得知，我又不撩拨他。我在江边立地，见那厮沽酒回来，我掩面大哭道：‘吾之子孙，尽被汝获之。’那厮将手中棹竿打一下，被我变一道火光走入水里去。那厮上岸去了，我却把他的打鱼船摄过。那厮四下里没寻处，迤逦沿江岸走来。我想他不走别处去，只好来我庄上借宿。妹妹，他曾来借宿也不？”妹妹道：“却是兀谁？”哥哥说：“是刘本道，他是打鱼人。”女娘心中暗想：“原来这位官人是打我哥哥的，不免与他遮饰则个。”遂答应道：“他曾来庄上借宿，我不曾留他，他自去了。哥哥辛苦了，且安排哥哥睡。”

却说刘本道沿着江岸慌慌走去，从三更起仿佛至五更，走得腿脚酸疼。明月下见一块大石头，放下棹竿。方才歇不多时，只听得有人走得慌速，高声大叫：“刘本道休走，我来赶你。”本道叫声苦，不知高低，“莫是那汉赶来，报那一棹竿的冤仇？”把起棹竿立地，等候他来。无移时渐近，看时，见那女娘身穿白衣，手捧着一个包裹走至面前道：“官人，你却走了。后面寻不见你。我安排哥哥睡了，随后赶来。你不得疑惑，我即非鬼，亦非魅，我乃是人。你看我衣裳有缝，月下有影，一声高似一声。我特地赶你来。”本道见了，放下棹竿，问：“娘子连夜赶来，不知有何事？”女娘问：“官人有妻也无？有妻为妾，无妻嫁你。包裹中尽有余资，够你受用。官人是肯也不？”本道思量恁般一个好女娘，又提着一包衣饰金珠，这也是求之不得的，觑着女娘道："多谢，本道自来未有妻子。"将那棹竿撇下江中，同女娘行至天晓，入江州来。本道叫女娘做妻。女娘问道："丈夫，我两个何处安身是好？"本道应道："放心，我自寻个去处。"

走入城中，见一人家门首挂着一面牌，看时，写着"顾一郎店"。本道向前问道："那个是顾一郎？"那人道："我便是。"本道道："小生和家间爹爹说不着，赶我夫妻两口出来，无处安歇。问一郎讨间小房，权住三五日。亲戚相劝，回心转意时，便归去，却得相谢。"顾一郎道："小娘子在那里？"本道叫："妻子来相见则个。"顾一郎见他夫妻两个，引来店中，去南首第三间房，开放房门，讨了钥匙。本道看时，好喜欢。当日打火做饭吃了，将些金珠变卖来，买些箱笼被卧衣服。在这店中约过半年。本道看着妻子道："今日使，明日使，金山也有使尽时。"女娘大笑道："休忧！"去箱子内取出一物，教丈夫看，"我两个尽过得一世。"正是：

休道男儿无志气，妇人犹且辨贤愚。

当下女娘却取出一个天圆地方卦盘来。本道见了，问妻子："缘何会他？"女娘道："我爹爹在日，曾任江州刺史，姓齐名文叔。奴小字寿奴。不幸去任时，一行人在江中遭遇风浪，爹妈从人俱亡。奴被官人打的那球头光纱帽、宽袖绿罗袍、身材不满三尺的人，救我在庄上。因此拜他做哥哥。如何官人不见了船，却是被他摄了。你来庄上借宿，他问我时，被我瞒过了。有心要与你做夫妻。你道我如何有这卦盘？我幼年曾在爹行学三件事：第一，写字读书；第二，书符咒水；第三，算命起课。我今日却用着这卦盘，可同顾一郎出去寻个浮铺①，算命起课，尽可度日。"本道谢道："全仗我妻贤达。"当下把些钱，同顾一郎去南瓦子②内寻得卦铺，买些纸墨笔砚，挂了牌儿，拣个吉日，去开卦肆。取名为白衣女士。顾一郎相伴他夫妻两人坐地，半日先回。当日不发市，明日也不发市。到后日午后，又不发市。女娘觑着丈夫道："一连三日不发市，你理会得么？必有人冲撞我。你去看有甚事，来对我说。"

本道起身，去瓦左瓦右都看过，无甚事。走出瓦子来，大街上但见一伙人围着。本道走来人丛外打一看时，只见一个先生，把着一个药瓢在

---

① 浮铺——临时摆设的摊子。

② 瓦子——市场。

手，开科①道：“

五里亭亭一小峰，自知南北与西东。

世间多少迷途客，不指还归大道中。

看官听说：贫道乃是皖公山修行人。贫道有三件事，离了皖公山，走来江州。在席一呵②好事君子，听贫道说：第一件，贫道在山修行一十三年，炼得一炉好丹，将来救人；第二件，来寻一物；第三件，贫道救你江州一城人。”众人听说皆惊。先生正说未了，大笑道：“众多君子未曾买我的药，却先见了这一物。你道在何处？”觑着人丛外头，用手一招道：“后生，你且入来。”本道看那先生。先生道：“你来，我和你说。”吓得本道慌随先生入来。先生拍着手：“你来救得江州一城人！贫道见那一物了。在那里？这后生便是。”众人吃惊，如何这后生却是一物？先生道：“且听我说。那后生，你眉中生黑气，有阴祟缠扰。你实对我说。”本道将前项见女娘的话，都一一说知。先生道：“众人在此，这一物，便是那女子。贫道救你。”去地上黄袱里，取出一道符，把与本道：“你如今回去，先到房中，推醉了去睡。女娘到晚归来，睡至三更，将这符安在他身上，便见他本来面目。”本道听那先生说了，也不去卦肆里，归到店中，开房门，推醉去睡。

却说女娘不见本道来，到晚，自收了卦铺，归来焦躁，问顾一郎道：“丈夫归也未？”顾一郎道：“官人及早的醉了，入房里睡。”女娘呵呵大笑道：“原来如此！”入房来，见了本道，大喝一声。本道吃了一惊。女娘发话道：“好没道理！日多时夫妻，有甚亏负你？却信人斗叠③我两人不和！我教你去看有甚人冲撞卦铺，教我三日不发市。你却信乞道人言语，推醉睡了，把一道符教安在我身上，看我本来面目。我是齐刺史女儿，难道是鬼祟？却信恁般没来头的话，要来害我！你好好把出这符来，和你做夫妻；不把出来时，目前相别。”本道怀中取出符来付与女娘。安排晚饭吃了。睡一夜，明早起来吃了早饭，却待出门，女娘道：“且住，我今日不开卦铺，和你寻那乞道人。问他是何道理，却把符来，唆我夫妻不和；二则去看我与他斗法。”

---

① 开科——开场白。

② 一呵——一场。

③ 斗叠——挑拨。

两个行到大街上，本道引至南瓦子前，见一伙人围住先生。先生正说得高兴，被女娘分开人丛，喝声："乞道人！你自是野外乞丐，却把一道符斗叠我夫妻不和！你教安在我身上，见我本来面目。"女娘拍着手道："我乃前任刺史齐安抚女儿，你们都是认得我爹爹的。辄敢道我是鬼祟！你有法，就众人面前赢了我；我有法，赢了你。"先生见了，大怒，提起剑来，觑着女子头便斫。看的人只道先生坏了女娘。只见先生一剑斫去，女娘把手一指，众人都发声喊，皆惊呆了。有诗为证：

昨夜东风起太虚，丹炉无火酒杯疏。

男儿未遂平生志，时复挑灯玩古书。

女娘把手一指，叫声："着！"只见先生剑不能下，手不能举。女娘道："我夫妻两个无事，把一道符与他奈何我，却奈何我不得！今日有何理说？"先生但言："告娘子，恕贫道！贫道一时见不到，激恼娘子，望乞恕饶。"众人都笑，齐来劝女娘。女娘道："看众人面，饶了你这乞道人。"女娘念念有词，那剑即时下地。众皆大笑。先生分开人丛，走了。一呵人尚未散，先生复回来。莫是奈何那女娘？却是来取剑。先生去了。

自后女子在卦铺里，从早至晚，挨挤不开。算命发课，书符咒水，没工夫得吃点心，因此出名。

忽一日，见一个人引着一乘轿子，来请小娘子道："小人是江州赵安抚老爷的家人。今有小衙内患病，日久不痊。奉台旨，请教小娘子乘轿就行。"女娘分付了丈夫，教回店里去。女子上轿来，见赵安抚引入花园。见小衙内在亭子上，自言自语，口里酒香喷鼻。一行人在花园角门边，看白衣女士作法。念咒毕，起一阵大风：

来无形影去无知，吹开吹谢总由伊。

无端暗度花枝上，偷得清香送与谁？

风过处，见一黄衣女子，怒容可掬，叱喝："何人敢来奈何我！"见了白衣女士，深深下拜道："原来是妹子。"白衣女士道："甚的姐姐从空而下？"那女子道："妹妹，你如何来这里？"白衣女士道："奉赵安抚请来救小衙内，坏那邪祟。"女子不听得万事俱休，听了时，睁目切齿道："你丈夫不能救，何况救外人！"一阵风不见了黄衣女子。白衣女士就花园内救了小衙内。赵安抚礼物相酬谢了，教人送来顾一郎店中。到得店里，把些钱赏与来人，发落他去。问顾一郎："丈夫可在房里？"顾一郎道："好教小娘子得知，走一个黄衣女子入房，挟了官人，托起天窗，望西南上去了。"白衣女士道:“不妨!”即喝声:“起!”就地上踏一片云,起去赶那黄衣女子。仿佛赶上,大叫:“还我丈夫来!”黄衣女子看见赶来,叫声:“落!”放下刘本道,却与白衣女士斗法。

本道顾不得妻子,只顾自走。走至一寺前,力乏了,见一僧在门首立地。本道问:“吾师,借上房歇脚片时则个!”僧言:“今日好忙哩!有一施主来寺中斋僧。”正说间,只见数担柴,数桶酱,数担米,更有香烛纸札并斋衬钱①,远望凉伞下一人,便见那球头光纱帽、宽袖绿罗袍、身材不满三尺的人。本道见了,落荒便走。被那施主赶上,一把捉住道:“你便是打我一棹竿的人!今番落于吾手,我正要取你的心肝,来做下酒。”本道正在危急,却得白衣女士赶来寺前,见了那人,叫道:“哥哥莫怪!他是我丈夫。”说犹未毕,黄衣女子也来了,对那人高叫道:“哥哥,莫听他!那里是他真丈夫?既是打哥哥的,姊妹们都是仇人了。”一扯一拽,四个搅做一团。正争不开,只见寺中走出一个老人来,大喝一声:“畜生不得无礼!”叫:“变!”黄衣女子变做一只黄鹿;绿袍的人,变做绿毛灵龟;白衣女子,变做一只白鹤。老人乃是寿星,骑白鹤上升。本道也跨上黄鹿,跟随寿星;灵龟导引,上升霄汉。

那刘本道原是延寿司掌书记的一位仙官,因好与鹤鹿龟三物玩耍,懒惰正事,故此谪下凡世为贫儒。谪限完满,南极寿星引归天上。那一座寺,唤做寿星寺,现在江州浔阳江上,古迹犹存。诗云:

原是仙官不染尘,飘然鹤鹿可为邻。
神仙不肯分明说,误了阎浮②多少人。

第四十卷　旌阳宫铁树镇妖

春到人间景色新,桃红李白柳条青。
香车宝马闲来往,引却东风入禁城。

---

① 斋衬钱——做佛事时布施与和尚的钱。
② 阎浮——佛家用语,即人世间。

酾[①]剩酒，豁吟情，顿教忘却利和名。

豪来试说当年事，犹记旌阳伏水精。

粤自混沌初辟，民物始生，中间有三个大圣人，为三教之祖。三教是甚么教？一是儒家，乃孔夫子，删述《六经》，垂宪万世，为历代帝王之师，万世文章之祖。这是一教。一是释家，是西方释迦牟尼佛祖，当时生在舍卫国刹利王家，放大智光明，照十方世界，地涌金莲华，丈六金身，能变能化，无大无不大，无通无不通，普度众生，号作天人师。这又是一教。一是道家，是太上老君，乃元气之祖，生天生地，生佛生仙，号铁师元炀上帝。他化身周历尘沙，也不可计数。至商汤王四十八年，又来出世，乘太阳日精，化为弹丸，流入玉女口中。玉女吞之，遂觉有孕。怀胎八十一年，直到武丁九年，破胁而生，生下地时，须发就白，人呼为老子。老子生在李树下，因指李为姓，名耳，字伯阳。后骑着青牛出函谷关。把关吏尹喜望见紫气，知是异人，求得《道德真经》共五千言，传留于世。老子入流沙修炼成仙，今居太清仙境，称为道德天尊。这又是一教。

那三教之中，惟老君为道祖，居于太清仙境。彩云缭绕，瑞气氤氲。一日是寿诞之辰，群三十三天天宫，并终南山、蓬莱山、阆苑山等处，三十六洞天，七十二福地，列位神仙，千千万万，或跨彩鸾，或骑白鹤，或驭赤龙，或驾丹凤，皆飘飘然乘云而至，次第朝贺，献上寿词，稽首作礼。词名《水龙吟》：

红云紫盖葳蕤[②]，仙宫浑是阳春候。玄鹤来时，青牛过处，彩云依旧。寿诞宏开，喜《道德》五千言，流传万古不朽。　况是天上仙筵，献珍果人间未有。巨枣如瓜，与着万岁冰桃，千年碧藕。比乾坤永劫无休，举沧海为真仙寿。

彼时老君见群臣赞贺，大展仙颜，即设宴相待。酒至半酣，忽太白金星越席言曰："众仙长知南瞻部洲[③]江西省之事乎？江西分野，旧属豫章。其地四百年后，当有蛟蜃为妖，无人降伏，千百里之地，必化成中洋之海

① 酾（shāi）——斟酒。

② 葳蕤（wēiruí）——草木丰盛、枝叶下垂的样子。

③ 南瞻部洲——梵语。俗称"阎浮提洲"。佛经中指印度，亦泛指中华及东方诸国。

也。”老君曰：“吾已知之。江西四百年后，有地名曰西山，龙盘虎踞，水绕山环，当出异人，姓许名逊，可为群仙领袖，殄灭妖邪。今必须一仙下凡，择世人德行浑全者，传以道法，使他日许逊降生，有传授渊源耳。”斗中一仙，乃孝悌王姓卫名弘康字伯冲，出曰：“某观下凡有兰期者，素行不疚，兼有仙风道骨，可传以妙道。更令付此道与女真谌母，谌母付此道于许逊。口口相承，心心相契，使他日真仙有所传授，江西不至沉没，诸仙以为何如？”老君曰：“善哉，善哉！”众仙即送孝悌王至焰摩天中，通明殿下，将此事奏闻玉帝。玉帝允奏，即命直殿仙官，将神书玉旨付与孝悌王领讫。孝悌王辞别众仙，蹑起祥云，顷刻之间，到阎浮①世界来了。

却说前汉有一人姓兰名期字子约，本贯兖州曲阜县高平乡九原里人氏。历年二百，鹤发童颜。率其家百余口，精修孝行，以善化人，与物无忤。时人不敢呼其名，尽称为兰公。彼时儿童谣云：“兰公兰公，上与天通。赤龙下迎，名列斗中。”人知其必仙也。

一日，兰公凭几而坐。忽有一人，头戴逍遥巾，身披道袍，脚穿云履，手中拿一个鱼鼓简板儿，潇潇洒洒，徐步而来。兰公观其有仙家道气，慌忙下阶迎接。分宾坐定。茶毕，遂问：“仙翁高姓贵名？”答曰：“吾乃斗中之仙，孝悌王是也。自上清下降，遨游人间。久闻先生精修孝行，故此相访。”兰公闻言，即低头拜曰：“贫老凡骨，勉修孝行，止可淑②一身，不能率四海，有何功德，感动仙灵！”孝悌王遂以手扶起兰公曰：“居！吾语汝孝悌之旨。”兰公欠身起曰：“愿听指教！”

孝悌王曰：“始炁③为大道于日中，是为‘孝仙王’。元炁为至道于月中，是为‘孝道明王’。玄炁为孝道于斗中，是为‘孝悌王’。夫孝至于天，日月为之明；孝至于地，万物为之生；孝至于民，王道为之成。是故舜、文至孝，凤凰来翔。姜诗、王祥，得鱼奉母。即此论之，上自天子，下至庶人，孝道所至，异类皆应。先生修养三世，行满功成，当得元炁于月中，而为孝道明王。四百年后，晋代有一真仙许逊出世，传吾孝道之宗，是为众仙之长，得始炁于日中，而为孝仙王也。”自是孝悌王悉将仙家妙诀，及金丹宝

① 阎浮——梵语。俗称“阎浮提洲”。佛经中指印度，亦泛指中华及东方诸国。
② 淑——美好，善良。淑身，修身，使自己美好。
③ 炁——同“气”。

鉴、铜符铁券，并上清灵章、飞步斩邪之法，一一传授与兰公。又嘱道："此道不可轻传，惟丹阳黄堂者，有一女真谌母，德性纯全，汝可传之。可令谌母传授与晋代学仙童子许逊，许逊复传吴猛诸徒，则渊源有自，超凡入圣者，不患无门矣。"孝悌王言罢，足起祥云，冲霄而去。兰公拜而送之。自此以后，将金符铁券秘诀逐一参悟，遂择地修炼仙丹。其法云：

> 黑铅天之精，白金地之髓，黑隐水中阳，白有火之炁。黑白往来蟠，阴阳归正位，二物俱含性，丹经号同类。黑以白为天，白以黑为地，阴阳混沌时，朵朵金莲翠。宝月满丹田，霞光照灵慧，休闭通天窍，莫泄混元气。精奇口诀功，火候文武意，凡中养圣孙，万般只此贵。一日生一男，男男各有配。

兰公炼丹已成，举家服之，老者发白反黑，少者辟谷无饥。远近闻之，皆知其必飞升上清也。

时有火龙者，系洋子江中孽畜，神通广大。知得兰公成道，法教流传，后来子孙必遭歼灭。乃率领鼋①帅虾兵蟹将，统领党类，一齐奔出潮头，将兰公宅上团团围住，喊杀连天。兰公听得，不知灾从何来，开门一看，好惊人哩！但见：

> 一片黑烟，万团烈火，却是红孩儿身中四十八万毛孔，一齐迸出；又是华光将手里三十六块金砖，一并烧挥。咸阳遇之，烽焰三月不绝；昆山遇之，玉石一旦俱焚。疑年少周郎"赤壁鏖战"，似智谋诸葛"博望烧屯"。

那火，也不是天火，也不是地火，也不是人火，也不是鬼火，也不是雷公霹雳火，却是那洋子江中一个火龙吐出来的。惊得兰公家人，叫苦不迭。兰公知是火龙为害，问曰："你这孽畜无故火攻我家，却待怎的？"孽龙道："我只问你取金丹宝鉴、铜符铁券并灵章等事。你若献我，万事皆休；不然，烧得你一门尽绝！"兰公曰："金丹宝鉴等乃斗中孝悌王所授，我怎肯胡乱与你？"只见那火光中，闪出一员鼋帅，形容古怪，背负团牌，扬威耀武。兰公睁仙眼一看，原来是个鼋鼍②，却不在意下。又有那虾兵乱跳，蟹将横行，一个个身披甲胄，手执钢叉。兰公又举仙眼一看，原来都是虾

---

① 鼋(yuán)——即鳖。

② 鼍(tuó)——鳄鱼的一种。

蟹之属,转不着意了。遂剪下一个中指甲来,约有三寸多长,呵了一口仙气,念动真言,化作个三尺宝剑。有歌为证:

非钢非铁体质坚,化成宝剑光凛然。不须锻炼洪炉烟,凌凌杀气欺龙泉。光芒颜色如霜雪,见者咨嗟叹奇绝。琉璃宝匣吐莲花,查镂金环生明月。此剑神仙流金精,干将莫邪难比伦。闪闪烁烁青蛇子,重重片片绿龟鳞。腾出寒光逼星斗,响声一似苍龙吼。今朝挥向烈炎中,不识蛟螭敢当否?

兰公将所化宝剑望空掷起,那剑刮喇喇,就似翻身样子一般,飞入火焰之中。左一冲右一击,左一挑右一剔,左一砍右一劈,那些孽怪如何当抵得住!只见鼋帅遇着缩头缩脑,负一面团牌急走。他却走在那里?直走在峡江口深岩里躲避,至今尚不敢出头哩。那虾兵遇着,拖着两个钢叉连跳连跳。他却走在那里?直走在洛阳桥下石缝子里面藏身,至今腰也不敢伸哩。那蟹将遇着,虽有全身坚甲,不能济事,也拖着两个钢叉横走直走。他须有八只脚儿更走不动,却被"扑砻松"宝剑一劈,分为两半。你看他腹中不红不白不黄不黑,似脓却不是脓,似血却不是血,遍地上滚将出来,真个是:

但将冷眼观螃蟹,看你横行得几时?

那火龙自知兰公法大,难以当抵,叹曰:"'儿孙自有儿孙福。'我后来子孙,福来由他去享,祸来由他去当,我管他则甚?"遂奔入扬子江中万丈深潭底藏身去了。自是兰公举家数十口拔宅升天,玉帝封兰公为孝明王,不在话下。

却说金陵丹阳郡,地名黄堂,有一女真字曰婴。潜通至道,忘其甲子,不知几百年岁。乡人累世见之,齿发不衰,皆以谌母呼之。一日偶过市上,见一小儿伏地悲哭,问其来历,说:"父母避乱而来,弃之于此。"谌母怜其孤苦,遂收归抚育。渐已长成,教他读书,聪明出众,天文地理,无所不通。有东邻耆老,欲以女娶之,谌母问儿允否?儿告曰:"儿非浮世之人,乃月中孝道明王,领斗中孝悌王仙旨,教我传道与母。今此化身为儿,度脱我母,何必更议婚姻!但可高建仙坛,传付此道,使我母飞升上清也。"谌母闻得此言,且惊且喜,遂于黄堂建立坛宇,大阐孝悌王之教。谌母已得修真之诀,于是孝明王仍以孝悌王所授金丹宝鉴、铜符铁券灵章,及正一斩邪三五飞步之术,悉传与谌母。谌母乃谓孝明王曰:"论昔日恩情,我为母,君为子;论今日传授,君为师,我为徒。”遂欲下拜。孝明王曰:“只论子母,莫论师徒。”乃不受其拜,惟嘱之曰:“此道宜深秘,不可轻泄。后世晋代有二人学仙,一名许逊,一名吴猛,二人皆名登仙籍。惟许逊得传此道。按《玉皇玄谱》仙籍品秩,吴猛位居元郡御史。许逊位居都仙大使兼高明太史,总领仙部,是为众仙之长。老母可将此道传与许逊,又着许逊传与吴猛,庶品秩不紊矣。”明王言罢,拜辞老母,飞腾太空而去。有诗为证:

出入无车只驾云,尘凡自是不同群。

明王恐绝仙家术,告戒叮咛度后人。

却说汉灵帝时十常侍用事,忠良党锢,谗谄横行,毒流四海,万民嗟怨。那怨气感动了上苍,降下两场大灾,久雨之后,又是久旱。那雨整整的下了五个月,直落得江湖满目,厨灶无烟。及至水退了,又经年不雨,莫说是禾苗槁死,就是草木也干枯了。可怜那一时的百姓,吃早膳先愁晚膳,缝夏衣便作冬衣。正是朝有奸臣野有贼,地无荒草树无皮。壮者散于四方,老者死于沟壑。时许都有一人姓许名琰字汝玉,乃颍阳许田之后。为人慈仁,深明医道,擢太医院医官。感饥荒之岁,乃罄其家资,置丸药数百斛,名曰“救饥丹”,散与四方食之。每食一丸,可饱四十余日。饥民赖以不死者甚众。至献帝初平年间,黄巾贼起,天下大乱,许都又遭大荒,斗米千钱,人人菜色,个个鹄形。时许琰已故,其子许肃,家尚丰盈,将自已仓谷尽数周给各乡,遂挈家避乱江南,择居豫章之南昌。有鉴察神将许氏世代积善,奏知玉帝:“若不厚报,无以劝善!”玉帝准奏,即仰殿前掌判仙官,将《玄谱》仙籍品秩,逐一查检,看有何仙轮当下世?仙官检看毕,奏曰;“晋代江南,当出一孽龙精,扰害良民,生养蛟党繁盛。今轮系玉洞天仙降世,传受女真谌母飞步斩邪之法,斩灭蛟党以除民害。”玉帝闻奏,即降旨,宣取玉洞天仙,令他身变金凤,口衔宝珠,下降许肃家投胎。有诗为证:

御殿亲传玉帝书,祥云蔼蔼凤衔珠。

试看凡子生仙种,积善之家庆有余。

却说吴赤乌二年三月,许肃妻何氏夜得一梦。梦见一只金凤飞降庭前,口内衔珠,坠在何氏掌中。何氏喜而玩之,含于口中,不觉溜下肚子去了,因而有孕。许肃一则以喜,一则以惧。喜的是年过三十无嗣,今幸有孕;惧的是何氏自来不曾生育,恐临产艰难。那广润门有个占卦先生,混名“鬼推”,决断如神。不免去问他个吉凶,或男或女,看他如何?许肃整顿衣帽,竟望广润门来。只见那先生忙忙的,占了又断,断了又占,拨不开的人头,移不动的脚步。许员外站得个腿儿酸麻,还轮他不上,只得叫上一声:“鬼推先生!”那先生听知叫了他的混名,只说是个旧相识,连忙的说道:“请进请进。”许员外把两只手排开了众人,方才挨得进去。相见礼毕,许员外道:“小人许肃敬来问个六甲,生男生女,或吉或凶,请先生指教。”那先生就添上一炷香,唱上一个喏,口念四句:

虔叩六丁神,文王卦有灵。
吉凶含万象,切莫顺人情。

通陈了姓名意旨,把铜钱掷了六掷,占得个“地天泰”卦。先生道:“恭喜,好一个男喜。”遂批上几句云:

福德临身旺,青龙把世持。
秋风生桂子,坐草却无虞。

许员外闻言甚喜,收了卦书,遂将几十文钱谢了先生。回去对浑家说了,何氏心亦少稳。光阴似箭,忽到八月十五中秋,其夜天朗气清,现出一轮明月,皎洁无翳。许员外与何氏玩赏,贪看了一会,不觉二更将尽,三鼓初传。忽然月华散彩,半空中仙音嘹亮,何氏只一阵腹痛,产下个孩儿,异香满室,红光照人。真个是:

五色云中呈鸑鷟①,九重天上送麒麟。

次早邻居都来贺喜,所生即真君也。形端骨秀,颖悟过人。年甫三岁,即知礼让。父母乃取名逊,字敬之。年十岁,从师读书,一目十行俱下,作文写字,不教自会,世俗无有能为之师者。真君遂弃书不读,慕修养学仙之法,却没有师传,心常切切。

忽一日,有一人姓胡名云字子元,自幼与真君同窗,情好甚密,别真君日久,特来相访。真君倒屣趋迎,握手话旧。子元见真君谈吐间有驰慕神仙之意,乃曰:“老兄少年高才,乃欲为云外客乎?”真君曰:“惶愧,自思百年旦暮,欲求出世之方,恨未得明师指示。”子元曰:“兄言正合我意,往者因访道友云阳詹晚先生,言及西宁州有一人,姓吴名猛字世云,曾举孝

---

① 鸑鷟——古书上说的一种水鸟。

廉,仕吴为洛阳令。后弃职而归,得传异人丁义神方,日以修炼为事。又闻南海太守鲍靓有道德,往师事之,得其秘法。回至豫章,江中风涛大作,乃取所执白羽扇画水成路,徐行而渡。渡毕,路复为水。观者大骇。于是道术盛行,弟子相从者甚众。区区每欲拜投,奈母老不敢远离。兄若不惜劳苦,可往师之。"真君闻言,大喜曰:"多谢指教!"真君待子元别去,即拜辞父母,收拾行李,竟投西宁,寻访吴君。有诗赞曰:

无影无形仙路难,未经师授莫跻攀。

胡君幸赐吹嘘力,打破玄元第一关。

话说真君一念投师,辞不得路途辛苦。不一日得到吴君之门,写一个门生拜帖,央道童通报。吴君看是"豫章门生许逊",大惊曰:"此人乃有道之士!"即出门迎接。此时吴君年九十一岁,真君年四十一岁,真君不敢当客礼,口称:"仙丈,愿受业于门下。"吴君曰:"小老粗通道术,焉能为人之师?但先生此来,当尽剖露,岂敢自私?亦不敢以先生在弟子列也。"自此每称真君为"许先生",敬如宾友。真君亦尊吴君而不敢自居。

一日二人坐清虚堂,共谈神仙之事。真君问曰:"人之有生必有死,乃古今定理。吾见有壮而不老,生而不死者,不知何道可致?"吴君曰:"人之有生,自父母交篝①,二气相合,阴承阳生,气随胎化。三百日形圆,灵光入体,与母分离。五千日气足,是为十五童男。此时阴中阳半,可以比东日之光。过此以往,不知修养,则走失元阳,耗散真气,气弱则有病老死苦之患。"真君曰:"病老死苦,将何却之?"吴君曰:"人生所免病老死苦,在人中修仙,仙中升天耳。"真君曰:"人死为鬼,道成为仙,仙中升天者,何也?"吴君曰:"纯阴而无阳者,鬼也;纯阳而无阴者,仙也;阴阳相离者,人也。惟人可以为仙,可以为鬼。仙有五等,法有三成,持修在人而已。"真君曰:"何谓法有三成,仙有五等?"吴君曰:"法有三成者:小成、中成、大成。仙有五等者:鬼仙、人仙、地仙、神仙、天仙。所谓鬼仙者,少年不修,恣情纵欲,形如枯木,心若死灰,以致病死,阴灵不散,成精作怪,故曰鬼仙。鬼仙不离于鬼也。所谓人仙者,修真之士,不悟大道,惟小用其功。绝五味者,岂知有六气?忘七情者,岂知有十戒?行嗽咽者,哂吐纳之为错;著采补者,笑清净以为愚。采阴取妇人之气者,与缩金龟者不同;

① 篝(gòu)——交媾,性交。

盖阳食女子之乳者，与炼金丹不同。此等之流，止是于大道中得一法一术成功，但能安乐延寿而已，故曰人仙。人仙不离于人也。所谓地仙者，天仙之半，神仙之中，亦止小成之法。识坎离之交配，悟龙虎之飞腾，炼成丹药，得以长生住世，故曰地仙。地仙不离于地也。所谓神仙者，以地仙厌居尘世，得中成之法，抽铅添汞，金精炼顶，玉液还丹，五气朝元，三阳聚顶，功满忘形，胎生自化，阴尽阳纯，身外有身，脱质成仙，超凡入圣，谢绝尘世，以归三岛，故曰神仙。神仙不离于神也。所谓天仙者，以神仙厌居三岛，得大成之法，内外丹成，道上有功，人间有行，功行满足。授天书以返洞天，是曰天仙。天仙不离于天也。然修仙之要，炼丹为急。吾有《洞仙歌》二十二首，君宜谨记之：

丹之始，无上元君授圣主。法出先天五太初，遇元修炼身冲举。
丹之祖，生育三才运今古。隐在鄱湖山泽间，志士采来作丹母。
丹之父，晓来飞上扶桑树。万道霞光照太虚，调和兔髓可烹煮。
丹之母，金晶莹洁夜三五。乌兔搏搦不终朝，炼成大药世无比。
丹之胎，乌肝兔髓毓真胚。一水三汞三砂质，四五三成明自来。
丹之兆，三日结胎方入妙。万丈红光贯头牛，五音六律随时奏。
丹之质，红紫光明人莫识。元自虚无黍米珠，色即是空空即色。
丹之灵，十月脱胎丹始成。一粒一服百日足，改换形骨身长生。
丹之圣，九年炼就五霞鼎。药力如添水火功，枯骨立起孤魂醒。
丹之室，上弦七兮下弦八。中虚一寸号明堂。产出灵苗成金液。
丹之釜，恒廓坛炉须坚固。内外护持水火金，日丁金胎产盘古。
丹之灶，鼎曲相通似蓬岛。上安垣廓护金炉，立炼龙膏并虎脑。
丹之火，一日时辰十二个。文兮武兮要合宜，抽添进退莫太过。
丹之水，器凭胜负斯为美。不潮不滥致中和，滋产灵苗吐金蕊。
丹之威，红光耿耿冲紫薇。七星灿灿三台烂，天丁地甲皆皈依。
丹之窍，天地人兮各有奥。紫薇嶽渎及明君，三界精灵皈至道。
丹之彩，依方逐位安排派。青红赤白黄居中，摄瑞招祥神自在。
丹之用，真土真铅与真汞。黑中取白赤中青，全凭水火静中动。
丹之融，阴阳配合在雌雄。龙精虎髓鼎中烹，造化抽添火候功。
丹之理，龙膏虎髓灵无比。二家交姤仗黄精，屯蒙进退全终始。
丹之瑞，小无其内大无外。放弥六合退藏密，三界收来黍珠内。

丹之完，玉皇捧禄要天缘。等闲岂许凡人泄，万劫之中始一传。”

真君曰：“多谢指述！敢问仙丈，五仙之中，已造到何仙地位？”吴君曰：“小老山野愚蒙，功行殊欠，不过得小成之功，而为地仙耳。若于神仙天仙，虽知门路，无力可攀。”遂将烧炼秘诀并白云符书，悉传与真君。真君顿首拜谢，相辞而归。

回至家中，厌居闹市，欲寻名山胜地，以为栖身之所。闻知汝南有一人，姓郭名璞字景纯，明阴阳风水之道，遨游江湖。真君敬访之。璞一日早起，见鸦从东南而鸣，遂占一课，断曰：“今日午时，当有一仙客许姓者，到我家中，欲问择居之事。”至日中，家童果报客至。璞慌忙出迎，礼罢，分宾而坐。璞问曰：“先生非许姓，为卜居而来乎？”真君曰：“公何以知之？”璞曰：“某今早卜卦如此，未知然否？”真君曰：“诚然。”因自叙姓名，并道卜居之意。璞曰：“先生仪容秀伟，骨骼清奇，非尘中人物。富贵之地，不足居先生。居先生者，其神仙之地乎？”真君曰：“昔吕洞宾居庐山而成仙，鬼谷子居云梦而得道，今或无此吉地么？”璞曰：“有，但当遍历耳。”于是命童仆收拾行囊，与真君同游江南诸郡，采访名山。

一日行至庐山，璞曰：“此山嵯峨雄壮，湖水还东，紫云盖顶，累代产升仙之士。但山形属土，先生姓许，羽音属水，水土相克，不宜居也，但作往来游寓之所，则可矣。”又行至饶州鄱阳，地名傍湖，璞曰：“此傍湖富贵大地，但非先生所居。”真君曰：“此地气乘风散，安得拟大富贵耶？”璞曰：“相地之法，道眼为上，法眼次之。道眼者，凭目力之巧，以察山河形势；法眼者，执天星河图紫薇等法，以定山川。吉凶富贵之地，天地所秘，神物所护，苟非其人，见而不见。俗云‘福地留与福人来’，正谓此也。”真君曰：“今有此等好地，先生何不留一记，以为他日之验？”郭璞乃题诗一首为记，云：

行尽江南数百州，惟有傍湖出石牛。
雁鹅夜夜鸣更鼓，鱼鳖朝朝拜冕旒。
离龙隐隐居乾位，巽水滔滔入艮流。
后代福人来遇此，富贵绵绵八百秋。

许、郭二人离了鄱阳，又行至宜春栖梧山下，有一人姓王名朔，亦善通五行历数之书。见许、郭二人登山采地，料必异人，遂迎至其家。询姓名已毕，朔留二人宿于西亭，相待甚厚。真君感其殷勤，乃告之曰："子相貌非凡，可传吾术。"遂密授修炼仙方。郭璞曰："此居山水秀丽，宜为道院，以作养真之地。"王朔从其言，遂盖起道院，真君援笔大书"迎仙院"三字，以作牌额。王朔感戴不胜。二人相辞而去，遂行至洪都西山，地名金田，则见：

嵯嵯峨峨的山势，突突兀兀的峰峦，活活泼泼的青龙，端端正正的白虎，圆圆净净的护沙，湾湾环环的朝水。山上有苍苍郁郁的虬髯美松，山下有翠翠青青的凤尾修竹，山前有软软柔柔的龙须嫩草，山后有古古怪怪的鹿角枯樟。也曾闻华华彩彩的鸾吟，也曾闻昂昂藏藏的鹤唳，也曾闻咆咆哮哮的虎啸，也曾闻呦呦诜诜的鹿鸣。这山呵！比浙之天台更生得奇奇绝绝，比闽之武夷更生得岧岧峣峣，比池之九华更生得迤迤逦逦，比蜀之峨眉更生得秀秀丽丽，比楚之武当更生得尖尖圆圆，比陕之终南更生得巧巧妙妙，比鲁之泰山更生得蜿蜿蜒蜒，比广之罗浮更生得苍苍奕奕。真个是天下无双胜境，江西第一名山。万古精英此处藏，分明是个神仙宅。

却说郭璞先生行到山麓之下，前观后察，左顾右盼，遂将罗经下针，审了方向，抚掌大笑曰："璞相地多矣，未有如此之妙！若求富贵，则有起歇；如欲栖隐，大合仙格。观其冈阜厚圆，位坐深邃，三峰壁立，四环云拱，内外勾锁，无不合宜。大凡相地，兼相其人，观君表里，正与地符。且西山属金，以五音论之，先生之姓，羽音属水，金能生水，合得长生之局，舍此无他往也。但不知此地谁人为主？"旁有一樵夫指曰："此地乃金长者之业。"真君曰："既称长者，必是善人。"

二人径造其家。金公欣然出迎，欢若平生。金公问曰："二位仙客，从何而至？"郭璞曰："小子姓郭名璞，略晓阴阳之术。因此位道友姓许名逊，欲求栖隐之地。偶采宝庄，正合仙格，欲置一舍，以为修炼之所。不知尊翁肯慨诺否？"金公曰："第恐此地褊小，不足以处许君；如不弃，并寒庄薄地数亩悉当相赠。"真君曰："愿订价多少？惟命是从。"金公曰："大丈夫一言，万金不易。愚老拙直，平生不立文券。"乃与真君索大钱一文，中破之，自收其半，一半付还真君。真君叩头拜谢。三人分别而去。于是真君辞了郭璞，择取吉日，挈家父母妻子，凡数十口，徙于西山，筑室而居焉。

金公后封为地主真官。金氏之宅,即今玉隆万寿宫是也。却说真君日以修炼为事,炼就金丹,用之可以点石为金,服之可以却老延年。于是周济贫乏,德义彰播。

时晋武帝西平蜀,东取吴,天下一统,建元太康。从吏部尚书山涛之奏,诏各郡保举孝廉贤能之士。豫章郡太守范宁,见真君孝养二亲,雍睦乡里,轻财利物,即保举真君为孝廉。武帝遣使臣束帛赍诏,取真君为蜀郡旌阳县令。真君以父母年老,不忍远离,上表辞职。武帝不允,命本郡守催迫上任。捱至次年,真君不得已辞别父母妻子,只得起程。真君有二姊,长姊事南昌盱①君,夫早丧,遗下一子盱烈字道微,事母至孝。真君虑其姊孀居无倚,遂筑室于宅之西,奉姊居之,于是母子得闻妙道。真君临行,谓姊曰:"吾父母年迈,妻子尚不知世务,贤姊当代弟掌治家事。如有仙翁隐客相过者,可以礼貌相待。汝子盱烈,吾嘉其有仁孝之风,使与我同往任所。"盱母曰:"贤弟好去为官,家下一应事体为姊的担当,不劳远念。"

言未毕,忽有一少年上堂,长揖言曰:"吾与盱烈哥哥,皆外甥也。何独与盱兄同行,而不及我?"真君视其人,乃次姊之子,复姓钟离名嘉字公阳,新建县象牙山西里人也。父母俱早丧,自幼依于真君。为人气象恢弘,德性温雅,至是欲与真君同行。真君许之。于是二甥得薰陶之力,神仙器量,从此以立。真君又呼其妻周夫人告之曰:"我本无心功名,奈朝廷屡聘,若不奉行,恐抗君命。自古忠孝不能两全。二亲老迈,汝当朝夕侍奉,调护寒暑,克尽汝子妇之道!且儿女少幼,须不时教训,勤以治家,俭以节用,此是汝当然事也。"周夫人答曰:"谨领教!"言毕,拜别而行,不在话下。

话说真君未到任之初,蜀中饥荒,民贫不能纳租;真君到任,上官督责甚严,真君乃以灵丹点瓦石为金,暗使人埋于县衙后圃。一旦拘集贫民未纳租者,尽至阶下,真君问曰:"朝廷粮税,汝等缘何不纳?"贫民告曰:"输纳国税,乃理之常,岂敢不遵?奈因饥荒,不能纳尔。"真君曰:"既如此,吾罚汝等在于县衙后圃,开凿池塘,以作工数,倘有所得,即来完纳。"民皆大喜,即往后圃开凿池塘,遂皆拾得黄金,都来完纳,百姓遂免流移之

① 盱(xū)——同盱,姓氏。

苦。邻郡闻风者,皆来依附,遂至户口增益。按《一统志》旌阳县属汉州,真君飞升后,改为德阳,以表真君之德及民也。其地赖真君点金,故至今尚富,这话休提。那时民间又患瘟疫,死者无数,真君符咒所及,即时痊愈。又怜他郡病民,乃插竹为标,置于四境溪上,焚符其中,使病者就而饮之,无不痊可。其老幼妇女尪羸①不能自至者,令人汲水归家饮之,亦复安痊。郡人有诗赞曰:

百里桑麻知善政,万家烟井沐仁风。
明悬藻鉴秋阳暴,清逼冰壶夜月溶。
符置江滨驱痼病,金埋县圃起民穷。
真君德泽于今在,庙祀巍巍报厥功。

却说成都府有一人,姓陈名勋字孝举。因举孝廉,官居益州别驾②。闻真君传授吴猛道法,今治旌阳,恩及百姓,遂来拜谒,愿投案下充为书吏,使朝夕得领玄教。真君见其人气清色润,遂付以吏职。既而见勋有道骨,乃引勋居门下为弟子,看守药炉。又有一人姓周名广字惠常,庐陵人也,乃吴都督周瑜之后。游巴蜀云台山,粗得汉天师驱精斩邪之法。至是闻真君深得仙道,特至旌阳县投拜真君为师,愿垂教训。真君纳之,职掌雷坛。二人自是得闻仙道之妙。真君任旌阳既久,弟子渐众,每因公余无事,与众弟子讲论道法。

却说晋朝承平既久,外有五胡强横,浊乱中原。那五胡?

匈奴刘渊居晋阳,羯戎石勒居上党,羌人姚弋仲居扶风,氐人符洪居临渭,鲜卑慕容廆③居昌黎。

先是汉、魏以来,收服夷、狄,诸胡多居塞内。太子洗马④江统劝武帝徙于边地,免后日夷、狄乱华之祸。武帝不听,至是果然侵乱晋朝。太子惠帝愚蠢,贾后横恣,杀戮大臣。真君乃谓弟子曰:"吾闻君子有道则见,无道则隐。"遂解官东归。百姓闻知,扳辕卧辙而留,泣声震地。真君亦泣下,谓其民曰:"吾非肯舍汝而去,奈今天下不久大乱,吾是以为保身之计。

① 尪羸(wāng léi)——瘦弱。
② 别驾——郡的属官,即后来的府的通判。
③ 廆(wěi)——用于人名,慕容廆,晋代人。
④ 太子洗马——太子的侍从职官。

尔等子民,各务生业!”百姓不忍,送至百里之外,或数百里,又有送至家中不肯回者。真君至家,拜见父母妻子,合家相庆,喜不自胜。即于宅东空地结茅为屋,状如营垒,令蜀民居之,蜀民多改其氏族,从真君之姓,故号许氏营。

却说真君之妻周夫人对真君言:“女姑年长,当择佳配。”真君曰:“吾久思在心矣。”遍观众弟子中,有一人姓黄名仁览字紫庭,建城人也。乃御史中丞黄辅之子。其人忠信纯笃,有受道之器。真君遂令弟子周广作媒。仁览禀于父母,择吉备礼,在真君宅上成婚。满月后,禀于真君同仙姑归家省亲。仙姑克尽妇道,仁览分付其妻在家事奉公姑,复拜辞父母,敬从真君求仙学道。

却说吴真君猛时年一百二十余岁矣,闻知真君解绶归家,自西安来相访。真君整衣出迎,坐定叙阔,命筑室于宅西以居之。一日忽大风暴作,吴君即书一符,掷于屋上,须臾见有一青鸟衔去,其风顿息。真君问曰:“此风主何吉凶?”吴君曰:“南湖有一舟经过,忽遇此风,舟中有一道人呼天求救,吾以此止之。”不数日,有一人深衣大带,头戴幅巾,进门与二君施礼曰:“姓彭名抗,字武阳,兰陵人也。自少举孝廉,官至晋朝尚书左丞。因见天下将乱,托疾辞职。闻许先生施行德惠,参悟仙机,特来拜投为师。昨过南湖,偶遇狂风大作,舟几覆。吾乃呼天号救,俄有一青鸟飞来,其风顺息。今日得拜仙颜,实乃万幸!”真君即以吴君书符之事告之。彭抗拜谢不胜,遂挈家居豫章城中。既而见真君一子未婚,愿将女胜娘为配。真君从之。自后待彭抗以宾礼,尽以神仙秘术付之。东明子有诗云:

二品高官职匪轻,一朝抛却拜仙庭。
不因懿戚情相厚,彭老安能得上升?

此时真君传得吴猛道术,犹未传谌母飞步斩邪之法。有太白金星奏闻玉帝:“南昌郡孽龙将为民害,今有许逊原系玉洞真仙降世,应在此人收伏。望差天使赍赐斩妖神剑,付与许逊,助斩妖精,免使黎民遭害。”玉帝闻奏,即宣女童二人,将神剑二口,赍至地名柏林,献于许逊,宣上帝之命,教他斩魅除妖,济民救世。真君拜而受之,回顾女童,已飞升云端矣。后人有诗叹曰:

坚金烈火炼将成,削铁吹毛耀日明。
玉女捧来离紫府,江湖从此水流腥。

且说江南有一妖物，号曰“孽龙”。初生人世，为聪明才子，姓张名酷。因乘船渡江，偶值大风，其船遂覆。张酷溺于水中，彼时得附一木板，随水漂流，泊于沙滩之上。肚中正饿，忽见明珠一颗，取而吞之。那珠不是别的珠，乃是那火龙生下的卵。吞了这珠却不饿了，就在水中能游能泳。过了一月有余，脱胎换骨，遍身尽生鳞甲，止有一个头，还是人头。其后这个畜生只好在水中戏耍，或跳入三级巨浪，看鱼龙变化；或撞在万丈深潭，看虾鳖潜游。不想火龙见了，就认得是他儿子，嘘了一气，教以神通。那畜生走上岸来，即能千变万化，于是呼风作雨，握雾撩云。喜则化人形而淫人间之女子，怒则变精怪而兴陆地之波涛，或坏人屋舍，或食人精血，或覆人舟船，取人金珠，为人间大患。诞有六子，数十年间，生息蕃盛，约有千余。兼之族类蛟党甚多，常欲把江西数郡滚出一个大中海。

一日，真君炼丹于艾城之山，有蛟党辄兴洪水，欲漂流其丹室。真君大怒，即遣神兵擒之，钉于石壁，今钉蛟石犹在。又挥起宝剑，将一蛟斩讫。不想那孽龙知道，杀了他的党类，一呼百集，老老少少，大大小小，都打做一团儿。孽龙道：“许逊恁般可恶，欲诛吾党，不报此仇，生亦枉然！”内有一班孽畜，有叫孽龙做公公的，有叫做伯伯的，有叫做叔叔的，有叫做哥哥的，说道：“不消费心，等我们去把那许逊抓将来，碎尸万段，以泄其恨。”孽龙道：“闻得许逊传授了吴猛的法术，甚有本事，还要个有力量的去才好。”内有一长蛇精说道：“哥哥，等我去来。”孽龙道：“贤弟到去得。”于是长蛇精带了百十个蛟党，一齐冲奔许氏之宅，一字阵儿摆开，叫道：“许逊，敢与我比试么？”真君见是一伙蛟党，仗剑在手问云：“你这些孽畜，有甚本事，敢与我相比？”长蛇精道：“你听我说：

鳞甲棱层气势雄，神通会上显神通。
开喉一旦能吞象，伏气三年便化龙。
巨口张时偏作雾，高头昂处便呼风。
身长九万人知否，绕遍昆仑第一峰。”

长蛇精恃了本事，耀武扬威，众蛟党一齐踊跃，声声口口说道：“你不该杀了我家人，定不与你干休！”真君曰：“只怕你这些孽畜逃不过我手中宝剑。”那长蛇精就弄他本事，放出一阵大风，又只见：

视之无影，听之有声，噫大块之怒号，传万窍之跳叫。一任他砾砾磅磅，栗栗烈烈，撼天阙，摇地轴，九天仙子也愁眉；那管他青青白白,红红黄黄,翻大海,搅长江,四海龙王同缩颈。雷轰轰,电闪闪,飞的是沙,走的是石,直恁的满眼尘霾春起早;云惨惨,雾腾腾,折也乔林,不也古木,说甚么前村灯火夜眠迟,忽喇喇前呼后叫,左奔右突,就是九重龙楼凤阁,也教他万瓦齐飞;吉都都横冲直撞,乱卷斜拖,即如千丈虎狼穴,难道是一毛不拔?纵宗生①之大志,不敢谓其乘之而浪破千层;虽列子②之冷然,吾未见其御之而旬有五日。正是:

万里尘沙阴晦暝,几家门户响敲推。

多情折尽章台柳,底事掀开社屋茅?

真个好一阵大风也!真君按剑在手,叱曰:“风伯等神,好将此风息了!”须臾之间,那风寂然不动。谁知那些孽怪,又弄出一番大雨来:则见:

石燕飞翔,商羊鼓舞。滂沱的云中泻下,就似倾盆;忽喇的空里注来,岂因救旱。毕毕剥剥,打过那园林焦叶,东一片,西一片,翠色阑珊;淋淋筛筛,滴得那池沼荷花,上一瓣,下一瓣,红妆零乱。沟面洪盈,倏忽间漂去高凤③庭前麦;檐头长溜,须臾里洗却周武郊外兵。这不是鞭将蜥蜴,碧天上祈祷下的甘霖;这却是驱起鲸鲵,沧海中喷将来的唾沫。正是:

茅屋人家烟火冷,梨花庭院梦魂惊。

渠添浊水通鱼入,地秀苍苔滞鹤行。

真个好一阵大雨也!真君又按剑叱曰:“雨师等神,好将此雨止了!”那雨一霎时间半点儿也没了。真君乃大显法力,奔往长蛇精阵中,将两口宝剑挥起,把长蛇精挥为两段。那伙蛟党,见斩了蛇精,各自逃生。真君赶上,一概诛灭。径往群蛟之所,寻取孽龙。

那孽龙闻得斩了蛇精,伤了许多党类,心里那肯干休!就呼集一党蛟精,约有千百之众,人多口多,骂着真君:“骚道,野道,你不合这等上门欺负人!”于是呼风的呼风,唤雨的唤雨,作雾的作雾,兴云的兴云,攫烟的攫烟,弄火的弄火,一齐奔向前来。真君将两口宝剑,左砍右斫,那蛟党多

---

① 宗生——南朝宋宗悫(què)有“乘长风破万里浪”之大志。

② 列子——战国时人列御寇,传说能御风而行。

③ 高凤——东汉人,传说他专心读书,有一天下雨,水冲走了他庭院中的麦子都没有发觉。

了，怎生收伏得尽？况真君此时未传得谌母飞腾之法，只是个陆地神仙。那孽龙到会变化，冲上云霄，就变成一个大鹰儿。真个：

爪似铜钉快利，嘴似铁钻坚刚。展开双翅欲飞扬，好似大鹏模样。

云里叫时声大，林端立处头昂。纷纷鸟雀尽潜藏，那个飞禽敢挡。

只见那鹰儿在半空展翅，忽喇地扑将下来，到把真君脸上挝了一下，挝得血流满面。真君忙挥剑斩时，那鹰又飞在半空中去了。真君没奈何，只得转回家中。那些蛟党见伤得性命多了，亦各自收阵回去。

却说真君见孽龙神通广大，敬来吴君处相访，求其破蛟之策。吴君曰："孽龙久为民害，小老素有剪除之心。但恨道法未高，莫能取胜。汝今既擒蛟党，孽龙必然忿怒，愈加残害，江南休矣！"真君曰："如此奈何？"吴君曰："我近日闻得镇江府丹阳县，地名黄堂，有一女真谌母，深通道术。吾与汝同往师之，叩其妙道，然后除此妖物，未为晚也。"真君闻言大喜，遂整行囊与吴君共往黄堂，谒见谌母。谌母曰："二公何人？到此有何见谕？"真君曰："弟子许逊、吴猛。今因江南有一孽龙精，大为民害，吾二人有心殄灭，奈法术殊欠。久闻尊母道传无极，法演先天，径来恳求，望指示仙诀，实乃平生之至愿也。"言讫，拜伏于地。谌母曰："二公请起，听吾言之：君等乃夙禀奇骨，名在天府。昔者孝悌王自上清下降山东曲阜县兰公之家，谓兰公曰：'后世晋代当出一神仙，姓许名逊，传吾至道。是为众仙之长。'遂留下金丹宝鉴、铜符铁券，并飞步斩邪之法，传与兰公。复令兰公传我，兰公又使我收掌，以待汝等，积有四百余年矣。子今既来，吾当传授于汝。"于是选择吉日，依科设仪①，付出铜符铁券、金丹宝鉴，并正一斩邪之法，三五飞腾之术，及诸灵章秘诀，并各样符箓，悉以传诸许君。今净明法、五雷法之类，皆谌母所传也。谌母又谓吴君曰："君昔者以神方为许君之师。今孝悌王之道，唯许君得传，汝当退而反师之也。"

真君传道已毕，将欲辞归。心中暗想："今幸得闻谌母之教，每岁必当谒拜，以尽弟子之礼。"此意未形于言，谌母已先知矣，乃对真君曰："我今还帝乡，子不必再来谒也。"乃取香茅一根，望南而掷，其茅随风飘然。

① 依科设议——道士作法所用仪式，称为"科仪"。

谌母谓真君曰:“子于所居之南数十里,看香茅落于何处,其处立吾庙宇,每岁逢秋,一至吾庙足矣。”谌母言罢,空中忽有龙车凤辇来迎,谌母即凌空而去。其时吴、许二君望空拜送,即还本部。遂往寻飞茅之迹,行至西山之南四十里,觅得香茅,已丛生茂盛,二君遂于此地建立祠宇,亦以黄堂名之。令匠人塑谌母宝像,严奉香火,期以八月初三日必往朝谒。即今崇真观是也,朝谒之礼犹在。真君亦于黄堂立坛,悉依谌母之言,将此道法传授吴君。吴君反拜真君为师。自此二人始有飞腾变化之术。

回至小江,寓客店,主人宋氏见方外高人,不索酒钱,厚具相待。二君感其恭敬,遂求笔墨画一松树于其壁上而去。自二君去后,其松青郁如生,风动则其枝摇摇,月来则其彩淡淡,露下则其色湿湿,往来观者,日以千计。去则皆留钱谢之,宋氏遂至巨富。后江涨堤溃,店屋俱漂,惟松壁不坏。

却说孽龙精被真君斩其族类,心甚怒,又闻吴君同真君往黄堂学法,于是命蛟党先入吴君所居地方,残害生民,为灾降祸。真君回至西宁,闻蛟孽腥风袭人,责备社伯①:“汝为一县鬼神之主,如何纵容他为害?”社伯答曰:“妖物神通广大,非小神能制。”再三谢罪。忽孽龙精见真君至,统集蛟党,涌起十数仗水头。那水波涛泛涨,怎见得好狠?

只听得潺潺声振谷,又见那滔滔势漫天。雄威响若雷奔走,猛涌波如雪卷颠。千丈波高漫道路,万层涛激泛山岩。泠泠如漱玉,滚滚似鸣弦。触石沧沧喷碎玉,回湍渺渺漩涡圆。低低凸凸随流荡,大势弥漫上下连。

真君见了这等大水,恐损坏了居民屋宇田禾,急将手中宝剑,望空书符一道:“叫道:“水伯,急急收水!”水伯收得水迟,真君大怒。水伯道:“常言泼水难收,且从容些!”真君欲责水伯,水伯大惧,须臾间将水收了,依旧是平洋陆地。真君提着宝剑径斩孽龙,那孽龙变作一个巡海夜叉,持枪相迎。这一场好杀:

真君剑砍,妖怪枪迎。剑砍霜光喷烈火,枪迎锐气迸愁云。一个是洋子江生成的恶怪,一个是灵霄殿差下的仙真。那一个扬威耀武欺天律,这一个御暴除灾转法轮。真仙使法身驱雾,魔怪争强浪滚

① 社伯——城隍神。

尘。两家努力争功绩，皆为洪都百万民。

那些蛟党见孽龙与真君正杀得英雄，一齐前来助战。忽然弄出一阵怪沙来，要把真君眼目蒙蔽，只见：

似雾如烟初散漫，纷纷蔼蔼下天涯。白茫茫到处难开眼，昏暗暗飞时找路差。打柴的樵子失了伴，采药的仙童不见家。细细轻飘如麦面，粗粗翻覆似芝麻。世间朦胧山顶暗，长空迷没太阳遮。不比尘嚣随骏马，难言轻软衬香车。此沙本是无情物，登时刮得眼生花。

此时飞沙大作，那蛟党一齐呐喊。真君呵了仙气一口，化作一阵雄风，将沙刮转。吴君在高阜之上，观看妖孽更有许大神通，于是运取掌心蛮雷，望空打去。虽风云雷雨，乃蛟龙所喜的，但此系吴君法雷，专打妖怪，则见：

运之掌上，震之云间，虺虺虩虩可畏，轰轰划划初闻。烧起谢仙①之火烈，推转阿香②之车轮。音赫赫，就似撞八荒之鼓，音闻天地；声喤喤，又如放九边之炮，响振军屯。使刘先主③失了双箸，教蔡元中④绕遍孤坟。闻之不及掩耳，当之谁不销魂。真个天仙手上威灵振，蛟魅胸中心胆倾！

那些群孽，闻得这个法雷，惊天动地之声，倒海震山之怒，唬得魂不附体。更见那真君两口宝剑，寒光闪闪，杀气腾腾，孽龙当抵不住，就收了夜叉之形，不知变了个甚么物件，潜踪遁走。真君乃舍了孽龙，追杀蛟党，蛟党四散逃去。

真君追二蛟至鄂渚，忽然不见。路逢三老人侍立，真君问曰："吾追蛟孽至此，失其踪迹，汝三老曾见否？"老人指曰："敢伏在前桥之下？"真君闻言，遂至桥侧，仗剑叱之。蛟党大惊，奔入大江，藏于深渊。真君乃即书符数道，敕遣符使驱之。蛟孽不能藏隐，乃从上流奔出。真君挥剑斩之，江水俱红，此二蛟皆孽龙子也。今鄂渚有三圣王庙，桥名伏龙桥，渊名

---

① 谢仙——传说中雷部的火神。
② 阿香——传说中雷部推雷车的女子。
③ 刘先主——指三国时的刘备。
④ 蔡元中——东汉蔡顺之母。据说她生前怕雷，她死后，蔡顺每逢雷雨天，要到她坟头走一圈，以安慰死去的母亲。

龙窝,斩蛟处名上龙口。真君复回至西宁,怒社伯不能称职,乃以铜锁贯其祠门,禁止民间不许祭享。今分宁县城隍庙正门常闭,居民祭祀者亦少。乃令百姓崇祀小神,其人姓毛,兄弟三人,即指引真君桥下斩蛟者。今封叶佑侯,血食甚盛。真君见吴君曰:"孽龙潜逃,蛟党奔散,吾欲遍寻踪迹,一并诛之。"吴君曰:"君至金陵远回,令椿萱大人且须问省。吾谅此蛟党,有师尊在,岂能复恣猖狂,待徐徐除之。"

于是二君回过丰城县杪针洞,真君曰:"后此洞必有蛟螭出入,吾当镇之。"遂取大杉木一根,书符其上以为楔,至今其楔不朽。又过奉新县,地名藏溪,又名蛟穴,其中积水不竭。真君曰:"此溪乃蛟龙所藏之处。"遂举神剑劈破溪旁巨石,书符镇之。今镇蛟石犹在。又过新建县,地名叹旱湖,湖中水蛭甚多,皆是蛟党奴隶,散入田中,吸人之血。真君恶之,遂将药一粒,投于湖中,其蛭永绝。今名药湖。复归郡城,转西山之宅,回见父母,一家俱庆,不在话下。

却说真君屡败孽龙,仙法愈显,德著人间,名传海内。时天下求为弟子者不下千数,真君却之不可得,乃削炭化为美妇数百人,夜散群弟子寝处。次早验之,未被炭妇污染者得十人而已。先受业者六人:

陈勋字孝举,成都人。

周广字惠常,庐陵人。

黄仁览字紫庭,建城人。真君之婿。

彭抗字武阳,兰陵人。其女配真君之子。

盱烈字道微,南昌人。真君外甥。

钟离嘉字公阳,新建人。真君外甥。

后相从者四人:

曾亨字典国,泗水人。骨秀神慧,孙登见而异之。乃潜心学道,游于江南,居豫章之丰城真阳观。闻真君道法,投于门下。

时荷字道阳,巨鹿人。少出家,居东海沐阳院奉仙观,修老子之教。因入四明山遇神人授以胎息导引之术,颇能辟谷,亦能役使鬼神。慕真君之名,徒步踵门,愿充弟子。

甘战字伯武,丰城人。性喜修真,不求闻达,径从真君学道。

施岑字太玉,沛郡人。其父施朔仕吴,因移居于九江赤乌县。岑状貌雄杰,勇健多力。时闻真君斩蛟立功,喜而从之。真君使与甘战各持神剑,常侍左右。

这弟子十人,不被炭妇染污。真君嘉之,凡周游江湖,诛蛟斩蛇,时刻相从,即异时上升诸徒也。其余被炭妇所污者,往往自愧而去。今炭妇市犹在。真君谓施岑,肟烈曰:“目今妖孽为害,变化百端,无所定向。汝二人可向鄱阳湖中追而寻之。”施、肟欣然领命,仗剑而去。夜至鄱阳湖中,登石台之上望之。今饶河口有眺台,俗呼为钓台,非也。此盖施、肟眺望妖蜃出没之所耳。其时但见一物隐隐如蛇,昂头摆尾,横亘数十里。施岑曰:“妖物今在此乎?”即拔剑挥之,斩其腰。至次日天明视之,乃蜈蚣山也。至今其山断腰,仙迹犹在。施岑谓肟烈曰:“黑夜吾认此山以为妖物,今误矣,与汝尚当尽力追寻。”

却说孽龙精被真君杀败,更伤了二子并许多族类,咬牙嚼齿,以恨真君。聚集众族类商议,欲往小姑潭求老龙报仇。众蛟党曰:“如此甚好。”孽龙乃奔入小姑潭深底。那潭不知有几许深,谚云:“大姑阔万丈,小姑深万丈。”所以叫做小姑潭。那孽龙到万丈潭底,只见:

水泛泛漫天,浪层层拍岸。江中心有一座小姑山,虽是个中流砥柱;江下面有一所老龙潭,却似个不朽龙宫。那龙宫盖的碧磷磷鸳鸯瓦,围的光闪闪孔雀屏,垂的疏朗朗翡翠帘,摆的弯环环虎皮椅。只见老龙坐在虎椅之上,龙女侍在堂下,龙兵绕在宫前,夜叉立在门边,龙子龙孙列在阶上。真个是:江心渺渺无双景,水府茫茫第一家。

说那老龙出处,他原是黄帝荆山铸鼎之时,骑他上天。他在天上贪毒,九天玄女①拿着他送与罗堕阇②尊者③。尊者养他在钵盂里,养了千百年。他贪毒的性子不改,走下世来,就吃了张果老的驴,伤了周穆王的八骏。朱漫娴④心怀不忿,学就个屠龙之法,要下手着他。他又藏在巴蜀地方,一人家后园之中橘子里面。那两个着棋的老儿想他做龙脯,他又走

---

① 九天玄女——亦称“元女”、“玄女”、“九天娘娘”,我国古代神话中的女神,后为道教所信奉。

② 阇(shē)——高僧,泛指僧。

③ 尊者——佛家对罗汉的尊称。

④ 朱漫娴——古代寓言中的主人公,学会屠龙技术。

到葛陂中来，撞着费长房①打一棒，他就忍着疼奔走华阳洞去。那晓得吴绰的斧子又利害些，当头一劈，受了老大的亏苦。头脑子虽不曾破，却失了项下这一颗明珠，再也上天不得，因此上拜了小姑娘娘，求得这所万丈深潭，盖造个龙宫，恁般齐整。

却说那孽龙奔入龙宫之内，投拜老龙，哭哭啼啼，告诉前情。说道许逊斩了他的儿子，伤了他的族类，苦苦还要擒他。言罢放声大哭。那龙宫大大小小，那一个不泪下。老龙曰："'兔死狐悲，物伤其类。'许逊既这等可恶，待我拿来与你复仇！"孽龙曰："许逊传了谌母飞走之法，又得了玉女斩邪之剑，神通广大，难以轻敌。"老龙曰："他纵有飞步之法，飞我老龙不过；他纵有斩邪之剑，斩我老龙不得。"于是即变作个天神模样，三头六臂，黑脸獠牙，则见：

> 身穿着重重铁甲，手提着利利钢叉。头戴着金盔，闪闪耀红霞，身跨着奔奔腾腾的骏马。雄纠纠英风直奋，威凛凛杀气横加。一心心要与人报冤家，古古怪怪的好怕。

那老龙打扮得这个模样，巡江夜叉，守宫将卒，人人喝采，个个称奇，道："好一个妆束！"孽龙亦摇身一变，也变作天神模样。你看他怎生打扮？则见：

> 面乌乌赵玄坛②般黑，身挺挺邓天王般长。手持张翼德丈八长枪，就好似斗口灵官③的形状。口吐出葛仙④真君的腾腾火焰，头放着华光菩萨的闪闪豪光。威风凛凛貌堂堂，不比前番模样。

那孽龙打扮出来，龙宫之内，可知人人喝采，个个夸奇。两个龙妖一齐打个旋风，奔上岸来。老龙居左，孽龙居右，蛟党列成阵势，准备真君到来迎敌。不在话下。

施岑与肟烈从高阜上一望见那妖气弥天，他两个少年英勇，也不管他势头来得大，也不管他党类来得多，就掣手中宝剑跳下高阜来，与那些妖怪大杀一场。施、肟二人，虽传得真君妙诀，终是寡不敌众。三合之中，当

---

① 费长房——东汉时的神仙，葛陂是其显化之地。
② 赵玄坛——民间传说中的财神。
③ 灵官——道教中的一神将。
④ 葛仙——三国时的神仙。

抵不住,败阵而走。老龙与孽龙随后赶杀,施、盺大败,回见真君,具说前事。真君大怒,遂提着两口宝剑,命甘战、时荷二人同去助阵。驾一朵祥云,径奔老龙列阵之所。那孽龙见了,自古“仇人相见,分外眼睁”,就提那长枪,径来刺着真君。老龙亦举起钢叉,径来叉着真君。好一个真君,展开法力,就两口宝剑,左遮右隔,只见:

这一边挥宝剑,对一枝长枪,倍增杀气;那一边挥宝剑,架一管钢叉,顿长精神。这一边砍将去,就似那吕梁泻下的狂澜,如何当抵?那一边斫将去,就似那蜀山崩了的土块,怎样支撑?这一边施高强武艺,杀一个鹘入鸦群;那一边显凛烈威风,杀一个虎奔羊穴。这一边用一个风扫残红的法子,杀得他落花片片坠红泥;那一边使一个浪滚陆地的势儿,杀得他尘土茫茫归大海。真个是拔开覆地翻天手,要斩兴波作浪邪。

二龙与真君混战,未分胜败。忽翻身腾在半空,却要呼风唤雨,飞沙走石,来捉真君。此时真君已会腾云驾雾,遂赶上二龙,又在半空中杀了多时。后落下平地又战。那些蛟党见真君法大,二龙渐渐当抵不住,一齐掩杀过来。时荷、甘战二人,乃各执利剑,亦杀入阵中。你看那师徒们横冲直撞,那些妖孽怎生抵敌得住?那老龙力气不加,三头中被真君伤了一头,六臂中被真君断了一臂,遂化阵清风去了。孽龙见老龙败阵,心中慌张,恐被真君所捉,亦化作一阵清风望西而去。其余蛟党,各自逃散。有化作螽斯①,在麦陇上毕毕剥剥跳的;有化作青蝇,在棘树上嘈嘈杂杂闹的;有化作蚯蚓,在水田中扭扭屹屹走的;有化作蜜蜂,在花枝上扰扰嚷嚷采的;有化作蜻蜓,在云霄里轻轻款款飞的;有化作土狗子②,不做声,不做气,躲在田傍下的。彼时真君追赶妖孽,走在田旁上经过,忽失了一足,把那田旁踹开。只见一道妖气,迸将出来。真君急忙看时,只见一个土狗子躲在那里。真君将剑一挥,砍成两截,原来是孽龙第五子也。后人有诗叹曰:

自笑蛟精不见机,苦同仙子两相持。
今朝挥起无情剑,又斩亲生第五儿。

---

① 螽(zhōng)斯——昆虫名,体多为绿色,触角细长,雄的能振翅发声。
② 土狗子——蝼蛄。

却说真君斩了孽龙第五子,急忙追寻孽龙,不见踪影,遂与二弟子且回豫章。吴君谓真君曰:“目今蛟党还盛,未曾诛灭。孽龙有此等助威添势,岂肯罢休?莫若先除了他的党类,使他势孤力弱,一举可擒,此所谓射人先射马之谓也。”真君曰:“言之有理。”遂即同施岑、甘战、陈勋、旴烈,钟离嘉群弟子随己出外追斩蛟党。犹恐孽龙精溃其郡城,留吴君、彭抗在家镇之。于是真君同群弟子,或登高山,或往穷谷,或经深潭,或诣长桥,或历大湖等处,寻取蛟党灭之。

真君一日至新吴地方,忽见一蛟变成一水牛,欲起洪水,淹没此处人民。嘘气一口,涨水一尺,嘘气二口,长水二尺。真君大怒,挥剑欲斩之。那蛟孽见了真君,魂不附体,遂奔入潭中而去。真君即立了石碑一片,作镇蛟之文以禁之,其文曰:

奉命太玄,得道真仙。劫终劫始,先地先天。无量法界,玄之又玄。勤修无遗,白日升仙。神剑落地,符法升天。妖邪丧胆,鬼精逃潜。

其潭至今名曰镇龙潭,石碑犹存。

一日,真君又行至海昏之上,闻有巨蛇据山为穴,吐气成云,长有数里。人畜在气中者,即被吞吸。江湖舟船,多遭其覆溺,大为民害。施岑登北岭之高而望之,见其毒气涨天,乃叹曰:“斯民何罪,而久遭其害也?”遂禀真君,欲往诛之。真君曰:“吾闻此畜妖气最毒,搪突其气者,十人十死,百人百亡,须待时而往。”良久,俄有一赤乌飞过,真君曰:“可矣。”言赤乌报时,天神至,地神临,可以诛妖。后于其地立观,名候时观,又号赤乌观。且说那时真君引群弟子前至蛇所。其蛇奋然跃出深穴,举首高数十丈,眼若火炬,口似血盆,鳞似金钱,口中吐出一道妖气,则见:

冥冥蒙蒙,比蚩尤①迷敌的大雾;昏昏暗暗,例元规污人的飞尘。飞去飞来,却似那汉殿宫中结成的黑块;滚上滚下,又似那泰山岩里吐出的顽云。大地之中,遮蔽了峰峦岭岫;长空之上,隐藏了日月星辰。弥弥漫漫,涨将开千有百里;霏霏拂拂,当着了十无一生。正是:

妖蛇吐气三千丈,千里犹闻一阵腥。

---

① 蚩尤——我国古代神话:黄帝和蚩尤大战,蚩尤用大雾迷人,黄帝发明指南车,打败了蚩尤。

真君呼一口仙风,吹散其气。率弟子各挥宝剑,乡人摩旗擂鼓,呐喊振天相助。妖蛇全无惧色,奔将过来。真君运起法雷,劈头打去,兼用神剑一指,蛇乃却步。施岑、甘战二人,奋勇飞步纵前,施踏其首,甘踹其尾,真君先以剑劈破其颡,陈勋再引剑当中腰斩之,蛇腹遂尔裂开。忽有一小蛇自腹中走出,长有数丈。施岑欲斩之,真君曰:"彼母腹中之蛇,未曾见天日,犹不曾加害于民,不可诛之。"遂叱曰:"畜生好去,我放汝性命。毋得害人!"小蛇惧怯,奔行六七里,闻鼓噪之声,犹反听而顾其母。此地今为蛇子港。群弟子再请追而戮之,真君曰:"既放其生而又追戮之,是心无恻隐也。"蛇子遂得入江。今有庙在新建吴城,甚是灵感。宋真宗敕封"灵顺昭应安济惠泽王",俗呼曰小龙王庙是也。大蛇既死,其骨聚而成洲,今号积骨洲。

真君入海昏,经行之处,皆留坛靖①,凡有六处。通候时之地为七,一曰进化靖,二曰节奏靖,三曰丹符靖,四曰华表靖,五曰紫阳靖,六曰霍阳靖,七曰列真靖。其势布若星斗之状,盖以镇压其后也。其七靖今皆为宫观,或为寺院。巨蟒既诛,妖血污剑,于是洗磨之,且削石以试其锋,今新建有磨剑池、试剑石犹在。真君谓诸徒曰:"蛟党除之莫尽,更有孽龙精通灵不测,今知我在此,若伺隙溃我郡城,恐吴、彭二人莫能慑服。莫若弃此而归。"施岑是个勇士,谓曰:"此处妖孽甚多,再寻几日,杀几个回去却好。"真君曰:"吾在外日久,恐吾郡蛟党又聚作一处,可速归除之!"于是悉离海昏而行。海昏乡人感真君之德,遂立生祠,四时享祭,不在话下。

且说孽龙精果然深恨真君,乘其远出,欲将豫章郡滚成一海,以报前仇。遂聚集败残蛟党,尚有七八百余,孽龙曰:"昨夜月离于毕②,今夜酉时主天阴晦暝,风雨大作。我与尔等趁此机会,把豫章郡一滚而沉,有何不可?"此时正是午牌时分,吴君猛与彭君抗恰从西山高处,举目一望,只见妖气漫天,乃曰:"许师往外诛妖,不想妖气尽聚于此。"言未毕,忽见豫章郡社伯并土地等神,来见吴君说:"孽龙又聚了八百余蛟党,欲搅翻江西一郡,变作沧海,只待今夜酉牌时分风雨大作之时,就要下手。有等居民闻得此信,皆来小神庙中叩头磕脑,叫小神保他。我想江西不沉却好,

---

① 靖——标志。

② 毕——星座,毕宿,二十八宿之一,古人认为月亮行到毕宿处,即将降雨。

若沉了时节,正是'泥菩萨落水,自身难保',还保得别人?伏望尊仙怎生区处!”吴君听说此事,到吃了一大惊,遂与彭君急忙下了山头。吴君谓彭君曰:“尔且仗剑一口,驱使神兵,先往江前江后寻逻①。”彭君去了。

吴君乃上了一座九星的法坛,取过一个五雷的令牌,仗了一口七星的宝剑,注上一碗五龙吐的净水,念了几句“乾罗恒那九龙破秽真君”的神咒,捏了一个三台的真诀,步了一个八卦的神罡。乃飞符一道,径差年值功曹,送至日宫太阳帝君处投下。叫那太阳帝君把这个日轮儿缓缓的沉下,却将酉时翻作午时,就要如鲁阳②挥以长戈,即返三舍;虞公指以短剑,却转几分的日子。又飞符一道,径差月值功曹,送至月宫太阴星君处投下。叫那太阴星君把这个月轮儿缓缓的移上,却将亥时翻作酉时,就要如团团离海角,渐渐出云衢,此夜一轮满,清光何处无。又飞符一道,径差日值功曹,送至风伯处按下。叫那风伯今晚将大风息了,一气不要吹嘘,万窍不要怒叫,切不可过江掇起龙头浪,拂地吹开马足尘,就树撮将黄叶落,入山推出白云来。又飞符一道,径差时值功曹,送至雨师处投下。叫那雨师今晚收了雨脚,休要得点点滴滴打破芭蕉,淋淋漓漓洗开苔藓,颓山黑雾倾浓墨,倒海冲风泻急湍,势似阳侯③夸溟海,声如项羽战章邯。又飞符一道,差那律令④大神,径到雷神处投下。叫那雷神今晚将五雷藏着,休得要驱起那号令,放出那霹雳,轰轰烈烈,使一鸣山岳震,再鼓禹门开,响激天关转,身从地穴来。又飞符一道,差着急脚⑤大神,送至云师处投下。叫他今晚卷起云头,切不可氤氤氲氲,遮掩天地;渺渺漠漠,蒙蔽江山。使那重重翼凤飞层汉,叠叠从龙出远波,太行游子思亲切,巫峡襄王入梦多。吴君遣符已毕,又差那社伯等神,火速报知真君,急回豫章郡慑伏群妖,毋得迟误!吴君调拨已毕,遂亲自仗剑,镇压群蛟,不在话下。

却说孽龙精只等待日轮下去月光上来的酉牌时分,就呼风唤雨,驱云

① 寻逻——巡逻。

② 鲁阳——古代神话;鲁阳公与敌人交战时为天色已晚,他举戈一挥,西沉的太阳便退回九十里。

③ 阳侯——水神。

④ 律令——道教中善行走的神。

⑤ 急脚——快走。

使雷,把这豫章一郡滚沉。不想长望短望,日头只在未上照耀,叫他下去,那日头就像似缚下一条绳子,再也不下去。孽龙又招那月轮上来,这月轮就像似有人扯住着他,再也不上来。孽龙怒起,也不管酉时不酉时,就命取蛟党,大家呼着风来。谁知那风伯遵了吴君的符命,半空中叫道:“孽龙!你如今学这等歪,却要放风,我那个听你!”孽龙呼风不得,就去叫雷神打雷。谁知那雷神遵了吴君的符命,半下儿不响。孽龙道:“雷公雷公!我往日唤你,少可有千百声。今日半点声气不做,敢害哑了?”雷神道:“我到不害哑,只是你今日害颠!”孽龙见雷公不响,无如之奈,只得叫声:“云师,快兴云来!”那云师遵了吴君的符命,把那千岩万壑之云,只卷之退藏于密,那肯放之弥于六合。只见玉宇无尘,天清气朗,那云师还在半空中唱一个“万里长江收暮云”耍子哩。孽龙见云师不肯兴云,且去问雨师讨雨。谁知那雨师亦遵了吴君的符命,莫说是千点万点洒将下来,就是半点儿也是没有的。

孽龙精望日日不沉,招月月不上,呼风风不至,唤雨雨不来,驱雷雷不响,使云云不兴,直激得怒从心上起,恶向胆边生!遂谓众蛟党曰;“我不要风云雷雨,一小小豫章郡终不然滚不成海?”遂耸开鳞甲,翻身一转,把那江西章江门外,就沉了数十余丈。吴君看见,即忙飞起手中宝剑,驾起足下祥云,直取孽龙。孽龙与吴君厮战,彭君亦飞剑助敌,在江西城外大杀一场。孽龙招取党类,一涌而至,在上的变成无数的黄蜂,扑头扑脑乱叮;在下的变成滚滚的长蛇,遍足乱绕。孽龙更变作个金刚菩萨,长又长,大又大,手执金戈,与吴君、彭君混战。好一个吴君,又好一个彭君!上杀个雪花盖顶,战住狂蜂;下杀个枯树盘根,战住长蛇;中杀个鹞子翻身,抵住孽龙。自未时杀起,杀近黄昏。忽真君同着诸弟子到来,大喝一声:“许逊在此!孽畜敢肆害么?”诸蛟党皆有惧色。孽龙见了真君,咬定牙根,要报前仇,乃谓群蛟曰:“今日遭此大难,我与尔等,生死存亡,在此一举!”诸蛟踊跃言曰:“父子兄弟,当拼命一战,胜则同生,败则同死!”遂与孽龙精力战真君。怎见得利害:

愁云蔽日,杀气漫空,地覆天翻,神愁鬼哭。仙子无边法力,妖精许大神通。一个万丈潭中孽怪,舞着金戈;一个九重天上真仙,飞将宝剑。一个棱棱层层甲鳞竦动,一个变变化化手段高强。一个呵一口妖气,雾涨云迷;一个吹一口仙风,天清气朗。一个领蛟子蛟孙战真仙，恰好似八十万曹兵鏖赤壁；一个同仙徒仙弟收妖孽，却好似二十八汉将闹昆阳①。一个翻江流，搅海水，重重叠叠涌波涛；一个撼乾枢，摇坤轴，烈烈轰轰运霹雳。一个要为族类报了冤仇，一个要为生民除将祸害。正是：

两边齐角力，一样显神机。

到头分胜败，毕竟有雄雌。

却说孽龙精奋死来战真君，真君正要拿住他，以绝祸根。那些蛟党终是心中惧怯，真君的弟子们各持宝剑，或斩了一两个的，或斩了三四个的，或斩了五六个的，喷出腥血，一片通红。周广一剑，又将孽龙的第二子斩了。其余蛟党一个个变化走去。只有孽龙与真君独战，回头一看，蛟党无一人在身旁，也只得跳上云端，化一阵黑风而走。真君急追赶时，已失其所在，乃同众弟子回归。真君谓吴猛曰："此番若非君之法力，数百万生灵，尽葬于波涛中矣！"吴君曰："全仗尊师杀退蛟孽，不然弟子亦危也。"

却说孽龙屡败，除杀死族类外，六子之中，已杀去四子。众蛟党恐真君诛己，心怏怏不安，尽皆变去，止有三蛟未变，三蛟者：二蛟系孽龙子，一蛟系孽龙孙，藏于新建洲渚之中。其余各变形为人，散于各郡城市镇中，逃躲灾难。

一日，有真君弟子曾亨入于城市，见二少年，状貌殊异，鞠躬长揖，向曾亨问曰："公非许君高门乎？"曾亨曰："然。"既而问少年曰："君是何人也？"少年曰："仆家居长安，累世崇善。远闻许公深有道术，诛邪斩妖，必仗神剑，愿闻此神剑有何功用？"曾亨曰："吾师神剑，功用甚大，指天天开，指地地裂，指星辰则失度，指江河则逆流。万邪不敢当其锋，千妖莫能撄其锐。出匣时，霜寒雪凛；耀光处，鬼哭神愁。乃天赐之至宝也。"少年曰："世间之物，不知亦有何物可当贤师神剑，而不为其所伤？"曾亨戏谓之曰："吾师神剑，惟不伤冬瓜葫芦二物耳，其余他物皆不能当也。"少年闻言，遂告辞而去。曾亨亦不知少年乃是蛟精所变也。蛟精一闻冬瓜葫芦之言，尽说与党类知悉。

真君一日以神剑授弟子施岑、甘战，令其遍寻蛟党诛之。蛟党以甘、

---

① 闹昆阳——东汉故事：刘秀和王莽在昆阳大战，刘秀的二十八个将领全部出动，这二十八个将领上应天上的二十八宿星辰。

施二人寻追甚紧，遂皆化为葫芦冬瓜，泛满江中。真君登秀峰之巅，运神光一望，乃呼施岑、甘战谓曰："江中所浮者，非葫芦冬瓜，乃蛟精余党也。汝二人可履水内斩之。"于是施岑、甘战飞步水上，举剑望葫芦乱砍。那冬瓜葫芦乃是轻浮之物，一砍即入水中，不能得破。正懊恼之间，忽有过往大仙在虚空中观看，遂令社伯之神，变为一八哥鸟儿，在施岑、甘战头上叫："下剔上，下剔上。"施岑大悟，即举剑自下剔上，满江蛟党约有七百余性命，连根带蔓，悉无噍类①。江中碧澄澄流水，变为红滚滚波涛。止有三蛟未及变形者，因而获免。真君见蛟党尽诛，遂封那八哥鸟儿头上一冠，所以至今八哥儿头上，皆有一冠。真君斩尽蛟党，后人有诗叹曰：

神剑棱棱辟万邪，碧波江上砍葫瓜。
孽龙党类思翻海，不觉江心杀自家。

且说孽龙精所生六子，已诛其四。蛟党千余，俱被真君诛灭。止有第三子与第六子，并有一长孙藏于新建县洲渚之中，尚得留命。及闻真君尽诛其蛟类，乃大哭曰："吾父未知下落，今吾等兄弟六人，传有子孙六七百，并其族类，共计千余。今皆被许逊剿灭，止留我兄弟二人，并一侄在此。吾知许逊道法高妙，岂肯容我叔侄们性命？不如前往福建等处，逃躲残生，再作区处。"正欲起行，忽见真君同弟子甘战、施岑卒至，三蛟急忙逃去。真君见一道妖气冲天而起，乃指与甘、施二人曰："此处有蛟党未灭，可追去除之，以绝其根。"真君遂与甘、施二人，飞步而行，蹑踪追至半路，施岑飞剑斩去一尾。追至福建延平府，地名漈洋九里潭，其一蛟即藏于深潭之中。真君召乡人谓曰："吾乃豫章许逊，今追一蛟精至此，伏于此谭。吾今将竹一根，插于潭畔石壁之上，以镇压之，不许残害生民。汝等居民，勿得砍去！"言毕，即将竹插之，嘱曰："此竹若罢，许汝再生；此竹若茂，不许再出。"至今潭畔，其竹母若凋零，则复生一笋，成竹替换复茂。今号为"许真君竹"，至今其竹一根在。往来舟船，有商人见其蛟者，其蛟无尾。

更有一蛟被真君与甘、施二人，赶至福建建宁府崇安县。有一寺名怀玉寺，其寺有一长老，法名全善禅师，在法堂诵经。忽见一少年走入寺中，哀告曰："吾乃孽龙之子，今被许逊剿灭全家，追赶至此。望贤师怜悯，救

① 噍类——能吃东西的动物，特指活着的人。

我一命,后当重报!”长老曰:“吾闻豫章许逊道法高妙,慧眼通神,吾此寺中,何处可躲?”少年曰:“长者慈悲为念,若肯救拔小人,小人当化作粟米一粒藏于贤师掌中,待许逊到寺,贤师只合掌诵经,方保无事。”长老允诺。少年即化为粟米一粒,入于长老掌中躲讫。真君与甘战、施岑二人,赶入寺中,谓长老曰:“吾乃豫章许逊,赶一蛟精至此。今在何处?可令他出来见我!”长老也不答应,只管合掌拱手,口念真经。真君不知藏在长老掌中,遍寻不见,遂往寺外前后处寻之,并不见踪迹。施岑曰:“想蛟精去矣,吾等合往他处寻赶。”

却说蛟精以真君去寺已远,乃复化为少年,拜谢长老曰:“深蒙贤师活命之恩,无可报答,望贤师分付寺中,着令七日七夜不要撞钟擂鼓,容我报答一二。”长老依言,分付师兄师弟、徒子徒孙等讫。及至三日,只见寺中前后狂风顿起,冷气飕飕,土木自动。长老大惊,谓僧众曰:“吾观孽龙之子,本是害人之物,得我救命,教我等‘七日七夜不动钟鼓’。今止三日,风景异常,想必是他把言语哄我。若不打动钟鼓,莫承望他报恩,此寺反遭其害,那时悔之晚矣。”于是即令僧众撞起那东楼上华钟。那钟儿响了一百单八声,荣荣汪汪,正是:

梵王宫里鲸声吼,商客舟中夜半闻。

又打起那西楼上画鼓。那鼓儿响了一个三起三煞,叮叮冬冬,正是:

俨若雷鸣云汉上,恍疑鼍吼海涛中。

那蛟精闻得钟鼓之声,吃了一惊,即转身又化为少年,回到寺中,来见长老言曰:“吾前日分付寺中,七日勿动钟鼓,意欲将寺门外前后高山峻岭,滚成万亩良田,报答我师活命之恩。今才三日,止将高山上略荡得平些,滚有泉出,未及如数,而吾师即动钟鼓,其故何也?”长老以狂风顿起,山动地动为对。那少年不胜叹息。长老乃令人往寺外前后观之,但见高峻之处,皆荡得坦平。滚滚泉流不竭。至今怀玉寺中,不止千顷平坦良田,盖亦蛟精报恩所致。

却说真君离了寺门,遍寻不见蛟精,乃复回高处望之,只见妖气依原还在寺中。乃与甘、施二人,又来寺中寻觅。其蛟精知真君复来,即先化为一僧,拜辞长老言曰:“吾族中有众千余,皆被许逊诛灭。兄弟六人,已亡其四,吾父又未知存亡何如。吾今悔改前非,修行悟道。”言毕垂泪而别。真君果复至寺中,只见妖气出外,遂乃蹑迹追至建阳,地名叶墩。遥见一僧,知是蛟精所变。乃令甘、施二弟子追赶至近,甘、施意欲斩之,真君连忙喝住曰:“不可!此物虽是害人,今化为僧,量必改恶迁善。”遂叱曰:“孽畜,我今赦汝前去,汝务要从善修行,勿害生民!吾有谛语,分付与汝,劳心记着:‘逢湖则止,逢仰则住。’”分付已毕,遂纵之而去。甘战叱曰:“孽畜,我师父饶了你性命,再不要害人!”施岑亦叱曰:“孽畜,你若不遵我师父谛语,再若害人,我擒汝就如反掌之易!”那僧含羞乱窜而去。

脱离了叶墩地方,来至一村,前有一山,遇一牧童。其僧乃问曰:“此处是何地方?”牧童答曰:“此处地方贵湖,前面一山,名曰仰山。”僧闻牧童之言。乃大喜曰:“适间承真君分付:‘逢湖则止,逢仰则住。’今到此处,合此二意,可以在此居住矣。”遂憩于路旁水田之间,其中间泉水,四时不竭,此地名龙窟。后乃名离龙窟。龙僧即于仰山修行,法名古梅禅师。遂建一寺,名仰山寺。其寺当时乏水,古梅将指头在石壁上乱指,皆有泉出。其寺田粮亦广,至今犹在。真君即于叶墩立一观,名曰真君观,遥与仰山相对,以镇压之。其观至今犹存。

却说真君又追一蛟精,其蛟乃孽龙第一子之子,孽龙之长孙也。此蛟直走至福州南台躲避,潜其踪迹。真君命甘、施二弟子遍处寻索,乃自立于一石上,垂纶把钓。忽觉钓丝若有人扯住一般,真君乃站在石上,用力一扯,石遂裂开。石至今犹在,因名为钓龙石。只见扯起一个大螺,约有二三丈高大。螺中有一女子现出,真君曰:“汝妖也!”那女子双膝跪地,告曰:“妾乃南海水侯第三女。闻尊师传得仙道,欲求指教修真之路,故乘螺舟特来相叩。”真君乃指以高盖山,可为修炼之所,且曰:“此山有苦参甘草,上有一井,汝将其药投于井中,日饮其水,久则自可成仙。”遂命女子复入螺中,用巽风一口,吹螺舟浮于水面,直到高盖山下。女子乘螺于此,其螺化为大石,至今犹在。遂登山采取苦参甘草等药,日于井中投之,饮其井泉,后女子果成仙而去。至今其乡有病者,汲井泉饮之,其病可愈。

却说施岑、甘战回见真君,言蛟精无有寻处。真君登高山绝顶以望,见妖气一道,隐隐在福州城开元寺井中喷出,乃谓弟子曰:“蛟精已入在井中矣。”遂至其寺中,用铁佛一座,置于井上压之。其铁佛至今犹在。真君收伏三蛟已毕,遂同甘战、施岑复回豫章,再寻孽龙诛之。后人有诗叹曰:

迢迢千里到南闽，寻觅蛟精驾雾云。
到处留名留异迹，今人万古仰真君。

却说孽龙既不能滚沉豫章，其族党变为瓜葫，一概被真君所灭。所生六子，斩了四子，只有二子一孙，犹未知下落。越思越恼，只得又奔往洋子江中，见了火龙父亲，哭诉其事。火龙曰："四百年前，孝悌明王传法与兰公，却使兰公传法与谌母，谌母传法与许逊。吾知许逊一生，汝等有此难久矣。故我当时就令了鼋帅，统领虾兵蟹将，要问他追了金丹宝鉴、铜符铁券之文。谁知那兰公将我等杀败。我彼时少年精壮，也奈何兰公不得；今日有许多年纪，筋力憔悴，还奈得许逊何！这凭你自去。"孽龙叹曰："今人有说父不顾子的世界，果然果然。"火龙骂曰："畜生，我满眼的孙子，今日被你不长进，败得一个也没了，还来怨我父亲！"遂打将孽龙出来。

孽龙见父亲不与他做主，遂在江岸上放声大哭，惊动了南海龙王敖钦第三位太子。彼时太子领龙王钧旨，同巡江夜叉全身披挂，手执钢刀，正在此巡逻长江。认得是火龙的儿子，即忙问曰："你在此哭甚事？"孽龙道："吾族党千余，皆被许逊诛灭，父亲又不与我作主。我今累累然若丧家之狗，怎的由人不哭？"太子曰："自古道：'家无全犯。'许逊怎么就杀了你家许多人？他敢欺我水府无人么？老兄且宽心，待我显个手段，擒他报取冤仇！"孽龙道："许逊传了谌母飞步之法，仙女所赐宝剑，其实神通广大，难以轻敌。"太子曰："我龙宫有一铁杵，叫做如意杵；有一铁棍，叫做如意棍。这个杵这个棍，欲其大，就有屋桷般大；欲其小，只如金针般小；欲其长，就有三四丈长；欲其短，只是一两寸短。因此名为如意。此皆父王的宝贝。那棍儿被孙行者讨去，不知那猴子打死了千千万万的妖怪。只有这如意杵儿，未曾使用，今带在我的身边，试把来与许逊弄一弄，他若当抵得住，真有些神通。"孽龙问道："这杵是那一代铸的？"太子道："这杵是乾坤开辟之时，有一个盘古王，凿了那昆仑山几片棱层石，架了一座的红炉。砍了广寒宫一株婆娑树，烧了许多的黑炭。取了须弥山几万斤的生铁，用了太阳宫三昧的真火，叫了那炼石的女娲，炼了七七四十九个日头。却命着雨师洒雨，风伯煽风，太乙护炉，祝融看火，因此上炼得这个杵儿。要大就大，要小就小，要长就长，要短就短。且此杵有些妙处，抛在半空之中，一变十，十变百，百变千，千变万，更会变化哩。"孽龙问曰："如今那铁杵放在那里?”太子即从耳朵中拿将出来,向风中晃一晃,就有屋桷般大。晃两晃,就有竹竿般长。孽龙大喜曰:“这样东西,要长就长,要大则大,那许逊有些法力,尚可当抵一二。徒弟们皆是后学之辈,禁得几杵?”

夜叉见太子欲与孽龙报仇,乃谏曰:“爷爷没有钧旨,太子怎敢擅用军器?恐爷爷知道,不当稳便。”太子曰:“吾主意已定,你肯辅我,便同去;如不肯辅我,任你先转南海去罢。”夜叉不肯相助自去了。那太子奔杀豫章,要拿许逊,与孽龙报仇。却怎生打扮,则见:

重叠叠鳖甲坚固,整齐齐海带飞斜。身骑着海马号三花,好一似天门冬将军披挂。走起了磊磊落落滑石,飞将来溟溟漠漠辰砂。索儿绞的是天麻,要把威灵仙拿下。

却说真君同着弟子甘战、施岑等各仗宝剑,正要去寻捉孽龙,忽见龙王三太子叫曰:“许逊,许逊,你怎么这等狠心,把孽龙家千百余人一概诛戮!你敢小觑我龙宫么?我今日与你赌赛一阵,才晓得我的本事。”真君慧眼一看,认得是南海龙王的三太子,喝曰:“你父亲掌管南海,素称本分,今日怎的出你们不肖儿子?你好好回去,免致后悔!”太子道:“你杀人之父,人亦杀其父;杀人之兄,人亦杀其兄。孽龙是我水族中一例之人,我岂肯容你这等欺负!”于是举起钢刀,就望真君一砍。真君亦举起宝剑来迎,两个大杀一场。则见:

一个是九天中神仙领袖,一个是四海内龙子班头。一个的道法精通,却会吞云吸雾;一个的武艺惯熟,偏能掣电驱雷。一个呼谌母为了师傅,最大神通;一个叫龙王做了父亲,尽高声价。一个飞宝剑,前挑后剔,光光闪闪,就如那大寒陆地凛严霜;一个抛铁杵,直撞横冲,珰珰珰珰,就如那除夜人家烧爆竹。真个是棋逢敌手,终朝胜负难分;却原来阵遇对头,两下高低未辨。

真君与那太子刀抵剑,剑对刀,自巳牌时分战至午时,不分胜败。施岑谓众道友曰:“此龙子本事尽高,恐师父不能拿他,可大家一齐掩杀。”那太子见真君弟子一齐助战,遂在耳朵中取出那根铁杵来,晃了两三晃,望空抛起。好一个铁杵!一变作十,十变作百,百变作千,千变作万,半天之中,就如那纷纷柳絮颠狂舞,滚滚蜻蜓上下飞。满空撞得砯砯响,恰是潘丞相公子打擂槌。你看那真君的弟子们,才把那脑上的杵儿撇开,忽一杵在脑后一打;才把那脑后的杵儿架住,忽一杵在心窝一笃。才把心窝的杵儿一抹,忽一杵在肩膀上一锥。那些弟子们怕了那杵,都败阵而走。好一个真君,果有法术,果有神通,将宝剑望东一指,杵从东落;望西一指,杵从西开;望南一指,杵从南坠;望北一指,杵从北散。真君虽有这等法力,争奈千千万万之杵,一杵去了,一杵又来,却未能取胜。

忽观世音菩萨空中闻得此事,乃曰:"敖钦龙王十分仁厚,生出这个不肖儿子,助了蛟精。我若不去收了他如意杵宝贝,许逊纵有法力,无如之何。"于是驾起祥云,在半空之中,解下身上罗带,做成一个圈套儿丢将起来,把那千千万万之杵尽皆套去。那太子见有人套去他的宝贝,心下慌张,败阵而走。孽龙接见,问曰:"太子与许逊征战得大胜否?"太子曰:"我战许逊正在取胜之际,不想有一妇人使一个圈套,把我那宝贝套去了。我今没处讨得!"孽龙曰:"套宝贝者,非是别人,乃是观世音菩萨。"言未毕,真君赶至,孽龙望见,即化一阵黑风走了。太子心中不忿,又提着手中钢刀,再来交战。此是败兵之将,英勇不加,两合之中,被真君左手一剑架开钢刀,却将右手一剑来斩太子。忽有人背后叫曰:"不可,不可!"真君举眼一看,见是观音,遂停住宝剑。观音曰:"此子是敖钦龙王的第三子,今无故辅助孽龙,本该死罪。奈他父亲素是仁厚,今我在此,若斩了此子,龙王又说我不救他,体面上不好看。"真君方才罢手。

却说那巡江夜叉回转龙宫,将太子助孽龙之事,一一禀知龙王。龙王顿足骂曰:"这畜生恁的不肖!"彼时东海龙王敖顺,西海龙王敖广,北海龙王敖润同聚彼处,亦曰:"这畜生今日去战许逊,就如那葛伯①与汤为仇;辅助孽龙,就如那崇侯②助纣为虐,容不得他!"敖钦曰:"这样儿子要他则甚!"遂取过一口利剑,敕旨一道,令夜叉将去叫太子自刎而亡。夜叉领了敕旨,赍了宝剑,径来见着三太子。太子闻知其故,唬得魂不着体,遂跪向观音叫道:"善菩萨!没奈何,到我父王处保过这次。"观音道:"只怕你父亲难饶你死罪。你不如到蛇盘谷中鹰愁涧躲避,三百年后,等唐三藏去西天取经,罚你变做个骡子,径往天竺国驮经过来。那时将功赎罪,我对你父亲说过,或可留你。"太子眼泪汪汪,拜辞观世音,往鹰愁涧而

---

① 葛伯——葛,殷民族的一个国名,伯是封爵。

② 崇侯——崇,古代国名,侯是封爵。

去。观音复将所收铁杵付与夜叉，教夜叉交付与龙王去讫。真君亦辞了观音回转豫章，不在话下。

却说观音菩萨别了真君，欲回普陀岩去，孽龙在途中投拜，欲求与真君讲和，后当改过前非，不敢为害。言辞甚哀。观音见其言语恳切，乃转豫章，来见真君。真君问曰："大圣到此，复有何见谕？"观音曰："吾此一来，别无甚事。孽龙欲与君讲和，今后改恶迁善，不知君允否？"真君曰："他既要讲和，限他一夜滚百条河，以鸡鸣为止，若有一条不成，吾亦不许。"观音辞真君而去。弟子吴猛谏曰："孽畜原心不改，不可许之。"真君曰："吾岂不知，但江西每逢春雨之时，动辄淹浸。吾欲其开成百河，疏通水路耳，非实心与之和也。吾今分付社伯，阻挠其功，勿使足百条之数，则其罪难免，亦不失信于观音矣。"

却说孽龙接见观音，问其所以。观音将真君所限之事，一一说与。孽龙大喜，是夜用尽神通，连滚连滚，恰至四更，社伯扣计其数，已滚九十九条。社伯心慌，乃假作鸡鸣，引动众鸡皆鸣。孽龙闻得大惊，自知不能免罪，乃化为一少年，未及天明，即遁往湖广躲避去讫。真君至天明查记河数，止欠一条，鸡声尽鸣，乃知是社伯所假也。遂令弟子计功受赏。真君急寻孽龙之时，已不知其所在。后来遂于河口立县，即今之南康湖口县是焉。

却说孽龙遁在黄州府黄冈县地方，变作个少年的先生求馆。时有一老者姓史名仁，家颇饶裕，有孙子十余人，正欲延师开馆。孽龙至其家，自称："豫章曾良，闻君家有馆，特来领教。"史老见其人品清高，礼貌恭敬，心窃喜之。但不知其学问何如。遂谓曰："敝乡旧俗，但先生初来者，或考之以文，或试之以对，然后启帐。卑老有一对，欲领尊教何如？"孽龙曰："愿闻。"史老曰："曾先生腰间加四点，鲁邦贤士。"孽龙曰："我就把令孙为对。"遂答曰："史小子头上着一横，吏部天官。"史老见先生对得好，不胜之喜，乃曰："先生高才邃养，奈寒舍学俸微少，未可轻屈。"孽龙道："小子借寓读书，何必计利！"史老遂择日启馆，叫诸孙具贽见之仪，行了拜礼，遂就门下受业。孽龙教授那些生徒，辨疑解惑，读书说经，明明白白，诸生大有进益，不在话下。

却说真君以孽龙自滚河以后，遍寻不见，遂同甘战、施岑二人，径到湖广地面，寻觅踪迹。忽望妖气在黄冈县乡下姓史的人家，乃与二弟子径往其处,至一馆中,知是孽龙在此变作先生,教训生徒。真君乃问其学生曰:"先生那里去了?"学生答云:"先生洗浴去了。"真君曰:"在那里洗浴?"学生曰:"在涧中。"真君曰:"这样十一月天气,还用冷水洗浴?"学生曰:"先生是个体厚之人,不论寒天热天,常要水中去浸一浸。若浸得久时,还有两三个时辰才回来。"真君乃与弟子坐在馆中,等他回时,就下手拿着。忽举头一看,见柱壁上有对联云:

赵氏孤儿,切齿不忘屠岸贾;

伍员烈士,鞭尸犹恨楚平王。

又壁上题有诗句云:

自叹年来运不齐,子孙零落却无遗。

心怀东海波澜阔,气压西江草树低。

怨处咬牙思旧恨,豪来挥笔记新诗。

男儿不展风云志,空负天生八尺躯。

真君看诗对已毕,大惊,谓弟子曰:"此诗此对,皆是复仇之诗。若此孽不除,终成大患。汝等务宜勉力擒之!"言未毕,忽史老来馆中,看孙子攻书。时盛冬天气,史老身上披领羊裘,头上戴顶暖帽,徐徐而来。及见真君丰姿异常,连忙施礼,问曰:"先生从何而来?"真君曰:"小生乃豫章人,特来访友。"史老谓孙子曰:"客在此,何不通报?"遂邀真君与二弟子至家下告茶。茶毕,史老问真君姓名,真君曰:"小生姓许名逊。此二徒,一姓施名岑,一姓甘名战。"史老曰:"闻得许君者法术甚妙,诛灭蛟精,敢是足下否?"真君曰:"然。"史老遂下拜。真君以其年老,连忙答礼。史老问曰:"仙驾临此,欲何为?"真君曰:"尊府教令孙者,乃孽龙精也,变形于此。吾寻踪觅迹,特来擒之。"史老大惊曰:"怪道这个先生无问寒天暑天,日从涧中洗浴。浴水之处,往时浅浅的,今成一潭,深不可量。"真君曰:"老翁有缘,幸遇小生相救,不然今日是个屋舍,后日是个江河,君家且葬鱼腹矣。"史老曰:"此蛟精怎的拿他?"真君曰:"此孽千变万化,他若提防于我,擒之不易;幸今或未觉,纵要变时,必资水力。可令公家凡水缸水桶洗脸盆及碗盏之类,皆不可注水,使他变化不去,我自然拿了他。"史老分付已毕。孽龙正洗浴回馆,真君见了,大喝一声:"孽畜走那里去?"孽龙大惊,却待寻水而变,遍处无水,惟砚池中有一点余水未倾,遂从里面变化而去,竟不知其踪迹。后人有诗叹曰:

堪叹蛟精玄上玄，墨池变化至今传。
当时若肯心归正，却有金书取上天。

史老见真君赶去孽龙，甚是感激，乃留真君住了数日，极其款曲。真君曰："此处孽龙居久，恐有沉没之患。汝可取杉木一片过来，吾书符一道，打入地中，庶可以镇压之。"真君镇符已毕，感史老相待殷勤，更取出灵丹一粒，点石一片，化为黄金，约有三百余两，相谢史老而去。施岑曰："孽龙今不知遁在何处？可从此湖广上下，遍处寻觅诛之。"真君曰："或此孽瞰我等在此，又往豫章，欲沉郡城土地，未可知也。莫若且回家中，觅其踪迹；如果不在，再往外获之未晚。"于是师弟们一路回归。

却说孽龙精砚池变去，又化为美少男子，逃往长沙府。闻知刺史贾玉家生有一女，极有姿色。怎见得：

眉如翠羽，肌如凝脂，齿如瓠犀，手如柔荑。脸衬桃花瓣，鬟堆金凤丝。秋波湛湛妖娆态，春笋纤纤娇媚姿。说甚么汉苑王嫱，说甚么吴宫西施，说甚么赵家飞燕，说甚么杨家贵妃。柳腰微摆鸣金珮，莲步轻移动玉肢。月里嫦娥难比此，九天仙子怎如斯。

孽龙遂来结拜刺史贾玉，贾玉问曰："先生何人也？"答曰："小人姓慎名郎，金陵人氏。自幼颇通经典，不意名途淹滞，莫能上达，今作南北经商之客耳。因往广南贩货，得明珠数斛，民家无处作用，特来献与使君，伏望笑留！"贾使君曰："此宝乃先生心力所求，况汝我萍水相逢，岂敢受此厚赐？"再三推拒。慎郎献之甚切，使君不得已而受之。留住数日，使君见慎郎礼貌谦恭，丰姿美丽。琴棋书画，件件皆能；弓矢干戈，般般惯熟。遂欲以女妻之。慎郎鞠躬致谢，复将珍宝厚贿使君亲信之人，悉皆称赞慎郎之德。使君乃择吉日，将其女与慎郎成亲，不在话下。

却说慎郎在贾府成婚以后，岁遇春夏之时，则告禀使君，托言出游江湖，经商买卖。至秋冬之时，则重载船只而归，皆是奇珍异宝。使君大喜曰："吾得佳婿矣！"盖不知其为蛟精也。所得资财宝货，皆因春夏大水，覆人舟船，抢人财宝，装载而归。慎郎入赘三年，复生三子。一日慎郎寻思起来，不胜忿怒曰："吾家世居豫章，子孙族类一千余众，皆被许逊灭绝，破我巢穴，使我无容身之地。虽然潜居此地，其实怨恨难消。今既岁久，谅许逊不复知有我也。我今欲回豫章，大兴洪水，溃没城郡，仍灭取许逊之族，报复前仇，方消此恨。"言罢，来见使君。使君问曰："贤婿有何话说?”慎郎曰:“方今春风和暖,正宜出外经商,特来拜辞岳父而去。家中妻子,望岳丈看顾。”使君曰:“贤婿放心前去,不必多忧。若得充囊之利,早图返棹。”言罢,分别而去。

时晋永嘉七年,真君与其徒甘战、施岑周览城邑,遍寻蛟孽,三年间,杳无踪迹,已置之度外去了。不想这孽龙自来送死。忽一日,道童来报,有一少年子弟,丰姿美貌,衣冠俊伟,来谒真君。真君命入,问曰:“先生何处人也?”少年曰:“小生姓慎名郎,金陵人氏。久闻贤公有斡旋天地之手,慑伏孽龙之功,海内少二,寰中寡双。小生特来过访,欲遂识荆之愿,别无他意。”真君曰:“孽精未除,徒负虚名,可愧,可愧!”真君言罢,其少年告辞而出。真君送而别之。甘、施二弟子曰:“适间少年,是何人也?”真君曰:“此孽龙也。今来相见,探我虚实耳。”甘、施曰:“何以知之?”真君曰:“吾观其人妖气尚在,腥风袭人,是以知之。”甘、施曰:“既如此,即当擒而诛之,何故又纵之使去也?”真君曰:“吾四次擒拿,皆被变化而去。今佯为不知,使彼不甚提防,庶可随便擒之耳。”施岑乃问曰:“此时不知逃躲何处?吾二人愿往杀之。”真君举慧眼一照,乃曰:“今在江浒,化为一黄牛,卧于郡城沙碛之上。我今化为一黑牛,与之相斗,汝二人可提宝剑,潜往窥之。候其力倦,即拔剑而挥之,蛟必可诛也。”言罢,遂化一黑牛,奔跃而去,真个:

四蹄坚固如山虎,两角峥嵘似海龙。
今向沙边相抵触,神仙变化果无穷。

真君化成黑牛,早到沙碛之上,即与黄牛相斗。恰斗有两个时辰,甘、施二人蹑迹而至,正见二牛相斗,黄牛力倦之际,施岑用剑一挥,正中黄牛左股。甘战亦挥起宝剑斩及一角,黄牛奔入城南井中,其角落地。今马当相对有黄牛洲,此角日后成精,常变牛出来,害取客商船只,不在话下。

却说真君谓甘、施曰:“孽龙既入井中,谅巢穴在此。吾遣符使吏兵导我前进,汝二人可随我之后,蹑其踪迹,探其巢穴,擒而杀之,以绝后患。”言罢,真君乃跳入井中。施、甘二人,亦跳入井中。符使护引真君前进。只见那个井其口上虽是狭的,到了下面,别是一个乾坤。这边有一个孔,透着那一个孔,那边有一个洞,透着那一个洞,就似杭州城二十四条花柳巷,巷巷相穿;又似龙窟港三十六条大湾,湾湾相见。常人说道井中之蛙,所见甚小,盖未曾到这个所在,见着许大世界。真君随符使一路而行,忽见有一样物件,不长不短,圆圆的相似个擂捶模样。甘战拾起看时,乃是一车辖。问于真君曰:“此井中怎的有此车辖?”真君道:“昔前汉有一人,姓陈名遵,每大会宾客,辄闭了门,取车辖投于井中,虽有急事,不得去。必饮罢,才捞取车辖还人。后有一车辖,再捞不起,原来水荡在此处来了。”

又行数里,忽见有一个四方四角,新新鲜鲜的物件,施岑检将起来一看,原来是个印匣儿。问于真君,真君曰:“昔后汉有宦官张让劫迁天子,北至河上,将传国玉玺投之井中,再无人知觉。后洛阳城南骊宫井有五色气一道直冲上天,孙坚认得是宝贝的瑞气,遂命人浚井,就得了这一颗玉玺。玺便得去,却把这个匣儿遗在这里。”又行数里,忽见有一物件,光闪闪,白净净,嘴弯弯,腹大大的,甘战却拾将起来一看,原来是个银瓶。甘战又问于真君,真君曰:“曾闻有一女子吟云:‘石上磨玉簪,玉簪欲成中央折;井底引银瓶,银瓶欲上丝绳绝。’想这个银瓶,是那女子所引的,因断了绳子,故流落在此。”

符使禀曰:“孽龙多久遁去,真仙须急忙追赶,途路之上,且不要讲古。”真君于是命弟子趱步而行。只见水族之中,见了的唬得魂不附体。鲇鱼儿只把口张,团鱼儿只把颈缩,虾子儿只顾拱腰,鲫鱼儿只顾摇尾,真君都置之不问。却说那符使引真君再转一弯抹一角,正是行到山穷水尽处,看看在长沙府贾玉井中而出。真君曰:“今得其巢穴矣。”遂辞了符使回去,自来抓寻。

却说孽龙精既出其井,仍变为慎郎,入于贾使君府中。使君见其身体狼狈,举家大惊,问其缘故。慎郎答曰:“今去颇获大利,不幸回至半途,偶遇贼盗,资财尽劫。又被杀伤左额左股,疼痛难忍。”使君看其刀痕,不胜隐痛,令家童请求医士疗治。真君乃扮作一医士,命甘、施二人,扮作两个徒弟跟随。这医士呵:

> 道明贤圣,药辨君臣。遇病时,深识着望闻问切;下药处,精知个功巧圣神。戴唐巾,披道服,飘飘扬扬;摇羽扇,背葫芦,潇潇洒洒。诊寸关尺三部脉,辨邪审痼,奚烦三折肱;疗上中下三等人,起死回生,只是一举手。真个是东晋之时,重生了春秋扁鹊;却原来西江之地,再出着上古神农。万古共称医国手,一腔都是活人心。

却说真君扮了医士，贾府僮仆见了，相请而去。进了使君宅上，相见礼毕。使君曰："吾婿在外经商，被盗贼杀伤左额左股。先生有何妙药，可以治之？容某重谢。"真君曰："宝剑所伤，吾有妙法，手到即愈。"使君大喜，即召慎郎出来医治。当时蛟精卧于房中，问僮仆曰："医士只一人么？"童仆曰："兼有两个徒弟。"蛟精却疑是真君，不敢轻出。其妻贾氏催促之曰："医人在堂，你何故不出？"慎郎曰："你不晓事，医得我好也是这个医士，医得不好也是这个医士。"贾氏竟不知所以。使君见慎郎不出，亲自入房召之。真君乃随使君之后，直至房中厉声叱曰："孽畜再敢走么？"孽龙计穷势迫，遂变出本形，蜿蜒走出堂下。不想真君先设了天罗地网，活活擒之。又以法水喷其三子，悉变为小蛟。真君拔剑并诛之。贾玉之女，此时亦欲变幻，施岑活活擒住。使君大惊。真君曰："慎郎者，乃孽龙之精，今变作人形，拜尔为岳丈。吾乃豫章许逊，追寻至此擒之。尔女今亦成蛟，合受吾一剑。"贾使君乃与其妻跪于真君之前，哀告曰："吾女被蛟精所染，非吾女之罪，伏望怜而赦之！"真君遂给取神符与贾女服之，故得不变。

真君谓使君曰："蛟精所居之处，其下即水。今汝舍下深不逾尺，皆是水泉。可速徙居他处，毋自蹈祸！"使君举家惊惶，遂急忙迁居高处。原住其地，不数日果陷为渊潭，深不可测。今长沙府昭潭是也。施岑却从天罗地网中取出孽龙，欲挥剑斩之。真君曰："此孽杀之甚易，擒之最难。我想江西系是浮地，下面皆为蛟穴。城南一井其深无底，此井与江水同消长。莫若锁此畜回归，吾以铁树镇之井中，系此孽畜于铁树之上。使后世倘有蛟精见此畜遭厥磨难，或有警惕，不敢为害。"甘战曰："善！"遂锁了孽龙，径回豫章。于是驱使神兵，铸铁为树，置之郡城南井中。下用铁索钩锁，镇其地脉，牢系孽龙于树，且祝之曰：

> 铁树开花，其妖若兴，吾当复出。铁树居正，其妖永除。水妖屏迹，城邑无虞。

又留记云：

> 铁树镇洪州，万年永不休。天下大乱，此处无忧。天下大旱，此处薄收。

又元朝吴全节有诗云：

八索纵横维地脉，一泓消长定江流。
豫章胜地由天造，砥柱中天忆万秋。

真君又铸铁为符，镇于鄱阳湖中。又铸铁盖覆于庐陵元潭，今留一剑在焉。又立府靖于岧峣山顶，皆所以镇压后患也。

真君既擒妖孽，功满乾坤。时晋明帝太宁二年，大将军王敦，字处仲，出守武昌，举兵内向，次洞庭湖。真君与吴君同往说之，盖欲止敦而存晋室也。是时郭景纯亦在王敦幕府，因此三人得以相会。景纯谓真君曰："公斩馘①蛟精，功行圆满。况曩时西山之地，灵气钟完，公不日当上升矣。"真君感激。

一日景纯同真君、吴君来谒王敦。敦见三人同至，大喜，遂令左右设宴款待。酒至半酣，敦问曰："我昨宵得一梦，梦见一木破天，不知主何吉凶？"真君曰："木上破天，乃'未'字也。公未可妄动。"吴君曰："吾师之言，灼有先见，公谨识之！"王敦闻二君言，心甚不悦，乃令郭璞卜之。璞曰："此数用克体，将军此行，干事不成也。"王敦不悦曰："我之寿有几何？"璞曰：将军若举大事，祸将不久；若遂还武昌，则寿未可量。"王敦怒曰："汝寿几何？"璞曰："我寿尽在今日。"王敦大怒，令武士擒璞斩之。真君与吴君举杯掷起，化为白鹤一双，飞绕梁栋之上。王敦举眼看鹤，已失二君所在。且说郭璞既死，家人备办衣衾棺椁，殓毕。越三日，市人见璞衣冠俨然，与亲友相见如故。王敦知之不信，令开棺视之，果无尸骸，始知璞脱质升仙也。自后王敦行兵果败，遂还武昌而死，卒有支解之刑，盖不听三君之谏，以至于此。

再说吴君邀真君同下金陵，遨游山水。既而欲买舟上豫章，打头风不息。舟中人曰："当此仲夏，南风浩荡，舟船难进，奈何？"真君曰："我代汝等驾之，汝等但要瞑目安坐，切勿开眼窥视。"吴君乃立于船头，真君亲自把船，遂召黑龙二尾，挟舟而行。经池阳之地，以先天无极都雷府之印，印西崖石壁上以辟水怪，今有印纹。舟渐渐凌空而起，须臾，过庐山之巅，至云霄峰。二君欲观洞府景致，故其船梢刮抹林木之表，戛戛有声。舟人不

---

① 馘(guó)——古代作战时割取所杀敌人的左耳，用来计数报功。也指所割下的左耳。

能忍,皆偷眼窥之,忽然舍舟于层峦之上,折桅于深涧之下,今号铁船峰。其下有断石,即其桅也。真君谓舟人曰:“汝等不听吾言,以至如此,今将何所归乎?”舟人恳拜,愿求济度之法。真君教以服饵灵药,遂得辟谷不饥,尽隐于紫霄峰下。二君乃各乘一龙,回至豫章,遂就旧时隐居,终日与诸弟子讲究真诠,乃作《思仙之歌》云:

天运循环兮疾如飞,人生世间兮欲何为?争名夺利兮徒丘墟,风月滋味兮有谁知?不如且进黄金卮①,一饮一唱日沉西。丹砂养就玉龙池,小瓢世界宽无涯。世人莫道是愚痴,酩然一笑天地齐。

又作八宝垂训曰:

忠孝廉谨,宽裕容忍。忠则不欺,孝则不悖;廉而罔贪,谨而勿失;修身如此,可以成德。宽则得众,裕然有余;容而翕受,忍则安舒;接人以礼,怨咎涤除。凡我弟子,动静勤笃,念兹在兹,当守其独,有丧厥心,三官考戮。

却说天地水府三元三品三官大帝及太白金星,因言真君原是玉洞天仙下降,今除荡妖孽,惠及生灵,德厚功高;其弟子吴猛等,扶同真君,共成至道,皆宜推荐,以至天庭。商议具表,奏闻玉帝。玉帝准奏,乃授许逊九天都仙大使兼高明大使之职,封孝先王。远祖祖父,各有职位。先差九天采访使崔子文、段丘仲捧诏一道,谕知许逊,预示飞升之期,以昭善报。采访二仙捧诏下界,时晋孝武宁康二年甲戌,真君时年一百三十六岁。八月朔旦,见云仗自天而下,导从者甚众,降于庭中。真君迎接拜讫,二仙曰:“奉玉皇敕命,赐子宝诏。子可备香花灯烛,整顿衣冠,俯伏阶下,以听宣读!”诏曰:

上诏学仙童子许逊:卿在多劫之前,积修至道,勤苦悉备。天经地纬,悉已深通;万法千门,罔不师历。救灾拔难,除害荡妖;功济生灵,名高玉籍。众真推荐,宜有甄升。可受九州都仙大使兼高明大使、孝先王之职。赐紫彩羽袍琼旌宝节各一事。期以八月十五午时,拔宅上升。诏书到日,信诏奉行。

读罢,真君再拜,遂登阶受诏毕,乃揖二仙上坐,问其姓名。二仙

① 卮(zhī)——古代的一种盛酒器。

曰:“余乃崔子文、段丘仲,俱授九天采访使之职。”真君曰:“愚蒙有何德能,感动天帝,更劳二仙下降?”二仙曰:“公修己利人,功行已满。昨者群真保奏,升入仙班,相迎在迩,先命某等捧诏谕知。”言毕,遂乘龙车而去。

真君既得天书之后,门弟子吴猛等,与乡中耆老及诸亲眷,皆知行期已近,朝夕会饮,以叙别情。真君谓众人曰:“欲达神仙之路,在先行其善而后立其功。吾去后一千二百四十年间,豫章之境,五陵之内,当出地仙八百余人。其师出于豫章,大阐吾教。以吾坛前松树枝垂覆拂地,郡江心中忽生沙洲掩过井口者,是其时也。”后人有言:“龙沙会合,真仙必出。”按龙沙在章江西岸畔,与郡城相对,事见《龙沙记》。潘清逸有《望龙沙》五言诗云:

五陵无限人,密视松沙记。
龙沙虽未合,气象已虚异。
昔时云浪游,半作桑麻地。
地形带江转,山势若连契。

是时八月望日,大营斋会,遍召里人,及诸亲友并门弟子,长少毕集。至日中,遥闻音乐之声,祥云缭绕,渐至会所。羽盖龙车,仙童彩女,官将吏兵,前后拥护。前采访使崔子文、段丘仲二仙又至。真君拜迎。二仙复宣诏曰:

上诏学仙童子许逊:功行圆满,已仰潜山司命官,传金丹于下界,返子身于上天。及家口厨宅,一并拔之上升。着令天丁力士与流金火铃,照辟中间,无或散漫。仍封远祖许由,玉虚仆射;又封曾祖许琰,太微兵卫大夫,曾祖母太微夫人;其父许肃,封中岳仙官,母张氏封中岳夫人。钦此钦遵,诏至奉行!

真君再拜受诏毕。崔子文曰:“公门下弟子虽众,惟陈勋、曾亨、周广、时荷等外,黄仁览与其父,盱烈与其母,共四十二口,合当从行。余者自有升举之日,不得皆往也。”言罢,揖真君上了龙车,仙眷四十二口,同时升举。里人及门下弟子,不与上升者,不舍真君之德,攀辕卧辙,号泣振天,愿相随而不可得。真君曰:“仙凡有路可通。汝等但能遵行孝道,利物济民,何患无报耶!”真君族孙许简哀告曰:“仙翁拔宅冲升,后世无所考验,可留下一物,以为他日之记。”真君遂留下修行钟一口,并一石函,谓之曰:“世变时迁,此即为陈迹矣。”真君有一仆名许大者,与其妻市米于西岭,闻真君飞升,即奔驰而归。行忙车覆,遗其米于地上,米皆复生,今有覆米冈、生米镇犹在。比至哀泣,求其从行。真君以彼无有仙分,乃授以地仙之术,夫妇皆隐于西山。仙仗既举,屋宇鸡犬皆上升。惟鼠不洁,天兵推下地来。一跌肠出,其鼠遂拖肠不死。后人或有见之者,皆为瑞应。又坠下药臼一口,碾毂一轮;又坠下鸡笼一只,于宅之东南十里;又许氏仙姑,坠下金钗一股,今有许氏坠钗洲犹在。时人以其拔宅上升,有诗叹美云:

慈仁共美许旌阳,惠泽生民耿不忘。

拔宅上升成至道,阳功阴德感苍苍。

仙驾飞空渐远,望之不可见,惟见祥云彩霞,弥漫上谷,百里之内,异香芬馥。忽有红锦帷一幅飞来,旋绕故地之上。

却说真君仙驾经过袁州府宜春县栖梧山,真君乃遣二青衣童子下告王朔,具以玉皇诏命,因来相别。王朔举家瞻拜,告曰:“朔蒙尊师所授道法,遵奉已久,乞带从行!”真君曰:“子仙骨未充,止可延年得寿而已,难以带汝同行。”乃取香茅一根掷下,令二童子授与王朔,教之曰:“此茅味异,可栽植于此地,久服长生。甘能养肉,辛能养节,苦能养气,咸能养骨,滑能养肤,酸能养筋,宜调和美酒饮之,必见功效。”言讫而别。王朔依真君之言,即将此茅栽植,取来调和酒味服之,寿三百岁而终。今临江府玉虚观即其地也。仙茅至今犹在。真君飞升之后,里人与其族孙许简,就其地立祠,以所遗诗一百二十首,写于竹筒之上,载之巨筒,令人探取,以决休咎。其修行钟、药毂、药臼、石函等事,并宝藏于祠。后改为观。因空中有红锦帷飞来旋绕,故名曰游帷观。

真君既至天庭,玉帝升殿,崔子文、段丘仲二仙引真君与弟子等听候玉旨。玉帝宣入朝见,真君扬尘拜舞,俯伏金阶下,上表奏曰:“臣许逊庸才劣质,虽有咒水行符馘毒之功,盖亦赖众弟子十一人之力。今弟子之中止有陈勋、曾亨、周广、时荷、黄仁览、盱烈六人,已蒙圣恩超升天界。更有吴猛、施岑、甘战、钟离嘉、彭抗五人,未蒙拔擢,诚为缺典。望乞一视同仁,宣至天庭,同归至道。”玉帝见奏,即传玉旨差周广为使,赍传诏旨,令吴猛等五人同日上升。周广即拜辞玉帝,赍诏下宣。是时乃晋宁康二年九月初一日也。吴猛时年一百八十六岁,见真君上升,已不与从,心曲怏怏,正与施岑、甘战、钟离嘉、彭抗四道友同归西宁,聚义修炼。只见周广赍诏自天而下。众相见毕,动问其下界之故。周广曰:“吾师朝见玉帝,奏上帝诸位仙友多助仙功,未得上升,恳求玉帝超擢。玉帝即差广赍诏旨令五君上升,同归至道。”五人听言大喜,各乘白鹿车,白昼冲升。今有吴仙村吴仙观,是其飞升之处。然真君所从游者三千余人,其有功有行而得上升者,通吴君十有一人焉耳。真君领弟子朝见玉帝毕,玉帝各授以仙职。遂率群弟子拜谒太师祖孝悌明王卫弘,师祖孝明王兰公,师傅谌母已毕,又谢了三官金星保奏之功。真君又荐举故人许都胡云、云阳詹晓二人,皆有道之士,玉帝皆封真人之号,不在话下。

却说真君自升仙后,屡显神通。隋炀帝无道,烧毁佛祠,乃将游帷观废毁。唐高宗永淳年间,遂命真人胡惠超重新建之。至宋太宗、仁宗皆赐御书,真宗时赐改游帷观曰玉隆宫。至宋代政和二年,徽宗忽得重疾,面生恶疮。昼寝恍然一梦,见东华门有一道士,戴九华冠,披绛章服,左右童子,持剑导前,来至丹墀稽首。帝疑非人间道士,因问曰:“卿是何人?”道士对曰:“吾为许旌阳,权掌九天司职。上帝诏往西瞿耶国按察,经由故国,知主上患疾,特来顾之。”帝曰:“朕患毒疮,诸药不能愈,卿有药否?”道士即取小瓢子倾药一粒,如绿豆子大,呵气抹于徽宗疮上,遂揖而去。且曰:“吾洪都西山弊舍,久已零落,乞望圣眼一瞻为幸!”帝豁然而寤,觉满面清凉,以手摩之,疮遂愈矣。乃令近臣将图经考之,见洪州西山有许旌阳遗迹。诏造许真君行宫,改修玉隆宫,仍添“万寿”二字。塑真君新像,尊号曰“神功妙济真君”。

许真君所遗之物,皆有神护守,不可触犯。如殿前手植柏树,其荣瘁常兆本宫盛衰,剪叶煮汤,诸病可愈。井中铁树,唐严譔作洪州牧,心内不信,令人掘发,俄然天变,忽有迅雷烈风,江波泛溢,城郭震动。譔惧,叩头悔谢,久之而后止。又强取修行钟,置之僧寺,击之声哑如土木。譔坐寐,见神人叱责,醒觉,而送钟还宫。又碾轮、药臼,州牧徐登令取至府观之,犹未及观,遂乃飞去还宫。又石函,唐朝张善安窃据洪州,强凿开其盖,内册朱书数字云:“五百年后强贼张善安开凿之。”善安看毕,恐惧,遂磨洗其字,终不泯灭。因藏其盖,其字尚留函底。宋高宗建炎间,金人寇江左,欲焚毁宫殿。俄而水自楹桷喷出,火不能烧,虏酋大惊,乃彻兵而去。皇明列圣,元加寅奉,敕赐重修宫殿,真君屡出护国行医。正德戊寅年间,宁府阴谋不轨,亲诣其宫,真君降箕笔云:

三三两两两三三,杀尽江南一檐耽。
荷叶败时黄菊绽,大明依旧镇江山。

后来果败。诸灵验不可尽述。后人有诗叹云:

金书玉检不能留,八字遗言可力求。
试看真君功行满,三千弱水自通舟。

图书在版编目（CIP）数据

警世通言/（明）冯梦龙著.—北京:华夏出版社，2013.8（2018.8 重印）
（中国古典文学名著丛书）
ISBN 978-7-5080-7497-9

Ⅰ.①警… Ⅱ.①冯… Ⅲ.①话本小说—中国—明代 Ⅳ.①I242.3

中国版本图书馆 CIP 数据核字(2013)第 041311 号

警世通言

作　　者　［明］冯梦龙　著
责任编辑　韩平　　高苏

出版发行　华夏出版社
经　　销　新华书店
印　　刷　三河市少明印务有限公司
装　　订　三河市少明印务有限公司
版　　次　2013 年 8 月北京第 1 版
　　　　　2018 年 8 月北京第 4 次印刷
开　　本　880×1230　　1/32
印　　张　14.25
字　　数　388 千字
定　　价　13.00 元

华夏出版社　地址:北京市东直门外香河园北里 4 号　　邮编:100028
　　　　　　网址:www.hxph.com.cn　　　电话:(010)64663331(转)
若发现本版图书有印装质量问题，请与我社营销中心联系调换。